MEIN RITTER

Die Ritter von de Ware

Weitere Bücher von Glynnis Campbell

Die Kriegerinnen von Rivenloch
Schiffbruch (*The Shipwreck*) [Novelle]
Eine gefährliche Braut (*Lady Danger*)
Ein Herz in Fesseln (*Captive Heart*)
Des Ritters Belohnung (*Knight's Prize*)

Die Ritter von de Ware
Das Verlöbnis (*The Handfasting*) [Novelle]
Mein Ritter (*My Champion*)
Mein Krieger (*My Warrior*)
Mein Held (*My Hero*)

Geächtete im Mittelalter
Die Viehdiebin (*The Reiver*) [Novelle]
Ein gefährlicher Kuss (*Danger's Kiss*)
Die Zuflucht der Leidenschaft (*Passion's Exile*)
Die Erlösung des Verlangens (*Desire's Ransom*)

Die schottischen Frauen
Der Verdammte (*The Outcast*) [Novelle]
MacFarlands Frau (*MacFarland's Lass*)
MacAdams Frau (*MacAdam's Lass*)
MacKenzies Frau (*MacKenzie's Lass*)

DANKSAGUNGEN

Ich umarme meine ganze Mannschaft an Unterstützern ...

Meinen Ehemann Rich, der furchtlos ins tiefe Wasser
gesprungen ist und mich oben gehalten hat,
meine Eltern Shirley und Earl dafür, dass sie mich so
erzogen haben, dass ich glaube alles erreichen zu können.
Meine beste Freundin, die Autorin Lauren Royal für ihre
unglaubliche Großzügigkeit, ihren Ansporn und ihre
Kameradschaft,
meine erste Agentin Helen Breitwieser und meine erste
Lektorin Cynthia Hwang dafür, dass sie meinen Traum
zum Leben erweckt haben,
meine Kinder Brynna and Dylan, die es ertragen, dass ich
Liebesromane schreibe, denn ich bin auch eine Kerrigan,
mein inoffizielles Street-Team herzensguter Leser, die
mich mit glühenden Kritiken und wohlklingenden
Kommentaren beglückt haben und die beste
Mundpropaganda im Social Network machen, die ich mir
je hätte wünschen können.
Und Euch alle, die weiterhin mit mir die Freude am Lesen
teilen ...
mögen all Eure Abenteuer ein gutes Ende nehmen!

WIDMUNG

Für Blake, der die Tür geöffnet hat,
Lynette, die mich hindurch geschoben hat
und Richard, der sie weit aufhielt.

PROLOG

SOMMER 1318

„Aber bevor der junge Parzival sein Zuhause verließ, um König Arthur zu finden, sagte seine Mutter zu ihm: *Ihr müsst drei Dinge beachten, wenn Ihr ein richtiger Ritter werden wollt.*"

Jetzt hatte Lady Alyce die Aufmerksamkeit der Jungen. Die drei hingen an jedem Wort, während sie ihr zu Füßen saßen und der Geschichte von Parzival lauschten. In ihrem Alter wollten sie nichts mehr als Ritter zu werden. Das war schließlich auch die Tradition der de Wares. In ihrer Familie gab es viele großartige Krieger und aufregende Abenteuer.

„Ich überlege", sagte sie und betrachtete die Jungen einen nach dem anderen, „ob Ihr wohl erraten könnt, um welche drei Dinge es sich handelte."

Garth, der jüngste und ihr einziger leiblicher Sohn, runzelte die Stirn und kniff seine graugrünen Augen zusammen. „Die Strümpfe vor dem Sonntag waschen."

Holden, der mittlere Junge, kicherte und bekam von seinem finster dreinblickenden älteren Bruder einen Stoß mit dem Ellbogen in die Rippen.

Lady Alyce biss sich auf die Lippen und war entschlossen nicht zu lachen. „Nun, aye, Garth, das ist sehr wichtig. Fällt Euch noch etwas ein?"

Daraufhin runzelten alle drei die Stirn und dachten nach. Sie waren so tief in Gedanken, dass sie ihren Vater nicht hereinkommen hörten. Lord James lehnte an der Tür mit den Armen über der Brust verschränkt und funkelnden Augen. Er lächelte Alyce auf eine Art und Weise an, die ihr Herz immer flattern ließ und sie dankbar machte, dass sie den Schmerz des Todes seiner ersten Frau für ihn gelindert hatte und dass der gutaussehende James de Ware sie geheiratet hatte.

Sie wollte ihn schon bitten, sich neben sie auf die Bank zu setzen, aber mit einer Handbewegung brachte er sie zum Schweigen und war zufrieden, seinen Söhnen heimlich zuzuhören.

Holden war der erste, der zu ihr hochschaute. „Ich weiß es!"

Wehmütig erwiderte sie sein Lächeln. Das Leben würde für Holden nicht einfach sein. Seine Mutter war bei seiner Geburt gestorben. Seine Vergangenheit war befleckt und seine Zukunft unsicher. Duncan, der Älteste, würde die de Ware Burg erben. Ihr jüngster, Garth, würde wahrscheinlich in die Kirche eintreten. Mittlere Söhne wie Holden bekamen nichts auf dem Silbertablett serviert. Sie mussten sich alles selbst erarbeiten, aber wenn jemand sich bis nach oben kämpfen konnte, dann war das Holden mit seiner wilden Art und den stürmischen grünen Augen, deren finsterer Blick auch den großartigsten Feind in die Knie zwang.

„Ein Ritter muss die Damen beschützen ...", sagte er.

„Genau richtig!", rief Lady Alyce erfreut.

„Weil die albernen Weiber keine Ahnung haben, wie man ein Schwert schwingt oder ein Pferd reitet oder ..."

„Holden!", unterbrach sie ihn und schüttelte tadelnd den Kopf. „Aye, ein Ritter muss die Damen beschützen. Was noch?"

Garth wand sich und blickte zu seinen älteren Geschwistern und hatte offensichtlich Angst, noch mehr Fehler zu machen, aber er bewunderte seine Halbbrüder so sehr und Alyce hatte Angst vor der Zeit, wenn er weniger wohlwollend mit ihnen verglichen werden würde. Duncan und Holden hatten die Statur und das gute Aussehen ihres Vaters geerbt und zeigten schon großes Geschick im Umgang mit dem hölzernen Schwert. Garth war an und für sich ein schönes Kind und besaß eine einzigartige Stärke in Form von Intelligenz und Charakter, die bei einem Jungen in seinem zarten Alter ungewöhnlich war.

„Ein Ritter muss ...", fing er vorsichtig an.

„Weiter."

„Ein Ritter muss Gott gehorchen."

„Ausgezeichnet!" Sie klatschte in die Hände. „Ein Ritter muss immer die heilige Kirche in seinem Herzen tragen. Ach, was seid Ihr doch brillante Jungen."

Alle wandten sich dann zu Duncan um. Offensichtlich lag eine Last auf den Schultern des Ältesten. Er war ein gutaussehender Junge im Alter von acht Jahren und hatte das rabenschwarze Haar seines Vaters und Augen, die so hell wie Saphire waren. Mit seiner charmanten Schlagfertigkeit und natürlichen Herzlichkeit fand er schnell Freunde, aber manchmal sorgte sich Alyce, dass er seine idealistischen Träume niemals der rauen Realität der echten Welt anpassen könnte.

„Ähm, ein Ritter ... muss ..." Langsam verzog sich Duncans Mund zu einem Lächeln wie das seines Vaters und das Funkeln in seinen Augen sagte ihr, dass er etwas im Schilde führte.

Er räusperte sich und fing dramatisch an. „Ein Ritter muss Drachen besiegen und Damen in Bedrängnis retten ..."

Holden grinste und Garth kicherte. Sofort erkannten sie das Versmaß des Gedichtes, das Duncan sich ausdachte.

„Und die Hand seiner Dame küssen ..." Die Jungen erschauderten vor Abscheu. „Und seinen Vater beim Schachspiel gewinnen lassen!"

Jetzt rollten sich seine Brüder vor Lachen und selbst Alyce musste schmunzeln.

Dann wurde Duncans Blick ernster - ein Blick, den er sich noch als junger Mann erhalten würde und er fuhr nachdenklich fort. „Ein Ritter muss andere Menschen vor Schmerz und Armut retten, denn ein Ritter der edel in Gedanken und Tat ist, muss wahrlich ein Held sein."

Alyce und die Jungen jubelten und applaudierten ihm für seinem klugen Vers, aber hinter ihnen erhaschte Alyce den Blick ihres Mannes, der immer noch in der Tür stand und seine Arme nicht mehr verschränkt hielt und auch nicht mehr lächelte. Er stand ganz still und einen Augenblick lang war sie besorgt, dass James die Unbeschwertheit seines Sohnes nicht billigte. Dann bemerkte sie das Beben seines Kinns und die Trübheit seiner Augen. Er war nicht wütend. Er war stolz, so stolz wie ein Vater nur sein konnte auf die kleinen Wolfskinder, die sie zusammen aufzogen.

Auch sie lächelte ihn mit Tränen in den Augen an. Schneller, als sie sich vorstellen könnten, würden die Jungen erwachsen sein und ihre eigenen Familien in ihren eigenen Heimen gründen. Als vielversprechende junge Männer mit Feuer in ihren Adern und Liebe in ihren Herzen würden sie durchs Leben gehen. Trotzdem konnte sie nicht anders, als darüber nachzudenken, welche Abenteuer die Wölfe von de Ware in der Zukunft würden bestehen müssen ...

KAPITEL 1

Duncan de Ware atmete die frische, kühle, salzige Luft ein und blickte über die Köpfe der Leute hinweg, die sich wie Heringe am Dorwich Dock drängten, auf das Meer hinaus. Die Menschenmenge machte ihm nichts aus. Tatsächlich mochte er das lebhafte Chaos.

Matrosen schwärmten über die Aufgänge der großen Schiffe. Kleine Jungen schossen an ihm vorbei auf die Kisten der frisch angekommenen Waren zu und versuchten aufgeregt deren Inhalt zu erraten. Katzen liefen herum auf der Suche nach weggeworfenen Stückchen Fisch. Am hintersten Ende der Anlegestelle warfen Kaufleute mit Bestellungen um sich wie mit Fehdehandschuhen und drohten den Arbeitern, dass sie ihre wertvollen Waren nicht beschädigten.

Einige ausländische Kaufleute waren mit dem Schiff angekommen, um ihre Waren auf dem Frühjahrsmarkt und vielleicht weiter gen Westen in London zu verkaufen und in der Menge befanden sich auch einige Leibeigene von Roberts Vater, die sich hier und da ein wenig Geld verdienten, indem sie ihr selbst gebrautes Bier und frisch geernteten Lauch an hungrige Reisende verkauften; aber einige, die an der

Anlegestelle entlang spazierten, waren Schurken und dann waren da noch ein paar Unruhestifter wie die dreiste Händlerin, für die Robert und seine drei Kameraden Wache standen.

Irgendein tollkühnes Weib hatte Kaperbriefe beim König beantragt und genehmigt bekommen. Da die Spanier ihre Waren gestohlen hatten, garantierten die Briefe ihr das Recht, von jedem spanischen Schiff im Hafen eine Entschädigung einzufordern. Daher hatte der Hafenmeister heute Morgen in Panik eine Nachricht an Lord James geschickt, dass sich Ärger an der Anlegestelle zusammenbraute und dass ein Mann, der geschickt mit dem Schwert umgehen könnte, gebraucht würde. Robert war der Aufforderung natürlich nachgekommen.

Kaperbriefe waren eine unangenehme Angelegenheit. Kein Schiffskapitän wollte für die hinterhältigen Praktiken seiner Landsleute verantwortlich gemacht werden, nur weil sie unter der gleichen Flagge segelten. Wenn diese Händlerin nur ein wenig Verstand hätte, würde sie ihre Röcke zusammenraffen und weglaufen, wenn sie sah, mit welchem Kapitän sie es zu tun haben würde.

„Seid Ihr sicher, dass der Hafenmeister ‚Kaperbriefe‘ sagte?", murmelte Robert, Duncans ältester Freund. Er nickte auf eine Gruppe von widerwärtigen Neuankömmlingen. „Nicht vielleicht etwas anderes? Vielleicht ein ‚Ausstieg der Schuldner‘?"

Duncan grinste. Er schaute an den vielen fremden Menschen vorbei zu den ankernden Schiffen, die langsam in der leichten Strömung ächzten wie sich beschwerende alte Frauen. Dann sah er sie, genau wie der Hafenmeister gesagt hatte – die *Corona Negra* mit der spanischen Fahne, die im Wind flatterte. Es war das Schiff des berüchtigten

El Gallo und entlang der Anlegestelle stolzierte der unverwechselbare Verbrecher höchstpersönlich.

Duncans Bruder Holden wurde angespannt. „Dreckige Mistkerle", knurrte er und seine grünen Augen wurden dunkler. Holden hatte Erfahrung mit einem weiteren Spanier von schlechtem Ruf, wobei es sich um einen bösartigen Frauenmörder handelte und obwohl Duncan den blinden Hass seines Bruders auf alles spanische nicht gutheißen konnte, konnte er ihn sehr wohl verstehen.

„Bei allen Heiligen", sagte Robert mit Sarkasmus in der Stimme, „ich glaube, der Junge ist gewachsen, seit wir ihn das letzte Mal gesehen haben."

El Gallo war ungefähr so groß wie ein junger Elefant und er hatte auch ein entsprechendes Temperament. Es gab Gerüchte, dass der Kapitän einem Diener einst die Gliedmaßen eines nach dem anderen herausgerissen hatte, weil er das Abendessen zu spät serviert hatte. Niemand, der einigermaßen bei Verstand war, würde sich auf Armeslänge dem heißblütigen Spanier nähern.

Bis jetzt.

Während Duncan fasziniert zuschaute, trat ein kleines Weib aus der Menge heraus und stellte sich kühn vor das Ungeheuer El Gallo wie ein winziger David vor Goliath.

Duncans Halbbruder Garth flüsterte ungläubig ein Gebet. „Lieber Gott."

Die Frau wandte sich ihnen nur kurz zu, aber in dem Augenblick wurde ihr Bild unzerstörbar in Duncans Kopf eingebrannt.

Er hatte noch nie eine solche Schönheit gesehen. Sie musste aus dem Himmel gefallen sein. Das war die einzige Erklärung für eine solch durchsichtige, ätherische Haut. Ihr hellhäutiges und rosiges Gesicht war von einem Schleier aus elfenbeinfarbiger Seide mit einem Goldrand umgeben und war sicherlich zu zart, um das harte Klima dieser Welt auszuhalten. Ihre Lippen sahen weich und verletzbar aus, als wenn sie noch nie etwas Schwereres als gesponnenen Zucker gespeist hätte und ihre Augen waren so groß und unschuldig wie die eines Rehs.

Sie war klein, nicht viel größer als ein Kind, aber ihr jadefarbenes Kleid ließ keinen Zweifel daran, dass sie die Kurven einer jungen Frau hatte. Nay, nicht einer Frau, beschloss er –eher die eines Engels.

Aber dieser Engel war im Begriff, sich dem Teufel höchstpersönlich zu stellen – El Gallo, dem berüchtigtsten Piraten auf den Meeren.

„Wenn er ihr auch nur ein Haar krümmt ...", sagte Holden herausfordernd.

„Möge Gott ihr gnädig sein", flehte Garth.

„Sie braucht meine Hilfe", beschloss Duncan und trat vor.

Robert hielt ihn auf und ergriff ihn am Unterarm. „Jungs", schimpfte er, „das Mädchen kann auf sich selbst aufpassen. Schaut. Sie hat die Kaperbriefe dabei."

Der Engel hielt ein versiegeltes Pergament in seiner kleinen Faust, aber trotzdem sah sie aus wie ein in die Ecke getriebenes Tier, als sie zitternd vor dem korpulenten El Gallo stand.

Plötzlich kam eine Brise auf. Die Röcke des Engels flatterten und ihr Schleier wurde ihr vom Kopf gerissen, was sie erschreckte und fast wehte ihr wertvolles Dokument davon. Das Mädchen griff hektisch nach dem Schleier, aber der Wind machte damit, was er wollte. Er flog von der Anlegestelle ins Wasser und wurde vom Meer verschluckt.

Traurig ließ sie die Schultern hängen und fuhr sich mit ihrer schlanken Hand durch ihr honigfarbenes offenes Haar.

Duncan atmete zischend aus. Ihr Haar war absolut göttlich. Es war lang und dicht, seidig und leuchtend wie reifer Weizen, der in der Nachmittagssonne scheint, aber auch wie das Mondlicht, das in einem ruhigen Wasser reflektiert wird. Es fiel ihr über die Schultern und den Rücken wie ein schmelzender Heiligenschein. Er konnte sich schon vorstellen, wie die glänzenden Locken sich um seine Finger gewickelt anfühlen würden.

Dann runzelte er die Stirn. Der Engel hatte seinen Schleier verloren. Sie könnte genauso gut ihren Kopf verlieren. „Sie ist verrückt."

„Völlig", stimmte Holden zu.

„Bemerkenswert", erklärte Robert. „Sie ist die erste Frau, die ich gesehen habe, die den Mut hat, sich gegen diese fürchterlichen Piraten zu stellen. Der König unterstützt ihre Forderung offensichtlich", sagte er bewundernd, „und es scheint, dass sie das, was man ihr schuldet, eintreiben will."

Duncan runzelte die Stirn. „*Mehr* als das, was man ihr schuldet, wenn es von El Gallo ist." Er schürzte nachdenklich die Lippen. „Mit oder ohne Mut, Jungs. Ich schlage vor, dass wir uns bemerkbar machen, bis diese Angelegenheit beendet ist."

Seine Männer verteilten sich in der Menge und stellten sich so, dass sie die junge Frau sehen konnten und mit ihren unverkennbaren de Ware Wappenröcken von den Piraten gesehen werden konnten. Ihre Hände lagen die ganze Zeit an ihren Schwertgriffen. Duncan täuschte vor, an einem Stück Treibholz mit seinem Dolch zu schnitzen, wobei er die ganze Zeit den Stahl in El Gallos Sichtfeld bedrohlich glitzern ließ. Der Pirat würde wissen, dass er beobachtet wurde.

Linet de Montfort strich die nervigen Haare aus ihrem

Gesicht. Sie wünschte, dass sie sich mehr Zeit genommen hätte, den Schleier richtig zu befestigen. Diese Begegnung würde schon ohne die zusätzliche Ablenkung ihrer unbändigen Locken, die lose herumhingen, schwierig genug werden.

„Ich habe die Briefe hier", sagte sie zu El Gallo mit fester Stimme.

„Was!", brüllte der übergroße Spanier mit dem finsteren Blick und dem ungepflegten roten Bart.

Sein Ausruf hatte die Wirkung eines Donnerschlags – das lebhafte Treiben am Anlegesteg wurde still. Kaufleute blieben auf der Straße stehen. Dirnen wandten ihren Blick zu ihm hin. Sogar die Fischhändler hörten auf, ihre Waren anzupreisen, um zu sehen, wer El Gallo geärgert hatte.

Linet betete, dass niemand merken würde, dass ihre Knie zitterten, während sie direkt vor dem Spanier stand, den sie, den Hahn' nannten. In der Stille hörte sie das Plätschern der Wellen, die ihren Schleier verschlangen und das Flattern der spanischen Segel. Das plötzliche Kreischen einer Möwe ließ sie fast aus der Haut fahren.

Ihre verschwitzten Fingerspitzen verschmierten die Tinte auf dem königlichen Schreiben. Sie strich noch einmal mit dem Daumen über das Wachs von König Edwards Siegel, um sich zu versichern, dass das Siegel echt war. Vor diesem Teufel von einem Mann schien das Dokument nur ein zartes Stück bedeutungsloses Pergament zu sein.

„Ihr wagt es, mir dies zu bringen?", zischte El Gallo und trat einen bedrohlichen Schritt nach vorn.

Linet widerstand dem Verlangen zurückzutreten trotz der fürchterlichen Geschichten, die sie gehört hatte, trotz des Gestanks von Knoblauch und Käse, der ihr in die Nase fuhr und der kleinen schwarzen Augen, die wie der Schnabel einer

Krähe an ihr hackten. Sie umklammerte die Kaperbriefe noch fester und zwang sich ihn anzusehen.

Der Mann sah wirklich aus wie ein großer Hahn, beschloss sie. Er war riesig und einen ganzen Fuß größer als jeder Mann, den sie jemals gesehen hatte und er war fast so breit wie er groß war.

Noch schlimmer als seine Größe war jedoch die Tatsache, dass niemand ihm eine hilfreiche Beratung hinsichtlich seiner Bekleidung hatte zukommen lassen. Die Kleidung des Spaniers sah aus wie ein peinlicher Unfall in einer Färberei. Die Ärmel waren so gelb wie Schwefel und sein Surcot aus minderwertigem rostrotem Samt. Die dunkelblaue Hose war um seine überraschend dünnen Beine gewickelt und eine grüne Bundhaube aus Leinen bedeckte seinen großen Kopf. Der gestreifte blutrote Umhang aus genopptem Serge, mit dem er versuchte alles zu überdecken, hatte bemerkenswerte Ähnlichkeit mit einem großen Zelt. Orangefarbene Haarsträhnen schauten unter der Bundhaube hervor und hingen um seinen Bart herum, wobei die roten Zöpfe darunter nur teilweise verborgen wurden.

Sicherlich hatte sie nichts von jemand zu befürchten, der sich so geschmacklos kleidete, versuchte sie sich selbst zu überzeugen. Sie schluckte, hob ihr Kinn und räusperte sich.

„Mit Befehl des Königs ..."

El Gallo zog ihr das Schreiben aus der Hand, bevor sie fertig war. Er hielt es hoch über ihren Kopf und einen Augenblick lang strahlte sein Gesicht vor Angeberei.

„Ihr dummes Weib", bellte er, „ich erkenne keinen ..."

Dann wurde er auf jemanden oder etwas weiter weg aufmerksam und zuckte zusammen. Er kniff die Augen zusammen und seine Selbstsicherheit schien zu schwinden. Er schürzte die Lippen, als wenn er verdorbenes Fleisch geschmeckt hätte und atmete angeekelt durch die Nase aus. Dann stieß er einige spanische Flüche aus und irgendwie verwandelte sich sein Spott in ein einschmeichelndes Lächeln.

„Wie ich schon sagte", sagte er, „ich erkenne kein Problem bei diesen Briefen."

Linet blinzelte. Sicherlich hatte sie ihn falsch verstanden. Natürlich musste er sich dem Befehl des Königs beugen. Der königliche Agent hatte ihr versichert, dass jedes Dokument mit Edwards Siegel als Gesetz erachtet wurde, aber sie hatte auch nicht erwartet, dass der mächtige El Gallo so leicht nachgeben würde.

Das Ganze machte ihr Mut. Mit der Unterstützung von König Edward war der berüchtigte El Gallo nicht bedrohlicher als ein Hahn, der bei seinen gackernden Hühnern krähte.

Ihre Rache würde süß werden.

„Seht Ihr?", sagte Robert und klatschte in die Hände, als die Männer sich wieder auf dem Hügel versammelten. „Sie hat's geschafft und ihre Schulden ohne unsere Hilfe eingetrieben."

Duncan ließ sich nicht zum Narren halten. Wenn die Gegenwart der de Ware Ritter und die Bedrohung ihrer Schwerter nicht gewesen wären, hätte der spanische Pirat dem Mädchen vielleicht etwas zu Leide getan.

Duncan war jetzt zumindest beruhigt. Sie schien jetzt recht sicher zu sein. Ihr alter Diener rollte mehrere Fässer spanischen Weins aus dem Frachtraum der Corona Negra über die Anlegestelle als Zahlung von Spanien für die vorherigen Verluste der Kauffrau und El Gallo, der scheinbar die Konfiszierung seiner Waren nicht sehen wollte, war in seiner Kabine verschwunden.

„Können wir jetzt nach Hause zum Abendessen gehen?"
Robert rieb sich den Bauch. „Den fetten Hahn im Hafen zu
beobachten hat mir den Mund wässrig gemacht."

Holden nickte verstohlen zu drei betrunkenen jungen
Damen, die den Hügel hinaufkamen und murmelte: „Ihr seid
nicht der einzige, der nach seiner nächsten Mahlzeit
schmachtet."

Duncan blickte zu den kichernden Mädchen und seufzte.
Er hatte bleiben wollen um einen genaueren Blick auf den
Engel auf der Anlegestelle zu werfen, aber die Frauen kamen
auf ihn zu. Sie kamen immer auf ihn zu. Seit seine neunjährige
Verlobte vom Pferd gefallen und irgendwo in Frankreich
verstorben war, verfolgte ihn jede heiratsfähige Frau im
Land im Alter zwischen fünf und neunzig. Beharrlich. Sie
hingen an jedem seiner Worte, als wären sie Juwelen und
sie kicherten über jeden auch noch so nichtssagenden
Kommentar. Es war kein Wunder, dass er angefangen hatte,
sich häufiger zu verkleiden.

„Garth", murmelte er resigniert.

„Ich glaube, Ihr seid dran", sagte Robert und schlug Garth
auf die Schulter.

„Dann mach sie schnell fertig", fügte Holden hinzu.

„Aber ..." Garth sah entsetzt aus.

„Guter Junge", sagte Duncan zwinkernd, als sie
weggingen und Garth zurückließen um mit den Damen fertig
zu werden.

„Was?" Lord James de Ware rief das Wort so plötzlich wie ein
Stein, der von einem Katapult geschossen wurde und hatte
damit sofort die Aufmerksamkeit derer erregt, die an den
Tischen in seiner großen Halle zu Abend aßen. Sein

Speisedolch hing auf halbem Weg zu seinem Mund in der Luft, wobei ein dickes Stück Wild unsicher daran hing.

Duncan schob seinen leeren Teller weg. Er lehnte sich in seinem Stuhl zurück, streckte die Beine und beobachtete erwartungsvoll seinen Vater, wobei er ein wenig amüsiert war. Rechts von Duncan umklammerte Holden auf wie immer kriegerische Art und Weise seinen Speisedolch unwillkürlich ein wenig fester. Einen Platz weiter von Holden schien Garth die Luft anzuhalten.

„Duncan, stimmt das?", fragte Lady Alyce und hielt ihren Speisedolch mit Butter daran über einer Scheibe Brot, wobei sie offensichtlich unbeeindruckt vom Schrei ihres Mannes und der nachfolgenden Stille in der Halle war. „Eine Frau hat einen königlichen Kaperbrief bekommen?"

„Eine Frau?", wiederholte Lord James erstaunt. Das Stück Fleisch war von seinem Messer gefallen, aber er hielt die Klinge noch hoch.

„Aye." Duncan verschränkte die Arme über der Brust. „Eine Stoffhändlerin. Wir haben sie alle gesehen."

Lady Alyce lehnte sich vor und ihre grauen Augen funkelten. „Also hat sich eine Engländerin ihr Tuch zurückgeholt, das ihr auf See von den Spaniern gestohlen worden war und König Edward hat ihr erlaubt, ihre Schuld von jedem spanischen Schiff im Hafen einzufordern?"

„Aye."

„Gut! Was hatte der spanische Kapitän dazu zu sagen?"

Duncan zuckte mit den Schultern. „Etwas ... Spanisches. Etwas über die Eltern der Wollhändlerin, glaube ich." Er verzog den Mund zu einem Lächeln. „Das stimmt doch, oder Garth?"

Der junge Garth, der in seinem Studium für die Kirche nicht nur mehrere Sprachen gelernt hatte, sondern auch zögerlich geworden war über etwas so Böses zu sprechen, errötete und konzentrierte sich auf den Eintopf auf seinem Teller.

„Sie hat einen Kaperbrief bekommen?", fragte Lord James immer noch erstaunt. „Eine Frau?"

„Eine Frau", säuselte Lady Alyce und hob ihren Zinnbecher, als wollte sie einen Trinkspruch sagen.

Lord James knurrte etwas, das sich verdächtig anhörte wie: „Eine Händlerin kann nur Ärger bedeuten."

„Das stimmt", gab ihm Holden Recht.

Lady Alyce winkte ihre belanglosen Meinungen mit den Händen weg. „Nun, ich finde es großartig. Mit dem Siegel des Königs auf den Dokumenten kann der Spanier nicht wirklich etwas dagegen tun", sagte sie und schob sich ein Stück Kuchen in den Mund.

Duncan schaute finster. Er war da gewesen. Er hatte den Zorn in El Gallos Augen gesehen. Es gab immer etwas, was ein verärgerter spanischer Pirat tun konnte. Sie waren berüchtigt, für ihr gutes Erinnerungsvermögen, wenn es sich um Vergeltung handelte.

„Wie viel schuldete man ihr?", fragte Lord James mit einem Stück Wild im Mund.

„Fünfhundert Pfund", antwortete Duncan.

Lord James pfiff leise. „Und das alles nur auf ihr Wort?", sagte er etwas lauter, als höflich war. „Das Wort einer Händlerin?"

Ärger stieg in Duncan auf und er spürte Garths unbehaglichen Blick. Sein Vater sollte es besser wissen, als ihn mit so etwas zu ärgern. Duncan konnte keine Vorurteile gegen einfache Leute ertragen. Er hatte schon oft seine Schwerter benutzt, um einen Bauern zu beschützen. Zugegebenermaßen hatte er eine Schwäche für die

Schwachen. Fürwahr, Lord James knurrte oft, dass wenn König Edward neben einem namenlosen Waisenkind ertrinken würde, Duncan wahrscheinlich zuerst das Kind retten würde. Bei so etwas zuckte Duncan für gewöhnlich nur mit den Schultern.

Aber dieses Mal konnte er den Angriff seines Vaters nicht einfach so stehen lassen. „Mylord, nur weil sie eine Händlerin ist, bedeutet das nicht, dass sie kein Anrecht auf Gerechtigkeit hat, genau wie ...“

„Ich bin mir sicher, dass Euer Vater die Händler nicht herabsetzen will“, mischte Lady Alyce sich ein. „Nicht wahr, James?“

Lord James murmelte in seinen Bart.

„Aber sagt mir“, fuhr sie fort, „was hat das Mädchen in Zahlung genommen?“

„Wein“, erklärte Holden. „Spanischen Wein.“

„Wein?“, fragte Lord James. „Was will denn eine Wollhändlerin mit Wein?“

Duncan runzelte die Stirn. „Ich nehme an, dass sie ihn verkaufen könnte.“

Robert nickte. „Guter spanischer Wein ist eine profitable Ware.“

„Jetzt kann sie ihn nicht mehr verkaufen“, murmelte Garth.

Alle starrten ihn an.

Duncan hörte auf zu kauen. „Was soll das heißen?“

„Nachdem Ihr weg wart“, erklärte Garth, „hat sie alles entsorgt.“

Duncan kribbelte es hinten am Hals. „Entsorgt?“

„Sie hat die Fässer entkorkt und den Wein in den Hafen geschüttet“, erzählte ihm Garth.

Einige am Tisch keuchten.

„Was?", krähte Lady Alyce vor Schadenfreude. „Ich wette, das Gesicht des Piraten wurde so rot wie sein Wein, als er das sah!"

Duncan stockte der Atem. Das Mädchen musste völlig verrückt geworden sein. Es war schon waghalsig genug, dass sie einen spanischen Piraten mit ihren königlichen Kaperbriefen öffentlich gedemütigt hatte, aber die Beleidigung noch zu verschlimmern, indem sie guten spanischen Wein in den Hafen schüttete, war der reine Wahnsinn. Wusste sie denn nicht, dass eine solche Demütigung den Zorn der Spanier nicht nur über sie, sondern über das ganze Dorf bringen würde?

Plötzlich sehnte er sich danach, die kleine Närrin zu verprügeln.

„Das könnte ernsthafte Konsequenzen haben", verkündete Duncan und blickte in das grimmige Gesicht seines Vaters.

Lord James war offensichtlich zu dem gleichen Schluss gekommen. „Die Beziehung Englands mit Spanien ist schon jetzt angespannt", sagte er. „Ein Zwischenfall wie dieser könnte ..."

„Er könnte eine Katastrophe für den Handel sein", beendete Duncan den Satz, „ganz abgesehen von der Bedrohung für die Leute in der Stadt. Ich hoffe, die Frau hatte genug Verstand, dass sie geflohen ist. Einige dieser Spanier ..."

„Sie sind blutrünstige Rohlinge", warf Holden ein und bei der Erinnerung kniff er die Augen zusammen.

Lady Alyce keuchte und legte eine Hand an ihre Brust.

„Aber", fügte Robert nach einem nachdenklichen Augenblick hinzu, „sie können sehr gute Klingen machen."

Alle nickten und danach gab es eine kurze Diskussion hinsichtlich der Qualität des neuesten Stahls aus Toledo.

Duncan überlegte angestrengt. Er musste etwas tun. Das Dorf war in Gefahr und die naive kleine Urheberin der Probleme wanderte umher wie eine gespannte Armbrust.

„Robert! Garth!", rief er schließlich und warf als Herausforderung seine Serviette hin. „Der Frühjahrsmarkt fängt morgen an. Wir drei werden hingehen. Ihr könnt Euch neue Toledo Schwerter suchen während ich Ausschau halte, in welche Wespennester das Weib sonst noch einen Stock gesteckt hat."

„Frühjahrsmarkt", brummte Lord James. „Nichts als Betrüger und Schwindler, die einem Mann das letzte Hemd ausziehen würden. Ganz zu schweigen von den Bettlern und den Dutzenden von obdachlosen Kindern."

„Unsinn", sagte Lady Alyce. Dann fügte sie mit einem Flüstern hinzu, „ich wette, dass es nicht mehr als sechs davon gibt."

„Pah!", antwortete Lord James und murmelte dann: „Ich setze mein Geld auf ein Dutzend, Madam."

„Um was geht es?", erkundigte sich Holden. „Eine Wette?"

Robert lehnte sich mit einem verschwörerischen Grinsen vor. „Aye, sie wetten wie viele Obdachlose Duncan von seinem Ausflug mitbringt."

Lord James knurrte: „Nur so kann ich sie alle satt bekommen."

Duncan schmunzelte. Er hätte zufriedener nicht sein können. Holden war zurzeit vom Dienst für den König nach Hause beurlaubt und mit Garth und Robert an seiner Seite war alles genau so, wie es sein sollte. Die große Halle war voll mit Mitgliedern seiner erweiterten Familie, wobei Samt neben Leinen saß und ungewaschene Gesichter neben gepuderten und alle an der reichen Ernte, die ihnen das Land bescherte, teilhatten. Der Raum war sehr laut mit einem breiten Spektrum an Geräuschen – von den Zwischenrufen erfahrener Ritter bis hin zu den gemurmelten Träumen der Dienerinnen.

Sein Vater hatte Duncans Geschmack für die breite Palette der Menschlichkeit nie wirklich verstanden. Lord James war ein Mann seines Standes. Er hielt an dem Glauben fest, dass sie über den einfachen Bauern standen, Diener nur wenig lernfähig waren und einfache Frauen für einen Penny gekauft werden konnten. Dabei überlegte Duncan voller Bewunderung, er hatte keinen der Obdachlosen, die er mit nach Hause brachte, jemals abgewiesen. Auf dem Tisch stand immer ein zusätzlicher Teller und es war immer Platz am Feuer.

Duncan wirbelte den Wein in seinem Becher. Seine Brust schwoll vor Stolz während er Dutzende seiner Lieben betrachtete – verlorene Seelen, die er von den Straßen gerettet hatte, Waisen, die er aus dem Regen nach drinnen geholt hatte. Lord James beschwerte sich vielleicht über die extra Mäuler, die er stopfen musste, aber er hatte immer etwas für sie übrig. Duncan lächelte dem ergrauten Wolf zu, der immer noch in seinen Bart brummte und hoffte von ganzem Herzen, dass er ein so guter Anführer seiner Männer werden würde wie sein Vater es war.

Er wischte sich den Mund ab und stand dann auf, wobei er sich die Hände rieb. „Und jetzt", rief er, „wer möchte die Geschichte der eigensinnigen Tochter des Müllers und dem verzauberten Frosch hören?"

Jubel ertönte in der Halle und ein Dutzend Kinder sprangen auf und versammelten sich um ihn. Sie zogen an seinem Surcot während er sich auf das Podium setzte und flehten ihn eifrig an, endlich mit der Geschichte zu beginnen. Er grinste sie an und beruhigte sie, indem er so viele auf seinen Schoß nahm wie er konnte.

Einige der Kinder hatten das gleiche dichte Haar wie er. Einige schauten ihn mit den gleichen saphirfarbenen Augen an, mit denen er sich jeden Morgen im Spiegel betrachtete. Fürwahr, einige von ihnen waren wahrscheinlich seine eigenen Bastarde, aber er wollte verflucht sein, wenn er sich daran erinnern könnte, welche dies waren. Er hatte das Gefühl, als wären sie *alle* von ihm.

Linet de Montfort bahnte sich ihren Weg durch die volle Gasse beim Frühjahrsmarkt. Überall um sie herum flatterte blaugefärbtes Leinen, rostrote Wolle, lila Samt und grüne Seide im Wind und sah aus wie der riesige Umhang eines Bettlers.

Sie atmete tief durch. Der Duft von Zimt, Pfeffer und Ingwer übertönte den Geruch von frischem Futter und warmen Apfelkuchen. Der Duft von gebratenem Fleisch vermischte sich mit dem Geruch starken Bieres. Leder und Talg trugen ihren bekannten Duft zu einer Essenz bei, die mit den exotischeren Düften kräftiger Nelken und Orangen aus Sevilla gewürzt war.

Verschiedene Klänge erfüllten die Luft: Stahl auf Stahl, wo Schwerter ausprobiert wurden, das Blöken der Frühlingslämmer, die süßen Klänge der Leier eines Künstlers und das immerwährende Streiten um Münzen und Waren.

Trotz der Aufregung an diesem Morgen und der großen Menschenmenge war Linet traurig. Dies war der erste Markt, den sie ohne ihren Vater, Lord Aucassin, besuchte. Nachdem eine Schiffsladung seines Tuchs im vergangenen Jahr gestohlen worden war, war er der Schwindsucht erlegen. Zum ersten Mal würde Linet ihre Waren als einzelne Händlerin im Namen von de Montfort verkaufen. Lord

Aucassin, möge Gott seiner Seele gnädig sein, wäre stolz darauf gewesen.

Tränen drohten ihr in die Augen zu steigen und sie blinzelte sie schnell weg. Sie konnte ihren Vater schon fast hören, wie er sie schimpfte, wenn sie der Vergangenheit nachhing anstatt gute Profite zu machen.

Sie veränderte die Position des wertvollen Bündels in ihren Armen und betrachtete mehrere Reihen bunter Bänder mit dem scharfsinnigen Blick, mit dem sie sich vor zwei Jahren den Eintritt in die Gilde verdient hatte, aber kein einziger englischer Färber konnte die gleiche wunderbare neue Blaufärbung erreichen, die sie in Italien in Auftrag gegeben hatte. Vielleicht würde es schwierig werden, das Tuch zu verkaufen, überlegte sie, wenn entsprechende Einfassungen rar waren.

Sie seufzte und wandte sich ab. Sie war jetzt lange genug vom Stand weg gewesen. Sie konnte sich zwar auf den alten Harold verlassen, dass der ihre Waren bewachte, aber er konnte sie sicherlich nicht verkaufen. Sie schlängelte sich durch die Menge, die wie ein bunter Teppich der Menschheit war und war sich nicht bewusst, dass ihr eigenes helles Haar wie ein Goldfaden darin erschien.

Auf halbem Weg durch die Gasse spürte sie den Ärger, der ihr folgte.

Sie war nicht alarmiert. Ärger war Teil des lukrativen Stoffhandels. Normalerweise waren die Unannehmlichkeiten leicht mit ein paar ernsten Worten aus der Welt zu schaffen. Erst wenige Male hatte sie eine respekteinflößendere Waffe gebraucht.

Gestern bestand diese Waffe aus den Kaperbriefen, die sie dem überraschten spanischen Kapitän präsentiert hatte. Sie war immer noch überrascht darüber, wie gut das ausgegangen war. Es war dank des guten Namens de Montfort und Linets unschuldigem Blick einfach gewesen mit den königlichen Beamten zu verhandeln und die Briefe zu bekommen. Sie hatte sich befriedigt gefühlt, als sie an der Anlegestelle stand und Harold anwies, die Fässer Wein in Empfang zu nehmen – natürlich erst, nachdem ihre Knie aufgehört hatten zu schlottern.

Schließlich hatte das gute alte englische Gesetz für sie gewonnen. Es gab doch noch Gerechtigkeit. Sobald eine Schuld auf dem Pergament des Königs verzeichnet war, war es einfach, das zu holen, was einem zustand.

Den Wein in den Hafen zu schütten, war das I-Tüpfelchen bei ihrer Rache. Sie hatte den finanziellen Schadensersatz nicht wirklich gebraucht. Diese Saison hatte sie schon genug verdient um das Tuch, das im letzten Jahr gestohlen worden war, mehr als wett zu machen.

Nein, die Rache war ein letzter Tribut an ihren Vater und die Beruhigung, dass kein Räuber den Fehler machen würde, einen de Montfort erneut zu belästigen.

Trotzdem folgte ihr der Ärger heute auf dem Fuße. Ein Fremder folgte ihr auf Schritt und Tritt durch den Markt.

Er war nicht besonders raffiniert und natürlich war jemand, der so groß und imposant war, auch schwer zu verfehlen. Seine wenig zusammenpassende, unüberlegte und zerlumpte Kleidung zeichnete ihn als Bettler aus. Er folgte ihr zielstrebig und hatte seinen zu großen Hut tief ins Gesicht gezogen und sein geflickter Umhang wehte wie ein Segel hinter ihm. Sie erhaschte einen Blick auf einen schwarzen Bart und seine gefährlichen Augen. Sie ging schneller und übte im Stillen die Rede, die sich schon unzählige Male zuvor gehalten hatte.

Ich, würde sie ihm eindeutig erklären, *bin keine Frau, mit der man leichtfertig umgehen kann. Ich bin die Tochter eines Lords. Das Blut der de Montforts fließt in meinen Adern.* Es stimmte, dachte sie, während sie so leicht durch die Menge schlüpfte wie eine spanische Nadel durch Seide, das Blut der de Montforts war arg vermischt mit dem einer Vielzahl unwichtiger Personen, aber das müsste sie ja nicht sagen. Ihr berühmter Name war ein dünner Faden, der sie mit den Privilegien und Beständen des Adels verband.

So getröstet hob Linet das Kinn und eilte weiter. Weil sie so auf den Bettler konzentriert war, bemerkte sie zwei andere Personen, die näherkamen, nicht.

Duncan fluchte leise und blickte den beiden hinterher. Mit seinem de Ware Wappenrock würde er von unzähligen Kindern, die seinen Namen riefen und an seinen Beinen hingen und von Mädchen, die ihn kokett anblinzelten, belästigt werden. Aber heute achtete niemand auf ihn. Heute war er ein bärtiger Bettler und Bettler gingen unbemerkt über den Markt.

Wie Duncan befürchtet hatte, befand sich eine unverhältnismäßig große Zahl bösartig aussehender Ausländer auf dem Markt an diesem Morgen und zwei von ihnen verfolgten seinen Engel.

Seinen Engel? Er schüttelte seinen verwirrten Kopf. Was dachte er sich bloß dabei? Ganz gleich wie unschuldig sie aussah, das Mädchen war kein Engel bei all dem Ärger, den sie verursacht hatte und sie gehörte ganz sicher nicht *ihm.*

Während er zuschaute, holten die Bösewichter das Mädchen ein. Einer von ihnen rief ihr zu und sie wandte sich um. Duncan zog den Hut tiefer ins Gesicht, um unbeobachtet zuzuschauen. Von unter der breiten Krempe und dort, wo sich die Menge geteilt hatte, konnte er ihr Gesicht genauer erkennen.

Seine Erinnerung war ihr nicht gerecht geworden. Sie war atemberaubend. Ihre Augen, die er zuvor nicht hatte klar erkennen können, waren so grün und leuchtend wie eine Wiese an einem Frühlingsmorgen und ein Mann konnte sich im Schimmer ihres Haares verlieren. Sein Mund verzog sich zu einem wohlwollenden Lächeln. Ach, seine Arbeit konnte manchmal so lohnend sein.

Dann senkte er den Blick. Das Mädchen umklammerte ein kleines Bündel Tücher an ihrer Brust und hielt es mit allergrößter Vorsicht.

Sein Lächeln schwand. Der Engel hatte ein Baby. Einer der Männer, von denen er annahm, dass sie Unruhestifter waren, war wahrscheinlich der Vater des Babys.

Verflucht. Duncan schüttelte enttäuscht den Kopf. Warum fühlten sich Männer immer von dem, was sie nicht haben konnten, am meisten angezogen? Voller Reue ließ er den Blick noch einmal über sie schweifen und überlegte, welches Vergnügen das gute taubengraue Kleid wohl verbarg.

Fürwahr, überlegte er bösartig, während sich die drei unterhielten, wenn er Lord wurde, könnte er alles haben, was er wollte, einschließlich *des Rechtes der ersten Nacht* – das Recht, bei jeder seiner Vasallen, ob verheiratet oder nicht, zu liegen.

Dann seufzte er belustigt. Er würde lieber auf Nägeln geschlafen, als bei der Ehefrau eines anderen Mannes liegen, insbesondere, da er nie unter einem Mangel an *un*verheirateten Frauen gelitten hatte. Verstohlen blickte er ein letztes wohlwollendes Mal auf die wunderschönen, goldenen Locken und wandte sich dann um und überließ die Frau dem Schutz ihres Ehemannes.

Ein deutliches, weibliches, protestierendes Kreischen

ließ ihn den Kopf drehen. Angesichts der Lautstärke auf dem Markt bemerkten die meisten Passanten den Schrei gar nicht, aber Duncan erkannte den Schrei einer Dame in Schwierigkeiten.

Einer der Bösewichte hatte Hand an seinen Engel gelegt. Der andere zog an ihrem Kind und riss es aus den Armen seiner Mutter.

„Was zum ...?" Zorn kochte in Duncan hoch. Mit einem finsteren Blick drängelte er sich durch die Menge und schlug in seiner Eile einen unglückseligen Händler zur Seite. Während er sich bei dem Mann entschuldigte, flohen die beiden Bösewichter.

Er nickte einmal seinem Engel zu, der vor Schreck mit offenem Mund dastand, aber er wagte es nicht zu verweilen. Der Gerechtigkeit musste genüge getan werden. Er lief den Angreifern hinterher und verließ sich auf die Autorität seiner Stimme, dass der Weg frei gemacht wurde. Er schob seinen Umhang beiseite und griff nach seinem Schwert.

Und fluchte.

Bettler trugen keine Schwerter. Er war nur mit einem Dolch bewaffnet. Mit einem Schwert hätte er die beiden Mistkerle leicht ins Jenseits befördert. Mit einem Dolch wäre ein Kampf ausgeglichener.

Linet beobachtete fasziniert, wie der dunkle Bettler sich den Weg durch die Menge bahnte. Zuvor hatte sie den Verdacht gehegt, dass er ihr etwas Böses wollte. Jetzt handelte er wie ihr Ritter, aber das war unwahrscheinlich. Ihrer Erfahrung nach machten Bettler sich normalerweise nicht die Mühe, anderen zu helfen.

Vielleicht erwartete er eine dicke Belohnung für seine Handlungen.

Sie nahm an, dass sie sie ihm geben würde, auch wenn ihr

Vater einem Handel mit seiner Sorte nicht zugestimmt hätte. Schließlich schien der Bettler in diesem Augenblick ihre einzige Hoffnung zu sein.

Sie blickte noch einmal zu ihrem riesigen Retter, während er davon marschierte. Er sah muskulöser in seiner enganliegenden wollenen Hose und dem Leinenhemd aus, als sie zuerst bemerkt hatte. Sein Umhang wirbelte um ihn herum, während er sich mit der Kraft und Anmut des Pferdes eines Ritters bewegte. Er hatte breite Schultern und etwas an seinen starken, geschickten Händen, die entschlossen zur Faust geballt waren, brachte ihr Herz zum flattern.

Still starrte sie ihm nach, bis sie merkte, dass er aus ihrem Blickfeld verschwand. Sie war nicht willens zurückgelassen zu werden und hob ihre Röcke und eilte hinter ihrem mysteriösen edlen Ritter hinterher.

Frustriert ballte Duncan die Hände zu Fäusten. Immer wieder verlor er den Blickkontakt mit den Bösewichtern. Wie Holden ihn gewarnt hatte, waren die spanischen Piraten so schlüpfrig wie Flussaale. Sie befolgten keinen Ehrenkodex und hatten keinen Respekt für die Regeln der Ritterlichkeit und würden einen Mann hinterrücks mit dem Dolch ermorden, anstatt sich ihm in einem fairen Kampf zu stellen.

Duncan donnerte an den Ständen vorbei und erhaschte hin und wieder einen Blick auf die beiden Kerle, während diese vorsichtige Blicke über ihre Schultern warfen.

Plötzlich waren die Stände dann zu Ende. In der Ferne war eine kleine Wiese, wo Zuschauer in einem Ring um einen Boxkampf herum standen. Wieder waren die Diebe verschwunden und hatten sich unter die Menge gemischt. Er betrachtete den Ring und schärfte seinen Blick. Mit dem Dolch in der Hand näherte er sich dem Ring mit maßvollen Schritten und musterte jedes Gesicht, an dem er vorbeikam.

Plötzlich wurde sein Blick von einer Stelle auf der anderen Seite des Rings angezogen. Dort im inneren Ring hockend befand sich seine Beute. Einer der Mistkerle hielt immer noch das Kind. Es wäre ein Wunder, wenn das Kind unversehrt war, wenn man bedachte, welche grobe Behandlung es bekam, aber das Baby gab keinen Laut von sich. Vielleicht war das arme Ding bereits tot.

Duncan erschauderte. Er konnte es sich nicht leisten, das zu glauben.

Zwischen ihm und den Dieben befanden sich zwei Ringer, die bis zur Taille entblößt und mit dem Schlamm der Wiese bedeckt waren. Bauern und Adlige trieben sie gleichermaßen an und riefen den Kämpfern abwechselnd Beleidigungen zu.

Duncan konzentrierte sich auf die Spanier und wartete geduldig auf den besten Augenblick, um zuzuschlagen. Schließlich warf ein schlammbedeckter Ringer den anderen in den Dreck und die Menge jubelte. Im anschließenden Durcheinander warf Duncan seinen Umhang ab und ging direkt auf seine Beute zu.

Linet hielt an, um zu Atem zu kommen und zuckte bei dem Schlamm, der an ihren weichen Stiefeln hängen blieb, zusammen. Als der Jubel unter den Zuschauern ausbrach, drängelte sie sich vorn in den Ring. Wieder hatte der Riese aus dem Dorf einen Herausforderer aus der benachbarten Stadt besiegt.

Aber bevor der besiegte Ringer aufstehen konnte, hatte ihr Ritter, der faszinierende Bettler mit dem ebenholzfarbenen Haar den Ring betreten und hielt einen Dolch in der Hand. Linet keuchte.

Einer der Bösewichte, der sie angegriffen hatte erkannte den Bettler, fiepte wie ein getretener Hund und zog sich aus dem Kreis zurück, um zu fliehen. Der andere sah aus, als würde er die Stellung halten, aber dann war Angst in seinem Gesicht zu sehen.

Einen Augenblick lang funkelten die Augen ihres Retters triumphierend. Dann trat er auf eine Stelle mit schlüpfrigem Schlamm. Er streckte die Arme aus, um das Gleichgewicht zu halten. Der Bösewicht, der immer noch stur ihr Bündel festhielt, ergriff die Gelegenheit zur Flucht und lief seitwärts wie ein Krebs entlang des Zuschauerrings. Schließlich hatte der Bettler wieder einen festen Stand, rutschte aber immer noch auf dem nassen Boden.

Als er schließlich mit einem Knall auf dem Hintern landete, saß sein rehbrauner Hut schief über seiner Stirn.

Dann rollte sich der Bettler zu ihrer Überraschung zweimal um seine eigene Achse, bedeckte sich vollständig mit Schlamm und stand im Nu vor dem räuberischen Spanier auf, wobei er den Dolch kampfbereit in der Hand hatte. Sie hatte noch nie einen Mann gesehen, der sich so schnell bewegte.

Der Spanier schrie, als der Bettler den Dolch nur wenige Zoll von seiner Kehle hielt. Da er nirgendwohin konnte, gab der Mistkerl das wertvolle Bündel aus der Hand und floh.

Die Zeit verlangsamte sich, während Linet entsetzt zuschaute.

Duncan blieb das Herz stehen. Er ließ das Messer fallen und er hechtete mit ausgestreckten Armen nach vorn, um das Baby zu fangen, bevor es herunterfiel. Es schien eine Ewigkeit zu dauern, bevor seine Finger das hellblaue Tuch um das Baby berührten. Er brachte das Kind in die Sicherheit seiner Hände und verdrehte seinen Körper so, dass er statt des Babys den Aufprall auf die Erde ertragen würde.

Der Boden schien ihm entgegenzukommen. Er landete hart auf der Schulter. Morgen würde dort ein ordentlicher blauer Fleck sein, aber das Baby lag sicher in seinen Armen. Er hatte das Kind des Engels gerettet.

Der Engel eilte sofort an seine Seite und beugte sich über ihn. Während sie besorgt die Stirn runzelte, schien die Sonne hinter ihrem Kopf und es sah aus, als würde sie einen Heiligenschein tragen. Als sie sprach, war ihre Stimme wärmer und tiefer, als er erwartet hatte.

„Oh, dem Herrn sei Dank", sagte sie und streckte ihre schneeweißen Hände nach dem Bündel aus. „Lasst mich sehen."

Vorsichtig streckte er ihr das Kind hin.

Linet zögerte. Der Bettler war schmutzig und mit Schlamm bedeckt und wahrscheinlich hatte er Flöhe. Sie überlegte, ob sie ihm das Bündel abnehmen könnte, ohne seine schmutzigen Finger zu berühren.

Dann schaute sie ihm in die Augen. Deren klare Farbe, die zu dem blauen Tuch, das er hochhielt, passte, erstaunte sie. Sie hatten genau die Farbe, die sie den ganzen Morgen gesucht hatte, die Farbe ihres Tuchs, die seltene Mischung von Saphiren und Sommerhimmel und Kornblumen in einem Ton.

Sie schüttelte den Kopf. Um Himmels Willen, der Mann war ein Bettler. Ihr Vater hätte sie geschimpft, dass sie sich mit seiner Sorte überhaupt abgab.

Vorsichtig nahm sie eine Ecke des Bündels zwischen Daumen und Finger und zog es entschlossen aus seinem Griff, wobei sie es aufwickelte.

Duncan stockte der Atem. Was machte die Frau da? Erschrocken streckte er die Hände aus, um das Baby zu retten.

„Kaum ein Fleck!", rief sie aus. „Das ist wirklich erstaunlich, wenn man bedenkt, welche dreckigen Finger es in der Hand hatten."

Er konnte nur stumm schauen. Es machte ihm noch nicht einmal etwas aus, dass sein falscher Bart auf einer Seite seltsam herunterhing oder dass sein Herz raste.

Das Mädchen war absolut verrückt.

„Dies ist das feinste englische Tuch, das Ihr jemals sehen werdet", vertraute sie ihm an, „im flämischen Stil gewebt und mit einer seltenen Farbe aus Italien gefärbt. Nirgendwo anders findet man einen solchen Blauton … fast … nirgendwo anders." Sie schaute ihn seltsam an. Dann schüttelte sie plötzlich den Kopf, als wenn sie sich wieder im Griff hätte und ihr Tonfall wurde kühler. „Aber das würde Euch natürlich nicht interessieren." Sie suchte einen Augenblick in der Ledertasche an ihrer Hüfte und zog eine winzige Münze heraus. „Für Eure Unannehmlichkeiten", erklärte sie und warf die Münze auf den Boden neben ihm.

Scheinbar war sie fertig mit ihm und sie rollte ihr verfluchtes Tuch vorsichtig auf und lächelte ihn neugierig an. Dann nickte sie ihm zum Abschied zu und machte sich wieder auf den Weg zurück zu den Ständen.

KAPITEL 2

Einen Augenblick lang war Duncan vor Zorn wie gelähmt. Dann hob er die Münze hoch, schob seinen Dolch zurück in die Scheide und erhob sich auf die Knie.

Verflucht, er hatte sich zum Narren gemacht! Nay, berichtigte er sich, *sie* hatte ihn zum Narren gehalten. Sie hatte es zugelassen, dass er sein Leben für ein Stück Tuch riskierte. Außerdem machten sich die Leute aus der Stadt, aus *seiner* Stadt über ihn lustig und tuschelten und kicherten hinter vorgehaltener Hand.

Er kroch zu einem festeren Untergrund und endlich konnte er aufstehen und den Ring der Zuschauer durchbrechen. Über die Köpfe der Händler erhaschte er einen Blick auf das Mädchen, das sich sorglos ihren Weg durch die Menge bahnte.

Zornig drückte er die Münze, die sie ihm gegeben hatte in die schmutzige Hand eines kleinen Jungen und ging ihr dann nach. Männer machten Platz und zogen ihre Frauen beiseite, als er an ihnen vorbei stürmte.

Linet bemerkte das Chaos hinter sich überhaupt nicht und marschierte glücklich in Richtung Woolmaker's Row, wobei sie sich selbst gratulierte. Wieder war sie siegreich gewesen und hatte eine weitere unangenehme Situation mit der Anmut einer Dame gehandhabt.

Zumindest hatte sie sich anmutig *gefühlt*. Bis sie plötzlich jemand mit eisernem Griff am Arm nahm und sie mit einer solchen Kraft gedreht wurde, dass sie fast ihr wertvolles Tuch erneut verloren hätte.

Bei seinem wilden kobaltblauen Blick musste sie keuchen. Noch nie war ein solch fühlbarer Zorn gegen sie gerichtet worden, noch nicht einmal von El Gallos kleinen schwarzen Augen.

„Fräulein", bellte der Bettler, „ich glaube Ihr schuldet mir etwas."

Ihre Angst veränderte sich zu Ekel. Sie hätte es wissen sollen. Männer von der Sorte des Bettlers waren niemals zufrieden. Wenn man einem Armen eine Münze gab, würde er nur noch eine wollen. Mit Missfallen blickte sie auf den Schlammfleck, den der Mann auf ihrem Ärmel hinterlassen hatte und seufzte schwer.

„Ich nehme an, dass man von einem Bettler keine Ritterlichkeit erwarten kann", höhnte sie. „Ich habe Euch einen Viertelpenny gegeben und ich habe nicht vor Euch mehr zu geben."

„Einen Viertelpenny!", brüllte der Bettler und zog unerwünschte Aufmerksamkeit von mehreren Händlern in der Nähe auf sich. Er schaute sich mit finsterem Blick um und sprach leiser. „Ich will Euer Geld nicht."

Unbeeindruckt blickte sie hoch in seine blauen Augen. Für einen Leibeigenen war er recht gutaussehend, dachte sie oder zumindest könnte er das sein unter all dem Schlamm und ohne diesen ruppigen ...

Sie runzelte die Stirn. Dann hob sie eine Augenbraue.

„Seid Ihr sicher, dass Ihr mein Geld nicht wollt? Noch nicht einmal, um einen neuen Bart zu kaufen?"

Unwillkürlich gingen die Finger des Bettlers hoch zu dem, was von seinem falschen Bart übrig war. Als er dessen jämmerlichen Zustand entdeckte, riss er ihn vom Gesicht herunter.

Linet zuckte zusammen. Das musste weh getan haben. Der Mann stieß einen Fluch aus, wobei er den Bart in den Dreck warf und ihn dann noch einmal mit dem Absatz zerdrückte, als wenn er eine eklige, haarige Raupe wäre.

Sie konnte ein nur wenig damenhaftes Lachen nicht zurückhalten, als sie sein mit Schlamm bespritztes Gesicht und seine Augen betrachtete. Sein Hut war nirgendwo zu sehen und sein vorher glänzendes schwarzes Haar war mit getrocknetem Schlamm verklebt. Sein Umhang war weg und an der Schulter seines Leinenhemdes war ein riesiger Riss zu sehen. Zu ihrem Unbehagen konnte sie sehen, wie sich die vielen Muskeln darunter beim Atmen anspannten.

„Kommt mit mir", knurrte er sie an, da ihre aggressive Unterhaltung anfing Aufmerksamkeit zu erregen.

Er marschierte los und erwartete offensichtlich, dass sie ihm folgte. Sie hielt die Stellung und betrachtete ihn mit amüsierter Verachtung. Der Mann war es offensichtlich gewohnt, dass man ihm gehorchte. Ihre sture Weigerung erzürnte ihn.

Mit zusammengepressten Lippen wandte er sich um und marschierte wieder zurück zu ihr. Ohne vorherige Warnung streckte er seine Hand aus und nahm ihr ihr wertvolles Tuch weg, wobei er den Preis dann vor ihr herab hängen ließ wie einen Apfel vor einem Pferd.

„Nay!", keuchte sie und streckte vergebens die Hand nach dem feinen Tuch aus.

Er hielt es knapp außerhalb ihrer Reichweite. „Kommt mit mir", wiederholte er.

Sie schwor, dass sie dafür sorgen würde, dass er in der Hölle verrottete. Es lag ihr auf der Zunge, nach der Aufsicht zu rufen, aber sie wollte auf keinen Fall die Aufmerksamkeit der anderen Mitglieder der Gilde erregen, indem sie um Hilfe rief. Nicht jetzt, nicht in ihrem ersten Jahr als einzelne Händlerin.

Sie fluchte leise vor sich hin und begleitete ihn weg vom Marktplatz und in den Wald. Hier waren die Geräusche viel gedämpfter, aber Linet wusste, dass sie im schlimmsten Fall immer noch um Hilfe schreien könnte.

„Darf ich jetzt mein Tuch haben?", fragte sie so höflich wie möglich.

„Erst, wenn ich bekomme, was mir zusteht", antwortete der Bettler und warf das Tuch achtlos über eine schlammige Schulter.

Sie biss sich auf die Unterlippe, um ihr Temperament im Zaum zu halten. „Ich habe Euch einen Viertelpenny gegeben", sagte sie angespannt. „Ich werde Euch nicht mehr geben, Ihr gieriger Schurke."

„Ich habe Euch doch gesagt, dass ich Euer Geld nicht will."

Sie zwang sich ruhig zu bleiben. Lieber Gott, wenn ihr Vater noch lebte und sie sehen würde ...

„Welche Art von Bezahlung erwartet Ihr?", fragte sie, obwohl sie eine ziemlich genaue Vorstellung hatte. Er war schließlich ein Mann, aber wenn er glaubte, dass sie es zulassen würde, dass er seine riesigen, schmutzigen Hände an ...

Überheblich richtete er sich zu voller Größe auf und wagte es, entlang seiner Nase auf sie herab zu blicken. „Eine

Entschuldigung", verkündete er sachlich, „und ein wenig Dankbarkeit."

„Wie bitte?"

Er nickte. „Ihr habt mich wie einen Narren aussehen lassen und das ist sehr unschicklich für eine Dame. Ich habe meinen Hals riskiert für Euer. ... Euer ..."

„Mein Tuch", vollendete sie seinen Satz und war jetzt verwirrt. „Warum habt Ihr Euren Hals riskiert? Nur ein Weber oder ein Färber würde seinen Wert erkennen und Ihr seid offensichtlich weder das eine noch das andere."

„Ihr habt es gehalten wie ein Baby", warf er ihr vor.

„Ein Baby?" Beschämt legte sie eine Hand an ihre Brust. Bei Gott, hatte er geglaubt, dass das Bündel ein Baby war? Kein Wunder, dass der arme Narr sich so viel Mühe gemacht hatte. Ein Baby!

Ihr Mund zuckte. Sie kicherte und als sie einmal angefangen hatte, konnte sie nicht mehr aufhören zu lachen. Jedes Mal, wenn sie zu dem Bettler hochblickte, der sie anstarrte, als wäre sie wahnsinnig, musste sie wegen seines Aussehens erneut kichern. In der Gilde würden sie vor Lachen brüllen, wenn sie die Geschichte von der, Rettung' ihres Tuchs erzählen würde!

Der Bettler teilte ihre Erheiterung offensichtlich nicht. Ruhig und willkürlich hob er seine schmutzigen Hände und wischte sie an ihren pieksauberen, taubengrauen Röcken ab.

Sie erstarrte beim Lachen und konnte gar nicht begreifen, was er getan hatte. Einen Augenblick herrschte erstauntes Schweigen, als sich ihre Blicke begegneten. Dann wurden die Augen des Bettlers weich, Lachfalten bildeten sich an seinen Augenwinkeln und er fing an zu lachen.

Sein Lachen hatte einen tiefen und angenehmen Klang und hörte sich so warm an wie gewürzter Wein und so weich wie Samt, aber das machte es nicht wünschenswerter. Der Mistkerl hatte ihren guten Surcot aus englischem Kammgarn beschmutzt.

Nach dem ersten Schock zwang Linet sich zu lächeln und nickte zustimmend, dass sie es nicht anders verdient hatte. Sie fing sogar an leise zu lachen, aber das war natürlich eine List. Sie hatte in der Handelswelt nicht überlebt, in dem sie anmutig verlor.

Immer noch lächelnd streckte sie die Hand aus und zog den Dolch aus seinem Gürtel, wobei sie die Spitze der Klinge unter sein Kinn hielt, um ihn dazu zu bringen, sofort mit seinem schadenfrohen Lachen aufzuhören. Mit der anderen Hand schnappte sie sich ihr Tuch. Den Schaden daran könnte sie später überprüfen. Jetzt musste sie erst mal flüchten.

„Ich habe mich schon früher mit Mistkerlen herumschlagen müssen, Bettler", warnte sie ihn, obwohl das Zittern in ihrer Stimme ihre Worte Lügen strafte, „ich bin ... recht geschickt mit dem Dolch."

Das stimmte nicht ganz. Das Ausmaß ihres Talents mit der Klinge bestand darin, dass sie ihren Vater hatte rasieren können ohne Blut zu vergießen, was ein Glück war, denn der Anblick von Blut ließ sie ohnmächtig werden, aber das würde sie nicht davon abhalten, ihn zu täuschen.

Duncan war sprachlos. Er musste sich zusammenreißen, dass er nicht in amüsiertes Gelächter ausbrach. Wie er dieses kleine Wesen als Engel hatte bezeichnen können, würde er niemals verstehen.

Er hätte ihr natürlich leicht das Messer aus der Hand schlagen können, aber wenn er das tat, würde er nicht herausfinden, was sie als Nächstes vorhatte und das wollte er mehr als alles andere wissen. Der kleine Hitzkopf faszinierte ihn. Sie stachelte seine Neugier an. Er beschloss, auf sie einzugehen.

„Macht keinen Fehler", sagte sie zu ihm. „Ich danke Euch für Eure gute Tat, aber ich habe Euch bereits dafür bezahlt. Ich werde mich nicht dafür entschuldigen, dass ich Euch zum Narren gemacht habe. Ihr wart offensichtlich von Anfang an einer. Jetzt habe ich zu tun und werde daher nicht bleiben. Ich bin sicher, dass jemand Euch schon bald befreien wird."

Befreien? Hatte sie *Euch befreien* gesagt? Was zum Teufel hatte sie vor?

Sie räusperte sich, während sie errötete. „Jetzt zieht Euer Hemd langsam aus."

„Mein Hemd ausziehen?" Was hatte das Mädchen vor?

„Macht es! Ich kann einen Dolch werfen und einen Mann auf zwanzig Schritt töten."

Sie *konnte* wahrscheinlich einen Dolch werfen, dachte er, aber er bezweifelte, dass dieser auch nur eine Fliege von der Wand schlagen würde. Er unterdrückte ein Grinsen und zog das Hemd langsam über den Kopf.

Plötzlich wünschte sich Linet, dass sie den letzten Befehl rückgängig machen könnte. Ohne sein Hemd sah der Bettler doppelt so furchterregend aus. Seine Schultern waren leicht eine Elle breit. Sie bezweifelte, dass sie mit den Fingern seinen muskulösen Arm umfassen könnte. Selbst seine Unterarme hatten den Umfang junger Bäume. Seine breite Brust war muskelbepackt und sein Bauch flach. Jeder Zoll an ihm zeugte von Gefahr und Kraft. Jeder Zoll außer der dünnen Linie seines ebenholzfarbigen Haares, die einen geraden Weg nach unten nahm und kokett unterhalb des Bundes seiner enganliegenden Hose verschwand.

Sie spürte, wie sie knallrot wurde. Sie sollte nicht über solche Dinge nachdenken. Sorgfältig mied sie seinen Blick und stopfte ihr Tuch in den Gürtel ihres schmutzigen Kleides und dann nahm sie ihm sein Leinenhemd ab.

„Setzt Euch hierhin", befahl sie ihm und wählte eine Stelle neben der größten Eiche, die sie finden konnte. Zu ihrem Leidwesen war der Stamm nicht so breit wie seine Schultern.

Duncan genoss das ganze Schauspiel immens. Sein errötender Engel fühlte sich offensichtlich unbehaglich. Wahrscheinlich war sie noch nie so nah an einem Mann mit nacktem Oberkörper gewesen. Fürwahr, er könnte wetten, dass das unschuldige Mädchen noch nie von einem Mann geküsst worden war.

„Nehmt Eure Arme nach hinten." Ihre Stimme brach vor Aufregung.

Er kam ihrem Befehl nach und sie band den Ärmel seines Hemdes um seine Handgelenke und fesselte ihn an den Baum. Er war sich nicht sicher, ob es Mitleid ihrerseits war oder ob sie es einfach nur vergessen hatte, aber sie machte sich nicht die Mühe, ihn zu knebeln. Dann nahm sie wieder sein Messer und stellte sich dreist vor ihn hin.

Er versuchte jämmerlich und besiegt auszusehen, aber als sie seinen Dolch zwischen ihre Brüste in ihren Surcot steckte, durchfuhr ihn Verlangen und seine Lenden spannten sich an.

Sie verabschiedete sich schnell und dann ging der Engel mit ihrem wertvollen Tuch weg. Er beobachtete jeden ihrer Schritte und bewunderte sowohl ihren Mut wie auch ihren Hintern.

Sie war natürlich verrückt. Sie hätte ihn niemals

besiegen können, wenn er es nicht zugelassen hätte, aber ihr Wagemut faszinierte ihn.

Als sie außer Sichtweite war, bewegte er seine Finger und schob sich näher an die Eiche. Er war nicht besorgt. Das Mädchen wäre ein paar Augenblicke ohne seinen Schutz, aber er würde seine Fesseln schnell abschütteln und ihr wieder folgen. Sein Bruder Holden und er hatten sich als Jungen oft gegenseitig gefesselt und es gab kaum Fesseln, die sie nicht abschütteln konnten.

Jedoch eine Viertelstunde später, während er mit dem Knoten kämpfte, begann er die entfernte Möglichkeit in Erwägung zu ziehen, den Baum zu entwurzeln. Schweiß lief ihm über die Stirn und er wurde von einem Jucken am Nacken gequält. Er knurrte frustriert. Was war das hier für eine teuflische Handarbeit?

Er saß fest. Die Händlerin ging schutzlos umher, aber er wollte verdammt sein, wenn er um Hilfe rief. Die de Wares brauchten niemandes Hilfe.

Wie sich herausstellte, musste er auch nicht rufen. Im nächsten Augenblick hörte er, wie jemand durch die Büsche auf ihn zu kroch. Durch das Blätterwerk tauchten Robert und Garth auf, die jeder mit neuen Breitschwertern bewaffnet waren.

„Nun, Garth“, flötete Robert so fröhlich wie ein Spatz am Morgen, „was haben wir denn hier? Scheinbar hat sich Euer Bruder wieder einmal in Schwierigkeiten gebracht.“ Er schlug Garth auf den Rücken und steckte sein Schwert in die Schwertscheide.

„Robert“, rief Duncan irritiert, „hört auf zu schwätzen und befreit mich von diesen Fesseln.“

„Wer war es diesmal, Duncan? Ein eifersüchtiger Ehemann? Ein rachsüchtiger Edelmann?“

Duncan blickte ihn finster an. „Es war ein als Engel verkleideter Teufel. Jetzt macht mich los!"

Robert bückte sich zu dem Knoten.

„Und beeilt Euch!", schnauzte Duncan ihn an. „zwei Mistkerle laufen frei herum, die ihr vielleicht etwas zuleide tun wollen."

„Ihr?", fragte Robert und knuffte Garth. „Ich wusste, dass es um eine Frau gehen musste. Habe ich das nicht gesagt, Garth? Habe ich nicht gesagt ..."

„Könnt Ihr Euch nicht beeilen?", bellte Duncan.

Robert schüttelte den Kopf. „Sie ist eine Obdachlose, oder?"

„Sie ist ... eine Händlerin", murmelte Duncan.

„Oh ho!", rief Robert. „Nicht *die* Händlerin?"

Dass Duncan nicht antwortete war verdammend.

Robert klackte mit der Zunge. „Duncan, Duncan, Duncan—"

„Sie könnte in Gefahr sein, Robert."

„Durch die Spanier?", fragte Garth. „Also machen sie *doch* Ärger?"

Er nickte. „Zwei von ihnen schlichen auf dem Markt herum. Sie versuchten, ihr etwas zu stehlen und ich glaube nicht, dass sie so einfach aufgeben werden. Ich habe vor, sie ... sie zu beobachten."

Robert und Garth tauschten bedeutungsschwere Blicke aus. Er nahm an, dass er ihnen keinen Vorwurf dafür machen konnte. Wann immer er sagte, dass er eine Frau, sei sie eine Bäuerin oder eine Edelfrau, Witwe oder Jungfrau, beobachten wollte, führte es irgendwie immer zu mehr.

Er drehte die Handgelenke in seinen Fesseln, die enger geworden zu sein schienen. „Warum zum Teufel braucht Ihr so lang?"

„Dieser Knoten ist unmöglich." Robert hob frustriert die Hände. „Was für ein Teufelswerk hat sie hier vollbracht?"

Garth betrachtete die Handarbeit. „Es sieht aus wie ein Weberknoten", murmelte er.

„Wie bitte?", fragten Duncan und Robert gleichzeitig.

„Ein Weberknoten. Es ist fast unmöglich, ihn aufzubinden."

„Dann schneidet das verdammte Ding auf!", brüllte Duncan. „Wenn Ihr mich nicht sofort befreit, mache ich Eure neuen Klingen an Eurem Hirn stumpf!"

Das Hemd zu zerschneiden dauerte nur einen Augenblick mit Garths Dolch. Duncan lieh sich Roberts Umhang, da er nun kein Hemd mehr hatte und dann machte sich das Trio auf, um nach den Spaniern zu suchen.

Duncans Herz schlug heftig. Er fühlte sich so großartig wie ein Wolf auf der Jagd. Nichts erregte ihn mehr, als Jungfrauen in Nöten zu retten. Außer natürlich der Erhalt ihrer ewigen Dankbarkeit.

Völlig lustlos vor Enttäuschung stieg Duncan Stunden später die Stufen zur großen Halle im Westturm hinauf. Er nahm an, dass er zufrieden hätte sein sollen zu wissen, dass Linet de Montfort in irgendeinem edlen Haushalt über den Nachmittag sicher versteckt war. Das hieß, falls die Informationen, die er dem sturen alten Diener am de Montfort Stand entlockt hatte, stimmten. Der stolze Mann wollte nur sagen, dass seine Herrin ihre Waren zum Heim einer bekannten Dame gebracht hatte, die darum gebeten hatte, dass Linet persönlich kommen möge. Natürlich konnte er den Mann nicht dazu bringen, den Namen der geheimnisvollen Wohltäterin zu offenbaren.

Aber Duncan war nicht zufrieden. Er hatte gehofft, diesen teuflischen Engel wiederzusehen, der es gewagt hatte, einen Dolch an seinen Hals zu halten. Sie bezauberte ihn. Er überlegte, was sie wohl sagen würde, wenn sie wüsste, wessen Leben sie bedroht hatte.

Etwas an dem fesselnden Weib machte sie anders als die anderen Frauen, die er bisher gekannt hatte. Sie war zwar schön und verlockend, aber er hatte in seinem kurzen Leben schon mehr Schönheit gesehen als die meisten gestandenen Männer in ihrem ganzen Leben. Nay, es war etwas anderes.

Sie war wie eine Rose. Nicht so eine charakterlose Rose, wie die Minnesänger sie besangen, sondern eine echte Rose. Weiche zarte Blütenblätter oben und ein harter dorniger Stiel darunter.

Als er sich im Flur seinem Zimmer näherte, hörte er weibliches Gekicher aus den Privatgemächern. Das waren wahrscheinlich ihre Mutter und deren Damen, die ihre Stickereien für diesen Nachmittag beendeten. Vielleicht würde er seinen Kopf mal reinstecken. Das Gefolge von Lady Alyce mit seinem schlammigen Gesicht zu erschrecken würde seine Enttäuschung sicherlich erleichtern.

Als er näherkam, hörte er eine seltsam bekannte Stimme. Er blieb im Flur stehen und drückte sich gegen die Wand, um zu lauschen.

Linet legte den Stoff über ihre Handfläche, damit Lady Alyce ihn untersuchen konnte. „Seht Ihr, Mylady", erklärte sie, „wie fein der Stoff gewebt ist?"

Während sie sich im Zimmer umsah, konnte Linet ihre Aufregung bei dem Gedanken an den Gewinn, den sie hier einstreichen könnte, kaum verbergen. Auf zwei gepolsterten Eichenstühlen lagen Samtkissen. In einer

Ecke befand sich ein aufwendig geschnitzter Paravent aus Mahagoni und eine riesige Kommode mit Silberbeschlägen stand neben dem Kamin. Die Nachmittagssonne fiel in das Privatgemach und tauchte die teuren Wandteppiche mit den Jagdszenen an der Wand in ein ätherisches Licht. Genau dieses Licht war perfekt, um Linets Stoffe zu zeigen und sie ging sehr fachmännisch damit um, indem sie das Tuch erst im Schatten hielt und es dann im richtigen Augenblick dramatisch im goldenen Licht offenbarte.

Lady Alyce strich mit ihren zarten Fingern über das weiche Tuch und die Damen um sie herum gurrten entzückt. Oh aye, dachte Linet, sie könnte leicht die Hälfte ihrer Waren allein in diesem Haushalt verkaufen.

Duncan schaute durch einen Spalt in der Tür zu den Privatgemächern und beobachtete ihre kluge Verkaufsstrategie, wie sie schmeichelte und handelte und die Damen dazu brachte, viel mehr zu kaufen, als sie benötigten. Er grinste bewundernd. Linet de Montfort war sehr gut.

Sie hatte ihr schmutziges Kleid gegen ein anderes ebenso gutes, aber bescheidenes Gewand aus moosgrünem Wollstoff getauscht. Ihr herrliches Haar war jetzt unter einem ordnungsgemäßen Leinenhäubchen versteckt, aber ihre grünen Augen funkelten vor Unternehmungslust, während sie sich in ihrem Element befand.

„Habt Ihr schon einmal eine solch seltene und schöne Farbe gesehen?", fragte sie die Damen und verbarg achtsam den schlammigen Handabdruck, seinen Handabdruck, an einer Ecke des Stoffs.

„Es sieht aus, als wenn Ihr ein Stück des Himmels eingefangen hättet", stimmte Lady Alyce mit funkelnden Augen zu.

Der Engel klackte mit der Zunge. „Ich bedaure, dass ich

heute nur so ein kleines Musterstück habe, Mylady."

Er dachte, dass sie wahrscheinlich viele Ellen des Stoffs in ihrem Wagen versteckt hatte. Es war alles Teil der Kunst des Handelns.

„Die Farbe ist so neu und beliebt, dass es schwierig ist, den Bedarf zu decken", erklärte sie. „Sogar der König ..."

Die Damen keuchten alle gleichzeitig. Duncan unterdrückte ein Lachen. Das Weib hatte klugerweise den Satz nicht beendet und ließ die Damen ihre eigenen Schlüsse ziehen.

„Ich nehme vier Ellen für mich", entschied sich Lady Alyce, „sobald Ihr welchen beschaffen könnt und dann noch genug, um für jede meiner Damen einen Surcot zu schneidern."

Die Damen klatschten vor Aufregung in die Hände.

Linet lächelte und genoss ihren Enthusiasmus. „Ich werde alles organisieren, Mylady." Duncan konnte die Münzen schon fast in ihren Augen sehen.

„Und jetzt meine Liebe", sagte Lady Alyce, „möchte ich Eure robusteren Wollstoffe, Euer Kammgarn und Eure Baumwollstoffe sehen."

„Natürlich." Sie verbeugte sich förmlich.

Linet des Montfort war faszinierend, dachte er, während er beobachtete, wie sie ihr magisches Netz um Lady Alyce und ihre Damen spann. Sie fraßen ihr aus der Hand und wollten noch mehr. Sie zog Muster aus einem riesigen Korb und wurde zu einem Schauspieler auf der Bühne, wobei sie ihnen Geschichten von exotischen Käfern und seltenen Blumen, die zum Färben benutzt wurden, erzählte und dann zog sie schwungvoll einen bunten Stoff heraus und ließ ihn anmutig wie einen Wasserfall über ihren Arm gleiten.

Die Damen saßen da wie gebannt während sie ihnen

erzählte, welcher reiche Edelmann welchen Stoff bestellt hatte. Sie hörten konzentriert zu, während sie schmeichelnde Empfehlungen für jede von ihnen hinsichtlich Farbe und Stil machte. Bis sie fertig war, hatte sie sicherlich die Hälfte der de Ware Geldtruhen geleert.

„Das ist dann vereinbart", sagte Lady Alyce und riss Duncan aus seinen Gedanken. Sie erhob sich. „Mein Verwalter wird Euch morgen das Geld bringen."

„Die Hälfte wird reichen, Mylady und der Rest in vierzehn Tagen, wenn ich die Ware liefere."

„Großartig."

Lady Alyce sammelte ihre Damen wie eine Gans ihre Küken um sich und verließ das Privatgemach. Niemand entdeckte Duncan, der sich hinter der Tür versteckt hatte.

Nachdem sie weg waren, beobachtete er, wie Linet die mühsame Arbeit begann, die Stoffe zu falten und vorsichtig zurück in ihren Korb zu legen. Lange Zeit wartete er nur und genoss die Aussicht. Dann trat er in die Tür und lehnte sich gegen den Rahmen. Linet war so konzentriert auf ihre Arbeit, dass sie ihn nicht bemerkte.

„Ein Stück Himmel?", sagte er beiläufig.

Linet keuchte und stieß fast ihren Korb um.

„Wie gut", gurrte er, „dass sie nicht den Schlamm darauf gesehen haben."

„Ihr!", zischte Linet, als sie die Fassung wiedergefunden hatte. Sie überlegte, wie lange er wohl schon da war. Die Unverfrorenheit des Mannes war unglaublich. Unverschämt lehnte er sich gegen die Tür und jeder Teil seines Körpers strahlte amüsierte Arroganz aus. „Wie...? Was macht Ihr hier?"

Er antwortete nicht sofort und Linet betrachtete ihn ungläubig. Sie hatte schon Taschendiebe und Straßenräuber gesehen, aber sie war noch nie einem so dreisten und selbstsicheren Schurken begegnet. Sein Gesicht war immer noch schmutzig. Sein langes Haar war mit Schlamm verkrustet. Seine Kleidung war zerlumpt, aber seine Augen betrachteten sie mit der ungezwungenen Autorität eines Königs.

Bevor sie protestieren konnte, betrat er das Zimmer und schloss die Tür hinter sich.

„Ich habe es geschafft zu fliehen", sagte er mit einem reumütigen Lächeln und verschränkte die Arme über der Brust, „obwohl es mich mein Hemd gekostet hat."

Linet kniff die Augen zusammen. Scheinbar hatte er sich einen wollenen Umhang gestohlen, der seine prächtige nackte Brust nur teilweise bedeckte. Sie wandte den Blick ab und krallte die Finger ihrer Faust um einen Lappen aus Kammgarn. „Dann sind wir jetzt quitt, da Ihr meinen Surcot ruiniert habt." Sie zwang sich weiterzuarbeiten, während sie verstohlen den Raum nach Ausgängen absuchte.

„Euren Surcot kann man waschen", sagte er. „Mein Hemd jedoch ..."

„Ist das der Grund, warum Ihr mir hierher gefolgt sein?", platzte sie heraus.

„Ihr habt außerdem meinen Dolch gestohlen." Er blickte zu der Stelle zwischen ihren Brüsten, von der sie beide wussten, dass sein Dolch dort versteckt war.

Sie hätte ihm am liebsten seine dreisten Augen ausgestochen, auch wenn diese wie ein Bach im Sommer funkelten.

Sie nahm an, dass sie das verdammte Ding zurückgeben sollte. Sonst wäre sie nicht besser als ein Dieb. Sie würde jedoch nicht so dumm sein, ihm den Dolch jetzt zu geben, während sie hier allein waren. Ihr Vater hatte sie nicht zu einer Närrin erzogen. Sie nickte einmal und zog dann vorsichtig den Dolch aus seinem Versteck.

Verlangen durchfuhr Duncan, während er sich vorstellte, dass er dies mit seiner eigenen Hand tun würde. Ihre Haut sah so weich aus wie die Brust einer Taube. Ein paar Locken hatten sich von unter ihrem Schleier gelöst und ihre Haarfarbe verwandelte sich von Honig zu Bernstein, als sie in das Sonnenlicht trat, wobei ihre Augen so klar wie Edelsteine glänzten. Ihr Mund verzog sich zu einem koketten Lächeln und er merkte instinktiv, als er ihrem Blick begegnete, dass sie unfassbar verlockend im Bett sein würde. Bei dem Gedanken schwoll sein Gemächt an.

Während er sie beobachtete, senkte sie schüchtern den Blick. Er war nicht überrascht. Frauen wurden oft scheu bei seinem offenen Blick. Dann machte sie einen ängstlichen Schritt zu dem offenen Fenster. Sie hielt den Griff des Dolches elegant zwischen ihrem Daumen und zwei Fingern, schaute über den Rand und ließ ihn auf das Gras unten fallen.

Seine Illusionen brachen entzwei wie das Fenster einer Kathedrale bei dem Steinwurf eines frechen Jungen. Er starrte sie ungläubig an. Das gerissene Weib hatte absichtlich seinen Dolch weggeworfen.

„Wenn Ihr Euch beeilt", sagte sie ihm mit lieblicher Stimme, „könnt Ihr ihn Euch zurückholen, bevor jemand anderes ihn findet."

Entsetzt und zugleich fasziniert starrte er sie an. Sich beeilen? Wohl kaum. Er hatte nicht die Absicht, sie allein zu lassen um den Dolch zu holen. Er könnte sich noch hundert Dolche machen lassen. Nay, dachte er amüsiert, er würde lieber hier bei dieser außergewöhnlichen Frau bleiben und sich mit ihr messen.

Als er die Fassung wiedererlangt hatte, sagte er gelassen: „Was ist mit dem Hemd, das ich zerstören musste?"

Sie schaute ihn finster an, aber in ihren Augen glitzerte ein Hauch von Schuldgefühl auf und er hatte vor, sich dies zunutze zu machen.

„Ich habe Euch schließlich Euer ... was war es noch mal? Feinstes italienisches Tuch zurückgeholt."

„Englisches Tuch und italienische Farbe", berichtigte sie ihn.

„Ach so", sagte er mit einem Nicken und rieb sich nachdenklich über das Kinn. „Vielleicht gebt Ihr mir ein wenig davon für das neue Hemd."

Ihr blieb der Mund offenstehen. Das Tuch war natürlich ein Vermögen wert. Bei ihrer Miene war es offensichtlich, dass sie ihn für naiv oder wahnsinnig oder beides hielt.

„Nun, was sagt Ihr?", fragte er ganz unschuldig.

Linet merkte, dass sie Kopfschmerzen bekam. Der Bettler musste verrückt sein, wenn er glaubte, dass sie ihm ihr bestes Tuch geben würde.

Sie atmete tief durch. Die Fassung zu verlieren würde ihr überhaupt nichts bringen. Stattdessen zwang sie sich zu einem reumütigen Lächeln. „Leider wurde das letzte Stück bereits verkauft. Lady Alyce hat es gerade gekauft."

Der Bettler zuckte mit den Schultern. „Bei einer so großen Bestellung wird sie nicht merken, wenn am Ende ein paar Zoll fehlen."

Das schlug dem Fass den Boden aus. Linet verlor die Fassung. Ihre Augen funkelten vor Zorn. „Wie könnt Ihr es wagen, so etwas vorzuschlagen, dass ich eine feine Dame übervorteilen würde?"

„Ich?", rief er lachend. „Wer übervorteilt hier wen? Was ist mit Eurem Geschwätz über den König? Ihr habt Edward doch bislang nicht einen Faden verkauft, oder?"

Sie errötete. Dann knallte sie den Deckel ihres Korbs zu.

„Was ist mit", sagte er schmunzelnd, „*das Blau lässt Eure Augen wie Saphire leuchten* oder *der Stoff ist nicht gut genug für Euch, Ihr habt etwas Besseres verdient*? Ich wäre überrascht, wenn Lady Alyce noch ein Viertelpenny geblieben ist."

Linet zitterte vor Scham und Zorn. Verfluchter Bettler! Ein Edelmann hätte niemals so unhöflich mit ihr gesprochen. Sie kämpfte mit sich, dass sie die Ruhe bewahrte. „Soll ich die Wachen rufen oder werdet Ihr freiwillig gehen?"

Der Bettler grinste trotz ihrer Drohung. „Ich werde gehen", versprach er und seine Augen waren voller Heiterkeit, „wenn Ihr geht."

„Ihr könnt mich nicht so belästigen!", flüsterte sie heftig. „Für wen haltet Ihr Euch?"

Sein Lächeln war ihr ein Rätsel. Sein Blick senkte sich lüstern auf ihren Mund. „In diesem Augenblick? Für einen Bewunderer Eurer Schönheit."

Linet widerstand dem Verlangen, die Augen zu verdrehen. Sie hatte diese Art von Unsinn schon früher von Edelmännern gehört, die von ihrer unschuldigen Erscheinung irregeleitet waren. Sie würde ihn sich mit Sicherheit nicht von einem Bauern anhören. Sie war kein Mädchen mit großen Augen, die mit Schmeicheleien abgelenkt werden konnte, ganz gleich, wie seidenweich seine Stimme auch klang. „Wirklich? Könnt Ihr mit dieser Tätigkeit für Euren Lebensunterhalt sorgen?"

„Sie stillt meinen Hunger", antwortete er kryptisch und blickte sie von unter seinen gesenkten Lidern an.

Linet verfluchte ihren hellen Teint, der jedes Gefühl offenbarte. Verfluchter Mistkerl! Sie hatte schon öfter mit solch einem Unsinn umgehen müssen. Warum errötete sie?

„Was wollt Ihr wirklich?", platzte sie frustriert heraus.

„Außer einem neuen Hemd?"

Sie blickte ihn ruhig an, aber ein winziger Muskel in ihrem Kiefer spannte sich an.

„Für Euch ist es nichts Besonderes", sagte er schniefend. „Ihr seid eine wohlhabende Händlerin. Aber ich? Ich bin nur ein armer Teufel, der kein Hemd mehr am Leib hat."

Linet spürte, wie ihre Selbstsicherheit schwand. Dieser Schuft war frech und arrogant und nicht passend gekleidet und sie konnte nur noch daran denken, ihn so schnell wie möglich loszuwerden. Mit einem verärgerten Seufzen wühlte sie durch ihren Korb und zog ein kurzes Stück blauen Wollstoffes heraus. Die Gilde würde sie dafür schimpfen, dass sie ihre Waren verschenkte, aber sie war verzweifelt.

„Hier", zischte sie und drückte ihm das Tuch in die Hand.

Der Mistkerl hatte die Kühnheit, den Stoff zu überprüfen, als wenn er den Unterschied zwischen feinem Kammgarn und Tuch aus Kendal erkannt hätte.

„Noch etwas?", fragte sie und ihre Stimme triefte vor Sarkasmus.

Er steckte den Stoff unter seinen Umhang und strich ihn mit irritierender Intimität gegen seine nackte Haut.

„Tatsächlich, aye", antwortete er und stellte sich aufrecht vor sie hin.

Sie fühlte sich plötzlich überwältigt. Seine Gegenwart dominierte den Raum und sie bereute ihre Voreiligkeit, dass sie den Dolch aus dem Fenster geworfen hatte.

„Ich beabsichtige, Euch meine Dienste für die Dauer des Marktes anzubieten", sagte er zu ihr.

„Eure ... Dienste?" Ihre Stimme hörte sich hoch und brüchig an. Sie wollte nicht über die Bilder nachdenken, die seine Worte gerade hatten entstehen lassen. Seine Worte waren harmlos, aber irgendwie gab sein Körper eine ganz andere Botschaft ab.

„Ihr braucht mich", murmelte er.

Ihr Atem gefror ihr im Hals. Sie musste ihn falsch verstanden haben. Zu ihrem Leidwesen errötete sie erneut.

„Ihr solltet nicht alleine umhergehen", erklärte er und verschränkte die Arme entschlossen über seiner Brust. „Ich fürchte, dass die beiden Schurken auf dem Marktplatz noch nicht fertig sind mit Euch. Ich biete Euch meinen Schutz."

„Schutz?"

„Ja", bestätigte er und runzelte besorgt die Stirn. „Eine wohlhabende Händlerin wie Ihr unterliegt großer Gefährdung durch Diebe." Er zuckte mit den Schultern. „Ein armer Bettler wie ich könnte ein wenig Geld für ehrliche Arbeit gebrauchen und Euch vor ihnen schützen."

Linet konnte ihn nur anstarren. Seine saphirblauen Augen und seine nackte Brust machten es schwierig, sich zu konzentrieren. „Ich komme schon ganz gut allein zurecht", brachte sie schließlich heraus, ärgerte sich über sich selbst und wollte ihn ablenken.

„Ich arbeite für Kost und Logis und Ihr könnt mir meinen Lohn geben, wenn Ihr Eure Waren verkauft habt", bot er an.

„Nay, ich—"

„Ich bestehe darauf", sagte er mit einer Stimme, die zwar ruhig war, jedoch keinen Widerspruch duldete.

Sie hatte nicht die Absicht, die Dienste dieses zu stolzen, zu glatten und zu selbstsicheren Bettlers, der einen falschen Bart trug, in Anspruch zu nehmen. Er war so verdächtig wie schlechter Fisch. Er würde wahrscheinlich mehr Ärger machen als er verhindern könnte. Sie brauchte keinen Aufpasser. Harold war Schutz genug. Sie würde es ihm einfach so sagen.

Wieder blickte sie hoch zu dem dunklen Bettler und bemerkte die Form seines Kinns, das fest und entschlossen war. Irgendwie sah er nicht aus wie die Art von Mann, der Befehle von einer Frau entgegennahm. Sie nahm an, dass sie ihre kaufmännische List benutzen müsste.

„Glaubt Ihr, Ihr könnt mich vor Dieben beschützen?", fragte sie und täuschte vor, über sein Angebot nachzudenken.

Er sprach mit ernster Stimme. „Dessen könnt Ihr Euch sicher sein."

„Und könnt Ihr Erfahrung in dieser Sache vorweisen?"

„Mein Dolch hat das Blut von so manchem Schurken geschmeckt."

„Ihr könnt mich also allein vor zwei, drei oder vier Angreifern verteidigen?"

„Aye", antwortete er selbstsicher.

„Wachen!", rief sie. „Hilfe! Wachen! Wachen!"

Der Bettler zuckte zusammen und seine rechte Hand ging unwillkürlich zu seinem Gürtel, aber da war nichts. Einen kurzen Augenblick lang starrte er sie vorwurfsvoll an. Dann wurde die Tür von den Schultern zweier de Ware Ritter aufgebrochen.

KAPITEL 3

obert und Garth sprangen in den Raum. Sie hatten ihre glänzenden neuen Schwerter bereits gezogen und diese funkelten im Sonnenlicht, als die Eichentür gegen die Außenwand knallte. Verwirrt blickten sie von Duncan zur Stoffhändlerin hin und her und warteten auf eine Erklärung.

„Nun?", fragte Linet und blickte Duncan erwartungsvoll an.

So wollte sie es also haben, dachte er und kniff die Augen zusammen. Sie wollte, dass er seine Fähigkeiten bewies. Er beschloss, ihrem Wunsch nachzukommen, ließ das blaue Tuch fallen und warf seinen Umhang ab. Unbewaffnet wandte er sich seinem Bruder und seinem besten Freund zu. Er hockte sich hin wie ein Wolf, der im Begriff war zu springen. Dann zwinkerte er ihnen zu.

Garth war es nicht gewohnt, angesichts der Tricks seines Bruders ein ernstes Gesicht zu wahren. Bei Robert war das anders. Er unterdrückte ein Lachen und räusperte sich gewichtig.

„Benötigt Ihr Hilfe?", fragte Robert Linet.

„Ja. Dieser Mann hat sich ohne Zustimmung von Lady Alyce Zutritt verschafft."

„Ich verstehe", nickte Robert und tippte mit dem Daumen auf den Griff seines Schwertes.

„Nun macht schon!", lockte Duncan die beiden mit einem Knurren und einem wilden Glitzern in den Augen. „Nun kommt schon und kämpft!"

„Das wäre wohl kaum ein gerechter Kampf", bemerkte Garth. „Ihr seid unbewaffnet."

„Das macht nichts!", verkündete Duncan leichtfertig. „Ich kann Euch beide auch so besiegen!"

Robert und Garth tauschten Blicke aus, die das Gegenteil besagten. Es war offensichtlich, dass selbst der beste Kämpfer auf der Erde ohne irgendeine Waffe gegen zwei bewaffnete Wachen, die auch seine besten Freunde waren, keine Chance hatte.

„Tut ihm nicht weh", bat Linet und wich ihren Blicken geflissentlich aus. Sie nahm ihren Korb machte sich auf den Weg zur Tür. „Er ist recht harmlos, aber stellt bitte sicher, dass er mir nicht folgt."

Robert, der Verräter, beschloss in einem schalkhaften Augenblick, sich auf die Seite seines Gegners zu schlagen. „Wie Ihr wünscht, Mylady", sagte er und berührte Duncans Kinn mit der Spitze seines Schwertes.

Duncan warf Robert verstohlen einen funkelnden Blick zu, der die Augenbrauen seines Freundes verbrannt hätte, wenn Robert von der ganzen Angelegenheit nicht so erheitert gewesen wäre.

Die Verräter sollten verflucht sein, aber es gab nichts was er tun konnte. Er war in seiner eigenen Verkleidung gefangen und es war offensichtlich, dass seine Kameraden nicht die Absicht hatten, ihn zu retten. Robert genoss es viel zu sehr, seine Klinge an Duncans Kehle zu halten.

Das Weib sollte verflucht sein! Wieder hatte sie ihn besiegt und ihn kühl und vollständig gedemütigt, ohne auch nur die geringste Reue zu empfinden. Wo war ihre Dankbarkeit? Wo war die angemessene Ehrfurcht, die er sonst immer im schwächeren Geschlecht entfachte? Er hatte ihr seinen Dienst angeboten und sie hatte ihm den eigenen Handschuh zurück ins Gesicht geworfen. *Recht harmlos* hatte sie ihn genannt. Sie hatte seinen Mut gar nicht testen wollen. Sie hatte ihn nur loswerden wollen und die kleine Prinzessin hatte ihn gar nicht beachtet, als sie selbstgefällig den Raum verließ.

In dem Augenblick, als die Tür hinter ihr geschlossen wurde, atmete Duncan so heftig aus, dass Garth erschrak. „Steckt sofort alle beide Eure Schwerter weg!", zischte er.

Sie stecken die Schwerter zurück in die Schwertscheiden, aber Robert blieb unbeeindruckt und seine Augen waren voller Heiterkeit. „Haben wir jetzt nicht gutes Futter für die Minnesänger, Garth?", höhnte er. „Eine Frau ist vor Duncan davongelaufen. Ob sie wohl verrückt oder wahnsinnig ist?"

„Hört auf!", donnerte Duncan.

Er lief auf und ab, ballte die Hände zu Fäusten und öffnete sie wieder und ging alle paar Minuten zum Fenster, um zu überprüfen, ob das Mädchen abgefahren war. Im Rasen entdeckte er das Glitzern von Metall. Im Nu hatte ein dünner Bauernjunge Duncans weggeworfenen Dolch aufgehoben und ihn heimlich in seine Jacke gesteckt. Duncan öffnete den Mund, um zu protestieren, trat dann aber stattdessen mit dem Fuß gegen die Wand und lief wieder auf und ab.

„Das verrückte Weib will mich loswerden", knurrte er.

„Dann sollte ich Ihrem Wunsch von Rechts wegen nachkommen. Sie hat ihr verfluchtes Bett gemacht, also soll sie jetzt auch darin liegen. Wenn sie ihr Leben für einen Haufen Tuch riskieren will, was geht mich das an? Wenn sie ihr Schicksal in Versuchung führen will, indem sie ... ihre Macht vor dem berüchtigtsten Piraten in ganz Spanien zur Schau stellt ..." Er blieb stehen. Bei Gott – was sagte er da?

Er konnte sie nicht allein zum Markt zurückgehen lassen. Es war die Pflicht eines de Ware die Damen zu beschützen. Er hatte einer Frau in Nöten noch nie den Rücken zugewandt und sie war in Nöten, auch wenn sie es nicht wusste.

Er hob Roberts Umhang vom Boden auf und legte ihn über seinen Rücken. „Euer Schwert, Robert!", forderte er.

Robert stand da wie ein begossener Pudel. „Mein neues ... aber ..."

Duncan wollte keine Zeit mehr verschwenden, öffnete Roberts Schwertgurt selbst und legte ihn um seine Hüften. Er schlängelte sich an Garth vorbei und eilte zur Tür. „Ihr braucht mit dem Abendessen nicht auf mich zu warten!"

Linet hätte nicht zufriedener mit sich sein können, als sie siegessicher über den de Ware Burghof stolzierte. Sie hatte sich wieder gegen den störenden Bettler durchgesetzt. Dies war ihr erstes Jahr als einzelne Händlerin und schon bewies sie, dass sie die Schläue der de Montforts hatte, die ihr Vater immer so gepriesen hatte.

Der Burghof war fast leer. Sie nahm an, dass die meisten Handwerker zum Markt gegangen waren. Nur ein paar Waffenschmiede schlugen mit dem Hammer auf den heißen Stahl in der Schmiede und ein Dachdecker reparierte ein verrottetes Dach. Mitten auf dem Burghof standen drei Tische und drei junge Damen nähten an einer riesigen Fahne. Als sie näherkam, sah sie den Umriss eines großen schwarzen Wolfes auf grünem Stoff, der Wolf der de Wares. Die Augen waren wild und furchteinflößend und er sträubte seine Mähne. Plötzlich war sie sehr froh, dass sie ihre Geschäfte in zwei Wochen hier abgeschlossen haben würde.

Sie hatte Geschichten gehört. Alle hatten das. Die drei de Ware Söhne waren mächtige, schlaue und grimmige Krieger, mit denen man nicht leichtfertig umging. Der Älteste wurde von vielen als der gefährlichste Schwertkämpfer in ganz England erachtet. Alle drei hatten sich schon in frühen Jahren ihre Sporen verdient und man sagte, dass sie tatsächlich den Jagdinstinkt des Wolfes besaßen, der ihr Wappentier war.

Unwillkürlich zitterte sie. Sie hoffte, dass Lady Alyce mit dem Tuch, das sie gekauft hatte, zufrieden sein würde. Mit spanischen Kapitänen und übereifrigen Bettlern konnte Linet fertig werden, aber sie war sich nicht sicher, ob sie sich gegen drei verärgerte, schwertschwingende Wölfe behaupten könnte. Sie überlegte, wie die liebliche Lady Alyce es schaffte, ihre Söhne an der Leine zu halten.

Sie passierte das Fallgitter und nickte der Wache zu, dass er ihren Wagen vorfuhr. Jenseits der Mauer strich eine angenehme Frühlingsbrise durch die Ulmen und Ahornbäume und wehte den Duft der Bucht den Hügel hinauf. Dies war die schönste Zeit des Jahres mit frischem süßem Gras, gemischt mit immergrünen Gänseblümchen und hellem Grün an den Weiden. Der Himmel war voller kleiner Wölkchen und erinnerte sie an die Zeit der Schafschur und der Wollernte, was sie wiederum daran erinnerte, dass sie keine Zeit zu verschwenden hatte, indem sie den Frühlingstag genoss. Sie musste sich noch um ihre Geschäfte kümmern, bevor es Nacht wurde.

Als sie ihren Korb auf den Wagen stellte, musste sie an den Bettler mit den blauen Augen denken. Sie überlegte, wer der selbstsichere Kerl wohl war und was er wollte? Die Geschichte, dass er sie beschützen wollte, war natürlich Unsinn. Schließlich war er nur ein einfacher Bauer. Er war wahrscheinlich darauf aus, ihr Tuch oder ihr Geld in die Finger zu bekommen. Er wäre nicht der erste, dem so etwas einfiele. Wie die anderen würde er sich jedoch in Gefahr bringen, wenn er versuchte Linet de Montfort um ihr hart verdientes Geld zu betrügen.

Sie schüttelte den Kopf, während der Wind an den Rändern ihres Umhangs zerrte. Sie hätte den Mistkerl für seine Dreistigkeit ins Gesicht schlagen sollen. Ihr Vater hatte sie hinsichtlich des Umgangs mit Bauern gewarnt, dass man ihnen nicht trauen konnte und dass sie kein Benehmen und noch weniger Ehrgefühl hätten. Er hatte ihr immer wieder eingeschärft, dass die de Montfort Familie sich niemals auf ihre Ebene herab begeben dürfte. Trotz seines eigenen tiefen Falls hatte er Linet niemals vergessen lassen, dass sie von ihrer Abstammung her eine echte Dame war.

Sie grinste. Eine echte Dame hätte es niemals ausgehalten, wie der Bettler sie angestarrt hatte und seine Augen sie gemustert hatten, als wenn er plante sie zu verschlingen, während sein hinterhältiges Lächeln sie verhöhnte. Er war ein Schurke, ein äußerst selbstsicherer Betrüger und in seinen saphirblauen Augen war viel mehr und etwas weitaus gefährlicheres als Habgier.

Sie hätte ihn definitiv ohrfeigen sollen.

Als sie ihren Korb verstaut hatte, hob sie ihre schweren Röcke, um auf den Wagen zu steigen.

„Wartet!", rief jemand.

Sie zögerte auf der Stufe. Bei Gott, das konnte nicht sein. Niemand war so waghalsig.

„Wartet!", wiederholte die vertraute Stimme, die immer noch einige Meter hinter ihr war. „Ich kann Euch nicht gehen lassen!"

Seine Beharrlichkeit sollte verflucht sein. Sie atmete tief durch, wandte sich um und war bereit, den Bettler zu schimpfen. Dann erstarrte sie.

Irgendwie hatte er es geschafft, einer der Wachen ein Schwert abzunehmen. Die schwer beladene Scheide schlug gegen seinen Oberschenkel, während er auf sie zu schritt. Bei Gott, dachte sie, hatte er sie getötet? Wollte er *sie* jetzt töten?

Sie würde nicht warten, um es herauszufinden. Schnell stieg sie auf ihren Wagen. Sie ergriff die Zügel und zog daran, sodass das alte Pferd die Burgstraße hinunter galoppierte und der Wagen gefährlich in Schräglage geriet.

Sie floh und war entschlossen den Bettler hinter sich im Staub zu lassen und sie trieb das Pferd mit Flüchen an. Der Wagen rollte über einen Stein und ein Teil ihres Schleiers fiel ihr über ein Auge. Ihr Herz raste und sie schob ihn beiseite, wobei ihr Haar in wilden Locken hinter ihr wehte und sie stand schon fast, um das Pferd weiter voranzutreiben.

Der Wagen schlingerte um einen Eierhändler herum und dahinter stoben seine Hühner auseinander. Dann fuhr sie über eine Straße mit gefährlich tiefen Fahrrinnen und verfehlte nur knapp einen Fischhändler, der mit einem Korb voller Forellen auf dem Weg zur Burg war. Erst als die

Straße frei war, wagte sie einen Blick zurück über ihre Schulter.

„Verdammt!"

Er verfolgte sie wie ein plündernder Berserker.

Wieder trieb sie das Pferd an. Panik stieg in ihr auf. Der Wagen ratterte über die Straße wie eine Meute Jagdhunde, die mit jedem Augenblick hektischer wurde. Die Räder auf der rechten Seite fuhren rein und raus aus der tiefen Fahrrinne und brachten den Wagen in eine gefährliche Schieflage. Der Korb mit ihren ordentlich gefalteten Stoffen wankte wie ein Trunkenbold.

Plötzlich senkte sich das ganze hintere Ende des Wagens.

Der Bettler war auf den Wagen gesprungen.

Mit geweiteten Augen wandte sie sich zu ihm.

Sein Kiefer war vor grimmiger Entschlossenheit angespannt. Die Muskeln an seinen Armen traten hervor, als er nach vorne über die Wollstoffe hinweg auf sie zukam. Er verfolgte sie so unbarmherzig wie ein Wolf ein Reh und wie die dem Untergang geweihte Beute konnte Linet den Blick nicht von ihrem Verfolger abwenden.

Leider hatte sie einen schlechten Zeitpunkt gewählt, um ihre Aufmerksamkeit vom Weg den der Wagen nahm, abzuwenden. Die Augen des Bettlers weiteten sich, als er über sie hinweg zu einer plötzlichen Kurve in der Straße blickte. Bevor sie protestieren konnte, kam er nach vorne auf den Wagen, nahm ihr die Zügel ab und zog daran so fest er konnte, dass das Pferd wieherte und der Wagen in einer Wolke von Steinen und Staub zum Stehen kam.

Sie wäre nach vorn aus dem Wagen und über das Pferd geflogen, aber der Bettler hielt sie mit seinem Arm zurück. Sie gab ein lautes „umpf" von sich, als ihr Bauch gegen seinen Ellbogen stieß. Sie hustete, keuchte hysterisch und wandte sich angriffslustig zu ihm hin.

„W-weg von mir!"

Duncans Lunge schmerzte so sehr, als wollte sie platzen und Linets durchdringender Schrei setzte dem Ganzen noch die Krone auf. Es war ihm völlig rätselhaft, warum er einem Pferdewagen, der von einer waghalsigen Verrückten gefahren wurde, hinterhergerannt war. Ritterlichkeit hatte mit Sicherheit ihre seltsamen Momente.

Inzwischen hatten mehrere neugierige Reisende angehalten um mit offenem Mund zuzuschauen, aber keiner schien sich in einen scheinbaren Haushaltsstreit einmischen zu wollen.

„Weg von mir!", kreischte sie mit angsterfüllten Augen.

Er blickte sie an und hatte dabei eine Augenbraue hochgezogen. Was war bloß mit der Frau los? Sie hatte keinen Grund für Angst oder Feindseligkeit. Schließlich hatte er ihr wahrscheinlich gerade das Leben gerettet.

„Rührt mich nicht an", keuchte sie und stand auf, aber wie ein panischer Hund, der die Hand seines Herren beißen will, zog sie ihren Arm zurück und schlug ihn. Hart.

Der Knall von Fleisch auf Fleisch brannte auf seiner Wange und teilte die Luft wie ein Sommerblitz.

Er war überrascht. Er war noch nie von einer Frau geschlagen worden. Niemand erregte absichtlich den Unmut eines de Ware. Das wäre, wie wenn man einen schlafenden Wolf weckte. Schlimmer noch, in ihren Augen war noch nicht einmal der Hauch einer Entschuldigung zu sehen, sondern nur Scham über das, was sie sich getraut hatte.

Er knirschte mit den Zähnen und schwankte zwischen Schock und Zorn. Dann ergriff er sie am Unterarm und zwang sie, sich neben ihn auf die hölzerne Bank zu setzen, ergriff die Zügel und setze das alte Pferd in Bewegung. Er ignorierte die neugierigen Blicke jener, die auf das seltsame Paar zeigten, das oben auf dem Wagen miteinander kämpfte und er fuhr weiter in Richtung Markt.

Er hatte noch nie einen solchen Zorn verspürt. Es war nicht seine Art, Frauen grob zu behandeln, aber der Drang, diese Frau zu verprügeln überwältigte ihn fast. Sie sollte dankbar sein. Dank ihm saß ihr Kopf noch auf ihren Schultern, wenn man bedachte, in welcher Gesellschaft sie sich in letzter Zeit herumgetrieben hatte. Aber nay, das dumme Weib glaubte wahrscheinlich, dass sie auch unbeschadet durch die *Hölle* gehen könnte.

Sie fuhren in eisigem Schweigen weiter, bis die Burg hinter einem Hügel verschwand. Als sie den Schutz der Bäume erreicht hatten, zog er an den Zügeln, um das Pferd mitten auf der Straße anzuhalten.

Linet stockte der Atem und sie bekam Angst. Der Bettler hatte sie absichtlich an diesen einsamen Ort gebracht. Was in Gottes Namen hatte er vor?

Seine Hand fühlte sich an wie eine Fessel um ihren Arm. Vielleicht, traute sie sich zu hoffen, wollte er sie nur ausrauben. Vielleicht würde er ihr Geld nehmen und flüchten.

Aber ihre schlimmsten Befürchtungen wurden bestätigt, als der Schurke mit seiner freien Hand in die Tasche griff und eine kleine Ampulle herausholte, die er mit seinen Zähnen entkorkte.

Gift!

Sie versuchte sich loszureißen.

„Hört auf, Weib!", befahl er und seine blauen Augen waren wie Stahl unter den dunklen Augenbrauen.

Sie schlug ihren Stolz in den Wind, atmete tief durch und fing an so laut sie konnte zu schreien. „Mord! Hilfe! Mord!"

„Ruhe", zischte er und schüttelte sie.

Etwas von dem Inhalt der Ampulle tropfte auf ihren Umhang. Sie keuchte vor Entsetzen und erwartete fast, dass der Stoff wegschmelzen würde.

Der Bettler blickte sich um, um sicherzugehen, dass niemand ihre Schreie gehört hatte. Dann blickte er sie finster an, jedoch nicht voller Zorn, sondern eher mit verwirrter Enttäuschung. „Mord?"

Ihr Herz schlug wie wild und sie starrte auf den Fleck auf ihrem Umhang, wobei sie darauf wartete, dass das Material sich auflöste. Er folgte ihrem Blick. Sein Mund verzog sich zu einem schiefen, hämischen Lächeln.

„Das ist Kiefernharz", erklärte er ihr.

Dann ließ er ihren Arm los um etwas, das schwarz, haarig und tot war, aus seiner Tasche zu nehmen. Sie zuckte instinktiv zurück, aber es war nur sein falscher Bart, der ein bisschen mitgenommen aussah, seit sie darauf getreten war. Er musste ihn sich vom Markt geholt haben.

„Vielleicht mildert das den Schlag das nächste Mal", knurrte er. Dann zupfte er etwas von der klebrigen Flüssigkeit auf seine Wangen und sein Kinn und befestigte den Bart an seinem Gesicht.

Ein wenig von der Spannung wich von ihren Schultern, aber sie war noch nicht ganz zufrieden. „Habt Ihr die Wachen getötet?"

„Natürlich nicht."

„Aber Ihr habt sie besiegt."

„Ist es nicht das, was Ihr wolltet – einen Beweis meiner Fähigkeiten?"

Sie nahm an, dass sie seine Handlungen vielleicht doch falsch interpretiert hatte. Vielleicht wollte er ihr wirklich nicht schaden. Trotzdem würde sie ihre Verteidigung noch nicht ganz fallen lassen. Sie saß am Rand ihres Sitzes bereit zur Flucht.

„Wenn Ihr Euer Pferd und Euren Wagen behalten wollt", sagte er ruhig, als wenn er ihre Gedanken lesen könnte, „würde ich Euch raten, zu bleiben, wo Ihr seid."

Sie hatte keine Wahl. Sie konnte es sich nicht leisten ihren Wagen oder ihr Pferd zu verlieren. Hilflos saß sie da, während er seinen Bart zurechtrückte.

Plötzlich wurde ihr die Verrücktheit der ganzen Geschichte klar. Sie war die Geisel eines Mannes, der behauptete, dass er sie nur beschützen wollte, der kein Geld wollte und eine Vorliebe dafür hatte, falsche Bärte zu tragen. Langsam wich ihre Angst angesichts ihrer brennenden Neugier.

„Warum tragt Ihr das lächerliche Ding überhaupt?" Sie zeigte auf seinen Bart. „Könnt Ihr Euch keinen eigenen wachsen lassen?"

„Einen Bart?" Er blickte sie finster an. „Früher konnte ich ihn wachsen lassen", sagte er demonstrativ. „Obwohl noch so ein paar anstrengende Tage wie dieser mich sowohl bartlos als auch glatzköpfig machen könnten."

Sie blickte auf seine dichte ebenholzfarbige Mähne. Er könnte wahrscheinlich die Hälfte seines Haares verlieren und immer noch genug für zwei Männer haben. Es wickelte sich um sein Ohr und fiel ihm über den Nacken. Es sah sehr weich aus.

Er zog eine Augenbraue in ihre Richtung hoch und sie merkte, dass sie ihn angestarrt hatte. Sie drehte ihren Kopf und schaute auf das Pferd. „Ich habe viel Arbeit. Wenn Ihr

Eure Morgentoilette also abbrechen und mir einfach sagen könntet, was Ihr von mir wollt..."

Er musterte sie von Kopf bis Fuß und sie bereute ihre Wortwahl. Dankenswerterweise ging er nicht auf ihre Worte ein. Er atmete tief durch, als wollte er sich sammeln. „Als ich erwachsen wurde, habe ich geschworen, alle Frauen zu beschützen. Ich habe vor, diesen Schwur zu erfüllen."

Sie konnte ihn nur anstarren. Trotz all seiner seltsamen Possen, war ihr noch nie der Gedanke gekommen, dass er wahrhaftig verrückt sein könnte. Bis jetzt. „Als Ihr ... erwachsen wurdet?"

„Ich nehme meine Schwüre nicht auf die leichte Schulter." Sein Blick schien in die Ferne zu schweifen. „Wo auch immer eine Frau in Nöten ist, werde ich hingehen."

Linet schwieg einen Augenblick. Dann brach sie in Gelächter aus. „Ihr erwartet, dass ich glaube, dass Ihr ein Ritter seid?"

Hochnäsig schob er sein Kinn vor, woraufhin sie noch mehr lachen musste.

„Also, Sir Wie-auch-immer-Ihr-Euch-nennt, Ihr seid der erste Ritter, den ich kennenlerne, der kein Pferd, keine Rüstung und absolut kein Ehrgefühl besitzt."

Das Flackern in seinen Augen warnte sie, dass sie sich gerade auf gefährlichem Boden bewegte.

„Ich habe mehr Ehre in meinem kleinen Finger", knurrte er, „als Ihr in Eurem ganzen Körper."

„Haha!", rief sie. „Mein Vater war Lord Aucassin von Flandern." Unwillkürlich ging ihre Hand an das Familien Medaillon, das sie an ihrer Brust trug.

Er lachte ungläubig. „Wirklich? Euer Vater ist ein Lord und doch erlaubt er Euch, auf dem Tuchmarkt zu schuften?"

Sie wurde bleich. Er hatte keinerlei Recht sie zu befragen. Ein Edelmann würde ihr einfach glauben. Sie schuldete ihm keine Erklärung und sie hatte mit Sicherheit nicht die Absicht, ihm ihre beschmutzte Familiengeschichte zu offenbaren.

„Aha, ich verstehe", sagte er und sein Blick wurde weicher. Seine Stimme wurde seltsam einfühlsam und die Erheiterung war weg. „Seid Ihr also unehelich?"

„Nein?", explodierte sie. „Ich bin nicht unehelich! Untersteht Euch, mich jemals so zu nennen. Meine Mutter und mein Vater waren ordnungsgemäß verheiratet. Es war nicht meines Vaters Schuld, dass ..."

„Dass ...", lockte er sie.

Die Sorge in seinem Blick schien aufrichtig gemeint zu sein, aber sie würde keinem Fremden etwas über die beschämenden Umstände ihrer Geburt erzählen. Sie richtete sich auf ihrem Platz auf.

„Ihr fahrt mich jetzt zur Woolmaker's Row", informierte sie ihn kühl, „und dort lasst Ihr mich allein zurück."

Er schüttelte den Kopf. „Ich lasse Euch nirgendwo zurück. Ihr könntet in großer Gefahr sein. Ich habe geschworen, für Eure Sicherheit zu sorgen und ..."

„Sicherheit? Und wer beschützt mich vor Euresgleichen?" Sie schüttelte den Kopf. „Nay, ich brauche Euren Schutz nicht. Ich habe meinen Diener Harold."

„Den alten Mann?"

„Er ist stärker als er aussieht."

Der Bettler hustete.

Sie ballte die Hände zu Fäusten in den Falten ihres Surcots, während der Zorn in ihr hochkochte.

Er schnalzte dem Pferd zu und der Wagen setzte sich ruckartig in Bewegung.

„Ihr dürft mich nur bis zum Markt begleiten", erklärte sie ihm und tat so, als hätte sie eine Wahl.

Er antwortete nicht. Sie wusste es besser, als dass sie sein Schweigen als Zustimmung interpretiert hätte, aber es war sinnlos jetzt noch darüber zu streiten. Wenn sie in Woolmaker's Row ankamen, hätte sie Harold und die ganze Tuchmachergilde hinter sich. Dann würde sie ihn loswerden.

Sie würde ihn wahrscheinlich nie wiedersehen.

Sie würde nie erfahren, warum er den teuflischen Bart trug oder warum er behauptete, ein Ritter zu sein oder warum er so einzigartig davon besessen war, sie zu beschützen. Aber das war ihr einerlei. Sie musste sich um ihr eigenes Leben kümmern - ein Leben mit Kett- und Schussfäden, Zahlen und Konten, Umsätzen und Steuern - ein behagliches, sicheres und vorhersehbares Leben. Sie hatte keine Zeit für exzentrische Bettler und deren verrückte Fantasien von Ritterlichkeit.

Sie seufzte und verschränkte die Hände im Schoß während sie weiterfuhren und überlegte unbehaglich, ob ihr Vater wohl mit finsterem Blick vom Himmel herabschaute. Sie war noch nie so nah bei einem niederen Bauern gewesen. Wahrscheinlich würde sie keinem je wieder so nah kommen. Da sie ihn wahrscheinlich nie wiedersehen würde, dachte sie, dass es nicht schaden könnte, den Mann kurz zu Bildungszwecken aus dem Augenwinkel zu betrachten.

Wer war der geheimnisvolle Bettler? Die Fäuste, welche die Zügel hielten, waren riesig mit hervorstehenden

Adern. Seine Hände waren offensichtlich an harte Arbeit gewohnt. Seine Oberschenkel waren ihren unbehaglich nah und waren unter der zerknitterten Hose muskelbepackt wie die Beine eines Arbeiters. Doch umgab ihn eine gewisse Lässigkeit, eine sinnliche Trägheit, die es scheinen ließ, als wenn er gar nicht arbeitete.

Dann war da noch sein Verhalten. Er war sicherlich so vulgär und rüpelhaft wie der gröbste Bauer und doch besaß er die natürliche Autorität und die Sprache eines Edelmannes.

Seine Kleidung offenbarte dann natürlich die Wahrheit. Der Wollstoff seiner Hose war grob und voller winziger Mottenlöcher und seine Lederstiefel abgewetzt und dünn, aber sein Umhang war aus feinstem englischem Kammgarn. Bei der Herstellung dieses Kleidungsstücks waren weder Kosten noch Mühen gescheut worden.

Daraus konnte man nur einen Schluss ziehen. Der Mann war ein Dieb.

„Der Umhang war sicherlich teuer", murmelte sie und blickte ihn wissend an.

Er grinste. „Tatsächlich bekam ich ihn geschenkt."

Sie verdrehte die Augen. „Geschenkt! Zweifellos bei vorgehaltenem Dolch. Das Gewand ist zu gut, um es zu verschenken. Tatsächlich tut Ihr ihm Unrecht, indem Ihr ihn über Euren Lumpen tragt."

„Tatsächlich?" Sein Mund verzog sich zu einem Lächeln. „Seid Ihr der Meinung, dass ich ihn wegwerfen sollte?" Dann klackte er mit der Zunge. „Ach nay, Ihr lüsternes Weib, jetzt durchschaue ich Eure List. So leicht lege ich meine Kleidung nicht ab."

Sie wurde knallrot, insbesondere, als er anfing zu lachen.

„Ich muss widersprechen, dass ich dem Kleidungsstück Unrecht tue. Ich bin immer dankbar für Geschenke und ich respektiere ihren Wert." Seine Lippen zuckten vor unterdrückter Heiterkeit. „Im Gegensatz zu jemand anderem, den ich kenne. Erst gestern habe ich von einem undankbaren Weib gehört, die ein Geschenk spanischen Weins ins Meer geschüttet hat."

Sie war überrascht. Schnell drehte sie ihren Kopf. „Was wisst Ihr davon?", fragte sie spitz.

„Genug."

Sie fummelte an ihrem Rock herum und ihr Blick wanderte zu seinen blauen Augen. „Ich habe eine Ungerechtigkeit in Ordnung gebracht. El Gallo hat meinem Vater Waren gestohlen." Mehr hatte sie nicht sagen wollen. Sie schuldete dem Bettler keine Erklärung, aber irgendetwas an der stillen Ermutigung in seinem Gesicht ließ sie fortfahren. Sie starrte auf die Hände in ihrem Schoß. „Ich wollte den Wein überhaupt nicht. Darum ging es nicht, aber irgendjemanden musste der Räuberei Einhalt gebieten. Darum habe ich ihn weggeschüttet."

Sie wagte es, den Bettler anzusehen. Ihre vorwitzige Zunge sollte verflucht sein. Sie hatte zu viel gesagt. Sein Blick veränderte sich zu einem völlig unbeschreiblichen Gefühl – irgendetwas zwischen Erheiterung und Mitleid und Bewunderung. Es gefiel ihr nicht, dass er sie so ansah. Es war viel zu ... vertraulich. Auch wenn es sie umbrachte, schwor sie sich, dass sie nicht ein weiteres Wort zu dem Mann sagen würde.

Sie war jetzt nah genug bei ihm, dass sie sehen konnte, dass silbrige Streifen das Kobaltblau seiner Augen durchzogen und diese waren so unpassend, wie wenn Silberfäden in den blauen Stoff eines Bauern gewebt würden und so rätselhaft wie der Mann selbst. Eine Haarlocke fiel ihm über die Stirn zwischen den Augenbrauen wie ein schwarzer Blitz und ließ ihn gefährlich aussehen. Sein breiter Mund war ein kleines bisschen geöffnet, sodass sie die Spitzen seiner starken weißen Zähne sehen konnte.

Plötzlich stellte sie fest, dass er überwältigend aussah und ebenso schnell erinnerte sie sich, dass er ein Bettler war. Sie konzentrierte sich auf den Weg vor ihnen.

Duncan ertrug Linets Musterung für den größten Teil des Weges schweigend. Bis er das alte Pferd hinter den de Montfort Pavillon gesteuert hatte, hatte sie ihn so genau gemustert, dass er überlegte ob das arme Weib jemals zuvor einen Mann aus der Nähe gesehen hatte.

„Harold!", rief Duncan und der Diener eilte überrascht aus seinem Stand. Er warf dem alten Mann die Zügel zu. „Ich danke Euch", sagte er mit einem Nicken.

Linet stieg anmutig vom Wagen und ärgerte sich offensichtlich über seine Vertrautheit dem Diener gegenüber. Sie strich ihre Röcke glatt und räusperte sich.

„Hört mir zu", sagte sie leise. „Wenn Ihr Geld wollt..."

Er grinste. Immer wieder bot sie ihm Geld an. „Wie ich Euch bereits sagte, ich brauche kein Geld. Meine Familie ist ziemlich reich."

Sie blickte ihn so frustriert an, dass es schon fast komisch war. Er nahm an, dass das amüsierte Glitzern in seinen Augen ihre Verärgerung nicht minderte. „Werdet Ihr nicht gehen?"

Mit vorgetäuschtem Kummer schüttelte er den Kopf.

Sie sagte etwas mit zusammen gebissenen Zähnen und fing an mit Wucht die Stoffe vom Wagen abzuladen. So sehr sie ihn offensichtlich auch loswerden wollte, wussten sie beide, dass sie es sich nicht leisten konnte, einen erhitzten Streit auf dem Marktplatz anzufangen. Außerdem hatte er alles Recht der Welt, an diesem Ort zu sein. Der Markt war eine öffentliche Durchgangsstraße.

Das hielt sie jedoch nicht davon ab, ihre Meinung leise zu äußern. Sie murmelte, während sie arbeitete und er hörte Fetzen ihrer Beschwerden wie „boshafter Bauer", „aufdringlicher Bettler" und „nehmt Euer Geld und verschwindet."

Schmunzelnd kletterte er vom Wagen und stellte sich vor den Stand, um zuzuschauen.

Sie wählte einige Stoffe aus, als wenn sie ein Künstler wäre, der Farben auswählte –grau gemustertes Kammgarn und rostrote Wollstoffe, cremefarbener Baumwollstoff mit dunkelgrünen Streifen und verschiedene Blautöne und sogar ein scharlachrotes spanisches Tuch und die ganze Zeit schimmerte ihr Haar wie der Schleier einer sarazenischen Tänzerin. Als ihre zarten Finger über die verschiedenen Gewebe ihrer Waren strichen, stellte er sich vor, wie diese Finger über seine eigenen verschiedenen Gewebe strichen.

Verträumt seufzte er.

Sie war kaum damit fertig, alle ihre Stoffe auszubreiten, als ein blonder Edelmann sich näherte und eine Länge gelben Stoffs betrachtete.

„Ach, das safrangelbe Kammgarn", sagte sie zu ihm und lächelte charmant trotz ihrer schlechten Laune. „Die Farbe wird aus einer seltenen exotischen Blume gewonnen, Sir. Wenn ich so sagen darf, wäre es die perfekte Wahl für Euren hellen Teint."

Der Mann fühlte sich offensichtlich von ihrem Unsinn

geschmeichelt. Seine Augen funkelten und er strich spekulativ über den Stoff.

Duncan mochte ihn nicht und es gefiel ihm nicht, wie Linet mit ihm sprach, als wenn sie den Mann dazu verlocken wollte, etwas mehr als nur ihren Stoff zu kaufen. Er richtete sich auf und blickte den Kunden von gegenüber finster an. Verlegen zog sich der Mann zurück und ging weiter.

Linet drehte sich um und stemmte ihre zu Fäusten geballten Hände in ihre Taille. „Was fällt Euch ein?", zischte sie.

„Ich habe noch nie einem Mann getraut, der Gelb tragen würde", antwortete er erfinderisch.

Sie blickte ihn an, als wäre er aus dem Himmel gefallen. „Ihr habt mich gerade ein Vermögen gekostet! Wisst Ihr, wie viel das Kammgarn wert ist?"

Er kniff die Augen zusammen. „Ich werde Euch nicht sagen, wie Ihr Eure Waren verkaufen sollt und Ihr werdet mir nicht sagen, wie ich Euch beschützen muss."

„Ich habe Euch gesagt, dass ich keinen Schutz brauche", bellte sie.

Dann näherten sich zwei junge Damen und sie war gezwungen die Zähne zusammenzubeißen und wieder zu lächeln. Duncan nickte den hübschen Frauen höflich zu. Die beiden kicherten. Linet bahnte sich ihren Weg vor ihn, um Ihnen einen hellbraunen Damast zu zeigen, aber sie betrachteten den Stoff nur oberflächlich. Sie waren nicht an Linets Tuch interessiert. Sie waren an ihm interessiert. Er zwinkerte einer von ihnen zu. Das Mädchen errötete und murmelte ihrer Freundin etwas hinter vorgehaltener Hand zu.

„Fällt Euch etwas ins Auge, meine Damen?", scherzte er und zeigte auf die Stoffe.

Die Mädchen keuchten und kicherten wieder. Dann eilten sie mit flatternden Wimpern davon, weil sie entweder zu schüchtern oder zu dumm waren, um eine weitere Unterhaltung zu führen.

Linet blickte ihn böse an. „Ihr stört mein Geschäft."

Er verbeugte sich und zog sich zu einem weniger sichtbaren Ort neben dem Verkaufstisch zurück. „Ich bitte um Verzeihung." Aber er meinte das in keinster Weise. Er hatte seinen Spaß.

„Ihr braucht vielleicht kein Geld, Bettler, aber ich bin abhängig von meinen Verkäufen."

Er schnaubte. „Nachdem, was Ihr aus der de Ware Geldtruhe genommen habt, sollte man meinen, dass ihr für den Rest Eurer Tage behaglich leben könntet. Obwohl das Glück jemandem vielleicht nicht sehr lange hold ist, der sich mit Piraten anlegt."

Ihr stand der Mund auf. „Ich habe Lady Alyce einen fairen Preis für ihren Stoff berechnet", verteidigte sie sich. „Und was die Piraten betrifft..."

„Piraten?", rief eine dicke Frau mit roten Wangen, während sie ein Stück grünen Baumwollstoff in die Hand nahm. „Ist dies Diebesgut?"

„Nay", versicherte Linet der Dame schnell und schoss Duncan einen warnenden Blick zu. Gehorsam ging er zurück auf die andere Seite der Gasse, aber erst grinste er sie noch charmant an. Dann ließ er sie weiterarbeiten. „Alles hier ist ehrlichen Ursprungs, Mylady und was seid ihr doch für eine kluge Frau, dass Ihr das Grün entdeckt habt."

Das wird ein langer Tag werden, dachte er und lehnte sich an eine Ulme, wobei er die Arme über seiner Brust verschränkte und es würde eine übermenschliche Aufgabe sein, Unruhestifter von ihr fernzuhalten – von seinem Engel mit den tanzenden Augen, dem atemberaubenden Lächeln und den himmlischen Kurven.

Er verzog den Mund zu einem Lächeln. Es würde die Hölle werden, aber er nahm an, dass einer die Engel hier auf dieser Erde beschützen musste.

KAPITEL 4

inet war sich so sicher gewesen, dass der Bettler am Ende des Tages gehen würde. Sicherlich würde er bis dahin seines Spielchens überdrüssig werden, wenn er sah wie sie sich auf ihre Arbeit konzentrierte und ihn nur selten beachtete, aber er blieb trotzdem da, stand mit verschränkten Armen gegenüber dem Stand und beobachtete die Händler und die vorbeiziehenden Menschen, aber am meisten beobachtete er sie. Es schien, dass er sie jedes Mal, wenn sie hochblickte, beobachtete.

Die Situation hatte Auswirkungen auf ihr Geschäft. Sie hatte heute nur zehn Ellen Stoff verkauft und nur noch wenig Hoffnung ihren Umsatz zu steigern. Die Sonne ging bereits unter. Der beißende Gestank des Färbermarktes hing in der Luft – rostrote Apfelkerne, Pferdemist und abgestandenes Bier.

Schon bald würde in der nahegelegenen Lichtung ein großes Feuer brennen. Alle waren eingeladen ihr Fleisch und ihre Äpfel darin zu rösten oder vielleicht eine Pastete von einem Händler zu kaufen. Einige der Händler packten schon ihre Waren zusammen und brachten sie nach Hause, aber das Dorf Avedon, wo Linet wohnte und ihr Lager hatte, war zu weit weg für die tägliche Reise und daher würde sie in ihrem Pavillon schlafen.

„Was wollt Ihr zu Abend essen, Mylady?"

Linet legte vor Schreck eine Hand auf ihr Herz. Sie hatte den Bettler noch nicht einmal bemerkt.

„Eine Pastete mit Hammelfleisch vielleicht?", fragte er.

„Nay. Ich habe noch ein wenig gesalzenen Kabeljau und ..."

Der Bettler verzog das Gesicht. „Gesalzener Kabeljau?" Er schüttelte den Kopf. „Das ist kein Essen. Das ist eine Strafe. Ihr müsst eine ordentliche Mahlzeit zu Euch nehmen."

Sie öffnete den Mund um ihn aufzuhalten, aber er hielt bereits einen Jungen an, murmelte ihm einige Anweisungen zu und gab ihm mehrere Silbermünzen, bevor sie sprechen konnte. Nur Gott wusste, wie er an das Geld gekommen war, aber sie bezweifelte, dass er es oder den Jungen jemals wiedersehen würde.

Sie war völlig überrascht, als der Junge mit einem Festmahl zurückkam, bevor sie und Harold die Stoffe überhaupt zusammengefaltet hatten. Der Bettler musste ein halbes Dutzend Pasteten und Obstkuchen gekauft haben. Es gab einen Rinderbraten, eine Ecke Hartkäse und sogar einen Krug Bier. Ihr Mund stand immer noch offen, als der Bettler eine Pastete hineinschob.

„Ich hoffe, Ihr mögt Lamm", sagte er.

Bevor sie antworten konnte, rief er, „Harold! Macht eine Pause. Es gibt Abendessen."

Harold ließ das Tuch, das er gerade faltete, fallen und trat eifrig vor, da er ein Abendessen für umsonst nicht infrage stellen wollte.

„Seid Ihr den ekligen Kabeljau leid?", fragte der Bettler.

„Oh, aye." Harold strich sich mit der Zunge über die Lippen.

Linet hätte gegen die Einmischung des Bettlers protestiert, aber sie kaute immer noch die Lammpastete. Zugegebenermaßen war sie lecker mit saftigem Fleisch und einer knusprigen Kruste. Sie war viel besser als eine weitere Mahlzeit mit gesalzenem Kabeljau und hartem Brot, aber sie würde verdammt sein, wenn sie ihm das sagte.

„Ich finde, dass gesalzener Kabeljau nach der Fastenzeit nichts mehr taugt", sagte der Bettler in vertraulichen Tonfall. „Hier, mein guter Mann, nehmt eine Schweinepastete und einen Schluck Bier, um sie hinunter zu spülen."

„Ich danke Euch, Mylord."

Mylord? Linet verschluckte sich an der Pastete. Hatte Harold den Bettler tatsächlich *Mylord* genannt? Ihre Augen tränten und sie fing an zu husten.

„Oder vielleicht solltet Ihr den ersten Schluck nehmen", bot der Bettler zwinkernd an und schlug ihr auf den Rücken.

Sie nahm ihm das Bier ab und trank einen großen Schluck. Als sie es hinuntergeschluckt hatte und endlich wieder zu Atem kam, gab sie den Krug zurück. „Harold, er ist nicht Euer Lord", schimpfte sie. Dann wandte sie sich dem Bettler zu. „Mein Diener und ich waren recht zufrieden mit unserem Kabeljau."

„Haha", lachte er sie aus. Das konnte sie erkennen.

„Ich werde Euch nicht für das bezahlen, was mein Diener verspeist", informierte sie ihn.

„Ich werde Euch nicht darum bitten."

Gut, dachte sie, solange alles zwischen ihnen geklärt war.

Sie schüttelte die Krümel von ihrem Kleid und betrachtete verstohlen die Obstkuchen. Sie waren gelb, glänzend und knusprig und sahen lecker aus. Sie überlegte, ob sie mit Apfel oder Kirschen gefüllt waren. Bei dem Gedanken an das süße Obst lief ihr das Wasser im Mund zusammen. Ihre Zunge strich ihr einmal leicht über die Lippen. Apfel oder Kirsche?

Vielleicht, überlegte sie, wenn sie mitmachte, wenn sie sein Essen aß, würde der Bettler freiwillig gehen.

„Die einzige Bezahlung, um die ich bitte", sagte er schulterzuckend und unterbrach ihre Gedanken, „ist ein wenig Dankbarkeit."

„Ich danke Euch noch einmal, Mylord", wiederholte Harold und dachte, dass die Erinnerung für ihn gemeint war.

„Er ist nicht Euer Lord, Harold!", zischte Linet verärgert. Dann wandte sie sich dem Bettler zu. „Und was genau meint Ihr mit ,Dankbarkeit'?"

„Ich habe Euch ein gutes Essen gekauft", erklärte der Bettler, „und ich habe Räuber von Eurem Stand ferngehalten. Sicherlich verdient das ..."

„Räuber? Aye, Ihr habt die Räuber ferngehalten und die Lords und ihre Frauen und alle anderen mit Geld in der Tasche! Seit Ihr Euch auf der anderen Straßenseite eingerichtet habt und mich wie ein Adler auf der Jagd beobachtet, habe ich nicht mehr genug verkauft."

„Wirklich?", fragte er mit diesem irritierend selbstsicheren Lächeln. „Wenn Ihr Euren Blick auf Eure Kunden konzentriert hättet, anstatt alle paar Minuten in meine Richtung zu schauen ..."

Sie errötete. „Mein Blick!", keuchte sie. „Ich habe nicht einmal ... *Ihr* habt ..."

Linet konnte an dem selbstgefälligen Grinsen des Bettlers erkennen, dass er nichts von dem, was sie sagte, glaubte und sie wusste, dass sie sich nur noch tiefer in diese Schande hineinritt, wenn sie so weiter machte. Sie schob ihm die halb gegessene Pastete hin, klopfte sich die Hände ab und mit so viel Anmut wie möglich widmete sie sich wieder der Aufgabe ihre Stoffe zu falten.

Der Mann war ein arroganter Narr, dachte sie und schnappte sich ein Stück Baumwollstoff, wenn er glaubte, dass sie ein Interesse daran hätte, ihn anzusehen. Um Himmels Willen, er war nur ein Bauer – ein dreckiger, skrupelloser Bauer und sie – sie war eine Dame. Oder fast eine Dame. Nay, ganz gleich was er sagte, er hatte sie angestarrt. Dessen war sie sich sicher.

Sie knallte die gefaltete Baumwolle auf den Verkaufstisch und machte mit dem nächsten Stoff weiter.

Harold aß weiter mit ungezähmtem Enthusiasmus, leckte sich die Finger und verdrehte ekstatisch die Augen. Sie hätte ihm sagen sollen, dass er auch aufhören sollte. Schließlich war er ihr Diener. Sie könnte ihm befehlen, damit aufzuhören das unrechtmäßig erworbene Essen in sich hinein zu stopfen, aber er sah so glücklich aus und die Pastete war lecker gewesen. Der Bettler aß jetzt den Rest von ihrer, aber es war immer noch viel da. Ihr Magen knurrte und beschwerte sich.

Sie faltete die Baumwolle in Quadrate auf dem Tisch.

Dabei fiel ihr Blick auf die Obstkuchen. Sie lagen unsicher auf dem Oberschenkel des Bettlers, während er sich an den Stand lehnte. Wenn er nicht vorsichtig war, würde er sie fallen lassen und die leckeren Früchte verschwenden. Bei den Äpfeln wäre es nicht so schlimm, aber die Kirschen...

Wieder lief ihr das Wasser im Mund zusammen.

Eilig strich sie das Material glatt.

Dann blickte sie hoch. Ein Tropfen brauner Sauce hing an der Unterlippe des Bettlers.

Sie biss sich auf die Lippen und widmete sich ihrem Stoff.

„Mmmh, es geht nichts über zartes englisches Lamm, nicht wahr Harold?", gurrte der Bettler und schleckte die Sauce ab.

„Nichts, Mylord", stimmte Harold zu und schaute um Verzeihung bittend zu ihr hin. „Ähm ... nichts."

Linet hielt sich am Tischrand fest, damit sie nicht anfing zu schreien. Mit jedem Augenblick wurde ihr Abendessen mit gesalzenem Kabeljau weniger appetitanregend. „Ihr dürft gehen, sobald Ihr fertig gegessen habt", sagte sie dem Bettler kurz angebunden.

„Ich kann das hier nicht alles allein essen", sagte er vernünftig. „Kommt und esst ein wenig. Ich verspreche, dass ich Euch nicht wieder dazu bringen werde, dass Ihr errötet."

Natürlich errötete sie genau bei diesen Worten erneut. Sie versuchte, seine sie verhöhnenden blauen Augen zu ignorieren.

„Ich habe keinen Hunger", log sie. „Insbesondere nicht auf ... auf Apfelkuchen."

Er lächelte sie honigsüß an. „Es sind Kirschkuchen."

Sie schluckte schwer. Sie liebte Kirschkuchen, aber sie waren mit dem Geld des Bettlers gekauft worden, das er zweifellos gestohlen hatte.

„Sie sind noch warm." Sein träger Blick war so verführerisch wie der süße Kuchen, den er anbot und zweifellos so verführerisch wie Satan, als er Eva lockte die verbotene Frucht zu probieren.

Sie war unentschlossen.

„Ich werde Euch noch nicht einmal dazu zwingen Euren widerwärtigen Kabeljau zuerst zu essen", neckte er sie und wackelte mit seinen dunklen Augenbrauen.

Darüber musste sie lächeln. „Nur dieses eine Mal", beschloss sie, „und dann werdet Ihr gehen. Ich will es mir nicht zur Gewohnheit machen, von den Almosen anderer zu leben."

Duncan versuchte seine Erheiterung zu verbergen. Die arrogante Händlerin tat so, als würde sie ihm einen Gefallen tun, indem sie ihm den Kuchen abnahm, aber mit welchem Eifer sie kam, um ihn zu holen! Sie biss vorsichtig in ihren Kuchen und schloss dann die Augen vor Vergnügen. Ein Kirschfleck blieb an ihren Lippen hängen und Duncan sehnte sich danach, ihn dort zu schmecken. Aber sie streckte die Zunge raus, um in abzulecken und genoss es mit schon fast unschicklicher Begeisterung.

Er hatte diesen Gesichtsausdruck schon hunderte Male auf den Gesichtern der Kinder, die er von der Straße gerettet hatte, gesehen – diese Ekstase bei dem ersten Geschmack einer Orange oder eines Stücks Zuckerbrot. Aber Linet war kein hungerndes Straßenkind. Sicherlich hatte sie schon viele Süßigkeiten gegessen.

Er war sicher, dass sie noch nie die Berührung eines Mannes erfahren hatte und so schön sie mit ihren funkelnden Augen, ihrer makellosen Haut, ihren sinnlichen Lippen und ihren prächtigen Haaren war, schien dies schwer zu glauben.

Diese Tuchhändlerin war ein Rätsel; einerseits war sie so weltlich und gleichzeitig so bezaubernd unschuldig. Die Kombination war faszinierend, aber gefährlich. Es war in der Tat ein Glück, dass er es auf sich genommen hatte, sich um ihre Sicherheit zu kümmern.

Sie leckte den letzten Tropfen klebrigen Saftes von ihrer Fingerspitze.

„Möchtet Ihr noch eins?"

Sie senkte den Blick. Sie hatte den Kuchen so schnell gegessen wie ein hungernder Hund, der sich über einen Knochen her machte. „Nay. Ich danke Euch."

Er lächelte. Sie hatte es gesagt. Sie hatte danke gesagt. „Es war mir ein Vergnügen." Das war es wirklich gewesen.

Linet blickte hoch und spürte die Wärme des Lächelns des Bettlers bis hinunter in ihre Zehenspitzen. Dann ertrug sie einen unangenehmen Augenblick der Stille, als sie nicht wusste, was sie mit ihren Händen tun sollte und anfing, an ihren Kleidern zu zupfen. „Solltet ihr nicht besser gehen, solange es noch hell ist?", platzte sie schließlich heraus.

„Gehen?"

Sie erstarrte.

„Ich habe Euch gesagt, dass ich hier bin, um Euch zu beschützen", sagte er. „Bei Nacht kann es noch gefährlicher sein als bei Tag."

„Aber sicherlich wollt Ihr nicht ..."

„Ich könnte Euch unmöglich jetzt verlassen. Euch zu verlassen, wenn Ihr mich am meisten braucht? Nay, Das wäre nicht ritterlich."

„Aber ich brauche kein ..."

„Unsinn." Er hob das übrige Essen auf und stellte es an einen freien Platz auf dem Verkaufstisch. „Ich lege mich hier vor dem Pavillon hin. Ihr braucht Euch keine Gedanken um mich zu machen. Mit diesem Umhang wird mir so warm wie einem Kuckuck im Nest sein und ich werde mindestens ein Auge aufhalten."

Sie nahm an, dass es unhöflich gewesen wäre zu sagen, dass sie sich überhaupt keine Gedanken um sein

Wohlbehagen machte und dass sie sich mehr um ihren Ruf sorgte. Wie würde es aussehen, wenn ein Bettler an der de Montfort Türschwelle schlief? Unglücklicherweise konnte sie nichts dagegen tun. Ein Mann konnte schlafen, wo er wollte, solange es nicht in den Privatgemächern eines anderen war. Die Gasse gehörte allen.

Der Bettler gähnte und streckte seine Arme. In einer Sache hatte er Recht. Ein Unruhestifter würde sich zweimal überlegen, bevor er sich einem Mann mit solchen Armen in den Weg stellte.

Jetzt wurde es schnell dunkel und sie musste immer noch Lady Alyces Bestellung aufschreiben und ihre Buchhaltung machen. Linet hatte keine Zeit für diesen Unsinn. Sie würde wohl die Zähne zusammenbeißen und die Nacht irgendwie ertragen müssen. Es war schon spät und sie war viel zu müde, um mit dem Bettler über seine Einmischung zu diskutieren. Sie würde ihn wohl erst morgen hinauswerfen, wenn sie einen frischen Blick und neue Entschlossenheit hatte. Morgen früh würde sie wissen, was sie dem Mann zu sagen hatte und in fortschicken.

Stunden später beendete Linet ihre Arbeit im Pavillon und Harold fing an hinter dem Leinenvorhang zu schnarchen, aber sie war noch hellwach. Sie knabberte an einem übriggebliebenen Stückchen Pastete, lauschte den Geräuschen der Nacht und dachte über den Mann nach, der hinter der Pavillonwand schlief.

Sie überlegte, ob ihm kalt war. Die Wände des Pavillons und die vielen Stoffe hielten sie so warm wie das Fell ein Schaf, aber außerhalb des Pavillons konnte der grausame englische Nebel einen Mann sogar im Frühling erfrieren lassen. Schuldbewusst schaute sie sich die vielen Stapel dicker warmer Wollstoffe um sie herum an. Selbst eine Elle könnte den Unterschied machen zwischen stundenlangem Zittern und einem erholsamen Schlaf und sie schien sich daran zu erinnern, dass irgendwo ein Stück blauer Wollstoff lag, der ein wenig verzogen und ungleichmäßig gefärbt war und den sie nicht gut würde verkaufen können. Sie nahm an, dass sie es sich leisten konnte, diesen herzugeben. Außerdem war dies wahrscheinlich die einzige Art und Weise, wie sie selbst einen erholsamen Schlaf bekommen könnte.

Bevor sie es sich anders überlegen konnte, zog sie das Stück unter einem Haufen billiger Stoffe hervor. Still trat sie aus dem Pavillon in die dunkle Nacht. Das kühle Gras war kalt an ihren nackten Füßen. Sie hielt die Luft an und ging auf Zehenspitzen zur Vorderseite des Standes und lehnte sich über den Verkaufstisch. Dort unter ihr lag die große Gestalt des Bettlers zusammengerollt auf dem Boden. Sie faltete das Tuch auseinander und warf den Stoff dann über ihn.

Der Stoff landete schief halb auf ihm und halb auf dem Boden. Sie fluchte leise. Sie balancierte gefährlich auf ihrem Bauch am Rand des Tisches, wobei ihre Zehen über dem Boden hingen und dann streckte sie einen Arm aus und zog das Tuch vorsichtig über das, was sie als seine Schultern deutete.

Als sie damit fertig war, begann sie wieder rückwärts zu kriechen.

Aber bevor sie fliehen konnte, ergriff er ihr Handgelenk. Sie keuchte überrascht.

„Psst."

Sie runzelte die Stirn. Wie konnte er es wagen, sie zum Schweigen zu bringen? Er hatte sie fast zu Tode erschreckt! „Für wen haltet Ihr Euch ...?", zischte sie.

Um sie zum Schweigen zu bringen, hielt er ihr Handgelenk fest und drehte dann ihre Hand zielstrebig in seiner. Er ließ seinen Daumen in ihrer Handfläche liegen und seine Finger lagen auf dem Handrücken. Dann spürte sie eine feuchte Wärme um ihre Fingerspitzen.

Oh Gott ... er küsste ihre Hand.

Sie hätte hunderte von Dingen tun sollen – ihn Ohrfeigen, ihre Hand zurückziehen, nach Harold rufen – aber die Berührung schien so unschuldig und flüchtig, dass sie am Morgen überlegen würde, ob sie sie wohl nur geträumt hatte.

„Ich danke Euch", murmelte der Bettler an ihren Fingern.

Dann ließ er sie los.

Die Kälte der Nacht ließ sie erzittern und trieb sie zurück in die Sicherheit des Pavillons, aber bis sie schließlich auf ihrem Strohbett einschlief, kribbelten ihre Finger auf eine Art und Weise, die sie weder benennen noch verstehen konnte.

Im Traum war es Sommer. Duncan badete im südlichen Teich und ließ das kühle Wasser über seinen nackten Körper gleiten, wobei er die Oberfläche durchbrach wie ein Wal, der in Richtung der Wärme der Sonne schwamm und sich dann wieder in die erfrischende Tiefe fallen ließ. Die Strömung strich über sein Fleisch und wirbelte in Wellen um ihn herum, deren Farbe sich von blau zu grün und dann zu gold veränderte.

Dann bestanden die Wellen aus ihrem Haar und seidene Locken strichen gegen seine Haut und wickelten sich wie gesponnenes Gold um seine Oberschenkel bis der Genuss des flüssigen Sonnenlichts ihn an den Rand der Ekstase führte ...

Die Nachtschwalben hörten auf zu trällern.

Er öffnete die Augen.

Um ihn herum war es so dunkel wie unter der Kapuze eines verurteilten Mannes. Sein Herz schlug ruhig, aber schneller als bei einem erfahrenen Krieger üblich. Er legte die rechte Hand an den Griff seines Schwertes.

Jemand war in der Nähe. Er spürte es. Langsam und vorsichtig blickte er sich von unter dem Umhang und der Wolldecke um.

Es war noch nicht Morgen, aber das Licht reichte, dass er die Silhouette eines Schurken, der sicherlich nichts Gutes im Schilde führte, erkennen konnte. Der Mann blieb weniger als einen Meter von Duncans Versteck stehen. Obwohl er es nicht wagte, genauer nachzusehen, hätte er sein Schwert darauf verwettet, dass es einer von El Gallos Männern war. Er hatte gewusst, dass der Pirat nicht so leicht aufgeben würde. Auch war er sich ziemlich sicher gewesen, dass der schmierige Mistkerl nachts zuschlagen würde.

Und er war bereit für ihn.

Zumindest dachte er, dass er bereit wäre. Bis der Mann leise pfiff und seine beiden Kameraden aus dem Wald herbeirief.

Duncan kniff die Augen zusammen. Einen Mann könnte er überraschen. Zwei könnte er gegeneinander ausspielen Aber drei ... drei würden unangenehm werden.

Das Schaben von Stahl gegen Leder sagte ihm, dass die Männer ihre Schwerter gezogen hatten. Sie verteilten sich und schlichen sich an die gegenüberliegenden Enden des Verkaufstisches. Er würde den ersten Mann besiegen und dann über den Tisch springen müssen, bevor die anderen beiden in den Pavillon gelangen konnten.

Er grinste. Es war gut, dass er Herausforderungen mochte.

Er wartete einen kleinen Augenblick. Dann sprang er vor wie ein wildes Tier und warf den ersten Schurken um. Der Mann knurrte und trat nach ihm. Duncan entledigte sich seines Umhangs, verhedderte die Beine des Mannes in dem Stoff und kam auf die Füße.

Während er sich drehte, zog er sein Schwert. Zu spät. Die anderen beiden waren verschwunden. Mutter Gottes, waren sie bereits in den Pavillon hineingerannt? Das Herz schlug ihm bis zum Hals und er sprang auf den Tisch.

Dieser war nicht so stabil wie er aussah. Das Holz krachte und ächzte, während er auf dem Rand stand. Dann sprang er herunter und das ganze Ding krachte zusammen auf den Boden.

Er öffnete den Pavillon. Drinnen war es stockdunkel. Er war im Nachteil. Jetzt ging es nicht mehr darum, den Störenfrieden Angst zu machen. Er musste sie außer Gefecht setzen, bevor sie Linet etwas zuleide tun konnten.

Er hörte ein Knurren von Harold und das schlaftrunkene Murmeln des Mädchens vom hinteren Ende des Pavillons.

„Harold!", rief er. „Linet! Bleibt alle beide zurück!"

Blind schwang er seinen linken Arm herum und berührte einen dicken Wollstoff – das Gewand eines Mannes. Er zog heftig an dem Ärmel und stach mit dem Schwert nach vorn. Aber sein Ziel schien zu verschwinden.

Er schwang sein Schwert nach rechts. Verflucht! Wo waren sie? Sein Fuß stieß gegen etwas, was sich wie ein Stiefel anfühlte und er schlug nach außen, wobei er durch einen weiteren Wappenrock schnitt. Aber es gab keinen Schrei, keinen fallenden Körper, noch nicht einmal einen leisen Protest.

„Nun kommt schon, Ihr Feiglinge", knurrte er und kniff die Augen in der Dunkelheit zusammen.

Etwas Schweres fiel zu seiner Linken um. Er stieß die Spitze seines Schwertes nach unten, um den Feind aufzuspießen.

„Was ist los?", fragte Linet.

„Bleibt zurück!"

Er schwang das Schwert in einem großen Kreis vor sich. Einer war erledigt. Wo versteckte sich der andere? Er strengte seine Ohren an, um ein verräterisches Geräusch zu hören, aber die ganze Woolmaker's Row war bei der Störung erwacht und draußen gab es großes Geschrei. Er drehte sich und ging einen Schritt zurück und dann einen weiteren.

Dann trat er direkt in die Falten des Umhangs des Eindringlings.

Er fiel um wie ein Stein und hob sein Schwert hinter sich hoch. Mit einem heftigen Stoß nach hinten spießte er nicht nur den Mann auf, sondern schnitt auch durch die Wand des Pavillons.

Er atmete tief durch. Es war schon lange her, seit er einen Mann erstochen hatte, aber sein Engel war in Sicherheit. Nur darauf kam es an.

Linet schwor, dass der verrückte Bettler genug Krach machte, dass er die Toten hätte erwecken können. „Was ist los?", beharrte sie.

„Nay!", explodierte er. „Bleibt da. Ihr wollt das hier nicht sehen."

Linet schürzte ihre Lippen. Niemand sagte ihr, was sie sehen und nicht sehen wollte, schon gar nicht in ihrem eigenen Pavillon. Sie zog ihr Hemd fest um sich und machte sich auf den Weg nach vorn.

„Nay! Bleibt, wo Ihr seid!"

„Was habt Ihr gemacht?", fragte sie und ignorierte seinen Befehl. „Die ganze Woolmaker's Row ist wach."

Sie huschte an ihm vorbei und öffnete den Pavillon, wobei sie das wenige Licht von draußen hereinließ, um die Szene im Inneren zu beleuchten. Mitten im Pavillon lag ein Haufen Kammgarn wie ein Trunkenbold. Sie runzelte die Stirn. Was machte es da?

„Darf ich Ihnen behilflich sein?", unterbrach eine Stimme von draußen.

Linet wandte sich um. Jenseits dessen, was von ihrem Verkaufstisch übrig war stand ein großer, dunkler Herr – seiner Stimme nach zu urteilen ein Ausländer, der von zwei Dienern begleitet wurde. Er hielt eine Kerze hoch und in ihrem Licht sah sie ein hageres Gesicht mit einem perfekt gestutzten schwarzen Bart. Seine Augen waren so dunkel, dass sie farblos waren und wie Perlen aus Ebenholz im Kerzenlicht schienen. Sie konnte genug von seiner Kleidung erkennen, dass sie sah, dass sein Surcot aus Samt war und mit Pelz besetzt und dass er ein großes Silbermedaillon an einer langen Kette trug.

„Benötigt Ihr Hilfe, Mylady?", fragte er erneut.

Mylady. Die Anrede machte sie einen Augenblick sprachlos.

„Nay... Sir ... oder aye." Sie lächelte verlegen. „Ich fürchte, ich bin ein wenig verwirrt. Wenn ich Eure Kerze borgen dürfte?"

Ein Tropfen Wachs lief an der Kerze herunter auf die Hand des Mannes, aber er zuckte noch nicht einmal. „Natürlich. Wenn Ihr erlaubt." Seine Augen glitzerten, als er an ihr vorbeiging und sich duckte, um den Pavillon zu betreten.

Nichts hätte Linet auf die völlige Zerstörung, die sich im Licht offenbarte, vorbereiten können. Überall lag zerstörter Stoff. Über den Teppich des Pavillons waren zerrissene Wollstoffe verstreut. Stapel mit Stoffen aus Baumwolle waren umgeworfen worden und auf ihnen waren die Abdrücke von schlammigen Stiefeln zu sehen. Ein Haufen mit Stoffen aus Kammgarn war durchstochen wie ein Wildschwein zum Abendessen und ihr bester italienischer blauer Stoff, den sie Lady Alyce versprochen hatte, hing von einem Schwert aufgespießt an der Wand des Pavillons wie ein sterbender Schmetterling, den ein böser Junge durchstochen hatte.

Nur dieser böse Junge war ein störender Bettler, der verblüfft zu Füßen seiner Arbeit hockte und aussah, als hätte er keine Ahnung, wie dies alles passiert war.

In Linets Augen stiegen Zorn und Ärger auf. So viel Arbeit. So viel Zeit. Zerstört und alles wegen dieses Bauern. Es würde Monate dauern, den Stoff zu ersetzen. Jahre, um ihren Ruf wiederherzustellen.

„Geht." Ihre Stimme bebte, aber sie spannte ihr Kinn an. Eine de Montfort weinte nicht.

Der Bettler stand auf. „Aber ich ..."

„Geht!"

„Hört mir zu ..."

„Ich glaube, die Dame hat sich klar ausgedrückt", sagte der Mann mit der Kerze.

„Linet, Ihr versteht nicht", flehte der Bettler.

„Nay", sagte der Mann mit einer Drohung in der Stimme, „Ihr versteht nicht. Die Dame hat Euch gebeten zu gehen."

Der Bettler wandte sich zu ihr. Sein Blick voller schmerzhafter Verwirrung war fast überzeugend, aber sie hätte es besser wissen sollen. Sie hätte ihm niemals vertrauen sollen. Er war ein Bauer. Ebenso wie ihre Mutter.

„Linet, hört mir zu. Da waren drei Männer, die Euch etwas zuleide tun wollten. Ich musste Euch beschützen. Ich bin Ihnen in den Pavillon gefolgt. Ihr müsst mir glauben."

Der ausländische Herr trat zwischen sie und den Bettler. „Drei Männer? Ich sehe keine Männer."

„Sie sind hier hereingekommen. So musste es gewesen sein." Duncan blickte sich verzweifelt im Pavillon um. Es war lächerlich. Er wusste, was er gesehen hatte, aber hatte er sie gesehen? Nicht wirklich. Er hatte gar nicht wirklich beobachtet, wie sie den Pavillon betraten. „Wartet. Einer war draußen. Sicherlich habt Ihr ihn gesehen, als Ihr hereinkamt. Er hat sich in meinem Umhang verheddert..."

„Ich habe niemanden gesehen."

Duncan hatte nicht vor, dem einfältigen Herrn irgendetwas zu glauben. Er schob sich an dem Mann vorbei durch die Tür des Pavillons. Vor dem Stand hatten sich einige Händler versammelt und ihre Neugier war stärker als ihre Müdigkeit. Er mischte sich unter die murmelnde Menge und inspizierte den Boden nach einem Zeichen des vermissten Mannes – seinem Umhang, seiner Bundhaube oder der Wolldecke. Nichts.

Wie konnten drei ausgewachsene Männer sich in nichts auflösen? Irgendetwas stank so sehr zum Himmel wie ein zwanzig Jahre altes Fass mit eingelegtem Hering und Duncan hatte nicht die Absicht, Linet unbewacht zurückzulassen, bis er der Sache auf den Grund gegangen war. Er wandte sich von den fragenden Zuschauern ab und machte sich bereit, ihr mit der Nachricht gegenüber zu treten.

Aber die Szene, die er durch einen Schlitz in der Pavillontür sah, hinterließ einen bitteren Geschmack in seinem Mund, der ihn zum Schweigen brachte. Die starke, eigensinnige, unabhängige Linet de Montfort war in Tränen aufgelöst. Obwohl sie versuchte, es zu unterdrücken, liefen ihr die Tränen über die Wangen und ihre Schultern zuckten verräterisch.

Der Ausländer streckte die Hände nach ihr aus und zog sie zu sich heran wie ein Fischer, der sein Netz einholt und drückte sie langsam an sich, bis ihr Schluchzen in den Falten seines Umhangs gedämpft wurde. „Ruhig, Mylady", murmelte er. „Er ist weg." Dann hob der Mistkerl eine Hand, an der er einen schwarzen Handschuh trug, und strich mit seinen spinnenartigen Fingern über ihre goldenen Locken, *Duncans* goldene Locken.

Duncan spannte sein Kinn an.

„Psst", fuhr der Mann leise fort und strich ihr über das Haar. „Er wird Euch jetzt keinen Ärger mehr machen, Mylady. Darauf habt Ihr mein Wort als Ehrenmann."

Duncan wäre am liebsten dazwischen gegangen, nur um den Mann mit seinem voreiligen Versprechen Lügen zu strafen. Wenn der Kerl ein Ehrenmann war, würde Duncan seinen Dolch essen. Aber in dem Augenblick öffnete Linet die Augen, die ganz feucht und voller Leid waren. Sie blickte hoch zu dem Fremden mit all dem Vertrauen und der Hoffnung, die Duncan verdiente, jedoch nicht bekommen hatte.

Er kochte vor Zorn. Er hätte die Arme um sie haben müssen. Es hätten die beruhigenden Worte sagen sollen. Er hatte die ganze Nacht auf dem kalten harten Boden vor ihrem Pavillon geschlafen. Er hatte sein Leben gegen drei bewaffnete Angreifer riskiert und wenn die drei es nicht irgendwie geschafft hätten zu verschwinden, würde sie jetzt mit solcher Dankbarkeit in seine Augen blicken.

Verfluchtes Weib! Hatte sie denn kein Herz? Er hatte ihr Abendessen von seinem eigenen Geld gekauft. Er hatte El Gallo davon abgehalten, sie an der Anlegestelle zu verschlingen. Er hatte ihre Stoffe und ihren Wagen und ihr Pferd vor sicherer Zerstörung bewahrt. Bei Gott! Er hatte sein Leben für sie riskiert! Aber schon beim ersten Winken mit einem Ärmel aus Samt, dem Glitzern eines Silbermedaillons hing sie am Arm eines völlig Fremden, als wenn sich die Sonne um ihn drehte.

Sie glaubte also nicht, dass sie seinen Schutz brauchte. Also gut. Er würde sich zurückziehen. Es warteten noch weitaus wichtigere Angelegenheiten auf ihn. Ganze Dörfer mit Vasallen seines Vaters ertrugen viel dringendere Probleme als sie und sie würden seine Hilfe gerne annehmen.

Er spannte seinen Kiefer an, wandte sich ab und marschierte mit der ganzen Würde seiner edlen Erziehung an den Reihen neugieriger Gesichter vorbei entlang Wollmaker's Row in Richtung Burg.

Langsam wurde es hell und er erblickte die vertrauten Hügel und dichten Wälder auf dem Land der de Wares. Auf dem Weg nach Hause versuchte Duncan, sich Linet aus dem Kopf zu schlagen. Stattdessen dachte er über seine Leute nach - über die Kleinbauern, die diese Felder bestellten, seine edle Familie, die sie beschützte, die Bauern, die im Wald schliefen und die Diener und Händler und Bettler, die eines Tages von ihm abhängig sein würden.

Aber alles, woran er vorbeikam, erinnerte ihn an sie. Der sonnendurchflutete Weizen in der Ferne hatte genau die Farbe ihres Haares. Das junge glänzende Grün der Hecken, welche die Felder unterteilten, passte zu ihren Augen. Eine wilde Kletterrose an einer bröckelnden

Steinmauer trug das hellrosa ihrer Lippen. Selbst das gedeckte Grau ihres Surcots fand sich in der Oberfläche des ruhigen, silbrigen Teiches südlich der Burg wieder.

Irgendwo in der Ferne suchte ein lebhaftes Weib mit bernsteinfarbener Mähne und großen smaragdgrün Augen Trost in den Armen eines Edelmannes. Sie hatte den wertlosen Bettler wahrscheinlich längst vergessen.

Wenn er sie nur genauso leicht aus dem Kopf bekommen könnte. Während die Sonne langsam weiter aufstieg, versuchte er sich zu überzeugen, dass es ihn eigentlich nichts anging was mit ihr passierte. Sie war noch nicht mal sein Vasall. Er war nicht verantwortlich für sie.

Er strich sich mit seiner schwieligen Hand durch das Haar. Es machte nichts aus, dass die rötlichen Wolken an diesem Morgen die Farbe ihrer Haut hatten. Es machte überhaupt nichts aus.

Er erschauderte und erklomm den Hügel in Richtung Burg. Es versprach wieder ein langer Tag zu werden.

Linet schämte sich. Seit dem Tod ihres Vaters hatte sie nicht so offen geweint und selbst dann hatte sie es nur in der Privatsphäre ihrer Kammer getan. Hier stand sie nun und durchnässte den samtenen Ärmel eines Herrn mit ihren Tränen. Ihre Stoffe für die Saison lagen zerstört um sie herum und sie konnte an nichts anderes denken als die Art und Weise, wie der verfluchte Bettler sie verraten hatte.

Sie hatte ihm vertraut. Obwohl ihr Verstand sie anderweitig gewarnt hatte, hatte sie ihm geglaubt. Tatsächlich hatte sie zum ersten Mal, seit sie ihr Zuhause verlassen hatte, gut geschlafen, weil sie wusste, dass er draußen schlief.

Aber er hatte sie getäuscht.

Sie hätte auf den Rat ihres Vaters hören sollen. Sie hätte mit dem Bauern noch nicht einmal sprechen sollen.

„So", gurrte der Edelmann. „Jetzt fühlt Ihr Euch besser, nicht wahr?"

Plötzlich wurde ihr die Unschicklichkeit der Situation bewusst. Sie schniefte vorsichtig und löste sich aus seiner Umarmung.

„Viel besser, Mylord. Ich danke Euch." Sie lächelte ihn flüchtig an.

Sein dunkler Blick fiel scharf auf den nassen Fleck auf seinem Ärmel und sie erschrak. Selbst das nachfolgende, beruhigende Schulterzucken konnte diesen Augenblick des Ärgers, den sie auf seinem Gesicht erblickt hatte, nicht löschen.

„Oh, verzeiht mir", sagte sie. „Ein wenig Wasser ..." Die Schüssel mit dem Waschwasser stand immer noch auf einem kleinen Tisch inmitten ihrer Sachen. Sie eilte dorthin, machte einen Lappen nass und fing an, eifrig über den Fleck zu reiben. „Damit sollte das meiste Salz herausgespült werden. Das Wasser macht dem Stoff nichts aus. Wenn es trocken ist, wird man darüber bürsten müssen und ..."

Er ergriff ihre Handgelenke so plötzlich wie eine Spinne, die eine Fliege fängt. Sie keuchte. Dann drehte er ihre Hand um und beugte sich herab, um sie zu küssen.

„Mylady", flüsterte er und seine Lippen strichen knapp über ihren Handrücken, „ich betrachte es als eine Ehre, Eure Tränen auf meinem Ärmel zu tragen."

Sie lächelte ihn an. Was war es doch für eine Erleichterung Höflichkeiten mit einem Edelmann auszutauschen; einem, der Höflichkeit und Ritterlichkeit verstand und ihre Worte nicht verdrehte. Oder sie lüstern betrachtete. Oder behauptete, etwas zu sein, was er nicht war. Sie wischte eine letzte Träne weg und atmete tief durch.

„Außerdem", fügte der Herr hinzu, „ich habe viele ebenso schöne Gewänder."

Linet blinzelte. Die meisten Männer konnten sich kaum ein einziges solches Kleidungsstück leisten.

Der Mann reichte die rauchende Kerze an einen seiner Diener, rieb sich dann die Hände, von denen eine einen Handschuh trug und die andere nicht und seine langen Finger verschränkten sich wie unterschiedliche Fäden in einem Webstuhl. „Und jetzt, Mylady." Er verbeugte sich wie bei Hofe. "Ich bin Don Ferdinand Alfonso de Compostela."

„Ihr seid ... Spanier?"

„Ja." Er runzelte besorgt die Stirn. „Ist das ein Problem für Euch?"

„Oh nay", versicherte sie ihm schnell. Sie hatte mit Sicherheit nichts von dem freundlichen Herrn zu befürchten. Er hatte wahrscheinlich noch nicht einmal von El Gallo gehört. Trotzdem stellte sie sich vor. „Ich bin Linet de Montfort."

„Es ist mir eine Ehre, Mylady." Er deutete eine weitere Verbeugung an, wandte sich dann schnell um, um den Raum in Augenschein zu nehmen, wobei sein schwarzer Umhang um ihn herumwirbelte und ihn wirken ließ wie eine große Fledermaus. Er zog das Schwert, das in der Pavillonwand hing, heraus. Ihr wertvoller blauer Stoff fiel auf den Boden wie ein totes Tier. „Ich fürchte, dass Eure Waren nicht mehr zu reparieren sind, Mylady."

Sie wusste das selbst, aber es war noch entsetzlicher, wenn man es ausgesprochen hörte. Ihr Ruf würde jetzt zerstört sein. Ihre Weber, könnten unmöglich all die

Bestellungen erfüllen, die sie aufgenommen hatte, selbst wenn auch nur die geringste Hoffnung bestand, dass sie so viel Rohwolle bekommen könnte und da war das Spinnen, Kämmen und Färben noch gar nicht eingerechnet. Ihr erstes Jahr als Einzelhändlerin war ruiniert.

Die Gilde würde natürlich dafür sorgen, dass sie nicht hungern musste. Die Tuchmacher kümmerten sich immer umeinander, aber die Entschädigung, die sie von ihnen bekommen würde, wäre fast so schwierig anzunehmen wie die selbstgefälligen, mitleidigen Blicke, die das Geld begleiten würden.

„Ich werde nach Hause nach Avedon zurückkehren müssen", murmelte sie.

Der Herr trat sofort vor. „Dann bestehe ich darauf, dass meine Wache Euch begleitet. Eine schöne Dame sollte nicht ohne Schutz reisen." Er schnippte mit den Fingern und ein Diener kam um ihr zu helfen.

Sie lächelte ihn freudlos an und war zu fassungslos angesichts des Verlustes, als dass sie hätte liebenswürdiger sein können. Mit Hilfe von Harold und den Dienern des Herrn sammelte sie traurig ihre Habseligkeiten für die Reise nach Hause zusammen.

Kurz vor Mittag setzte Linet ihr Pferd in Bewegung, um den schwer beladenen Wagen zu ziehen. Selbst mit der edlen Begleitung von Don Ferdinands berittener Wache fiel es ihr schwer, den Kopf hochzuhalten und die neugierigen Blicke der anderen Wollhändler zu ignorieren, als sie den Markt zwei Wochen zu früh verließ.

Don Ferdinand hatte gut für sie gesorgt. Nicht nur hatte er ihr vier gut bewaffnete Ritter zur Begleitung geschickt, er hatte auch einen Korb mit Brot und einer Flasche Wein für das Frühstück mitgeschickt.

Aber sie glaubte nicht, dass sie das herunterbringen würde.

Harold bediente sich an dem Essen. Fürwahr, als der Wein zur Hälfte weg war, bemerkte Linet, dass ihr Diener neben ihr müde auf dem Wagen döste wie ein gut gefüttertes Schwein. Er lehnte sich an sie und verärgert versuchte sie, ihn wegzuschieben. Aber anstatt aufzuwachen kippte Harold zur Seite aus dem Wagen und fiel direkt in die Arme eines der Reiter.

Er wurde immer noch nicht wach. Lieber Gott! Was war bloß los mit ihm?

Die Wache zischte seinen Kameraden etwas in Spanisch zu. Dann schauten sie sie alle an. Linet erblasste. Waren ihre Augen schon vorher so schwarz, so flach und so berechnend gewesen? Angst stieg in ihr auf und sie fing an Fragen zu stellen, die sie schon längst hätte stellen sollen, wenn sie denn vernünftig hätte denken können. Wer war Don Ferdinand? Wie war es, dass er genau zur richtigen Zeit zu ihrer Rettung gekommen war? Warum war er so großzügig mit seiner Hilfe?

Bevor sie antworten konnte, legte sich eine haarige Hand über ihren Mund und sie wurde von einem Arm um ihre Taille zurückgezogen.

Plötzlich wurde sie zum Leben erweckt. Sie kämpfte gegen die menschlichen Fesseln, während die Wache sie von dem Wagen wie einen Korb Wäsche hob. Sie trat und sie kämpfte mit aller Kraft und biss fest in die Hand ihres Fängers.

Der Mann schrie. Sie schmeckte ekelhaftes Blut. Dann landete etwas schwer auf ihrem Hinterkopf. Es gab einen hellen Blitz, bevor sie in eine traumlose Bewusstlosigkeit versank.

KAPITEL 5

Duncan stand in den Steigbügeln seines galoppierenden Pferdes und schwang den Streitkolben über seinem Kopf. Er erstickte fast unter dem großen Helm. Schweiß tropfte ihm über die Stirn und seine Schulter schmerzte, aber er war die Dämonen der verfluchten Stoffhändlerin noch nicht losgeworden. Er drehte seinen Arm, es gab einen splitterten Knall und das hölzerne Ziel war zerstört. Er wandte sein Pferd um, nahm den Helm ab und warf den Streitkolben auf den Boden.

Aus einer Ecke des Übungsplatzes kam Applaus.

„Gut gemacht, Duncan!", rief Robert. Er schüttelte den Kopf und stupste Holden, der an seine Seite gekommen war, mit dem Ellbogen an. „Die Großzügigkeit Eures Bruders kennt keine Grenzen", spottete er. „Seht Ihr, wie er das Ziel zerstört, damit eine arme Seele morgen Arbeit hat und ein neues bauen kann?"

Duncan stieg ab und schickte sein Pferd mit einem Klaps weg. Er hatte keine Lust auf Roberts Sarkasmus. Holden aber anscheinend auch nicht. Holdens Blick wurde dunkler, als er über das Feld auf Duncan zuging.

„Wo ist die Stoffhändlerin?", fragte Holden mit finsterem Blick.

Duncan spuckte in den Staub. Holden verschwendete keine Zeit mit höflichen Begrüßungen.

„Wo ist sie, Duncan?", wiederholte er.

„Ich weiß es nicht und es ist mir ..."

„Duncan!" Holden ergriff ihn an der Schulter und in seinen Augen war ein stählerner Blick zu sehen. „Sombra ... reist auf der *Corona Negra*."

„Wie bitte?", rief Robert.

Duncans Herz setzte einen Schlag aus. Sicherlich scherzte sein Bruder, aber Holden lächelte nicht. „Sombra ... lebt?"

Holden schlug mit seiner Faust in die Handfläche. Seine Nasenflügel bebten. „Ich weiß nicht, wie er das gemacht hat. Ich habe den Mistkerl selbst gesehen. Niemand hätte die Schläge überleben können."

Ein unangenehmer Knoten bildete sich in Duncans Bauch. Sombra, der berüchtigte Hurentreiber, hatte es sicherlich verdient zu sterben, wenn auch nur die Hälfte der Geschichten über ihn stimmten. Es war angemessen gewesen, dass er die brutalen Schläge von einem Mann erhalten hatte, der seine einzige Tochter an das Ungeheuer verloren hatte. Niemand hätte den Mann für den Mord an Sombra verurteilt.

Aber wenn Sombra am Leben war...

Der Gedanke ließ Duncan erschaudern. Sombra hatte seinen Spitznamen durch seine Arbeit als Menschenhändler im Schatten von El Gallo erhalten. El Gallo fing die Schiffe ab, um ihre Waren zu stehlen, aber Sombra interessierte sich für die menschlichen Schätze. Es gab Edelleute, die erhebliche Summen für Sombras anspruchsvollen Geschmack bei Frauen und seine wirkungsvollen Methoden bei ihrer Zähmung zahlten.

Bei der Erinnerung war Holdens Blick gequält. „Ich habe geholfen, den Körper zu verstecken. Wir haben Sombra im Gestrüpp nahe dem Ufer abgelegt, wo niemand ihn finden könnte." Er strich sich mit der Hand durch sein dunkles Haar. „Bei Gott, ich hätte den Mistkerl unter zwanzig Fuß Felsen begraben sollen."

„Das können wir jetzt korrigieren", sagte Robert grimmig, als er zu ihnen stieß. „Die *Corona Negra* liegt immer noch im Hafen. Sombra ist mit Sicherheit in der Nähe."

Holden nickte. „Duncan, Eure Händlerin ist doch sicher, nicht wahr?"

„Sicher?" Er schnaubte. „Aye." Linet war sicher. Sicher in den Armen eines anderen Mannes, ein Edelmann der sie mit süßen Schmeicheleien und Geld im Sturm erobert hatte ...

Bei der schrecklichen Möglichkeit, die ihm in den Kopf stieg, drehte sich Duncan der Magen um. Es war zu schrecklich, um darüber nachzudenken, aber ...

„Holden", hauchte er leise, „wie sieht Sombra aus?"

Holden runzelte die Stirn. „Als ich ihn das letzte Mal sah, war er eine blutige Sauerei. Dünn wie eine Lanze, dunkler Bart und ganz in Schwarz gekleidet wie ein verdammter Lord."

Duncan stockte der Atem. Linets Edelmann ...

Sie versammelten sich alle in der Taverne *The Pike's Head*. In dem vollen Gasthaus wurden Gerüchte ausgetauscht, Handel geschlossen und verarmte Kleinbauern saßen neben reichen Händlern. Man musste nur lange genug warten, um Nachrichten zu erfahren. Einschließlich des Aufenthaltsortes einer vermissten Stoffhändlerin.

Duncan hatte den ganzen Tag nichts entdeckt. Von Linets Pavillon gab es keine Spur mehr. Die anderen Händler konnten nur erzählen, dass sie bei Morgengrauen in der Begleitung von vier Wachen abgereist war.

Robert, Garth und Holden durchsuchten den Wald in der Umgebung und wateten über mehrere Kilometer entlang des nahegelegenen gefährlichen Flussufers. Sie suchten bis Anbruch der Dunkelheit, jedoch ohne Erfolg. Sie war einfach verschwunden.

Er war gescheitert. Er hatte Linet Schutz versprochen und er war gescheitert.

Robert bat ihn, dies nicht zu glauben. Garth versuchte, ihn von der Schuld freizusprechen. Nur Holden verstand. Duncan würde eher sterben als die Suche aufzugeben.

Jetzt zog er den dünnen Wollumhang fester um seine Schultern, bestellte einen weiteren Becher und zog sich dann zurück in die dunkelste Ecke der Kneipe. Er beobachtete, wartete und hörte zu.

Im Raum herrschte lautes Geschwätz. Zwei in Samt gekleidete junge Männer unterhielten sich ungehalten über den Preis von Seide. Neben dem Feuer hockte ein keuchender alter Mann, der in Lumpen gekleidet war. Ein Seemann ärgerte die Bedienung mit anzüglichen Liedern. Ein stinkender Lederhändler berechnete seine Tageseinnahmen im Kerzenlicht und schrieb Zahlen in ein Wirtschaftsbuch, aber Duncan war nur an den Spaniern interessiert.

Der Mann mit dem schwarzen Bart in der Mitte des Raums hatte viel zu viel getrunken. Sein rothaariger Freund sagte es ihm, als Schwarzbart wieder ein Bier trank, wobei er es über den Rand auf seine grob verbundene Hand verschüttete. Bevor er anfangen konnte vor Schmerz zu heulen, stolperte ein weiterer spanischer Schurke in das Gasthaus und lenkte ihn ab. Der rothaarige Mann hieß den Neuankömmling mit einer großen Geste an ihrem Tisch willkommen.

Das meiste war nur leeres Geschwätz – Prahlerei, Neckerei und geteilte Obszönitäten. Duncan nahm an, wenn er mehr erfahren wollte, würde er mitmachen müssen.

Er trank noch einen Schluck Bier, wischte sich mit der Rückseite seines Ärmels den Schaum vom Mund und verteilte den Rest des Gebräus großzügig über seine Kleidung. Dann zog er sich Strähnen seines Haares ins Gesicht, zog die Kapuze seines Umhangs nach vorn, um sein Gesicht zu verbergen und stand schwankend auf. Er verbarg die Hände in seinem Umhang, bückte sich und torkelte auf die drei Spanier zu.

„Verzeihung, die Herren", krächzte Duncan mit der gebrochenen, schwachen Stimme einer alten Frau.

Schwarzbart runzelte die Stirn bei der Störung. Der Rothaarige winkte den Biergeruch, der von Duncans Kleidung ausströmte, auffällig beiseite.

„Was wollt Ihr, Ihr stinkendes altes Weib?", zischte der Rothaarige.

Duncan tat sehr geheimnisvoll und beugte sich zum Ohr des Rothaarigen und flüsterte. „El Gallo hat mich geschickt."

„Euch für was geschickt? Dass ich mir meine Stiefel an Eurem faltigen Po abputzen kann?"

Die Spanier brüllten vor Lachen.

Als sie sich beruhigt hatten, fuhr Duncan fort. „Ich soll für ihn einen Mann namens Sombra finden."

Bei der Nachricht stand den drei Piraten der Mund auf.

„Sombra?", murmelte Schwarzbart.

„Psst!" Der Rothaarige sah sich nervös um und ergriff dann die Vorderseite von Duncans Umhang. „Hat EL Gallo Euch gesagt, dass Ihr zu Sombra gehen sollt?", flüsterte er.

„Aye", sagte Duncan. Dann hustete er keuchend, sodass der Rothaarige seine Hand angeekelt zurückzog. „Er hat gesagt, dass ich vielleicht Arbeit finden könnte."

„Arbeit!", bellte der Dritte.

Die drei Spanier schauten rätselnd auf Duncans gekauerte Gestalt und dann zueinander. Schließlich nickte der Rothaarige und erstickte sein brüllendes Gelächter hinter seinen haarigen Handknöcheln.

„Jetzt, wo ich darüber nachdenke, Sombra hat vielleicht Arbeit für ein hübsches junges Ding wie Euch."

Die anderen beiden lachten über ihrem Bier.

Duncan hatte richtig geraten. Es war wahrscheinlich nicht das erste Mal, dass El Gallo einen solchen Scherz gemacht hatte und eine vertrocknete alte Schachtel zu Sombra geschickt hatte.

„Geht zur Anlegestelle, *abuela*", fuhr der Rothaarige fort. „Fragt nach der *Corona Negra*. Sombra wird an Bord sein.

Duncan murmelte etwas zum Dank und ging zur Tür der Taverne, während die Spanier über den Ausgang des Scherzes spekulierten.

„Er wird sie direkt ins Meer werfen", vermutete Schwarzbart, „die zahnlose alte Schachtel."

„Wartet", sagte der Rothaarige. „Zahnlos? Sie ist zahnlos?" Er lachte trocken. „Vielleicht hat Sombra dann doch Arbeit für sie."

Duncan stellte sich die anzügliche Geste vor, die diese Bemerkung wahrscheinlich begleitete. Er ignorierte sie und legte heimlich eine Silbermünze in die Hand des obdachlosen alten Mannes am Feuer, als er an ihm vorbeiging und dann verließ er die Taverne.

„Glaubt Ihr, dass die Stoffhändlerin sich auf der *Corona Negra* befindet?", flüsterte Robert Duncan zu.

Holden und Garth folgten Roberts Blick auf das riesige Schiff, das bedrohlich an der vom Mond erleuchteten Anlegestelle lag.

„Aye", antwortete Duncan mit steinerner Miene, aber wollte nicht daran denken, was ihr dort zugestoßen sein könnte. Wenn Sombra sie auch nur angerührt hatte ... er biss die Zähne zusammen, als Zorn und Angst drohten ihn aus der Fassung zu bringen. Was auch immer Linet zustieß, war seine Schuld. Er hätte sie keinen Augenblick aus den Augen lassen dürfen. Nicht einen Augenblick.

Seine einzige Hoffnung war, dass Sombra ihren Wert erkennen würde und dass der Hurentreiber die Gelegenheit auf einen Gewinn von einem solchen Preis nicht auslassen würde, indem er ihr ... etwas zuleide tat.

Von seinem Aussichtspunkt auf dem Hügel konnte Duncan die *Corona Negra* gegen das dunkle Meer ausmachen. Ihre aufgerollten Segel legten drei Masten frei, die nach oben ragten wie die Knochen von riesigen Fingern. Er zitterte, als der kalte Nebel durch seine abgetragene Kleidung drang. Dann atmete er tief durch und trat vor.

Holden ergriff ihn an der Schulter. „Ihr werdet nicht an Bord gehen." Das war eine Aussage und keine Frage.

Duncan spannte sein Kinn an. „Ihr wisst, zu was der Mistkerl fähig ist."

Holden presste die Lippen zu einer dünnen grimmigen Linie zusammen und nickte. „Sombra ist meine unvollendete Angelegenheit, Duncan, nicht Eure."

„Hört mir zu, Ihr beiden", zischte Robert. „Euer Vater wird meinen Kopf fordern, wenn ich einen von Euch an Bord von El Gallos Schiff gehen lasse." Er zog die Schultern zurück und räusperte sich. „Ich werde gehen."

Garth drehte seinen Kopf. „Nay! Absolut nicht, Robert. Ich verstehe ihre Sprache am besten. Ich sollte derjenige sein, der ..."

Holden ergriff Garth an der Vorderseite seiner Jacke. „Denkt noch nicht einmal daran, kleiner Bruder."

Robert schüttelte den Kopf. „Unmöglich, Garth. Eure Mutter würde meinen Kopf fordern, wenn ich Euch ..."

Duncan ergriff Robert an der Vorderseite seines Umhangs und sagte leise: „Ihr werdet unserer Mutter nicht ein Wort über diese Sache erzählen Robert oder ich breche Euch jeden Knochen in Eurem Körper! Tatsächlich", fügte er hinzu und ließ Robert los, „ich möchte, dass Ihr alle schwört, dass Ihr kein Wort über diese Sache sagen werdet. Versteht Ihr?"

Holden fluchte leise, gab aber seine Zustimmung.

Garth nickte ernst.

Robert stimmte nur zögerlich zu. „In Ordnung, aber ich lasse Euch nicht an Bord des Piratenschiffs gehen."

Garth seufzte. „Robert, seid vernünftig. Ihr könntet nicht ..."

„Wartet." Duncan blickte zu seinen drei entschlossenen Kameraden. Es gab nur einen Weg, ihren Streit zu beenden. Niemand könnte sich treuere Kameraden wünschen, aber das hier war sein Kampf. Er allein trug die Schuld. Er würde allein in die Höhle des Drachen gehen.

„Vielleicht sollte Garth gehen", sagte Duncan und rieb sich nachdenklich über das Kinn. „Schließlich ist er der beste Schwertkämpfer."

„Macht Euch nicht lächerlich!", rief Holden.

„Was! Der beste ..." Robert erstickte fast. „Garth könnte noch nicht einmal das Ende eines Bratens abschneiden!"

„Beleidigt Ihr mich?", fragte Garth ungläubig. „Ich glaube, Ihr beleidigt mich! Und wer hat es geschafft Euch beim letzten Turnier aus dem Sattel zu heben?"

„Das war Glück! Bis Ihr mit dem Schwert herum gekommen wart ..."

„War ich zu Eurer Rettung gekommen", informierte Holden Robert. „Ihr habt wie eine Frau gekämpft ..."

Duncan stahl sich davon und ließ sie weiter streiten. Er wusste genau, dass er der richtige Mann für diese Aufgabe war. Er eilte schnell den Weg hinunter zur *Corona Negra* und zu seiner Jungfrau in Nöten.

In der Nacht war es einfach für Duncan sich an Bord der *Corona Negra* zu schleichen. Sein Umhang umgab ihn wie eine dunkle Wolke. Als Vorsichtsmaßnahme trug er eine Augenklappe, die er sich aus seinem Stiefel geschnitten hatte, aber er bezweifelte, dass er den Piraten begegnen würde. Der größte Teil der Mannschaft trank noch in den Tavernen im Hafen.

Der Wachmann am Hauptmast überraschte ihn. Duncan trat fast auf den Mann, bevor er ihn bemerkte. Sein Herz schlug ihm bis zum Hals und er blieb stehen. Glücklicherweise hatte der Mann sich durch seine Pflichten nicht davon abhalten lassen, so viel zu trinken wie seine Kameraden. Während Duncan wie erstarrt dastand, trank der Pirat seinen Krug Bier leer und rülpste anschließend.

Duncan trat vorsichtig über die verzogenen Holzplanken zurück, während die Wache sich über die plötzliche Knappheit an Schnaps beschwerte. Dann blieb Duncans Umhang an einem Enterhaken hängen und in der Stille der Nacht war ein lautes Reißen zu hören.

„Hallo!", knurrte der Wachmann und drehte sich zu ihm.

Es war zu spät um wegzulaufen. Duncan stieß die schlimmsten spanischen Wörter, die er kannte, aus, und fing an betrunken mit dem festgeklemmten Kleidungsstück zu kämpfen, als wäre es der Teufel persönlich. Der Wachmann entspannte sich sichtbar und schmunzelte über das offensichtliche Pech seines Kameraden und dann riss Duncan den Stoff ab.

„*Tonto!*", lachte der Wachmann schallend.

Duncan musste ihm Recht geben. Er war ein Tölpel, aber jetzt war nicht die Zeit, um darüber zu sprechen. „*Bastardo*", erwiderte er knurrend und spuckte zu Füßen des Wachmanns aus. Dann stolperte er davon in Richtung Frachtraum.

Dort musste sie sein. Sombra würde es nicht riskieren, seine wertvolle Fracht vor den Augen seiner Mannschaft zu transportieren, aber er hatte nur eine Gelegenheit, den richtigen Abschnitt des Frachtraums auszuwählen. Er betrachtete die beiden Abgänge, flüsterte ein eiliges Gebet und öffnete dann den links von ihm.

Die undankbare Stoffhändlerin war nirgendwo zu sehen.

Stattdessen stieß Duncan auf eine lebhafte Runde Männer, die mit Würfeln spielten. Drei betrunkene Spanier drängten sich um ein Eichenfass, auf dem sich Stapel mit Silbermünzen befanden. Er fluchte leise. Er murmelte eine Entschuldigung und versuchte sich zu befreien, aber es war zu spät. Sie hatten ihn bemerkt.

„Hey, Wir brauchen noch einen vierten Mann, stimmt's Cristoforo?", fragte einer von ihnen.

„*Sí.* Kommt herein, kommt herein. Ist das Eure erste Reise mit El Gallo?" Er zwinkerte dem Ersten zu.

Duncan knurrte.

„Dann seid ihr noch eine Jungfrau, nicht wahr? Wir führen Euch richtig ein. Langsam und zärtlich." Er lächelte. Zwei seiner Zähne fehlten. „Kommt und setzt Euch hierher", winkte er. „Antonio, gebt unserem einäugigen Freund etwas zu trinken."

Er hatte keine Wahl. Er musste mitmachen. Er konnte nur beten, dass sie des Spieles schnell überdrüssig werden würden.

Dem Gebet wurde nicht nachgegeben. Es dauerte eine ganze Stunde, bevor einer der Spieler auch nur gähnte. Dann hörte er das Knarren der Winden draußen. Die Segel wurden aufgerollt. Die Wellenbewegung des Schiffes wurde deutlicher. Mit Entsetzen wurde ihm klar, dass die *Corona Negra* in See stach.

Mit einem Zucken erwachte Linet. Oh Gott, es war schon Nacht! Sie musste über ihrer Arbeit eingeschlafen sein. Die Gilde würde sie ausschimpfen ...

Sie versuchte sich zu strecken, aber ihre Arme und Beine waren gefesselt. Die Angst erstickte sie fast einen Augenblick lang und sie rang nach Luft. Mit eisernem Willen zwang sie sich, ruhig durchzuatmen. Es ging ihr gut. Ein muffiges Tuch füllte ihren Mund, aber sie konnte durch die Nase atmen.

Plötzlich erinnerte sie sich – ihre zerstörten Waren, der spanische Herr, Harolds Zusammenbruch, der Angriff der Wachen und eine Explosion heller Sterne und dann dieses ... Gefängnis. Ihr war schwindlig, während ihre Umgebung sich leicht wiegte. Als ihr klar wurde, wo sie war, weiteten sich ihre Augen.

Der Frachtraum eines Schiffes.

Aus der dunkelsten Ecke ihrer Zelle kam ein Kratzen – zweifellos Ratten, die sie quälen wollten. Sie kniff die Augen zusammen und blickte in die Richtung, aus der das Geräusch kam und erschrak, als sie das Funkeln zweier menschlicher Augen erkannte, die sie anstarrten. Sie blinzelte aufgeregt, als wollte sie eine eilige Nachricht übermitteln. Es war ihr Diener Harold, der gefesselt und geknebelt war, aber dankenswerterweise lebte.

Allmählich gewöhnten sich ihre Augen an das schwache Licht und sie konnte etwas von dem Frachtraum ausmachen. Sie wackelte mit ihren halbtauben Fingern und versuchte an einem Stapel mit Stoff eingewickelter Pakete eine bequemere Position zu finden. Mehrere hölzerne Kisten standen entlang einer Wand und in der Nähe ihres Kopfes befand sich ein Eichenfass.

Den leichten Bewegungen des Schiffes nach zu urteilen, war es noch nicht losgefahren, aber wie lange würde es dauern, bis es ablegte überlegte sie mit zunehmender Angst. Heilige Maria, jetzt hatte sie es wirklich geschafft. Sie war wie eine Fliege für eine Spinne eingewickelt, von Gott weiß wem gefangen für Gott weiß was für einen Zweck und ihr Diener war ebenso hilflos wie sie. Zum ersten Mal musste sie zugeben, dass sie sich vielleicht in größeren Schwierigkeiten befand, als sie allein bewältigen könnte.

Sie war in der Tat allein. Ihr Vater war tot. Die Diener zu Hause erwarteten sie erst in zwei Wochen. Die Männer von der Gilde hatten gesehen, dass sie in der Gesellschaft eines feinen Herren abgereist war. Niemand würde sie überhaupt vermissen. Niemand, außer ... dem Bettler.

Er hatte sich als feiner Beschützer erwiesen, dachte sie gereizt. Er hatte sie noch nicht einmal einen einzigen Tag in

Sicherheit gehalten. Sofern ... sofern das seine Absicht gewesen war.

Aber natürlich! Sie fühlte sich wie eine Närrin. Der Bettler war ein Teil des Ganzen. Er hatte ihr die Spanier auf den Hals gehetzt. Wahrscheinlich arbeitete er für den spanischen Herren. Sie hatten es von Anfang an so geplant.

Über ihr hörte sie das Kratzen eines Stiefels. Männerstimmen trieben nach unten durch die Holzplanken des Decks. Dann wurde die Luke plötzlich geöffnet. Das Mondlicht strömte wie Blitze aus purer Seide herein. Linet drückte die Augen fest zu und gab vor zu schlafen. Sie brauchte ihre ganze Willenskraft, sie nicht zu öffnen, als sie das Knarren einer Holzleiter hörte und ein Mann in den Frachtraum hinabstieg.

Er rief den Männern oben etwas auf Spanisch zu. Dann sagte er etwas, das sie leicht übersetzen konnte, da sie es schon oft gehört hatte.

Sie legten ab.

Er kletterte wieder nach oben und die Luke schloss sich mit grimmiger Endgültigkeit. Linet fing an, an ihren Fesseln zu zerren und in ihrem Hals baute sich ein Schrei auf. Harold blickte sie mitleidig an. Zweifellos hatte er schon vergebliche Stunden damit verbracht.

Wenige Augenblicke später war sie schweißgebadet und hatte von ihrem Kampf mit den Seilen Brandwunden davongetragen und spürte nun, wie sich das Schiff von der Anlegestelle löste. Entsetzt blickte sie zur Harold. Als das Schiff sich langsam wie eine großartige alte Dame hinaus auf See bewegte, betete Linet abwechselnd für den Bettler und verfluchte ihn, der ihre Rettung sein könnte oder auch nicht.

Am Ende der Anlegestelle schloss Garth die Augen und bekreuzigte sich. Holden fluchte. Robert starrte mit offenem Mund und war sprachlos.

Schweigend und hilf hilflos beobachteten sie, wie die *Corona Negra* Duncan de Ware so unweigerlich davontrug wie ein Hai seine Beute.

„Ich wusste, dass ich hätte gehen sollen", knurrte Holden und ballte frustriert die Hände zu Fäusten.

„Was sollen wir jetzt machen?", fragte Garth.

„Wir können nur eins machen", sagte Robert und seufzte. „Wie der Teufel lügen."

„Wie bitte?"

„Oh ich weiß, dass Ihr das Wort nicht versteht Garth, aber es gibt keinen anderen Weg. Eure Mutter und Euer Vater werden sich furchtbare Sorgen machen, wenn sie die Wahrheit erfahren."

„Er hat Recht, Garth", sagte Holden. „Dies ist unsere Schuld und es ist unsere Aufgabe, Duncan zu folgen und ihn aus dieser misslichen Lage zu befreien."

Garth sah sehr unbehaglich aus. „Also lügen wir? Was sollen wir ihnen sagen? Dass wir uns alle auf eine Pilgerfahrt begeben hätten?"

„Wir gehen alle nirgendwohin", antwortete Robert. „Ihr und Holden werdet ihnen sagen, dass Duncan und ich die Stoffhändlerin nach Hause begleitet haben."

„Ihr werdet ihm nicht allein folgen", bestimmte Holden. „Das ist zu gefährlich."

Robert schlug ihm auf die Schulter. „Ich würde lieber von den Piraten getötet werden, als mich dem Zorn Eures Vaters gegenüberzusehen, weil er alle drei Erben seines Titels verloren hätte."

Holden presste die Lippen zusammen, aber er musste ihm Recht geben.

„Am Morgen legt ein Schiff nach Spanien ab", sagte Robert. „Ich gedenke an Bord zu sein."

„Woher wollt Ihr wissen, dass El Gallo nach Spanien segelt?", fragte Garth.

„Ich weiß es nicht", sagte er schulterzuckend. „Das ist ein Risiko, dass ich eingehen muss."

„Das gefällt mir nicht", schmollte Holden.

Robert nickte. „Ich weiß."

Holden ergriff ihn am Ellbogen.

Einen Augenblick lang herrschte Schweigen. Dann grinste Robert breit. „Ihr könnt es einfach nicht ertragen, dass jemand anderes den ganzen Ruhm bekommt, Holden."

KAPITEL 6

Linet blinzelte bei dem hellen Licht, das hereinströmte, als die Luke geöffnet wurde. Es war Tag. Sie waren offensichtlich die ganze Nacht gesegelt.

„Ihr seid also noch unter den Lebenden?", sagte jemand. Der Dialekt war stark und nasal.

Sie blickte den Störenfried so finster an wie sie konnte.

Der Mann lachte. „Oh, Ihr seid so voller Feuer, *doncella* und Ihr glaubt, dass Ihr mich mit Euren hübschen Augen verbrennen könnt!"

Sie versuchte weder Angst noch Ekel zu zeigen, als der Mann die Leiter hinunterstieg. Er war ölig und zerzaust und sein samtener Surcot war zu fein, als dass er ihn ehrlich gekauft hätte. Sein ungewaschenes Haar lag wie eine Matte auf seinem Kopf und seine Augen lagen tief aufgrund zu vieler Jahre schwerer Trunkenheit.

Plötzlich hockte er sich neben sie. Bei dem Gestank von Zwiebeln in seinem Atem musste sie würgen. Mit einem ungewaschenen Finger strich er über das Seil über ihrer Schulter.

„Es scheint, als hätte einer unserer Männer eine Zukunft als Weber, nicht wahr, Stoffhändlerin?", sagte er und lachte über das Wirrwarr von Seilen, das um sie geschlungen war. „Aber wir sind jetzt weit entfernt vom Hafen. Es gibt keinen Grund Euch weiter gefesselt zu halten. Ihr wärt nicht so dumm, als dass Ihr kämpfen würdet während ich ein Messer halte."

Er zog einen gefährlich aussehenden, mit Juwelen besetzten Dolch hervor, den er zweifellos von einem Edelmann gestohlen hatte. Ihr stockte der Atem, aber sie schaffte es nicht zu zucken, als der Mann ihre Fesseln durchschnitt und seine Klinge nur eine Haaresbreite von ihrer Haut entfernt war. Als ihre Arme und Beine frei waren, streckte sie sie langsam aus und zuckte vor Schmerzen zusammen, als das Blut wieder in sie hineinschoss.

„Sombra möchte Euch jetzt sehen", informierte sie der Spanier und half ihr mit einer knochigen Hand auf die Füße.

Sombra! Sie kannte den Namen. Aber wer tat das nicht? Sombra, die Geißel der Meere, der Menschenhändler aus Spanien. Aber die Gerüchte besagten, dass er tot war. Lieber Gott, stimmte das etwa nicht? War sie in die Fänge dieses Dämonen geraten? Sie schüttelte diesen schwindelerregenden Gedanken ab und zwang sich aufrecht stehen zu bleiben und sammelte die Kraft, um ihrem Fänger gegenüber zu übertreten.

Vielleicht könnte sie mit dem Mann vernünftig reden. Sombra war einst ein Edelmann gewesen. Vielleicht könnte sie ihre Kaufmannsschläue benutzen, um um ihr Leben zu handeln. Sie hatte schließlich schon Schlimmeres durchgemacht. Sie hatte El Gallo gegenübergestanden und triumphiert.

Sie schob die Hand des Mannes beiseite und streckte ihre Hand hinter ihren Kopf, um den Knebel aufzubinden.

„Er möchte Euch sehen", höhnte der Seemann, „aber ich bin mir nicht so sicher, ob er Euch hören möchte."

Als der Knebel ab war, nickte sie zu Harold. „Was ist mit meinem Diener?"

„Haifischköder", scherzte er. „Vielleicht solltet Ihr Euch mehr um Euer eigenes Schicksal sorgen, *doncella*."

Linet erstarrte. Der Spanier schwang seinen Dolch vor ihr. Die Edelsteine blinkten unheilvoll, aber sie weigerte sich vor der Bedrohung zurückzuzucken.

„Ich würde Euch raten", flüsterte er laut, „dass Ihr Sombra eine solche Frage nicht stellt, ansonsten erfahrt Ihr die Antwort schneller, als Euch lieb ist."

Der Spanier zog sie die Stufen hoch auf das Deck. Einen Augenblick war sie von der Sonne geblendet, als sie ihren Kopf durch die Luke steckte, aber die kühle, salzige Brise war erfrischend und sie atmete tief durch.

Plötzlich traten schwarze Lederstiefel, die scheinbar in Cordoba gefertigt worden waren, in ihr Sichtfeld. Ihr Blick wanderte nach oben. Schwarze Hose, Surcot, Ärmel, Gürtel – die feine Kleidung hing an einer sehr dünnen Gestalt, die sie sofort erkannte.

„Don Ferdinand."

„Sombra", sagte er mit einem knappen Nicken, „wenn es Euch nichts ausmacht."

Linet wurde übel. Sombra. Don Ferdinand war Sombra. Der Edelmann, dem sie so blind vertraut hatte, war einer der grausamsten Schurken, der auf den Meeren herumstreifte.

Im Nachhinein konnte sie es jetzt natürlich verstehen. Im harten Tageslicht sah er blass aus. In seinem Gesicht sah man die Anzeichen eines Lebens voller Ausschweifungen.

Seine wachsamen, eng zusammenliegenden Augen waren von dunklen Ringen umgeben und fixierten sie mit einer raubtierhaften Intensität. Winzige Narben durchkreuzen sein Gesicht wie die verhedderten Fäden auf einem Webstuhl. Heute war um seinen Mund ein grausamer Zug zu sehen und die Genauigkeit seiner Bartrasur und seiner Haarfrisur verunsicherte sie. Mit einem Schaudern dachte sie, dass er so glatt und unerschütterlich aussah wie ein Rabe.

„Wie schön Euch wieder zu sehen", sagte er und sein Dialekt zerstörte die Worte.

Sie öffnete ihren trockenen Mund um ihm eine sarkastische Antwort zu geben, aber die Worte blieben ihr im Hals stecken. Hinter Sombra ragte eine weitere vertraute Gestalt hoch wie ein Wal, der sich an einen Aal schlich. El Gallo. Dies musste sein Schiff sein.

„Und was sagt Ihr jetzt, meine diebische kleine Händlerin?"

Linets Herz raste, aber es würde nichts bringen, wenn sie sie ihre Angst sehen ließ. Man wurde nur von Männern respektiert, wenn man mit ihnen auf Augenhöhe sprach. Obwohl ihr Puls raste, trat sie kühn auf das Deck vor sie und platzte das erste, was ihr in den Kopf kam, heraus.

„Ihr macht Euch viel Mühe für ein paar Fässer spanischen Essigs."

„Was!", explodierte El Gallo.

Sombras Nasenflügel flatterten einmal. Er hielt die Hand hoch, um El Gallo zu beruhigen. „Sie gehört mir", zischte er.

Linet hatte ins Schwarze getroffen. El Gallo kochte vor Zorn bei der Erinnerung an seinen verlorenen Wein.

„Überlasst sie mir", sagte Sombra.

El Gallo knurrte leise etwas Böses vor sich hin, folgte aber Sombras Rat und verschwand in seinem Quartier.

Sombra zwang sich nonchalant auszusehen. „Trauben wachsen nach, *doncella*", versicherte er Linet mit samtweicher Stimme, während er die Fassung wiedererlangte und seine Lippen verzogen sich zu einem hinterlistigen Lächeln. „Fleisch jedoch ..." Er ließ den Satz vor ihrer hängen wie die Axt eines Scharfrichters. Er schien schon fast enttäuscht zu sein, als sie keine Angst vor ihm zeigte.

Sie verbarg sie gut. Sie hatte entsetzliche Angst. Reine Willenskraft hielt ihre Knie davon ab, nachzugeben und sorgte dafür, dass ihr Gesicht unerschütterlich aussah. Auf der Anlegestelle war sie so selbstsicher gewesen, als sie El Gallo mit ihren königlichen Kaperbriefen entgegengetreten war.

Wo waren diese jetzt? Hier draußen, weit weg vom Arm des englischen Gesetzes hätten diese Briefe auch Spreu im Wind sein können. Hier war sie den Piraten völlig ausgeliefert. Selbst jetzt spürte sie die Blicke der Mannschaft, die sie von Kopf bis Fuß musterten und dieses eine Mal war sie froh, dass sie kaum Spanisch verstand. Sie wollte die anzüglichen Bemerkungen, die sie einander zuflüsterten gar nicht verstehen.

Verflucht, sie war noch nicht ein Jahr ohne den Schutz ihres Vaters unterwegs und schon befand sie sich in den Fängen von Verbrechern. Wenn sie doch nur auf den anmaßenden Bettler gehört hätte.

Wenn sie doch nur auf mich gehört hätte, dachte Duncan, während er mit seinem unbedeckten Auge durch die Takelage schaute und wenn sie jetzt nur einmal den Mund halten würde. Sicherlich hatte die kleine Händlerin

Mut. Er wünschte nur, dass sie diesen nicht zeigen würde. Sie stand da so frech wie immer mit herausforderndem Blick, wobei ihr Haar wie eine Fahne aus Gold wehte und sie sah aus wie eine Heilige, die auf einem Schiff voller Dämonen abgesetzt worden war.

Er wusste es besser. Natürlich könnte nur die Magd des Teufels so viel Ärger machen.

Er rieb sich das Auge unter der Klappe und hielt sich mit den Beinen an den Seilen fest, als das Schiff leicht schwankte, wobei er zum hundertsten Mal überlegte, wie er sie beide aus dieser Sache herausbringen würde. Bei Gott, er war nur ein Mann gegen eine ganze Horde.

Unter ihm hatte Linet etwas gesagt, das Sombra amüsiert hatte. Er warf den Kopf nach hinten und lachte herzlich. Linet teilte seine Heiterkeit jedoch nicht. Sie schaute ihn finster mit steinernem Blick an.

„Was ich will?", wiederholte Sombra mit einem aufdringlichen Grinsen. „Wie wäre es mit einem bisschen hiervon?" Er streckte eine behandschuhte Hand aus und strich leicht über ihre Brust.

Duncan biss die Zähne zusammen. Mit dem mächtigen Zorn, der ihn durchfuhr, hätte er das Schiff in zwei Teile teilen können, aber Linet bewegte sich bereits, um sich zu verteidigen und schlug die Hand des Schurken schnell weg.

Glücklicherweise war Sombra nicht beleidigt. Es gab Gerüchte, dass der Spanier nur wenig Interesse an Frauen hatte. Scheinbar wollte er Linet nur demütigen und er hatte Erfolg damit. Linets Gesicht war so rosa wie ein reifer Pfirsich. Sombras Grinsen wurde breiter. Wenn er Duncan gegenübergestanden hätte, wäre er nicht so selbstsicher gewesen.

„Nein", sagte Sombra anzüglich. „Ich mag keine dünnen

kleinen Mädchen. Ich habe jedoch Freunde in Spanien, die das tun. Reiche Freunde."

Linets Mut geriet ein wenig ins Wanken und Sombra genoss ihre Angst.

„Ach ja", gurrte er. „Meine Freunde haben einen ziemlich ... exotischen Geschmack. Don Alfredo zum Beispiel hat eine Schwäche für die Peitsche. De Blanco tut es gern vor Publikum und dann ist da noch Lady Lanetta, die süße Lady, die Jungfrauen liebt ..."

Linet legte die Hände über die Ohren.

Sombra lachte. „Morgen beginnen wir mit Eurer Ausbildung. Wisst Ihr, meine Freunde mögen ihre Stuten ... von Hand gezähmt. In der Zwischenzeit genießt Euren letzten Tag in Freiheit." Er zeigte über das Schiff. „Ach und es soll Euch gesagt sein, dass ich sehr einfallsreiche Strafen erteile, solltet Ihr Euch als unkooperativ erweisen."

Linet hatte das Gefühl, als wäre sie in einen Albtraum geraten. Sicherlich konnte das nicht die Wirklichkeit sein. Auf ein Nicken von Sombra stieg der Seemann neben ihr in den Frachtraum und holte Harold hoch. Der arme alte Diener konnte kaum stehen, sein Hemd war völlig zerfetzt und er zuckte bei dem hellen Licht zusammen. Einen Augenblick lang stieg ihr die Galle hoch, denn Harolds Rücken war voller Striemen von kürzlich erteilten Peitschenhieben.

„Natürlich", sagte Sombra, „würde ich das wertvolle Fleisch einer schönen Frau nicht verletzen."

Ohne Warnung hob er die Hand und schlug Harold ins Gesicht.

Sie keuchte.

Harold stöhnte und sein Kopf fiel nach vorn. Tränen stiegen ihr in die Augen. Sie fühlte sich, als wäre sie selbst geschlagen worden. Sie hatte noch nie eine solche Grausamkeit gesehen, aber nachdem der Schock über die Gewalttätigkeit des Spaniers nachließ, blickte sie zu Sombra mit Augen, die so hart wie Smaragde waren. Sie hasste ihn mehr, als sie jemals einen Mann zuvor gehasst hatte.

Hoch oben über dieser widerwärtigen Szene biss Duncan auf die Zähne wie ein eifriges Schlachtross auf die Kandare. Er sehnte sich danach, die Klappe vom Auge zu reißen, ein Seil von der Takelage los zu schneiden und sich nach unten zu schwingen, um das Schwein in Schwarz ein für alle Mal über Bord zu stoßen.

Aber der richtige Augenblick war noch nicht gekommen. Aye, er trug das Schwert an der Hüfte und er hatte die Fähigkeit. Sein Bruder Holden hätte vielleicht versucht, es mit dem ganzen Schiff voller Piraten aufzunehmen, da er so waghalsig wie mutig war, aber Holden war noch nicht einmal halb so schlau wie Duncan.

Selbst jetzt setzte sich eine kühne Idee in seinem Kopf fest. Vielleicht könnte sich seine versehentliche Reise doch noch lohnen. Wenn Linet und Harold durchhalten konnten, könnte es vielleicht eine Chance geben, dass er El Gallo und Sombra mit ihrer eigenen Gier fangen könnte. Er lächelte grimmig. In diesem Augenblick sehnte er sich nach nichts mehr, als dass die beiden Mistkerle an einem englischen Galgen baumelten.

Unten auf Deck war Sombra es leid geworden Linet zu verhöhnen. Stattdessen wandte er seine Aufmerksamkeit einem Fleck auf einem seiner wertvollen Stiefel zu, wobei er sie so einfach abtat wie eine erschlagene Fliege. Aber erst, nachdem Sombra sich in sein Quartier zurückgezogen hatte, ließ die kleine Wollhändlerin ihren Verteidigungsschild fallen. Ihre Schultern sackten ab und ihre Beine fingen an heftig zu wackeln. Ihre Tapferkeit war scheinbar eine List gewesen.

Diese Entdeckung bewegte Duncan auf seltsame Weise und er kämpfte gegen den überwältigenden Drang an herunter zu springen, sie in seine Arme zu nehmen und ihre Ängste mit tröstlichen Worten zu vertreiben.

Seine Träumerei wurde unterbrochen, als direkt unter ihm auf Deck ein Mann zu seinem Kameraden murmelte.

„Nur aus Spaß", sagte er. „Wir würden ihr nicht wehtun. Niemand müsste davon wissen."

„Die Frau ist eine schöne Katze", stimmte sein Freund zu, „aber diese Katze hat ein Stück aus dem alten Oso gebissen. Habt Ihr das nicht gesehen?

„Ich fürchte, der alte Oso hat nicht mehr lange zu leben", mischte sich Duncan in perfektem Spanisch ein. Seine Stimme, die aus der Takelage über ihnen kam, erschreckte die beiden Spanier.

„Wer seid Ihr?", fragte der erste und kniff misstrauisch die Augen zusammen. „Ich habe Euch noch nicht an Bord gesehen."

„Ich heiße Venganza", antwortete er und kletterte hinunter auf das Deck, wobei er sich verschwörerisch von Linet abwandte. „Ich habe dieses Weib schon einmal gesehen. Sie ist wie eine Spinne mit tödlichem Gift", vertraute er ihnen an. „Sie beißt einen Mann und er stirbt. Ich habe gesehen, wie sie schon drei Männer auf diese Art und Weise getötet hat."

Die beiden Spanier erschauderten.

„Ich glaube, es sind die Pocken", sagte Duncan und spukte aus. „Es ist keine schöne Art zu sterben."

Die beiden Spanier nickten zustimmend.

Duncan seufzte tief. Es würde viel Arbeit werden. Unglücklicherweise gab es für die Mannschaft nur wenig zu tun, außer zu trinken und mit ihren Bäuchen voller Bier waren sie so gefährlich wie geladene Katapulte. Seine wirkungsvollste Waffe war ein wohl platziertes Gerücht wie das, das er gerade in die Welt gesetzt hatte.

Als wenn sie seine Sorge spürte, drehte sich Linet um und ging zurück zu der Leiter hinunter in den Frachtraum und außer Sichtweite. Duncan wünschte, er könnte sie dort während der ganzen Reise einsperren.

Aber nur wenige Augenblicke später kam sie wieder hervor wie ein Geist aus dem Bauch des Schiffes. Ihre Lippen waren weiß und fest zusammengepresst.

Das arme Ding musste sich übergeben.

Linet ging mit so viel Würde zur Reling, wie sie aufbringen konnte. Die Seemänner machten ihr Platz, als sie schwach an ihnen vorbeistolperte. Sie war fast so entsetzt wie ihr übel war. Sie war eine erfahrene Reisende. Sie war schon Dutzende Male zwischen Flandern und England gesegelt. Es gab keinen Grund, dass ihr übel war.

Außer der Tatsache, dass sie seit gestern nichts gegessen hatte und ihr treuer Diener Harold lag unter Deck und verblutete fast. Außerdem würde sie Ende der Woche als Sklavin an den Höchstbietenden verkauft werden.

Hitze stieg in ihr auf, während sie ihren Kopf über die Seite des Schiffes beugte. Sie konzentrierte sich darauf, tief durchzuatmen und konzentrierte sich auf den Horizont, bis ihr Magen sich beruhigt hatte.

Niedrige weiße Wolken waren am Himmel verstreut wie gekämmte Wolle. Die Winde, die von der spanischen Küste wehten, waren warm und nicht unangenehm. Der Ozean war wie arabischer Samt und fing das Licht in schimmernden Jade-, Kobalt- und Türkistönen auf und im Augenblick war er freundlich zu den schwachen Wesen, die auf ihm segelten. Aber sie wusste, dass er sich jeden Augenblick von einer anderen Seite zeigen könnte. So wie sich der freundliche Don Ferdinand in den Schurken Sombra verwandelt hatte.

Sie blickte hinunter in das tiefe Wasser, das sich in ebenholzfarbenen Wellen auf und ab bewegte. Sie erinnerte sich, dass das Haar des Bettlers in ähnlichen schwarzen Locken fiel. Weiter weg, wo die Sonne auf der Oberfläche funkelte, hatte das Meer genau die Farbe der Augen des Bettlers – ein klares, lebhaftes Saphirblau. Sie seufzte etwas zittrig. Ob er nun ein Schurke war oder nicht, sie hätte alles darum gegeben, diesen Beschützer jetzt zu haben, selbst wenn es bedeutete, dass sie seiner selbstsicheren Stimme lauschen müsste, die sie dafür schimpfte, dass sie sich in diese Situation gebracht hatte.

Während sie sich in Reue suhlte, spürte sie ein seltsames Kribbeln an ihrem Nacken, das nichts mit Seekrankheit zu tun hatte, ihr aber sagte, dass sie beobachtet wurde. Das hätte sie nicht überraschen sollen. Scheinbar beobachtete die ganze Mannschaft jede ihrer Bewegungen. Schließlich war sie offensichtlich so fehl am Platze unter ihnen wie ein schwarzer Faden auf weißem Leinen.

Irgendetwas brachte sie dazu, sich abzuwenden.

Dort am anderen Ende des Schiffes stand er wie durch ein Wunder: Der Bettler. Ihr Beschützer. Hoffnung.

Sie blinzelte. Vielleicht war es nur eine Täuschung des Lichts oder ihre Fantasie.

Nay. Die Augenklappe und die Bartstoppeln auf seinem Kinn waren keine Verkleidung für seine breiten Schultern und seine arrogante Haltung. Erstaunen durchströmte sie. Er hatte sie gefunden. Er war gekommen, um sie zu holen.

Einen Augenblick begegneten sich ihre Blicke, aber er gab kein Zeichen, dass er sie erkannte. Stattdessen wandte er sich ab, um mit den beiden Spaniern neben ihm zu sprechen, wobei er in ihre Richtung nickte. Einer der Verbrecher bekreuzigte sich. Der andere erschauderte scheinbar.

Ihr Magen zog sich wieder schmerzhaft zusammen. Wieder wurde ihr übel, aber diesmal nicht vom Seegang.

Er war überhaupt nicht ihr Retter. Schließlich hatte er bei der Planung ihrer Entführung geholfen. Der verdammte Mistkerl war einer von ihnen.

Duncan sah die Hoffnung in Linets Blick und fluchte still, weil es ihn schmerzte, dass er sie auf diese Art und Weise täuschen musste. Sie würde glauben, dass er ein Verräter war, aber er konnte nichts anderes machen. Es würde ihnen nichts nützen, wenn sie beide in den Frachtraum geworfen wurden.

Er biss die Zähne zusammen, als sie sich abwandte und ihre Fäuste die Reling umklammerten, als wollte sie sie erwürgen. Tränen stiegen ihr in die Augen, die sie aus Stolz nicht vergießen würde und es quälte ihn, dass er ihr stilles Flehen ignorieren musste.

Er ignorierte sie fast den ganzen Tag. Er verbrachte jeden freien Augenblick damit, extra Brot in den Frachtraum zu schmuggeln, wenn dieser leer war und sicherzustellen, dass die Gefangenen ausreichend Decken hatten und er fuhr fort Gerüchte über die Pocken zu verbreiten, wobei er Oso dazu brachte, stündlich seine Haut auf Anzeichen der Krankheit zu untersuchen, aber er schaute sie nicht an.

Bis zur Dämmerung, als die Sterne wie winzige Edelsteine herauskamen und der Mond tief hing und schimmernde Lichtreflexe auf die Wellen legte und sie erleuchtet vom matten Licht des Himmels da stand und über das endlose Wasser starrte und eine Träne auf ihrer Wange glitzerte. Da beobachtete er sie von hinter dem Hauptmast und war traurig vor Reue. Er beobachtete sie, bis der Mond aufging und ihre Tränen getrocknet waren und der letzte Beweis ihrer Verzweiflung ihr gesenkter Blick war.

Mittags war Linet bis auf ihr Unterkleid ausgezogen. Schwere Ketten lagen um ihre Taille und ihre Arme und banden sie an den Mast wie eine Mahlzeit für die aasfressenden Krähen, die sich als die Mannschaft dieses Schiffes bezeichneten. Das reine Leinen, dass durch den feuchten Wind an ihrem Körper klebte, bot ihr nur wenig Schicklichkeit. Die Sonne hatte begonnen, ihre helle Haut zu verbrennen und der Wind wehte ihr das Haar ins Gesicht.

Von hoch oben in der Takelage beobachtete Duncan das Spektakel unten mit finsterem Blick und zog die Leinen des Hauptsegels so fest, dass er sicher war, dass sie in seinen Fäusten ausfransen würden.

Wie lange hielt ein Schlaftrunk überhaupt an? Er war sicher, dass er genug von El Gallos Medizin in ihrem Morgenwein aufgelöst hatte. Linet hätte jetzt schon in das Land der Träume entfleuchen und sicher vor ihrer eigenen scharfen Zunge an einem Platz sein sollen, wo Sombra sie nicht berühren konnte, aber das sture Weib stand immer noch.

Linet zitterte einmal. Ihr Kopf war voller wilder und unscharfer Farben. Sie wusste, dass sie hätte Angst haben sollen, aber es schien ihr zu mühsam zu sein. Außerdem war es ja nicht, als wenn ihr irgendetwas widerfahren würde. Sombra war nur an der Frau interessiert, die an den Mast gekettet war, an der armen Frau, die vor Kälte in ihrem Unterkleid zitterte.

Sie blinzelte einige Male, um besser zu sehen und spuckte eine Haarsträhne aus ihrem Mund aus. In einem schrecklichen Augenblick der Klarheit realisierte sie die Wahrheit. Sie war die Frau, die an den Mast gekettet war und dann kam wieder der sanfte Nebel und verschleierte ihre Gedanken.

Sombra kreiste um sie herum wie eine Spinne, die ihre nächste Mahlzeit betrachtete. Er klackte mit der Zunge. „Ich habe erfahren, dass Ihr meinen Kapitän in England beleidigt habt." Er sprach über seine Schulter. „Ist das nicht so, *Señor*?"

El Gallo stand hinter ihm, hakte seine dicken Daumen in die Armlöcher seines Surcots ein und wippte auf seinen Zehen. Die alten Planken auf dem Deck ächzten. Er nickte.

„Es ist eine sehr schlimme Sache einen Mann zu beleidigen", fuhr Sombra fort. „Es ist tödlich, einen Spanier zu beleidigen. Jedoch ..."

Linet wollte eine Erklärung über die Kaperbriefe abgeben, wollte ihm sagen, dass die Spanier ihre Wolle gestohlen hatten, aber die Augen fielen ihr zu und dann konnte sie sich nicht mehr erinnern, was sie hatte sagen wollen.

„Wir haben viel profitablere Pläne für Euch." Er rieb sich die Hände mit seinen schwarzen Handschuhen. Dabei quietschte das Leder. Dann wandte er sich um zu El Gallo. „Nicht wahr, mein Kapitän?"

El Gallo musterte sie mit gierigen Augen und machte

eine anzügliche Geste, die seine Mannschaft an Bord amüsierte.

„Wer wird wohl am meisten bezahlen?", gurrte Sombra und legte eine behandschuhte Hand an ihr Kinn. „Die Sarazenen? Ein französischer Lustmolch, der seine männlichen Freunde unterhalten möchte? Oder vielleicht ein Bischof mit geheimen Lastern?"

Die Mannschaft rief ihm ihre Meinung zu. Linet zog ihr Kinn aus seinem Griff.

„Natürlich", fügte er hinzu und zog langsam den Handschuh von seiner rechten Hand, „erziele ich den doppelten Preis, wenn Ihr eine Jungfrau seid."

Linets Augen weiteten sich. Sicherlich wollte er nicht ... sie erstarrte, als er seine blassen Finger beugte. Dann überkam sie eine Welle grauen Lichts. Sie beugte sich vornüber.

„Oh Sombra, seht doch, wie sie vor Erwartung ohnmächtig wird!", krähte El Gallo.

Das letzte, was sie sah, war der Bettler, der unmöglich aus dem Himmel auf das Deck fiel.

„Lasst sie in Ruhe!", rief er.

Und dann wurde alles schwarz um sie.

KAPITEL 7

Linet verdrehte die Augen und fiel dann rückwärts gegen die Ketten.

Duncan fluchte leise. Wenn er sie mit dem Schlaftrunk umgebracht hatte ...?

Im nächsten Augenblick drehte Sombra sich um wie eine Schlange und sein Gesicht war weiß vor Zorn. „Wer wagt es, mir Befehle zu erteilen?", zischte er.

Duncan betrachtete die erwartungsvollen Gesichter um ihn herum. Einige waren empört. Einige waren verärgert. Andere waren blutrünstig. Alles hing von seiner Antwort auf Sombras Frage ab.

„Vielleicht ein Freund", antwortete er mit einer Lässigkeit, die er nicht wirklich fühlte und vermischte die spanischen Worte mit einem französischen Dialekt. „Zweifellos eine gute Gelegenheit."

„Stört Ihr mich wegen ...", begann Sombra und beugte seine nackte Hand zu einer Klaue.

„Die Frau trägt die Pocken in sich", sagte Duncan ruhig. „Ich würde mich an Eurer Stelle fernhalten, Monsieur Sombra. Es ist kein schöner Tod."

Sombra presste seine dünnen Lippen zusammen und trat einen Schritt weg von Linet, die zu Duncans Erleichterung zu atmen schien.

El Gallo stolzierte vor und verschränkte seine dicken Arme über seiner breiten Brust. „Wie ist Euer Name ... Freund?" Bei dem Wort grinste er höhnisch.

„Ich bin ... Gaston de Valois, ein Vetter von König Philip", verkündete Duncan und zeigte seinen de Ware Siegelring mit einer überschwänglichen Bewegung. „Und dies", er zeigte auf Linet, „ist meine Gefangene."

„Wirklich? Und was will der Vetter des Königs auf meinem Schiff?", knurrte der Kapitän mit argwöhnischem Blick.

„Philip hat einen lukrativen Vorschlag für Euch", sagte er und berührte kurz den Geldbeutel an seinem Gürtel. „Er hört sich vielleicht besser bei einem Becher Wein ... Verzeihung ... bei einem Becher Bier an."

El Gallo verstand die höhnische Bemerkung. Er zögerte und konnte sich offensichtlich nicht entscheiden, ob er weiterzusehen wollte wie Sombra die Gefangene quälte oder ob er der Aussicht auf ein gewinnbringendes Geschäft nachgeben sollte. Schließlich rief er nach zwei Bechern.

„Sombra, bringt unsere Gefangene nach unten", befahl El Gallo. „Der Franzose und ich haben etwas zu besprechen."

„Aber ..."

„Los!"

Sombra verströmte reines Gift, als er weggeschickt wurde, aber El Gallo beachtete ihn nicht. Duncan kämpfte mit sich, kein Interesse zu zeigen, als der schleimige Mistkerl Linets Ketten löste und sie nach unten in den Frachtraum tragen ließ.

Als das Bier eingeschenkt worden war, hob El Gallo seinen Becher. Duncan trank seinen Becher bis zum letzten Tropfen in einem Zug leer. Die Seemänner tuschelten beeindruckt. Um mitzuhalten, beantwortete El Gallo die schweigende Herausforderung und leerte seinen Becher Bier. Die Mannschaft lachte bewundernd.

„Weg!", rief der Kapitän und setzte seinen Becher mit einem Knall ab. Die neugierige Mannschaft verteilte sich auf dem ganzen Schiff wie Würfel auf einem Tisch. „Sofort." El Gallo wischte sich mit dem Ärmel den Schaum ab, der an seinem Bart hing. „An was für einen Vorschlag dachte König Philip denn nun?"

Duncan blickte sich verstohlen um und sprach so, dass nur El Gallo ihn hören konnte. „Philip hat von Euren Taten gehört. Er möchte, dass Ihr in seinen Dienst tretet."

„In seinen ...", knurrte El Gallo und rülpste laut.

„Frankreich hat Feinde", vertraute Duncan El Gallo an und die Täuschung kam ihm leicht über die Lippen, „Feinde, bei denen Philip sich wünscht, dass ihnen ein Unglück widerfährt."

„Ein Unglück?", keuchte der Kapitän und kniff die Augen zu einem Schlitz zusammen.

„Nur ein kleineres Unglück", beeilte er sich El Gallo zu versichern. Er wählte seine Worte mit Bedacht. „Frankreich wäre nicht abgeneigt, Euch zu begnadigen, wenn Ihr beispielsweise versehentlich, die Ladung einiger ihrer feindlichen Schiffe in französischen Gewässern löscht. Ich glaube, dass eine kleine Strafe in Höhe der Hälfte von dem was Ihr verdienen könntet, Seine Majestät bei solchen Handlungen besänftigen würde."

El Gallo machte sich gar nicht die Mühe, das gierige Glitzern in seinen Augen zu verbergen, während er nachdenklich über seinen Bart strich. Duncan war sich sicher, dass der raffinierte Pirat bereits plante, ihn zu töten, um irgendwie an den gesamten Gewinn zu kommen. Aber das machte nichts aus. Soweit würde es gar nicht kommen.

„Wie habt Ihr mich gefunden?", fragte El Gallo argwöhnisch.

„Das Weib", antwortete er schnell. „Philip hat von der unglückseligen Sache mit den Kaperbriefen gehört. Ich wusste, dass Ihr sie nicht ungestraft entwischen lassen würdet. Ich sollte ihr folgen und warten, dass Ihr etwas unternehmt."

El Gallo schenkte ihnen beiden einen weiteren Becher mit Bier ein.

Duncan glaubte, dass er wegen all der Lügen, die er an einem einzigen Tag erzählt hatte, wahrscheinlich in der Hölle schmoren würde. Sie schienen nur so aus ihm heraus zu sprudeln, als wenn sie die Wahrheit wären, aber das wäre es wert, wenn er die beiden berüchtigten Verbrecher El Gallo und Sombra einsperren lassen und Linet de Montfort retten könnte. Vielleicht, dachte er ironisch, würde sein Wagemut ihn zum Schutzpatron der Stoffhändler machen.

„Ihr braucht die *doncella* also nicht mehr. Warum habt Ihr Sombra zurückgehalten? Sie gehört jetzt ihm", forderte El Gallo plötzlich und unterbrach Duncans Gedanken.

„Tatsächlich?" Duncan trank sein Bier aus, um sich Zeit zum Nachdenken zu geben und dann schüttelte er den Kopf. „Philip wird Euch großzügig für ihre Rückgabe entlohnen. Er hat selbst einen Streit mit ihr und dafür wird sie leiden, glaubt mir. Ich fürchte, dass dieser Sombra sie vielleicht ... beschädigen könnte. Für beschädigte Ware zahlt Philip nicht so viel."

El Gallo knurrte zustimmend.

„Ich glaube, dass es am besten ist, wenn das Mädchen unter meiner Bewachung bleibt", sagte Duncan, „bis wir ... Flandern erreichen." Es war ein Schuss ins Blaue. Es gab de Montforts in Flandern. Vielleicht war das Linets Familie.

„Flandern!", rief El Gallo. „Aber wir segeln nach Spanien!"

Duncan pickte nach einer imaginären Fluse auf seinem Ärmel. „Natürlich würde Philip Euch gern in seinen Dienst stellen, aber wenn Ihr woanders dringendere Geschäfte habt ..."

„Oh nein", leugnete der Kapitän schnell und dachte wahrscheinlich an all das Geld, was er verlieren würde, „nichts, was nicht warten kann."

„Eh bien", verkündete er und prostete El Gallo mit seinem halbleeren Becher zu. „Auf unser Bündnis!"

Es dämmerte. Der Rand der Sonne fiel langsam ins blutrote Meer und verwandelte es in ein Dunkelblau. Die Sterne schienen auf das kleine Beiboot herab zu zwinkern und die Ruhe des Abends wurde nur vom gelegentlichen Schrei einer Möwe oder dem rhythmischen Plätschern der Ruder im Wasser gestört.

Sombra stand unbekümmert und herausfordernd da, während sein Gefangener Harold das kleine Boot über die Wellen in Richtung der normannischen Küste ruderte. Er blickte finster zu der sich verkleinernden Silhouette der *Corona Negra*, die gewendet hatte und nun gen Osten segelte. Hass war ihm in sein hageres Gesicht geschrieben und die Adern an seinem Hals standen vor wie die Wurzeln eines verdurstenden Baumes.

El Gallo hatte seine Pläne vereitelt.

Sie hätte ihn für den Rest seiner Tage versorgt - jene Unschuldige mit dem lieblichen Gesicht und Haaren aus gesponnenem Gold. Sein reichster Gönner hatte schon seit Jahren nach genauso einem Preis gesucht und eine zu finden, die auch noch Jungfrau war ...

Er wusste, dass dem so war, auch ohne, dass er sie untersuchte. Nur eine Jungfrau errötete auf diese Art und Weise. Die spanischen Adligen hätten über ihre cordobanischen Stiefel gegeifert und bei ihrer Versteigerung ihre Börsen weit aufgemacht und schließlich hätte de Seville sie alle überboten und Sombra unerhörten Reichtum eingebracht.

Aber dieser jämmerliche einäugige Franzose hatte sich eingemischt.

Blut rauschte in Sombras Schläfen. In nur einem Tag hatte Gaston de Valois eine Partnerschaft zerstört, die er sechs Jahre lang aufgebaut hatte.

El Gallo würde ordentlich von diesem neuen Bündnis profitieren. Daran gab es keinen Zweifel. Solange die politischen Verhältnisse stabil waren, profitierte man immer als Freibeuter eines Königs, aber ein König würde niemals den Menschenhandel oder die Gefangennahme der Untertanen eines anderen Königs dulden. Wenn man das tat, liebäugelte man mit der Möglichkeit eines echten Krieges. Sombras Tage neben El Gallo waren vorbei.

Er unterdrückte einen zornigen Schluchzer, als er an sein besonderes Quartier auf der *Corona Negra* dachte, der Raum, den er so sorgfältig für die methodische Zähmung seiner weiblichen Gefangenen eingerichtet hatte. Er war ein Kunstwerk und er hatte hart gearbeitet, um ihn zu perfektionieren. Jetzt würden darin nur noch die Güter, die von Frankreichs Feinden gestohlen wurden, verstaut werden.

Wenn das Gaston de Valois wahre Absicht war. Sombra vertraute ihm nicht. Das Gesicht des Mannes hatte etwas Beunruhigendes und eine quälende Erinnerung in seinem Hinterkopf störte ihn wie eine lästige Fliege. Irgendetwas sagte ihm, dass auf El Gallo an der Anlegestelle in Flandern mehr wartete als ein königlicher Vertrag. Natürlich hatte der Kapitän nicht auf Sombras Skepsis hören wollen. Wenn es um Geld ging, konnte El Gallo nicht vernünftig denken. Sombra wusste, dass El Gallo sich in dem klugen Netz der Täuschung des Franzosen verfing.

Sombra wollte nicht in diesem Netz gefangen werden. Er war dem Tod schon einmal von der Schippe gesprungen und beabsichtigte zu überleben, auch wenn dies bedeutete, dass er wie eine Ratte das sinkende Schiff verlassen musste.

Er könnte von jeder ausländischen Küste den Weg nach Hause zurückfinden. Er hatte eine Geisel und genug Geld, um seinen Weg überall zu machen. Er würde Vergeltung suchen. Vielleicht noch nicht heute oder morgen, aber eines Tages. Er würde er den einäugigen Mistkerl zerstören und seine Hure mit dem Engelsgesicht stehlen.

Seine Lippen verzogen sich vor Bösartigkeit und er setzte sich auf die harte Bank und betrachtete das Bronzemedaillon, das er dem Mädchen abgenommen hatte, als sie bewusstlos gewesen war. Dies war der Schlüssel, dachte er und rieb mit dem Finger über das Siegel. Mit Linet de Montfort war ein Geheimnis verbunden. Irgendjemand würde teuer für den Eigentümer dieses Medaillons bezahlen. Dessen war er sich sicher.

Robert rieb sich die Augen. Er hatte sie die ganze Nacht kaum zugemacht. Er war besorgt. Nicht um sich selbst wie man sich hätte denken können, sondern um Duncan. Obwohl er sein ganzes Leben ein Kamerad der de Ware Brüder gewesen war, mit ihnen gekämpft und Wortgefechte und sogar Frauen mit ihnen geteilt hatte, hatte er seine Rolle nie falsch verstanden. Lord James de Ware verließ sich auf ihn, dass er seine Jungen vor allzu großen Gefahren bewahrte.

Dieses Mal war er gescheitert und selbst wenn es ihn das Leben kostete, würde er diesen Fehler korrigieren. Das war seine unausgesprochene Pflicht.

Fest entschlossen erklomm Robert als Händler verkleidet die Landungsbrücke der *Rey del Mar*.

Es schien Ewigkeiten zu dauern, bis das Schiff schließlich den Anker lichtete und dann dauerte es erneut sehr lange, bevor das Land außer Sichtweite verschwand. Die Wellen, die den ganzen Tag langsam gegen die Seite des Schiffes plätscherten, quälten ihn mehr als Peitschenhiebe, aber wie Garth ihm gesagt hätte, konnte er nicht noch mehr tun. Er war auf dem Weg zu dem Ort, wohin so Gott will die *Corona Negra* gesegelt war. Der Rest hing vom Wind ab.

Robert atmete bei der salzigen Luft tief durch und lehnte sich gegen die Reling, wobei er in den Sonnenuntergang blinzelte. Er war so mit seiner Aufgabe beschäftigt gewesen, dass er die anderen Passagiere bislang kaum beachtet hatte. Das holte er jetzt nach.

Der Kapitän des Schiffes war ein erfahrener alter Seemann mit schneeweißem Haar. Ein junger Mann mit eifrigen dunklen Augen hielt sich in der Nähe des Kapitäns auf wie ein aufgeregter junger Hund und eilte hin und her, um ihm sein Fernrohr oder einen Becher Bier zu bringen.

Der Rest der Mannschaft war ein barscher, armseliger Haufen, der auf den Decks herumlief wie Ratten. Ein paar Gewürzhändler unterhielten sich angeregt über die beste Quelle für Zimt. Ein Dutzend oder so derbe junge Männer aus London standen auf dem Vorderdeck und stachen sich gegenseitig mit abenteuerlichen Geschichten aus. Drei spanische Edelmänner standen etwas abseits von den anderen. Einer von ihnen sah schrecklich krank aus und sein Gesicht hatte eine grünliche Farbe, während er beobachtete, wie das Schiff über die Wellen rollte. Hinter ihnen stand ein junger Mann in einem Umhang mit Kapuze und einer abgetragenen Hose und blickte hinaus aufs Meer, wobei sein Gesicht die quälende Studie einer ...

Robert blinzelte. Das Kinn, die zarte Nase und der kleine Mund und die riesigen, dunklen, gefühlvollen Augen ... bei Gott – es war eine Frau.

Er spazierte über das Deck, um einen besseren Blick auf sie zu erhalten, wobei er leise pfiff.

Sie war wunderschön. Ihr Gesicht war von der groben Wolle ihres abgetragenen Umhangs gerahmt und erschien wie ein unendlich wertvoller Edelstein, der in billigem Metall gefasst war. Ihre Haut wurde von den letzten Strahlen der untergehenden Sonne erleuchtet und hatte die Farbe von Honig und war weich und glatt. Sie war eine zierliche Erscheinung. Ihre Lippen schienen sinnlich zu schmollen und an der Spitze ihres Kinns befand sich ein faszinierendes Grübchen. Die Kapuze verbarg ihr Haar, aber er konnte an ihren Augenbrauen und ihren langen, gebogenen Wimpern erkennen, dass es so schwarz wie Onyx sein musste. Sie war eine Närrin, wenn sie glaubte, dass sie als Junge durchgehen konnte.

Er blieb an der Reling ein paar Meter entfernt von ihr

stehen und beobachtete, wie zwei Möwen in der Ferne um einen Fisch kämpften. Die Frau zog die Kapuze enger um ihren Kopf und wandte sich zur Seite, um ihr Gesicht zu verbergen.

„Ihr lauft also weg?", fragte Robert beiläufig, wobei er auf das Meer hinausblickte.

Plötzlich drehte sie den Kopf und dann sah er den Dolch, den sie fest umklammert in der Hand hielt.

Er wandte seinen Blick wieder dem Meer zu, obwohl sein Herz jetzt raste. Etwas in ihren tragischen, feuchten Augen sagte ihm, dass sie die Waffe an sich selbst benutzen wollte.

„Ein junger Mann wie Ihr", fuhr er leise fort, „der nach Spanien ohne Gepäck und ohne Begleiter reist, muss vor etwas ... oder jemandem davonlaufen."

Die Frau wandte den Blick nach vorn. „Spanien ist mein Zuhause." Ihre Stimme war leise und heiser und der Dialekt kaum auszumachen.

„Ihr seid also nach England weggelaufen und jetzt habt Ihr Euren Fehler eingesehen", sagte Robert mit einem verständnisvollen Nicken.

„Nein." Sie runzelte die Stirn. „Ich fahre nur nach Hause. Das ist alles."

„Aha", sagte er mit einem wissenden Grinsen und schlug ihr auf die Schulter. „Es geht also um eine Frau, nicht wahr Junge? Irgendein englisches Weib hat Euer Herz gestohlen und es gebrochen und jetzt fahrt Ihr nach Hause, um zu sehen, was Ihr aus Eurem jämmerlichen Leben noch machen könnt." Er klackte mit der Zunge.

Die Frau starrte ihn an, als wäre er verrückt, aber nicht weit von der Wahrheit entfernt. Er hätte seine Rüstung verwettet, dass sie vor einem Mann davonlief – vielleicht vor einem untreuen Geliebten oder einem grausamen Ehemann.

„Nein", sagte sie. „Das ist nicht ..."

„Sprecht nicht weiter, Junge. Ich kenne die Geschichte nur zu gut. Ihr seid Eurer Geliebten hinterher gelaufen - eine von den blassen, bildhübschen englischen Mädchen mit einer Haut wie Samt und einem Liebesnest so süß wie ... aber warum erzähle ich Euch das?", sagte er schmunzelnd. „Ihr kennt Euch doch schon gut genug aus, oder? Ich wette, dass Euer junger Stock schon oft genug über die Honigwaben gestrichen ist."

Ein Blick zur Seite offenbarte, dass die Frau so blass wie Pergament geworden war. Ihre Augen waren geweitet und ihr Mund stand vor Schreck auf. Jetzt hatte er ihre Aufmerksamkeit. Ihre Finger lösten sich um den Dolch.

„Ihr wollt jetzt also nach Spanien", fuhr er fort. „Nun, ich kann Euch erzählen wie das ausgehen wird, mein Junge. Ihr werdet Euren Kummer eine Zeit lang in spanischem Wein ertränken und dann werdet Ihr in einen Streit oder zwei geraten und ein blaues Auge und eine blutige Lippe davontragen und schließlich werdet Ihr beschließen, dass Eure englische Puppe gar nicht so unersetzlich war und Ihr werdet die Straßen nach irgendeiner billigen Hure mit blondem Haar und einer Haut wie Milch absuchen. Aber Ihr werdet sie nicht finden, Junge. Ihr werdet sie nicht finden."

Er blickte auf ihren Dolch, als wenn er ihn zum ersten Mal bemerken würde. „Ist das Toledo Stahl? Darf ich ihn mir mal ansehen?"

Inzwischen war die Frau so verwirrt und in sein Geschwätz eingebunden, dass sie ihm bereitwillig das Messer gab. Er drehte es in der Hand und gab vor die Klinge zu betrachten.

„Aber wisst Ihr, wenn ich es wäre", sagte er vertrauensvoll und drehte die Dolchspitze auf der hölzernen Reling, „ich würde nach Frankreich fahren. Wenn ihr die englischen Damen schon reizend findet … dann legt Euch irgendwann einmal auf französisches Leinen mit einer parfümierten Hure in jedem Arm." Er verdrehte die Augen in vorgetäuschter Ekstase.

„Wie bitte?", brachte sie heraus.

„Aber Spanien …" Er erschauderte dramatisch und gab ihr den Dolch zurück. „Das ist eine feine Klinge. Es wäre weise von Euch, sie in der Scheide stecken zu lassen."

Sie nahm den Dolch und seinen Rat an. Dann gewann jedoch ihre Neugierde. Sie hob ihr Kinn. „Was ist mit Spanien?"

„Was? Oh. Ihr wisst doch, was man über spanische Frauen sagt."

Er konnte schon fast sehen, wie sich ihre Haare im Nacken aufstellten. „Nein. Was sagt man?"

Robert zuckte mit den Schultern. „Es ist nichts. Wahrscheinlich nur ein Gerücht."

Sie stand ihm nun gegenüber. In ihren riesigen dunklen Augen begann ein Feuer zu schwelen. „Gerücht?"

„Einige sagen, dass sie…"

„Ja?"

„Und natürlich habe ich selbst keine richtige Erfahrung mit …"

„Was?", fragte sie ungeduldig. „Was meint Ihr?"

Robert versuchte nicht zu lächeln. Scheinbar hatte die Frau ein hitziges Temperament. Er liebte Frauen mit hitzigem Gemüt. Sie waren so beherzt, so voller Leben und so leidenschaftlich. „Man sagt, dass sie so kalt wie Frost und so leidenschaftslos wie Aale sind."

Die Frau blinzelte.

„Man sagt, sie hätten Herzen aus Stein."

Sie kniff die Augen zusammen.

„Man sagt, sie zu küssen wäre, wie wenn man eine tote Forelle küsst."

Sie nickte. Zorn strömte von ihr aus wie Hitze aus grauer Kohle. „Sagt man das?"

Robert erwartete eine lange Schimpftirade in Spanisch oder eine Ohrfeige oder irgendeinen Ausdruck ihres Zorns. Er erwartete, dass er sie anschließend trösten und beichten würde, dass er die ganze Zeit gewusst hatte, dass sie eine Frau war und dann würde er versuchen, es wiedergutzumachen.

Er hatte niemals erwartet, dass sie ihn küssen würde.

Die Lippen der Frau waren so weich und süß wie reife Beeren. Er hatte noch nie ein so berauschendes Getränk geschmeckt. Ihre Wange war wie Samt an seiner. Ein Duft umgab sie und umhüllte ihn und duftete wie der erste Hauch eines frisch angestochenen Fasses Apfelwein. Sie hatte seinen Kopf in ihre Hände genommen und ihn zu sich mit einer Kraft heruntergebeugt, die er ihr nicht zugetraut hätte – wie eine Sirene, die ihn in sein Verderben zog und doch hatte er nicht den Wunsch diesem Schicksal zu entrinnen. Er erlaubte ihr, ihn unter den Wellen der Verführung zu ertränken.

Sie hatte ihn so sehr überrascht, dass seine Arme kraftlos an seiner Seite hingen. Im Nu war seine ganze Welt auf ein Paar köstliche Lippen reduziert worden, die auf seine gedrückt waren sowie dem warmen Atem, der über sein stoppeliges Kinn strich.

Erst allmählich wurde ihm die Stille um ihn herum bewusst. Ihr musste es ebenso gegangen sein, denn sie zog zurück und ließ ihn los, aber ihre Augen blieben an ihm hängen. Sie waren rauchig vor Verlangen und so dunkel und feucht wie zwei große Gewässer, sie ließen ihn nicht los und in ihnen spiegelte sich sein Erstaunen und seine Faszination.

In dem Augenblick verlor er den Verstand.

Er schob ihre Kapuze zurück und griff mit seiner Hand in ihr dichtes offenes Haar. Dann schwang er sich auf sie herab wie ein Adler auf der Jagd, nahm ihren Mund in Besitz, als wenn er ihn verdiente und als wenn er schon immer ihm gehört hätte. Er drückte sie fest an sich und beugte ihren Rücken auf unmögliche Art und Weise und drückte den Beweis seiner Lust gegen sie wie ein brünstiges Tier.

Und sie hing an ihm. Es war, wie wenn man mit dem Feuer spielt – gefährlich und zwanghaft. Sie wehrte sich nicht einmal gegen ihn. Selbst als er wusste, dass er ihre zarte Haut mit seinen rauen Bartstoppeln zerkratzte. Selbst als er sie so heftig drückte, dass sie nach Luft rang. Sie protestierte nur, als er innehielt, um ihre Jacke beiseite zu ziehen, um ihre Schulter zu berühren, aber das Stöhnen wurde von einem Gurren von solcher Sehnsucht gefolgt, dass er das Gefühl hatte, dass er über den Rand in den Wahnsinn gestoßen worden war.

Er wusste nicht, wie sie es unter Deck schafften. Auch konnte er sich nicht erinnern, wie er plötzlich entkleidet war, aber als der Mond silbrig durch die Ritzen der Luke schien und die Kabine mit einem ätherischen Glühen erleuchtete und ihre Augen erhellte – ihre schönen, schimmernden und glücklichen Augen – wusste Robert, dass er einen Schatz gefunden hatte.

Er wusste, dass er seine Braut gefunden hatte.

KAPITEL 8

inet kämpfte sich die Leiter aus dem Frachtraum des Schiffes hoch. Bei Gott, was war nur mit ihr passiert? Und wo war Harold? Sie fühlte sich, als wäre sie durch eine Walkmühle gedreht worden. Jeder Muskel in ihrem Körper tat ihr weh und ihr war so schwindlig, als wäre sie betrunken. Sie versuchte sich in dem schwindenden Licht zurechtzufinden, aber sie konnte ihre Augen nicht fokussieren.

Mehr als ein Dutzend gefährlich betrunkener Piraten hatten sich in der Nähe des Hauptmastes zusammengefunden, stopften hartes Brot und Käse in sich hinein und spülten es mit Bier hinunter. Das Mondlicht veränderte ihre gierigen Gesichter in entsetzliche goldene Fratzen.

Linet griff nach ihrem Halsausschnitt, als ihre Augen sie musterten, aber die gesetzlosen Schurken der Meere trugen ihre Lüsternheit wie eine Fahne. Sie machten anzügliche Gesten und schrien in schrecklichem Spanisch.

Plötzlich kreischte eine Möwe über ihnen. Sie folgte ihr mit den Augen.

Dann erblickte sie die beiden. Nur zehn Schritte von ihr entfernt standen El Gallo und der Bettler zusammen wie lebenslange Freunde, prosteten einander zu und lachten. Schmerz stieg in ihr auf. Was war das für ein Verrat? Änderte sich die Loyalität des Bettlers so schnell wie ein Fähnchen im Wind? Sie hätte schwören können, dass er zuvor wie ein Schutzengel herabgeschwebt war, um sie vor den Piraten zu retten, aber vielleicht hatte sie sich die ganze Geschichte auch nur vorgestellt.

Sie schloss die Augen und drückte die Finger gegen ihre pochende Schläfe. Farbmuster stiegen in ihrem Kopf auf wie ein Stoffregen. Lieber Gott, sie musste wahnsinnig geworden sein oder vielleicht träumte sie auch nur. Aye, das war es – sie hatte einen Albtraum. Sie würde einfach zurück in den Frachtraum gehen, bis sie aufwachte.

Bevor sie sich umwenden konnte, hielt der Bettler sie mit seinem kobaltblauen Blick gefangen. „Dem Herrn sei Dank...", hauchte er. Einen unbedachten Augenblick lang war nur nackte Erleichterung in seinen Augen zu sehen, die sie verwirrte und entwaffnete. Dann fügte er laut hinzu: „Gott sei Dank seid Ihr endlich wach. Ich warte schon lange auf unser Wiedersehen."

Die Mannschaft war still. Linet runzelte die Stirn. Von was sprach er? Und warum sprach er mit diesem lächerlichen Dialekt?

„Woher kennt Ihr diesen Mann?", fragte El Gallo und seine Schweineaugen blickten trunken von ihr zum Bettler.

Ihr Mund fühlte sich staubtrocken an, aber zumindest schwanden die Farben aus ihrem Kopf. „Er ..." Sie starrte den Bettler an und war immer noch verwirrt von der aufrichtigen Sorge, die sie kurz in seinen Augen gesehen hatte.

„Ich fürchte, ich bin kein willkommener Anblick für sie", sagte der Bettler mit einem Grinsen. „Wir waren einst

Liebhaber, bis sie beschloss mit meinem Geld zu verschwinden."

Sie keuchte bei der lächerlichen Lüge. „Wie bitte?"

Die Piraten beobachteten sie mit wachsendem Interesse, obwohl nur wenige die Unterhaltung verstehen konnten.

Der Bettler fuhr fort. „Sie ist Teil der Belohnung, die mir Philip für meinen Anteil in dieser Sache versprochen hat."

„Belohnung?", rief sie und Zorn trat an die Stelle von Vorsicht. „Von was sprecht Ihr? Ich bin niemandes Belohnung!"

„Ruhe!", bellte El Gallo und verdrehte vor Ekel die Augen. „Ich glaube, dass keine wahreren Worte gesprochen werden könnten. Frauengeschwätz ist ermüdend", sagte er zum Bettler. „Wollt Ihr, dass ich ihr die Zunge für Euch herausschneide?", fragte er grinsend.

„Oh nein", flüsterte Duncan leise und blickte ihr fest in die Augen. Er ging auf sie zu, bis sein Kinn nur wenige Zentimeter von ihrem Kopf entfernt war. „Ich habe keine Verwendung für ihre Zunge."

Die Piraten brüllten bei seinen Worten und einige hoben prostend ihre Becher. Linet hatte keine Ahnung, von was der Bettler sprach, weil er die letzten Worte in Spanisch gesagt hatte, aber die Nachricht in seinem durchdringenden Blick und die lüsterne Einladung seiner Lippen waren unmissverständlich.

Er hob eine Hand an die Locken in ihrem Haar.

„Weg von mir, Ihr ... Ihr Mistkerl!", rief sie. „Ich bin eine de Mont ..."

Der Bettler senkte seine Lippen auf ihre, bevor sie den Satz beenden konnte. Sein Kuss war tief, fordernd und sein Kinn rau und fremd an ihrer Wange. Einen Augenblick lang war sie zu überrascht, als dass sie sich hätte wehren können. Dann wurde ihr Kopf klar und sie fing an gegen seine fesselnde Umarmung zu kämpfen. Sie versuchte zu schreien, aber sein Mund verhinderte es. Dies konnte nicht wahr sein, dachte sie.

Nicht mit einem Bettler.

Nicht ihr erster Kuss.

Sie drückte gegen seine feste, breite Brust und versuchte sich in seinen Armen zu drehen, aber er hielt sie fest. Der Kuss schien ewig zu dauern. Zu ihrem wachsenden Ärger atmete sie schneller und ihr Herz raste und schlug ihr bis zum Hals. Dann zog er plötzlich zurück. Einen Augenblick lang blickte sie in seine dunklen Augen und er sah so verwirrt aus, wie sie sich fühlte.

Duncan *war* verwirrt. Noch nie hatte sich ein Kuss für ihn so richtig und so perfekt angefühlt.

„Oho!", brüllte El Gallo und er hatte die Augen argwöhnisch zusammengekniffen. „Ihr sagtet, dass sie die Pocken hätte!"

Duncans Stimme war rau. „Ich bin ein … ein eifersüchtiger Mann. Hättet Ihr nicht auch so etwas gesagt?"

Die Mannschaft schwieg erwartungsvoll und wartete auf die Reaktion ihres Kapitäns. Das Schweigen dauerte unbehaglich lange. Dann bildeten sich Falten um El Gallos Augen und er brach in Gelächter aus. Er schlug sich auf die Oberschenkel. „Aber natürlich!"

Das Gelächter schien Linet zum Leben zu erwecken. Duncan legte seinen Arm wie beiläufig um ihre Schultern, aber dann folgte ein stiller Kampf zwischen ihnen, als er seine Finger anzüglich über ihrer Brust hängen ließ.

„Hey Franzose!", rief ein Mann mit schwarzem Bart und

listigen Augen, der neben El Gallo stand. „In meinem Land ist es ein Zeichen der Höflichkeit, sein Glück mit anderen zu teilen." Er legte die Finger an die Schnalle seines Gürtels. „Ich hätte gern ein Stück von diesem Schatz." Kühn trat er einen Schritt vor.

Duncan spürte, wie Linet in seinem Arm zusammenzuckte.

Aber El Gallo hielt den Piraten auf und schlug dem Mann mit der flachen Seite seines Dolches gegen den Bauch. „In Eurem Land, Diego, ist es ein Zeichen der Höflichkeit, das Eigentum anderer zu respektieren." Er winkte den Mann weg.

Duncan widerstand dem Verlangen, sich über die Aussage lustig zu machen. Seit wann hatte ein Pirat Respekt für das Eigentum anderer? Trotzdem dankte er El Gallo mit einem knappen Nicken. Der Kapitän war nicht dumm. Er war vielleicht gierig. Er war vielleicht verschroben. Aber er war nicht dumm. Bis er Philips Gold nicht in den Händen hielt, würde Duncan ihn beschwichtigen müssen.

„Weib", bellte Duncan, „bringt mir einen Krug Bier." Enthusiastisch schlug er ihr auf den Hintern.

Er hätte auf ihre Reaktion vorbereitet sein können, aber nichts hätte ihn auf die Geschwindigkeit, mit der sie ihm mit der Faust in den Magen schlug, vorbereiten können. Er bekam keine Luft mehr. Er hustete einmal und wurde dann blass.

„*Ay, Madre de Dios*!", rief ein Mann. „Sie hat Feuer."

„Feuer, das darum bettelt, gelöscht zu werden!", antwortete Duncan und versuchte zu lachen, um seinen Schmerz zu überdecken. Die Tränen standen ihm in den Augen. Er ergriff Linet fest an der Schulter.

„Kommt und esst ein wenig, mein Freund", rief El Gallo vom Hauptmast mit dem Mund voller Käse. „Ihr werdet Eure ganze Kraft bei dem Kätzchen brauchen."

Duncan nickte vage. Sein armer verletzter Bauch brauchte mit Sicherheit jetzt kein Essen. Trotzdem schob er Linet mit fester Hand in Richtung Essen.

Linet hatte nicht die Absicht zu kooperieren. Sie war eine de Montfort. Die de Montforts befolgten ausschließlich die Befehle des Königs. Sie drückte gegen ihren Fänger und wollte ihre Stellung halten, ganz gleich welche Drohung der Schurke sich ausdachte.

Aber der Hauch von etwas Süßem, etwas unwiderstehlich vertrautem brachte sie dazu ihre Meinung zu ändern. Eine Orange. Der Pirat mit dem schwarzen Bart biss in eine Orange und auf dem Tisch stand ein ganzer Korb davon.

Ihr lief das Wasser im Mund zusammen. Ihr wurde klar, dass sie seit dem Morgen nichts gegessen hatte. Plötzlich hatte sie einen Riesenhunger. Sie erlaubte dem Bettler, sie nach vorne zu geleiten, streckte dann die Hand aus, um eine der Früchte für sich zu nehmen, aber bevor es dazu kam, ergriff der Bettler ihre Hände.

Die Worte, die er dann ausstieß, waren nur für ihre Ohren bestimmt. „Ich schwöre Euch, dass Ihr diesen Schlag eines Tages bereuen werdet, Mylady, aber jetzt werdet Ihr erst einmal genau das tun, was ich Euch befehle."

Sie wehrte sich gegen seinen festen Griff.

„Sofern Ihr natürlich", fügte er hinzu, „nicht der letzte Gang ihres Abendessens sein wollt."

Seine Worte waren wie eine kalte Dusche. Sie betrachtete die Gesichter um sich herum, Gesichter von Raubtieren, wobei bei einigen ein zahnloses Grinsen, gierige Augen, eine schweißnasse Stirn oder ein vor Fett triefendes Kinn ins Auge fiel. Sie erschauderte und entspannte sich unmerklich im Griff ihres Fängers. Immerhin dachte sie, als sie auf die Hand, die ihren Arm festhielt, hinabblickte, war unter den Fingernägeln des Bettlers kein Schmutz zu sehen.

Er lächelte weiter für die Piraten, aber seine Stimme war kurz angebunden, als er ihr ins Ohr murmelte. „Ihr werdet mich bedienen – Ihr bringt mir Brot, Käse, eine Orange und einen Becher Bier. Ihr werdet mir diese Dinge bringen, bevor Ihr Euch selbst zum Essen setzt und jedes Mal, wenn mein Becher leer wird, werdet Ihr ihn füllen. Versteht Ihr?"

Für wen hielt er sich, überlegte sie und war erzürnt, dass er sie wie ein Lord eine Dienerin herumkommandierte. Ihr Körper bebte vor Zorn, aber sie wusste, dass sie keine andere Wahl hatte. Sofern sie nicht das Spielzeug der Mannschaft werden wollte, musste sie ihm gehorchen.

„Aye, Mylord", murmelte sie mit zusammen gebissenen Zähnen. Mit finsterem Blick stellte sie sein Abendessen zusammen und jonglierte die Orange auf dem Brot in einer Hand und den Käse und das Bier in der anderen. Als sie ihm das Essen servierte, nickte er ihr noch nicht einmal zu. Er verhielt sich, als wäre er es gewöhnt bedient zu werden. Am liebsten hätte sie ihm das Bier über den Kopf geschüttet.

Stattdessen riss sie ein Stück ihres eigenen harten Brotes mit den Zähnen ab und verschlang es mit einem Stück Käse, als wäre es ihre Henkersmahlzeit. Sie hatte gar nicht gemerkt, wie hungrig sie war. Sie schmeckte die Orange kaum. Das starke Bier berauschte sie angenehm und betäubte die Demütigung, einen Bettler bedienen zu müssen.

Als sie aufstand, um ihren Becher ein viertes Mal zu füllen, hielt der Bettler sie auf.

„Kommt Weib!", verkündete er laut. „Ich möchte Euch nicht zu betrunken haben für das, was ich vorhabe. Das Essen hat mir nur Appetit gemacht."

Bevor sie etwas sagen konnte, stand er auf und zog sie an seine Brust. Mit einer Hand strich er ihr Haar zurück und mit der anderen drückte er ihre Hüfte an sich. Ohne eine weitere Warnung beugte er den Kopf zu ihrem nach oben gewandtem Gesicht und sein Mund erfasste ihren in einer sinnlichen Verschlingung.

Sein Kuss war allumfassend und löschte Sicht, Geräusche und Vernunft. Danach war sie atemlos und natürlich verlangsamte das Bier ihren Widerstand. Es musste das Bier sein, überlegte sie, denn es schwächte sie so sehr, dass sie in seiner Umarmung wankte.

Duncan fühlte sich, als wenn eine Lanze mitten durch ihn hindurch gestoßen worden wäre. Er hatte Widerstand erwartet. Er hatte sich für den Kampf des Weibes bereit gemacht und sein Bauch gegen ihre unausweichlichen Schläge angespannt, aber sie öffnete ihren Mund unter seinem. Lüsternheit durchfuhr ihn und er fühlte sich willkommen in ihrer Umarmung, willkommen und in Gefahr. Verdammt, er fühlte sich, als wäre er auf ein entlaufenes Pferd aufgestiegen. Er hoffte nur, dass er sie im Zaum halten könnte, wenn sie erst einmal allein waren.

Er hatte vor, sie allein zu erwischen. Er musste ihr die Wahrheit sagen, dass er sie retten und El Gallo in Flandern an die Behörden übergeben wollte. Er würde die Normandie auf den Kopf stellen, um Sombra zu finden, der Aal, der ihm aus den Händen geglitten war und er würde ihn vor Gericht bringen und Harold retten. Er würde ihr helfen, zur Burg der de Monforts zu gelangen und sie bei ihrer dankbaren Familie abliefern.

Dann würde sie ihm danken. Sobald sie es verstand. Sobald er sie allein antraf.

Wenn er sie nur dazu bekam, dass sie aufhörte ihn zu küssen.

Die Piraten hatten schon einen rhythmischen Gesang angestimmt und ermutigten ihn in ihrer Trunkenheit, mehr zu wagen. Er löste sich schließlich aus dem Griff der kleinen Dirne und dann hielt er sie an den Schultern weg von sich. Auf Armeslänge entfernt schien sie wieder zu sich zu kommen. Sie schüttelte den Kopf, als wollte sie die Reste eines Traumes abschütteln.

„Ihr werdet sie bezahlen lassen, nicht wahr Franzose?", fragte einer der Mannschaft.

„Doncella, bei Eurem Gurren", fügte ein anderer hinzu, „muss er Euch noch Geld herausgeben!"

Linet erblasste. Gurren? Sicherlich hatte sie nicht ... sie atmete tief durch, um ihnen zu sagen was sie mit ihren spöttischen Bemerkungen tun könnten, aber der Bettler drückte warnend ihre Schulter. Sie schwieg und wartete, dass er sie verteidigte.

Er antwortete ruhig in englischer Sprache. „Es werden viele Nächte mit Gurren, Schreien und um Gnade flehen notwendig sein, bevor sie überhaupt anfangen kann, mir das Vermögen zurückzuzahlen, das sie gestohlen hat." Seine Finger strichen beiläufig über ihr Kinn.

Ihr blieb der Mund offenstehen. Was zum Teufel machte der Mistkerl? Sie fühlte sich, als wäre sie mitten in einem Sturm und das Holz, an dem sie sich festhielt, stellte sich als verrottet heraus und sank schnell.

„Ich wünschte, sie hätte mein Familienvermögen genommen!", rief ein Seemann.

„Für Euer Familienvermögen", höhnte sein Freund, „würdet Ihr höchstens ein Küsschen auf die Wange bekommen!"

Dann brüllte El Gallo vor Lachen.

Duncan hielt Linet so fest er sich traute, aber es war schwer, sie zurückzuhalten, dass sie nicht über Bord sprang. Der Kapitän der Piraten beugte sich vor und winkte Duncan näher zu sich heran.

„Ich mag Euch, Gaston", flüsterte El Gallo laut. „Hey", murmelte er in Spanisch und lallte, „möchtet Ihr Sombras Kabine benutzen? Dann könntet Ihr jetzt Eure Rache an dem Weib nehmen."

„Jetzt?," brachte Duncan heraus. Ihm schwirrte der Kopf. Warum würde El Gallo ihm ein solches Angebot machen? Und wie würde er aus dieser Sache wieder herauskommen? Er blickte zu Linet, die verzweifelt versuchte, El Gallos nachlässiges Spanisch zu verstehen.

Der Kapitän zuckte mit den Schultern, aber in seinen Augen war ein seltsamer Hunger zu sehen. „Sombra hat einige ... Spielzeuge, die recht amüsant sein können. Also los." Er knuffte Duncan.

Duncan trank ein wenig aus seinem Becher, um sich Zeit zu verschaffen. Irgendetwas stimmte nicht. Es sah so aus, als würden er und Linet Gelegenheit zum Alleinsein bekommen, wie er es wünschte, aber die Umstände könnten nicht verdächtiger sein. Mit einem unguten Gefühl nickte er dem Kapitän zu. „Eure Gastfreundschaft ist überwältigend."

Linet gefiel der Klang ihrer Stimmen überhaupt nicht. Sie schaute nervös von einem Mann zum anderen. Der

Bettler richtete sich plötzlich zu seiner vollen Größe auf, wobei er ein Kopf größer war als sie und die ominöse Augenklappe ließ ihn besonders schurkenhaft aussehen.

„Kommt", befahl er.

Sie blieb stehen.

„Kommt mit mir", warnte er sie und blickte offensichtlich unbehaglich zu den Zeugen um ihn herum.

Sie würde nicht gehen.

Dann, bevor sie ablehnen konnte, beugte er sich und warf sie über seine breite Schulter, wobei ihre Welt auf den Kopf gestellt wurde.

Sie schrie und alle jubelten.

Danach konnte sie nur noch darauf achten, dass sie nicht herunterfiel, während ihr jämmerlicher Fänger zielstrebig quer über das Deck ging.

„Lasst mich los!", rief sie.

Sie errötete, als der Bettler eine Hand an ihren Hintern hob, um sie festzuhalten, als er hinunter zur Kabine stieg. Sie schlug fieberhaft auf ihn ein, aber er schien unbeirrt und hielt sie fest, wo er wollte. Endlich trat er in eine mit Kerzen erleuchtete Kabine und schloss die Tür hinter ihnen mit einer Hand.

Als er sich drehte, erblickte Linet das erste Mal die Höhle des berüchtigten Sombra. Überall war Blutroter Brokat drapiert und seine luxuriösen Falten bildeten ein seltsames Dach aus ihrer verkehrten Perspektive. Ein riesiges Bett füllte fast die ganze Kabine aus. An einer schrägen Wand flackerte eine dicke Kerze auf einem Ständer und beleuchtete verschiedene Geräte aus Leder und Eisen, die für Linet wie Folterinstrumente aussahen.

Sie hätte vor Entsetzen geschrien, wenn der Bettler sie nicht plötzlich auf das Bett geworfen hätte. Ihr stockte der

Atem und einen schrecklichen Augenblick lang konnte sie nicht sprechen und schon gar nicht schreien.

Plötzlich war er da, über ihr und viel zu nah. Als er sich zu ihr beugte, konnte sie das Bier in seinem Atem vermischt mit dem anderen geheimnisvollen, maskulinen Duft, den sie vorher in seinem Kuss geschmeckt hatte, riechen. Sie konnte die Hitze, die sein Körper ausstrahlte, fühlen und die pure Stärke seiner Gliedmaßen spüren, als er rechts und links ihres Kopfes einen Arm legte. Sie fühlte sich wie ein gefangenes Tier.

„Gott sei Dank seid Ihr sicher", sagte er leise.

„Wie bitte?" Was spielte er jetzt für ein Spielchen?

Duncan hatte nur wenig Zeit für Erklärungen. „Sombra hatte das Schiff verlassen. Er hat Harold mitgenommen. Wenn ich ihn jemals finden sollte ..."

„Harold? Aber was ..."

Er legte einen Finger auf Linets Lippen, um sie zum Schweigen zu bringen und hörte auf Geräusche vor der Tür. Ein leises Knarren hinter der Wand bestätigte seine Befürchtungen – El Gallo hatte einen Beobachtungsraum neben Sombras Kabine. Eines der vielen Astlöcher in den Holzpaneelen war wahrscheinlich nicht echt. Der Pirat beabsichtigte zuzuschauen.

Duncan verzog das Gesicht vor Ekel. Bevor Linet etwas sagen konnte, legte er schnell eine Hand über ihren Mund und brachte seine Lippen nahe an ihr Ohr.

„Hört mir zu", flüsterte er. „Ihr müsst mir vertrauen."

Ihr Widerstand zeigte ihm, dass sie ihm überhaupt nicht vertraute.

„Ich versuche Euch zu beschützen."

Sie wand sich noch mehr.

„Jetzt bin ich am längeren Hebel", sagte er leise zu ihr.

„Ihr werdet mir vertrauen müssen. Ihr müsst genau das tun, was ich Euch sage. Ihr werdet hierfür ein wenig schauspielern müssen." Er murmelte: „Ich möchte, dass Ihr schreit."

Langsam nahm er die Hand von ihrem Mund. Er hätte sich nie träumen lassen, dass sie sich weigern würde. Sie blickte ihn finster an, gab aber keinen Laut von sich.

„Schreit", wiederholte er. „Laut."

„Nay", bellte sie.

Er starrte sie mit offenem Mund an. Sie war völlig verrückt. Sicherlich wusste sie, dass sie überzeugend sein mussten, damit sein Plan funktionierte.

„El Gallo schaut zu", murmelte er.

„Es ist mir einerlei, wenn die ganze Welt..."

Er ließ sie nicht ausreden. Bevor sie ein weiteres tödliches Wort von sich geben konnte, schwang er sich auf sie herab wie ein Falke auf eine Maus und nahm ihre Lippen mit seinen in Besitz. Er ergriff ihre Fäuste, die gegen seine Brust hämmerten, mit einem Arm und brachte sie dazu, ihren Kiefer zu öffnen, sodass er den Kuss vertiefen konnte. Dann ließ er seine Zunge zustoßen und er spürte, wie sie in seinem Mund stöhnte.

Ihre Arme wurden langsam schlaff unter ihm und zu seinem Erstaunen antwortete sie ihm mit einem vorsichtigen Streicheln, sodass das Verlangen ihn wie ein Pfeil durchfuhr. Einen Augenblick lang vergaß er alles andere und legte seine Hand um ihr Gesicht, um ihren Mund noch weiter zu erforschen.

Das Knarren jenseits der Wand erinnerte ihn an seine Aufgabe. Er löste sich plötzlich und blickte ungläubig in Linets leidenschaftliche Augen. Wie auch immer dies aussah, es hatte auf keinen Fall etwas mit Rache zu tun. Wie sollte er El Gallo davon überzeugen, dass das Weib ihn verachtete, wenn ihr Verlangen so offensichtlich war? Er musste schnell etwas tun, um El Gallos Argwohn zu beschwichtigen.

Er drückte die Augen fest zu, beugte sich zu Linet und flüsterte: „Verzeiht mir." Dann verwandelte er sich wieder in den rachsüchtigen Gaston de Valois. „Ihr werdet für das bezahlen, was Ihr mir gestohlen habt, Hure!", schrie er. „Ihr werdet mit Eurem eigenen Fleisch bezahlen!"

Bevor sie verstehen konnte, was er tat, ergriff er den Ausschnitt ihres Unterkleides mit beiden Fäusten und riss die Bänder auf. Dann steckte er seine Hand in das offene Kleid und suchte und fand darin den weichen, vollen Schatz. Er dachte, dass Linets schockiertes Gesicht und ihr erzürnter Schrei El Gallo sicherlich zufrieden stellen und überzeugen würden, dass Gaston sich in der Tat dafür bezahlen ließ, dass das Weib ihn beleidigt hatte.

Aber er hatte nicht mit seiner eigenen Reaktion gerechnet.

Er blickte hinunter auf die schöne, blasse Haut an ihrem Hals, ihre zarten Schultern und der unschuldigen Kurve ihrer Brust. Neben dem Verlangen, das seinen Körper erfüllte, machten sich Schuldgefühle breit. Plötzlich wusste er, dass er diesen Anblick mit niemandem würde teilen können und schon gar nicht mit einem lüsternen Piraten. Sollte der Kapitän doch schmoren, er würde den Rest im Dunkeln machen.

Mit einem Arm hob er seine tretende und um sich schlagende Gefangene hoch und ging zu der Wand mit den Fesseln und Peitschen, die Sombra offensichtlich für sein eigenes perverses Vergnügen benutzt hatte. Linet schrie, als er eine Peitsche und etwas von der Wand nahm, das aussah wie das Zaumzeug eines Pferdes.

Dann blies er die Kerze aus.

KAPITEL 9

Linet kreischte innerlich. Es schien, als wäre sie aus den gefährlichen Klauen direkt in den Schlund der Hölle gesprungen. Das letzte, was sie sah bevor der Raum in Dunkelheit getaucht wurde, war der einäugige Bettler, der über ihr ragte und seine Eisen- und Ledergeräte schwang, als wollte er ein wildes Tier zähmen.

Er war verrückt. Das war es. Wie sonst könnte er sie einen Augenblick küssen und sie im nächsten Augenblick bedrohen. Der Bettler war wahnsinnig.

Sie musste fliehen.

Blind taumelte sie auf das Bett zu und suchte nach einer Fluchtmöglichkeit, aber die voluminösen Decken behinderten sie. Sie kam auf die Knie und sofort hatte ihr Gegner seine Arme um sie geschlungen. Sie schlug um sich, trat ihn und benutzte jeden Trick, den sie gelernt hatte, wenn sie als Mädchen die Straßenkinder beobachtet hatte, aber er war einfach stärker als sie.

Duncan fluchte, als die Faust seiner Gefangenen in seinen Rippen landete. Das verfluchte Weib war wie eine wilde Katze in seinen Armen und kratzte ihn, wo immer sie konnte. Am Morgen würde er etliche Wunden der Schlacht zeigen können.

Er warf sie wieder auf das Bett, ließ das Zaumzeug auf dem Boden fallen und murmelte an ihrem Haar. „Ich werde Euch nichts zuleide tun. Ich möchte nur, dass Ihr schreit, wenn ich es Euch sage."

„Nay", keuchte sie. Das verfluchte Weib war immer noch entschlossen ihm bei jeder Gelegenheit zu trotzen und seine Geduld bis auf das Äußerste zu prüfen.

„Ihr kleine Närrin", sagte er mit zusammen gebissenen Zähnen. „Ich soll Euch angeblich jetzt vergewaltigen!"

Sie fluchte und wand sich erneut.

Er seufzte frustriert. Der Piratenkapitän lauschte an der Wand wie ein böser Junge in einem Freudenhaus. Wenn sie nicht bald kooperierte ...

„Stures Weib", zischte er. „Merkt Ihr denn nicht, dass es um Leben und Tod geht?"

Aber ihre Flüche und zornigen Kämpfe würden El Gallo niemals davon überzeugen, dass sie Angst um ihr Leben hatte. Er würde drastischere Maßnahmen ergreifen müssen. Endlich umfing er sie in seinen Armen und drückte sie mit seinem eigenen Gewicht auf das Bett. Mit einem bösen Lachen nahm er die Peitsche.

„Dies ist für das Geld, das Ihr gestohlen habt!", rief er.

Er streckte die Peitsche hoch. Er hörte, wie Linet erschaudernd einatmete. Dann senkte er seinen Arm und knallte mit der Peitsche auf den Boden. Bei dem lauten Knall schrie Linet erschrocken auf. Er lachte, als wenn er den Schmerz seines Opfers genießen würde.

„Und dies ist für die Edelsteine!"

Wieder schlug er mit der Peitsche. Linet schrie.

„Und dies ist dafür, dass Ihr mich betrogen habt!"

Noch zweimal durchschnitt die Peitsche die Luft und Linet keuchte entsetzt, aber beim fünften Mal, als sie merkte, dass er nicht vorhatte sie damit zu schlagen, blieb sie still. Er war gezwungen, das Ding wegzuwerfen.

Er fluchte leise. Er konnte das Weib nicht missbrauchen, ganz gleich, was sein Körper ihm sagte. Schließlich hatte er mehr Ehre als das. Trotzdem musste er El Gallo berücksichtigen. Der Mann war nicht dumm. Mit einem Schnippen seiner dicken Finger wären sie beide Haifischfutter.

Seine eigene Lüsternheit könnte er vortäuschen, aber ihre müsste echt sein. Er hatte keine andere Wahl. Die Schicklichkeit des Weibes musste für ihr Wohlergehen geopfert werden. Er lächelte grimmig. Zum ersten Mal in seinem Leben bedauerte er ehrlich, dass er den Verführer spielen musste.

Linet zitterte im Dunkeln und ihre anderen Sinne waren durch ihre Blindheit geschärft. Sie hörte, wie der Bettler tief in seinem Hals knurrte, roch das Salz auf seiner Haut und schmeckte die Angst auf ihrer eigenen Zunge. Dann spürte sie seine Zähne am Ausschnitt ihres Unterkleides. Mit ihnen zog er den Stoff beharrlich nach unten über ihre Schulter und ihre Brust, bis zu ihrem Entsetzen eine Brust herausfiel. Sie errötete. Lieber Gott, was hatte er vor?

Er hatte die Peitsche auf den Boden fallen lassen. Sie hatte sie fallen gehört, aber ein Mann konnte auch sehr viele Schmerzen mit seinen bloßen Händen bereiten. Sie machte sich auf das Schlimmste gefasst.

Und dann kam es.

Ihre Brust war plötzlich von Wärme umgeben. Etwas Weiches und Feuchtes legte sich über ihre Brustwarze ...

heilige Maria ... sein Mund! Er fing an, dort vorsichtig zu saugen. Das Blut rauschte in ihren Ohren. Ihre Demütigung war so groß, dass sie sich schon fast wünschte, dass er sie stattdessen mit der Peitsche angegriffen hätte. Sie stöhnte als Protest, aber zu ihrer Scham und gegen ihren Willen fing ihr Körper an, die großzügige Aufmerksamkeit zu genießen und ihre Brustwarze wurde hart vor Verlangen.

Sie verfluchte ihren Peiniger in drei verschiedenen Sprachen und versuchte, ihre Erregung in Zorn umzuwandeln, aber er antwortete nur mit grausamem Gelächter und zog den Stoff von ihrer anderen Brust, wobei er diese dann mit seiner Zunge badete. Sie stöhnte vor hilflosem Zorn.

Duncans Herz schlug ihm bis zum Hals. Oh Gott, aber sie schmeckte wahrhaftig süß, dachte er schuldbewusst. Ihre Haut war warm und weich und duftete. Er konnte es sich nicht leisten darüber nachzudenken. Er musste bei klarem Verstand bleiben.

Er ergriff ihre beiden Handgelenke mit einer Hand. Mit der anderen zog er den Saum ihres Unterkleides langsam hoch. Sie kreischte und trat wild um sich, aber er bezwang sie, indem er einen Oberschenkel über ihre nackten Beine legte. Seine Hand strich über ihre Unterschenkel, umrundete ihr Knie und schlüpfte dann heimlich nach oben.

„Nay!", schrie sie panisch. „Nay!"

„Oh aye", versprach er.

Als er schließlich ihre weichen Locken gefunden hatte und seine Handfläche vorsichtig zwischen ihre Beine drückte, bewegte sie sich instinktiv ihre Hüften an ihm. Sein Mund wurde trocken, als er ihre Hitze spürte und zärtlich suchte er nach der geheimnisvollen Blume ihrer

Weiblichkeit. Er öffnete die Blütenblätter mit tauben Fingern. Als er die winzige Knospe in der Mitte berührte, wand sie sich und keuchte vor Überraschung. Selbst als er spürte, wie sie vor seiner Berührung zurückschauderte, drückte sich dieser Teil von ihr nach oben zu seiner Hand.

Er streichelte sie fachmännisch, befeuchtete seine Finger mit ihren Säften und murmelte ihr ermutigend zu, während sie hilflos stöhnte. Er lag halb breitbeinig auf ihr und wiegte sich langsam und willkürlich gegen ihren Körper, sodass das Bett für El Gallo knarrte.

Linet stöhnte. Sie hatte noch nie eine solche Mischung aus Schmerz und Vergnügen erfahren. Sie sollte eigentlich gegen ihn ankämpfen, aber ihre Gliedmaßen weigerten sich zu kooperieren. Ihr ganzer Körper stand in Flammen und sie vergaß, ob es aus Scham oder Leidenschaft so war. Die Welt bewegte sich in ihr, als sie die Kontrolle über ihren Körper vollständig verlor, mit ihrem Kopf zuckte, ihre Hüften wiegte und primitive Geräusche sich in ihrem Hals bildeten.

Das machte jedoch nichts aus. Sie fand eine seltsame Zufriedenheit und eine Freiheit, als sie auf der unbekannten Welle ritt. Wärme stieg in ihr auf wie die Geburt einer neuen Sonne und erfüllte sie mit einer Hitze und einem Licht, das stärker war als alles, was sie bislang gekannt hatte.

Duncan ertrug seine eigene Qual. Er dankte dem Herrn, dass er bekleidet war, denn er brauchte seine ganze moralische Stärke, um nicht mit mehr als nur seinen Fingern in ihre Weichheit einzutauchen. Er war erregt bis zu einem Punkt, wo es schmerzte und er wusste, dass er heute Nacht keine Erleichterung finden würde. Er tat dies alles für die Frau, die sich unter ihm wand.

Schneller als erwartet spürte er, dass ihre Erlösung bevorstand und dieses Wissen machte ihn steinhart. Linet klammerte sich an ihn mit den Fingern, die er schon lange losgelassen hatte und flehte ihn wortlos an es zu Ende zu bringen. Stöhnend drückte er seinen Kopf an ihren und als sie vor Erlösung schluchzte, echote er dies mit einem tiefen Knurren.

Es war vorbei und er hatte Schmerzen vor Verlangen.

Aus Schicklichkeit zog er das Unterkleid wieder über Linet und stolperte rückwärts. Von hinter der Wand konnte Duncan das Knarren hören, als El Gallo seinen Beobachtungsplatz aufgab. Mit zitternder Hand fuhr er sich durch die Haare. Er hoffte, dass der Pirat befriedigter war als er.

„Er ist weg", murmelte er.

Er tastete seinen Weg im Dunkeln, setzte sich auf die große Truhe und ließ den Kopf hängen. Er fühlte sich jämmerlich – physisch unbelohnt und mental erschüttert. Er hatte noch nie so stark auf eine Frau reagiert und er hatte noch nie diese Reaktion mit Abstinenz leugnen müssen. Er hoffte, dass Linet die Qualen, die er für sie aushielt auch zu schätzen wusste.

Lange Zeit war das einzige Geräusch im Raum Linets unruhiges Atmen. Er hatte nichts anderes erwartet. Das arme Ding war wahrscheinlich zu überrascht um zu sprechen.

Langsam beruhigte sich sein Herz und seine Lenden gaben die Hoffnung schließlich auf. Er stand auf wackeligen Beinen. Er tastete sich durch die Dunkelheit und fand den Weg zu der Kerze und dem Feuerstein, der darunter hing. Er schlug gegen den Feuerstein und zündete den Docht an. Als die Kabine erleuchtet war, wagte er einen verstohlenen Blick zum Bett.

Linet lag da zu einem Ball aufgerollt. Ihr Haar verbarg den größten Teil ihres Gesichtes wie eine Bundhaube aus goldenen Ketten. Wenn man betrachtete, wie sie da klein und schutzlos lag, könnte man wirklich glauben, dass er sie geschlagen hätte.

Er würde sie jetzt natürlich um Vergebung bitten, obwohl es das erste Mal wäre, dass er dafür um Vergebung gebeten hätte, dass er das Verlangen einer Frau befriedigt hatte, aber es war ritterlich genug so zu handeln.

Er stand auf und ging zum Bett, wobei er sich nicht ganz sicher war, wie genau er seine Reue ausdrücken würde. Er kniete sich an das Bett und räusperte sich. „Ich bitte um Vergebung, wenn meine Handlungen Euch ... Unbehagen bereitet haben", murmelte er.

Es gab keine Reaktion.

„Ich bin sicher, dass El Gallo überzeugt wurde", fuhr er fort und hoffte sie mit Lob zu beschwichtigen. „Eure Reaktionen waren äußerst ..."

Linet stieß einen Zornesschrei aus, der den Gipfel von all der Scham und Selbstverachtung bildete, die in ihr seit ihrem Höhepunkt kochten. Verdammt, sie wollte nichts über ihre Reaktionen hören. Sie wollte so tun, als wäre es nie passiert.

„Ihr Mistkerl!", zischte sie unter ihrem Haar „Lasst mich allein."

Duncan erstarrte. Was war bloß los mit ihr? Hatte er sich nicht entschuldigt? Sie hörte sich überhaupt nicht dankbar für seine Hilfe an.

Vielleicht verstand sie nicht. „Ich musste El Gallo davon überzeugen, dass Ihr mir gehört", erklärte er geduldig. „Ich musste meinen Anspruch auf Euch geltend machen, bevor es einer von ihnen tat."

Ihr Schweigen irritierte ihn.

„Ich glaube, ihr solltet dankbar sein", murmelte er.

„Dankbar? *Dankbar?* Warum glaubt Ihr, dass Ihr besser als einer von ihnen seid?"

Linet spuckte und hob ihren Kopf um ihn finster anzublicken, was sie im Nu bereute. Sie konnte nicht wirklich so tun, als wäre es nicht passiert, als würde er nicht existieren. Er schien den Raum zu füllen. Sein Blick war sinnlich, seine Haare zerzaust und sie konnte sich nur allzu gut an das Gefühl seiner geschickten Finger erinnern, die sie vor wenigen Augenblicken noch so intim berührt hatten.

Sie errötete. Sie kam auf dem Bett auf die Knie und hielt ihr Unterkleid bis zu ihrem Kinn. „Verschwindet", sagte sie zitternd.

Jegliches Mitleid, das Duncan gespürt hatte, verschwand schneller als ein Vogel aus einem offenen Käfig. Er konnte sich kaum beherrschen. Mit erzwungener Geduld bückte er sich, um das teuflisch aussehende Zaumzeug aufzuheben und es wieder an die Wand zu hängen. Er wickelte die Peitsche auf und hing diese daneben.

„Es ist zum Teil Eure Schuld", knurrte er. „Wenn Ihr nur gemacht hättet, was ..."

„*Meine* Schuld! Ihr besitzt die Kühnheit, mich in die Höhle des Löwen zu bringen und mir mit der Peitsche zu drohen und ... und mir Euren Willen ..."

„Aufzuzwingen!" Aus Duncans Ärger wurde jetzt richtiger Zorn. „Ich, Mylady, habe Euch nicht meinen Willen aufgezwungen. Ihr habt das mit mir gemacht."

„Wie könnt ihr es wagen so etwas anzudeuten ... Ihr Satansbrut! Dies war alles Eure Idee. Ihr habt mich benutzt, mich angelogen und mich gezwungen, Eure Zuwendung zu genießen und jetzt wollt Ihr ...“

„Aha.“

„Was!“, zischte sie.

Er hob eine Augenbraue in ihre Richtung. „Genießen?“

„Wie bitte?“

„Ihr habt gesagt, dass ich Euch gezwungen habe meine Zuwendung zu genießen.“

Linet errötete. „Das habe ich nicht. Ich habe *ertragen* gesagt. Ihr habt mich gezwungen, Eure Zuwendung zu ertragen.“ Sicherlich hatte sie nicht *genießen* gesagt. Scheiße, sie wünschte, sie hätte den letzten Becher Bier nicht getrunken. Viel mehr Demütigungen könnte sie von diesem Bettler heute Nacht nicht mehr ertragen.

„Fürwahr“, erklärte er, „Ihr habt mir keine Wahl gelassen. Ich tat, was ich tun musste, für Eure Sicherheit.“

Sie strich sich mit zitternder Hand durch ihr zerzaustes Haar. „Geht.“

„Ich gehe nicht ohne Euch.“

Sie blickte ihn an. „Ich würde nicht mit Euch gehen, selbst wenn Ihr der letzte Mann auf der Erde wärt.“

Duncan biss die Zähne zusammen. Die Kombination aus Linets Undankbarkeit und seiner eigenen unbefriedigten Lüsternheit ärgerte ihn doch sehr. Er hatte schon fast Lust, die Peitsche wieder vom Haken zu nehmen. „Möchtet Ihr hier auf El Gallo warten?“, fragte er und hob eine Augenbraue. Er blickte demonstrativ auf die Wand mit den Geräten. „Also gut. Er weiß zweifellos, wie diese Dinge richtig benutzt werden.“ Damit drehte er sich um und machte sich auf dem Weg zur Tür.

„Wartet!“, rief sie mit Panik in der Stimme.

Sie stand mit so viel Eile und Würde, wie sie aufbringen

konnte, auf. Oh Gott, sie hasste es, von jemand abhängig zu sein und ganz besonders von einem hochnäsigen Bettler. „Ihr werdet mich also zum Frachtraum begleiten", informierte sie ihn.

Duncan blinzelte ungläubig. Jetzt glaubte sie, sie könnte ihn herumkommandieren. Hatte denn die Dreistigkeit dieser Frau keine Grenzen?

Er presste die Lippen zusammen und wartete, bis sie soweit war. Als sie sich näherte, fiel ihr zerrissenes Unterkleid von einer ihrer blassen Brüste und sorgte dafür, dass Verlangen wieder seine Lenden quälte. Er wandte den Blick ab und rieb sich müde über die Stirn. „Hier entlang", murmelte er. Vielleicht würde die kühle Abendbrise seine Leidenschaft etwas abkühlen.

„Meine Kleider", keuchte sie und fingerte an den Bändern herum.

Er schüttelte den Kopf. „Wie Ihr seid."

Sie errötete vor Entsetzen. „Bei Gott – Ihr meint es wirklich ernst." Wenn sie Bedenken hatte, ihre Würde zu opfern, um ihr Leben zu retten, dann war das vergeblich. Er ergriff sie an den Handgelenken und zog sie nach vorn.

„El Gallo glaubt, dass wir es gerade in Sombras Kabine getrieben haben. Ihr müsst auch so aussehen. Was die Piraten betrifft, gehört Ihr mir. Nach heute Nacht wird es niemand wagen, diese Tatsache infrage zu stellen."

Ihr Herz raste, als wenn sie seinem Besitzanspruch auf sie halb glaubte. Sie zog ihren Arm zurück und er ließ sie gehen, aber sie wusste, dass Widerstand zwecklos war. Zögerlich folgte sie ihm auf das Deck, wobei sie dicht hinter ihm blieb. Der Abendwind wehte ihr Gewand weg von ihrem feuchten Busen. Sie atmete tief durch und betete um Unsichtbarkeit.

Auch Duncan atmete tief durch. Der schwierigste Teil war, die Mannschaft davon zu überzeugen, dass er vom Vögeln in der Kabine unten befriedigt war.

Der Bettler warf sie nicht wirklich in den Frachtraum, aber er hätte es genauso gut tun können, wenn man bedachte, wie wenig Würde er ihr ließ. Auf ihrem Weg über das Deck zwickte er sie in den Hintern, machte anzügliche und laute Bemerkungen über ihre Leistung in Sombras Bett und umfasste ihre Brust vor der ganzen Mannschaft. Für Letzteres bekam er einen Stoß mit dem Ellbogen in den Bauch.

Aber anstatt zornig zu reagieren, zahlte er es ihr mit noch mehr Demütigungen heim. Als sie vor der Luke zum Frachtraum standen, drehte er sie zu sich, nahm ihr Gesicht in seine Hände und küsste sie langsam und lang auf ihre Lippen.

Dass sie danach Probleme hatte klar zu denken war nicht verwunderlich. Der Bettler machte ein Spektakel aus ihr und verhöhnte ihre gute Erziehung, indem er sie wie eine Hure behandelte, als wenn sie ihm gehörte. Er ließ sie Dinge fühlen. ... oh Gott, nay, daran wollte sie nicht denken.

„Wie könnt Ihr es wagen, mich anzufassen!", rief sie außer Atem. „Ich bin eine de Montfort! Und Ihr ... Ihr seid ..."

Er zog sie an sich und unter Deck, bevor sie ausreden konnte, flüsterte er: „Ich bin Euer Retter." Dann setzte er sie auf eine hölzerne Truhe. „Ich! Ganz gleich, welchen Namen ich wähle, ob ich ein Edelmann oder ein Sklave bin, nichts ändert diese Tatsache. Ich habe viel riskiert, dass ich hierhergekommen bin und ich würde sterben, um Euch zu beschützen. Ihr könntet mich wenigstens als ebenbürtig behandeln."

Dann verließ er sie, damit sie über seine Worte

nachdenken konnte. Ebenbürtig? Er würde ihr niemals ebenbürtig sein. Sie war eine de Montfort und er ...

Zwischen den Planken über ihr schien das Mondlicht herein und ließ ihr Unterkleid weiß erscheinen. Sie hob ihre zitternden Finger an ihren Mund. Ihre Lippen waren noch weich von seinem Kuss. Und warm. Sie strich mit ihrer Zunge leicht darüber. Oh Gott, sie konnte ihn immer noch schmecken. Welchen weiteren Schaden hatte er an ihrem Körper angerichtet?

Eine Träne stieg ihr ins Auge und sie wischte sie sofort weg. Es gab keinen Grund zu weinen, schimpfte sie sich selbst. Schließlich hatte sie seinen Angriff ja nicht erbeten oder ihn sonst irgendwie ermutigt. Sie hatte sich in der Aufregung einfach nur einen kurzen Augenblick lang gehen lassen. Schließlich befand sie sich ja auch in einer äußerst misslichen Lage. Jede Edelfrau in den Fängen von rücksichtslosen Piraten hätte so reagiert. Sie war in Gefahr und betrunken und natürlich dankbar für einen Verbündeten gewesen, auch wenn dies ein arroganter Bettler war. Sie würde sich nicht erlauben, über die Wärme nachzudenken, die sie durchströmt hatte, als seine Lippen sich auf ihre legten, oder über ihren schnellen Herzschlag, als sein Daumen über ihre Haut strich oder die Atemlosigkeit, an der sie gelitten hatte, als er sie mit seinen saphirblauen Augen angeblickt hatte.

Stattdessen klammerte sie sich an tröstliche Erinnerungen – Erinnerungen an ihr hübsches Haus in Avedon, an den florierenden Stoffhandel, den sie und ihr Vater aus dem Nichts aufgebaut hatten und an die anregenden Lehrstunden, die Lord Aucassin ihr erteilt hatte, wobei er sie an ihr Geburtsrecht weit oben in der Gesellschaft erinnerte. Sie hob ihr Kinn und war sicher, dass sie alles überleben würde und war von der Tatsache getröstet, dass sie eine erwachsene Frau war und weit entfernt von den grausamen Spielgefährten, die sie als Kind verhöhnt hatten. Sie kannte jetzt ihren Platz. Lord Aucassin hatte sichergestellt, dass sie es niemals vergessen würde.

Sie hob die Hand, um das de Montfort Medaillon auf ihrem Busen zu berühren, da dies ein greifbarer Beweis ihrer Herkunft war. Zu ihrem Entsetzen war es weg.

Das Stück war nicht besonders wertvoll. Ihr Vater hatte es ihr zu Weihnachten geschenkt, als sie fünf Jahre alt war. Seitdem war die Oberfläche immer matter und fast glatt geworden. Trotzdem war es ein Symbol – ein Symbol ihrer Herkunft und ihres Standes. Weit weg von ihrem Vater und ihren Stoffen - auf See mit einem Haufen Wilder hatte es ihr versichert, dass sie eine de Montfort war und dass sie über jedes unglückliche Schicksal triumphieren konnte.

Ohne das Medaillon war sie nur Linet. Ohne das Medaillon konnten Männer wie der Bettler sie ansehen, als wäre sie eine Dirne in einer Taverne oder sie so ansehen, wie er es getan hatte, als er sie geküsst hatte.

Sie vergrub ihr Gesicht in ihren Händen. Mit einem grausamen Streich hatte ein niederer Pirat sie wieder auf das bedeutungslose Kind reduziert, das sie einst gewesen war. Ohne ihr Medaillon war sie wieder ein kleines Mädchen das unter dauernder Verhöhnung litt: Linet, das uneheliche Kind; Linet, die Tochter der Hure; Linet, das schwarze Schaf der de Montforts.

Oh Gott, wenn sie aus dieser Sache lebend herauskam, schwor sie, dass sie niemals mehr mit Bauern, außer ihren eigenen Dienern überhaupt sprechen würde. Wenn Harold gefunden worden war, würde sie zu ihrem Lager und in die sicheren, beschützten, einsamen Wände ihres Haushalts zurückkehren, dort leben und niemals mehr den verdammten Bettler oder andere seiner Art wiedersehen.

Sie rollte sich an einem Ballen Lumpen auf, stauchte diese in die gewünschte Form und schlief ein.

Duncan blickte in den Himmel der Morgendämmerung und überlegte, ob irgendjemand ihn heiligsprechen würde, wenn er starb. Die letzten zwei Tage waren die Hölle gewesen. Zwei Tage hatte er die Qualen eines Märtyrers erlitten. Oh aye, er hatte Linet auf dem Deck nach Herzenslust gestreichelt und geküsst. Die Piraten erwarteten das von ihm, aber unter Deck zwang ihm die Frau das Zölibat eines Mönches auf. Das sture Weib widerstand beharrlich dem natürlichen Verlangen ihres eigenen Körpers. Daher war sein Verlangen noch nicht befriedigt worden.

Ritterlichkeit hatte sicherlich ihre Herausforderungen.

Er war noch nie so frustriert gewesen. Wie sein Bruder Garth es geschafft hatte, mit achtzehn immer noch Jungfrau zu sein, würde er nie verstehen. Für Duncan war seine unbefriedigte Lüsternheit wie ein nagender Schmerz in seinem Bauch.

Aber Linet de Montfort war nicht die einzige Quelle seines Frustes. Die *Corona Negra* näherte sich jetzt der Küste Flanderns. Die schwierige Aufgabe Linet zur Flucht zu verhelfen und sicherzustellen, dass El Gallo festgenommen wurde lag vor ihm. Es stand viel auf dem Spiel. Sehr viel konnte noch schief gehen.

Er rieb seine Wange unter der Augenklappe und wandte seinen Blick von dem entfernten Horizont hinunter zu dem dunklen Wasser, wo ein Fischschwarm vorbeizog.

Wenn es nur einen Weg gäbe, überlegte er, wie er Linet sicher vom Schiff bekäme, bevor sie im Hafen von Boulogne anlegten...

„Nay!", flüsterte Linet wild und erschauderte in ihren dünnen Sachen.

Die Nachmittagssonne glitzerte auf dem graugrünen Wasser am Achterschiff und es sah aus, als würden die Wellen Linet zuzwinkern, als wenn sie sie necken wollten, aber sie war nicht amüsiert. Sie hatte entsetzliche Angst.

Fürwahr, so nahe am Land war das Meer ruhig und flach und sie konnte schwimmen. Aber dies war das Meer. Die Männerkleidung, die sie trug war sperrig und es war ein weiter Sprung nach unten ins Wasser. Wer wusste denn, welche Monster sich unter der Oberfläche verbargen? Sicherlich konnten die wilden Kreaturen auf dem Sklavenmarkt nicht schlimmer sein. Zumindest jene, an die sie gewöhnt war. Schließlich war sie eine Händlerin. Sie war es gewohnt, sich durch ihr Leben zu handeln und nicht waghalsige, dumme und kühne Fluchtversuche wie diesen zu unternehmen.

„Ihr müsst es tun!", zischte der Bettler.

Linet biss sich auf die Lippe und zögerte, wobei sie die Kante ihrer Jacke hochhielt. „Habt Ihr eine Ahnung, was Meerwasser mit dieser Färbung machen wird?"

Der Bettler biss die Zähne zusammen. Sie wusste was er dachte. Nach all den Problemen, die er gehabt hatte, eine Verkleidung für sie zu besorgen, enttäuschte sie ihn besser nicht.

Der Rest der Mannschaft war auf dem Vorderschiff beschäftigt, während sie sich dem Hafen näherten, wobei einige Ausschau nach Riffen hielten und andere versuchten die Fahnen der geankerten Schiffe auszumachen. Sie waren jetzt beschäftigt, aber wer wusste schon wie lange noch. Wenn überhaupt, musste sie jetzt springen.

Der Bettler legte eine Hand an ihren Po und schob sie einen Fuß näher an die Reling. Sie keuchte, aber sie wusste nicht, warum die intime Berührung sie erschrak. Schließlich war es ja nicht so, als wenn der Mann nicht bereits jeden Teil ihrer Anatomie irgendwann in den letzten beiden Tagen berührt hätte. Scheinbar fand er immer wieder eine Entschuldigung, irgendeinen Teil von ihr zu klapsen, zu drücken, zu streicheln oder zu malträtieren und alles, um ihren Plan angeblich glaubwürdiger zu machen.

„Beeilt Euch!"

„Nay!"

Einige der Piraten waren auf dem Weg zurück zum Mittschiff.

„Könnt Ihr schwimmen?", fragte der Bettler demonstrativ.

„Natürlich kann ich schwimmen", antwortete sie hochnäsig.

Bevor sie anfangen konnte, über ihre Talente zu sprechen, hob der Bettler sie vom Achterdeck hoch und ließ sie ohne viel Getue über die Reling ins Meer fallen.

Glücklicherweise atmete Linet tief ein, als sie über Bord fiel. Das Wasser war eiskalt und viel tiefer, als es von oben ausgesehen hatte. Sie hatte Angst, dass ihre Lungen zerbersten würden, bevor sie schließlich auftauchen konnte. Sie schoss durch die Oberfläche und hustete und spukte und schluckte recht viel Wasser dabei.

Salz brannte ihr in den Augen. Eiszapfen stachen in ihre Adern. Die schwere Kleidung zog sie nach unten. Eine Welle schwappte über sie und klebte ihre wollene Bundhaube sehr unvorteilhaft an ihren Kopf und sie schimpfte durch ihr nasses Haar. Aber Zorn brachte sie dazu oben zu bleiben. Sie kämpfte gegen die Strömung und schwamm im Schatten des großen Schiffes, wobei sie schwor, dass sie dafür sorgen würde, dass der jämmerliche Bettler für sein Teufelswerk hängen würde.

Wie hatte er es wagen können, sie wie einen Eimer Kieljauche über Bord zu werfen!

Nach allem, was sie durchgemacht hatte – all seinem Gescharre und der schmerzhaften Täuschung – hatte sie etwas viel Besseres verdient. Sie war froh, den Schurken los zu sein.

Wenn sie erst einmal geflohen war, würde sie ihr altes Leben wieder aufnehmen und es ohne Männer leben, wie dem Teufel, dessen Gegenwart sie gezwungen war genießen zu dürfen .... *ertragen* zu müssen, korrigierte sie sich gereizt.

Sie zitterte. Die Kälte des Meeres hatte sie ernüchtert und zwang sie, sich auf ihr eigenes Überleben zu konzentrieren. Sie biss sich auf die klappernden Zähne und mit einem entschlossenen Kopfschütteln schwamm sie auf einen unbewohnten Küstenabschnitt zu und als sie sich klatschnass und erschöpft auf den Strand schleppte, hatte sie den einäugigen Bettler schon fast vergessen. Fast.

Duncan klatschte in die Hände. Linet würde es an Land schaffen. Dessen war er sich sicher. Sie war eine Kämpferin. Sie würde allein schon überleben um ihn zu ärgern. Erst einmal musste er auf ihre Talente vertrauen und sich auf sein eigenes Ziel in dem Plan konzentrieren.

Als die *Corona Negra* ihre Segel einzog und den Anker im Hafen zu Wasser ließ, konnte Duncan den winzigen Fleck, der Linet gewesen war, nicht mehr sehen. Entweder hatte sie es an Land geschafft oder ...

Er wagte gar nicht daran zu denken. Es war Zeit zu handeln.

Vertraut schlug er El Gallo auf die Schulter. „Philips Agent wohnt nicht weit von hier. Ich werde ihn holen und er wird die Papiere für Eure freie Durchfahrt aufsetzen."

El Gallo kniff zweifelnd die Augen zusammen. „Wenn Ihr das Schiff verlasst mein Freund, wie kann ich sicher sein, dass Ihr zurückkommen werdet?"

„Ich dachte, wir vertrauen einander."

„Nur Narren frönen dem Vertrauen."

Duncan nickte. „Dann ist es gut, dass ich das Mädchen im Frachtraum eingesperrt habe. Wenn ich nicht zurückkomme, gehört sie Euch und Ihr könnt sie verkaufen."

El Gallo kratzte seinen buschigen Bart. Er blickte zur Luke des Frachtraums und berechnete zweifellos bereits den Wert des blonden Weibes. „Abgemacht."

Duncan spazierte wie beiläufig auf die Anlegestelle zu und gratulierte sich im Geiste zu einer weiteren erfolgreichen Täuschung. Natürlich war er nicht so naiv zu glauben, dass El Gallo ihn nicht verfolgen lassen würde, aber er beabsichtigte dem Kapitän keinen Grund zu liefern, dass dieser ihn des falschen Spiels verdächtigen könnte.

Die Spanier brannten darauf, das Schiff zu verlassen und den nächsten Gasthof zu finden. Es würde mindestens eine Viertelstunde dauern, bevor irgendjemand ernsthaft an Duncan denken würde und selbst dann würde es ihnen längere Zeit nicht einfallen, den Frachtraum zu überprüfen. Bis dahin hätte er die flandrischen Behörden über El Gallos Anwesenheit und seine Verbrechen informiert und Linet und er könnten schon mindestens eine Meile auf ihrem Weg zur de Montfort Burg sein. Wenn Linet in Sicherheit war, würde er Sombra suchen und Harold retten.

Das war sein Plan.

Unglücklicherweise wollte in dem Augenblick irgendein eigensinniger Seemann Zugang zum Frachtraum. Als El Gallo die Luke weit öffnete, wusste er, dass er getäuscht worden war. Das zornige Gebrüll des Piratenkapitäns ließ Duncan stehen bleiben.

Duncan berührte den Griff des Schwertes, das er einem unaufmerksamen Seemann gestohlen hatte. Er überlegte, ob er es wohl brauchen würde. Er wandte sich um und trat El Gallos mörderischem Zorn mit ruhiger Entschlossenheit entgegen, wobei er schnell die Lage einschätzte.

El Gallo führte sich auf wie ein Bär, der zu früh aus dem Winterschlaf geweckt worden war. Es hatte keinen Zweck, zu versuchen sich in diesem Fall aus der Sache herauszureden.

Es würde nicht leicht werden. Der größte Teil der Mannschaft hatte das Schiff verlassen, aber die Verbliebenen waren Bedrohung genug. Er würde blitzschnell zuschlagen müssen.

Er hob seine Augenklappe und zog sein Schwert. Mit dem Griff seines Schwertes schlug er einen Piraten beiseite, der zu nahe bei ihm stand, bevor El Gallo überhaupt sein Schwert ziehen konnte. Dann trat er einen Schritt zurück und stolperte fast über ein Seil.

El Gallo zog sein Schwert und sprang mit Mordlust in seinen Augen vor. Duncan tauchte ab und rollte über das Deck. Er stellte einem angreifenden Seemann ein Bein und dieser stieß mit dem Kopf zuerst in die Reling. Er hatte kaum Zeit auf die Füße zu kommen, als El Gallo selbstsicher und bedrohlich auf ihn zukam.

Der Riese arbeitete sich nach vorn. Duncan trat beiseite. Ein Mann von El Gallos Größe könnte einem Mann mühelos die Rippen brechen. Während sie einander umkreisten, wurde die Spannung größer.

Schließlich stach El Gallo blindwütig nach vorn. Duncan duckte sich und lenkte die schwere Klinge zur Seite. Dann hob der Kapitän sein Schwert hoch und schlug heftig nach unten in Richtung von Duncans Kopf. Duncan duckte sich wieder aus dem Weg. Die Waffe ließ eine Brise durch sein Haar wehen, als sie vorbeisegelte, aber die Spitze steckte harmlos im Holz auf dem Deck, wobei die Planken bebten.

Während El Gallo die Klinge bewegte, um sie wieder los zu bekommen, nahm Duncan sein Schwert in die linke Hand und schlug mit dem Ellbogen einen Seemann zurück, der sich hinter ihn geschlichen hatte. Als er sich wieder El Gallo zuwandte, musste er dem unritterlichen Drang widerstehen, den unbewaffneten Kapitän mit einem Schlag zu köpfen.

Stattdessen blickte er hoch in die Takelage und fand, was er brauchte. Er schwang seine Klinge in einem weiten Bogen und durchschnitt das Hauptseil, woraufhin eine riesige nach oben gezogene Kiste mit Plunder zwischen ihnen auf den Boden knallte. Holz und Schätze fielen heraus und Münzen und helle Edelsteine rollten wie bunte Käfer über das Deck.

Schließlich war El Gallos Klinge wieder frei, aber in dem Augenblick sprang Duncan bereits über Kisten und Seile und war auf dem Weg die Planke hinunter. Er warf sein Schwert weg, zog die Augenklappe ab und tauchte in die Menge, bevor El Gallo den Weg über seine verstreute Beute finden konnte.

Wenn er allein gewesen wäre, hätte Duncan einfach die nächste Behörde aufgesucht und wäre dann durch den Wald geflüchtet, aber er musste an Linet denken. Er konnte nicht ohne sie gehen.

Wo war das Mädchen?

In der Menschenmenge waren hunderte von Gesichtern. Fischer schwangen ihre größten Fänge über ihre Schultern. Ein alter Mann mit wässrigen Augen schlürfte an ihm vorbei, murmelte zu sich selbst und trank Bier. Ein Junge jagte ein Huhn über die gepflasterte Straße, aber nirgendwo sah Duncan ein hübsches Mädchen in Männerkleidung, das patschnass war.

Er lauschte der lauten Menge um ihn herum. Fischhändler boten ihre Waren mit einem anzüglichen Gedicht feil. Durch die offene Tür eines nahegelegenen Gasthauses konnte er gedämpfte und betrunkene Lieder hören. Lämmer blökten, Babys schrien und Seeleute stritten und dann dachte er, dass er einen schrillen Schrei über der Menge aus der Gasse erkennen würde.

Er wollte dem Geräusch folgen, als er sah, dass El Gallo aus der entgegengesetzten Richtung kam. Vorsichtig blickte Duncan über die Köpfe der Fußgänger und beobachtete, wie eine kleine Mannschaft flandrischer Ritter den Spanier anhielt. Angesichts des Gepolters des Kapitäns, hatte er wohl Ärger auf sich gezogen, weil er mit gezogenem Schwert durch die Menge marschiert war.

Gut, dachte Duncan. Das würde El Gallo aufhalten, während er nach der Quelle des Schreis suchte.

Wie vorhergesehen hatte Linet Probleme und war in einer Gasse in die Ecke getrieben worden. Scheinbar hatten drei betrunkene Seemänner Gefallen an dem hübschen Weib, das sich als Junge verkleidet hatte, gefunden. Einer hatte ihre nasse Bundhaube gestohlen und amüsierte sich, indem er sie gerade so außerhalb ihrer Reichweite hielt. Ein weiterer konnte die Finger nicht von ihr lassen. Der dritte bestand darauf, dem gedemütigten Mädchen anzügliche Lieder vorzusingen. Sie bemerkten Duncan gar nicht, bis er schon bei ihnen war.

„Ach dem Herrn sei Dank, dass Ihr sie gefangen habt!", sagte er mit seinem besten schottischen Dialekt. „Der *Laird* würde meinen Kopf fordern, wenn die Hexe wieder entkommen würde!"

Die drei Seemänner erstarrten in ihrer letzten komischen Haltung.

„Ihr!" In Linets zitternder Stimme war unleugbar Erleichterung zu hören, obwohl ihre Augen ihm die Schuld für ihre missliche Lage gaben.

„Was?", brachte einer der Seemänner heraus und ließ Linets Bundhaube fallen.

„Sie hat euch Jungs nichts getan, oder?" Duncan verdrehte sein offengelegtes Auge dramatisch.

Linet runzelte die Stirn. Es war offensichtlich, dass sie seinen Auftritt nicht witzig fand. Sie schlug die Hand, die an ihrer Hüfte zu kleben schien weg und der Mann erschrak.

„Uns etwas angetan?", wiederholte ein Seemann.

„Nay", antwortete ein anderer.

„Habt Ihr denn ihren Dolch?", fragte Duncan.

„Dolch?", wiederholte der Dritte.

Linet verlor die Geduld.

„Jetzt sag mir nicht, dass sie immer noch ihren...", fing er mit schriller Stimme an. „Tretet zurück! Passt auf! Sie ist eine hinterlistige!"

Die Seemänner brauchten keine zweite Warnung. Sie zogen sich sofort zurück. Dann nahm Duncan heimlich seinen eigenen Dolch und tat so, als würde er ihn aus Linets Jacke ziehen. Linet keuchte fasziniert. Die Seemänner traten entsetzt zurück.

„Sie hatte einen ...", fing einer von ihnen an.

„Ich habe Euch gesagt, dass sie hinterlistig ist", nickte Duncan und steckte das Messer in seinen Gürtel.

„Hinterlistig", machte ihn ein Seemann nach.

Dann nahm Duncan Linet am Ellbogen und erwartete einen Kampf. Sie enttäuschte ihn nicht. Sie hatte offensichtlich beschlossen, dass sie mit diesem Unsinn nichts zu tun haben wollte. Außerdem hatte ihr Gesicht eine grünliche Farbe angenommen. Wenn sie mehr Wasser geschluckt hatte ...

„Wo bringt Ihr sie hin?", fragte einer der neugierigen Seemänner.

„Zum Henker."

Die Seemänner keuchten.

„Was hat sie getan?", fragte einer von ihnen.

„Was hat sie nicht getan?", antwortete er rätselhaft und zwinkerte.

Die Seemänner traten einen weiteren Schritt zurück und betrachteten sie mit neuem Respekt. Duncan fuhr fort.

„Soll ich Euch sagen, was mit meinem Auge passiert ist?", fragte er leise und vertrauensvoll und neigte sich zu ihnen.

Die Jungen nickten. Er blickte zu Linet. Sie schwankte. Sie sah überhaupt nicht gut aus.

„Die Hexe hat gewartet, bis ich eingeschlafen war."

Die Seeleute neigten sich vor und hingen an jedem seiner Worte.

„Sie hat genau diesen Dolch benutzt ..."

Linet stöhnte.

„Sie hat mir das Auge ausgestochen und es dann gegessen", krähte er.

Die Seeleute wurden blass. In dem Augenblick rebellierte Linets Magen. Sie erbrach Salzwasser auf den

Boden zu ihren Füßen. Die Seeleute kreischten wie Küchenmägde und rannten weg, als wenn sie halb erwarteten, dass das Auge des Bettlers sie vom Pflaster aus ansehen würde.

Als sie weg waren, schmunzelte Duncan und legte mitleidig seine Hand auf den Rücken des armen Mädchens. „Das hätte ich nicht besser einrichten können."

Linet teilte seine Heiterkeit offensichtlich nicht. Sie zuckte vor seiner Berührung zurück und zitterte, als hätte sie einen Fieberschub. „Lasst mich allein", murmelte sie jämmerlich und lehnte sich gegen die Wand, damit ihr Magen sich beruhigte.

Duncan konnte die Schuld und das Mitleid, die in ihm aufstiegen ebenso wenig unterdrücken, wie er die Gezeiten hätte aufhalten können. Sein Herz öffnete sich für die erschöpfte, bedauernswerte junge Frau, so wie es ihm bei den hilflosen Straßenkindern erging.

Trotz ihrer blassen Haut sah Linet recht hübsch in ihrer zu großen, klatschnassen Kleidung aus. Ihr nasses Haar hatte eine dunkle goldene Farbe und beim Trocknen bildeten sich faszinierende Löckchen um ihr Gesicht herum, sodass sie wie eine Wassernymphe aussah, die gerade dem Meer entstiegen war. Er sagte ihr dies mit leiser, freundlicher Stimme.

Linet schürzte die Lippen. Sein Kompliment schien ihr überhaupt nicht zu gefallen. Sie kochte vor Zorn und schwang ihren Arm, um ihn so hart sie konnte zu schlagen.

Der Schlag landete auf seinem Ärmel wie ein nasser Fisch. Dann brach sie in seinen Armen zusammen.

Von unter der Bettdecke hörte Linet das vertraute Knistern des Feuers im Kamin und spürte eine tröstliche Wärme auf ihrem Gesicht. Sie dachte, sie wäre wieder zu

Hause in Avedon, sicher innerhalb ihres Hauses. Ihr Kokon war zwar warm, aber klumpig. Sie kuschelte sich tiefer in die grobe Wolle und versuchte, es sich gemütlich zu machen.

Ein tiefes Lachen weckte sie. Augen wie zwei blaue Saphire funkelten auf sie herab. Sie stöhnte. Die Erinnerung kam sofort zurück. Sofort versuchte sie sich vom Schoß des Bettlers zu befreien.

„Langsam", sagte er, während sie auf ihm kämpfte.

Sie fiel mit einem schmerzhaften Knall auf den Holzboden und versuchte sich aus der Decke zu befreien. „Was ist passiert?", fragte sie mit heiserer Stimme.

„Ihr seid ohnmächtig geworden", sagte er und reichte ihr einen Becher mit verwässertem Wein.

Sie nahm ihn und trank alles in einem Zug, wobei sie hoffte, dass sie den sauren Geschmack aus ihrem Mund und den Nebel aus ihrem Hirn spülen könnte.

„Mehr?", bot er ihr an und seine Augen funkelten amüsiert.

„Nay." Sie schob den Becher beiseite und nahm dann wieder ihren Kampf mit der Decke auf. Sie konnte seinen Blick auf sich spüren.

Er streckte die Hand nach der Ecke des Stoffes aus und zog sie ganz leicht auseinander. Sie murmelte ein Dankeschön, sammelte ihre nasse Kleidung und ihre Würde ein und stellte sich aufrecht vor ihn. Die Tatsache, dass ihr Kopf kaum bis zu seiner Schulter reichte, entmutigte sie nicht. Sie würde Klartext mit ihm reden.

„Wo sind wir?", platzte sie heraus und war sich ihrer Umgebung zum ersten Mal bewusst.

Es gab einen Kamin und einen abgenutzten Boden, einen Nachttopf, der halb hinter einem Wandschirm aus

Bourretteseide verborgen war, einen Laib Brot, Käse und noch mehr Wein auf einem Tablett, eine angezündete Kerze und ein Sträußchen Blumen auf einem armseligen Tisch am Ende des Zimmers. Der Fensterladen stand offen und sie konnte sehen, dass sie sich im Obergeschoss des Gebäudes befanden. Der Bettler saß am Rand eines riesigen Bettes aus Stroh, auf dem mehrere billige Wolldecken lagen.

„Ein ... ein Gasthof." Duncan räusperte sich und strich sich über das Kinn. Er hatte für den „Gasthof" viel bezahlt. Er hatte diesen Ort gewählt, weil er wusste, dass ein Bad und auch Anonymität in einem solchen Etablissement leicht zu bekommen wären. Außerdem hatte er sichergestellt, dass der Ort für die Börse eines Piraten zu teuer war. Die Damen, die hier bedienten, waren an die bizarren Gewohnheiten ihrer Kunden gewöhnt. Als er ihnen sein Geld gezeigt hatte, sprangen sie los, um ihn zu bedienen und stellten keine Fragen hinsichtlich der nassen, bewusstlosen Frau in seinen Armen.

Es klopfte leise an der Tür. Linet wandte sich um und blickte ihn fragend an.

„Euer Bad, Sir", verkündete ein junger Diener durch die Tür.

„Bringt es herein."

Vier Jungen trugen eine große hölzerne Wanne herein und ihre geschulten Augen ignorierten die junge Dame. Innerhalb weniger Minuten hatten sie es mit dampfendem Wasser gefüllt und sich verabschiedet. Als sie weg waren, versicherte Linets sehnsüchtiger Blick Duncan, dass er sein Geld noch nie so gut angelegt hatte.

„Ihr dürft zuerst baden", sagte er mit einem Lachen.

Linet seufzte. Sie hatte jetzt keine Lust mit ihm zu streiten. Das Bad war zu einladend. Selbst der Klang seines

Lachens fühlte sich an, als würden warme Wellen über ihren Rücken plätschern. Später, wenn sie trockene Kleidung hatte und ihr Haar wieder gekämmt war, würde sie den Knappen dafür ausschimpfen, dass er sie vom Schiff geworfen hatte. Dann würde sie ihm natürlich vergeben. Schließlich hatte er ihr das Leben gerettet und er hatte ihr ein Bad bestellt.

„Ich werde Euch wissen lassen, wenn ich fertig bin", sagte sie.

Sie erwartete, dass der Bettler gehen würde, aber er lehnte sich nur gegen die Tür und hielt die Arme über der Brust verschränkt. Sie schluckte. Sie wünschte sich, dass er sie nicht so ansehen würde, so gutaussehend und beeindruckend und amüsiert.

Sein schwarzes Haar fiel in ungebändigten Locken über seinen Hals und eine besonders sture Locke fiel über seine Stirn. Er kratzte sich am Kinn und sein Bart verlieh seinem Gesicht etwas Faszinierendes und Gefährliches. Ohne seine Augenklappe schienen seine kristallenen Augen sich in ihre Seele zu brennen und erinnerten sie nur allzu lebhaft an die erniedrigende Nacht, die sie in Sombras Kabine geteilt hatten.

Schnell wandte sie den Blick ab. „Ihr dürft jetzt gehen", sagte sie zur Erklärung, obwohl sie sich fast sicher war, dass er verstand, war sie sich ebenso sicher, dass er nicht die geringste Absicht hatte zu gehen.

„Gehen?" Er hob eine Augenbraue.

„In Euer Zimmer", flüsterte sie.

„Dies ist mein Zimmer", flüsterte er zurück.

Sie atmete tief durch, um ihre Nerven zu beruhigen. „Wo ist dann mein Zimmer?" Sie fürchtete, dass sie auch darauf bereits die Antwort wusste.

„Ich bin kein gieriger Mann", sagte er mit einem großherzigen Kopfnicken. „Was mir gehört, gehört auch Euch."

Mit Gottes Hilfe versuchte sie, geduldig zu sein. „Wir sind nicht mehr auf El Gallos Schiff. Es gibt keinen Grund, mit dieser Farce fortzufahren. Ich brauche mein eigenes Zimmer."

„Oh. Habt Ihr Geld?", fragte er recht unschuldig, aber dann grinste er und sie erkannte, dass er die ganze Situation zu seinem eigenen Vorteil manipuliert hatte.

Natürlich hatte sie selbst kein Geld. Dafür hatten die Piraten schon gesorgt. Sogar ihr Medaillon war weg. Am liebsten hätte sie vor Frust geschrien. Verflucht! Sie war nicht hilflos! Wie könnte sie dem Bettler beweisen, dass sie für sich selbst sorgen konnte, wenn sie ihn andauernd brauchte?

Sie ließ sich auf das Bett fallen und fing an, einen der dicken Lederstiefel, die um ihre Knöchel klebten, auszuziehen. Dabei murmelte sie zu sich selbst und bezeichnete ihn mit jedem Namen, der ihr in den Sinn kam von „dreckigem Schurken" bis hin zu „herzlosem Mistkerl".

Bei Letzterem widersprach er.

„Ich bin nicht herzlos", sagte er und bewegte sich von der Tür weg. Einen kurzen Augenblick lang sah er aus wie ein beleidigter kleiner Junge.

„In Ordnung", brummte sie. „Vielleicht nicht herzlos." Sie kämpfte mit dem anderen Stiefel. „Aber ihr seid ein Rüpel und ein Knappe und ein Mistkerl."

Darüber lächelte er und erzürnte sie noch mehr. Mit einem saugenden Geräusch glitt der Stiefel endlich von ihrem Fuß. Sie ließ ihn auf den Boden fallen und wackelte mit ihren Zehen, um sicherzustellen, dass sie noch Gefühl darin hatte. Dann durchquerte sie das Zimmer und fing an mit dem Paravent zu kämpfen.

„Nach allem, was wir geteilt haben, seid Ihr immer noch schüchtern", bemerkte er.

Sie errötete. Es war unehrenhaft, dass er sie an all das, was sie *geteilt* hatten, erinnerte. Sie schob den Paravent vor die Wanne und trat schnell dahinter. Dann fummelte sie längere Zeit mit den Bändern ihrer Jacke herum. Die verdammten Dinger waren immer noch klatschnass. Je mehr sie an ihnen arbeitete, desto mehr verhedderten sie sich. Selbst mit grober Gewalt kam sie nicht weiter. Sie fluchte leise.

„Probleme?" Der Bettler steckte den Kopf um den Paravent.

Sie erschrak sich fast zu Tode.

Er verzog seinen Mund zu einem koketten Lächeln. „Ich bin recht gut im Ausziehen von Kleidungsstücken."

Sie blickte ihn finster an. „Zweifellos."

Sie hatte keine Wahl. Das verführerische Bad wurde mit jedem Augenblick kälter und sie brauchte Hilfe. Sie müsste sich nur gegen das Gefühl seiner schwieligen Fingerspitzen auf ihrer Haut stählen ...

„Das ist ein ganz ordentlicher Knoten hier", sagte er und entwirrte vorsichtig den Knoten unter ihrem Kinn, „fast so schlimm wie ein bestimmter Weberknoten, an den ich mich erinnere."

Ein zögerliches Lächeln kam über ihre Lippen.

„Ich könnte die Bänder durchschneiden, aber ich fürchte, dass dies Euer einziges Kleidungsstück ist", sagte er.

Sie widerstand dem Drang, ihn daran zu erinnern, dass

das seine Schuld war. Wenn der Narr sie nicht ... aber sie konnte ihn jetzt nicht schimpfen, wenn er ihr doch gerade behilflich war.

Verstohlen blickte sie ihn an, während er arbeitete. Er runzelte die Stirn, während er an dem Knoten zog und seine dunklen Wimpern fielen dicht über seine dunkle Wange. Seine Finger waren an ihrer Haut und kitzelten an ihrem Hals, während er die Bänder lockerte. Sie wünschte, dass er sich beeilen würde. Sie wusste nicht, wie viel länger sie seine Nähe noch aushalten könnte. Es fiel ihr schwer sich zu konzentrieren, als wenn seine Nähe irgendwie Auswirkungen auf ihre Sinne hatte. Vielleicht, wagte sie zu hoffen, war es nur der Wein.

„Ich bitte um Vergebung für den Mangel an Privatsphäre hier, Mylady", murmelte er aufrichtig, „aber ich wage es nicht, Euch allein zu lassen."

„Warum nicht?" Ihre Stimme war seltsam rau geworden.

„Warum nicht?", wiederholte er und hatte die Bänder endlich geöffnet, und zog vorsichtig an der Vorderseite ihrer Jacke, um sie zu lösen.

Dabei begegnete er ihrem Blick und sie konnte in den dunklen Tiefen seiner Augen sehen, dass er etwas verbarg. Sofort war sie hellwach.

„Ist El Gallo in den Händen der Behörden, wie Ihr versprochen habt?", fragte sie mit gleichmäßiger Stimme.

Er wandte seinen Blick nur ganz kurz ab, aber diese Geste sagte ihr alles.

„Was ist passiert?", fragte sie und war sich nicht ganz sicher, ob sie es wirklich wissen wollte.

Duncan runzelte die Stirn und war sich nicht ganz sicher, ob er es ihr sagen wollte. Er steckte den Daumen in die Bourretteseide. „Es ist nicht alles nach Plan verlaufen."

„Seid Ihr gescheitert?"

Das war das falsche Wort dafür. Er richtete sich zu voller Größe auf und blickte finster auf sie herab. „Nay, Ich bin nicht gescheitert", zischte er. „Ich habe uns beide vom Schiff heruntergeholt. Ihr habt ein Dach über Eurem Kopf, Essen im Bauch und ein warmes Bad."

„Wenn El Gallo noch frei herumläuft, dann suchen seine Piraten uns wahrscheinlich."

Er presste die Lippen zusammen. „Solange Ihr bei mir bleibt, werden wir hier recht sicher sein."

„In einem Gasthof? Möge der Herr mich vor Verrückten bewahren", murmelte Linet in Richtung Zimmerdecke. „Als erstes werden sie wahrscheinlich in den Gasthäusern suchen."

Duncan biss die Zähne zusammen. Jetzt beschimpfte sie ihn wieder. „Treuloses Weib", knurrte er. „Ich bin doch kein Narr. Ich würde Euch niemals an einen gefährlichen Ort bringen."

„Aber es ist so offensichtlich. Ein Gasthaus?" Ungläubig hob sie eine Augenbraue.

„Es ist nicht nur irgendein Gasthaus", erklärte er triumphierend. „Es ist ein Bordell."

Er hatte es nicht so herausplatzen wollen. Das Schweigen, das seiner Offenbarung folgte, war so vollständig, dass er hörte, wie das Wasser von Linets Jacke auf den Boden tropfte.

KAPITEL 10

„Er wird niemals auf die Idee kommen, hier zu suchen", erklärte der Bettler. „Die Damen, die ihrer Arbeit an solchen Orten nachgehen, sind sehr diskret."

Linets Stimme war nur noch ein Flüstern. „Ihr habt mich in ein ... gebracht." Sie konnte es noch nicht mal aussprechen.

Sie schritt an ihm vorbei, hob ihre Stiefel auf und ging zur Tür. Dort wandte sie sich um, um ihm noch einmal die Meinung zu sagen, aber sie fand keine Worte um ihren Zorn auszudrücken. Sie riss die Tür auf und trat hinaus.

Nichts hätte sie darauf vorbereiten können, was jenseits dieser Tür war. Am Ende des schiefen Flurs standen ein paar dicke, grell geschminkte Huren, die nichts trugen außer ein paar Fetzen Spitze, die strategisch über ihrer Anatomie platziert waren. Am anderen Ende torkelte ein betrunkener lüsterner Edelmann mit einer Dirne an jedem Arm, aber als der Mann Linet an der Tür herumstehen sah, schien er sich plötzlich auch für sie zu interessieren und zeigte mit einer derben Geste an, was er mit ihr tun wollte.

Linet duckte sich ganz schnell wieder in das Zimmer und schlug die Tür mit solcher Kraft zu, dass sie selbst erschrak.

„Im Augenblick kann ich nicht weggehen", flüsterte sie entsetzt und ließ ihre Stiefel auf den Boden fallen.

Duncan unterdrückte ein Grinsen. Er überlegte, was sie wohl gesehen hatte.

„Natürlich kann ich auch nicht bleiben", sagte sie und ging auf und ab. „Wisst Ihr, was hier los ist?"

Er runzelte die Stirn.

„Natürlich wisst Ihr das", antwortete sie selbst. „Wahrscheinlich geht Ihr auch an solche Orte, wenn Ihr ein bisschen Geld übrig habt."

Duncan überlegte kurz, dass er keine Zeit für irgendetwas anderes hätte, wenn das stimmte, wobei er über das *bisschen Geld* nachdachte.

„Wir reisen morgen ab", versicherte er ihr.

„Morgen?"

„Bis dahin müssen wir das Beste aus dem machen, was wir haben – ein Tablett mit Essen, ein warmes Bett ..."

„Morgen?" Ihre Augen weiteten sich. „Ich werde nicht an einem solchen Ort übernachten."

„Und ich nehme an, dass Ihr auch Eure Meinung wegen des Bades geändert habt", meinte er trocken.

Sie zögerte und war offensichtlich von dem Gedanken an das warme, tröstliche Wasser in Versuchung geführt. Dann nickte sie zögerlich. „Absolut. Ich bin eine de Montfort", sagte sie, als würde das alles erklären. „Ihr müsst mich sobald wie möglich von hier fortbringen."

Während sie redete, setzte er sich auf das Bett und zog sich die Stiefel aus.

„Was macht Ihr da?", fragte sie.

„Ihr habt gesagt, dass Ihr nicht baden wollt."

„Aye. Ich will, dass Ihr mich von hier wegbringt. Was macht Ihr?", fragte sie erneut und Angst machte ihre Stimme schrill, während er anfing, seine Jacke aufzumachen.

„Das Wasser wird kalt", erklärte er.

„Ihr werdet doch sicherlich nicht ..."

„Ich sehe keinen Grund, ein gutes Bad zu verschwenden."

„Aber ..." Linet war offensichtlich in einer misslichen Lage. Sie traute sich nicht wieder auf den Flur zu gehen, aber sie konnte auch nicht bleiben, während der Bettler ... lieber Gott, er zog die Jacke und sein Hemd über den Kopf. Ihr stockte der Atem. Der freche Knappe machte sich noch nicht einmal die Mühe, sich hinter dem Paravent zu verbergen. Nicht, dass seine herrliche Brust versteckt werden sollte. Sein Körper war perfekt – mit breiten Schultern, muskulösen Armen und einem flachen Bauch, der leicht dunkel behaart war. Es fiel ihr schwer, ihren Blick abzuwenden.

„Ihr könntet Euch auch umdrehen", höhnte er, als wenn er ihre Gedanken lesen könnte.

Sie drehte sich sofort um. Man musste ihr zugutehalten, dass sie nur ein oder zweimal hinschaute, als er seine Hose auszog und sie wurde mit dem Anblick von unglaublich starken Beinen und einem dichten Nest schwarzer Locken, von denen sie gerade rechtzeitig wegschaute, belohnt.

Als sie das Plätschern von Wasser hinter dem Paravent hörte, erachtete sie es als sicher, sich umzudrehen. Sie fing an, im Zimmer hin und her zu eilen und dachte sich imaginäre Aufgaben aus, um sich von dem Bettler abzulenken.

„Wenn Ihr mit Eurer Wäsche fertig seid", sagte sie mit einem wankelmütigen Sarkasmus, wobei sie die Blumen auf dem Tisch neu arrangierte, „erwarte ich, dass Ihr mich sofort von hier wegbringt."

„Wirklich?", gähnte er und zog den Paravent beiseite und aus seinem Weg, sodass er sie sehen konnte.

Linet erstarrte. Sie würde ihn nicht ansehen. Das würde sie nicht tun. Es war unerheblich, dass seine imposante dunkle Gestalt vor dem Hintergrund der weißen Wand ihren Blick auf sich zog wie eine Kerze in einem Keller. Sie hielt ihre Augen abgewandt und schaute überallhin außer zu dem Mann in der Wanne.

Langsam atmete sie tief durch. Sie ging zum Bett und fing an, die Decken zu glätten. Sie hörte sein vergnügliches Stöhnen, während das Wasser die Schmerzen in seinen Muskeln linderte und sie roch den Salbei, während er sich mit der Duftseife einschäumte.

Sie hätte ihre goldenen Locken geopfert, um das Bad zu für sich zu haben, aber sie hatte nicht vor, dies zuzugeben.

Es war amüsant, beschloss Duncan und genoss es sichtlich. Die kleine Stoffhändlerin war komplizierter als jede andere Person, die er jemals getroffen hatte. Bei Gott, er hatte schon fast bei der Frau gelegen und doch hatte sie Angst ihn anzuschauen. Er konnte sehen, dass sie sich nach einem Bad sehnte. Zweifellos juckte es sie überall von dem Salzwasser und die langen Tage auf dem schmutzigen Schiff hatten ihr Haar in Mitleidenschaft gezogen, sodass es in matten Strähnen herunterhing. Aber er wusste, dass ihr Stolz sie davon abhielt, seine Gastfreundschaft anzunehmen. Er würde sie zu ihrem Glück zwingen müssen.

Linet schlug die Kissen auf dem Bett auf und biss sich auf ihre Lippe. Wenn sie noch ein zufriedenes Seufzen von dem Bettler hören würde ...

„Oh", rief er plötzlich.

Sofort schaute sie in seine Richtung. Er saß züchtig in der Wanne nach vorn gebeugt und rieb sich das Auge. Bevor sie nachdenken konnte, handelte sie instinktiv. Sie ging zu ihm hinüber. „Habt Ihr Seife in Euer Auge bekommen?", fragte sie und beugte sich zu ihm hinunter. Ihr Vater hatte genau das zahllose Male gemacht.

Er nickte und verzog das Gesicht.

„Lasst mich sehen", beharrte sie. Sie strich seine Hände beiseite und murmelte, „die Franzosen machen zu viel Asche in ihre Seife."

Er schaute zu ihr auf und blinzelte ein paar Mal, aber sie bemerkte das Funkeln in seinen Augen erst, als es zu spät war. Bevor sie irgendetwas machen konnte, ergriff er sie fest am Arm.

„In Eurem Auge ist keine Seife", behauptete sie und bemerkte ihren Irrtum.

Sein Lächeln war grimmig und verheißungsvoll. „Ihr braucht ein Bad."

Sie keuchte. „Wie bitte?"

„Ihr stinkt. Ich weigere mich, mein Zimmer mit jemandem zu teilen, der nach Algen und nasser Wolle riecht."

Sie starrte ihn zufrieden an „Sehr gut. Dann werde ich niemals baden."

Das Glitzern in seinen Augen sagte ihr, dass das Gegenteil der Fall sein würde. Ohne Warnung erhob er sich wie Neptun aus dem Meer, wobei das Wasser an seinem Körper herablief. Bevor sie Zeit hatte, von seiner Kühnheit erschrocken zu sein, trat er heraus, ergriff sie an der Taille und legte sie über seinen Oberschenkel und ließ sie in die Wanne gleiten. Wasser plätscherte über den Rand auf den Boden.

„Ihr!", prustete sie, wobei sie kämpfte und noch mehr Wasser plätscherte.

Er lachte und zog ihr die nasse Jacke und das Hemd im Nu aus. Während sie heulte und versuchte ihren Oberkörper zu bedecken, zog er ihre Hose auch aus und schon war sie völlig nackt.

Duncan warf die nassen Kleidungsstücke auf den Boden. Dann wickelte er sich ein Handtuch um die Hüften, verschränkte die Arme und trat zurück, um seine Arbeit zu betrachten.

Ihm stockte der Atem und sein Mund wurde trocken. Sein Grinsen schwand und seine Arme fielen schlaff herunter. Zuvor hatte er sie nur zum Teil unbekleidet in der Dunkelheit der Kabine gesehen. Er hatte sich nur vorstellen können, wie sie aussehen musste, an der Art, wie sie sich anfühlte, aber jetzt im goldenen Tageslicht blieb nichts der Fantasie überlassen.

Sie war eine Venus, die im Meer badete. Die Spitzen ihrer Brüste berührten die Wasseroberfläche wie zwei Monde und sie schirmte ihre Brustwarzen mit dem Arm vor seinem Blick ab. Ihr Haar wirbelte um Ihren Körper wie eine Sturmwolke. An ihren langen Beinen glitzerten Wassertropfen und unter dem Wasser zwischen ihren Fingern konnte er die dunklen Locken ihrer Weiblichkeit, die sich leicht in der Strömung bewegten, sehen. Nur das Feuer in ihren Augen zerstörte die engelhafte Illusion.

Er dankte Gott, dass er sich das Handtuch umgebunden hatte, denn die Wirkung ihrer Schönheit zeigte sich an ihm in der offensichtlichsten Art und Weise.

Linet spürte, wie sie errötete und sie fühlte sich, als hätte sie zu viel Wein getrunken. Ihr Körper kribbelte unter seinem Blick. Niemand hatte sie jemals so angesehen wie der Bettler. Sie wusste, dass sie empört sein sollte. Sie versuchte verzweifelt, so zu handeln, aber in Wahrheit war es auf seltsame Art und Weise angenehm so angeschaut zu werden. Es verlieh ihr ein komisches Gefühl von Macht, als sie merkte, dass seine Lider schwer wurden und er tief durchatmete.

Ohne es zu wollen beobachtete sie ihn auch und war bezaubert, als ein Tropfen Wasser von seinem Haar auf seine Schulter fiel. Er lief ihm über die seine breite glatte Brust und seinen schlanken Bauch. Sie hatte die seltsame Sehnsucht, die Hand auszustrecken und seinen Weg mit ihren Fingern nachzuzeichnen. Dann merkte sie, dass sie ihn anstarrte. Sofort wandte sie ihren Blick ab.

„Jetzt habt Ihr mich also in die Wanne befördert", murmelte sie atemlos. „Seid zumindest so anständig und lasst mich in Frieden baden."

„Wie Ihr wünscht", antwortete er mit einer vorgetäuschten Verbeugung.

Erst als er auf die andere Seite des Zimmers gegangen war, lehnte sie sich gegen das feuchte Holz der Wanne zurück. Das warme Wasser entfaltete seine magische Wirkung sofort, entspannte ihre Muskulatur, beruhigte sie und ließ ihre Hemmungen schwinden.

Es dauerte nicht lange und sie fühlte sich reumütig über die Art und Weise, wie sie den Bettler behandelt hatte. Aye, er hatte ihre Schicklichkeit beleidigt und er hatte sich unaussprechliche Freiheiten an ihrer Person genommen. Er hatte sie von einem Schiff geworfen und in ein Bordell gebracht.

Doch hatte er sie auch aus den Händen von rücksichtslosen Piraten gerettet und dank ihm, wie auch immer er es geschafft hatte, hatte sie heute Nacht ein Dach über dem Kopf und ein heißes Bad. Wenn sie fertig war, beschloss sie, würde sie ihre Dankbarkeit ausdrücken, da er dies scheinbar so verzweifelt wollte. Zufrieden lächelte sie und blickte zu dem Mann am Fenster.

Das Lächeln schwand aus ihrem Gesicht. Von der Seite und gesäubert von seinem Bad war der Bettler prächtig anzuschauen. Die Nachmittagssonne fiel auf sein Gesicht und dämpfte die Höhlen unter seinen Wangenknochen. Haarsträhnen, die schwärzer waren als Tinte, fielen über die kräftigen Muskelstränge seines Halses. Seine Augen starrten auf das ferne Meer und waren in der hellen Sonne fast transparent und seine Lippen waren leicht geöffnet, als würde er über etwas Wichtiges nachdenken.

Sie schluckte schwer. Auf dem Schiff in dem schwachen Licht in Sombras Kabine schien er ein Phantom zu sein, das gekommen war, um ihr Vergnügen zu bereiten und dann zu gehen und so wenig greifbar zu sein wie ein Traum. Der Mann, der jetzt vor ihr stand, war echt. Er war aus Fleisch und Blut. Er atmete, er bewegte sich und sie wusste bereits, was er in der Lage war für ihre Sinne zu tun. Die Erinnerung ließ sie zittern.

Duncan spürte Linets Blick auf ihm. Er wandte sich zu ihr. Sie zitterte.

„Ist Euch kalt?" Er bot ihr das zweite Handtuch, das auf dem Bett lag, an.

„Nay." Ihre Antwort war kurz angebunden und passte nicht zu ihrem schwelenden Blick.

Duncan kannte diesen Blick. Oh Gott, wie er diesen Blick kannte. „Bei Gott, Mylady", stöhnte er, „Ihr stellt mich auf eine harte Probe. Seht mich nicht so an."

Sie öffnete den Mund und schloss ihn wieder. Sofort wandte sie den Blick ab und war zu beschämt, um zu sprechen.

Er rieb sich mit der Hand über seine Bartstoppeln und zwang sich wegzuschauen. Vielleicht würde irgendeine tagtägliche Aktivität seine Gedanken von der Göttin, die nur drei Schritte von ihm entfernt badete, ablenken. Steif durchquerte er das Zimmer und ging zum Tisch, wo er in seiner Tasche herumwühlte und einen Bimsstein herausholte. Er drehte ihr den Rücken zu und schabte entschlossen damit über sein Kinn, um die Barthaare dort zu entfernen Das raue Gefühl half, ihn abzulenken.

Trotzdem war er sich jedes Wasserplätscherns und jeder ihrer Bewegungen in der Wanne äußerst bewusst. Er war sich sicher, dass er seine Gesichtshaut abgeschabt hätte, bis er sie vollständig ignorieren könnte.

Nach einer gefühlten Ewigkeit hörte das Plätschern Gott sei Dank auf. Er steckte den Bimsstein wieder in die Tasche und blickte verstohlen zu der hölzernen Wanne. Bei dem Anblick, der sich ihm bot, durchfuhr ihn eine zärtliche Wärme und er musste lächeln.

Sie schlief. Das Wasser um sie herum war ruhig und ihre Brust verursachte nur eine leichte Welle, wenn sie sich hob und senkte. Ihr Kopf war gegen das Holz gelehnt und ihr Mund war wie bei einem Baby im Schlaf geöffnet.

Argwöhnisch schüttelte er den Kopf. Was sollte er jetzt tun? Das Wasser würde schon bald kalt werden.

Er näherte sich heimlich, wobei er das Leinentuch vom Bett mitnahm. Schweigend kniete er sich langsam neben die Wanne und betrachtete seinen schlafenden Engel. Wie unschuldig und lieblich sie erschien. Man würde kaum glauben, dass in der seidigen Haut ein arroganter Hitzkopf steckte.

Unbeabsichtigt wanderte sein Blick zu ihren Brüsten und zu den Brustwarzen, die kokett direkt unter der

Oberfläche des Wassers warteten. Sein Magen spannte sich an und er kämpfte gegen das Verlangen, eine der perfekten Kurven in die Hand zu nehmen.

Dann spürte er, dass er beobachtet wurde. Er blickte hoch und schaute in zwei schlaftrunkene Edelsteine in der Farbe von Wacholder.

Linet blinzelte schläfrig. Sie hatte nicht das Verlangen sich zu bewegen. Das Bad war so behaglich und warm und der Mann, der auf sie herab starrte, so angenehm anzuschauen. Es gab keinen Grund, die Trägheit, die sie genoss, durch allzu tiefes Nachdenken zu stören. Sie bewegte sich noch nicht einmal, als der Bettler seinen Kopf senkte und näherkam. Sein Mund schien ihrem etwas zuzuflüstern und sie so leicht wie eine Brise hoch zu heben, ohne etwas zu fordern. Sie konnte die Feuchtigkeit seines Haares und den Biergeschmack in seinem Atem riechen.

Duncan glaubte, dass er gerade den Himmel schmeckte. Seine Lenden zuckten so schnell wie die eines Jungen und er intensivierte den Kuss, indem er ihren seidigen Kopf in die Hand nahm und ihre zarten Lippen mit seinen eigenen bedeckte. Sie war ein Engel, dachte er, als er ihr weiches, nachgiebiges Fleisch probierte und sie ohne Zurückhaltung berührte.

Plötzlich zog sein Engel zurück, widersetzte sich dann, kämpfte und schlug gegen seine Schultern.

Linet verspürte Panik in ihren Adern trommeln wie das Trommeln einer Walkmühle. Alles passierte zu schnell. Verflucht, sein Mund war wohlschmeckend, aber sie war im Begriff, die Kontrolle zu verlieren. Die Warnungen ihres Vaters tönten wie ein Alarm in ihrem Kopf.

Schließlich löste sie sich aus der Umarmung des Bettlers und atmete tief durch. Sie sollte ihn für seine

Unverschämtheit ohrfeigen. Sie sollte es. Das hätte ihr Vater ihr geraten.

Als wenn er ihre Gedanken lesen könnte, ergriff er sie an beiden Handgelenken. „Schlagt mich nicht noch einmal", bellte er.

„Küsst mich nicht noch einmal", antwortete sie mit zittriger Stimme.

Duncan hatte es noch nie erlebt, dass seine Leidenschaft so schnell oder so vollständig gelöscht worden war. Einen kurzen Augenblick lang hatte er das Paradies schmecken dürfen. Jetzt war er wie Adam, der aus dem Garten verjagt wurde.

„Das werde ich nicht", versicherte er ihr mit nüchterner Stimme. „Aber Ihr seid eine Närrin, wenn Ihr vorgebt, dass Ihr meinen Kuss nicht wollt."

„Wie könnt Ihr es wagen..."

„Leugnet es nicht. Die Reaktion Eures Körpers spricht für sich." Er blickte sie anklagend an.

„Lasst mich los", warnte sie. „Lasst mich gehen oder ich schreie."

„In einem Bordell?", fragte er schmunzelnd. „Es wird keinen interessieren."

„Wenn Ihr mich nicht sofort frei lasst, lasse ich Euch ins Gefängnis werfen."

Dies erheiterte ihn. „Gefängnis? Mit welcher Anklage – dass ich Euch geküsst habe?"

„Ihr seid ein ... ein Bauer. Ihr habt kein Recht, mich anzurühren. Ich trage das edle Blut der de Montforts in mir."

Sofort ließ er sie los. „Ist es das?", fragte er ungläubig. Er konnte nicht glauben, wie sich die Dinge entwickelt hatten. War dies die Frau, die er nur einen Augenblick zuvor geküsst hatte? „Glaubt Ihr, dass mein Kuss Euer Blut verschmutzen könnte?", zischte er. „Verzeiht mir, Mylady", fauchte er sarkastisch, „wenn meine Herkunft Euch beleidigt!" Er konnte nicht widerstehen hinzuzufügen: „Es schien Euch keinesfalls zu beleidigen, als Ihr Eure Arme um meinen Hals gelegt habt."

Das Geräusch ihrer Ohrfeige war so schallend wie das einer Peitsche in einer Kapelle.

Er ergriff wieder ihre Handgelenke, biss die Zähne zusammen und zählte dann im Stillen langsam bis zehn. Dann ließ er ihre Hände los und stand auf.

Er nahm an, dass er nicht wütend auf sie sein sollte. Schließlich gab es keinen Grund, dass sie wissen könnte, dass er ein Edelmann war. Ihrer Meinung nach hatte er sie gemäß den absolut normal üblichen Vorurteilen beleidigt. Sie hatte nur ausgesprochen, was alle für die Wahrheit hielten – dass Menschen niederer Geburt irgendwie als minderwertig gegenüber jenen mit edler Herkunft waren. Aber irgendwie hatte er mehr von ihr erwartet, besonders, wenn man ihre eigene zweifelhafte Herkunft bedachte.

Linets Hand brannte von der Ohrfeige, aber nicht so sehr wie ihr Stolz. „Bleibt von mir weg. Ich will nicht, dass Ihr mich noch einmal berührt", log sie und war entsetzt, als ihre Stimme stockte.

Die Augen des Bettlers hingen an ihrem Mund und er grinste sie auf eine Art und Weise an, die sie noch mehr erzürnte. „Nay", murmelte er, „Ihr wollt, dass ich Euch berühre und das ist Euer Problem."

Angesichts der Wahrheit seiner Worte schlug ihr Herz schneller. Sie fand keine Antwort.

Er hob seine Kleidung auf und zog sich schnell an. Er kämmte sein Haar mit den Fingern, befestigte die Börse an seiner Hüfte und schnappte sich zwei Flaschen Wein. Dann ging er zur Tür.

„Das Bett gehört Euch, Hoheit", sagte er sarkastisch und täuschte eine Verbeugung vor.

„Wo wollt Ihr hin?", fragte sie wie beiläufig und versuchte die Angst in ihrer Stimme zu verbergen.

„Raus."

„Aber hier sind Männer, die ..."

„Ich habe mich geirrt. Ihr scheint absolut in der Lage zu sein, Männer abzuwehren", antwortete er und damit schlug er die Tür zu und ließ sie allein in ihrem Bad, das langsam kalt wurde.

Narr, schimpfte Duncan sich selbst, als er sich gegen die geschlossene Tür lehnte. Er konnte nicht glauben, dass er es zugelassen hatte, dass seine verdammten Prinzipien eine Gelegenheit zerstört hatten, bei der göttlichen Kreatur auf der anderen Seite der Tür zu liegen.

Natürlich sprach da in erster Linie sein unbefriedigter Körper. Er wusste in seinem Herzen, dass es falsch gewesen wäre. Er hätte sie leicht verführen können, aber er war kein Mann wie viele andere Edelmänner, der Frauen nur für ein kurzes Vergnügen benutzte und er hatte schon viele Frauen gehabt. Aber er hatte noch nie bei einer Frau gelegen, wenn ihm neben ihrem Körper nicht auch ihr Herz gehörte.

Aus diesem Grund würde er heute Nacht keine Befriedigung finden, obwohl er in einem Bordell voller williger Frauen war. Nay, beschloss er und lehnte sich gegen die Wand; heute Nacht würde er seine Qualen in Alkohol ertränken.

Linet konnte nicht aufhören zu zittern, als sie aus dem Bad ausstieg. Sie schnappte sich ein Leinentuch und trocknete sich ab, als wenn sie die Reste seiner Berührung wegwischen könnte. Eine Träne lief ihr über die Wange und vermischte sich mit den Wassertropfen dort, während sie das Tuch fest um ihren Körper wickelte.

Das konnte alles nicht wahr sein, dachte sie mit zunehmender Verzweiflung und echote die Angst, die seit dem ersten Kuss über ihrer Seele baumelte. Sie war eine de Montfort. Sie war eine Dame und nicht irgendeine Dirne, die sich in die Arme des erstbesten Mannes stürzte.

Aye, Verlangen hatte ihren Körper durchströmt, als er sich zu ihr heruntergebeugt und sie geküsst hatte, aber sicherlich war sie besser als ihre Hurenmutter, auch wenn das Blut der Frau ihre Adern vergiftete. Sie hatte schließlich gegen das Verlangen gewonnen. Hatte sich die Ehre nicht durchgesetzt?

Letztlich hatte sie die Privatsphäre bekommen, die sie wollte. Sie hatte den Bettler für seine Frechheit geschlagen und dafür gesorgt, dass er aus dem Zimmer stürmte. Also hatte sie gewonnen, oder? Aber irgendwie stiegen ihr die Tränen in die Augen und als sie dort am Bettrand saß, fühlte sie sich weniger siegreich.

Abwesend streckte sie die Hand nach ihrem tröstenden Medaillon aus, erinnerte sich aber an seinen Verlust, faltete die Hände vor sich und betete um Kraft. Sie hatte ihren Vater verraten. Das würde sie nicht noch einmal machen. Auch wenn das bedeutete, dass sie für den Rest ihres Lebens vielleicht Jungfrau blieb. Sie durfte Lord Aucassin nicht enttäuschen. Sie war eine de Montfort. Sie war eine *de Montfort.*

Sie wiederholte die Worte immer wieder, bis sie zu einer Litanei geworden waren und sie am Fußende des Bettes, wo sie immer noch in das feuchte Leinentuch gewickelt war, in den Schlaf wiegten.

Die Sonne ging unter und der Mond ging in dem sternenklaren Himmel auf, während sie schlief. Irgendwann in der Nacht befreite sie sich von dem Tuch und kroch unter die Decke in dem gemütlichen Bett, wo Selbstzweifel ihre Träume nicht stören konnten.

Lange nach Mitternacht stolperte Duncan in das Zimmer. Er stieß sich das Schienbein an einem der Tische, spürte aber keinen Schmerz. Er rümpfte die Nase. Seine Kleidung stank nach Wein. Achtlos zog er seine Jacke und sein Hemd aus und ließ sie auf dem Boden fallen.

Er meinte sich zu erinnern, dass er irgendetwas wegen des Schlafens arrangiert hatte, konnte sich aber nicht ganz daran erinnern. Er fiel auf das Bett und schlief sofort tief und fest.

El Gallo streifte verärgert über den Steinboden des Magistratssitzes von Boulogne. Er hasste es, eingeengt zu sein und obwohl das Haus recht groß war, war es nicht der Bug seines Schiffes, wo ein Mann Platz hatte, um herumzuspazieren und er verdammt noch mal atmen konnte. Er war schon seit Stunden dort und verschwendete wertvolle Zeit, während seine Beute flüchtete, aber er konnte nichts dagegen tun. Er war wie eine Motte in der Faust des Magistrats gefangen.

Was wollten sie von ihm?

Auf der *Corona Negra* gab es keinerlei Beweise für seine Piraterie. Dafür hatte er immer gesorgt. Alle Edelsteine waren aus ihren Fassungen gelöst worden. Münzen wurden eingeschmolzen und bis zu dieser unglückseligen Angelegenheit mit der Stofflhändlerin war es fast unmöglich gewesen, Rohstoffe zurück zu ihrem

Produzenten zu verfolgen. Selbst Sombra, der aufgrund seines Rufes hätte Verdacht erregen können, war dieses Mal nicht an Bord.

Dass er seine Waffe an der Anlegestelle geschwungen hatte, hatte er mit einer äußerst plausiblen Geschichte erklärt. Er hatte dem Magistrat gesagt, dass ein eindeutiger Schurke seine Passagierin, Linet de Montfort, entführt hatte. Er hatte sein Schwert gezogen, um den Entführer zu verfolgen.

Daraufhin war der Magistrat sehr interessiert gewesen, aber er hatte El Gallo nicht gehen lassen. Er hatte eine Handvoll seiner eigenen Wachen nach dem Mädchen suchen lassen und hatte El Gallo in seinem eleganten Gefängnis schmoren lassen.

„Hier entlang bitte", hörte er die Stimme des Magistrats am Vordereingang.

Ein großer, grimmig aussehender Mann in einem teuren wollenen Surcot begleitete den Magistrat.

„Dies ist Bertrand Gaillard, Verwalter von ..."

„Wie sah sie aus?", unterbrach Gaillard eifrig.

El Gallo runzelte die Stirn.

„Linet de Montfort", erklärte der Magistrat. „Sagt Monsieur Gaillard, was Ihr mir erzählt habt."

El Gallo schürzte die Lippen. Das Mädchen war wichtig für diesen Gaillard. Das konnte er in den Augen des Mannes erkennen. Wo solche Gefühle vorhanden waren, konnte man Geld verdienen. „Sie stand unter meiner Obhut", log er. Schuldbewusst ließ er den Kopf hängen. „Und jetzt wurde sie gestohlen. Was soll ich ..."

„Wie sah sie aus?", wiederholte Gaillard. „Wie alt?"

Darüber musste er nicht lügen. „Sie war eine junge Frau wie ein Engel – blass und blond und ihre Gestalt ..."

„Trug sie ein Siegel?", fragte Gaillard mit durchdringendem Blick. „Irgendeine Art von Medaillon?"

Konzentriert runzelte El Gallo die Stirn. Er konnte sich nicht an die Farbe der Augen der Hexe und schon gar nicht an ihren Schmuck erinnern, aber es schien Gaillard wichtig zu sein. „Ja. Ich glaube mich zu erinnern ..."

„Und das Siegel. War es ein gekrönter Berggipfel?"

El Gallo nickte. „Ja. Ich glaube schon."

„Das ist sie", sagte Gaillard. „Sie muss es sein."

„Wer?"

„Die Tochter von Lord Aucassin de Montfort. Seit Lord Aucassin uns von seinem Totenbett aus schrieb, sucht ihr Onkel nach ihr und will sie für den Schaden, der ihrer Familie angetan wurde, entschädigen. Er hat sogar demjenigen, der sie findet, eine Belohnung versprochen, aber Lord Aucassin hat uns keinerlei Hinweis zu ihrem Wohnort gegeben und schrieb nur, dass sie das de Montfort Medaillon trägt. Wenn Ihr sie gesehen habt ..."

El Gallos Kopf schwirrte mit den Visionen der Belohnung. „Lasst meine Männer und mich nach ihr suchen. Das ist das Wenigste, was ich tun kann, wenn man bedenkt, dass ich es war der ..."

„In Ordnung", sagte Gaillard. Dann gab er dem Magistrat eine Börse mit Geld. „Der Magistrat wird Euch vier Männer zur Verfügung stellen, um Euch bei Eurer Suche zu unterstützen."

El Gallo verbeugte sich vor dem Magistrat – eine Geste, die ihm in seinem Leben, in dem er unbestrittene Macht hatte, völlig fremd geworden war, aber ein wenig Demut zum jetzigen Zeitpunkt könnte später einen Haufen Gold wert sein. Es würde ihm dabei kein Zacken aus der Krone fallen.

Die ersten Sonnenstrahlen weckten Linet. Irgendetwas kitzelte ihr Ohr und das verbesserte ihre Stimmung nicht. Sie kniff die Augen zusammen, wandte sich um und wollte das nervige Objekt wegwischen und plötzlich blickte sie direkt in das Gesicht des leise schnarchenden Bettlers.

Ihre Augen weiteten sich. Schnell kroch sie weg von ihm. „Raus!", zischte sie mit heiserer Stimme.

Er zuckte zusammen und drehte sich auf den Rücken.

„Raus!"

Er stöhnte und hielt sich die Ohren zu.

Sie begann ihn zu treten, aber das jämmerliche Elend in seinen roten Augen, während er ihre Bestrafung ertrug, brachte sie dazu Gnade zu zeigen. Sie hörte auf, zog die Decke hoch bis unter ihr Kinn und versuchte ihre Panik unter Kontrolle zu bekommen. „Was macht Ihr hier in meinem Bett?"

Er öffnete den Mund, um zu sprechen, aber sein trockener Hals brachte keinen Laut heraus. „Etwas zu trinken", krächzte er schließlich.

Sie ging davon aus, dass er nicht kooperieren würde, bis sie nachgab. Schnell zog sie die zerknitterte, noch feuchte Jacke an. „Schließt Eure Augen."

Das musste man Duncan nicht zweimal sagen. Er hatte kein Verlangen, sie bis zum Sonnenuntergang wieder zu öffnen. Einen Augenblick später wurde ein Becher mit verwässertem Wein an seine Lippen gedrückt.

„Hier", hauchte Linet.

Er setzte sich ein wenig auf. Das Weib verschüttete fast den Inhalt des Bechers in ihrer Eile, ihn loszuwerden und weg von ihm zu kommen. Als er den Becher geleert hatte, fiel er wieder nach hinten, als wenn seine ganze Energie mit dieser einen Bewegung verbraucht gewesen wäre.

„Nun?", bohrte sie weiter.

„Bitte ...", fing er an und zuckte bei der Lautstärke seiner eigenen Stimme zusammen und fuhr dann flüsternd fort, „bitte fragt mich später."

„Später?", rief sie und ließ ihn sich vor Unbehagen krümmen. „Aber Ihr ... Ihr hattet kein Recht ..."

„Wartet", flehte er.

„... Euch in mein Bett zu schleichen ..."

„Jetzt nicht", flehte er.

„... als wäre ich irgendeine Dirne ..."

„Bitte ..."

„... die Ihr gekauft hättet!"

Er hatte genug. Er setzte sich auf und wandte sich ihr zu. „Passt auf! Ich habe für dieses Zimmer und das Bett darin mit meinem eigenen Geld bezahlt. Schlaft woanders, wenn es Euch nicht gefällt." Er stöhnte und hielt die Hände an seinen pochenden Kopf.

Linet ballte die Hände zu Fäusten und war völlig verärgert. Hörte denn die Dreistigkeit dieses Mannes gar nicht auf? Sie hasste es in seiner Schuld zu stehen. Es fühlte sich zu sehr an, als wäre man der Besitz von jemandem und sie hasste es wirklich, dass ein winziger Teil von ihr den Gedanken gut fand, der Besitz des gutaussehenden Bettlers zu sein.

Sie war so wütend auf sich selbst wie auf ihn, nahm seinen Becher und knallte ihn auf den Tisch, wobei sie sich schwor, dass sie seine Almosen und seine Küsse nicht mehr annehmen würde. Sie trat seine Stiefel aus ihrem Weg und stampfte über den kalten Eichenboden, um ihre Sachen zusammenzusuchen.

Duncan hätte niemals geglaubt, dass eine so kleine Frau so viel Krach machen könnte. Es war zwecklos, an diesem

Morgen noch etwas Schlaf zu bekommen. Mit der Art und Weise, wie Linet im Zimmer umher rannte und dem Schmied, der in seinem Kopf hämmerte, wusste er, dass er keinen Frieden finden würde. Er warf die Decken zurück und stand auf, wobei er ein wenig wankte, als ihm schwindelig wurde. Was hatte ihn nur dazu gebracht, so viel zu trinken?

„Ich werde Euch nicht länger zur Last fallen", verkündete Linet, als sie mit ihrer lauten Morgentoilette fertig war. Er sah, dass sie die zerknitterte Kleidung angezogen hatte und sie stand gerade vor ihm, wobei sie ihren Blick vorsichtig abgewendet hatte. „Ihr seid hiermit von Eurem Schwur, mich zu beschützen befreit. Ich brauche weder Euren Schutz noch Eure Almosen." Sie hielt inne. Die nächsten Worte murmelte sie ganz schnell. „Ich danke Euch für Eure Hilfe bis hierher und ich verspreche, dass Ihr für Eure Dienste bezahlt werdet."

Er konnte nicht anders, als über ihre kleine kaufmännische Ansprache zu lachen, auch wenn ihm beim Zuhören die Ohren schmerzten. Sie hatte sich nicht so richtig überzeugend reumütig angehört. Unglücklicherweise für sie wusste sie nicht, wie beharrlich er sein konnte.

Als kleiner Junge hatte er einmal geprahlt, dass er mit dem linken Arm so gut wie mit dem rechten kämpfen könnte. Diese Prahlerei hatte ihm einige Schnitte und blaue Flecke eingebracht, aber schließlich war er mit beiden Armen gleichermaßen geschickt. Seine Sturheit hatte triumphiert.

Einige Jahre später übernahm er die Verpflichtungen des Ritterstandes. Nichts konnte ihn von der damit verbundenen Verantwortung ablenken. Ritterlichkeit war alles.

„Ihr würdet hier nicht eine Minute ohne meinen Schutz überleben", knurrte er und zog seine zerknitterte Hose hoch. „Außerdem habt Ihr kein Geld ... sofern Ihr nicht plant, hier zu arbeiten." Er zeigte auf ihr Zimmer, wobei er sah, wie sie mit sich kämpfte wie eine verdrießliche Stute mit ihrer Trense. „Der Inhaber verlangt jedoch, dass Ihr mehr macht als die Kunden zu ohrfeigen", konnte er sich nicht verkneifen.

Ihre Augen funkelten und sie versuchte höflich mit ihm zu sprechen. „Wenn Ihr mir ein wenig Geld geben könntet, um nach Hause zu kommen", brachte sie heraus, „verspreche ich Euch, dass ich Euch alles zurückzahlen werde. Ich werde eine ordentliche Summe von Lady Alyce de Ware bekommen. Ich kann Euch das Geld innerhalb von zwei Wochen schicken."

Duncan musterte sie nachdenklich. Sie war offensichtlich zornig, aber unter dem Zorn ärgerte sie noch etwas anderes, irgendein Krieg, den sie mit sich selbst führte.

„Nay", sagte er. Der Gedanke sie allein gehen zu lassen, war natürlich lächerlich.

„Nay?"

„Nay." In Ruhe zog er das Hemd über seinem Kopf.

„Vertraut Ihr mir nicht?", keuchte sie. „Ich bin von edler Herkunft."

„Vertrauen hat nichts mit Herkunft zu tun", sagte er und streckte die Hand nach seinem Gürtel aus. „Es ist nun keine Frage des Vertrauens. Es ist eine Frage der Verpflichtung. Ihr werdet an meiner Seite bleiben, bis ich diese Verpflichtung erfüllt habe. Und dann könnt Ihr mich ... für meine Unannehmlichkeiten bezahlen, wenn Ihr wollt."

„Unannehmlichkeiten!", rief sie. „Diese Unterkunft ist recht angenehm für Euch. Wie viel Dirnen habt Ihr Euch übrigens letzte Nacht gekauft?"

Die darauffolgende Stille war entsetzlich für Linet. Sie biss die Zähne so fest zusammen, dass ihr der Gaumen schmerzte. Sie wusste nicht, warum sie ihn das gefragt hatte.

Duncan wusste, warum sie es gesagt hatte. Sie war eifersüchtig. Die hochnäsige Königin hatte ihn zurückgewiesen, aber sie wollte nicht, dass jemand anders ihn bekam.

Diese Entdeckung wärmte ihm das Herz. Aber nichts, was Linet danach tun oder sagen konnte, kein Leugnen oder Protest konnte die tiefe Wirkung ändern, die diese neue Erkenntnis auf ihn hatte. „Ich habe keine Dirnen gekauft. Tatsächlich haben ein paar von ihnen angeboten, mich zu kaufen", log er mit sachlicher Stimme.

KAPITEL 11

Der pockennarbige Taschendieb, der sich an der Spitze von Sombras Dolch wand nickte schnell.

„Ja, ich habe es schon mal gesehen", sagte er, leckte sich nervös über die Lippen und starrte auf das bronzene Medaillon.

Endlich, dachte Sombra, erkannte jemand das Siegel. Er war jetzt schon seit zwei Tagen in der Normandie und dieser Schurke war der erste, den er befragte, um die gewünschten Antworten zu erhalten.

„Wo?", fragte er.

„Es ist de Montfort. Aus Flandern. Ich weiß nicht, wo dort."

„Tölpel!", schimpfte Sombra und verpasste dem Mann einen Schnitt am Hals.

„Wartet! Ein Mann von de Montfort ist hier durchgekommen", murmelte der Halunke, „v-vor einigen Monaten. Er hatte so eine Zeichnung – ein Berg mit einer Krone." Der Mann hielt die Augen fest geschlossen. „Jetzt lasst mich bitte gehen, Sir. Ich gebe Euch Eure Börse zurück. Ihr könnt alle Börsen haben, die ich heute Morgen erbeutet habe."

Sombra knurrte. Er war noch nicht fertig mit dem Mann. „Was hatte der Mann gesagt?"

„Oh." Der Mann verzog das Gesicht und versuchte sich zu erinnern. „Irgendetwas wegen einer vermissten Erbin, einer Dame, irgend sowas."

Sombra atmete zwischen seinen schmalen Lippen tief durch. Dies waren in der Tat gute Nachrichten und mehr als er erwartet hatte. „Und wurde eine Belohnung angeboten?"

„Oh eine Belohnung, aye", sagte der Mann und schluckte, als Sombra mit dem Dolch über seinen Hals strich.

Sombra schnaubte. Der Tölpel konnte sich nicht wirklich erinnern, ob eine Belohnung ausgesetzt war oder nicht. Er war wahrscheinlich zu beschäftigt gewesen Börsen zu stehlen, als dass er es hätte hören können, aber wo es eine vermisste Erbin gab, musste es eine Belohnung geben.

Jetzt hatte Sombra, was er brauchte. Irgendwo suchte jemand nach Linet de Montfort und war bereit für ihre Rückgabe zu zahlen. Er konnte seine Freude kaum verbergen. Nicht nur würde er die Belohnung für die Rückführung der vermissten Erbin abholen. Er würde sich auch an Linet de Montfort rächen, indem er sie durch eine Schwindlerin ersetzte.

„Ka-kann ich jetzt gehen, Sir?"

Sombra schaute den Dieb an. In seiner Aufregung hatte er ihn völlig vergessen. Er streckte seine behandschuhte Hand aus und holte sich seine Börse zurück, die am Gürtel des Diebes hing und mit einem leichten Drehen seines Handgelenks schnitt er dem Mann die Kehle durch und ließ ihn am Ende der Gasse zurück, wo er die letzten verwirrten Augenblicke seines Lebens verbrachte.

Dann wischte er seine gute Toledo Klinge am Umhang

des Opfers ab und steckte sie zurück in die Scheide. Er klopfte seine cordobanischen Handschuhe ab. Jetzt musste er nur noch ein hübsches junges Weib mit grünen Augen und blondem Haar finden, die bereit war, ihre armselige Behausung für einen Platz am Haupttisch in der de Montfort Burg aufzugeben. Den ganzen Weg zurück zu dem Gasthof, wo Harold in Ketten lag, konnte Sombra nicht aufhören zu grinsen.

Linet hörte ein leises klopfen an der Tür.

„Sir", flüsterte irgendeine Frau. „Sir."

„Oh", sagte der Bettler mit einem breiten Grinsen, „das muss eine der Frauen sein, die jetzt meine Dienste wünscht."

Linet wünschte, sie hätte etwas, was sie nach ihm werfen könnte.

Er öffnete die Tür einen Spalt. „Was ist?"

„Die Männer des Magistrats sind auf dem Weg hierher. Sie durchsuchen alle Etablissements."

„Verflucht!" Er schlug mit der Faust gegen den Türrahmen.

„Ich habe eine Idee", bot die Frau an.

Linet hörte den Rest der Unterhaltung nicht mehr. Es ging sie nichts an. Sie hatte nichts falsches gemacht. Wenn die Männer des Magistrats kamen, würde sie sich ihnen stellen. Was könnte sicherer sein als …

„Linet!", sagte der Bettler eindringlich. „Zieht die Kleidung aus. Wir müssen sofort abreisen."

Der Mann war offensichtlich wahnsinnig. „Ihr müsst sofort abreisen", erklärte sie ihm. „Ich warte auf den Magistrat und ich bleibe angezogen."

„Linet, El Gallo ist mit den Männern des Magistrats unterwegs. Ich weiß nicht warum, aber ich weiß, dass das nichts Gutes für uns bedeutet."

„Es bedeutet nichts Gutes für Euch. Ich werde in Sicherheit sein. Ich bin Linet de Montfort, Tochter von Lord ..."

„Und wenn Ihr die Tochter von König Neptun wärt!" Er verdrehte die Augen. „Wir müssen weg. Jetzt!"

„Aber wohin werden wir ..."

„Jetzt!" Er ergriff den Ausschnitt an ihrer Jacke und zog ihn fest nach unten, wobei er den Stoff in der Mitte zerriss und sie fast umstieß. Während sie mit offenem Mund dastand, eilte die Frau an der Tür mit zwei anderen jungen Frauen herein, die ein Bündel billiger, grellgefärbter Kleidungsstücke trugen.

„Das grüne wird ihr passen", sagte die Frau und musterte sie schnell. „Aber Ihr, *Cherie* ..."

Der Bettler durchwühlte die Kleidung selbst und ergriff ein besticktes, beerenfarbenes Stück.

„Aber das ist ein Tischtuch", protestierten die Frauen.

„Jetzt ist es ein Umhang", erklärte der Bettler und legte es über seine Schultern.

Die zwei jungen Mädchen hatten das hässliche grüne Gewand über Linets Kopf geworfen und halfen ihr, sich hinein zu zwängen, aber es war viel zu klein.

„Wir brauchen einen Schleier für Euch", sagte die Frau zum Bettler. „Celeste, hole meinen pflaumenfarbenen Schleier." Sie betrachtete Linet. „Und einen für das Mädchen. Den dunkelgrünen." Sie klackte mit der Zunge. „Ach, wenn wir nur Zeit hätten, ihr Haar dunkel zu färben."

Linet zwängte sich in den engen Surcot. Lieber Gott, waren das ihre Brüste, die nach oben über den tiefen

Ausschnitt des Gewandes gedrückt wurden wie zwei Hefebrote?

Der Bettler wickelte sich in ein riesiges quadratisches Tuch und die Frau hielt es an seinem Hals mit einer bronzenen Brosche zusammen. Celeste kam zurück und beschäftigte sich mit Linets Haar, das sie zu einem Knoten steckte und dann vollständig mit dem grünen Schleier und einem Reif aus Draht bedeckte. Das andere junge Mädchen ergriff die Bänder auf der Rückseite von Linets Surcot und zog diese fester, bis das Kleidungsstück wie eine zweite Haut saß; Linets Proteste wurden dabei weitgehend ignoriert.

Aber ganz gleich, wie unanständig sie sich fühlte, als sie mit ihr fertig waren, war sie sich sicher, dass sie nicht so lächerlich wie der Bettler aussehen konnte. Der behelfsmäßige Umhang hing ihm ungleichmäßig um die Füße und das gestickte florale Muster stand in schrecklichem Kontrast zu seinen großen schweren Stiefeln. Der pflaumenfarbene Schleier wurde mit einer gelben Kordel befestigt und strategisch um seine Haare und Gesicht gesteckt, sodass sein Kopf wie eine riesige Traube aussah, die vertrocknet am Weinstock hing.

Als er sich ganz ernsthaft zu ihr umwandte und sie fragte, ob sie fertig wäre und sie sein dunkles, maskulines Gesicht mit den dunklen Augenbrauen und dem stoppeligen Kinn sah, das von unter dem zarten Rand des pflaumenfarbenen Sendalstoffs hervorschaute, fing sie an unkontrolliert zu kichern.

Draußen war es kalt und die Straßen waren noch leer, als eine Meute unbeschäftigter Dirnen sie aus dem Bordell begleiteten. Irgendwo schnarchten Seeleute unter den zerknitterten Laken der Hurenbetten. Jetzt erst streckten sich die Händler vor ihren knisternden Kaminen und füllten ihre dicken Bäuche mit Brot.

El Gallo marschierte in Gesellschaft einer Gruppe von lokalen Gesetzeshütern zielstrebig auf sie zu und plötzlich war Linet dankbar für die effektive Verkleidung der Dirnen. Die Offiziellen gingen außerhalb der Reichweite der Frauen vorbei und diese schienen zu Linets Entsetzen deren Aufmerksamkeit noch auf sie zu ziehen, indem sie gurrten und winkten und ihre nackten Beine zeigten, aber überraschenderweise hatten ihre Handlungen die gegenteilige Wirkung. Der Magistrat knurrte sie an und befahl ihnen, zur Seite zu gehen. Der Bettler und sie wurden inmitten der Damen gar nicht bemerkt.

Als sie den Stadtrand erreichten, fing Linet an ihre Meinung zu überdenken. Diese Huren, die ihr Vater immer als die schlimmste Geißel des Adels und die größte Beleidigung Gottes verurteilt hatte, hatten ihr geholfen. Ohne eine Belohnung oder Hintergedanken. Einfach aus der Güte ihrer Herzen. Sie hatten ihr ein Kleid gegeben und jetzt reichten sie dem Bettler ein Stück Käse und einen Laib Brot für die Reise. Auch dafür wollten sie kein Geld, obwohl der Bettler in seiner Börse nach Münzen suchte, von denen sie wusste, dass sie nicht da waren.

„Vielleicht werdet Ihr Euch eines Tages an uns erinnern", sagte die Inhaberin des Bordells und ihre alten, grauen Augen funkelten anzüglich.

Als Antwort nahm der Bettler den Schleier und Umhang ab und reichte ihn der Inhaberin. Er hob die Hand der Frau, um sie zu küssen – ein edler Kuss, wie ein Ritter vielleicht einer Dame schenken würde. Dann wandte er sich erwartungsvoll zu Linet.

Sie wusste gar nicht, was sie sagen sollte. Sie hatte noch

nie mit einer Hure gesprochen. Bei Gott, bevor sie den Bettler getroffen hatte, hatte sie noch keine hundert Worte an irgendeine Person von niederer Geburt gerichtet, mit Ausnahme ihrer eigenen Diener. Obwohl sie sich in ihrer Gegenwart unbehaglich fühlte, war ihr klar, dass sie ihr einen enormen Dienst erwiesen hatten. Sie hob den Kopf und schaute der Frau direkt in die Augen. „Ich danke Euch."

Die Frau lächelte freundlich, fast, als wenn sie Linets Schwierigkeiten verstand und verabschiedete sich dann.

Duncan war äußerst erfreut. Die Huren hatten eine Barriere in Linet zerstört, was ihm nicht gelungen war.

Während sie die kurvige zerfurchte Straße, die manchmal nur ein Weg war, entlangliefen und über Hügel mit süßem Klee und majestätischen Ulmen gingen, schien Linet völlig in ihren eigenen Gedanken verloren zu sein.

„Sie war ... freundlich."

„Wer?"

„Die ... die Hure."

Duncan grinste. „Aye, das stimmt."

Dann runzelte sie die Stirn und fragte leise: „Glaubt Ihr, dass Harold noch am Leben ist?"

Duncan sprach mit mehr Sicherheit in der Stimme als er fühlte: „Sombra hat zweifellos einen Grund, dass er ihn festhält, aber macht Euch keine Sorgen. Ich werde ihn finden und wenn ich bis ans Ende der Welt gehen muss."

Dann schwieg sie wieder und die einzigen Geräusche waren ihre eigenen Schritte auf dem Weg, das Vogelgezwitscher und die entfernten Schritte der beiden Männer, die ihnen folgten.

Duncan wollte Linet mit der Nachricht nicht ängstigen, aber irgendjemand folgte ihnen jetzt schon seit geraumer Zeit. Sein erster Gedanke war, auf sie zu warten. Er hatte schließlich sein Schwert und er könnte leicht jeden Mann außer seine beiden Brüder besiegen.

Aber er musste an Linet denken. Wenn die Verfolger Teil von El Gallos Mannschaft waren und er sie tötete, würden andere kommen, die noch rachsüchtiger wären und das würde Linets Sicherheit gefährden.

Es gab nur eine Lösung. Er musste Linet sofort zu de Montfort bringen. Wenn sie sich sicher hinter den Burgmauern ihres Familiensitzes befand, würde er sich mit den Piraten befassen. Vorläufig würde er sie in ordentlicher Entfernung folgen lassen. Solange die beiden Männer glaubten, dass die beiden Flüchtenden schon fast in Greifweite waren, würden sie sich nicht die Mühe machen, Hilfe anzufordern. In der Zwischenzeit würde er genau hinschauen und hinhören und nichts sagen.

Der Mond ging am Himmel auf wie ein erbitterter weißer Säbel. Die Dämmerung tauchte die Landschaft in einen verschwommenen lila Fleck aus Blättern und Himmel. Durch die Blätter konnte Duncan das entfernte Licht eines Feuers durch ein Fenster erkennen. Es war eine Bauernkate und dahinter standen anscheinend ein Backhaus und eine Scheune.

Gott sei Dank hatten sie endlich eine Unterkunft gefunden. In der letzten Stunde hatte Duncan Linet trotz ihrer Müdigkeit immer weiter angetrieben, da er wusste, dass es leichtsinnig wäre draußen zu schlafen, wenn sie verfolgt wurden. Jetzt sah das arme Weib erschöpft aus. Ihr fielen die Augen zu und sie konnte kaum noch die Füße heben.

Sie tat ihm so leid. Obwohl sie kein untätiges Leben führte, war Linet de Montfort wahrscheinlich eine ruhigere Arbeit gewöhnt, wie das Handeln mit Wolle oder an

Webstühlen zu sitzen und die Buchhaltung vorzunehmen. Sie war einfach nicht dafür gemacht, durch die Gegend zu laufen und vor Angreifern zu fliehen. Fürwahr, sie war so erschöpft, dass sie noch nicht einmal protestierte, als er sie am Ellbogen in Richtung der Bauernkate führte und die knarrende Tür öffnete.

Durch ein Loch im Reetdach schien der Mond und erleuchtete das Innere. Das Stroh war sauber und eine Milchkuh war in der hinteren Ecke angebunden. Gänse liefen auf dem Boden herum und Hühner saßen auf den Balken, aber sie schienen ihre Gäste nicht zu beachten. Ihr Gackern bildete einen angenehmen Kontrast zu dem leisen Muhen der Kuh.

Der behagliche, wohlriechende Stall erinnerte Duncan an seine Kindheit. Zum Ärger seines Vaters hatte er so manche Sommernacht damit verbracht, bei den Stalljungen im duftenden Stroh zu schlafen. Er lächelte Linet beruhigend zu und schloss vorsichtig die Tür.

„Wir sollten hier sicher genug für die Nacht sein, solange wir weg sind, bevor der Bauer morgen früh aufsteht."

Linet rümpfte die Nase und blickte zu dem vom Mond beleuchteten Staub, der durch das Loch über ihnen hinunterfiel. „Ich habe noch nie in einem Stall geschlafen. Sind dies Eure ... normalen Unterkünfte?"

„Ich würde Euch ja auf meine Burg bringen ..." Sein Mund verzog sich zu einem Lächeln. „Aber sie ist zu weit weg."

Linet schmunzelte.

„Hungrig?", fragte er.

„Wir haben das letzte Brot heute Mittag gegessen", sagte sie reumütig.

„Hinter der Kate ist ein Backhaus. Dort liegt bestimmt noch ein Stückchen herum."

„Ihr könnt einem Bauern doch kein Brot stehlen."

„Wer hat etwas von stehlen gesagt?"

Sie kniff die Augen zusammen. „Ihr habt gesagt, dass Ihr kein Geld mehr hättet."

Das stimmte. Er hatte kein Geld mehr, aber wenn ein Mann seinen Verstand benutzte, könnte man viel erreichen mit nur einer guten Tat. „Wie ich Euch schon zuvor sagte, ich brauche kein ..."

„Ich weiß. Ihr braucht kein Geld", beendete sie den Satz.

Er grinste.

Sie verschränkte die Arme. „Und wie genau wollt Ihr ..."

„Wartet hier."

Er spürte ihren Blick den ganzen Weg bis zum Backhaus. Es war ein gutes Gefühl. Er winkte ihr beruhigend zu. Dann duckte er sich wie ein Schatten durch die niedrige Tür und schloss sie hinter sich.

Er wollte im Nu wieder aus dem Backhaus heraus sein. Er verließ sich darauf, ein missratenes Brot oder ein vergessenes Brötchen zu finden. Er hatte nicht damit gerechnet, die Frau des Bauern zu stören.

Sie sah genauso erschrocken aus wie er, aber wahrscheinlich platzte nicht jeden Tag ein übergroßer hungriger Bettler nach Einbruch der Dunkelheit in ihr Backhaus. Ihre Augen weiteten sich und sie öffnete ihren Mund, um zu schreien.

Er handelte ohne nachzudenken und folgte seinen Instinkten, die ihn noch nie im Stich gelassen hatten. Er eilte vor und legte eine Hand auf jede ihrer Wangen und küsste sie schmatzend auf ihren offenen Mund.

Sie quiekte einmal wie eine Maus, die von einer Katze gefangen worden war, aber nach einem pflichtbewussten Protest schmiegte sie sich, wie vorherzusehen war, in seine Umarmung. Die arme Frau musste nach Zuneigung gelechzt haben. Sie lehnte sich gegen ihn und genoss jeden Augenblick, als wäre es ihr letzter.

Als Duncan sicher war, dass sie nicht schreien würde, zog er sich zurück und lächelte zärtlich auf sie herab. Im Kerzenlicht konnte er ihre erröteten dicken Wangen und ihren verträumten Blick sehen, während sie schwach zurück lächelte. Nicht für alles Geld der Welt würde sie jetzt schreien.

„Ich will Euch nichts zuleide tun, Mylady", versicherte er ihr. „Aber ich bin weit gereist und habe wenig gegessen. Als ich Euer gutes Brot roch, habe ich wohl die Kontrolle verloren."

Die Frau errötete noch mehr. „Bitte Sir", brachte sie heraus, „nehmt Euch, was Ihr wollt."

Er grinste. Die Frau schwankte auf ihren Füßen.

„Ich glaube, das habe ich schon", sagte er.

Ihre Augen glitzerten einen Augenblick vor Vergnügen. Dann runzelte sie panisch die Stirn. „Paul, mein Ehemann ..."

„Ich werde schnell machen."

Sie nahm die drei noch warmen Brote und drückte sie ihm in die Hände.

Er legte seine Finger über ihre. „Seid nicht überrascht, wenn das Melken bei Morgengrauen für Euch erledigt wurde, Mylady." Er klemmte die Brote unter seinen Arm und zwinkerte ihr zu. Bevor sie auch nur ein Wort sagen konnte, verneigte er sich vor ihr und ging hinaus.

Linet konnte die Brote schon fast riechen, als sich der Bettler über den Hof schlich. Bei Gott, sie hatte einen solchen Hunger, dass sie auch das Brot der Armen hätte essen können. Ihr Magen knurrte wie eine Meute Jagdhunde.

Der Bettler war noch ein paar Meter weg, als sich die Tür zur Kate langsam öffnete und er war gezwungen zur Scheune zu laufen und gerade als er an Linet vorbei und außer Sichtweite hechtete, kam der Bauer aus seiner Kate, rollte die Ärmel hinunter und machte sich auf dem Weg zum Backhaus.

„Mathilde!", rief der Bauer.

Linet schaute wieder durch die Ritze in der Tür. Mathilde? War im Backhaus eine Frau? Sie runzelte die Stirn. „Wie habt Ihr ...?", flüsterte sie.

„Kommt", sagte der Bettler, ignorierte ihre Frage und schloss die Tür fest zu. „Ich habe ein Festmahl mitgebracht." Er brach ein Stück von einem der Brote ab.

Sie betrachtete das Brot und leckte sich unwillkürlich über die Lippen. Sie hasste es, dass sie es von ihm nahm. Ihr Vater wäre geplatzt, wenn er gewusst hätte, dass eine de Montfort von der Mildtätigkeit eines Bettlers abhängig war, aber nach ihrem Marsch war sie hungrig. Sie nahm ein Stück, murmelte ein Dankeschön und setzte sich auf den Rand eines Melkschemels, um zu essen.

Das Brot war noch warm. Zwischen ihren Bissen musterte sie den Bettler von der Seite. Er schien von der Müdigkeit, die ihre Knochen quälte, unberührt. Obwohl seine Haare in unordentlichen Locken zerzaust waren und seine Kleidung hoffnungslos zerknittert war, war ein Funkeln in seinen Augen, das den ganzen Tag noch nicht einmal verschwunden war. Er seufzte zufrieden, als wenn das grobe Brot das feinste Weißbrot wäre.

Zum hundertsten Mal runzelte sie die Stirn und

überlegte, was er wohl von ihr wollte. Warum würde ein Bettler sein Leben für sie riskieren?

Es konnte nur wegen des Geldes sein. Warum er allerdings glaubte, dass sie eine Belohnung für ihn haben könnte, wusste sie nicht, aber es konnte keinen anderen Grund geben, ganz gleich, wie oft er protestierte, dass er kein Geld bräuchte. Kein Geld brauchen. Pah! Selbst ein König könnte so etwas nicht behaupten.

Aber der Bettler hatte es geschafft, in den letzten paar Tagen vieles zu erreichen – die Kameradschaft von El Gallo, Hilfe von den Huren und Brot von der Bauersfrau – und alles ohne Silber. Vielleicht hatte er Recht. Vielleicht brauchte er wirklich wenig Geld, aber in all ihren Jahren im Geschäft hatte sie so etwas noch nie erlebt.

Als sie das letzte Stück Brot in ihren Mund steckte, überlegte sie, wie der Bettler die Bauersfrau wohl überredet hatte, ihm ihre Brote zu geben. Rätselnd blickte sie ihn einen Augenblick an, während er sich zwischen den Bissen über die Lippen leckte und mit der plötzlichen Deutlichkeit einer Seherin wusste sie es. Wie hatte er es schließlich immer geschafft, seinen Willen bei ihr durchzusetzen?

„Ihr habt sie geküsst."

Er erstickte fast an seinem Brot. „Wie bitte?"

„Die Bauersfrau. Ihr habt sie geküsst. So habt Ihr das Brot bekommen."

Er grinste und hob eine Augenbraue. „Warum würdet Ihr das jetzt glauben?"

„Wie sonst hättet Ihr sie davon abhalten können, nach ihrem Mann zu schreien?" Selbstsicher verschränkte sie die Arme und war sich sicher, dass sie Recht hatte und doch konnte sie die Verärgerung, die sie wie ein Kardenkamm auf Wollstoff kratzte, nicht zurückhalten.

Er zuckte mit den Schultern und eine Haarlocke fiel ihm dabei über die Stirn. „Vielleicht habe ich sie bedroht."

Sie wusste es besser. „Ihr habt sie geküsst", warf sie ihm vor.

Langsam schleckte er einen Krümel von seinem Daumen. „Ihr hört Euch eifersüchtig an."

„Eifersüchtig?", rief sie und verfluchte im Stillen, dass sie errötete. „Macht Euch nicht lächerlich. Ich finde es widerwärtig."

„Widerwärtig?", verhöhnte er sie mit funkelnden Augen. „Ich bezweifle, dass die Bauersfrau mich widerwärtig fand."

Empörung kochte in ihr hoch. Wie frech der Bettler aussah, als er mit seinem schiefen Mund auf sie herab grinste, einem Mund, der zweifellos noch warm war vom Küssen der jämmerlichen Mathilde ... er sollte verflucht sein, sie wollte nicht darüber nachdenken und sie würde es nicht zulassen, dass er sie nur mit Worten aus der Fassung brachte.

„Die Bauersfrau", behauptete sie und faltete ihre Hände schicklich in ihrem Schoß, „ist zweifellos die primitiven Umarmungen eines Bauern gewöhnt."

Er brach in Gelächter aus. „Ich glaube, Ihr beleidigt mich, Mylady!" Dann wandte er sich zu ihr mit einem plötzlichen Interesse, dass sie zusammenzuckte. „Ich bin also primitiv?", murmelte er.

Er trat einen Schritt näher.

Sie schoss von dem Melkschemel hoch. Waren die Stallwände von Anfang an so eng gewesen? Sie machte einen rühmlichen Versuch, die Stellung zu halten und ihn durch ihren starren Blick zum wegsehen zu zwingen. „Ich nehme an, dass Ihr nichts dafür könnt", sagte sie und schluckte. „Aber es bedeutet mir nichts. Es ist mir einerlei."

Er machte einen weiteren Schritt. „Oh, das glaube ich nicht, Mylady. Ich glaube, dass es Euch gar nicht einerlei ist."

Ihr hochnäsiger Blick war seinen sinnlichen blauen Augen nicht gewachsen. Sie schmolzen sie wie Butter auf einem heißen Brötchen. Schnell wandte sie ihren Blick auf das Stroh zu seinen Füßen.

„Tatsächlich", fügte er hinzu und kam so nah an sie heran, dass sie seinen warmen Atem auf ihrem Gesicht spüren konnte, „glaube ich, dass Ihr meine primitiven Umarmungen genießt."

Er ging davon aus, dass sie ihn für diese Bemerkung ohrfeigen würde und daher ergriff er ihre Handgelenke und setzte sie fest.

Die Zeit stand still, während er sie mit dunklem, höhnischem Blick anschaute. Er musterte sie eine Ewigkeit lang, wobei seine Augen über ihr Gesicht flackerten und sich jedes Detail merkten und sich in ihr einbrannten, als wenn er ihre Seele vergöttern würde. Dann ließ er sie mit einem plötzlichen Lachen los.

Sie atmete tief durch. Sie hatte gar nicht gemerkt, dass sie aufgehört hatte zu atmen. Oder dass er charmante Falten an den Augenwinkeln bekam, wenn er amüsiert war.

„Ihr, Linet de Montfort", sagte er, „habt Angst vor mir."

Sie öffnete den Mund und einen Augenblick lang fiel ihr nichts ein, was sie zu ihrer Verteidigung hätte sagen können.

Er schüttelte den Kopf. „Ihr, die Ihr El Gallo so kühn an der Anlegestelle beleidigt habt, die sich traute Sombra höchstpersönlich zu konfrontieren, habt Angst vor einem niederen Bettler."

„Ich habe keine Angst", flüsterte sie, aber tief in ihrem Herzen wusste sie, dass es stimmte.

„Ihr zuckt vor mir zurück. Ihr tut so, als wäre es Ekel", verkündete er mit selbstironischer Arroganz, „aber ich glaube kaum …"

„Ich finde Euch widerwärtig", versuchte sie ihn zu überzeugen, aber bei der Lüge blickte sie ihm nicht in die Augen, zumindest nicht so lange, wie die schwarze Locke über seine Stirn fiel und nicht solange seine Augen vor Schalkhaftigkeit funkelten.

Das letzte, was sie erwartet hätte, war sein rollendes Gelächter.

„Oh aye – widerwärtig! Und was im Besonderen findet Ihr widerwärtig?", fragte er und trat wieder näher zu ihr heran.

Sie wich zurück. An dem Bettler war nichts widerwärtig. Alles an ihm war faszinierend – faszinierend und gefährlich.

„Meine Nase? Meine Augen?" Seine Stimme wurde leiser und lockte sie heran, obwohl sie sich in dem Schuppen zurückzog. „Meinen Mund?"

Aber sie stolperte rückwärts über einen auf dem Stallboden zurückgelassenen Spaten. Der Bettler streckte gerade rechtzeitig die Hand nach ihrem Ellbogen aus, um sie vor dem Sturz zu bewahren, aber zu diesem Zeitpunkt stieß sie schon an die Stallwand und landete auf dem Rücken.

„Vielleicht ekelt Ihr Euch vor meiner … Berührung", sagte er.

Sie war jetzt zwischen einer Wand und einem Mann gefangen, dessen reine, grobe Männlichkeit mit dem starken Holz im Wettbewerb stand.

„Soll ich Euch zeigen", flüsterte er, „wie ich die Bauersfrau geküsst habe?"

„Nay." Sie wurde so steif wie ein Stock. Kein Kuss – alles, nur kein Kuss, dachte sie, während selbst ihre Lippen vor Erwartung kribbelten. Ganz gleich, was er mit ihr machte, wie sehr ihr Herz raste, sie weigerte sich, seinem Angriff nachzugeben.

„Ich habe meine ekelhaften Oberschenkel hierhin gelegt." Er trat zwischen ihre Beine und stupste sie mit seinem Knie auseinander, bis sein Körper intim an ihren gedrückt war und sie außer Atem war, da er keinen Zweifel an seinem Verlangen ließ. „Dann habe ich meine primitiven Arme so gelegt." Mit einer Hand hielt er ihre Handgelenke gegen seine Brust gedrückt und streckte die andere vorsichtig um ihren Hals. Seine Finger waren wie Seide aus Lucca an ihrer Haut, während sie an ihrem Hals hoch glitten und sich in den Locken an ihrem Hinterkopf verhedderten.

Ihr Atem wurde flacher. Sie traute sich nicht, ihn anzusehen.

„Dann", keuchte er an ihrem Mundwinkel, „drückte ich meine primitiven Lippen so ..."

Sein Mund näherte sich ihrem, als wenn er ein Weinkelch wäre und seine Zunge glitt leicht über den Rand ihrer Lippen, schmeckte sie und führte sie in Versuchung. Sie schloss die Augen fest, kämpfte gegen ihr eigenes Verlangen und wollte, dass die Glut, die sich in ihr aufbaute, zurückging, aber es war sinnlos. Sein Kuss stahl ihr sogar die Gedanken aus ihrem Hirn.

Einen kurzen Augenblick lang zog er zurück und gewährte ihr eine Pause von ihren chaotischen Gefühlen, die sie verwirrten. Einen Augenblick lang konnte sie schon fast denken.

Dann küsste er sie wieder. Dieses Mal umarmte er sie völlig und plünderte ihre Sinne, wobei er sie mit der Gier eines hungernden Mannes verschlang. Das Blut rauschte in ihren Ohren, als wenn er es den ganzen Weg von ihren Zehen herbeigerufen hätte. Jeder Zoll ihrer Haut reagierte auf seine Berührung wie Eisenspäne, die unter einem Magnet erwachten.

Als er sich schließlich losriss, als sein Daumen über ihre Unterlippe strich, spürte sie noch die anhaltende Hitze seines Kusses. Sie konnte das raue Seufzen, das ihr zwischen ihren Zähnen entwich und das nach mehr flehte, ebenso wenig verhindern wie sie die Gezeiten anhalten konnte.

Sie hatte niemals nachgeben wollen, aber als sie einmal das Verlangen seines suchenden Mundes spürte, wie die Muskeln seines Körpers zu den Konturen des ihren passten, hörte jede Vorsicht auf. Sie wusste nur, dass sie noch ... mehr wollte.

Duncan wusste, was sie wollte und er hatte die Absicht, sie zufriedenzustellen. Er ließ ihre Hände, die in seinen schlaff geworden waren, los um einen Arm besitzergreifend um ihren Rücken zu legen. Fasziniert stellte er fest, dass die kleine hungrige Füchsin sich ihm hemmungslos entgegenwarf und ihn von sich aus küsste. Sie drückte ihre Brüste gegen seine Rippen und öffnete ihren Mund für ihn und erforschte seine Schultern, sein Gesicht und seine Haare mit hektischen Handbewegungen.

Er verlor die Kontrolle.

Das war ihm noch niemals passiert. Er hatte schon Dutzende Frauen geliebt und Dutzende mehr geküsst. Bei Gott, die de Ware Brüder waren der Stolz der Baronie, was Verführung betraf, aber er behielt immer die Kontrolle. Er war es, der die Geschwindigkeit festsetzte, jede Bewegung und jedes Wort plante und den Augenblick der Kapitulation erkannte. Er wusste immer, wie weit er gehen und wie er sich elegant zurückziehen konnte. Zum ersten Mal war er jetzt so völlig machtlos, dass er sich nicht zurückhalten konnte.

Sie hatte ihn erstaunt, als sie seinen Kuss mit einer Leidenschaft, die so berauschend wie ein guter Wein war, erwiderte. Ihr Körper klammerte sich an ihn wie ein maßgeschneidertes Gewand und ihre Lippen schmeckten moschusartig süß, während sie murmelten und sich küssten und sie an seinen Lippen seufzte. Ihr Haar fühlte sich an wie Seide zwischen seinen Fingern und die Wärme ihres Bauches, der sich gegen seine Lenden drückte, ließ ihn vor Verlangen pulsieren.

Oh Gott, er lechzte nach ihr.

Bei Gott, bemerkte Linet, als sie zu Atem kam, sie wollte ihn – seine Küsse und seine kühnen mächtigen Arme um sie. Das Blut rauschte in ihren Adern. Sie wollte ihn mit jeder Faser ihres Seins und sie hätte vielleicht kapituliert und hätte es zugelassen, dass er sie an Ort und Stelle nahm ...

Wenn die Hühner nicht gewesen wären.

Das leise Gackern der Hennen schien plötzlich den Stall zu erfüllen und erinnerte sie an die Welt, zu der dieser Mann gehörte. Es war eine Welt, aus der ihr Vater sich unermüdlich herausgekämpft hatte. Es war eine Welt, in der der Name de Montfort völlig unbedeutend war und sie hatte Lord Aucassin auf seinem Totenbett geschworen, dass sie diese Welt niemals betreten würde.

Sie zog zuerst vorsichtig zurück und widerstand dem zunehmenden Drang und legte schließlich ihre Hand an seine Wange und schob seine Lippen von ihren weg. „Hört auf", keuchte sie.

Seine von Leidenschaft erfüllten Augen blickten schmerzlich. „Ihr wollt mich. Ich weiß, dass Ihr es tut", flüsterte er. „Warum widersetzt Ihr Euch?"

„Ich will Euch nicht", widersprach sie. „Ich ... ich verachte Euch."

„Lügnerin."

„Lasst mich gehen!", beharrte sie und schlug ihm zweimal gegen die Brust.

Er ergriff ihre Fäuste in seinen Handflächen und sagte heiser: „Ihr verachtet mich nicht, Linet. Ihr habt nur Angst vor mir. Nay, Ihr habt Angst vor Eurem eigenen Verlangen."

Sie kämpfte gegen ihn und gegen den Drang, wieder in seiner Umarmung zu versinken. Es war das Schwerste, was sie jemals getan hatte. Er fühlte sich himmlisch an, aber es war ein Himmel, der nicht für sie bestimmt war.

„Ich verlange nicht nach Euch", beharrte sie. Die Lüge kam ihr nur schwer über die Lippen und sie konnte seinem vorwurfsvollen Blick nicht begegnen. „Und ich habe keine Angst vor Euch. Es ist nur, dass Ihr ... Ihr Euch weigert, Euch Eurem Stand gemäß zu verhalten."

Die Leidenschaft wich aus seinen Augen. Verärgert hob er eine Augenbraue. „Mein ... *Stand*?"

„Ihr seid ein ... ein Bauer", erklärte sie mit unsicherer Stimme. „Ich bin von adliger Herkunft. Ihr könnt mir nichts bieten."

„Nichts bieten..." Der Bettler ließ ihre Hände los. Er sah jetzt wirklich erzürnt aus. „Was ist mit Liebe? Was ist mit Loyalität?"

„Liebe ist für Narren." Ihr Vater hatte ihr das tausende Mal gesagt. Trotzdem brach ihre Stimme, als sie die Worte wiederholte und ihre Augen füllten sich mit Tränen. „Ich habe es verdient, besser zu leben als so." Sie schniefte und zeigte auf den Stall. „Ihr solltet Euresgleichen suchen – und eine Melkerin oder ein Dienstmädchen heiraten."

Ihr Blick flatterte über sein Gesicht und einen kurzen Augenblick lang sah sie den riesigen Schmerz. Sie hatte ihm weh getan, schlimmer, als sie jemals jemandem zuvor weh getan hatte. Schuldgefühle stiegen in ihr auf, aber sie konnte nichts anderes tun. Wenn sie den Bettler in dem Glauben ließ, dass sie eine Zukunft zusammen hätten, würde sie sein und ihr Leid nur verlängern. Es war besser so, dass sie es jetzt beendete, obwohl ihr Herz bitterlich protestierte.

„Ich will nichts mit Euch zu tun haben", log sie.

Der Bettler kniff die Augen zusammen und Zorn verdrängte den Schmerz schnell. „Oh, es gibt einen Teil von mir, den ihr wollt, Mylady", sagte er frech, „und das Teil macht keinen Unterschied zwischen einer adligen Frau oder einer Bäuerin." Er schnaubte. „Und überhaupt, warum glaubt Ihr, dass ich beabsichtige, Euch zu heiraten? Da muss Eure Fantasie mit Euch durchgegangen sein."

Sie errötete. Es waren grausame Worte, aber sie hätte sie vorhersehen sollen. Sie hätte an der Redegewandtheit des Bettlers erkennen sollen, dass er die Art von Mann war, der eine Frau für sein eigenes Vergnügen gebrauchte und sie dann verließ. Er war ein eigennütziger Bettler wie alle von seiner Sorte und wie ihre eigene Mutter es gewesen war.

Sie blinzelte die heißen Tränen weg und tröstete sich mit vertrauten Erinnerungen.

Sie hatte die Geschichte tausende Male gehört – wie der junge Aucassin de Montfort sein eigenes Verlöbnis gebrochen hatte, indem er aus Liebe ein Bauernmädchen heiratete, wie seine Familie ihm dies niemals verzieh und ihn letztlich verstieß. Ihr Vater hatte all das mit der Demut eines reumütigen Priesters ertragen, aber über die Ereignisse danach konnte er nie ohne Bitterkeit in seiner Stimme und furchtbarem Hass in seinen Augen sprechen.

Das Bauernmädchen, seine geliebte Anne, das Glück seines Lebens, hatte ihn nur wegen seines Geldes und seines Titels geheiratet. Als ihm dies alles genommen worden war, hatte sie keine Verwendung mehr für den Mann, den sie vorgab zu lieben. Sie verließ ihn und ließ das Ergebnis ihrer kurzen Liaison auf seiner Türschwelle zurück.

Allmählich erholte sich Lord Aucassin. Er wurde Geschäftsmann, um sich und sein Kind zu ernähren. Später hörte er von Annes Schwester, dass seine Frau einen reicheren, weniger anständigen Edelmann gefunden hatte, bei dem sie lebte und der sie schließlich mit den Pocken ansteckte.

Jedes Mal, wenn ihr Vater die Geschichte erzählte, musste Linet ihm ein Versprechen geben, eines, das ihr einst lächerlich erschienen war, was aber jetzt nicht mehr der Fall war. Er ließ Linet schwören, dass sie sich niemals in einen Bauern verlieben würde.

Sie stählte ihren zitternden Kiefer und starrte auf eine Stelle über der Schulter des Bettlers und ließ sich bei ihren Worten von ihrer Würde leiten. „Ab morgen trennen sich unsere Wege."

„Könnt Ihr es nicht abwarten, mich zu verlassen?"

Stolz richtete sie sich auf. „Ich kann es nicht abwarten, unter meinesgleichen zu sein."

Duncan spuckte aus. Er wusste nicht, ob er angewidert oder amüsiert sein sollte. „Euresgleichen?"

„Aye. Edle Leute, ehrbare Leute, Leute die ... die Brot mit Münzen und nicht mit Küssen kaufen."

Duncan nickte und hielt seinen Zorn zurück. Er musterte sie mit ihrem entschlossenen Kinn, ihrem klaren Blick, den rosigen Lippen, die vor Scham stolz zusammengepresst waren und er war nicht in der Lage, die Niedergeschlagenheit, die ihn überkam, zu vertreiben. Scheinbar waren Frauen nur an Reichtum und Herkunft interessiert. Er hatte gewagt zu hoffen, dass Linet de Montfort anders wäre.

Schließlich sprach er mit ruhiger Niedergeschlagenheit in der Stimme. „Bedeutet es Euch also so viel?"

„Es bedeutet mir alles", flüsterte sie.

Duncan betrachtete sie eine ganze Weile. Schließlich nickte er und senkte kapitulierend seinen Blick. Eine einzige weiße Feder schwebte von oben herab zwischen sie, als wollte sie einen Waffenstillstand ankündigen. Dann zog Linet sich still zurück, um sich in dem Stroh ein Bett zu richten.

Auch Duncan spürte jetzt die lange Reise. Er war traurig und müde wie ein besiegter Krieger. Es wurde still im Stall. Das erste Zirpen der Grillen störte die Nachtruhe. Die Tiere wurden ruhig und schliefen, aber Duncan lag noch lange wach und starrte nachdenklich auf die vom Mondlicht beleuchteten schwarzen Balken.

Er hatte es ihr heute Abend sagen und seinen Namen und seinen Titel offenbaren wollen. Er hatte ihr versichern wollen, dass seine Absichten ehrbar waren und dass sie sicher bei ihm wäre, bis er sie zur de Montfort Burg gebracht hätte.

Er hatte nicht die Absicht gehabt, sich so vollständig in sie zu verlieben und er wusste immer noch nicht, wie es passiert war. Schließlich war sie nur eine Verpflichtung gewesen, die er sich aufgeladen hatte und wenn er Mitleid mit ihr verspürte, war es sicherlich nicht mehr als das, was er bei allen verspürte, die er unter seine Fittiche nahm. Das erklärte das Gefühl, was er verspürte, wenn er in ihr liebliches Gesicht blickte. Es war nur Mitleid.

Und doch hatte sie auf ihn reagiert und er auf sie, als wären sie aus demselben Holz geschnitzt. Wenn er sie in den Armen hielt, war sie das Feuer für seinen Zündstein und der Wein für seinen Durst. Sie verkörperte vieles von dem, was er als edel bei einer Dame empfand und alles, was er bei einer Dienerin als ehrlich empfand. Keine Frau hatte jemals eine solche tiefe Wirkung auf ihn gehabt, hatte ihn so fasziniert, erregt, andauernd herausgefordert und ihn mit ihrer seltsamen Mischung aus Intellekt und Unschuld in den Bann gezogen.

Verdammt, er hatte sich in sie verliebt.

Aber das war, bevor sie ihr wahres Gesicht gezeigt hatte. Sie hatte einen fatalen Fehler offenbart, bei dem er frustriert die Zähne zusammenbeißen musste. Linet de Montfort hatte fürchterliche Vorurteile gegen Menschen niederer Herkunft.

Er drehte sich auf die Seite, knuffte das Stroh unter seinem Kopf zu einem Kopfkissen zusammen und schloss die Augen. Wie konnte er Zuneigung einer Frau gegenüber verspüren, wenn diese jede Handlung in ihrem Leben auf das basierte, gegen das er fieberhaft ankämpfte? Keine könnte unpassender für ihn sein. Er konnte sie nicht lieben.

Er musste nur sein Herz davon überzeugen.

Bis dahin würde er Abstand von ihr halten. Er beabsichtigte immer noch, sie zu beschützen, bis sie sich sicher hinter den Mauern der de Montfort Burg befand, aber dann würde er verschwinden. Sie würde niemals wissen, dass der Bettler, der ihr das Leben gerettet hatte, tatsächlich ein Adliger höchsten Ranges war.

Es war schon Jahre her, seit Duncan eine Kuh gemolken hatte, aber es war etwas, das man niemals vergaß. Er hockte sich auf den dreibeinigen Schemel, lehnte seine Stirn an die warme, wohlriechende Flanke des Tieres und massierte ihr Euter, um den Milchfluss anzuregen. Als er einmal angefangen hatte, war die rhythmische Bewegung tröstlich. Das Geräusch, wie die Milch in den Eimer sprühte, das Mampfen des Futters und das gelegentliche leise Stampfen der hinteren Hufe der Kuh waren nach der rastlosen Nacht behaglich. Seine Augenlider wurden so schwer, dass er sie kaum aufhalten konnte.

Bis er den Krach draußen hörte. Da war er wieder hellwach. Er sprang von dem Schemel auf und schaute durch eine Ritze in der Stalltür, aber da war es schon zu spät. Zwei Reiter waren abgestiegen und schon auf dem Weg in seine Richtung. Der Bauer war auch aufgestanden und versuchte mit zornigen Worten die Männer zu vertreiben.

An den ersten Schritten erkannte Duncan die beiden. Es waren Tomas und Clave, zwei Piraten von der *Corona Negra*. Sein Kopf schwirrte, während er über die Fluchtmöglichkeiten nachdachte. Er eilte weg von der Tür, hechtete zu der immer noch schlafenden Linet, rollte sie in eine dunkle Ecke des Stalles und ergriff dabei die Forke, die an der Wand lehnte.

Der Plan hätte perfekt funktioniert, wenn Linet eine mit Stroh ausgestopfte Stechpuppe gewesen wäre, aber als sie das Gewicht von Duncans Körper auf sich spürte und merkte, dass er sie durch den Stall rollte, protestierte sie so laut, dass es im nächsten Dorf zu hören gewesen wäre.

„Lasst mich los, Ihr Mistkerl!", rief sie „Wie könnt Ihr es wagen! Was glaubt Ihr ..."

Erst zu spät legte Duncan seine freie Hand über ihren Mund.

KAPITEL 12

Linet biss fest zu, als die Stalltür so heftig aufging, dass die Balken wackelten. Ihr Opfer schrie vor Schmerz auf und schüttelte seine verletzte Hand.

In der Tür standen zwei von El Gallos Piraten. Sie standen da im Morgenlicht mit gezogenen Schwertern. Linet spuckte Strohhalme aus dem Mund, blinzelte angesichts des hellen Lichts und hoffte zutiefst, dass dies nur ein weiterer Traum war, aber die Piraten verschwanden nicht. Sie waren so echt wie der harte Boden unter ihr.

Wie zwei von El Gallos Männern es geschafft hatten, sie bis zu diesem Stall zu verfolgen, wusste sie nicht. Sie wusste nur, dass der Piratenkapitän wohl wirklich auf Rache aus war, wenn er seine Männer so weit hinter ihr herschickte.

„Was haben wir denn hier?", gluckste der kleinere Mann, der wie ein Frettchen aussah. „Das sind ja zwei schöne Hühner, Tomas."

Tomas arbeitete sich vor wie ein großer Bär und knurrte nur, da ihm scheinbar die Tatsache nicht behagte, dass der Bettler sich mit einer Heugabel bewaffnet hatte.

„Eines von ihnen sieht aus wie eine Legehenne", sagte das Frettchen mit einem Grinsen, das seine Zahnlücke offenbarte und zwinkerte ihr zu.

Genau in dem Augenblick platzte der Bauer durch die Tür und protestierte lautstark gegen die Störung durch die Piraten, aber bevor er ausreden konnte schlug ihm der stärkere Pirat fest auf den Kopf und der arme Mann fiel besinnungslos auf den Boden.

„Kommt jetzt heraus, Ihr Hühner", gurrte das Frettchen „El Gallo ruft nach Euch."

Linets Kopf schwirrte immer noch von dem Schreck des groben Aufwachens. Ein Blick auf den Bettler bestätigte, dass er zumindest Herr seiner Sinne war. Sein Gesicht schien wie in Granit gehauen und sein Blick war eiskalt. Sie spürte die Spannung in ihm.

Er murmelte so leise, dass sie ihn kaum hören konnte. „Geht nach oben, wenn ich nach vorne laufe, hoch auf den Heuboden."

Sie runzelte die Stirn. Sie hatte nicht die Absicht, auf dem Heuboden in die Enge getrieben zu werden, wenn der Bettler den beiden Piraten zum Opfer fiel. „Nay", murmelte sie leise.

„Macht, was ich sage", drängte er.

„Nay", wiederholte sie mit zusammen gebissenen Zähnen.

Ein Muskel in seiner Wange zuckte. Er sah aus, als wollte er den Gehorsam in sie hineinprügeln. „Dann bleibt zumindest zurück", knurrte er.

Das Frettchen höhnte: „Bewegt Euch, Feigling."

Der Bettler tat ihm den Gefallen und schlich sich aus der Dunkelheit nach vorn wie ein Wolf, wobei er die Heugabel bedrohlich schwang. Linet keuchte, als die beiden Spanier ihn zusammen angriffen und ihre Klingen in großen Bögen schwangen, die der Bettler mit den Zinken der Heugabel abwehrte. Sie schlurften über den Stallboden und wirbelten Staub und Stroh auf.

Linet biss sich besorgt auf die Lippe. Die Kuh muhte einmal und kippte den halbvollen Milcheimer um, als sie sich aus der Gefahrenzone bewegen wollte. Die Hühner gackerten bei dem Klang von Metall auf Metall.

Der Bettler stand in einer halb geduckten Position, hielt die Heugabel wie einen Kampfstab und war bereit für einen Angriff von beiden Seiten, während die Piraten um ihn herum kreisten. Als ihre mit Edelsteinen besetzten Schwerter gleichzeitig aufblitzten, ließ er sich auf den Boden fallen. Die beiden Schurken kämpften miteinander, während er sich wegrollte.

Linet fluchte leise. Sie konnte nicht untätig dabeistehen, während ihr heldenhafter Ritter getötet wurde. Sie ergriff einen Spaten an der Wand, warf ihr Haar über ihre Schulter und ging auf die Kämpfer zu.

Die Männer bewegten sich so schnell, dass sie nicht sicher war, wo sie anfangen sollte. Zum Versuch stach sie nach vorn und traf nur Luft. Dann, als sie den Spaten nach hinten zog, um Tomas zu treffen, trat der Bettler dazwischen und sie brauchte ihre ganze Kraft, um den Schlag noch aufzuhalten. Sie rutschte auf dem Stroh aus und wankte einen Augenblick mit dem Spaten.

Als sie ihr Gleichgewicht wiedergefunden hatte, befand sie sich mitten im Kampf. Schwerter schwirrten um ihren Kopf herum. Entsetzt holte sie Luft.

Nichts erregte Duncans Aufmerksamkeit so schnell wie das Keuchen einer Frau in Nöten. Er drehte sich, um zu sehen, was los war. Was in Gottes Namen machte Linet da?

Sie stand da und hielt einen Spaten vor sich, als wäre er ein magisches Schild, das sie unbesiegbar und unverwundbar machte. Hatte er ihr nicht gesagt, dass sie zurückbleiben sollte? Er blickte sie finster an und dieser winzige Augenblick kostete ihn einen oberflächlichen Schnitt über die Rippen. Er zuckte zusammen, nahm ihr den Spaten ab schob sie grob damit zurück.

Linet fiel auf den Hintern, aber sie hatte nur wenig Zeit, um ihre Wunden zu lecken. Sie kroch rückwärts in den Schmutz, als eine Klinge sie knapp am Kopf verfehlte. Sie musste eine andere Waffe finden. Schnell blickte sie sich im Stall um.

Duncan spürte, dass sein Hemd blutdurchtränkt war, aber er bezweifelte, dass die Wunde schwerwiegend war. Hoffentlich würde er mit zwei Waffen den Kampf schon bald beenden können.

Der Pflanzstock, den Linet gefunden hatte, war zu zerbrechlich, als dass er eine gute Waffe abgegeben hätte. Sie kroch gerade nach vorne, als das Schwert eines Piraten durch die Luft in ihre Richtung zischte.

Sie spürte keine Angst. Dafür war keine Zeit.

„Nay!", rief der Bettler. Dann hechtete er mit unmöglicher Geschwindigkeit vor sie, wobei er die Klinge des Piraten mit seiner Heugabel zur Seite abwendete.

Sein Heldenmut ließ ihr den Atem stocken und sie stolperte nach hinten, um zuzuschauen. Zu ihrem Erstaunen hielt der Bettler ohne ihre Hilfe und nur mit den Werkzeugen des Bauern und seinem Verstand bewaffnet die Spanier allein in Schach. Sie starrte ehrfürchtig, wie er sich duckte, sprang und mit dem Spaten und der Heugabel so brillant zustieß wie ein Ritter mit seinem Schwert. Wo, überlegte sie, hatte solch ein niederer Bauer solche Kampffähigkeiten gelernt?

Das Frettchen schwang seine Klinge hoch und der Bettler duckte sich, kam dann plötzlich hoch und schlug mit der Breitseite des Spatens gegen den Hinterkopf des Piraten. Linet stöhnte mitleidig, als sie den dumpfen Knall hörte.

Der Bettler wartete nicht, um den Schaden zu betrachten, sondern wandte sich sofort zu Tomas, der mit offenem Mund auf seinen gefallenen Kameraden starrte. Der Bettler hob den Spaten und Tomas Schwert flog durch den Stall und landete nur wenige Zentimeter von der Kuh entfernt, die mit dumpfer Lässigkeit wiederkäute.

Jetzt hatte er sie, dachte Duncan. Er kniff die Augen zusammen und näherte sich zum finalen Schlag. Lässig ließ er den Spaten fallen. Seine Beute zog sich Schritt um Schritt zurück. Eine Bewegung aus dem Augenwinkel erinnerte Duncan daran, dass Linet ihn beobachtete.

Eigentlich sollte er diesen Schurken töten. Sein Verstand sagte ihm das. Der Mann war ein Pirat, einer von El Gallos Brut. Er verdiente wahrscheinlich viel Schlimmeres als einen schnellen, sauberen Tod, aber Duncan konnte sich nicht dazu bringen kaltblütig vor seinem Engel zu töten.

Plötzlich überkam ihn eine Offenbarung. Es war die perfekte Gelegenheit, Linet de Montfort etwas über den niederen Stand und Ehre zu lehren. Hatte er nicht schon Ritterlichkeit bei den ärmsten Bauern und Stolz in den jämmerlichsten Behausungen erlebt? Hier bot sich die Gelegenheit ihr zu beweisen, dass Reichtum und ein Titel aus einem Mann keinen Ehrenmann machten.

Er hob die Zinken der Heugabel an den Adamsapfel des Piraten.

„Ich sollte Euch töten, Knappe", verkündete er, „aber

das werde ich nicht tun. Ich möchte meiner Dame nicht noch weitere Qualen zumuten, wenn ich Euer Blut vergieße."

Tomas Augen waren nervös auf die langen Zinken vor ihm gerichtet.

„Ihr beiden", fuhr er fort und weckte Clave mit einem Tritt in seinen dünnen Hintern, „werdet zurück zu El Gallo gehen. Ihr werdet ihm sagen, dass Ihr dem Tod ins Auge geblickt habt und dass ich Euch habe leben lassen und Ihr werdet ihm sagen, dass wenn einer von Euch der Lady Linet de Montfort auch nur ein Haar krümmt, er es mit mir zu tun bekommt." Er richtete sich auf und war plötzlich inspiriert. „Dem einzigen Mann, der jemals Sir Holden de Ware besiegt hat."

„De Ware?", Clave blieb der Mund offenstehen. „Aber niemand hat jemals..."

„Das nächste Mal", versprach Duncan, „werde ich nicht so gnädig sein." Mit diesen Worten senkte er die Heugabel.

Tomas wich zurück und wandte sich zum Gehen, wobei er sich noch nicht einmal die Mühe machte, sein Schwert zu holen. Clave rannte ihm nach. Duncan piekte sie mit den Zinken der Heugabel fest genug in den Hintern, dass die Piraten fiepten, als sie in Sicherheit jenseits der Stahltür rannten.

Linet beobachtete mit vor Staunen offenen Mund, wie der Bettler, der unwahrscheinlichste aller Helden mit seinen zerknitterten Leinengewändern und mit Stroh bedecktem, zerzaustem Haar die beiden verjagte. Hatte sie ihn richtig verstanden? Sie hätte schwören können, dass er sie *Lady* Linet genannt hatte. Er hatte den Piraten die Gnade eines Edelmannes erwiesen und sie mit einer Warnung recht unversehrt laufen lassen. Könnte es sein, dass der Bettler doch Skrupel hatte?

Nay, beschloss sie kopfschüttelnd, nicht nach dieser unerhörten Lüge, die er sich ausgedacht hatte, dass er Holden de Ware besiegt hatte.

Trotzdem, dachte sie, als sie das Stroh von ihrer Jacke strich, hatte er ihr das Leben gerettet und sie war dankbar, dass er unverletzt davongekommen war. „Gott sei Dank wart ihr hier", sagte sie, als sie weg waren und der Staub sich wieder gesetzt hatte. „Aber wenn Ihr Täuschung zu Eurem Geschäft machen wollt, solltet Ihr raffinierter vorgehen. Also wirklich ... Holden de Ware."

Er wandte sich zu ihr hin und Entsetzen ließ sie verstummen. Sie sah, wie eine dunkelrote Spur über die Vorderseite des Hemdes des Bettlers verlief.

„Ihr seid verwundet", keuchte sie.

Duncan runzelte die Stirn und blickte nach unten. Das? Das war nur ein Kratzer. Mit einem Verband würde der Schnitt in ein paar Tagen geheilt sein. „Das ist nichts ..."

Linet war so weiß wie Schnee. Sie sah aus, als wollte sie zusammenbrechen. Ihm schlug das Herz bis zum Hals. War sie verletzt? Er vergaß seinen eigenen Kratzer, trat vor und ergriff sie mit besorgtem Blick an den Schultern. „Geht es Euch gut?", fragte er mit rauer Stimme.

Sie zuckte vor ihm zurück und ihre Augen verdrehten sich wie die eines verängstigten Pferdes, während sie auf seine Brust starrte. „Ihr seid verletzt", murmelte sie.

Er kniff die Augen zusammen und inspizierte sie kurz auf Verletzungen. Sie schien Gott sei Dank unversehrt zu sein. Erleichterung überkam ihn.

Sie sah immer noch blass aus. „So viel Blut", sagte sie schwach.

Ihre Sorge bewegte ihn. „Keine Angst, Mylady, ich habe genug davon", versicherte er ihr und drückte das untere Ende seines Hemdes gegen den Schnitt, um das Blut zu stillen. „Es ist nur ein Kratzer."

Linet schluckte schwer und zwang sich, ihre Panik in den Griff zu bekommen. Wenn der Bettler eine solche Wunde aushalten konnte, konnte sie das auch. Sie wandte sich ab, streckte die Hände unter ihren Surcot und riss ein Stück Leinen von ihrem Unterkleid ab. Sie biss sich auf die Lippe, um das Zittern aufzuhalten und ging dann zu ihm hin, aber sie würde sich die schreckliche Verletzung nicht ansehen. Mit abgewandtem Blick gab sie ihm den Stoff und half ihm beim Verbinden.

Er ergriff ihre Hand, wo sie auf seiner Brust lag. Neugier war in seinen Augen zu sehen. „Ihr habt noch nie einen Dolch geworfen, um einen Mann zu töten", sagte er und erinnerte sich an ihre Prahlerei.

„Nay", antwortete sie, da ihr zu mulmig war, als dass sie hätte lügen können.

„Ihr seid wirklich aus reiner Seide unter all den Lagen dicker Wolle, nicht wahr?"

Ihr Schweigen verurteilte sie.

„Dann bin ich froh, dass ich die beiden habe laufen lassen", sagte er leise. Er entfernte ihre blutigen Hände von der ihr unangenehmen Aufgabe mit großer Vorsicht und schubste sie weg. „Geht und wischt Euch die Hände am Stroh ab", murmelte er. „Ich kann mir den Verband selbst anlegen."

Sie blickte auf ihre Hände. Sie versuchte sich vorzustellen, dass ihre zitternden Fingerspitzen mit roter Farbe und nicht seinem Blut befleckt werden. „Ich habe noch nie Blut sehen können", murmelte sie verärgert über sich selbst.

„Für eine Frau, die kein Blut sehen kann", sagte er und zuckte zusammen, als er das Leinen fest um seine Rippen wickelte, „scheint Ihr in recht viele Gewalttätigkeiten verwickelt zu sein." Er blickte bedeutungsschwer auf seine Handfläche, auf der immer noch die schwachen Markierungen ihrer Zähne zu sehen waren.

Linet blieb es erspart, sich eine Verteidigung auszudenken, denn nun kam die Bauersfrau durch die Stalltür marschiert.

„Paul!", kreischte die Frau, als sie ihren Mann auf dem Boden liegen sah. Ihre Stimme erschreckte den Mann aus seinem unnatürlichen Schlaf. Mit wildem Blick wandte sie sich vorwurfsvoll an den Bettler. „Ihr! Ihr undankbarer Schuft! Ich habe Euch Brot gegeben und Ihr zahlt es mir zurück, indem Ihr meinem Mann schlagt? Raus hier! Raus! Ihr Teufelsbrut! Ihr diebischer Mistkerl!"

„Wie könnt ihr es wagen!", rief Linet und wirbelte ihren Rock königlich vor sich. „Hört mir zu, Ihr hohlköpfiges Weib: Wenn dieser Mann nicht gewesen wäre, wäre Euer Mann vielleicht tot und ein Pirat hätte Euch schon längst über die Schulter geworfen und Ihr wärt auf dem Weg zum Sklavenmarkt!"

Duncan musste grinsen. Sein arroganter Engel hörte sich absolut empört an. Es war eine seltsame Wendung, dass Linet de Montfort zu seiner Verteidigung kam.

Mathilde war offensichtlich überrumpelt. Sie hob eine Augenbraue in seine Richtung. „Wer ist *sie*?"

Es fiel Duncan schwer, ein ernstes Gesicht zu behalten. „Dies", verkündete er, „ist Lady Linet de Mont ..."

„Mathilde?", rief der Bauer mit schwacher Stimme.

Mathilde eilte sofort an seine Seite. Alles andere war vergessen, während sie ihrem benommenen Mann

Liebkosungen zu murmelte, ihm auf die Füße half und versuchte, ihm die Gegenwart der Leute in seinem Stall zu erklären, während sie ihn wegführte.

Duncan flüsterte Linet zu: „Ich muss immer noch für das Brot und die Übernachtung bezahlen." Nachdenklich runzelte er die Stirn. „Obwohl ich fürchte, dass meine Wunde die Arbeit erschweren wird."

„Arbeit?", flüsterte sie zurück. „Welche Arbeit?"

„Andererseits ..."

„Sollten wir nicht weiter fliehen ...?"

„Habt Ihr schon jemals eine Kuh gemolken?"

Sie blinzelte zweimal.

„Habt Ihr?", wiederholte er.

„Eine Kuh gemolken?"

„Aye."

„Ihr scherzt."

„Kommt", forderte er sie auf. „Ich zeige es Euch. Es ist nicht schwer."

Sicherlich konnte er das nicht ernst meinen. Sie hatte nicht vor, ihre de Montfort Hände an den Zitzen eines Tieres zu verschmutzen. Das sagte sie ihm auch flüsternd.

Er antwortete: „Soll ich lieber überall herumerzählen, dass eine de Montfort drei Brote und eine Übernachtung gestohlen hat?"

Sie schürzte ihre Lippen. Da hatte er Recht und angesichts des Funkelns in seinen Augen schien er das Ganze auch zu genießen.

Letztendlich nahm sie an, dass es schon nicht so schlimm werden würde. Fürwahr, als sie sich einmal an den Rhythmus gewöhnt hatte, stellte sich heraus, dass das Melken schon fast angenehm war. Es war dem Weben nicht so unähnlich – eine einfache Bewegung, die immer wiederholt wurde und langsam aber sicher Ergebnisse erzielte. Der Eimer war schon dreiviertel voll, aber sie wollte nicht aufhören. Es war nicht nur, weil der Bettler sie davon überzeugt hatte, dass es edelmütig war, diese Arbeit zu verrichten und dass die Bezahlung ihrer Schuld ihre de Montfort Ehre zeigen würde. Nay, auch wenn es gegen ihre Natur war und ihrer Erziehung nicht entsprach, musste sie zugeben, dass die Erfahrung schön war. Sie lehnte sich zögerlich an der Flanke der Kuh an. Das Tier hatte einen süßen Geruch wie Sommer und sein Fell war so warm und weich wie gebürstete Wolle.

Der Bettler hockte hinter ihr und murmelte an ihrem Haar: „Seid Ihr sicher, dass Ihr das hier noch nie gemacht habt?"

„Sicherlich nicht. Mein Vater hätte mich eher mit dem Teufel tanzen lassen als einen Fuß in einen Stall zu setzen."

Beim Lachen des Bettlers erschauderte sie. „Dann hätte ich Euch vielleicht bitten sollen, stattdessen zu tanzen."

Sie erstarrte und hörte auf zu melken.

Duncan schimpfte sich im Stillen. Fürwahr, das war also Distanz halten, dachte er. Er konnte kaum die Hände von Linet lassen. Erst letzte Nacht hatte er sich geschworen, sie auf Distanz zu halten und jetzt war er schon wieder ganz nah bei ihr. Geduldig brachte er sie wieder in den Melkrhythmus, wobei er ihre geschickten Finger in einer Bewegung nach unten drückte.

Als die Kuh trocken war, konnte Duncan sich kaum noch zurückhalten, dass er Linet nicht von dem Schemel in das Heu stieß. Er hatte noch nie solche Schmerzen vor Sehnsucht gehabt.

Dann löste er Linets Hände von den Zitzen der Kuh und ein Tropfen Milch tröpfelte über die Innenseite ihres

Handgelenks. Instinktiv hob er ihren Arm und schleckte die Flüssigkeit mit seiner Zunge auf.

Das war falsch.

Sie zog ihre Hand zurück, als wenn sie sie verbrannt hätte und schoss hoch, wobei sie den Schemel umschließt. Glücklicherweise dachte Duncan daran, der Kuh einen beruhigenden Klaps zu geben, bevor Linet das Tier ganz aus der Fassung brachte, aber der friedliche Augenblick den sie geteilt hatten, war vorbei. Jetzt war die Luft wieder spannungsgeladen.

Duncan stellte den Schemel auf und rettete den Milcheimer von unter der Kuh.

„Wir sollten gehen, bevor El Gallos Männer uns erneut finden", murmelte Linet und hielt noch immer unbehaglich ihr Handgelenk.

Duncan nickte nur und war zu frustriert, um zu sprechen.

Inzwischen war es Nachmittag geworden. Linet konnte nicht mehr schweigen. Sie gingen schon seit Stunden. Seit Stunden hörte sie das Quietschen des Ledergürtels des Bettlers und wie sein Dolch in der Scheide leise gegen seinen Oberschenkel schlug und sie ertrug, wie sein Umhang gelegentlich gegen ihr Bein strich, wobei sie seinen männlichen Duft wie eine Brise erhaschte. Jeder Augenblick, den sie in seiner Nähe verbrachte, machte es schwieriger, sich ein Leben ohne ihn vorzustellen.

Es war nicht seine Schuld. Das wusste sie, aber die Qualen in ihr machten sie verdrießlich. „Habt Ihr überhaupt eine Ahnung, wo wir hingehen", fragte sie atemlos und wurde langsamer, weil sie Seitenstechen hatte. „Ich könnte schwören, dass wir schon fast bis nach Jerusalem marschiert sind."

Der Bettler sah sie rechtfertigend an und ließ sie in ihrem halsbrecherischen Tempo innehalten. Er hielt an einer Stelle an, wo sich der Bach, dem sie gefolgt waren, zu einem tiefen Gewässer vergrößert hatte. Sie nahm an, dass es ein schöner Ort war – grün und schattig und von üppigen Ulmen geschützt – aber sie war zu erschöpft und verärgert, um es zu bemerken. Sie setzte sich an das mit Moos bewachsene Ufer und lehnte sich an einen alten Baum, der über dem Wasser hing. Sie zog ihre Stiefel aus, wackelte mit den Zehen, die zum Teil schmerzten und zum Teil erleichtert waren, dass sie ihrem ledernen Gefängnis entkommen waren.

Der Bettler durchwühlte die Vorräte, die Mathilde für sie gepackt hatte und bot ihr ein Stück Brot und Käse an. Hungrig wie sie war fiel sie mit einer Eile und einem Mangel an Manieren über das Essen her, dass ihr Vater sich geschämt hätte.

„Ihr seid hungrig. Warum habt Ihr mir das nicht früher gesagt?", fragte der Bettler, als sie sich an einem Stück Brot verschluckte.

Schwach und gedemütigt kämpfte sie gegen den Schluchzer an, der sich in ihrem Hals gebildet hatte. „Ich sollte nicht hungrig sein", murmelte sie voller Selbstmitleid. „Ich sollte nicht in Lumpen meilenweit von der Zivilisation entfernt, mit Blasen an meinen Füßen, auf diesem verfluchten felsigen flandrischen Boden umhergehen." Sie wusste, dass sie ihre Gefühle für sich behalten sollte. Eine Dame beschwerte sich nicht über solche Dinge, aber als sie einmal angefangen hatte, sprudelten die Worte aus ihr heraus. „Ich sollte jetzt friedlich auf dem Frühlingsmarkt arbeiten, meine Stoffe verkaufen und einen ordentlichen Gewinn erwirtschaften." Zu ihrem Ärger schluchzte sie jetzt doch. „Ich will nach Hause zurück in mein Leben."

Der Bettler schwieg und so echote ihr kindisches, egoistisches Schluchzen endlos über das Wasser. Er sprach erst zu ihr, als die aufhörte zu weinen. Er trank einen Schluck Wein und sagte dann mit angespannter Stimme. „In ein oder zwei Tagen werden wir in Sicherheit sein. Es tut mir leid, dass Ihr solch … widrige Umstände erleiden musstet."

Sie erkannte an seinem Tonfall, dass er in seinem Leben schon sehr viel Schlimmeres erlebt hatte und plötzlich fühlte sie sich ziemlich unehrenhaft.

Er reichte ihr den Becher. Sie presste die Lippen zusammen und unterdrückte den nächsten Heulanfall. Selbst jetzt weigerte sich der Bettler, ihr auch nur im Geringsten den Vorzug zu geben. Er hätte sie zuerst trinken lassen sollen. Er sollte verflucht sein, aber alles, was er tat, verstieß gegen die Konventionen und gegen die Natur. Warum fiel es ihm so schwer, den gesellschaftlichen Regeln zu folgen?

„Seid Ihr nun durstig oder nicht?", fragte der Bettler ungeduldig.

Sie hatte Durst. Sie schniefte und nahm ihm den Krug ab, wobei sie erst mit dem Ärmel darüber wischte, bevor sie ihre Lippen daran legte.

„Ich wusste gar nicht, dass Ihr so pingelig seid", sagte der Bettler höhnisch und setzte sich neben sie. „Dann muss ich also meine Lippen schrubben, bevor ich Euch das nächste Mal küsse."

Sie verschluckte sich fast an dem Wein. Es würde kein

nächstes Mal geben. Er war ein Bauer. Sie war eine Edelfrau. Es würde kein nächstes Mal geben. Sie wollte ihm dies gerade sagen.

„Sagt mir, Linet de Montfort", warf er leise ein, „warum verachtet Ihr Leute niederer Herkunft so sehr?"

Sie blickte ihn argwöhnisch an und war sicher, dass er sie nur locken wollte, aber seine Miene zeigte nur Interesse. Sie faltete ihre Hände in ihrem Schoß. Sie würde seine Frage nur allzu gern beantworten.

„Ich verachte sie nicht. Ich vertraue ihnen nur nicht. Bauern haben keinen Sinn für Loyalität", fing sie an und zählte die Fehler, die ihr Vater an ihrer Mutter gefunden hatte, auf. „Sie sind hinterhältig, schmutzig, primitiv ..."

„Ich verstehe", warf er ein und schnitt ein Stück Käse für sie ab. „Und findet Ihr mich auch so?"

Sie lehnte den Käse ab und war von seiner Frage erstaunt. War der Bettler unzuverlässig, untreu und hinterhältig? Bis jetzt hatte er sein Versprechen sie zu beschützen gehalten wie ein religiöses Gelübde. Schmutzig? Jetzt war er recht sauber. Seine Haut war golden und sein Kinn war glatt. Seine schwarzen Locken glänzten im gesprenkelten Sonnenlicht. Primitiv?

„Ihr habt grobe Manieren", beschloss sie.

Er lächelte. „Scheinbar seid Ihr diejenige, die ich dauernd an ihre Manieren erinnern muss." Er knabberte an einem Stück Käse. „Ihr habt Euch immer noch nicht bedankt, dass ich Euer Leben in dem Stall gerettet habe."

Linet errötete und wandte ihren Blick wieder auf den tiefen Fluss. Er hatte Recht. Sie hatte Gott gedankt, aber nicht ihm.

„Es macht nichts", sagte er und zuckte mit den

Schultern. „Macht Euch keine Gedanken deswegen. Ich kenne Dutzende Edelleute, die noch weniger ehrbar sind als Ihr es seid, Linet de Montfort."

Linet keuchte und schoss hoch. So durfte er eine de Montfort nicht beleidigen. „Ihr wagt es, mit mir über Ehre sprechen zu wollen? Was ist mit Euch?"

Er hob eine Augenbraue in ihre Richtung.

„Was war das denn, als Ihr mich auf dem Schiff herumgeführt habt, als wäre ich Eure Mätresse?", fragte sie. „Als Ihr mich wie Abfall über Bord geworfen habt? Als Ihr mich gezwungen habt, Eure Berührungen in einem Bordell zu genießen?"

Langsam stand der Bettler auf. Er hatte den Mund ein wenig zu einem Lächeln verzogen.

„Also?", fragte sie und hatte ihre Hände an ihre Hüften gelegt. Oh Gott, der Mann konnte einen zur Weißglut treiben. „Was findet Ihr denn jetzt schon wieder so amüsant?"

„Nichts." Er grinste. „Bei Gott, Ihr seid heute wirklich schlecht gelaunt."

„Bin ich nicht! Ihr seid derjenige, der ..."

„Ihr solltet Euren Kopf etwas kühlen, meine Liebe", sagte er mit vorgetäuschter Sorge.

„Ich bin nicht Eure ..."

Bevor sie ihm das Gesicht zerkratzen konnte, legte er eine Handfläche mitten auf ihre Brust und schubste sie.

Duncan schwor, dass sie zischte, als sie rückwärts in den Bach fiel. Das eisige Wasser ließ sie verstummen. Schnaubend kam sie wieder hoch und ihr Haar klebte in langen nassen Strähnen an ihrem Gesicht. In ihrem Gesicht war zuerst Schock und dann Empörung zu sehen.

„Wie könnt ihr es wagen ...", brachte sie heraus, bevor

das Wasser ihr das letzte Wort mit einem Gluckern abschnitt.

Er verschränkte die Arme und beobachtete sie. „Hat sich Eure Laune etwas abgekühlt?"

„Ihr Teufelsbrut ..."

Er klackte mit der Zunge. „So etwas sagt eine edle Dame aber nicht." Nachdenklich strich er sich über das Kinn. „Ich glaube ich lasse Euch in dem Bach. Aye, Ihr bleibt dort, bis Ihr mir dafür dankt, dass ich Euer Leben gerettet habe."

„Das würdet Ihr nicht wagen."

„Nun aber wirklich, Mylady, ich habe als Euer Ritter gedient."

Sie schaffte es, auf dem glatten, steinigen Flussbett zu stehen und ging einen Schritt in Richtung Ufer, aber er hatte nicht vor, sie ohne gerechte Entlohnung heraus zu lassen.

Er zog seine Jacke aus und warf sie beiseite.

Sie fluchte, als sie ihre Zehe an einem Felsen stieß.

Vorsichtig nahm er den Verband von seiner Brust ab und zog dann seine Stiefel aus.

Sie kroch auf dem schlüpfrigen Gras am Ufer und suchte Halt.

Währenddessen schlüpfte er aus seiner Hose.

Sie war schon halb aus dem Wasser und lag auf dem Bauch auf dem schlammigen Ufer, als er vor sie trat. Sie blickte flüchtig hoch und ihr Mund gab ein erstauntes "Oh" von sich. Dann fiel sie zurück in das Wasser wie ein zu kleiner Fang.

Nackt und unbeschämt ragte er über ihr wie ein nordischer Gott auf. Im Nu prägte sich jedes Detail seines starken, schlanken Körpers so unauslöschlich in ihrem Kopf ein wie Farbe auf Rohwolle. Es war ein Bild, das sie niemals vergessen würde, selbst wenn sie schon eine alte Schachtel wäre.

Dann sprang er über ihren Kopf und tauchte in das Wasser und sie war froh um den Platscher, der sie wieder zur Vernunft kommen ließ. Sofort tauchte er wieder auf und schüttelte seinen dunklen Kopf wie ein Wolf, wobei er noch mehr eisige Tropfen versprühte.

„Seid Ihr bereit, mir zu danken?", fragte er atemlos, während das Wasser von seiner Nase tropfte.

Linet kämpfte mit ihrer Stimme. Ihre eigenen Gefühle verwirrten sie. Sie sollte erzürnt mit ihm sein. Vor einem Augenblick war sie es noch gewesen. Jetzt fühlte sie sich so schwindlig wie ein neugeborenes Lamm. Sie sollte von seiner unverfrorenen Zurschaustellung entsetzt sein. Ihre Wangen waren gerötet, aber nicht vor Zorn und plötzlich wollte sie die Wahrheit gar nicht wissen.

Er war zu nah – zu nah an ihrem Körper und zu nah an ihrer Seele. Er ließ sie vergessen, wer sie war. Das konnte sie nicht zulassen. Sie musste etwas unternehmen. Ohne nachzudenken, wandte sie sich zur Seite und streckte den Arm ins Wasser. Dann spritzte sie es ihm direkt ins Gesicht.

Mit einem großen Geheul spritzte er sie nass. Sie spuckte die Haare aus ihrem Mund und versuchte, von ihm wegzukommen. Er ergriff sie an den Knien ihrer klatschnassen Hose, aber sie schlängelte sich schlau aus ihr heraus.

Zumindest dachte sie, dass sie schlau wäre.

Bis er die Hose auf das Gras außerhalb ihrer Reichweite warf und sie weiterverfolgte.

„Auf irgendeine Art und Weise werdet Ihr mir danken müssen", versprach er und verfolgte sie.

Als er nach dem Saum ihres Surcots griff, wusste sie, dass sie verloren war. Er würde sie jetzt gleich an sich reißen und sie wollte gewiss nicht noch näher sein. Sie musste etwas unternehmen.

Er hatte jetzt beide Hände an das Gewand gelegt und war bereit, sie heranzuziehen wie ein Hecht in einem Netz. Bevor er dies tun konnte, tauchte sie unter Wasser, löste die Bänder und schlüpfte rückwärts aus dem Gewand. Als er den leeren Surcot aus dem Wasser zog, befand sie sich bereits in sicherer Entfernung und schaute triumphierend zu ihm hin.

Der Bettler lachte und wie eine Wäscherin knallte er das Kleidungsstück auf das Ufer. „Wie hinterhältig Ihr doch seid, Mylady", sagte er mit einer vorgetäuschten Verbeugung und ging wieder weiter vor.

Hinterhältig? Linet hätte sich selbst in den Hintern treten können. Sie hatte es nur geschafft, ihn einen Augenblick aufzuhalten, nicht mehr. Sie hatte ihre Kleidung aufgegeben und sie hatte es zugelassen, dass er sich zwischen ihre Kleidung und sie platziert hatte. Nichts hätte schlimmer sein können.

Nay, berichtigte sie sich, aufgeben wäre schlimmer und sie wollte verflucht sein, wenn ein Bauer eine de Montfort besiegte. Sie schüttelte den Kopf und machte sich bereit zu kämpfen.

Der Bettler kam bis auf Armeslänge an sie heran und dann begann der wirkliche Kampf. Linet schwamm von ihm weg und spritzte dabei das Wasser um sie hoch. Er ergriff sie an einem Knöchel und drehte sie auf den Rücken. Gnadenlos spritzte sie ihm ins Gesicht, konnte sich befreien, aber sofort verfolgte er sie. Er tauchte unter sie und hob sie aus dem Wasser wie einen laichenden Lachs.

Sie kreischte vor Entrüstung und ging wieder unter, wobei ihre Schreie Bläschen im Wasser machten.

Fast wild vor Verzweiflung beschloss sie, dass sie drastischere Maßnahmen ergreifen müsste. Während der Bettler die Stelle suchte, wo sie auftauchen würde, tauchte sie tiefer und mit all ihrer Kraft zog sie ihn von den Füßen. Er fiel rückwärts wie ein Felsbrocken und sie tauchte mit einem siegreichen Jubel auf.

Plötzlich krabbelte etwas an ihrem Bein entlang. Sie hatte das Gefühl, dass es kein Fisch war. Kreischend hüpfte sie weg. Dann kam es an das andere Bein und spielte mit ihrem Knie, aber wieder entkam sie. Dann tauchte der Kopf des Bettlers langsam aus dem Wasser vor ihr auf und der Blick in seinen Augen und das bösartige Lächeln sagten ihr, dass er Rache üben wollte. Ihr Herz raste. Sie wusste nicht, ob sie lachen oder schreien sollte.

Er tauchte ab. Sie geriet in Panik.

Wild trat sie um sich bei seinem Angriff, als wenn ihr Leben davon abhing. Mehr als einer ihrer Fußtritte landete hart auf seinem Körper. Dann hörte er plötzlich auf.

Sie blickte sich um und erwartete, dass er jeden Augenblick auftauchen würde, aber nicht eine Welle verriet seine Gegenwart. Sie hielt die Luft an. Nichts. Sie zitterte. Er nahm sich viel Zeit, wieder aufzutauchen. Zu viel Zeit und es war unmöglich, durch das trübe Wasser zu sehen. Sie hatten so viel Schlamm aufgewühlt, dass der Fluss jetzt hoffnungslos trüb war.

Langsam durchbrach blasses Fleisch die dunklen Wellen. Es war der Bettler, der ihr seinen bewegungslosen Rücken zuwandte und sein Gesicht immer noch im Wasser hatte.

Irgendetwas stimmte nicht.

Ängstlich machte sie einen Schritt auf ihn zu und ein besorgtes Winseln stieg in ihrem Hals auf. Verflucht! Sie hatte ihn mit ihren Tritten bewusstlos gemacht und jetzt war er im Begriff zu ertrinken.

Ihr Herz setzte aus. Angetrieben von Angst streckte sie schnell die Hand aus und drehte den Bettler um. Sie keuchte. Seine Augen waren geschlossen und sein Kiefer schlaff. Lieber Gott, betete sie, bitte lass ihn nicht tot sein! Ganz gleich, mit welchen bösen Namen sie ihn beschimpft hatte, ganz gleich, welches Unglück sie ihm zuvor an den Hals gewünscht hatte, bitte lass ihn nicht tot sein!

KAPITEL 13

Ohne Rücksicht darauf, dass sie unbekleidet war, ergriff Linet den Bettler unter den Armen und zog ihn in Richtung Ufer. Sie war kaum einen Schritt gegangen, als er sich plötzlich umdrehte und sie an der Taille ergriff. Im Nu zog er sie an sich und küsste sie schmatzend auf den Mund. Dann lachte er.

Er hätte ihr genauso gut in den Bauch treten können und dann wäre es genug gewesen.

„Weg von mir!", schrie sie. Entrüstet schlug sie auf ihn ein und zitterte dabei vor Zorn. Zumindest sagte sie sich, dass das der Grund war.

Er zuckte zurück. „Was ist los?", fragte er. Seine Arglosigkeit war schon fast überzeugend.

„Geht einfach weg!" Zu ihrer Überraschung stiegen ihr Tränen in die Augen.

Duncan hörte das Wanken in Linets Stimme. Es ließ sein Lachen verstummen und er griff sich an die Brust. Reue überkam ihn. „Oh, Mylady, ich wollte Euch nicht ängstigen", sagte er zärtlich.

„Ich hatte keine Angst." Ihr Kinn bebte.

„Dann wollte ich Euch nicht beunruhigen", berichtigte er sich.

„Ich war nicht ..." Aber sie konnte die Lüge nicht mehr fertig aussprechen.

Verflucht, merkte Duncan, das Mädchen hatte wahrlich Angst um ihn gehabt. Obwohl sie mutig versuchte zu leugnen, dass ihr etwas daran lag ob er lebte oder starb, lag die Wahrheit in ihrem unbedachten Gesichtsausdruck und in ihrer instinktiven Reaktion. Er trat vor, um sie in die Arme zu nehmen und sie zu trösten.

Verärgert ohrfeigte sie ihn.

„Psst", sagte er leise und ergriff ihre Fäuste.

Ihre grünen Augen waren feucht und ihre Lippen zusammengepresst, um das Zittern zu verhindern. Nur langsam entspannten sich ihre Arme in seinem geduldigen Griff. Er steckte ihr nasses Haar hinter ihre Ohren und streichelte ihre weiche, rosige Wange. Mit dem Daumen wischte er einen Tropfen Wasser von ihren Lidern weg und beobachtete, wie er nach unten tropfte. Er tropfte von der Spitze ihres Kinns auf eine Brust, die durch die Locken ihres Haares zu sehen war und die ihn wie mit einem unwiderstehlichen Sirenenlied rief und lockte.

Sie zuckte nicht, als er seinen Kopf zu ihrem herab neigte. An dem leichten Schwelen in ihrem Blick erkannte er, dass sie die Berührung so sehr wünschte wie er. Ihre Lippen berührten sich. Ihr Mund fühlte sich so rein und kühl wie der Fluss an. Vorsichtig näherte er sich und schmeckte sie wie eine Biene an einem Geißblatt, wobei er zuerst vorsichtig probierte und dann immer wieder wegen des faszinierenden Nektars zurückkam.

Dann reagierte sie auf seine weichen Küsse mit ihrer Zungenspitze. Er stöhnte tief in seinem Hals. Er sollte das hier nicht tun, dachte er, als er ihre Handgelenke um seine Taille zog und sie umarmte. Es würde die Dinge nur komplizierter machen. In ein paar Tagen würden sie getrennte Wege gehen und sich vielleicht nie wiedersehen. Er war verrückt, dass er ... bei Gott, ihre Brüste fühlten sich himmlisch an seinem Körper an.

Er war verrückt, etwas zu beginnen, das er nicht vollenden könnte, das sie ihm niemals erlauben würde zu vollenden, aber sein Körper nahm keine Rücksicht. Er labte sich an dieser süßen Ernte wie an einem Bankett. Das samtige Kissen von Linets Brust an seinen Rippen. Ihre langen Locken schwangen in den Wellen hin und her und kitzelten die Seiten seines Bauches. Sein nasses Haar tropfte auf ihr Gesicht und er schleckte die Wassertropfen von ihren Wangen und ihrer Stirn. Mit seinen Fingern strich er über ihr Rückgrat vom Hals bis hinunter zu der sinnlichen Kurve ihres Pos.

Linet stöhnte. Die warnende Stimme, dass sie aufhören sollte, wurde schwächer. Sie konnte sie bei dem Rauschen in ihren Ohren kaum hören. Sie dachte nur an den Mann, der sie umarmte – der Mann, der warm, zärtlich und Gott sei Dank am Leben war. Ihr Fleisch schien sich zu entzünden und zu brennen. Das kalte Wasser zwischen ihnen beiden betonte nur noch die Stellen, wo sein dampfender, nackter Körper sich gegen ihren drückte. Obwohl sein fester Stab an ihrem Bauch keinen Zweifel an seinem Verlangen ließ, machte das gesprenkelte goldene Licht, die sprudelnde Strömung und das himmlische Gefühl von Haut auf Haut alles scheinbar ätherisch und irgendwie unwirklich. Sie drehte den Kopf und klammerte sich an seine Taille, wobei sie an seiner Brust seufzte.

„Meine kleine Wassernymphe", murmelte er. „Was seid Ihr doch für ein verführerischer Anblick."

Die Haare auf seinen Armen strichen über ihre Haut, als er die Hand unter Wasser streckte, um ihre Brust zu umfassen, sodass die Strömung deren Spitze umspielte. Er küsste sie auf die Stirn, die Augen, die Ohren und dann wieder auf die Lippen.

Sie keuchte, aber das Geräusch war in seinem Mund verloren und änderte sich in ein leises Stöhnen, als seine Finger zielstrebig an ihren Brustwarzen zupften. Er knabberte und saugte an ihren Lippen und zeigte ihr, was er mit ihren Brustwarzen tun würde, bis ihr ganzer Körper von einem namenlosen Schmerz erfüllt war. Sie erschauderte, als sein Mund Flammen in ihren Körper atmete. Sie wurde schwach, als wenn ein Strudel gekommen wäre, um mit ihr zu tanzen und sie in seiner wässrigen Umarmung zu ertränken.

Sie konnte gar nicht genug von ihm bekommen und ließ ihre Hände über seinen nassen Körper wandern. Sie streichelte seine breiten Schultern, spürte den Puls an seinem Hals und verhedderte ihre Finger in den dichten Locken in seinem Nacken. Sie war nicht mehr die Tochter eines Edelmanns. Er war kein Bauer mehr. Sie waren Seelenverwandte in einem Fluss im Wald. Die Welt schien sich um sie zurückzuziehen, während sie dem Zauber des Augenblicks erlag.

Dann erstarrte er ohne Warnung. Mit grausamer Plötzlichkeit riss er seine Hand von ihrem Busen und legte sie über ihren Mund. Er beruhigte ihre windenden Bewegungen mit seinem Körper und seine Nasenlöcher flatterten, als wenn er darum kämpfte, seine eigene unruhige Atmung zu beruhigen.

Linet erkannte sofort den Argwohn in seinen Augen und in der Art wie er den Kopf neigte, dass er etwas gehört hatte. Auch sie lauschte und wollte, dass ihr Körper sich beruhigte. Dann hörte sie Pferde in der Ferne wiehern. Jemand kam näher.

Der Bettler fluchte vor tiefem Bedauern, ließ sie los und mit einem Finger an den Lippen bedeutete er ihr still zu sein. Als die Reiter sich näherten, passte sich ihr Herzschlag dem dumpfen Stampfen der Hufe auf dem harten Boden an. Sie versuchte wegzulaufen aber der Bettler verzog das Gesicht und hielt sie fest. Geräuschlos hob er sie hoch und trug sie an das Ufer des Flusses, wobei seine Augen wachsam waren.

Linet musste sich zusammenreißen, dass sie nicht zu ihren Kleidern lief, aber der Bettler zeigte ihr an, dass sie still in die Büsche gehen sollte, während er ihre Gewänder einsammelte. Mit seiner Jacke verwischte er ihre Fußspuren, ging zu ihr in die Büsche und dort warteten sie.

Kurz darauf kamen zwei schwarze Stuten an das Ufer, um zu trinken, gefolgt von ihren argwöhnischen Herren.

„Seht Ihr? Nichts." Es war der Pirat Tomas, der erleichtert schien den Ort leer vorzufinden.

„Ich sage Euch, dass ich etwas gehört habe", beharrte das Frettchen.

„Wahrscheinlich hat es in Euren Ohren geklingelt. Der Bettler hat Euch ganz schön auf den Kopf geschlagen"

„Haltet Euren verfluchten Mund, Tomas!" Er zog an den Zügeln des Pferdes und spuckte in den Bach. „Sie können nicht weit gekommen sein."

„Aber sie könnten überall sein", knurrte Tomas. „Wir könnten tagelang suchen."

„Ihr habt gehört, was El Gallo gesagt hat. Sie ist eine de Montfort. Sie könnte ein Vermögen wert sein. Wenn wir erst einmal sie und das Medaillon haben..."

Linet stockte der Atem. Ein Vermögen? Das Medaillon? Sie unterdrückte ein hysterisches Kichern. Sie konnte kaum den Titel beanspruchen und schon gar nicht das Vermögen des de Montfort Besitzes. Außerdem war das Medaillon nicht mehr in ihrem Besitz.

„Was machen wir also mit ihrem Bewacher?", fragte Tomas.

Das Frettchen knirschte mit den Zähnen. „Der Mistkerl gehört mir." Er drückte eine Hand an seinen Kopf. „Ich bin ihm noch etwas schuldig für den Schlag. Es ist ein Wunder, dass ich überhaupt noch denken kann."

Er zog sein Pferd von dem Bach weg und führte es weiter den Weg entlang und Tomas folgte ihm auf dem Fuße.

Als sie weg waren, atmete Duncan tief durch, nachdem er die ganze Zeit die Luft angehalten hatte. Er strich sich mit den Fingern durch sein nasses Haar. Irgendwie musste er Linet in Sicherheit bringen.

„Was ist das für ein Medaillon?", fragte er, nahm Linets Kleidung und schob sie ihr hin. Sie sah so verlockend aus, wie sie dort hinter dem Vorhang ihres feuchten Haares kauerte, dass es ihm fast leid tat, ihr die Kleidung gegeben zu haben.

„Das Siegel der de Montforts", sagte sie und drückte die nassen Sachen an ihre Brust. „Ich habe es getragen, seit ich ein kleines Mädchen war." Dann wurden ihre Augen dunkler. „Aber es wurde mir auf El Gallos Schiff weggenommen."

„Weggenommen? Von wem?" Er zog seine Jacke über die Schultern.

Sie schüttelte den Kopf.

Er zeigte auf ihre Kleidung. „Wir müssen sofort weg."

„Und wohin? Wir können nicht weiter ziellos durch Flandern laufen."

„Ziellos?" Glaubte sie das wirklich? „Ich weiß genau, wo wir hinwollen."

Fragend hob sie eine Augenbraue.

„Zur der de Montfort Burg natürlich", sagte er.

Linet konnte ihn nur anstarren. Die de Montfort Burg? Dem Geburtsort ihres Vaters? Dort wäre sie ungefähr so willkommen wie einer Ratte in der Butterkammer. „D ... das geht nicht", sagte sie lahm.

„Was soll das heißen, das geht nicht?", fragte er und zog seine Hose hoch. „Ihr seid eine de Montfort. Das ist Eure Familie. Sie werden Euch Schutz gegen El Gallo bieten."

Sie schaute ihn an. In seinem Gesicht waren so viel Trost, Optimismus, Vertrauen und solch eine Bescheidenheit. Sie brachte es nicht über das Herz, ihm zu sagen, dass selbst wenn sie es bis zur Burg schafften, sie an den Toren abgewiesen werden würden wie Leprakranke.

Duncan erkannte, dass Linet besorgt war. „Macht Euch keine Gedanken wegen Eures Medaillons. Sie werden Euch erkennen. Ihr gehört zur Familie." Er lächelte beruhigend. „Aber es wäre sicherlich von Vorteil, wenn ihr bekleidet wärt, wenn wir ankommen."

Sie blickte auf ihre nasse Kleidung und rümpfte die Nase.

Er rügte sie mit einem Blick. „Eines Tages, Mylady, könnt Ihr Diener einstellen, die Eure Kleidung mit Pfauenfedern befächern, bis sie trocken ist", sagte er sarkastisch. „Bis dahin, schlage ich vor, dass Ihr diese anzieht."

Sie verzog das Gesicht, während sie versuchte, die klamme Kleidung, die an ihrem Körper klebte, etwas schicklicher aussehen zu lassen. Sie hatte keinen Erfolg und die Wirkung war äußerst bezaubernd. Sie hatten noch viele Meilen vor sich und keine Zeit. Er kleidete sich fertig an und dachte über ihre nächsten Schritte nach.

Sie brauchten einen Zufluchtsort. Der Wald war nicht sicher. Vielleicht gab es in der Nähe eine Burg oder ein Herrenhaus, wo sie Zuflucht finden könnten, ohne zu viel Verdacht zu erregen und ohne ihre Identität offenbaren zu müssen.

Es wäre leicht hineinzukommen. Er hatte noch nie eine Burg gesehen, deren Fallgitter sich nicht sofort öffnete, wenn er der Herrin der Burg verkündete, dass er ein Spielmann war.

Er ergriff ihre Tasche mit den wenigen Habseligkeiten „Heute Nacht, Mylady, verspreche ich Euch, dass Ihr in einem richtigen Bett in einem richtigen Herrenhaus schlafen werdet."

Linet verschränkte die Arme skeptisch. „Und wie gedenkt Ihr für dieses richtige Bett zu bezahlen?"

„Ach, Mylady", sagte er mit einer dramatischen Handbewegung, „heute werden wir zu Spielleuten. Heute Abend werden wir für unser Abendessen singen."

Linet rutschte das Herz mit einem großen Knall in die Hose. „Singen?", fragte sie niedergeschlagen. Lieber Gott, dachte sie, wenn sie für ihr Abendessen singen würde, dann würde sie mit Sicherheit hungern. Sie konnte keinen Ton richtig singen. „Nay!", rief sie und versuchte nicht ärgerlich zu klingen.

„Nay?" Missbilligend runzelte er die Stirn.

„Nay."

Der Bettler biss die Zähne zusammen und sie konnte die mörderischen Gedanken in seinem Blick schon fast erkennen.

„Sicherlich gibt es auch einen anderen Weg", sagte sie und fummelte mit dem Saum ihres Surcots herum. „Ihr seid so weit gekommen ohne eine offensichtliche Einkommensquelle oder verkäufliche Fähigkeiten..."

Er hob eine Augenbraue. „Keine Fähigkeiten?"

Sie nahm an, dass sie ihn beleidigt hatte, aber zumindest hatte sie es geschafft, das Thema zu wechseln. „Außer einem Talent für Täuschung."

„Wirklich?", fragte er und zog sie hinter sich den Weg entlang.

„Hmm", antwortete sie und begann dann nervös laut nachzudenken, während sie weitergingen „Wie verdient Ihr überhaupt Euren Lebensunterhalt? Mir fallen nur zwei Möglichkeiten ein. Entweder Ihr habt eine riesige Menge Geld, die Ihr bei Eurer reichen Familie, die Euch von ihrem Busen verstoßen hat, versteckt habt ... oder Ihr seid ein Dieb."

Als sie zu ihm hinüberschaute, lächelte er sie nur auf rätselhafte Weise an.

„Also, welches von beiden ist es?", fragte sie.

Er runzelte die Stirn, als würde er scharf nachdenken. „Das einzige, was ich jemals gestohlen habe, war das Herz einer Dame und ich glaube nicht, dass ich jemals vom Busen irgendeiner Person verstoßen wurde", fügte er anzüglich hinzu, „außer Eurem natürlich."

Trotz seiner Bemühungen ernst zu bleiben, verzog sich sein Mund zu einem Lächeln. „Wenn ihr in Eurer Jugend so viel Zeit damit verbracht hättet, eine Axt zu schärfen wie Ihr damit verbracht habt, Eure Schlagfertigkeit zu schärfen", scherzte sie, „vielleicht hättet Ihr dann jetzt einen nützlichen Beruf."

„Aber heute Abend, Mylady, werdet Ihr sehen, welchen Unterhalt ein scharfer Verstand liefern kann."

Sie wandte den Blick ab. Wie schnell sich die Unterhaltung wieder gegen sie gewendet hatte. „Ich habe nicht die Absicht an Euren albernen Spielchen teilzunehmen. Ich bin eine Stoffhändlerin", murmelte sie, „und kein Spielmann. Ich weigere mich, für mein Abendessen zu singen."

Die Stimme des Bettlers nahm einen scharfen Tonfall an und sein Blick wurde ernst. „Ihr habt in der Angelegenheit keine Wahl. Hier im Wald ist es nicht sicher. El Gallos Männer könnten uns umzingelten. Wir müssen eine Unterkunft finden, wo ..."

„Ich werde nicht singen", sagte sie und blieb stehen. „Es ist ... unter meiner Würde. Ihr könnt wie immer machen was Ihr wollt, aber ..."

„Was ich will?" Der Bettler lachte humorlos. „Glaubt Ihr, dass ich hinaus auf See fahren wollte? Dem berüchtigten El Gallo gegenübertreten wollte? Gegen ein paar Gesetzlose mit einer Heugabel kämpfen wollte?" Er ergriff sie am Handgelenk und zog sie hinter sich her. Ich tue dies nicht, weil ich es will. Ich tue es, weil wir in ernster Gefahr sind und wenn wir keine Zuflucht hinter Burgmauern für die Nacht finden, wäre es möglich, dass wir morgen früh nicht mehr aufwachen. Versteht Ihr?"

Seine Worte und sein Tonfall erschreckten sie, aber das wollte sie ihn nicht sehen lassen. „Ich werde nicht singen", beharrte sie und hob ihr Kinn.

Er wandte sich um, um seinen Zeigefinger vor ihr zu schwenken. „Ihr werdet es tun!"

„Das werde ich nicht!"

„Gebt mir einen guten Grund!"

„Ich kann nicht singen!", zischte sie.

Daraufhin schwieg er erschrocken.

„Ich kann nicht singen!", schnauzte sie ihn an. „Versteht ihr jetzt? Ich kann keine Andachtslieder singen. Ich kann keine Madrigale singen. Ich kann keine Rundgesänge singen. Ich kann nichts singen, bei dem ich ein mehr als einen Ton herausbringen muss. Ihr könnt also für Euer Abendessen singen, aber ich werde still bleiben."

Sie drehte sich auf dem Absatz um und schämte sich, dass sie dies vor ihm zugegeben hatte. Es war immer ein peinliches Geheimnis gewesen, das sie für sich behalten hatte. Jetzt war es raus. Sie machte sich bereit für das höhnische Gelächter, das sicherlich kommen würde.

Aber Duncan war nicht nach Lachen zumute. Er blickte ungläubig auf Linet de Montforts steifen Rücken. „Ist das alles?"

Er schüttelte den Kopf. Jeder konnte singen. Sie war nur bescheiden – bescheiden oder schüchtern. Er lächelte zuversichtlich. Er zweifelte in keinster Weise daran, dass sie mit ein wenig Ermutigung wie eine Lärche singen könnte.

Er hätte sich gar nicht mehr täuschen können.

Linet spürte, wie ihre Knie unter ihr nachgaben. Ihre Gliedmaßen waren so nutzlos wie nasse Wolle und ihre Zunge fühlte sich wie Blei in ihrem Mund an. Ihr Kopf fühlte sich seltsam an, als würde er gar nicht mehr zu ihrem Körper gehören. Sie konnte ihren Blick nicht mehr fokussieren und versuchte vergeblich die Reihen der

Edelleute, die in Seide, Samt oder Samit gekleidet waren, zu zählen und dahinter die Bauern in Kendal Stoff und Lumpen, die an den Tischen saßen.

„Verdammt", murmelte sie langsam und hatte sich wieder verzählt. Sie fächerte mit der Hand vor ihrem Gesicht. Oh Gott, es war heiß auf dieser Burg, obwohl ihr Kleid nur locker geschnürt war. Vielleicht sollte sie das erstickende Wollgewand ganz ausziehen.

Heilige Maria, was fiel ihr nur ein? Ein Kichern entwich ihrem gut verhüllten Hals und sie verlor fast das Gleichgewicht und klammerte sich an den Ärmel des Bettlers.

Es war alles seine Schuld, die Schuld des teuflischen Bettlers. Sie schlug ihm einmal ohne Wirkung auf den Arm. Der gutaussehende Schurke sollte verflucht sein. Er hatte ihr viel zu viel zu trinken gegeben und jetzt konnte sie nicht weiter als bis zwanzig zählen.

Nun ja, vielleicht konnte das zählen noch warten. Mit flackernden Augen blickte sie zu ihm hoch und seufzte. An der Art wie sie sich fühlte war etwas Sündhaftes, als wenn ihre Haut mit einer Karde gekämmt würde. Oh Gott, der Bettler sah wirklich gut aus und was für einen leckeren Mund er hatte, überlegte sie und leckte sich über ihre Lippen.

Duncan spürte jede Kurve von Linet de Montforts Körper, als sie sich auf dem Podium in dem mit Wollstoff abgetrennten Bereich an ihn lehnte. Ihr Kleid hing ihr inzwischen gefährlich tief über ihre Schultern. Hoffentlich atmete sie nicht tief ein.

Jetzt tat sie es wieder und steckte ihre Zunge zwischen ihre Lippen, wobei sie ihn von unter ihren schweren Lidern mit jenen faszinierenden grünen Augen ansah. Oh Gott, wenn sie damit nicht aufhörte, schwor er, dass er sie hier an Ort und Stelle auf dem Haupttisch vögeln würde. Unterhaltung? Er würde dem Burgherren Unterhaltung zeigen.

Er zupfte eine Saite auf der geliehenen Laute und fuhr dann mit einer Melodie fort, die er schon fast blind spielen konnte.

Er hätte sie niemals so betrunken machen dürfen. Zu dem Zeitpunkt schien es eine vernünftige Lösung zu sein. Nach einigen Schmeicheleien und schmerzhaften Experimenten hatte er entdeckt, dass Linets Zurückhaltung beim Gesang wohl begründet war. Er hatte noch nie solch furchtbare Versuche eine Melodie zu singen gehört, aber unverdrossen kam er zu dem Schluss, dass Singen nicht alles war. Er konnte nur dafür sorgen, dass Linet sich entspannte und sich vor den Leuten der Burg zu ihm an den Tisch auf dem Podium setzte. Wenn die Männer sie sahen, würden die Unzulänglichkeiten ihrer Stimme schnell vergessen und verziehen sein.

Er hatte Recht. Es schien niemandem etwas auszumachen, dass Linet die Melodie in einer ganz anderen Tonlage mitsummte oder dass sie sich wie ein rostiges Fallgitter anhörte. Ihre Aufmerksamkeit wurde zweifellos von ihren smaragdgrünen Augen, ihrem honigfarbenen Haar, ihrer Alabasterhaut und dem winzigen Muttermal auf ihrer Brust angezogen.

Er blinzelte. Verflucht, was war bloß los mit ihm? Er konnte sich nicht mehr an den nächsten Akkord erinnern und er musste inzwischen bei der neunten Strophe sein. Nicht nur litt sein Spiel, aber sein verfluchter Körper reagierte auf Linets Nähe wie der eines jungfräulichen Knappen. Oh Gott, das würde ein langer Abend werden.

In der Zwischenzeit hockten Tomas und Clave außer Sichtweite von Duncan in einer dunklen Ecke in ihren gestohlenen Mönchskutten. Sie knabberten an den harten Brotkrusten, die sie in der Küche erbettelt hatten und zogen ihre Kapuzen tiefer in ihre Gesichter.

„Ich habe Euch doch gesagt, dass wir sie finden", flüsterte Clave. Er riss ein Stück Brot mit den Zähnen ab.

„Ich hoffe nur, dass sie nicht wieder singen will", beschwerte sich Tomas mit vollem Mund. „Ihr Gejohle im Wald war schrecklich genug, dass es die Tiere in die Flucht trieb."

„Ihr Gejohle hat uns zu ihr geführt", erinnerte ihn Clave.

„Ich sehe kein Medaillon."

„Sie hat es wahrscheinlich irgendwo versteckt."

Tomas leckte sich die Finger ab. „Wollt Ihr damit sagen, dass wir sie durchsuchen müssen?"

„Ich werde sie durchsuchen. Ihr werdet damit beschäftigt sein, ihren Beschützer mit dem Schwert in Schach zu halten."

Tomas fing an zu protestieren, aber Clave stopfte ihm noch ein Stück Brot in den Mund, bevor er etwas sagen konnte.

Linet war völlig bezaubert von dem Augenblick. In all ihren Jahren als Händlerin konnte sie sich nicht erinnern, dass sie jemals so viel Spaß gehabt hätte. Der großzügig ausgeschenkte Wein war ihr schnell zu Kopf gestiegen und erwärmte ihren ganzen Körper, sodass sie sich so leicht wie eine Feder fühlte. Es dauerte nicht lange und sie bewegte ihren Fuß im Rhythmus mit den Rundgesängen des Bettlers. Sie vergaß ihre Zurückhaltung und ihre Unterschiede. Einen kurzen Augenblick lang vergaß sie sogar, dass sie nicht singen konnte.

Und der Bettler war großartig. Seine Finger flogen über die Saiten der Laute. Als ihm jemand eine Harfe in die

Hände drückte, stellte sich heraus, dass er diese auch beherrschte und seine Finger mit einer Leichtigkeit über die Saiten strichen, wie wenn Wasser über Steine lief. Sein Verstand war charmant und blitzschnell. Er zog sie alle in seinen Bann mit waghalsigen Abenteuergeschichten und Liebesliedern, mit anzüglichen Gedichten und Wortverdrehungen, die sie schwindlig machten. Sie lachte über den lustigen Schlagabtausch, den er sich mit dem Burgherren lieferte und ebenso schnell war sie von einer besonders tragischen Ballade zu Tränen gerührt.

Sie starrte den dunkelhaarigen Bettler an, der solch einen Einfluss auf ihre Gefühle hatte und ihr wurde klar, wie eng ihre eigene Welt doch war. Ihr Leben wurde von Zahlen und Konten beherrscht und von Gewinnen und Verlusten motiviert und es war ein Leben ohne Tanz und Musik und andere Vergnügungen.

Aber der Bettler war schon herumgekommen und hatte, wenn auch nur durch den Blickwinkel der Armut, viele Dinge gesehen. Er hatte bereits gelebt und doch sang er über die Schönheit einer Rose mit der gleichen Hingabe wie er die Geschichte des letzten Kreuzzuges erzählte. Während sie ihm zuhörte, konnte sie schon fast den Wein des Heiligen Grals schmecken. Während sie ihn beobachtete, konnte sie sich schon fast vorstellen, wie es sein würde in seinen Armen aufzuwachen.

Inmitten eines lustigen Madrigals, in dem der Mond mit einer treulosen Frau verglichen wurde, bemerkte Linet die Gesichter der anderen Frauen in der Halle. Bäuerinnen und adlige Frauen betrachteten den Bettler verträumt. Einige flatterten mit ihren Wimpern und lächelten kokett. Einige sahen aus, als wollten sie ihn verschlingen. Einige befeuchteten frech ihre Lippen.

Sie musste ihn vor diesen Frauen, die ihn verschlingen wollten, beschützen. Schließlich war er ihr Bettler.

Besitzergreifend rückte sie ein wenig näher, während er spielte. Sie tauchte unter seinen Arm, platzierte sich zwischen ihn und der Harfe und legte ihren Kopf an seine Brust. Dort schien es ihr, als würde er nur für sie spielen. Sie genoss seine starke beruhigende Stimme und das Lied hallte an ihrem Ohr. Dies war ihr Lied und er war ihr Barde. Sie seufzte glücklich.

Duncans Finger zauderten an der Harfe und seine Stimme stockte ein wenig. Was zum Teufel war in Linet gefahren? Sie starrte ihn schon den ganzen Abend an. Ihr Verlangen hätte nicht offensichtlicher sein können bei ihrem schwelenden Blick. Jetzt saß sie praktisch auf seinem Schoß. Bei Gott, wenn sie dort noch länger blieb, würde sein Verlangen schmerzhaft offensichtlich werden. So gut er konnte brachte er das Lied schnell zu Ende und löste sich aus Linets besitzergreifender Umarmung. Dann stand er auf und verbeugte sich in Richtung Haupttisch.

„Ist der Appetit von Mylord nun gesättigt?", fragte er höflich, als er wieder sprechen konnte.

Glücklicherweise gähnte der dicke Lord und nickte zufrieden. „Junge, ihr habt Euch das Zimmer und das weiche Bett, das Ihr Euch gewünscht habt, wohl verdient." Seine ängstliche Frau flüsterte ihm etwas ins Ohr. „Meine Frau möchte gern den Text des letzten Madrigals. Würdet Ihr ihn bitte unserem Schreiber diktieren, bevor Ihr Euch zur Ruhe begebt?"

„Mit Vergnügen", log Duncan und näherte sich dem Haupttisch, während ein Dienstbote Pergament und eine Feder für den Schreiber holte.

Der Lord und seine Frau verabschiedeten sich. Die

Gäste an den niedrigeren Tischen tranken schnell ihr restliches Bier aus und erhoben sich von den Bänken, um zu gehen. Aus dem Augenwinkel sah Duncan mehrere Bewunderer, die sich zu Linet begaben wie Jäger, die sich auf die Lauer nach einem wehrlosen Herzen legten. Er fluchte leise. In ihrem Zustand hatte sie keine Chance.

Der Schreiber tauchte seine Feder in die Tinte und wartete.

„Wie der blasse Mond ...", diktierte Duncan.

Auf der anderen Seite der Halle kicherte Linet und Duncan biss die Zähne zusammen.

„Wie der ...", wiederholte der Schreiber und schrieb auf die Seite, „ ... der blasse ..."

„Mond", sagte Duncan ungeduldig vor.

Linets schockiertes Lachen zerrte an seinen Ohren wie eine Klinge auf einem Schleifrad.

„Mond", wiederholte der Schreiber.

„Hört mir zu. Gebt mir das Pergament. Ich schreibe den Text selbst auf", erklärte er dem Schreiber und achtete nicht darauf, wie seltsam es erscheinen könnte, dass ein Barde lesen und schreiben konnte. Hastig und in einer Handschrift die den Priester, der ihn das Schreiben gelehrt hatte, schockiert hätte, kritzelte er den Text des Liedes hin und schob das fertige Pergament dem Schreiber zu.

Zu dem Zeitpunkt war Linet bereits vollständig von ihnen umgeben. Sie hatte einen Schluckauf und dann kicherte sie wieder, wobei sie sich mit betrunkener Anmut an einen Edelmann lehnte, dessen Finger ziemlich kühn am Ausschnitt ihres Kleides lagen.

Zorn stieg in Duncan auf und breitete sich schneller aus als ein Feuer auf einem Reetdach. In seiner Wange zuckte ein Muskel. Es juckte ihn in den Fingern, den Edelmann, der

der es gewagt hatte seinen Engel zu berühren, zu verprügeln, aber weise zählte er bis zehn, bevor er den Mann an die Schulter tippte.

„Verzeihung Sir", rief er mit vorgetäuschter Fröhlichkeit, obwohl er die Bosheit kaum aus seinem Blick verbannen konnte. „Ich kann nicht sagen, dass Euer Geschmack bei Wein und Weibern in irgendeiner Form fehlerhaft ist, aber ich glaube, dieser Jahrgang ist noch recht jung."

Um ihn herum lachten die Männer, aber der Edelmann blickte hinterhältig entlang seiner Nase zu Duncan. „Ich durchschaue Euer Spiel", antwortete er und griff in die Börse an seiner Taille. „Wie viel Geld würde es also kosten, um ihrem Jahrgang ein paar Jahre hinzuzufügen?"

Im Stillen dankte Duncan dem Herrn, dass Linet zu betrunken war, um ihrer Unterhaltung zu folgen. „Kein Geld, Sir, denn dieser Wein ist ein altes Familienrezept und nicht verkäuflich."

Der Edelmann blickte finster.

„Sie ist meine liebe Cousine, Mylord", flüsterte Duncan und legte seine Hand auf sein Herz, „und ich versichere Euch, dass ihr Vater mich zu Tode verprügeln würde, sollte dieser Wein seinen Korken verlieren."

Nachdem der Edelmann diese Worte verdaut hatte, lachte er herzlich und ließ Linet los. Seine Freunde schlugen ihm auf den Rücken, tranken Bier und dann gingen alle weg, um nach bereitwilligerem Wild zu suchen.

Erleichtert führte Duncan Linet von der Wärme des Kamins in der Halle weg. Er folgte dem Diener, der ihnen den Weg zu ihrem Quartier über den von Sternen beleuchteten Burghof wies. Linet stolperte betrunken an seinem Arm, als sie über die Grasfläche gingen.

„Ihr wart wunderbar", sprudelte Linet heraus.

Er grinste. Oh Gott, sie war wirklich betrunken. „Und ich dachte, dass Ihr keine verkäuflichen Fähigkeiten hättet."

Sie stolperte. Er fing sie auf.

„Und ich dachte, dass ich nicht singen könnte", erklärte sie strahlend und stolperte erneut.

„Das werden wir noch sehen." Mit einer schnellen Bewegung hob er sie hoch in seine Arme. „Aber ich scheine mich erinnern zu können, dass Ihr auch schon mal gehen konntet."

Sie kicherte. Es war ein entzückendes Geräusch. „Ihr solltet mich nicht tragen", schimpfte sie und schwenkte ihren Zeigefinger in seine Richtung. „Ihr seid ein Bauer und ich bin ..." Verwirrt runzelte sie die Stirn.

„Ihr seid?", sagte er ihr vor und trug sie die steinernen Stufen der Wendeltreppe hoch, wobei er den Diener mit einem Nicken entließ.

„Ich bin ... betrunken." Sie lachte an seiner Brust.

Als er die Eichentür zum Schlafzimmer öffnete, seufzte sie zustimmend. Sie befreite sich aus seinen Armen, wankte über den Boden und ließ sich auf das Bett fallen, wobei sie ihre Schuhe abwarf und mit den Zehen wackelte.

Als Duncan die Tür verriegelte, musste er über das hübsche Bündel an Widersprüchen, das auf dem Bett lag, lächeln. Ihre Locken standen in alle Richtungen ab und ihr Kleid rutschte provokativ von einer Schulter. Sie gab das Bild eines gefallenen Engels ab. Ihre nackten Füße hingen unschuldig über den Bettrand, während sie ihn mit einer seltsamen Mischung aus Trunkenheit und Verlangen betrachtete. In ihrem Blick war solch eine berauschende Leidenschaft, dass er die Hitze ihres Blickes sogar spürte, als er sich bückte, um das Feuer im Kamin zu schüren.

Die Flammen des Feuers züngelten hoch wie die Blütenblätter einer Orange. Als er sich wieder seinem Engel zuwandte, waren ihre Haut, ihre Wangen, ihre Schulter und der Spalt zwischen ihren Brüsten in goldenes Licht getaucht. Oh Gott, sie war schön.

Linet seufzte glücklich. Sie beschloss, dass der Bettler äußerst angenehm anzuschauen war. Die Muskeln seiner Schultern zerrten an den Nähten seiner Jacke, während er das Feuer schürte und seine langen Beine waren so kräftig wie Bäume. Sein dunkles Haar glänzte im Licht des Feuers und als er ein Stück Holz nahm und es ins Feuer warf, sah sie, dass seine Hände äußerst geschickt waren. Ein angenehmes Schwindelgefühl überkam sie und sie lehnte sich auf ihre Ellbogen zurück, um ihre Umgebung zu betrachten.

„Was ist das für ein Ort hier?" Sie lallte.

„Das ist das echte Bett, das ich Euch versprochen habe."

„Hmm", schwärmte sie und legte sich hin, um die Weichheit des Federbettes zu genießen. „Es ist wunderbar."

Hemmungslos warf sie ihre Arme über ihren Kopf. Sie hatte sich nicht mehr so sorglos und zufrieden gefühlt, seit sie ein Kind gewesen war, aber da war noch etwas Träges und Hungriges und Sinnliches, das nicht Teil ihrer Jugend gewesen war. Das seltsame Gefühl entlockte ihr ein heiseres Lachen, das sich anfühlte, als käme es von einer anderen Frau, die tief in ihr verborgen war.

Das unerwartete Geräusch schickte einen Blitz des Verlangens durch Duncans Körper, dass ihm der Atem stockte. Einen Augenblick stand er fassungslos da und sein Blick fiel auf die verführerische Frau, die auf dem Bett ausgestreckt lag. Sie legte ihren Kopf zur Seite und blickte ihn durch gesenkte Wimpern an und er spürte, wie seine Zunge sich in seinem Mund hob. Der Herr sollte ihm beistehen, aber er wollte sie.

Linet seufzte tief. Er sah so gut aus und war so furchtlos. Im Licht des Feuers leuchtete seine Haut wie Kupfer und sein Gesicht wirkte weicher. Seine Augen glänzten und die Tiefen der Saphire waren geheimnisvoll. Sie strich sich mit der Zunge leicht über ihre Lippen, während sie ihn anstarrte und von seinem sinnlichen Mund in den Bann gezogen war.

„Ihr", murmelte sie mit einem Schluckauf, „habt mir zu viel zu trinken gegeben."

Sein Blick wurde wärmer. „Aye."

Duncan lächelte. Linet hatte Recht. Sie war wirklich betrunken und zwar viel zu betrunken, um für ihr Verhalten verantwortlich zu sein. Das wusste er. Ihm war klar, dass es ein Fehler wäre, jetzt bei ihr zu liegen, obwohl er nun endlich eine angemessene Unterkunft gefunden hatte. Ganz gleich, wie sehr sie ihn mit lüsternen Augen anstarrte oder wie viel williges Fleisch sie freilegte, er musste Herr der Lage bleiben. Er musste seine Leidenschaft im Griff haben. Er würde jetzt die Decke über sie legen und das Feuer sofort löschen.

Er ging einen Schritt näher zum Bett.

Ihr Gesicht war vor Verlangen gerötet und ihre Lippen zu einem einladenden Lächeln verzogen. Ihr Haar war um sie herum ausgebreitet und tropfte wie bernsteinfarbener Honig über den Bettrand. Ihre Brust hob und senkte sich und dabei straffte sich der Stoff ihres verdammten Kleides über ihre Brüste und er sah die faszinierenden Umrisse ihrer Brustwarzen auf dem Stoff.

Er schluckte schwer, schloss die Augen und griff blind

nach der Decke. In einem Schwung warf er die Decke über sie, wie wenn ein Kind ein Kaninchen fängt.

Sofort trat sie los, um sie wieder abzuschütteln. „Es ist viel zu heiß", erklärte sie.

Lieber Gott, jetzt war das Gewand nach oben gerutscht und legte ihre Knie und einen ihrer schönen Oberschenkel frei. Er streckte die Hand aus, um die Decke wieder zu nehmen.

Verwirrt überlegte Linet, was denn überhaupt los war. Ihr war es äußerst behaglich, so wie sie da lag. Ihr Bauch war voll, das Bett war weich – sie hätte sich nichts mehr wünschen können. Naja, berichtigte sie, vielleicht wäre der Geschmack seines wohlschmeckenden Mundes schön. Sie wusste, dass er so süß wie Met schmecken würde. Sie wartete, bis er näherkam. Dann legte sie ihre Arme um seinen Kopf, zog ihn nach unten und drückte ihre Lippen auf seine.

Einen Augenblick lang war Duncan wie gelähmt. Sein ritterlicher Instinkt sagte ihm, dass er sich zurückziehen sollte, aber als ihre Lippen sich ihm entgegenstreckten wie eifrige, dankbare Blüten dem Regen, war er verloren. Dann tauchte er hemmungslos in ihren Mund und warf sein Urteilsvermögen so bereitwillig beiseite wie die Decke und seine zitternden Finger verhedderten sich im duftenden Ozean ihres Haares.

Linet klammerte sich an ihn und ließ es zu, dass sich sein moschusartiger, weinsüßer Atem mit ihrem vermischte, während sie von den Freuden trank, die noch berauschender waren als Wein. Seine Lippen verbrannten sie und seine Zunge zog eine Spur des Feuers über ihren Mund. Sie zitterte, als seine Hände sich in ihrem Haar verhedderten und sein starker, maskuliner Duft von Leder und Rauch umgab ihre Sinne.

Jenseits der Vernunft streckte sie die Hand aus und fuhr mit den Händen durch seine dichten schwarzen Locken. Hungrig reagierte sie auf seine Küsse und neigte ihre Lippen an seine in einem primitiven Tanz der Leidenschaft. Ihr Kopf schwirrte vor Gefühlen, die sie bislang nicht gekannt hatte. Sie zitterte vor Verlangen, während ihr Körper sich nach oben wölbte und nach etwas suchte, von dem sie nichts wusste. Zum ersten Mal in ihrem Leben ließ sie ihren Gefühlen freien Lauf und erlaubte ihnen, mit ihr in ein unbekanntes Land zu galoppieren.

Duncan schloss die Augen angesichts der Flut von Gefühlen, die drohten ihm die Kontrolle zu entreißen. Noch nie hatte eine Frau ihn so wahnsinnig gemacht. Sie stöhnte nach mehr und er gab es ihr nur allzu gern, wobei er ihre Augen, ihre Wangen, ihren Hals und ihre Schultern küsste. Vorsichtig umfasste er mit seiner großen Hand ihren Hals und sein Daumen strich entlang der Linie ihres Kiefers. Seine Finger schlüpften unter den Ausschnitt ihres Kleides und streichelten das weiche Fleisch ihres Busens.

Er wusste, dass er aufhören sollte. Es war nicht seine Art, Unschuldige auszunutzen, die zu betrunken waren um klar zu denken. Er wusste es, aber als sie begann, seine Streicheleien zu beantworten und sich unter ihm intuitiv zu winden, wobei sie sich an ihn klammerte, als würde es um ihr Leben gehen, verließen ihn seine guten Vorsätze.

„Der Herr möge mir verzeihen", murmelte er an ihrem Haar.

Er ließ seine Hand über die ganze Länge ihres seidigen Oberschenkels gleiten und küsste sie an ihrem ganzen Körper, bis er an den Spitzen ihrer Brüste durch den Stoff ihres Kleides knabbern konnte.

Linet reagierte mit einem Winseln. Plötzlich wollte sie ihr

Kleid ausziehen. Ganz gleich, ob jemand Wochen gebraucht hatte um es zu weben, sie würde es notfalls auch von ihrem Körper reißen. Sie wollte die warme männliche Haut wieder an ihrer spüren. Panisch fummelte sie an den Bändern ihres Kleides und stemmte sich gegen den sturen Stoff.

Duncan verschwendete keine Zeit. Er zog das Kleid hoch bis zu ihrer Taille und legte runde Hüften und ein goldenes Lockennest frei. Er half ihr sich aufzusetzen und zog ihr das Kleid dann über den Kopf. Eine plötzliche Spannung in seinem Unterleib brachte ihn dazu, dass auch er sich der Zwänge seiner Kleidung entledigte. Eilig zog er Jacke und Hemd aus. Seine Atmung war keuchend und verzweifelt und er versuchte sich zu beruhigen, weil er befürchtete, dass er Linet ängstigen würde.

Aber Linet hatte gar keine Angst. Sie schwebte in Euphorie, betrachtete seine Muskeln und seufzte, als er seine letzten Kleidungsstücke auszog. Dabei erlebte sie Gefühle, die sie bislang noch nie erfahren hatte.

Endlich kam er zu ihr. Fleisch traf auf Fleisch in einer zärtlichen Verbindung. Seine Gliedmaßen vermischten sich mit ihren, während ihre Münder nach nackter Haut suchten. Das Flackern des Feuers trieb sie an und tauchte ihre Körper in ein goldenes Licht.

Duncan keuchte erstaunt. Sein Körper bewegte sich mit einem eigenen Willen und schnüffelte, knetete und umgab den perfekten Menschen unter sich, als wenn er nicht nur die Verbindung ihrer Körper anstrebte, sondern eine Vereinigung ihrer Seelen.

Linet hörte schon längst nicht mehr auf ihr Gewissen. In ihren Adern floss so viel Verlangen wie Wein. Sie wollte diesen Mann mit den kristallenen Augen, brauchte ihn, dass er ihre leeren Arme füllte und ihren leeren Geist vervollständigte. Sie stöhnte vor Hunger und drückte sich kühn gegen seine Hüften, wobei sie sich seiner Erregung unglaublich bewusst war. Aus ihrem Stöhnen wurden Schluchzer und sie forderte Erlösung. Sie wollte ihn. Jetzt.

Duncan fluchte leise und zwang sich seine Geschwindigkeit zu drosseln. Mit riesiger Zurückhaltung zog er zurück, wobei er die Proteste seines Engels ignorierte und wickelte die Felldecken zusammen, um ihre Hüften zu heben. Er bewegte eine Hand über ihren Bauch an den blonden Locken unterhalb ihres Nabels vorbei und suchte und fand die weichen Lippen, die ihre Weiblichkeit bewachten. Zärtlich streichelte er sie und brachte die Lippen dazu, sich zu öffnen. Dann berührte er den Kern ihrer Leidenschaft mit einer Fingerspitze.

Sie atmete scharf ein und versuchte zu entkommen, aber Duncan zeigte keine Gnade. Er ließ seine Hand wo sie war. Langsam aber sicher begann er mit seinem Angriff und kreiste zuerst, bis sie sich an die intime Berührung seiner Hand gewöhnt hatte. Dann setzte er den Druck seiner Finger zielgerichteter ein und bewegte sich manchmal mit schmerzhafter Langsamkeit und manchmal wie ein scheuer Schmetterling über das Stümmelchen, wo ihr Verlangen konzentriert war.

Er benutzte seine Hände um den Weg zu ebnen, ihr nachgiebiges Fleisch zu dehnen und sie mit ihren eigenen Säften zu befeuchten. Sie warf den Kopf von einer Seite auf die andere und murmelte zusammenhanglos, während er sie zwischen den Beinen streichelte.

Dann wurde ihr Atem schärfer, ihr Körper starrer und sie ballte die Hände auf seinen Schultern zu Fäusten. Er rieb sein pulsierendes Gemächt an ihrem geschwollenen Fleisch und beobachtete ihre Augen genau auf Anzeichen, dass sie die Schwelle des Verlangens überschritt.

Schließlich war auf ihrem Gesicht ein bittersüßes Erstaunen zu sehen. Duncan hob ihre Knie und bog sie weit auseinander und tauchte genau in dem Augenblick ihres Höhepunktes in sie hinein. Sein eigenes Verlangen überkam ihn erstaunlich schnell und beförderte ihn jenseits der Vernunft und der Gedanken in ein Reich reiner Gefühle, die so pur und mächtig wie die Sonne waren.

Linet keuchte. Der scharfe kurze Schmerz, der ihre Erlösung begleitete, war nicht schlimmer als der Stich einer Nadel und wurde von den Wellen der Ekstase, die sie überkamen, besänftigt. Sie drückte die Augen fest zu. Viele Meter wunderschöner Stoffe explodierten in ihrem Blickfeld mit kühnen, hellen Farben und Mustern, wie sie sie noch nie gesehen hatte. Sie sahen aus wie die Gewänder der Engel, die an ihr auf dem Weg in den Himmel vorbeiflatterten und um sie herumwirbelten. Sie griff nach ihnen, aber sie flatterten außerhalb ihrer Reichweite.

Langsam beruhigte sich ihre Atmung und die Farben wurden gedämpfter, weicher, entfernter und bewegten sich nur noch langsam vor ihrem inneren Auge. Ihr Farbton wurde zu einer Erinnerung und ihre Bewegung eine lindernde Salbe, die sie sanft in den Schlaf schickten.

Duncan spürte, wie sein Blick vor Zärtlichkeit weicher wurde. Er strich seinem Engel im Schlaf über das Haar. Er hatte ein Beiliegen noch nie so empfunden – eine Verbindung des Körpers, des Kopfes und des Geistes. Er hatte sich noch nie gleichzeitig so machtlos und mächtig gefühlt, wobei er seine Seele an sie aufgegeben hatte, aber ihre in dieser intimsten aller Verbindungen erhalten hatte. Selbst jetzt zitterte er noch vor Ehrfurcht.

Dies war die Frau, auf die er sein ganzes Leben gewartet hatte. Dies war seine Wahrheit, seine Stärke, sein Schicksal – die Tochter des Wollhändlers, die unter ihm lag. Dies war die Frau, die er heiraten musste.

Es war lächerlich. Es war entgegen jeder Vernunft und doch wusste er mit der Sicherheit eines Propheten, dass ihr Beiliegen in dieser Nacht sie für immer zusammengeschweißt hatte. Diese Frau hatte ihn in ihrem Körper und in ihrem Herzen aufgenommen ohne etwas über seine Reichtümer oder seine Macht zu wissen. Sie hatte ihm das allergrößte Geschenk gemacht, eines, das er noch nie erhalten hatte – das Geschenk bedingungsloser Liebe.

Jetzt schuldete er ihr die Wahrheit.

Er würde ihr sagen, wer er war und er würde ihr sagen, dass er ihr gehörte.

Unglücklicherweise würde er es ihr aber zu einem anderen Zeitpunkt erzählen müssen. Sein kleiner Engel war tief und fest eingeschlafen, weil sie zweifellos von der Reise, dem Wein und ihrem Beiliegen erschöpft war. Die gute Nachricht würde warten müssen.

Stattdessen steckte er vorsichtig den de Ware Siegelring an Linets Mittelfinger, der direkt zu ihrem Herzen führte. Er lächelte, als er sich neben sie unter die Decke legte und seine Oberschenkel unter ihren Po platzierte. Er vergrub sein Gesicht in ihrem Haar und genoss den Duft, der seine Träume ab jetzt begleiten würde.

Zufrieden schloss er die Augen und schlief ein. Sein Leben war in Ordnung, er hatte den Wind im Rücken und nichts könnte sein Schicksal stören.

KAPITEL 14

Als Linet die Augen in der Dunkelheit öffnete, hatte sie Angst, dass sie wieder auf dem Schiff wäre. Das Zimmer schwankte gefährlich. Sie klammerte sich an den Rand des Bettes und streckte einen Fuß versuchsweise unter der Decke hervor. Als sie ihn fest auf den Boden setzen konnte, hörte die Bewegung auf. Ihr Kopf pochte, während sie mit zusammengekniffenen Augen in die Dunkelheit blickte und versuchte herauszufinden, wo genau sie sich befand.

Im Licht des schwindenden Feuers sah sie, dass sie auf einem Federbett in einem einfach eingerichteten Zimmer lag. Dann überkam sie die Erinnerung wie ein Wasserfall. Bei den Heiligen, sie hatte bei dem Bettler gelegen! Sie hatte sich ihm hingegeben. Vollständig. Freiwillig.

Es schien ihr fast wie ein Traum zu sein, aber sein rauchiger und lederartiger Duft hing noch auf ihrer Haut. Sie leckte sich über ihre Lippen. Der moschusartige Geschmack seines Kusses war noch da wie auch die Erinnerung an ihre Verbindung, die reine Ekstase gewesen war. Sie fühlte sich ... anders. Er hatte sie irgendwie verändert, wie ein Alchemist, der aus Blei Gold gemacht hatte. Ihr Körper und ihre Seele waren in seinen Armen lebendig geworden. Er hatte sie jenseits der Vorsicht geführt und sie in himmlische Reiche befördert, die sie sich niemals hätte vorstellen können. Mit zitternden Händen strich sie sich über ihre Brüste und über ihren Bauch und zwischen ihre Beine, wo sie immer noch feucht von ihrem Beiliegen war.

Ein Holzscheit bewegte sich im Feuer und gab einen Schauer goldener Funken von sich, was sie erschreckte und die Silhouette des Bettlers im Bett neben ihr kurz erhellte. Er schlief friedlich mit dem Gesicht der Decke zugewandt und seine strahlenden Augen waren jetzt mit Lidern mit langen Wimpern bedeckt und sein Mund im Schlaf so unschuldig und entspannt wie der eines Engels. Aber er war nicht unschuldig und sie jetzt auch nicht mehr.

Die Wahrheit schlängelte sich grausam in ihre Gedanken. Ganz gleich, welchen Himmel er ihr gebracht hatte oder wie richtig sie sich in seinen Armen gefühlt hatte, so hatte sie doch eine furchtbare Sünde begangen. Sie, Linet de Montfort, eine Dame aus adliger Familie, eine bekannte Händlerin, ein respektiertes Mitglied der Gilde, hatte sich von einem Bettler verführen lassen. Nur ein Bettler, ein namenloser, heimatloser Landstreicher, der von seiner Schlagfertigkeit und der frischen Luft lebte. Ein Bettler ohne Familie, ohne Titel, ohne Beruf und am allerschlimmsten, ohne Loyalität.

In ihren Augen brannten die Tränen. Oh Gott, was hatte sie nur getan? Ihr ganzes Leben hatte sie auf ihren Vater gehört, ihm blind gehorcht und seinen Rat berücksichtigt. Ihr ganzes Leben lang war sie eine gute Tochter gewesen. Wie hatte es also soweit kommen können? Bei Gott, sie hatte sein strengstes Gebot gebrochen. Sie hatte sich einem

Bauern hingegeben – einem Mann, der sie verlassen würde, so wie ihre Mutter ihren Vater verlassen hatte.

Verzweifelt stellte sie fest, dass sie doch viel von ihrer Mutter hatte und dass es das Blut der Armen war, das bei dem Anblick eines solchen Mannes in ihr hochkochte. Sie war keine Dame. Das war sie nie gewesen. Sie hatte sich nur selbst etwas vorgemacht. Man konnte sich nicht einfach zur Dame machen, so wie man aus Leinen nicht einfach Seide machen konnte, nur weil man es so nannte. Sie war genau dem Teufel zum Opfer gefallen, vor dem ihr Vater sie gewarnt hatte. Sie hatte Lord Aucassin und seinen Titel und seine Liebe verraten. Mit einer sorglosen Handlung hatte sie seine jahrelange selbstlose Hingabe weggewischt.

Sie hob eine zitternde Hand, um eine Träne von ihrer Wange zu wischen. Dann bemerkte sie den Ring an ihrem Finger. Sie hielt ihre Hand hoch an das schwache Licht des Feuers, um ihn zu betrachten.

Er war aus reichem und schwerem Silber. Der Bettler musste ihn gestohlen und ihr an den Finger gesteckt haben. Der eingearbeitete Wolfskopf sah abgenutzt aus, als wenn er schon uralt wäre, aber die Gestaltung erschien ihr betörend vertraut.

Ihr Herz machte einen Satz, als ihr klar wurde, was der Ring bedeutete. Für einen Bauern war diese einfache Geste wie eine Hochzeit. Er hatte sich ihr versprochen.

Als wenn er noch heiß vom Schmieden wäre zog sie den Ring vom Finger und warf ihn auf den Boden. Er glitzerte sie mit seinem höhnischen Grinsen an. Mit der Rückseite ihrer Hand über dem Mund hielt sie ein panisches Schluchzen zurück, stolperte in der Dunkelheit herum und suchte ihre Kleidung.

Sie sagte sich immer wieder, dass sie das Richtige tat.

Sie tat, was sie tun musste. Sie musste vernünftig denken. Nur so könnte sie den Schmerz überwinden.

Die de Montfort Burg konnte jetzt nicht mehr weit sein. Obwohl es keinen Grund gab zu glauben, dass die Familie ihres Vaters sie erkennen würde oder sie überhaupt herein lassen würde, war das ihre einzige Hoffnung. Wenn sie jetzt mitten in der Nacht wegging, wenn El Gallos Männer dies am wenigsten erwarteten, hatte sie eine gute Chance, es bis zum nächsten Nachmittag sicher nach de Montfort zu schaffen.

Sie brauchte natürlich passende Kleidung. Sie konnte nicht vor de Montforts Tür in der Kleidung einer Bauersfrau erscheinen. Ihre Lippe bebte und sie biss darauf, um sie zu beruhigen.

Sie war stark. Sie könnte dies schaffen.

Sie würde Geld brauchen. Irgendwo musste der Bettler Geld haben. Sie fing an, seine Tasche zu durchwühlen. Sicherlich war es kein Verbrechen, von einem Dieb zu stehlen, rechtfertigte sie sich, aber es war kein Geld da. Sie überprüfte die Taschen seiner Jacke gleich zweimal. Sie durchkämmte jeden Zentimeter des Bettes auf der Suche nach Geld.

Aber es war keins da. Entweder hatte er es so schlau versteckt, dass selbst ein Steuereintreiber es nicht finden würde oder er hatte ihr die Wahrheit gesagt und er besaß keins.

Gerade als sie die Hoffnung aufgeben wollte, fiel ihr Blick auf ein dumpf glänzendes Metall, das auf dem Boden lag. Der Ring. Er war aus massivem Silber und fein gearbeitet. Wenn sie ihn verkaufte, könnte sie sich sicherlich einen für eine Dame passenden Surcot davon kaufen.

Einen Augenblick lang, der ihr wie eine Ewigkeit

vorkam, schwankte sie am Rande der Ehrbarkeit. Der Bettler hatte ihr den Ring als Zeichen seiner Zuneigung gegeben. Ihn einfach so zu verkaufen ...

Schnell hob sie den Ring auf und steckte ihn in ihren Beutel, bevor ihr Gewissen sie zu einem Feigling machte. Dann schaute sie noch einmal zu dem Bettler. Die Hektik im Zimmer hatte eine Flamme im Kamin noch einmal aufflackern lassen und diese erleuchtete eine Seite seines Gesichtes mit einem warmen Glanz. Die andere Seite wurde vom Mondlicht erleuchtet, das durch das schmale Fenster kam.

Es war ein schönes Gesicht. Die feine Struktur seiner Knochen, sein schlankes Kinn und die saubere Symmetrie seiner Stirn schienen seine Herkunft zu leugnen. Der süße Schlaf, in dem er sich befand, ließ sie zögern ihn zu verraten.

Aber sie war eine de Montfort. Sie musste an ihre Familie denken und den Namen ihres Vaters schützen.

Was den Bettler betraf, er würde sich schon erholen. Er gehörte in eine andere Welt, eine Welt mit saurem Bier und hartem Käse, mit geflickten Kleidern und vögeln im Heu und Bräuten, denen die Handfeste reichte. Zweifellos würde er innerhalb eines Jahres irgendeine Milchmagd heiraten und schwängern, sagte sie sich. Es war dumm Mitleid für ihn oder für sich zu empfinden. Sie wischte eine Träne weg und wandte sich dann zum Gehen.

An der Tür wurde ihr plötzlich klar, dass der Bettler ihre Flucht missverstehen könnte. Er würde aufwachen und merken, dass sie weg war und sich Sorgen machen, dass die Piraten sie erwischt hätten. So wie sie den Bettler kannte, würde er sich von nichts aufhalten lassen und sie mit sturer Beharrlichkeit verfolgen, bis er sie fand.

Das konnte sie nicht zulassen. Sie konnte ihm nicht noch einmal gegenübertreten, nicht nachdem sie ihn verraten hatte. Wenn er sie fand, würde sie ihm sagen müssen, dass sie keine Gefühle für ihn hegte und er würde die Lüge sofort in ihren Augen erkennen. Nay, sie würde sicherstellen müssen, dass er ihr nicht folgte.

Wenn er nur lesen könnte, könnte sie ihm eine Nachricht hinterlassen, in der sie erklärte, dass sie in Sicherheit war und dass er sich keine Sorgen um sie machen sollte und er sollte sein Leben leben und .... und was? Sie vergessen? Er war nicht über das Meer und durch halb Flandern gereist, um sich einfach wegschicken zu lassen.

Sie würde drastischere Maßnahmen ergreifen müssen. Sie würde sicherstellen müssen, dass er ihr nicht folgen *konnte.*

Sie durchsuchte die Vorratstasche und fand, was sie brauchte. Aus dem Bündel von dem Bauern zog sie eine dicke Lederkordel. Mit dem Dolch des Bettlers schnitt sie diese in vier Teile. Sie zitterte vor Angst und Heimlichtuerei und band eine Kordel vorsichtig um jedes seiner Handgelenke und beide Knöchel. Während er schlief, band sie die Enden um die Bettpfosten mit einem Weberknoten.

Jetzt musste sie noch sicherstellen, dass er nicht um Hilfe rufen konnte. Irgendwann würde ein Diener ihn entdecken und von seinen Fesseln befreien, aber bis dahin wäre sie schon längst weg.

Sie betrachtete ihn, wie er so arglos wie ein Kind da lag. Verflucht – sie hasste, was sie im Begriff war zu tun, aber es führte kein Weg daran vorbei. Mit dem Dolch schnitt sie zwei Streifen aus ihrem Unterkleid und ballte einen davon zu einem Ball. Bevor er aufwachen konnte und merkte, was passierte, zog sie seinen Kiefer herunter und steckte den dicken Ball schnell in seinen Mund.

Der Bettler musste bei dem trockenen Material würgen. Unwillkürlich hob er den Kopf und gab ihr Gelegenheit, den Knebel fest zu binden. Seine Augen weiteten sich vor Angst. Er zog ein oder zweimal an den Kordeln, um sich zu befreien.

Ihr stockte das Herz. Waren die Fesseln stark genug? Er blickte sie mit ungläubiger Feindseligkeit an. Es schien, als würde er die Pfosten des Bettes abreißen, um sie zu erreichen. Sein Blick war voller Anklage. Er würde ihr lange Zeit in Erinnerung bleiben. Es war ein Blick voller Zorn und völliger Verwirrtheit.

Sie schluchzte zum Teil aus Angst, aus Schuldgefühl und zum Teil wegen ihres gebrochenen Herzens. Dann wandte sie sich ab und wollte die Schande, die sie über ihn gebracht hatte ebenso wenig wie die Anklage in seinen Augen sehen. Sie zog den Riegel zurück und eilte aus dem Zimmer, bevor Reuegefühle sie tretend und schreiend zurück an seine Seite ziehen konnten.

Duncan bewegte sich panisch. Die Lederkordeln schnitten ihm in die Handgelenke, während er kämpfte sich zu befreien. Was zum Teufel hatte das Weib mit ihm gemacht und warum? Das letzte, woran er sich erinnern konnte, war die absolute Freude, als Linet schlafend an ihm lag und die Sicherheit, dass er endlich die Frau gefunden hatte, zu der er bis in alle Ewigkeit gehören wollte.

Offensichtlich hatte er sich geirrt. Wirklich geirrt und er trug die strafenden Fesseln einer rachsüchtigen Frau, um es zu beweisen.

Was hatte er in ihren Augen gesehen? Angst? Schuld? Trauer? Reue? Er hatte schon genug willige Jungfrauen gehabt, um zu wissen, dass ihre Gefühle so unvorhersehbar wie das Wetter waren. Einige heulten und machten dann weiter. Andere schlugen zornig um sich. Wieder andere waren überzeugt, dass sie in der Hölle schmoren würden, aber mit Nachsicht und Verständnis brachte Duncan alle dazu, dass sie schließlich keine Reue empfanden.

Bis jetzt.

Linet sollte verflucht sein, er war wirklich vorsichtig mit ihr gewesen. Er war geduldig gewesen und hatte seine eigenen Bedürfnisse verzögert, um ihre zu erfüllen und ihr so wenig Schmerzen wie möglich zu bereiten und sie hatte ihn gewollt. Das hatte er in ihr gespürt. Warum hatte sie dies dann getan? Er drehte seine Fäuste nach oben gegen die Fesseln und starrte darauf, als würde die Antwort dort liegen.

Durch die offene Tür wehte Zugluft herein und schürte das Feuer und plötzlich wusste er es.

Linet de Montfort hatte ihn benutzt. Der Gedanke hinterließ einen schalen Beigeschmack. Das Weib hatte ihn benutzt und ihn glauben lassen, dass sie nach ihm verlangte, sodass er ihr in die Hände spielte. Sie hatte von vornherein beabsichtigt, ihn zurückzulassen. Die kleine Närrin ging allein weiter. Sie glaubte, dass sie ihn nicht mehr brauchte – der Bauer, der eine zusätzliche Last bedeutete. Er hatte sie sicher bis hierhergebracht und jetzt waren sie nahe an der de Montfort Burg und er hatte seine Schuldigkeit getan. Sie hatte ihn so gleichgültig abgelegt wie ein altes Kleid. Mit Bitterkeit überlegte er, dass sie ihn schon die ganze Zeit hatte loswerden wollen.

Ihre Leidenschaft war vorgetäuscht ebenso wie ihre Schreie der Ekstase. Die Art und Weise, wie sie sich an ihn geklammert hatte, in gerufen hatte, mit ihm diesen himmlischen Flug gemacht hatte; alles war eine Täuschung gewesen. Sein Herz zog sich vor Schmerz zusammen. Vergeblich zog er an den Fesseln, deren Knoten mit jeder Bewegung enger zu werden schien. Schweiß lief ihm über die Stirn und die Adern an seinem Hals traten bei den Bemühungen hervor. Immer wieder zog er und wurde von Minute zu Minute zorniger und verzweifelter.

Keuchend machte er eine kurze Pause und sammelte Kraft für den nächsten Versuch und dann erinnerte er sich an etwas, das ihm das Blut gefrieren ließ. Er hatte ihr seinen Ring gegeben, den Siegelring der de Ware und das Weib hatte ihn mitgenommen.

Der Knebel dämpfte seinen frustrierten Schrei und seine Bewegungen erzeugten kaum einen Laut auf dem Federbett. Trotzdem erstarrte er, als jemand, der etwas gehört hatte, langsam die Tür zu seinem Zimmer mit einem leisen Knarren aufstieß.

Hoffnung stieg in ihm auf. Vielleicht war Linet reumütig zurückgekehrt. Dann verzog er das Gesicht vor Ekel vor sich selbst darüber, wie bereitwillig er ihr verzeihen würde.

Aber es war nicht Linet und er vermutete trotz der dunklen Profile, die zu Kirchenmännern zu gehören schienen, dass er gleich in großer Gefahr sein würde. Er beobachtete sie mit zusammen gekniffenen Augen und atmete kaum, als zwei Männer durch das Zimmer stolperten. Einer von ihnen nahm ein Holz aus dem Kamin und blies darauf, so dass das Feuer sich wieder entzündete und das ganze Zimmer erleuchtete.

Duncan hatte sich noch nie so hilflos gefühlt. Während er da gefesselt und geknebelt lag, zogen Tomas und Clave ihre Kapuzen ab und traten mit höhnischem Grinsen und Rachegelüsten in ihren Augen zu ihm ans Bett.

Im Mondlicht plätscherten die Wellen an der spanischen Küste und ließen glitzernde Edelsteine auf dem Wasser erscheinen. Stattliche Schiffe und alte verrostete Boote mit viel Tiefgang schwankten an der Anlegestelle im Wasser, aber Robert konnte nirgendwo die imposanten Segel der *Corona Negra* sehen.

„Ist das Schiff nicht hier?" Annabella stand neben Robert und legte eine zarte Hand auf seine Brust.

Robert seufzte. Es fühlte sich so natürlich an, Annabella in seinen Armen zu spüren. Es schien fast unmöglich, dass sie sich erst ein paar Tage kannten. „Ich sehe sie nicht."

„Was werdet Ihr tun?" Sie schaute mit ihren riesigen dunklen Augen zu ihm auf, die ihm vertrauten und die ihn glauben ließen, dass er alles schaffen könnte.

„Ich werde ihn finden. Irgendwie werde ich Duncan finden, wenn er nicht in Spanien ist, kehre ich zurück nach England und ..."

„Nein, nicht dahin", flehte sie. „Ich will keinen Fuß mehr in das Land setzen, nicht nach dem ..."

„Pssst Annabella", tröstete er sie und strich ihr über ihr seidiges schwarzes Haar. „Ich bin nicht derjenige, der Euer Herz gebrochen hat. Ich könnte Euch niemals verlassen. Das wisst Ihr."

Sie lächelte schwach.

„Außerdem", fügte er hinzu und strich ihr mit der Fingerspitze über die Nase, „kenne ich einen Priester in England, der Paare auch ohne die normalen vierzehntägigen Aufgebote traut."

Annabellas Augen leuchteten. Sie stellte sich auf die Zehenspitzen und küsste ihn auf die Wange. Ihre Lippen waren wie Samt und ihr Atem so süß wie Honig.

„Wie sehr ich Euch verehre, Roberto", flüsterte sie, „und

wie glücklich Euer Freund sich schätzen kann, einen solch loyalen Freund wie Euch zu haben. Ich hoffe nur, dass Ihr ihn findet."

„Ich muss ihn finden", sagte er mit einem schiefen Lächeln. „Wie sonst könnte ich mit meinem Glück prahlen und ihm meine wunderschöne Braut zeigen?"

Wieder legte er die Arme um sie und ließ seinen Blick über das dunkle endlose Meer schweifen. Langsam schwand das Lächeln auf seinem Gesicht. Irgendwo da draußen trieb sein Freund, sein Lord, der Erbe von de Ware in den Händen des Schicksals. Duncan hätte genauso gut eine Nadel im Heuhaufen sein können.

Linet zitterte. Der Mond schien durch das Blätterdach und erleuchtete den sich durch den Wald windenden Weg ein wenig. Grillen hörten auf zu zirpen, als sie vorbeikam und Mäuse eilten in sicherere Verstecke im Wald. Jeder Ast, der unter ihrem Schritt brach, erschreckte sie und ließ ihr Herz schneller schlagen.

Dies war bei weitem das Waghalsigste, was sie jemals getan hatte. Wenn sie nicht erfror oder sich in der Dunkelheit verlief, könnte sie Wölfen oder Räubern zum Opfer fallen. Sie war so verletzlich wie ein Kaninchen, das frei unter Jagdhunden herumlief.

Aber Reue betäubte ihre Angst. Die Kälte der Nacht war eine willkommene Buße, während sie durch die nassen Blätter schlurfte und mit ihrem Gewissen haderte. Sie wagte noch nicht einmal an die Intimität und die gemurmelten Worte der Leidenschaft zu denken, die zwischen ihnen vorgefallen waren. Die Erinnerung war so schmerzhaft wie eine frische Wunde.

Mit einer einfachen Handlung hatte sie sowohl ihren Vater wie auch den Bettler verraten. Diesen Fehler würde sie nie wieder in Ordnung bringen können. Es war wie ein Fehler in einem Webstück. Ganz gleich, wie viele Stiche man machte, um ihn zu verbergen, der Fehler blieb erhalten und meistens schien er sich in jeder folgenden Webreihe noch zu vergrößern. Solch einen Fehler hatte sie gerade gemacht und sie fürchtete, dass er sie für den Rest ihres Lebens verfolgen würde.

Der erste Schlag war immer der schlimmste.

Dieser war keine Ausnahme. Die Faust schlug in Duncans Magen und riss ihn fast vor Übelkeit entzwei. Danach stellte der Körper seine Toleranzstufe ein und es konnte nicht mehr schlimmer werden. Seine Lippe riss, er hatte eine offene Wunde auf der Wange und beide Augen waren zugeschwollen, aber er nahm den Schmerz nicht mehr wahr. Stattdessen konzentrierte er sich auf das Bild von Linet, das sich in seinem Kopf eingebrannt hatte und ihre schuldhaften Augen blickten in Sorge und Verrat auf ihn herab, bevor sie ihn verließ.

Er musste es verstehen. Er musste ihre Grausamkeit verstehen und wenn es das Letzte war, was er tat, er musste ihre Seele freilegen, um die Wahrheit zu entdecken. Diese Besessenheit hielt ihn am Leben, während die Piraten in gnadenlos verprügelten.

Schließlich ließen ihr Enthusiasmus und ihre Kraft angesichts ihres besinnungslosen Opfers langsam nach. Die Grobiane hörten auf mit ihren Schlägen und sonnten sich in ihrem Sieg, während sie darauf warteten, dass er wieder zu sich kam. Eine Weile kämpfte er mit der

Besinnungslosigkeit und wusste nicht, ob es Sekunden oder Stunden waren. Als er aufwachte, stritten sich die beiden Spanier leise.

„Wir müssen herausfinden, wo sie hin ist", sagte Clave.

„Lasst es mich aus ihm herausprügeln."

„Ihr habt ihn schon halbtot geschlagen, Ihr Dummkopf! Außerdem glaube ich nicht, dass das funktioniert. Der Narr würde sterben, ohne etwas zu sagen." Dann kam eine lange Pause. „Nein, wir müssen unseren Verstand gebrauchen."

„Warum bringen wir ihn dann jetzt nicht um?", fragte Tomas. „Wenn er nicht redet, was nützt er uns?"

„Ihr habt das Hirn eines Esels!" Zischte Clave. „Er sagt uns vielleicht nicht, wo sie ist, aber wenn wir ihn laufen lassen – wenn wir ihn glauben lassen, dass er entkommen ist, wird er uns zu ihr führen."

„Ihn laufen lassen? Wir können ihn nicht laufen lassen", jammerte Tomas wie ein eigensinniges Kind.

„Wie sollen wir sonst das Weib finden?"

Als Antwort spuckte Tomas auf den Boden.

„Wir machen es, wie ich gesagt habe", verkündete Clave. „Später töten wir ihn."

Duncan hatte schwere Prügel eingesteckt. Es gab nicht einen Zoll an ihm, der nicht verletzt war oder blutete. Als er vorsichtig mit seiner Zunge über seine Unterlippe strich, schmeckte es metallisch. Jeder Atemzug tat weh. Seine Augen waren so zugeschwollen, dass er kaum sehen konnte, dass Clave mit einem Dolch auf ihn zukam. Er war in keinem Zustand für das, was er vorhatte und doch wusste er, dass er es tun musste.

In dem Augenblick, als Clave die Kordel an Duncans Handgelenk durchschnitt, zog er seine Hand aus ihrem Gefängnis und ergriff den Piraten am Arm. Mit aller Kraft zog er kräftig und drehte den Dolch bis er auf den Bauch des Piraten zeigte.

Ungläubig stand dem Mann der Mund auf. Bevor er schreien konnte, schob Duncan den Dolch bis zum Anschlag unterhalb von Claves Rippen. Der Pirat röchelte und Blut tropfte aus seinem immer noch aufstehenden Mund.

„Clave!", keuchte der andere Pirat.

Duncan zuckte zusammen vor Schmerzen, als er den Stahl aus dem fallenden Körper des toten Mannes zog. In blindem Vertrauen und halb instinktiv drehte er den Dolch um und warf ihn durch die Luft. Das Glück war auf seiner Seite. Mit einem dumpfen Geräusch landete die Klinge in dem schwarzen Herzen des verbliebenen Gegners. Duncan ließ sich zurück auf das Bett fallen noch bevor der leblose Körper des Piraten auf dem Boden angekommen war.

Danach wurde er bewusstlos. Er schien eine Ewigkeit in der Bewusstlosigkeit zu verbringen. Es war dunkel, als er wieder aufwachte. Totenstille hing wie eine Wolke über dem Zimmer. Seine Augenlider waren verklebt und der Riss in seiner Lippe brannte. Der Knebel war aus seinem Mund gefallen, aber seine Zunge war so geschwollen und erstickend wie der Stoff es gewesen war. Er bewegte sie versuchsweise. Dankenswerterweise hatte er keine losen Zähne. Er hatte den Geruch von Blut in der Nase, aber sie war nicht gebrochen. Sein Rücken und sein Bauch fühlten sich an, als wäre ein Wagen darüber gerollt. Scheiße, er war so hilflos wie ein kleines Kätzchen.

Er musste weg, bevor noch mehr von ihnen kamen. Er konnte seinen Gastgeber nicht in Gefahr bringen, in dem er hierblieb, aber zuallererst musste er sich selbst befreien.

Jeder Muskel in seinem Oberkörper beschwerte sich,

als er sich drehte, um an der Lederkordel um sein linkes Handgelenk zu ziehen. Er hob seinen schweren Kopf und versuchte das Geheimnis des Knotens zu enträtseln. Einen Augenblick später ließ er seinen Kopf wieder zurückfallen. Wenn die Stoffhändlerin doch sehen könnte, was sie angerichtet hatte, dachte er bitter.

Als das Schwindelgefühl nachließ, bewegte sich Duncan langsam über das Bett, bis er die Kordel mit seinen Zähnen erreichen konnte. Mit frustrierender Unbeholfenheit knabberte er an dem Leder, bis er es durchgebissen hatte.

Dann ruhte er sich wieder aus. Scheinbar wurde es draußen hell, zumindest soweit er das durch den schmalen Spalt in den Fensterläden erkennen konnte. Er würde sich beeilen müssen.

Unglücklicherweise war Tomas in Richtung Bett gefallen. Als Duncan sich auf seine Ellbogen hoch schob sah er, dass er den Dolch aus der Brust des toten Mannes vielleicht zurückholen könnte. Sein ganzer Körper protestierte, als er sich rückwärts über das Bett streckte und sich über den Rand streckte, sodass er den Dolch erreichen konnte. Das ganze Blut lief ihm in seinen Kopf und der Druck sorgte für ein schreckliches Pulsieren hinter seinen Augen. Schließlich erreichte er den Dolch und legte seine Hand um den Schaft und zog ihn fest aus dem Opfer heraus. Wie Honig lief das Blut aus der Wunde.

Dann lehnte er sich vor, schnitt seine Knöchel los und schwang seine Beine vorsichtig über die Seite des Bettes. Sie schienen nicht gebrochen zu sein. Er fand seine Unterwäsche und zog sich unter großen Schmerzen an.

Dann durchsuchte er die Körper der Piraten nach Dingen, die er gebrauchen konnte. Er steckte ein paar Münzen und einen zusätzlichen Dolch ein und legte einen

Schwertgürtel um, wobei er einen letzten Blick auf das unordentliche Bett warf. Auf dem Laken waren ein paar dunkle Flecken – Blut, aber es war nicht nur seins. Einiges davon war von Linet – jungfräuliches Blut, das sie in der Hitze der Leidenschaft abgegeben hatte. Ihr Blut würde ewig auf dem weißen Leinen vermischt sein. So wie ihre Leben es hätten sein sollen. Er spannte seinen Kiefer an. Er konnte es nicht ertragen, darüber nachzudenken.

Leise wie ein Schatten stahl er sich nach draußen um Linet zu finden. Er war sich nicht sicher, ob er sie küssen oder töten würde, aber er musste sie finden, bevor El Gallo es tat.

Die große Halle der de Montfort Burg war prächtig möbliert – Linets Meinung nach schon fast bis an den Rand der Geschmacklosigkeit. Prächtige Wandteppiche aus Arras hingen von den Wänden und die Vertäfelung, die den ganzen Raum umgab, war mit rankenden Weinreben und Blüten in grün, rosa, lavendel und gelb bemalt. Eine Reihe verzierter und mit Schnitzereien versehener Paravents aus Mahagoni verdeckten den Eingang zur Speisekammer. Zwischen den hohen Fenstern befanden sich Wandleuchter mit Kerzen aus Bienenwachs. Die mit Balken versehene Decke war verputzt und mit Bildern von Bibelszenen bemalt. Linet sah sich um und ihr wurde klar, was ihr Vater alles aufgegeben hatte.

„Das Medaillon?", wiederholte sie höflich. Der Mann vor ihr war ihr Onkel, Lord Guillaume de Montfort und er sah ihrem Vater so ähnlich, dass es ihr den Atem raubte. Die Hoffnung in seinen Augen, als er ihr anzeigte, dass sie zu ihm in die große Halle kommen sollte, war aufrichtig und gespannt gewesen. Sie wünschte, dass sie ihm eine andere Antwort geben könnte.

Sie errötete, lächelte jedoch anmutig und versuchte ihre Scham herunter zu schlucken. „Ich ... es ist verloren gegangen, Mylord."

„Verloren?" In dem riesigen Raum hörte sich das Wort hohl an. Er zweifelte an ihr. Sie erkannte es an dem leichten Flattern seine Augenlider. Er war enttäuscht.

Die Prüfung der langen Reise – die Kälte im Wald, die Hilflosigkeit und ihre vergeblichen Versuche, sich hoffähig zu machen nach einem Marsch über die Straße nach de Montfort – kamen ihr in den Sinn, um sie zu quälen. Sie sehnte sich danach sich der Gnade ihres Onkels zu unterwerfen, ihm alles zu erzählen, an seiner Schulter, die so sehr wie die von Lord Aucassin aussah, zu schluchzen, aber das war der Erschöpfung geschuldet – der Erschöpfung, dem Frust und dem Herzschmerz – und nicht der Vernunft und es war nicht ziemlich für eine Dame.

Stattdessen atmete sie vorsichtig durch und strich über den feinen, weichen grünen Samt ihres neuen Surcots, den sie bei einer Schneiderin für den seelenzerreißenden Preis des Rings des Bettlers gekauft hatte. „Ich weiß, dass ich Euch wie eine Fremde erscheinen muss und ich weiß, dass mein Vater von ... ins Exil geschickt wurde..."

„Nein!", rief Lord Guillaume. Dann wandte er das Gesicht ab. „Nicht von mir ins Exil geschickt. Er war mein Bruder. Möge Gott seiner Seele gnädig sein." Er drückte einen Finger an die Stirn, als würde er irgendeinen vergangenen Schmerz erneut durchleben. „Unser Vater war zu stolz, um Aucassin um Verzeihung zu bitten und ich konnte sehen, dass er darunter litt. Ich habe beobachtet, wie unsere Mutter über der Sehnsucht nach der Liebe ihres

Sohnes alt wurde, aber er war immer mein Bruder, der Herkunft nach und in meinem Herzen. Als er schrieb, dass er im Sterben läge …" Er unterdrückte einen Schluchzer.

Linet spürte, wie ihr eigener Hals sich verengte und unvergossene Tränen stiegen in ihr auf.

Lord Guillaume stählte sich. „Aucassin schrieb, dass er aus seiner Ehe eine Tochter hätte. Er sagte, dass wenn ihr etwas zustoßen sollte, wenn sie jemals die Hilfe der de Montforts bräuchte, würde man sie an dem Medaillon um ihren Hals erkennen."

Linets Blick wurde wässrig.

Lord Guillaume musterte sie. „Eure Augen sind seinen so ähnlich", flüsterte er. Dann seufzte er. „Aber ohne das Medaillon …."

Linet schniefte. Sie verstand. Ohne das Medaillon war sie nicht besser als eine Bettlerin, die sich als Dame verkleidet hatte. Sie war eine Närrin gewesen, dass sie gehofft hatte, hier ihr Heil zu finden. Schnell machte sie einen Knicks und drehte sich dann um, damit sie fliehen könnte, bevor ihre erschöpften Gefühle sie völlig verwirrten.

„Wartet!", rief er.

Sie blieb stehen, brachte aber nicht den Mut auf, ihn anzusehen.

„Es bestehen genug Zweifel in meinem Kopf und genug Beschämung befleckt meine Seele, dass ich Euch wenigstens ein Mindestmaß an Höflichkeit zukommen lassen werde." Er hörte sich sehr müde an. „Bis ich das Gegenteil entdecke, seid Ihr willkommen als Mitglied dieses Haushalts." Er klatschte zweimal in die Hände und eine Dienerin erschien von hinter den Paravents. „Marguerite, sorgt dafür, dass die Lady Linet das Rosenzimmer bezieht."

Übermannt von ihren Gefühlen wandte sich Linet um und nickte ihm dankbar zu. Dann folgte sie der Dienerin durch die Halle die Treppe hinauf zur ihrer neuen Unterkunft.

Das Zimmer war exquisit. Rosafarbener Samt hing vom Dach eines riesigen Bettes und wurde an den Pfosten von dicken silberfarbenen Kordeln zusammengehalten. Die Wände waren frisch verputzt und mit Rosen in allen vorstellbaren Rosatönen bemalt – Lachsfarben, kirschrot, koralle- und malvenfarben. Auf jedem der feingeschnitzten Möbelstücke – dem Tisch, der Truhe und dem Schreibtisch befanden sich Kerzen mit verschlungenen Rosenmustern. Dicke Wandbehänge mit Lords und Ladys rahmten das hohe Fenster, in das eine Platte Buntglas mit einem Rosenmuster eingesetzt war. Selbst das frische Schilf auf dem Boden war großzügig mit Rosenblüten bestreut und daher duftete das Zimmer wie ein Garten.

Sie hatte schon zuvor Reichtum erlebt, aber sie hatte noch nie einen so luxuriösen Raum gesehen. Die Dienerin öffnete die Fensterläden und das Sonnenlicht erleuchtete das Zimmer, bis es Linets Augen schon fast wehtat, die hellen Wände zu betrachten. Sicherlich war es noch nicht einmal im Himmel so wunderbar, dachte sie.

Als die Dienerin das Zimmer verließ, warf sich Linet ausgestreckt auf die dicke Matratze auf dem Bett. Das Bett umhüllte sie in einer weichen Umarmung und trotz ihrer Entschlossenheit, ihre neue Kleidung vorsichtig beiseite zu legen, trotz ihrer Absicht, jede opulente Ecke des Raumes zu erforschen, jeden Elfenbeinkamm und silbernen Kerzenhalter in die Hand zu nehmen und ihn zu untersuchen, schlief sie im Nu ein.

Eine Wolke zog vor den Mond und Duncans Gesicht war in völliger Dunkelheit unter der Kapuze, die er über seinen

Kopf gezogen hatte. Von den Bäumen aus konnte er die Wachsoldaten auf der Mauer sehen, wie sie hin und her gingen und die de Montfort Burg bewachten.

Dann kann der Mond wieder hervor und jeder, der Duncans verletztes und verprügeltes Gesicht gesehen hätte, hätte ihn für ein Ungeheuer gehalten.

Er trug die Kutte eines der Piraten als Verkleidung, und diese half, seine Verletzung zu verbergen. Diese würde ihm auch Zutritt verschaffen, wenn niemand die drei Fuß spanischen Stahls entdeckte, die er unter seinen heiligen Roben versteckte.

Er ließ seinen Blick zu den beiden hohen Ecktürmen der Burg schweifen und überlegte, ob Linet irgendwo da drin war. Schlief sie friedlich, überlegte er während er ironisch den Mund verzog, oder wurde ihr Schlaf von Träumen über Verrat und Vergeltung gestört? Er verzog das Gesicht bei dem bitteren Geschmack in seinem Mund und spukte auf den Boden, bevor er aus dem Wald trat, um um Zutritt zur Burg zu bitten.

Linet wachte erschrocken auf und keuchte bei der plötzlichen vollständigen Dunkelheit. Zuerst konnte sie sich nicht erinnern, wo sie war. Die Gegenstände in dem vom Mond beleuchteten Zimmer schimmerten in gespenstischem blau und hatten unerkennbare Formen. Sie stützte sich auf ihre Ellenbogen und starrte auf den Lichtschein, der durch das offene Fenster auf die Wand fiel und dann kam ihr alles wieder – der Bettler, ihr Verrat und dieses neue Zuhause, das sie nicht verdient hatte. Schuldbewusst strich sie das Haar aus ihren Augen und überlegte, welche Uhrzeit es wohl war. Sie stand auf und strich den zerknitterten Stoff ihres so unglückselig erworbenen Surcots so glatt es ging.

Als sie sich zum Fenster tastete, um hinaus zu schauen, fiel ihr das Mondlicht über das Gesicht. Ein seltsames erwartungsvolles Kribbeln lief ihr über den Rücken, als sie ans Fenster trat, wo ein kalter Wind hereinwehte. Von ihrem Zimmer konnte sie den Wachturm der Burg sehen. Zwei Männer standen in der kalten, klaren Nacht Wache.

Ein Besucher sprach mit ihnen, ein spätankommender Mönch, der wahrscheinlich Zuflucht suchte. Irgendetwas an der Körperhaltung, seiner Größe und Gestalt, machte sie unruhig, aber das vage Gefühl war so schnell weg wie es erschienen war. Sie ließen den Mann herein und sie beobachtete, wie die Gestalt aus dem Blickfeld verschwand.

Ein tiefes Knurren aus ihrem Bauch störte die Stille. Sie hatte gar nicht gemerkt, wie hungrig sie war. Niemand hatte sie zum Abendessen geweckt und sie hatte seit dem Abendessen am Tag zuvor nichts mehr gegessen. Vielleicht könnte sie den Weg zur Küche finden und einen Fleischrest oder ein Stück Brot erheischen.

Sie nahm eine Kerze aus der Halterung neben dem Bett und ging auf Zehenspitzen in den Flur, wo sie die Kerze an einer Fackel entzündete. Unheimliche Schatten begleiteten sie auf der Treppe nach unten.

Ungefähr hundert Leute lagen in der großen Halle in unterschiedlichen Schlafhaltungen auf dem Schilf verstreut. Ihre Gegenwart war ihr ein gewisser Trost in dem riesigen Raum. Einige schnarchten laut und andere schliefen wie tot. Hin und wieder schnaufte einer der Hunde, als er ihre Anwesenheit bemerkte, blieb aber scheinbar unbesorgt. Mittendrin brannte ein Feuer, das von einem einzigen kleinen Mädchen, das es mit einem langen Stock schürte, in Gang gehalten wurde. Linet lächelte. Hier war jemand, der ihr helfen konnte.

Duncan hockte an der Wand der großen Halle und sein Kopf hing müde zwischen seinen Knien. Er zitterte immer noch vor Kälte nach seinem langen Marsch, aber das war nichts im Vergleich zu der Kälte in seinem Herzen, die den Namen Linet de Montfort trug. Er wärmte sich am Feuer, das mit vorgetäuschter Fröhlichkeit knisterte und dann, als hätte er sie mit seinen Gedanken herbeigerufen, erschien Linet persönlich in seinem Blickfeld und er sah ihre Silhouette gegen den das Licht des Feuers. Ihm stockte der Atem und er beobachtete jede ihrer Bewegungen wie ein Adler.

Ihr neuer Stand schien gut zu ihr zu passen, dachte er säuerlich, als sein Blick auf den teuren samtenen Surcot mit dem Silbergürtel fiel, aber das Gewand war schrecklich zerknittert. Jemand sollte dem hochedlen Mädchen sagen, dass richtige Damen nicht in solchen Gewändern schliefen, doch offensichtlich wollte sie ihre hart erkämpften Insignien des Adels immer und sogar im Schlaf bei sich haben.

Aber so ungepflegt sie auch war und so hart er ihren Verrat auch empfand, er konnte nicht leugnen, dass Linet atemberaubend war. Das Feuer warf einen kupferfarbenen Glanz auf ihr offenes Haar. Die Dunkelheit jenseits von ihr ließ ihre Haut fast durchsichtig erscheinen. Der dunkle Surcot umgab ihren Körper so perfekt wie seine Hände. Zum Teufel, dachte er, wie konnte ein Engel solch einen Verrat begehen?

Irgendwie würde er es herausfinden und er würde sie für den Verrat ihres Herzens zahlen lassen und wenn es das Letzte war, was er tat.

Linet wurde das komische Gefühl nicht los, dass jemand sie beobachtete. Selbst, als sie sich zu dem kleinen Mädchen herunterbeugte, blickte sie sich unbehaglich in der Halle um. Versteckten sich Piraten in den dunklen Ecken? War sie wirklich sicher in dieser Festung? Sie bezweifelte, dass sie sich jemals sicher fühlen würde, solange El Gallo lebte und sie niemanden hatte, der sie beschützte.

Sie schüttelte die schmerzhaften Erinnerungen ab, schluckte ihre Angst herunter und folgte dem kleinen Mädchen in die Küche, um kaltes Fleisch und Rohmilchkäse zu holen. Sie bemerkte nicht, wie ihre Röcke fast die Füße des Mönches, der an der Wand lehnte, berührten und dieser sie rachedurstig anstarrte.

KAPITEL 15

Über mehrere Tage begegneten Lord Guillaume und seine Familie Linet mit vorsichtigem Respekt. Sie verstand, dass sie nicht zu viel auf ihre Behauptung geben wollten, die sich als Enttäuschung herausstellen könnte, wenn sie sich als falsch erwies. Sie war immer noch über die königliche Behandlung erstaunt, die sie vom Haushalt erhielt. Dienerinnen bemühten sich um sie, als wäre sie aus gesponnenem Zucker. Sie wurde gebadet und geschmückt und parfümiert, bis sie sicher war, dass sie von Bienen angegriffen werden würde, wenn sie nach draußen ginge. Komplizierte farbenfrohe Gerichte, die sie noch niemals probiert hatte, wurden ihr am Haupttisch serviert. Die drei Töchter des Lords bemitleideten sie wegen ihres Mangels an Habseligkeiten und gaben ihr einige ihrer älteren Surcots.

Sie hätte sich nicht mehr freuen können. Endlich hatte sie das erreicht, wofür ihr Vater so hart gearbeitet hatte. Sie war in den Schoß des Adels zurückgekehrt. Seine Indiskretion war wettgemacht worden. Obwohl die Akzeptanz de Montforts vorsichtig war, zeigte ihr die Familie bereits eine gewisse Zuneigung. Es war nur eine

Frage der Zeit, bevor sie sie vollständig akzeptieren würden.

Doch war es schwierig für sie, sich in diese neue Situation als Adlige einzufügen. Es gab viele unerledigte Dinge in ihrem Leben – ihr Haushalt, die Gilde, Harold ... der Bettler und wie ein Stück billigen Tuchs drohte der Traum sich dauernd in nichts aufzulösen.

Wo sie auch hinschaute, verfolgte er sie. Wenn sie ein Kästchen mit Edelsteinen durchsah, wurde sie sofort von den Saphiren angezogen, die seinen Augen so ähnlich waren. Das Pferd, das Lord Guillaume ihr geliehen hatte, hatte die gleiche Farbe wie das Haar des Bettlers. Die Lieder der Barden waren mit seinen nicht zu vergleichen und ihre Schlagfertigkeit war niemals so brillant.

Sie versuchte den Bettler zu vergessen und in den Reichtum um sie herum einzutauchen, aber ganz gleich, wie viele Edelleute ihr Freundschaft und Freundlichkeit entgegenbrachten, eine Melancholie umgab sie wie ein dichter grauer Nebel. Sie überlegte, ob sie wohl jemals weggehen würde.

Von dem Weg oben auf der Festungsmauer blickte Linet in einem seltenen Augenblick der Abgeschiedenheit über die langsam dunkel werdende Landschaft zu dem Ort, wo sie ihn das letzte Mal gesehen hatte. Sie überlegte, wo er wohl war. Inzwischen würde er frei sein. Sie bezweifelte, dass er nach ihr suchen würde. Sie hatte ihn verletzt. Nur ein Narr würde die Distel suchen, die ihn so schmerzhaft gestochen hatte.

Außerdem, sagte sie sich mit Bitterkeit, dass sie wahrscheinlich nur eine weitere Eroberung in einer langen Reihe von Tändeleien war. Leute von niederer Herkunft hatten oft solche Liebeleien. Zweifellos schwärmten

Frauen für ihn und sogen seine süßen Schmeicheleien auf wie ein Kätzchen die Sahne. Der Bettler würde sicherlich nicht lange ohne Gesellschaft sein.

Was sie betraf ...

Sie bekam einen Kloß im Hals. Sie starrte hoch zu dem ersten Stern, der am dunklen Himmel funkelte, bis er wegen ihrer aufsteigenden Tränen vor ihren Augen verschwamm. Verdammt, sie durfte nicht an ihn denken, durfte sich nicht an den süßen Geschmack seiner Lippen, dem klaren Kristall seiner Augen und der beruhigenden Stärke seiner Arme erinnern. Sie dürfte sich nicht der Erinnerung an sein ebenholzfarbenes lockiges Haar in seinem Nacken, dem mächtigen Spiel seiner Muskeln an seinen Armen und den großen, schwieligen Händen, die ihren Körper so geschickt und zärtlich wie eine Harfe gestreichelt hatten, hingeben.

Plötzlich wurde ihr die jämmerliche Wahrheit mit betäubender Kraft klar. Sie hatte ihn verraten. Sie hatte einen Mann verraten, den sie verzweifelt zu einem treulosen, grausamen und gefühllosen Schurken hatte machen wollen.

Aber es stimmte nicht. Er war mehr als freundlich gewesen. Er war geduldig, zärtlich und verständnisvoll gewesen. Er hatte sie mit primitivem Schwertkampf beschützt und sie mit einfacher Anmut geliebt. Dieser Bauer hatte ihr gezeigt, was Adel war – Adel und Ehre und Stärke. Er besaß keinen Titel und doch hatte er ihr gezeigt, was Würde war. Er hatte keinen Reichtum und doch hatte er ihr gezeigt, was Großzügigkeit bedeutete. Sie schloss die Augen, als diese entsetzliche, wunderbare Wahrheit in ihrer Seele ausgeschüttet wurde.

Sie liebte ihn. Gott sollte ihr beistehen, aber sie liebte ihn.

Er war ritterlich und klug und intelligent und mutig, alles was sie sich bei einem Edelmann vorstellen konnte. Er konnte ihr Verlangen mit einem Blick entzünden und ihren Atem mit einem Wort stocken lassen. Solange sie lebte, würde keine Stimme jemals wieder so rein wie seine klingen. Keine Arme würden sich so sicher anfühlen. Kein Lächeln würde ihr Herz erleuchten, wie seines es gekonnt hatte. Sie hatte sich mit Haut und Haar in den Bettler verliebt.

Einen kurzen lieblichen Augenblick lang freute sie sich über diese Beichte und Tränen der Erleichterung liefen ihr über die Wangen. Sie versprach, dass sie ihn nie wieder leugnen würde und sie drückte die Hände an ihre Brust, als wollte sie ihn in ihrem Herzen einsperren. Niemals.

Während ihre Tränen noch trockneten, wurde ihr klar, dass es zu spät für eine Absolution war. Sie konnte nichts mehr tun. Sie hatte ihre Wahl getroffen. Sie hatte die Gebote ihres Vaters über ihr eigenes Herz gestellt. Im Namen der Ehre hatte sie ihre wahre Liebe geleugnet. Jetzt würde sie mit dieser Wahl leben müssen.

Sie hob ihr zitterndes Kinn und blickte ernst zu dem aufgehenden Mond. Sie war jetzt eine Dame. Sie würde sich jetzt nicht mehr mit Bauern abgeben. Jetzt lebte sie in einer vornehmen Welt mit zivilisierten Manieren und gezähmten Leidenschaften. Sie musste vergessen, was bei der bittersüßen Verwicklung passiert war, als wäre sie nie gewesen und ihr Herz sollte verflucht sein.

Hoch oben auf dem Gang auf der Mauer bildete ihre Gestalt eine anmutige Silhouette gegen den noch niedrigstehenden Mond und Linet sah aus wie ein Erzengel mit einem Heiligenschein aus goldenem Licht, aber Duncan wusste es besser. Er spuckte das restliche Bier auf das Stroh in den Ställen. Linet de Montfort war kein Engel.

Sie hatte bereitwillig ihr früheres Leben weggeworfen und ihn verlassen, ohne auch nur einmal zurückzublicken. Es machte nichts aus, dass sie jetzt schon seit Tagen wie eine verlorene Seele durch die Burg wanderte und ihr Gesicht von irgendeiner wehmütigen Sehnsucht gezeichnet war. Es machte nichts aus, dass das Lächeln, das sie ihrer neuen Familie anbot, niemals ihre Augen erreichte oder dass ihr Schritt schwer auf den breiten Steinstufen der Burg erschien. Ganz gleich, welche Qualen sie litt, sagte er sich, sie hat es nicht anders verdient. Wenn sie glaubte, dass unermesslicher Reichtum ihr leidendes Gewissen erleichtern würde, irrte sie und wenn sie einsam war ...

Anmutig drehte sie sich auf der Mauer und schien die Treppen auf einer Welle aus grünem Samt hinunter zu gleiten. Ihr Haar war wunderbar frisiert mit Zöpfen und Bändern, die kunstvoll über ihre nackten Schultern fielen. Sie gab das perfekte Bild des Adels ab mit ihrer gepuderten blassen Haut, ihren dunkelgefärbten Lippen und dem dunkelgrünen Stoff ihres Kleides, der ihre Haut noch zarter erscheinen ließ.

Aber er konnte an ihren Augen sehen, dass sie geweint hatte. Mitleid stieg in ihm auf und er verfluchte seinen eigenen schwachen Willen. Er hatte es noch nie ertragen können, wenn Frauen weinten.

Sicherlich hatte sie ihn verhext. Schon seit Tagen hatte er kaum noch an etwas anderes denken können. Er erinnerte sich nur zu gut an ihre seidene Haut und an ihr Gewicht in seinen Armen. Seine Lippen gierten nach dem weichen Fleisch an ihrem Hals. Seine Augen sehnten sich nach dem Anblick ihrer blassen Brust, ihrer schmalen

Taille und der leichten Wölbung ihrer Hüften. Als sie zufällig nahe an ihm vorbeikam, berauschte ihn ihr sauberer, süßer Duft, wie es kein Wein jemals könnte.

Aber es ging viel tiefer als das. Er fühlte sich unvollständig, als wenn ein Teil von ihm abgeschnitten worden wäre. Sein Herz schlug hohl in seiner Brust. Seit Tagen hatte er vor Sehnsucht nach ihr an nichts Freude und schlug um sich wie ein Falke mit einem verletzten Flügel, der traurig auf dem Boden bleiben musste.

Es war Wahnsinn und er war ein Narr, dass er sich so quälte, in dem er hierblieb. Heute Abend würde er es zu Ende bringen, beschloss er und ballte die Hände in den Ärmeln seiner Kutte zu Fäusten. Heute Abend würde er sie mit ihrem Verbrechen konfrontieren und ihren Einfluss auf ihn durchbrechen. Heute Abend würde er seine Qualen beenden.

Linet schlürfte den gewürzten Wein in ihrem schweren Silberkelch und blickte über dessen Rand. Die Tische bogen sich unter ihrer üppigen Last - Wildfleisch, Terrinen, kalte Garnelen in einer sauren Sauce, Weißbrot, das so leicht war, dass es im Munde zerschmolz. Ein bunter Salat mit Petersilie, Fenchel, Kresse und Minze und bestreut mit Blütenblättern der Primel und des Veilchens sowie getrocknete und gezuckerte Feigen.

Ihr von vornherein schon geringer Appetit verging ihr, als sie über den Haupttisch hinweg zur anderen Seite blickte. Dort tropften rauchige Kerzen und der Gestank ungewaschener Körper stand im Wettbewerb mit den Aromen von gepfeffertem Fleisch und starkem Bier. Die einfachen Leute bekamen die armseligen Reste der

Edelleute – die abgestandenen durchgeweichten Teller, das zähe Fleisch und das grobe Bier, die Speisen, die *er* gewohnt war. Sie senkte den Blick. Sie konnte nicht essen.

Während des Abendessens spielte sie nur mit den leckeren Speisen. Selbst ihre Lust auf Unterhaltung war geschmälert, obwohl Lord Guillaume eine lange Liste an Ablenkungen aufzählte, die ihr gefallen sollten. Nichts konnte sie aus ihrer Melancholie holen.

Eine Gruppe Spielleute mit Gamben, einer Harfe und einer Laute spielten auf und schließlich präsentierte ein Tanzquartett die neuesten Tänze aus Italien. Sie täuschte Interesse vor und nickte über eine Bemerkung ihres Onkels, dass das Kreisen und Schlängeln des Tanzes so kompliziert wie das Weben von Tuch erschien. Höflich klatschte sie Beifall nach Beendigung eines besonders komplizierten Tanzmusters und unterdrückte ein Seufzen, als die Musiker einen scheinbar endlosen Rundgesang spielten.

Linet blickte auf ihren Silberkelch. Ein Diener hatte ihn wieder mit Wein gefüllt. Sie schob ihn weg. Wenn sie noch mehr auf leeren Magen trank, könnte sie die Augen für den Rest des Unterhaltungsprogramms nicht mehr offenhalten.

Ein mit einer Kutte und Kapuze bekleideter Mönch humpelte auf das Podium und hielt eine Harfe an seine Brust gedrückt. In der Halle wurde es still. Linet unterdrückte ein Gähnen. Er spielte einen einzigen leisen Akkord. Dann strichen seine Finger nacheinander über jede der Saiten. Ehrfürchtiges Murmeln raunte durch in der Halle, während er zuerst mit lieblicher Zartheit und dann mit der Fieberhaftigkeit eines leidenschaftlichen Liebhabers spielte.

Linet betrachtete ihn genau. Er spielte wunderbar, aber irgendetwas war da...

Sie verspürte ein Kribbeln im Nacken, als wenn sie rückwärts in ein Spinnennetz stolpern würde. Die Hände, die breiten Schultern, die Musik ... es konnte nicht sein.

Als der Mönch seine Stimme schließlich zu einem Lied erhob, machte Linets Herz ungebeten einen Satz und sie atmete tief durch, als sie ihn erkannte. Lord Guillaume schaute zu ihr herüber und sie zwang sich zu einem beruhigenden Lächeln. Sie brauchte ihre ganze Willenskraft, um sich zurückzuhalten und sich nicht vor die Füße des Bettlers zu werfen und um Vergebung zu bitten.

Das Lied war eine melancholische Ballade und seine Stimme war rau und fesselnd. Aber als der Text von Liebe und Verrat handelte, verwandelte sich die Erleichterung, die Linet bei seinem Anblick verspürt hatte, langsam in Angst. Sie wusste, für wen er sang.

Das Blut wich ihr aus dem Gesicht. Der Bettler war wegen ihr gekommen und er wollte kein liebliches Wiedersehen, sondern Vergeltung. Ihr Verrat hatte ihn sehr verletzt und er war gekommen, um sie zu zerstören und bloßzustellen. Das Lied war eine Nachricht nur für sie, aber schon bald wird er die Geschichte erzählen, wie diese de Montfort *Dame* ihre Röcke für einen Gemeinen gehoben hatte. Der Traum ihres Vaters würde zerstört sein und sie würde seinen Albtraum selbst neu durchleben.

Alle standen auf und jubelten für den Mönch mit der himmlischen Stimme, als das Lied zum Ende kam. Linet griff nach ihrem Kelch und verschüttete den Inhalt versehentlich auf ihren wertvollen Surcot. Sie keuchte und nahm ihre Serviette, um den Fleck weg zu wischen, bevor er eindringen konnte. Als sie wieder hochschaute, war er verschwunden.

Sie musste fliehen. Sie konnte an nichts anderes denken. Sie musste sich entschuldigen, zu ihrem Zimmer gehen und die Tür verriegeln. Heute Abend wollte sie noch nicht einmal eine Dienerin bei sich haben. Sie musste allein sein, um nachzudenken und zu planen. Lieber Gott, sie konnte es nicht zulassen, dass er sie hier in die Enge trieb. Er könnte sie mit einem Wort, das er in das falsche Ohr flüsterte, zerstören.

Sie erschauderte. Dann murmelte sie zu Lord Guillaume, dass sie Kopfschmerzen hätte und sich zurückziehen wollte. Allein. Er zuckte besorgt mit den Schultern und wünschte ihr eine gute Nacht.

Außer Sichtweite rannte sie mit erhobenen Röcken so schnell sie konnte die Treppe hinauf, als wenn Dämonen sie verfolgen würden. Sie öffnete die schwere Tür zu ihrem Zimmer und schlug sie hinter sich zu. Ihr Herz raste schmerzhaft in ihrer Brust. Erst als sie den Riegel vorgeschoben hatte, drehte sie sich um und lehnte sich erleichtert gegen die Tür.

Sie entdeckte ihn zu spät.

Er war nur eine schwarze Silhouette gegen das Feuer im Kamin und stand da bewegungslos, aber sie erkannte ihn sofort. Mit einem panischen Keuchen drehte sie sich um und fing an mit plötzlich ungeschickten Fingern an dem Riegel herum zu zerren. Einen Augenblick später stand er hinter ihr und sie spürte seinen heißen Atem in ihrem Nacken.

Sie atmete tief ein, um zu schreien, aber bevor sie sich überhaupt zu ihm umdrehen konnte legte er eine Hand über ihren Mund und schob sie gegen die Tür. Dort hielt er sie unbeweglich über einen endlosen Zeitraum fest, während ihr panischer Atem seine Handfläche befeuchtete. Als er endlich sprach, war es ein raues Flüstern.

„Warum?"

Ihr Blick schoss nervös hin und her und realisierte die Windungen in der Maserung der hölzernen Tür. Sein heißer Atem in ihrem Nacken ließ sie erschaudern. Was wollte er von ihr?

Duncan wollte nur eine Sache von der Frau, die wie ein gefangener Vogel bebte.

„Warum?", wiederholte er. Langsam nahm er die Hand von ihrem Mund, drückte sie aber weiterhin gegen die Tür.

„Was wollt Ihr?", fragte sie atemlos. „Ich gebe Euch, was Ihr wollt, aber bitte sagt es ihnen nicht..."

„Was soll ich ihnen nicht sagen?", krächzte er. „Dass ich Euch vertraut habe und Ihr mich verraten habt?"

„Nay, ich ..."

„Wie lange hattet Ihr das alles geplant?", knurrte er und Zorn kochte in ihm hoch. „Von Anfang an? Wolltet Ihr mich behalten, solange es nötig war, dass ich meinen wertlosen Hals für Euch riskieren könnte, Ihr mich wie ein Spielzeug benutzen könntet und mich dann fallen lassen würdet, wenn meine Dienste nicht mehr benötigt würden?"

Linets Keuchen zerrte an seinem Herz, aber jetzt war nicht der richtige Zeitpunkt, um schwach zu werden.

„Und jetzt ist Eure größte Angst", fuhr er fort, „dass ich Euch demütige, indem ich Eurer wertvollen neuen Familie von uns erzähle. Stimmt's?" Dass sie ihm nicht antwortete, war Antwort genug. „Ich habe Euch vertraut", knurrte er. „Verflucht, ich habe Euch vertraut!" Er schwieg, während er mit dem Schmerz kämpfte, der drohte ihm seinen ganzen Mut zu nehmen.

„Ich wollte Euch nichts Böses", murmelte sie schwach.

Er lachte hart und voller Bitterkeit. Das würde er erst glauben, wenn die Hölle überfror. Er war kein Narr. Trotz der Unschuld in ihren großen smaragdfarbenen Augen würde er sich diesmal nicht verletzbar machen. So schlimm, wie die Prügel auch gewesen war, waren sie doch nichts im Vergleich zu dem Leid, das sie ihm zugefügt hatte. „Nichts Böses?"

Das Feuer knisterte im Kamin. Linet zuckte zusammen.

Mit tödlicher Ruhe sprach er weiter. „Ihr habt mich nackt und unbewaffnet ans Bett gefesselt zurückgelassen. Wisst Ihr, was passiert ist, als Ihr weg wart?"

Er drehte sie zu sich herum. Es war Zeit, dass sie sah, was sie ausgelöst hatte. Er drückte ihren Rücken wieder gegen die Tür und nahm seine Kapuze ab.

„Oh Gott!" Linet schlug vor Entsetzen ihre Hand vor den Mund. Sie wankte. Ihre Augen schossen hin und her, während sie seine Verletzungen betrachtete – geschwollene Augen, blaue Flecken am Kinn, eine gerissene Lippe, ein langer Schnitt auf einer Wanne und eine Beule auf seiner Stirn. Sein schönes Gesicht war verwüstet worden. Sie drückte sich gegen die Tür, um das Gleichgewicht zu halten und konnte kaum sprechen. „Wie ... wer hat das gemacht?"

„El Gallos Piraten", antwortete er nüchtern. „Sie sind uns gefolgt. Sie fanden es sehr lustig, dass ihr Opfer schon fix und fertig für ihr Vergnügen vorbereitet war."

„Oh Gott", keuchte sie. Ihr wurde schlecht. „Sie haben Euch das angetan?" Sie schüttelte den Kopf. „Ihr müsst mir glauben", sagte sie schwach. „Ich hatte keine Ahnung. Das würde ich noch nicht einmal ... meinem schlimmsten Feind wünschen." Sie streckte die Hand aus, um über eine Verletzung an seinem Schlüsselbein zu streichen. Er zuckte zurück, aber er spürte, dass es nicht wegen der Schmerzen, sondern wegen ihrer Berührung war. „Eure Wunden müssen versorgt werden", murmelte sie. „Bitte erlaubt mir Wiedergutmachung."

„Ihr könnt den Schaden, den Ihr angerichtet habt, nicht wiedergutmachen."

Linets Kinn bebte. Sie zwang sich zur Ruhe. So sehr seine Vorwürfe sie auch quälten, so hatte sie es doch nicht anders verdient. Sie hatte ihn tief verletzt, weitaus tiefer als die oberflächlichen Schnitte und sichtbaren Verletzungen. Sein Blick war trostlos mit einem tiefen Schmerz wie der verlorene Glanz vernachlässigter Edelsteine.

Mit reiner Willenskraft besiegte sie den Schwindel in ihrem Kopf und begegnete seinem Blick. Irgendwie, schwor sie, würde sie die Dinge wieder in Ordnung bringen. Irgendwie würde sie ihn heilen. Selbst wenn es ihr das Herz brach, würde sie ihn wieder ganz machen.

„Ich habe keine Entschuldigung für das, was ich getan habe", sagte sie, „aber ich sage Euch dies." Ihre Stimme zitterte. Sie musste wegschauen. „Ich habe noch nie ... und werde niemals wieder ... einen anderen so lieben, wie ich Euch geliebt habe."

Duncan schlug das Herz bis zum Hals. Eine ganze Zeit lang konnte er nicht atmen. Sicherlich hatte er sie falsch verstanden. Sie hatte ihn schlecht behandelt, argumentierte er logisch, ihm den Rücken zugekehrt, ihn verlassen und ihn den Piraten als Aas überlassen. „Nay!" Das Wort zwängte sich aus seinem Hals.

„Aye", flüsterte sie und in den gepeinigten Tiefen ihrer Augen konnte er sehen, dass sie die Wahrheit sprach.

Die Erinnerung an ihr Beiliegen – wie er sich neben ihr und in ihr gefühlt hatte und sie in Besitz genommen hatte –

überkam ihn wie eine Welle und doch wusste er, dass er sich aus Rücksicht auf seine geistige Gesundheit zurückhalten musste. „Glaubt Ihr, dass Eure Worte Euch von aller Schuld freisprechen?", fragte er leise.

„Nay", gab sie zu. „Ich werde niemals freigesprochen, weder von Euch, noch von meinem Vater, aber ich schulde Euch zumindest einen Grund."

Er schwieg, während sie durchatmete und anfing zu erklären.

„Auf seinem Sterbebett musste ich meinem Vater einen Eid schwören. Ich habe ihn nicht infrage gestellt. Er lag im Sterben und ich dachte, dass es ein leicht einzuhaltender Eid sein würde. Ich hatte Unrecht." Sie schluckte schwer. „Ich habe meinem Vater versprochen, dass ich mich niemals in einen Bauern verlieben würde."

Sie blickte ihn kurz an, aber seine Miene war verschlossen. „Wenn ich gewusst hätte, wie unmöglich dieses Versprechen einzuhalten wäre ...", murmelte sie und Tränen sammelten sich in ihren Augen. „Oh Gott, ich kann mir nicht vorstellen, was für eine Hölle es wäre, ohne Euch zu leben, nachdem ich den Himmel in Euren Armen gefunden habe."

Duncan drückte die Augen fest zu und kämpfte um die Kontrolle seiner Gefühle. Ein Teil von ihm wollte sich überschwänglich über ihre Worte freuen. Ein anderer Teil von ihm wollte sie verfluchen. „Ich habe Euch jenen Himmel für die Ewigkeit angeboten. Ihr habt ihn beiseite geworfen."

„Weil ich es musste. Weil ich es musste", schluchzte sie. „Wegen meines Versprechens."

Duncan fluchte und ergriff sie an den Schultern. „Was für eine Art von Versprechen bringt Euch dazu, die größte Liebe, die Ihr jemals erfahren werdet, beiseite zu werfen?

Oder den Mann zu verraten, der Euch sein Herz zu Füßen gelegt hat? Was für eine Art von Versprechen bringt Euch dazu, Euch zu einem Leben ohne diese Liebe zu verurteilen?"

Er zog sie an sich, beugte sie mit einem Arm zurück und vergrub die andere Hand tief in ihren Locken, wobei er die Hälfte ihrer Haarnadeln löste. Heftig drückte er seinen Mund auf ihren, als wenn er sie als sein Eigentum brandmarken wollte. Ihre Lippen waren so heiß wie eine Flamme und sie schmeckte nach Honigmet. Er drückte sie an sich, spürte die Schmerzen nicht und küsste sie mit der Verzweiflung eines zum Tode verurteilten Mannes.

Linets Finger klammerten sich an den Stoff seiner Kutte und zogen ihn zu sich heran. Sie erwiderte seinen Kuss so heftig, dass sie seine geschwollene Lippe verletzte. Sie keuchte an seiner Wange und stöhnte tief in ihrem Hals. Duncans Kontrolle löste sich in nichts auf.

„Der Teufel soll mich als Narren verfluchen", murmelte er heiser an ihrem Haar, „aber ich will Euch noch immer, Linet."

„Der Teufel soll uns beide verfluchen", keuchte sie.

Linet fühlte sich, als wenn sie in einen wilden Ozean der Gefühle eintauchen würde. Jeder Nerv in ihrem Körper war angespannt. Überall, wo sein Fleisch gegen ihres strich, brannte sie vor Verlangen. Ihre Lippen waren geschwollen, ihre Brust schmerzte vor Sehnsucht und obwohl er sich hart gegen sie drückte, musste sie ihm noch näher sein. Jeder Zoll ihres Körpers sehnte sich danach, sich mit ihm zu verbinden.

Noch einmal, dachte sie, nur noch einmal. Bevor sie ihrem Schicksal entgegentreten musste – diesem trostlosen, unfruchtbaren Schicksal, das wie eine Ewigkeit vor ihr lag – sie wollte ein letztes Mal einen Blick auf den Himmel werfen. Dann würde sie die Konsequenzen akzeptieren. Dann würde sie freiwillig in dieses Leben gehen, zu dem sie durch einen grausamen Trick des Schicksals verurteilt worden war. Aber sie sehnte sich danach, seine Liebe noch einmal zu spüren.

„Bitte", flehte sie und klammerte sich an seine Kutte.

Er musste sich nicht zweimal bitten lassen. Er zuckte nur einmal, als sie mit ihm zusammenstieß, hob sie hoch und trug sie zum Bett, wobei er sie auf die nach Rosen duftende Decke legte.

Mit einem Stöhnen ließ er sich auf sie herab. Er vergrub sein Gesicht an ihrem Hals und sein Atem war wie ein Schluchzer an ihrer Haut. Sie winselte ungeduldig, als das warme Fleisch seiner Lenden über ihres strich, suchte und fand und eindrang.

Dieses Mal brannte es nicht. Eine atemberaubende Fülle verankerte sie, als ihr Körper sich willkommen heißend um ihn schloss. Sie drückte die Augen vor Ekstase fest zu, während er sie einfach festhielt. Dann legte sie ihre Arme um seinen Hals und ruhte ihren Kopf an seiner Schulter. Er gehörte hierher, dachte sie und genoss den Druck seiner Lenden an ihr.

Eine Zeitlang lag er bewegungslos da und ließ die Wellen der Erregung in ihrem eigenen Rhythmus in ihr wogen. Dann begann er langsam sich zu bewegen. Jeder Stoß war wie das perfekte Einführen des Garns in einen Webstuhl, stetig und weich. Linet bewegte sich unter ihm so ungeduldig wie ein Neuling, aber obwohl er bei der Anstrengung zitterte, war der Bettler der Meisterweber und zwang sie zu einer langsameren und sichereren Geschwindigkeit. Sie überließ ihm die Führung und genoss den Rhythmus ihres Liebesaktes.

Zusammen webten sie den Stoff, den sie brauchten, küssten und streichelten einander und zogen sich gegenseitig zu ihrem gemeinsamen Ziel. Im Augenblick gab es kein anderes Leben jenseits der Verbindung ihrer Seelen – keine Piraten, keine Titel, kein Versprechen. Nichts konnte sie von dieser perfekten Verbindung abhalten oder sie davon ablenken. Das Feuer knisterte in Reaktion auf ihr wildes Flehen und heisere Flüstereien und tauchte sie in ein warmes goldenes Licht.

Linet lernte das Tempo des Vergnügens schnell und strebte danach, den süßen Schmerz zu verlängern, indem sie sich langsam zurückzog und die Gefühle intensivierte, aber der Bettler wollte dieses Spielchen nicht lange ertragen. Mit einem tiefen Knurren stieß er mit seinem vollen Gewicht in sie hinein und seine Knochen rieben gegen ihre mit einem primitiven Puls. Sie schlang ihre Oberschenkel um seine Taille und drückte seine schmerzenden Rippen, die sie beide vergessen hatten.

Seine Bewegungen wurden immer zielstrebiger. Schon bald passte sie sich jedem Stoß an, wobei sie ihren Kopf an seinem starken Hals vergrub und sich an ihn klammerte wie ein wildes Pferd.

Sie hätte immer so weiter reiten können, aber ihr Körper entwickelte eine fieberhafte Empfindsamkeit. Sie spürte, wie sich ein innerer Kern in einen glühenden Lichtball vergrößerte und langsam zum Himmel flog bis er den höchsten Punkt erreicht hatte. Ihr Rücken wölbte sich in einem unmöglichen Winkel und sie klammerte sich heftig an den Bettler für einen endlosen, atemlosen Augenblick absoluter Ruhe.

Dann wurde sie von den Stößen einer Million Kristallsplitter, die im Himmel explodierten und sich in alle

Richtungen verteilten, durchgeschüttelt und schließlich fielen sie langsam zurück auf die Erde.

Während ihr Körper immer noch unkontrollierbar bebte, vollbrachte der Bettler seinen eigenen mächtigen Aufstieg. Ergriffen von den Qualen der Leidenschaft und ohne die Schmerzen seiner Verletzungen zu bemerken stürmte er mit der Kraft eines wilden Tieres nach vorn und schüttete seine Belohnung tief in ihr aus.

Das Feuer und ihre schwere Atmung waren lange Zeit das einzige Geräusch in dem Zimmer.

Duncan blickte ernst hinunter auf die Frau, bei der er gerade entgegen besseren Wissens gelegen hatte. Er fühlte sich nun so schwach wie ein neues Fohlen. Er zitterte bei der Kraft seines Höhepunktes und seine Nasenlöcher bebten bei jedem Atemzug. Morgen würde sich jeder Muskel und jeder Knochen in seinem Körper über den Missbrauch, den sie für sein Vergnügen ertragen hatten, beschweren, aber das war es wert.

Linet war unvergleichlich. Sie war alles – leidenschaftlich, stark und nachgiebig. Sie forderte und kapitulierte, gab und empfing mit gleicher Leidenschaft.

Er hatte sie bestrafen wollen, weil sie ihn verraten hatte, aber das erschien ihm jetzt wie eine entfernte alberne Besessenheit. Später würden sie ihre Missverständnisse ins Reine bringen. Sie würde sich entschuldigen. Er würde ihr verzeihen. Irgendwann würde er ihr die Hochnäsigkeit austreiben, aber im Augenblick wollte er sie nur halten.

„Vielleicht werden mir diese Worte eines Tages leidtun, Linet, aber ich muss sie sagen." Er strich ihr mit dem Daumen über ihr Kinn. „Ich liebe Euch."

Linet brach sofort in Tränen aus. Sie hatte das nicht gewollt. Sie hatte vorgehabt, das Glühen nach ihrem

Liebesakt zu genießen, sich dann liebevoll, wenn auch bittersüß von dem Bettler zu verabschieden und ihn zu verlassen, bevor er sie verraten konnte. Sie würde sich würdevoll mit allem abfinden, was die jämmerliche Zukunft für sie brachte, aber sie hatte nicht erwartet, dass ihre Verbindung ihre Seele so sehr verändern würde und sie hatte nicht erwartet, dass der Gedanke, ihn zu verlassen, sie so sehr schmerzen würde. Bei Gott, wie würde sie jemals ohne seine Liebe leben können?

„Habe ich Euch wehgetan?", flüsterte er und runzelte die Stirn.

„Nay", schluchzte sie und doch erlitt sie Schmerzen, die weit über physische Qual hinausgingen.

„Psst", tröstete er sie und strich ihr das Haar aus der Stirn „Ihr müsst nicht weinen, meine Liebe."

Ihr Schluchzen wurde noch schlimmer. Sie wollte nicht, dass er sie so nannte. Sie wollte nicht hören, dass er sie liebte. Ganz gleich, wie schön ihr Beiliegen gewesen war, es änderte das Versprechen, das sie ihrem Vater gegeben hatte, nicht. Er würde ihr wehtun. Er würde sie verraten. Das konnte sie nicht zulassen. Sie musste ihn verlassen, bevor er sie verließ. Sie musste ihn für immer aus ihrem Leben verbannen. Sie würde nur die Erinnerungen an ihn mitnehmen.

Ein Schluchzer blieb ihr im Halse stecken. Heilige Mutter Gottes, bemerkte sie, sie wusste noch nicht mal ...

Sie wischte sich mit ihrem Ärmel über die Nase. „Sagt mir eins, bevor Ihr geht."

Er runzelte die Stirn. „Bevor ich gehe?"

„Sagt mir Euren wirklichen Namen."

Er schwieg lange Zeit. Dann schien sich sein Mund zu einem Lächeln zu verziehen. „Ihr wisst nicht meinen ..."

Weiter kam er nicht. Die Tür zu dem Zimmer wurde aufgerissen und knallte gegen die Wand.

Linets Herz setzte aus.

„Es hörte sich an, als wäre sie in Schwierigkeiten", plapperte Linets Dienerin, als sie das Zimmer betrat.

„Was zum Teufel!", rief Lord Guillaume und marschierte herein, wobei sein Kinn noch voller Fett vom Abendessen und sein Gesicht hochrot vor Zorn war.

Linet spürte, wie das Blut in ihr wie beim ersten Frost des Winters gefror.

Der Bettler bewegte sich von ihr weg und zog ihren Surcot über ihre tauben Beine, bevor er die Kutte wieder um sich wickelte. Er stand aufrecht und ernst mit dem Selbstvertrauen eines hochgeborenen Ritters, der in der Lage ist, seine Ehre und die seiner Geliebten zu verteidigen.

„Was soll das bedeuten?", fragte Lord Guillaume.

Linet zitterte und war sicher, dass ihr die Schuld auf der Stirn geschrieben stand.

„Wachen!", brüllte der Lord.

„Ich kann es erklären", versicherte der Bettler ihm.

„Bedeutet Euch dieser Mann etwas?", fragte Lord Guillaume sie direkt und ignorierte den Bettler.

Linet war zu erstaunt, um zu sprechen.

„Zeigt ihm den Ring, den ich Euch gegeben habe, Linet", murmelte der Bettler. „Ich werde es erklären ..."

„Ruhe!", bellte der Lord.

Linet hielt sich den Finger, wo der Ring gesteckt hatte. Sie blickte schuldbewusst zum Bettler. Ein Muskel in seinem Kinn spannte sich an.

„Wachen!", rief Lord Guillaume erneut.

„Sagt ihm, wer ich bin", beharrte der Bettler.

Linet schwirrte der Kopf. Ihr Onkel durfte es nicht

herausfinden. Nach allem, was ihr Vater ertragen hatte, um seinen Titel zurück zu bekommen – all die Jahre harter Arbeit, all die Opfer – sie brachte es nicht fertig seine Träume wie billiges Glas zu zerschmettern. Ihr Onkel durfte nicht entdecken, dass sie in die gleiche Gosse gefallen war, in der sie gezeugt wurde.

Duncan versuchte ruhig zu bleiben. Er leistete keinen Widerstand, als zwei große Wachen in der Tür erschienen. Er wusste, dass Linet trotz des fehlenden Ringes irgendwie seine Gegenwart erklären würde.

„Linet?", bohrte Lord Guillaume weiter.

Ihre Stimme war wie betäubt, hölzern und leise. „Ich kenne seinen Namen nicht, Mylord."

Duncans Herz wurde zu Stein. Er starrte sie ungläubig an. Sie mied den Blickkontakt.

Und dann fühlte er nichts mehr, als die Wachen ihn an den Armen ergriffen und ihn grob durch die Tür schoben. Er erinnerte sich nicht an den Weg zu der dunklen, feuchten Zelle unter der Burg und als sie die Eisenringe um seine Handgelenke legten, dachte er nur, dass sie nicht kälter oder härter als Linets Herz waren – ihr schwarzes verlogenes Herz.

KAPITEL 16

An den Rest der Nacht erinnerte sich Linet nur in Bruchstücken. Taubheit überkam sie, umgab sie wie eine Blase und schützte sie vor der Außenwelt.

Um sie herum stieg Wut auf. Zwei flüsternde Dienerinnen bezogen das Bett neu. Eine Frau brachte ihr einen riesigen Becher Wein, der mit Opium versetzt war. Aufgeregt lief Lord Guillaume im Zimmer auf und ab und wiederholte immer wieder, dass nichts aus dem Raum nach draußen dringen sollte und irgendjemand schluchzte so andauernd, als wollte sie die Toten wecken, aber innerhalb ihrer Schutzsphäre schien sie über den Dingen zu schweben.

Hin und wieder spürte sie einen Stich in ihrem Herz, aber dieser wurde schon bald wieder durch den Wein vergessen gemacht und durch das beruhigende Gefühl, dass sie darauf zählen konnte, dass Lord Guillaume sich um alles kümmern würde.

Mit seinem Zorn hatte sie nicht gerechnet.

In den Tiefen der de Montfort Burg saß Duncan auf einem schmutzigen Heuhaufen. Die mit Moos bewachsenen

Steine gaben Feuchtigkeit ab und der Gestank von verrottetem Schilf und Rattenexkrementen verursachte Übelkeit. Kein Licht drang in die Zelle. Duncan konnte sich nur vorstellen, was für Kreaturen in den Ecken des beengten Loches, in das er geworfen worden war, gekratzt hatten und hineingerutscht waren.

Er beugte sich nach vorn und machte sich nicht die Mühe seine Kutte zuzuziehen, obwohl er heftig zitterte und seine Lippen blau waren vor Kälte. Er war zu bestürzt, als dass es ihm etwas ausgemacht hätte.

Er weigerte sich, über Linet nachzudenken. Er wusste, dass wenn er es zuließ über ihren Verrat nachzudenken, er vor Zorn zerrissen werden würde. Stattdessen dachte er über seine Familie nach – seine anmutige Mutter und seinen gutherzigen Vater. Er dachte auch an seine Brüder – den mutigen Holden und brillanten Garth – und an Dutzende schwarzhaariger, blauäugiger Kinder, die sich jeden Abend nach dem Essen um ihn versammelten, um ihre Lieblingsgeschichten zu hören.

Wer würde ihnen erzählen, was ihrem Vater zugestoßen war? Wer würde es wissen? Noch nicht einmal die Wollhändlerin sagte, wer er wirklich war. Ohne seinen Siegelring war er völlig namenlos. Er atmete langsam durch.

Er würde sterben. Das wusste er. Kein Edelmann würde sich mit weniger als dem Tod eines Bauern, der es gewagt hatte eine weibliche Verwandte zu missbrauchen, zufriedengeben. Die Frage war nur wann und wie?

Sie würde natürlich nicht da sein, wenn sie ihn hinrichteten. Sie konnte den Anblick von Blut nicht ertragen. Das war auch ganz gut so. Er wollte ihr betrügerisches Gesicht nie wieder sehen. Er betete nur, dass er so mutig sterben würde, wie es sich für einen de Ware geziemte.

Mit einem Gebet um Mut auf den Lippen rollte er sich in einen Ball auf dem feuchten Steinboden zusammen und schlief gnädigerweise ein.

Die Sonne ging auf und es war völlig still. Ein Adler drehte faul seine Runden und jagte nach seinem Frühstück. Innerhalb der grauen Burgmauern waren die meisten Bewohner bereits beschäftigt.

Aber Linet schlief noch immer. Eine junge Dienerin, die in ihrem Zimmer arbeitete, weckte sie schließlich von ihrem betäubten Rausch. Das Mädchen erzählte irgendetwas über einen Küchenjungen, der bei einem Unfall in der Küche verbrannt worden war, einer öffentlichen Auspeitschung und ihrem neuesten Liebhaber. Linet war schwindelig, aber sie setzte sich auf und ärgerte sich, dass sie verschlafen hatte, wobei sie das Geschwätz der Dienerin zum größten Teil ignorierte.

Sie schüttelte den Kopf, um ihn klar zu bekommen. Von dem Schlaftrunk war ihr immer noch schwindelig. Während sie da am Bettrand saß, versuchte irgendeine hässliche Erinnerung sich in ihren Kopf zu schmuggeln, aber sie verschwand immer wieder, bevor Linet sie begreifen konnte. Sie rieb sich über ihre pochenden Schläfen. Niemals wieder, schwor sie sich, würde sie irgendjemandem erlauben ihr Wein mit Opium zu verabreichen.

Schließlich stolperte sie aus dem Bad und fing an, ihre Holztruhen zu durchwühlen, wobei sie nach etwas zum

Anziehen suchte. Die Dienerin kicherte, schüttelte den Kopf und zeigte auf die Kleidung, die bereits für sie herausgelegt worden war.

Linet gähnte und rieb sich mit der Rückseite ihrer Hand den Schlaf aus den Augen. Wackelig wie ein neugeborenes Pferd kam sie auf die Füße.

Von draußen hörte sie ein hohles Pochen durch das Fenster. Es war das Geräusch einer entfernten, traurigen Trommel.

„Was ist das?", fragte sie eher sich selbst.

„Mylady, das ist der Gefangene, von dem ich Euch erzählt habe", erzählte ihr die Dienerin. „Zweifellos holen sie ihn jetzt hoch."

Linet runzelte die Stirn. Sie kam zu dem Schluss, dass sie dem Geschwätz der Dienerin aufmerksamer hätte lauschen sollen. „Gefangener?"

„Aye, Mylady", antwortete die Dienerin und hielt ein Unterhemd für Linet hoch, „der, welcher ausgepeitscht werden soll." Sie klackte mit der Zunge. „Schade, dass wir nicht zuschauen können, aber Lord Guillaume hat mich gebeten, dass ich Euch hierbehalte bis es vorbei ist."

Linet verzog vor Ekel das Gesicht, als die Dienerin das Hemd über ihren Kopf zog. Sie würde lieber in ihrer Kammer bleiben. Sie hatte öffentliche Demütigungen und Bestrafungen immer verabscheut. Sie waren nur eine ungebetene Erinnerung daran, dass auf eine bestimmte Art und Weise Edelleute nicht so viel anders waren als Wilde, ganz gleich, was ihr Vater ihr gepredigt hatte.

„Es ist wirklich ein Skandal", vertraute die Dienerin ihr an und bekreuzigte sich. „Man sagt, er sei ein Mönch."

Linet blieb das Herz stehen. „Wie bitte?" Sie konnte kaum atmen. „Was habt Ihr gesagt?"

„Der Mann ist ein Mönch. Keiner sagt, was er getan hat, aber Lord Guillaume ..."

Linet hörte auf zuzuhören. Die Erinnerung kann zurück wie ein Donnerschlag. In der Ferne echote die Trommel unheilvoll.

Es konnte nicht sein. Es konnte nicht sein, dachte sie und hoffte sie, aber irgendwie wusste sie, für wen die Trommel geschlagen wurde.

„Ein Mönch?", flüsterte sie.

„Aye", antwortete das Mädchen und achtete misstrauisch auf die Miene ihrer Herrin.

Das Geräusch der Trommel fühlte sich wie ihre eigene Totenglocke an, als Linet zum Fenster ging. Ihre Nerven vibrierten vor Anspannung. Ein dünner Luftzug schwebte wie von Geisterhand durch die Schießscharte. Beim hellen Sonnenlicht kniff sie die Augen zusammen. Was sie sah, machte ihre Knie so weich wie Pudding. Sie hielt sich zur Stütze an der Fensterbank fest.

Eine traurige Prozession war auf dem Weg zum Tor hinaus. Ein Dutzend Edelleute waren zu Pferd und Lord Guillaume ritt voraus. Viele Bauern drängten sich dahinter. Neugierige Kinder, alte Frauen und finster dreinblickende Kleinbauern glotzten. Sie hörte den Jubel der fanatischen Zuschauer, die Beleidigungen und Verunglimpfungen riefen.

Mitten in der Prozession rollte ein geschwärzter Wagen zögerlich die Straße entlang auf den Hinrichtungshügel zu. Sein Passagier war halbnackt und seine braune Kutte hing ihm von den Hüften, wo sie mit einer Kordel festgebunden war. Er stand breitbeinig, damit er in dem wackelnden Wagen nicht umfallen würde. Seine Brust und seine Arme waren gegen die schweren Ketten, die um seinen Körper gewickelt waren, geschwollen. Obwohl er seinen Kopf schlaff hängen ließ, waren die Sehnen an seinem Nacken unbehaglich überdehnt. Sein Gesicht war verborgen, aber seine muskulöse Gestalt und seine schwarzen Locken waren unverkennbar.

Linets Hals zog sich zusammen, während ihr Blick unaufhaltsam auf den Mann in dem Wagen gezogen wurde. Sie wollte so gern woanders hinsehen und vergessen, was sie gesehen hatte, aber sie verspürte eine zwingende Kraft, die ihr sagte, dass sie zuschauen sollte. Erst als die Gruppe unter den Bäumen verschwand, wandte sie den Blick ab und trat leichenblass vom Fenster zurück.

„Oh, Mylady!", keuchte die Dienerin und eilte vor. „Bekümmert Euch nicht! Euer Onkel hat dafür gesorgt, dass der Teufel bestraft wird. Man sagt, dass er bereits halbtot geprügelt worden war. Das Auspeitschen wird ihm sicherlich den Rest geben. Ihr braucht Euch keine Sorgen machen."

Den Rest geben? Linets Kopf schwirrte. Lieber Gott, Lord Guillaume würde den Bettler doch sicherlich nicht töten, oder? Vor Panik stockte ihr der Atem. Das passierte doch nicht wirklich. Sie konnte es nicht passieren lassen, nicht wenn sie ...

Sie liebte den Bettler. Heilige Maria, das verstand sie jetzt. Sie liebte ihn. Über jede Vernunft hinaus. Jenseits jeder Hoffnung. Mehr als jedes Versprechen, das sie ihrem Vater gegeben hatte. Auch wenn es bedeutete, dass es ihr das Herz brach, sie liebte ihn.

Bei Gott, auch wenn sie alles verlor, sie musste ihm das Leben retten. Ihr wurde klar, dass es in ihren Händen lag. Es war ihre Aufgabe, diese Farce zu beenden.

Sie biss sich auf die Lippe und griff nach dem grauen

Umhang, der am Haken an der Wand hing und schwang ihn über ihre Schultern über ihr Unterkleid.

„Mylady!", kreischte die Dienerin. „Was macht Ihr? Wo wollt Ihr hin? Lord Guillaume hat mir strikte Anweisungen gegeben ..."

Linet schloss den Umhang und strich sich mit den Fingern durch ihr Haar.

„My ... Mylady! Ihr seid noch nicht einmal richtig angezogen! Ihr tragt kein Kleid und keine Schuhe. Ich habe Euch noch nicht frisiert. ..."

„Keine Zeit. Ich muss jetzt gehen", keuchte Linet atemlos. „Ich muss jetzt gehen."

Ein Geist hätte das Zimmer nicht schneller verlassen können. Als sie die kalte Steintreppe hinuntereilte, über den Hof rannte und durch das Tor lief, zog sie die neugierigen Blicke der Wachen von oben auf sich und die Prozession war bereits auf dem Hinrichtungshügel angekommen.

Mit einem verzweifelten Schrei raffte sie ihre Röcke und rannte die lange, sich windende Straße hoch. Scharfe Steine und Disteln schnitten ihr in die Fußsohlen. Einmal stolperte sie über den Saum ihres Umhangs, verdrehte sich den Knöchel und fiel schwer auf den Boden, wobei sie den zarten Stoff ihres Unterkleides zerriss und blutige Knie bekam. Sie kam wieder auf die Füße, warf den Umhang ab und rannte mit ihrem verletzten Bein weiter zum Hügel.

Humpelnd erreichte sie schließlich die Nachzügler der Prozession. Vor ihr ragte der Galgen vorwurfsvoll nach oben in den Himmel. Plötzlich wurde ihr kalt bei dem Gedanken an die Seelen, die dort unversöhnt davongegangen waren, Seelen wie die ihres Bettlers. Schnell bekreuzigte sie sich und rannte weiter.

Duncan zeigte keine Angst, als der Wagen aufhörte zu wackeln und anhielt. Er hatte keine Angst zu sterben. Als Ritter sah er dem Tod jeden Tag ins Auge. Nay, er verspürte Frust.

Es zeugte von bitterer Ironie, dass er, Duncan de Ware – der geschickte Schwertkämpfer, Erbe eines der reichsten Besitztümer im Land und treuer Lehensmann von König Edward persönlich und Held des einfachen Mannes im Begriff war namenlos den Tod eines armen Mannes zu sterben und sich nicht gegen ein Verbrechen verteidigen konnte, das er nicht begangen hatte. Die Sinnlosigkeit des Lebens zerschmetterte ihn.

Ein kräftiger Mann, dessen Gesicht durch eine unheilvolle schwarze Haube bedeckt war, löste die Kette am Wagen und schob ihn nach vorn. Duncan stolperte und fiel gegen die Seite des Wagens, wobei er sich seine empfindlichen Rippen stieß, da er sich mit seinen gefesselten Händen nicht abfangen konnte. Mit Gewalt zerrte der Scharfrichter ihn von dem Wagen hoch zum Schandpfahl. Freche Jungen warfen Stöcke und Steinchen. Ihre Väter stießen Obszönitäten aus.

Immer noch zu weit weg fluchte Linet verzweifelt, als ihr Bettler weitergezerrt wurde. Gott sollte ihm beistehen, aber er ging mutig vor. Sie rief, dass sie aufhalten sollten, aber ihre heisere, atemlose Stimme ging im Hohn des Mobs unter.

Sein Gang war zwar unbeholfen, aber er schwankte nicht. Als er den Pfahl erreichte und sich auf dem befleckten hölzernen Block, der als Boden diente, zur Menge umwandte, war in seinen kalten saphirfarbenen Augen wilder Stolz zu sehen. Selbst als Lord Guillaume vor ihn trat, konnte der giftige Blick des Edelmannes ihn nicht einschüchtern.

Linet schob sich durch die Zuschauermenge, wobei sie sie anschrie, dass sie aufhören sollten, aber es war zu spät. Sie waren bereits blutrünstig.

Duncan spürte diese Blutrünstigkeit um ihn herum wie geschmolzenes Blei.

„Habt Ihr noch letzte Worte, die Ihr sagen wollt?", zischte Lord Guillaume.

Duncan starrte ihn beständig und eiskalt an und sprach mit einem leisen Krächzen, so dass es gerade laut genug war, dass der Lord es hören konnte. „Ich bin ein de Ware. Sagt Linet de Montfort, dass sie vielleicht die Kleidung des Adels trägt, aber dass sie keine Ahnung hat, was es bedeutet, eine Dame zu sein."

Lord Guillaume stotterte zornig und nickte dem Scharfrichter zu. Das große Ungeheuer mit der Kopfbedeckung hob eine Faust und schlug Duncan heftig ins Gesicht.

Linet keuchte wie auch die Hälfte der Damen in der Menge, als der Kopf des Bettlers sich senkte.

„Gefangener!", rief Lord Guillaume.

Langsam hob der Bettler seinen Kopf. Linet schluchzte, als sie den frischen Schnitt unter seinem Auge und das Blut, das wie eine Träne über seine Wange lief, sah.

„Bereitet Euch vor, die Peitsche für Euer Verbrechen zu empfangen", rief der Lord und gab dem Auspeitscher ein Signal.

Der Mann mit der Kopfbedeckung drehte den Bettler herum und zog seine Arme hoch, um die Fesseln am Schandpfahl zu befestigen. Dann trat er zurück und wickelte seine Peitsche auf, sodass sie sich auf dem Boden wand wie eine Schlange, die sich zum Beißen bereit machte.

Die Zeit schien sich zu verlangsamen, als Linet die Hände nach vorne streckte und mit träumerischer Trägheit auf den Mann, der an den Schandpfahl gebunden war, zulief. Die Schreie um sie herum wurden gedämpft und mit plötzlicher, klarer Sicht erkannte sie, wie der Bettler die Hände zur Faust ballte und seinen Körper angespannte, als wenn er das Brennen der Peitsche erwartete.

Plötzlich hörte sie einen Schrei in der Ferne, wie irgendeine gequälte Seele schrie: „Nay!" Alle Blicke wandten sich zu ihr. Endlich ließ sie den Mob hinter sich und stieg hoch zur Plattform. Vor dem Holzblock ging sie auf die Knie und ignorierte den scharfen Schmerz, als sie ihr eigenes Blut zu den Flecken dort hinzufügte. Dann streckte sie die Arme weit auseinander und platzierte sich zwischen dem Bettler und der Peitsche.

Die Peitsche hatte bereits angefangen sich zu senken. Linet zuckte zusammen, hielt aber die Stellung. Als die unheilvolle Peitsche durch die Luft schnitt, rief Lord Guillaume: „Linet! Nein!"

Der Auspeitscher schaffte es, den Flug der Peitsche abzubrechen. Sie senkte sich vor dem Block und schlängelte sich harmlos auf dem Boden. Lord Guillaume schlug eine Hand erleichtert an seine Brust.

Zorn und Demütigung erfüllten Duncan. Was machte Linet hier? Reichte es nicht, dass sie sein unedles Ende verursacht hatte? Musste sie seine Demütigung auch noch mit ansehen?

„Geht weg, Weib!", knurrte er sie an.

„Linet! Nichte!" Lord Guillaume war offensichtlich außer sich. „Ihr solltet hier nicht anwesend sein."

„Bitte", flehte Linet ihren Onkel voller Gefühl an, „bitte peitscht ihn nicht aus."

Duncan schaute böse. Sicherlich hatte er sich verhört. Finster blickte er zu ihr über seine Schulter. Bittend kniete sie mit offenem und ungekämmtem Haar und ohne Schuhe. Verflucht, sie war noch nicht einmal angezogen. Das feine weiße Leinen ihres Unterkleides war so dünn, dass es fast durchsichtig war. Er schloss verwirrt von den gemischten Gefühlen von Zorn und Mitleid den Mund und wandte seinen Blick ab.

Der in schwarz gekleidete Mann, der den Hergang mit kühler Distanz beobachtet hatte, war nun plötzlich an den seltsamen Ereignissen interessiert. Das Flehen des Weibes hatte eine ganz andere Wirkung auf ihn. Seine behandschuhte Hand legte sich fester auf die femininen Finger, die auf seinen Arm gelegt waren, und seine Mundwinkel verzogen sich nach unten.

Bis jetzt hatte Sombra das Spektakel äußerst amüsant gefunden. Scheinbar hatte der Schurke von einem Bettler von der Corona Negra es geschafft, sich seine eigene Hinrichtung ohne Sombras Dazutun zu beschaffen, aber die verfluchte Tuchhändlerin hatte sich buchstäblich dazwischen geworfen und schlimmer noch, wenn der schmerzhafte Ausdruck auf Lord Guillaumes Gesicht ein Anzeichen dafür war, hatte sie sich das Vertrauen ihres Onkels bereits gesichert.

Er hatte keine Zeit zu verschwenden. Er musste jetzt handeln oder seine Gelegenheit war verloren. Er setzte eine beliebig beleidigte Miene auf und erhob seine Stimme. „Linet? Nichte? Was ist dies für eine Unerhörtheit?"

Lord Guillaume sah fast dankbar für die Störung aus. „Wer spricht da?"

Sombra trat mit seiner Hochstaplerin vor. „Ich bin Don

Ferdinand de Compostela und ich bin von der Farce, die ich hier vor mir sehe, entsetzt!"

Die Tuchhändlerin wurde blass bei seinen Worten. Der Bettler zog vergeblich an seinen Fesseln, aber Sombra ignorierte sie. Sie waren jetzt so harmlos wie junge Hunde.

„Wie könnt Ihr es wagen, diese ... diese halbnackte Dirne als Eure Verwandte zu bezeichnen, wenn ich Euch Eure Nichte persönlich bringe?"

Mit einer Verbeugung präsentierte er das Mädchen, das ohne Aufforderung von ihm elegant knickste.

Sombra lächelte voller Wertschätzung. Er hatte sicherlich das richtige Weib für die Aufgabe gewählt. Sie war ein wenig größer als die echte Linet de Montfort. Ihre Haare waren nicht ganz so blond und ihre Augen nicht so strahlend grün. Obwohl ihre Schönheit neben der der echten Linet verblasste, war sie jedoch nicht unansehnlich. Nachdem sie als Hure so lange für den Adel gearbeitet hatte, hatte sie einige der Verhaltensweisen dieses Standes angenommen. Mit dem Medaillon um den Hals und ihrer kultivierten Art würde sie den Lord leicht in die Irre führen.

Einen Augenblick lang hatte Linet das Gefühl, als würde sie in einen Spiegel schauen, der ihr Gesicht etwas verzerrte. Obwohl sie das de Montfort Medaillon im Sonnenlicht schwingen sah, als die fremde Frau den Knicks machte, streckte Linet die Hand unwillkürlich und ungläubig an ihre eigene Brust, als wenn es irgendwie noch dort wäre, aber Sombra hatte es schlicht und einfach gestohlen. Damit hatte er ihr Geburtsrecht entwendet.

Besiegt ließ sie die Schultern hängen. Sie war nun endlich an den Punkt gekommen, wo ein zu fest gezogener Kettfaden und ein Fleck eines fehlerhaften Färbemittels und ein ausgelassener Faden alle zusammen für einen nicht wiedergutzumachenden Fehler im Stoff verantwortlich waren. Sie hatte zu viele Fehler gemacht. Sie hatte den falschen Leuten vertraut. Sie hatte die falschen Leute verraten und jetzt würde sie teuer dafür bezahlen – mit ihrem Titel, ihrem Geschäft, ihrem Diener, der sicherlich tot war, ihrem Herzen und vielleicht sogar mit ihrer Seele.

Mit Tränen in den Augen blickte Linet zu Lord Guillaume. Er schürzte nachdenklich seine Lippen und wippte langsam auf seinen Fußsohlen vor und zurück. Er war ihrem Vater so ähnlich – nach außen streng und fordernd und im Inneren ein Adler mit stumpfen Klauen. Selbst jetzt sah er aus, als wollte er trotz der gegenteiligen Beweise Linet glauben.

Sie könnte ihn überzeugen. Sie wusste Dinge über Lord Aucassin, die keine Betrügerin nachahmen konnte und dann war da ihr Aussehen, da Linet die Augen ihres Vaters hatte. Außerdem war da ihre fehlerlose Kenntnis der Familiengeschichte und sie hatte den Rückhalt der Gilde. Aye, es würde ein wenig dauern, bis sie alle Fäden ihrer Qualen sortiert hätte, aber es könnte geschafft werden.

Aber was würde es ihr bringen? Sie könnte beweisen, dass sie in der Tat Linet de Montfort war, aber würde das den Stolz ihres Vaters und ihr Versprechen erhalten, wenn sie nicht auch behauptete, dass der Bettler sie gegen ihren Willen missbraucht hatte? Und wenn sie das tat, verurteilte sie ihn dann nicht zum Tode?

Sie schloss die Augen fest zu. Es gab keine einfache Lösung. Sie musste wählen. Würde sie sich an ihren Adel klammern oder sich der Sehnsucht ihrer Seele hingeben? Dies war kein Problem, das wie im Handel mit ein paar Berechnungen auf einem Pergament gelöst werden konnte. Sie musste auf ihr Herz hören. Das Schicksal hatte ihr die

Entscheidung überlassen. Sie brannte dort wie Feuer in ihren Nägeln.

Der Scharfrichter klopfte ungeduldig mit dem Griff der Peitsche gegen seine Handfläche. Lord Guillaume runzelte die Stirn. Die Menge wartete flüsternd.

Endlich sprach ihr Herz zu ihr.

Sie hob ihr Kinn. „Ich flehe Euch an, Mylord, verschont diesen Mann von der Peitsche. Er ist des Verbrechens, für das Ihr ihn bestrafen wollt, nicht schuldig." Ihre Stimme zitterte. „Ich bin schuldig."

Bei dieser neuen Entwicklung ging ein Raunen durch die Menge. Linet wartete auf das Wort ihres Onkels wie ein Gefangener, der auf sein Urteil wartete. Lord Guillaume blinzelte sie nur verwirrt an.

„Was wollt Ihr damit sagen?", fragte er schließlich leise.

„Oh, Mylord, verzeiht mir", sagte sie und ihre Stimme brach. „Ich kann es nicht zulassen, dass er die Schuld für das, was passiert ist, auf sich nimmt. Es ist alles meine Schuld."

„Ihr seid also nicht Linet de ..."

„Er ist mein Liebhaber", platzte sie heraus.

„Nay", zischte der Bettler.

Die Menge wurde still. Lord Guillaume starrte sie lange an und runzelte verwirrt die Stirn. „Ihr müsst ihn nicht beschützen, Linet", sagte er streng. „Ich versichere Euch, dass er sich seines Verbrechens bewusst war, als er es beging. Wenn Euch die Blutrünstigkeit hier beunruhigt, solltet Ihr vielleicht am besten zur Burg zurückkehren."

„Nay!", rief sie. „Ich werde ihn nicht verlassen!" Leise fügte sie hinzu: „Ich werde ihn nicht wieder verlassen. Ich ..." Sie blickte zu dem Bettler, ihrem Bettler, der am Schandpfahl festgebunden war. „Ich liebe ihn."

Überraschtes Flüstern ging durch die Menge wie ein Wind durch ein Weizenfeld.

„Ihr leugnet also, dass Ihr Linet de Montfort seid?", knurrte Lord Guillaume. „Stattdessen behauptet Ihr, dass Ihr die Geliebte dieses ... Mönches seid"

Sie konnte nichts sagen, als sie die Trostlosigkeit in Lord Guillaumes Gesicht sah. Stattdessen nickte sie nur zustimmend.

Offensichtlich zögernd gab der Lord dem Scharfrichter ein Zeichen, den Bettler vom Schandpfahl los zu binden. Dann legte er den Schlüssel für die Ketten in Linets Hand. „Er gehört Euch", flüsterte er und hielt ihre Hand fest. Er wühlte in seiner Börse und nahm eine Silbermünze heraus. „Meine Diener werden Euch zum Hafen nach Calais begleiten zu einem Schiff mit Kurs auf England. Das Geld ist für Eure Überfahrt." Seine Augen waren feucht und gerötet und sein Kinn bebte, als er die nächste Verkündigung machte. „Vom heutigen Tag an seid Ihr von diesem Besitz und allen Ländereien, die zu de Montfort gehören, verbannt."

Die Last dessen, was sie getan hatte, senkte sich auf sie herab wie ein erstickender Umhang. Sie weinte hemmungslos, als ihr Onkel ihr den Rücken zurückkehrte und sich daran machte, die Betrügerin an seine Brust zu ziehen.

Sie konnte nicht zusehen. Um sie herum gingen die Zuschauer auseinander und murmelten enttäuscht wegen des blutlosen Ergebnisses und die Prozession machte sich auf den Weg zurück zur Burg. Schon bald war niemand mehr auf dem Hinrichtungshügel außer ihr, dem gefesselten Bettler und einem halben Dutzend Krähen, die verwirrt umher hüpften, weil es für sie nichts zu holen gab.

Sie wischte sich über die Augen und umklammerte den Schlüssel in ihrer Faust. Langsam stand sie auf wackeligen Beinen auf und zupfte den Leinenstoff von ihren blutigen Knien und wandte sich dem Mann zu, für den sie alles geopfert hatte.

Die Dankbarkeit, die Erleichterung und die Verehrung, die sie von ihm erwartet hatte, waren nirgendwo zu sehen. Er blickte entlang seiner Nase auf sie herab mit einem dumpfen und höhnischen Blick der Verachtung, der so intensiv war, dass sie zurückzuckte. Sie hatte das Gefühl, dass ihr Herz brach.

Duncan zwang sich, über ihren Kopf hinweg zu sehen. Er ignorierte die Blutflecken auf der Vorderseite ihres Unterkleides und die weiblichen Kurven darunter. Er zwang sich, nur an ihre Täuschung und ihren Verrat zu denken und nicht an den Preis, den sie dafür gezahlt hatte.

Er war kein Narr. Sie hatte nur ihr eigenes Leben gerettet, weil sie Angst um die Unsterblichkeit ihrer Seele hatte, wenn er sterben sollte. Die Frau war herzlos. Ihr verführerisches Feuer hatte ihn schon zweimal verbrannt. Er würde sich nicht noch einmal verbrennen lassen. Er verschloss die Augen vor ihr und stählte sein Herz.

Linet fühlte sich, als würde sie auf dem dünnen Eis ihrer Gefühle laufen. „Gebt mir Eure Ketten", bat sie ihn mit bebender Stimme. „Ich werde Euch befreien."

Mit einem finsteren Blick wandte er sich um und ging weg, wobei er über seine Schulter sprach. „Erwartet nicht, dass ich Euch für meine Freiheit dankbar bin."

„Bitte", flüsterte sie ihm hinterher. „Verzeiht mir, ich bitte Euch."

„Ihr werdet Gott um Absolution bitten müssen. Nach

dem, was Ihr getan habt, wäre ich ein Narr Euch zu verzeihen."

„Bitte geht nicht!", rief sie.

Er blieb stehen, weigerte sich aber, sich umzudrehen oder sie eines Blickes zu würdigen. Hilflos starrte sie auf seinen muskulösen Rücken, den sie erst letzte Nacht gestreichelt hatte und seine dichten schwarzen Locken, durch die sie mit ihrer Hand gefahren war und schluckte die Verzweiflung hinunter, die drohte sie zu ersticken. Lieber Gott, sie hatte auch ihn verloren.

Niedergeschlagen lief sie umher, bis sie direkt vor ihm stand. Wie sie sich danach sehnte, ihren Kopf an seine breite Brust zu lehnen und seine Arme um sich zu spüren, aber sie wusste, dass sie dort heute keinen Trost finden würde. Neue Tränen stiegen in ihr auf. Sie nahm eine seiner schlaffen Hände in ihre und steckte den Schlüssel in die Fessel.

Dann eilte sie mit einem leisen Schrei davon – ohne ein Zuhause, ohne einen Namen und ohne Liebe.

El Gallo zerknüllte das frisch beschriebene Pergament in seiner Faust und warf es auf das Deck. Er hätte dasselbe mit dem Boten gemacht, dem alten Diener der Stoffhändlerin, wenn sie nicht im Hafen unter dem gestrengen Auge des flandrischen Magistrats gewesen wären. Zorn kochte in ihm hoch und ließ die Adern auf seiner Stirn hervortreten.

„Also", bellte er und spuckte beim Sprechen, „will Sombra mich mit seiner großartigen Tat ärgern."

Er drehte die Haare seines Bartes. Diese ganze de Montfort Angelegenheit war in jeder Beziehung ein Fluch für ihn. Zuerst war er in England gedemütigt und ausgeraubt worden. Dann wurden seine Versuche, Vergeltung auf dem Frühlingsmarkt zu bekommen vereitelt. Es hatte einen großartigen Augenblick gegeben, als er die Stoffhändlerin als Gefangene auf seinem Schiff festgehalten hatte, aber selbst das war nur von kurzer Dauer gewesen. Er hatte zwei seiner besten Männer irgendwo in Flandern verloren. Nur Gott wusste, ob sie noch lebten.

Aber das hier! Dies war die Krönung seiner Demütigung. Gemäß dieser Nachricht hatte Sombra es nicht nur geschafft, das de Montfort Weib zu finden, aber auch noch das Schicksal zu seinem Vorteil zu drehen. Der gerissene Spanier hatte sich bei der de Montfort Familie mit einer Betrügerin eingeschmeichelt. Sombra ging als reicher Mann nach Spanien zurück.

El Gallo war mehr als neidisch, aber er war keiner, der eine Niederlage akzeptierte, selbst wenn er sie bereits schmecken konnte. Die Schlacht war noch nicht vorbei.

„Aber", dachte er laut und fuhr sich mit den Fingern durch seinen Bart, „vielleicht war Sombra doch nicht so schlau. Er hatte das echte de Montfort Weib gehen lassen. Es ist nur eine Frage der Zeit, bevor sie sich nach England zu ihrem Zuhause begibt. Dort muss es sicherlich einen Beweis für ihr Geburtsrecht geben – die Habseligkeiten ihres Vaters, ein juristisches Dokument, irgendein vererbtes Andenken vielleicht, eine Familienbibel – Gegenstände, die ohne Zweifel bewiesen, dass sie die wahre Erbin ist." Sein Mund verzog sich zu einem Lächeln. „Natürlich wäre es nachlässig von mir, wenn ich ihr nicht mein Schiff und meine Begleitung für ihre sichere Reise zurück nach Flandern anbieten würde, damit sie ihren Anspruch erneut geltend machen könnte – für ihren Titel und meine Belohnung, dass ich die wahre Erbin von de Montfort zurückgebracht habe." Er lachte bellend. „Wenn man bedenkt, dass ich dieses Mal ehrenhaft handeln werde." Der Gedanke machte ihm ungemein Spaß. „Vielleicht werden meine Landsleute mir meine Besitztümer in Spanien für meine gute Tat zurückgeben, Harold? Was glaubt Ihr?"

Der Diener zog den Kopf ein und war bereit wegzulaufen, aber El Gallo legte dem dünnen Mann einen Arm kameradschaftlichen um die Schulter und zerdrückte ihn fast dabei. „Nein, nein mein Freund. Ihr werdet jetzt bei mir bleiben. Zusammen werden wir dieses schreckliche Unrecht in Ordnung bringen!"

Sein Rülpsen und Gelächter zerstörte den Anschein von Edelmut, den er versuchte zu erreichen, aber das machte nichts aus. Er musste Vorbereitungen treffen, seine Mannschaft aus den Bordellen zusammentreiben, Proviant für eine Woche beschaffen und den unglücklichen Tod von Sombra planen. Es war schon fast Sonnenuntergang. Er wollte, dass die *Corona Negra* um Mitternacht ablegte.

Die Wellen schlugen leicht gegen die mit Muscheln besetzten Planken des englischen Schiffes. Die Segel schlugen im Wind. Normalerweise hätte dieses Geräusch Duncans Abenteuergeist geweckt, aber heute Morgen hörte sich jeder Schlag des Segeltuchs wie ein Schlag ins Gesicht an und erschien ihm auch so. Sein Kopf pochte und er stöhnte und behielt sein Frühstück nur mit reiner Willenskraft bei sich. Er wollte nicht daran denken, was passieren würde, wenn sie die Bucht verließen und sich auf den Weg ins offene Meer begaben. Mit seinen blauen

Flecken und seiner grünen Gesichtsfarbe wegen seiner Übelkeit bot er wahrscheinlich einen bedauernswerten Anblick, wie er sich an die Reling des Schiffes lehnte. Er würde niemals mehr seinen Kummer im Alkohol ertränken, schwor er.

Gestern war er direkt vom Hinrichtungshügel in das nächste Gasthaus in Calais gegangen. In einer verrauchten Ecke des Cheval Blanc hatte er den größten Teil der Münzen der Piraten ausgegeben und tief in seinen Becher mit schaumigem Bier gestarrt in dem Glauben, dass seine Antwort unten im nächsten Becher liegen würde. Bis er den Punkt erreicht hatte, an dem er mit sich selbst sprach.

„Ich sollte sie den Piraten überlassen."

„Nay", stritt er. „Nay. Du hast geschworen, sie zu beschützen."

„Sie hat mich verraten! Ich bin ihr nichts schuldig."

„Ein Eid ist ein Eid. Ganz gleich, wie sehr du die engelhafte Hexe verabscheust, du hast ein Versprechen abgegeben. Schließlich muss man einem König keine Liebe entgegenbringen, um einen Lehenseid vor ihm zu schwören."

Schließlich hatte er aufgegeben und den Kopf in seine Hände gelegt. Das Bier hatte seine Probleme auf das Wesentliche konzentriert: Linet de Montfort segelte morgen nach England zurück. Er musste an Bord jenes Schiffes sein. Er musste es. Jemand musste sie vor Schwierigkeiten bewahren.

Das war die brillante Entscheidung, die er letzte Nacht nach Beratung mit gemalztem Getreide gefällt hatte. Heute erschien sie ihm weniger brillant.

Er blickte zur Seite und sah sie wieder an der Reling auf der anderen Seite stehen. Das Schiff war zu klein. Er musste dauernd wieder zu Linets trostlosen und doch arglosen Gesicht sehen, während sie auf das leere Meer vor ihnen blickte wie ein Engel auf dem Weg ins Fegefeuer.

Schuldgefühle stiegen in ihm auf. Er versuchte sie zu unterdrücken. Warum sollte er Reue verspüren? *Sie* hatte dies alles verursacht. *Sie* hatte den Verrat begangen. Er würde es ihr auch so sagen und sie sollte verflucht sein. Es war an der Zeit, die Dinge richtigzustellen. Er ballte seine Hände zu Fäusten. Er würde jetzt zu ihr gehen und sie konfrontieren. Direkt nach der nächsten Übelkeitswelle.

Am hinteren Ende des Schiffes pellte Linet verdrießlich Farbe von der Reling. Als sie den Bettler an der Anlegestelle in Calais unter den Passagieren mit Ziel England sah, hatte sie sich einen kurzen Augenblick vorgestellt, dass er ihr verziehen hätte. Sie hatte sich geirrt. Der Hass in seinen Augen war offensichtlich gewesen und jetzt nach nur ein paar Stunden auf der Reise nach Hause fühlte sie sich erschöpfter, als sie sich jemals zuvor in ihrem Leben gefühlt hatte. Sie hatte die ganze Nacht in dem Zimmer, das sie mit dem Geld ihres Onkels bezahlt hatte, wach gelegen und um ihre Verluste getrauert, geflucht, geweint und gebetet. Sie war sich sicher, dass das Schicksal sie in kein tieferes Loch hätte stoßen können. Sie hatte alles verloren.

Sie dachte darüber nach, dass sich nichts geändert hatte, wenn sie sich von Vernunft hätte leiten lassen, wo die Gefühle versagt hatten. Tief in ihrer Seele war sie immer noch eine de Montfort, ob dies nun jemand glaubte oder nicht. Sie war auch immer noch eine erfolgreiche Tuchhändlerin, auch wenn ihre Gewinne dieses Jahr rückläufig sein würden. Was die Liebe betraf ...

Sie atmete tief durch, um den Rest ihrer Melancholie abzuschütteln. Sie hatte Fehler gemacht und wie bei einer schlechten Geschäftsentscheidung brachte es nichts, wenn man sich zu lange damit beschäftigte. Sie hatte ihren Kurs gesetzt und ganz gleich, was passierte, sie würde weiter segeln. Es wäre edelmütig, dies zu tun. Sie müsste nur retten, was zu retten war.

Als sie sich vorstellte, wie sie mit ihrem zukünftigen Leben mit reduziertem Stolz, weniger Respekt und vielleicht sogar weniger Einkommen umgehen würde, wurden selbst ihre bescheidensten Pläne plötzlich null und nichtig.

Lieber Gott, dachte sie erschrocken, was, wenn sie von dem Bettler schwanger war?

Sie klammerte sich an die Reling, um sich aufrecht zu halten. Warum hatte sie daran noch nicht gedacht? Sie waren zwei gesunde Erwachsene und sie hatten die erforderliche Handlung vorgenommen. Je mehr sie darüber nachdachte, desto überzeugter wurde sie, dass sie wahrscheinlich empfangen hatte und das könnte verheerende Folgen haben.

Sie könnte ein Kind nicht der Demütigung und Verachtung aussetzen, die mit der Unehelichkeit einhergingen. Sie wusste, wie grausam Menschen sein konnten. Ganz gleich, was sie getan hatte, um ihre Würde zu verlieren, sie konnte nicht die eines unschuldigen Kindes beschmutzen. Sie schluckte den Kloß in ihrem Hals hinunter. Es gab nur eine Lösung für ihr Dilemma. Sie würde heiraten müssen und es müsste schon bald sein. Sie könnte sich den Luxus einer langen Brautwerbung vielleicht nicht leisten, wenn sie tatsächlich schwanger war. Das war die einzige Möglichkeit, dachte sie. Sie müsste sich dem Kind zuliebe verheiraten, um seine Ehre zu retten.

Aber während sie sich noch mit der Entscheidung

abfand, stählte sie sich gegen den plötzlichen und unerklärlichen Drang zu weinen. Was war bloß los mit ihr? Sie war sich ihrer Pflicht und ihrer Verantwortung bewusst. Sie wäre nicht die erste, die aus praktischen Gründen heiratete. Angesichts ihrer händlerischen Fähigkeiten und ihrer ansehnlichen Erscheinung würde irgendein passender Mann doch sicherlich darüber hinwegsehen, dass sie nicht mehr jungfräulich ins Hochzeitsbett kam.

Aber der Gedanke schnürte ihr den Hals zu. Sie konnte sich niemanden in ihrem Ehebett vorstellen außer dem Bettler mit dem wilden Haar und den feurigen Augen. Sie konnte sich nicht vorstellen, dass sie es zulassen würde, dass sie jemand auf solch intime Art und Weise berührte oder dass sie ihre Seele an einen anderen Mann verlor.

Bei Gott, sie wollte nur ihn. Ihre Ehre und ihr Stolz sollten verflucht sein, sie wollte den Bettler.

Er verachtete sie jedoch. Sie kaute an ihrer Lippe. Oder?

Der Wind blies ihr die Kapuze ihres Umhangs vom Kopf und das Haar aus ihrem Gesicht und plötzlich war die Antwort ganz klar. Aye, sie hatte eisigen, rohen Hass in den Augen des Bettlers gesehen, als er finster vom Schandpfahl auf sie herabgeblickt hatte. Seine Worte waren voller Zorn gewesen, aber unter dem Zorn war noch etwas anderes gewesen und dabei hatte es sich nicht um Hass gehandelt. In seinen Augen waren Schmerz, schreckliche Verletzung und Sehnsucht gewesen.

Warum war ihr das nicht schon vorher aufgefallen? Er war wie ein verwundeter Wolf, der fauchte und biss und seine Verletzungen verbarg, sodass er nicht noch mehr verletzt werden könnte. Linets Stimmung wurde besser und der Hauch einer Möglichkeit hielt Einzug in ihr Herz.

Er hatte ihr einmal seine Liebe gestanden und auch wenn diese Liebe tief unter einem Berg von Verrat, Misstrauen und Schmerz vergraben war, war sie vielleicht doch noch nicht tot. Vielleicht konnte sie sich seine Liebe ja wieder verdienen.

Sie schloss die Augen und betete um Standhaftigkeit. Wenn es um das Geschäft ging, hatte sie einen starken Willen. Sie gab niemals bei einem Streit nach. Diese Schlacht könnte sich als schwierig erweisen, aber sie schwor, dass sie alles Notwendige tun würde, um die Zuneigung des Bettlers zurück zu gewinnen.

Plötzlich ergriff eine Hand ihre Schulter und sie erschrak. Sie drehte sich um und blickte in das düstere Gesicht des Bettlers und ihre neu aufkeimende Hoffnung ließ sie im Stich.

„Tut genau, was ich sage", befahl er leise.

Sie runzelte die Stirn. Sein Tonfall ließ nichts Gutes erahnen.

„Kommt!", bellte er.

Sie zog von ihm weg.

„Bei Gott, Frau", fauchte er leise, „widersetzt Euch mir nicht. Nicht jetzt."

Er nickte in Richtung Norden um die letzte Landzunge herum. Ein Schiff mit den unmissverständlichen Farben von El Gallo näherte sich schnell.

KAPITEL 17

„Nay", flüsterte Linet sehr leise und ergriff seinen Ärmel.

„Ich wette mein Schwert darauf, dass unser spanischer Freund jedes Schiff durchsucht, das von Flandern nach England übersetzt", murmelte Duncan. „Er muss Euch wirklich sehr wollen." Er bereute seine Worte sofort, da Linets Augen sich vor Entsetzen weiteten. Trotz der Hölle, die er wegen des Weibes hatte durchmachen müssen, hatte er nicht das Herz, ihr Angst zu machen. „Ich werde es nicht zulassen, dass er Euch bekommt", versprach er.

Es war bestenfalls ein schwacher Schwur. Es gab keine Möglichkeit wegzulaufen und auch keine Zeit. Schon bald würden die Schiffe nah genug sein, dass man einzelne Personen erkennen konnte.

Er blickte sich nach einer passenden Stelle um, um eine kleine Frau zu verstecken. Sein Blick fiel auf eine hölzerne Kiste neben dem Hauptmast. In zwei Schritten war er bei ihr und hatte das rostige Schloss blitzschnell geöffnet. Er ignorierte die aufgebrachten Proteste des Kapitäns und die empörten Bemerkungen der Passagiere, öffnete die Kiste und warf die Rohwolle darin auf das Deck.

„Bleibt ruhig. Kapitän Campbell", sagte er zu dem düster dreinblickenden Schotten, „wir werden gleich von Piraten geentert. Sie suchen nach mir. Wenn es sein muss, gehe ich mit ihnen."

„Nay!", stritt Linet.

„Für den Rest von Euch sollte es keine Probleme geben", fuhr er fort. „Tut einfach, was sie sagen."

„Nay!", wiederholte Linet vehementer. „Sie wollen nicht Euch."

Duncan hatte keine Zeit für ihre Proteste. El Gallo war auf dem Weg. Er hob sie hoch, steckte sie in die Kiste und packte die Wolle über sie, bevor sie sich beschweren konnte und schloss den Deckel, wobei er seinen Fuß daraufstellte.

Dankenswerterweise gab es viel Aufregung an Bord, als die beiden Schiffe nebeneinander kamen und El Gallos Enterhaken das Handelsschiff an sich krallten. Ansonsten hätten Linets gedämpfte Schreie der Empörung die Spanier auf ihre Gegenwart aufmerksam gemacht.

In der Kiste gab Linet vergeblich das schlimmste Wort das sie kannte von sich. Der hinterhältige Bettler sollte verflucht sein! Sie zog ein Büschel ölige Wolle aus ihrem Mund und drückte fest gegen den Deckel der Kiste. Er bewegte sich nicht. Sie versuchte nicht darüber nachzudenken, wie ähnlich die Kiste einem Sarg war, rabenschwarz und erstickend und versiegelt durch das Bein des Bettlers, das er auf dem Deckel platziert hatte. Schon jetzt fühlte sich die Luft abgestanden an und Wolle hing an ihrer klebrigen Stirn.

Etwas Scharfes stieß ihr in den Rücken. Sie fühlte mit der Hand nach dem Gegenstand. Natürlich war es eine Schurschere, dachte sie mit Galgenhumor. Sie würde lebendig mit den Werkzeugen ihres Handwerks vergraben werden.

Am gequälten Ächzen der Deckplanken erkannte sie, dass El Gallo persönlich an Bord gekommen war. Sie stellte ihre Bewegungen ein und bemühte sich, der Unterhaltung zu lauschen.

Duncan spürte, wie der Blick des Piratenkapitäns auf ihn fiel.

„Oh, mein Freund, welch eine Überraschung!", höhnte El Gallo. „Ich hatte nicht geglaubt, dass ich Euch in dieser Welt noch einmal begegnen würde, aber seht doch, wie stürmisch das Schicksal Euch zu mir geweht hat." Er drehte sich im Halbkreis vor Duncan und betrachtete dessen Verletzungen. „Ich muss schon sagen, dass ihr ein wenig ... mitgenommener ausseht als zuvor."

Duncan legte seinen Ellbogen auf sein Knie und seine Hand um sein Kinn. „In der Tat, Kapitän", antwortete er mit einem grimmigen Lächeln, „aber nicht so mitgenommen wie diejenigen, die mir dies angetan haben ... möge Gott ihren Seelen beistehen."

Abgesehen von einem winzigen Muskel, der in El Gallos Kinn zuckte, blieb sein Gesicht so passiv wie ein Teigklumpen. „Wo ist sie?"

„Sie?" Duncan täuschte Verwirrtheit vor. „Ach, das Weib", lachte er. Er hatte vor, El Gallo zu sagen, dass er Linet de Montfort schon lange überdrüssig war. Er wollte ihm sagen, dass sie tot war.

Aber dann erkannte er Harold, Linets Diener, der in Ketten neben dem Piratenkapitän stand und er fluchte im Stillen. Er konnte Harold nicht glauben lassen, dass seine Herrin tot war. Das würde den armen Mann vernichten. Nach einer kurzen Pause schüttelte er den Kopf voller

Selbstironie. „Leider ist die Füchsin vor einigen Tagen geflohen."

El Gallo starrte ihn lange Zeit mit kalten Schweinsaugen an. Dann schnippte er einmal mit den Fingern und zwei Seeleute brachten Harold nach vorn. Der Mann zitterte wie Espenlaub.

„Ihr wisst also nicht, wo das Mädchen ist?", wiederholte El Gallo wie ein selbstsicherer Hahn zwischen Duncan und Harold. „Schade, ich habe ziemlich gute Nachrichten für sie."

Duncan zuckte mit den Schultern und täuschte vor, kein Interesse zu haben.

Der Piratenkapitän lächelte humorlos und betrachtete Duncan erneut von Kopf bis Fuß. „Was habt ihr Euch doch für farbige Verletzungen verdient, mein Freund", gurrte er. „Vielleicht sollten meine Männer Eurem Begleiter hier auch einige solcher ... Dekorationen verpassen."

„Begleiter?" Duncan schüttelte eine Leichtigkeit ab, die er nicht spürte. „Ich kenne den Mann nicht." Hoffentlich würde seine Lüge den Diener vor Schaden bewahren.

„Wirklich? Ihr kennt den alten Harold hier nicht?", sagte El Gallo und beugte seine Finger. „Dann habt Ihr auch nichts dagegen, wenn ich ..."

Bevor Duncan ihn aufhalten konnte, zog er eine fleischige Faust zurück und stieß sie nach vorn in Harolds Gesicht. Ein ekelhaftes Knirschen war zu hören. Die Passagiere keuchten. Harold stolperte rückwärts mit einem Stöhnen und hielt sich seine verletzte Nase mit den gefesselten Händen.

Duncan biss die Zähne zusammen. Er kämpfte gegen den Zwang El Gallo anzugreifen, seine Hände um dessen fetten Hals zu legen und das Leben aus ihm herauszudrücken. Stattdessen schwieg er eisig.

Unglücklicherweise hatte jemand anderes viel zu sagen. „Ihr Teufelsbrut! Was habt Ihr mit Harold gemacht? Ich bete, dass Ihr in der Hölle schmort!"

Die Schreie kamen nicht von Duncan, obwohl er ähnlich dachte. Der kühne Protest war aus dem Inneren der Wollkiste gekommen.

„Harold!". rief Linet. „Harold!"

Verflucht, dachte Duncan, sie hätte keinen schlechteren Zeitpunkt wählen können, um ihr Schweigen zu brechen.

El Gallo grinste langsam, verschränkte die Arme über seiner breiten Brust und betrachtete die Holzkiste. Er gab seinen Männern ein Zeichen. „Entfernt ihn", befahl er.

Man musste Duncan zugutehalten, dass vier Männer dafür nötig waren, aber die Piraten zogen ihn schließlich weg von der Kiste und setzten ihn mit vorgehaltener Klinge fest.

Als das Gewicht seines Fußes entfernt worden war, sprang Linet aus der Kiste. Wollbüschel fielen dabei von ihr ab und ihr Haar hing durcheinander. In ihren smaragdfarbenen Augen leuchtete ein gefährliches Feuer, als sie dem Piratenkapitän gegenübertrat.

„Lasst meinen Diener in Ruhe!"

El Gallo war äußerst amüsiert. „Ihn in Ruhe lassen?" Er gab vor, über die Idee nachzudenken. „Ihn in Ruhe lassen. Vielleicht habt Ihr Recht. Mir fällt kein Ort ein, wo mehr Ruhe ist als hier mitten auf dem Meer. „Oso!", rief er. „Lasst den Mann in Ruhe."

„Nay!", rief Linet. Sie griff El Gallo an wie ein Kätzchen einen Hund und schlug unwirksam gegen seinen großen Bauch und kratzte ihn mit ihren Fingernägeln.

Der Kapitän besiegte sie innerhalb weniger Sekunden und drückte sie gegen seine Seite, aber die Ablenkung ihres

Kampfes war genug gewesen, dass Duncan seinen Fängern entkommen und eines ihrer Schwerter konfiszieren konnte. Im Nu hielt er die Spitze der Klinge an El Gallos Hals.

Obwohl das rötliche Fleisch des Kapitäns unter seiner Klinge zitterte, wusste Duncan, dass sein Vorteil bestenfalls unsicher war. El Gallos Mannschaft war weitaus zahlreicher als die Männer mit kämpferischen Fähigkeiten auf dem englischen Schiff. Er würde sein Hirn statt seiner Kraft einsetzen müssen. Wenn er den Piraten nur etwas Verführerischeres als die Rache ihres Kapitäns anbieten könnte ...

Leise und nur für El Gallos Ohren bestimmt sagte er: „Hört mir zu, Kapitän. Wir wissen doch beide, dass Piraten ungefähr so loyal sind, wie Ratten auf einem sinkenden Schiff. Für eine Belohnung wäre es Eurer Mannschaft völlig einerlei, ob ihr Kapitän untergeht oder weiterlebt. Daher schlage ich vor, dass Ihr Eure Optionen sorgfältig abwägt." Dann verkündete er: „Lasst das Weib und den alten Mann laufen und ich gehe an ihrer Stelle mit Euch mit. Sie sind doch ohne Nutzen für Euch. Er ist nur ein armer Diener und sie ist eine Betrügerin, die sich den Titel de Montfort aneignen will."

Linet wand sich protestierend.

„An mir habt Ihr eine viel wertvollere Geisel", fügte er hinzu. „Sorgt dafür, dass Eure Männer Lord James de Ware in England kontaktieren, um Lösegeld für mich zu fordern. Ich bin Sir Duncan de Ware, der älteste Sohn meines Vaters und sein Erbe."

Er hörte, wie Linet ungläubig stöhnte, aber er hatte das Interesse der spanischen Mannschaft erregt.

„Meine Familie de Ware ist reich", sagte er in

spanischer Sprache und blickte jeden der Piraten einzeln an. „Sie werden gut für meine sichere Rückkehr bezahlen und es wird reichen, dass jeder von Euch Kapitän seines eigenen Schiffes werden kann."

Die Mannschaft murmelte beeindruckt untereinander.

„De Ware?", wiederholte ein Mann.

„Ich habe den Namen schon einmal gehört", sagte ein anderer.

„Natürlich habt Ihr das, Ihr Tölpel", sagte El Gallo und blickte sich zweifelnd um. „Man sagt, dass die Brüder Ihresgleichen im Umgang mit dem Schwert suchen."

Duncan drückte die Spitze der Waffe gegen das Fleisch an El Gallos Hals. „Möchtet Ihr es herausfinden?"

El Gallos ruhiges Lächeln und das Ausbleiben einer Antwort konnte den Zorn in seinen Augen nicht überdecken.

„Warum sollten wir Euch glauben?", fragte einer der Spanier.

„Ihr habt uns schon einmal getäuscht", fügte ein zweiter hinzu.

„Wenn Ihr mir nicht glauben wollt, dann ist das so", sagte Duncan. „Dann bringe ich Euren Kapitän sofort um und Ihr werdet gezwungen sein, mich zu töten. Dann werdet Ihr nicht nur Euer Leben verlieren, sondern auch von den anderen beiden de Ware Brüdern wegen Mordes verfolgt werden." Das ließ er erst mal sacken. „Andererseits, wenn Ihr beschließt mir zu vertrauen, könntet Ihr alle für den Rest Eurer Tage recht gut vom Lösegeld leben. Das ist das Risiko, das Ihr eingehen müsst."

Duncan würde eher sterben, als den Spaniern auch nur eine Münze aus der Schatztruhe seines Vaters zu geben, aber er wusste, dass er das richtige Lockmittel benutzt hatte. Gier war in den Gesichtern einiger Seeleute zu sehen, während sie über die Idee nachdachten.

„Lasst diese beiden gehen", drängte Duncan El Gallo, „und ich gehe freiwillig mit Euch."

„Nay", hauchte Linet.

„In Ordnung", stimmte El Gallo schnell zu, bevor seine Männer sich gegen ihn verbündeten. „Das ist das Risiko wert." Er zeigte verärgert auf die Klinge an seinem Hals. „Nehmt Euer Schwert weg."

Linet konnte nur ungläubig starren, als der Bettler die Waffe auf das Deck warf und mutig den Kopf hob. El Gallo nickte als Zeichen, dass Harold befreit wurde und befahl, dass dem neuen Gefangenen Fesseln angelegt wurden. Sie konnte kaum atmen, so fest drückte El Gallo sie gegen seine Rippen und wie ein Stück Wäsche hob er sie hoch und ließ sie zurück in die Holzkiste fallen. Sie war zu erschrocken, um sich zu bewegen und beobachtete, wie der Bettler die Handgelenke ausstreckte, um sich Fesseln anlegen zu lassen.

Sie dachte, dass das dumm von ihm war, während ihr Kinn angesichts seines Heldenmutes anfing zu beben. Der Bettler schuldete ihr nichts. Nun, da sie ihm kein Geld anbieten konnte, gab es keinen Grund für ihn, dass er sie weiterhin beschützte. El Gallo würde ihn sicherlich töten, wenn er herausfand, dass er wieder getäuscht worden war und es würde ein hässlicher Tod werden. Der verdammte Narr riskierte sein Leben für einen Diener, den er nur einmal getroffen hatte und für ein Weib, das ihn grausam verraten hatte. Es war äußerst dumm, das zu tun.

Sie wischte sich über ihre tränennasse Wange.

Nur ein Edelmann würde etwas so dummes tun.

Sie blickte hoch zu dem Bettler. Er gab ein Bild der

Ritterlichkeit ab, wie er dort mutig vor dem berüchtigten Piratenkapitän stand. Verletzt und verprügelt war er bereit noch mehr einzustecken. Um sie alle zu beschützen. Um *sie* zu beschützen. Als die Eisenfesseln um seine Handgelenke verschlossen wurden, zuckte er nicht einmal, sondern blickte nur stoisch über das Meer in Richtung der Küste, die er vielleicht nicht lebend wiedersehen würde.

Linet biss sich auf die Lippe. Sie hatte Unrecht gehabt. Ihr Vater hatte Unrecht gehabt. Adel war keine Frage der Geburt. Es hatte nichts mit Verhalten oder Kleidung oder Sprache zu tun. Es war eine Frage von Prinzipien, Prioritäten und Opferbereitschaft. Dieser Mann, dieser Bettler, hatte Recht. Er hatte mehr Edelmut in seinem kleinen Finger als die meisten Adligen, die sie kannte, in ihrer ganzen Familie besäßen. Er war gut. Er war ehrenvoll und er war ... im Begriff erdolcht zu werden!

Linet sah Stahl in El Gallos Faust aufblitzen. Die Zeit zog sich, während der Kapitän langsam den Dolch aus seinem Gürtel zog.

Der Bettler wandte den Kopf zu ihr wie in einem Traum und schien sich der Gefahr nicht bewusst und blickte ein letztes Mal auf die Frau, von der er einst behauptet hatte, dass er sie liebte.

Die Klinge verließ ihre Dolchscheide. Linet öffnete den Mund, um zu schreien. Das konnte nicht sein, dachte sie. Aber El Gallo zog das Messer langsam zurück.

Ihre Stimme war ein langes Kreischen. „Nay!"

Sie streckte die Hände unter sich, um sich aus der Kiste zu drücken und ihre Hand umfasste etwas Kaltes und Hartes.

El Gallos Dolch stoppte am höchsten Punkt und schwebte auf die Brust des Bettlers zu.

Linet sprang aus der Kiste und arbeitete sich zu El Gallo vor. Ihr Herz raste, als sie näherkam und dann stieß sie ihre Hand mit all ihrer Kraft nach vorn.

Die Klingen der Schurschere drangen tief in das weiche Fleisch des Bauches des Piraten. Er fiel leicht verdreht und sein enormes Gewicht drückte sie noch tiefer. Der Dolch fiel ihm aus der Hand und klirrte harmlos zu seinen Füßen. Er öffnete und schloss den Mund wie ein Fisch und stolperte dann rückwärts. Seine Augen wurden größer, dann leer und dann glasig. Um ihn herum wurde die Blutlache immer größer.

Linet erschauderte. Überall war Blut. Es lief aus El Gallos schrecklicher Wunde. Es verteilte sich über die Holzplanken auf dem Schiff. Es sog sich in den grünen Wollstoff ihres Surcots. Ihre Hände glänzten von der hellroten Flüssigkeit und ihre Finger rochen nach Eisen.

Aber sie wurde nicht ohnmächtig.

Sie hatte es geschafft, dachte sie und starrte auf ihre entsetzliche Arbeit. Sie hatte den Mistkerl getötet und sie hatte den Bettler gerettet. Sie hatte es geschafft.

Duncan war zu erstaunt, um zu sprechen oder sich zu bewegen.

Harold war der erste, der sich erholte. Ihm lief immer noch Blut aus der Nase und er nahm das Schwert eines starrenden Piraten und mit einem glücklichen Schlag schaffte er es, den Mann in die Bewusstlosigkeit zu schicken.

Danach spielten alle verrückt. Zwei Piraten griffen Kapitän Campbell an. Er warf eine Rolle Seil gegen einen, so dass dieser auf das Deck fiel und wandte sich dann dem anderen zu. Harold wehrte die Angreifer nur schwach ab. Ein Junge fing an jedem Piraten, der ihm im Weg stand, gegen das Schienbein zu treten und zimperliche Dienerinnen warfen Krüge und schwere Gegenstände gegen die Köpfe des Feindes.

Duncan musste ihnen helfen. Er zog an seinen Fesseln.

An Bord der *Corona Negra* wurden einige von El Gallos Mannschaft angesichts des Durcheinanders auf dem Handelsschiff misstrauisch.

„Die Enterhaken!", rief Duncan dem Kapitän zu.

„In Ordnung!" Campbell befahl seinen Männern, sie zu lösen.

„Harold!", rief Duncan und hob seine Fesseln.

Harold kämpfte sich in Richtung Duncan durch. Dann hob er sein gestohlenes Schwert, um die Kette zu durchschlagen und beschädigte dabei die Klinge.

„Ihr schuldet mir eine neue Waffe, Mylord", beschwerte sich Harold scherzhaft, wobei seine alten Augen funkelten, als Duncan befreit war.

„Ich schulde Euch eine neue Nase." Duncan schlug ihm auf die Schulter. „Und jetzt versprecht mir, alter Mann, aus Loyalität zu Eurer Herrin, dass Ihr aus dem Weg bleibt. Vertraut mir. Ich kann das hier allein schaffen." Er seufzte und hoffte, dass er Recht hatte.

In letzter Sekunde schob er Harold aus der Flugbahn eines Dolches, der im Bauch eines mit zwei Schwertern bewaffneten Piraten landete. Duncan nahm die Schwerter und machte sich für die Schlacht bereit.

Die Enterhaken waren jetzt gelöst. Während die beiden Schiffe auseinandertrieben waren nur noch wenige verrückte Spanier bereit, die breiter werdende Kluft zu überwinden und auf das Handelsschiff zu springen.

Linet konnte sich nicht bewegen. Sie konnte nichts fühlen. Sie ließ sich auf eine riesige Rolle Seil fallen. Ihre

Hände klebten an der Reling des Schiffes und sie ließ sie gern dort liegen so lange die Schlacht um sie herum tobte.

Der Bettler stellte sich mitten auf das Deck und zog die Aufmerksamkeit der Piraten auf sich. Zwei der Spanier griffen ihn auf einmal an. Er wurde leicht mit ihnen fertig und begegnete jedem mit einem der beiden Schwerter, die er schwang. Ein dritter Pirat versuchte zuzuschlagen, während er beschäftigt war, aber der Bettler drehte sich und schlug um sich, um einen vollen Kreis um sich herum freizubekommen. Dann teilten sich El Gallos Männer auf, um ihn von allen Seiten wie ein Wolfsrudel anzugreifen.

Linet legte eine zitternde Hand über ihre Brust. Der schottische Kapitän und seine Mannschaft waren damit beschäftigt, die Flucht ihres Schiffes vor der *Corona Negra* sicherzustellen. Zwei Passagiere lagen verwundet auf dem Deck. Ansonsten gab es nur eine Handvoll Jungen und einige Dienerinnen, um mit den bewaffneten Grobianen zu kämpfen. Der Bettler war inzwischen sicherlich ein toter Mann, sofern der alte Harold die Spanier nicht zurückhalten konnte. Verzweifelt suchte sie nach ihrem Diener.

Zu ihrem Leidwesen lehnte der Mann an der Reling des Schiffes mit seiner Hand untätig am Griff seines gestohlenen Schwertes und beobachtete den Fortschritt der Schlacht mit einer gewissen Heiterkeit.

Linet war völlig entsetzt. Wie konnte Harold es zulassen, dass ein Mann, der offensichtlich in der Minderheit war, abgeschlachtet wurde? Sie beobachtete den Kampf mit wachsender Sorge, während die Funken von den Klingen stoben.

Zuerst kämpfte der Bettler gegen die Piraten in einem Kreis, stieß mit seinem rechten Arm auf einen zu und schlug dann unerwartet mit dem linken Arm auf einen anderen ein. Er lockte sie mit Worten und Sticheleien, bis sie mit unkontrolliertem Zorn zuschlugen.

Erst als er anfing, sie mit seinen Schwertern verhöhnen, merkte Linet, dass das Ganze ein Kinderspiel für den Bettler war. Er warf ein Schwert in die Luft und während der Pirat abgelenkt war, schlitzte er dessen Jacke auf. Er wirbelte die Schwerter umher und ließ den Stahl wie die Zähne eines Drachens über den Köpfen der Spanier surren und schlitzte dann ihre Hemden auf.

Linet runzelte die Stirn. Der Narr genoss das Ganze auch noch.

Schließlich schien er der Unterhaltung müde zu werden. Mit reiner Kraft schlug er einem der Piraten das Schwert aus der Hand und es flog mit dem Griff zuerst ins Meer. Dann trat er einem der Kerle in den Hintern, sodass er hinüber zu Harold flog, der ihn in Ruhe an der Jacke erwischte und über die Reling warf, als wäre dies so geplant.

Der Bettler überraschte den zweiten Piraten. Er duckte sich und rollte sich hin zu den Füßen des Piraten, wobei dieser über ihn stolperte. Dabei verlor er sein Schwert und dieses rutschte über das Deck. Harold bot dem verwirrten Opfer seine Hilfe an und half ihm dann über Bord zu klettern.

Schließlich stellte sich der Bettler dem letzten Spanier mit einem Schwert in jeder Hand und Wildheit in seinen Augen. Der Pirat wog seine Chancen und begrenzten Möglichkeiten ab. Weise ließ er sein Schwert fallen und bewegte sich zur Reling, wobei er freiwillig in das Wasser sprang, um zur *Corona Negra* zu schwimmen.

Duncan wischte sich mit dem Handrücken über die Stirn. Jubel erhob sich und die Passagiere schwenkten die Werkzeuge ihres Sieges – Taschen, Broschen und Töpfe–

als Drohung in Richtung der fortsegelnden *Corona Negra*. Mit Kapitän Campbells Hilfe warf Duncan den letzten Piraten über Bord, aber angesichts der riesigen Masse von El Gallo schüttelte er nur den Kopf. Für die Entsorgung dieses Körpers würden mehrere starke Männer nötig sein.

Campbell schlug Duncan in seiner Aufregung auf den Rücken und als er sich wieder erinnerte, grinste er verlegen, nahm seine Bundhaube ab und verbeugte sich richtig. Duncan lächelte kurz anerkennend, aber er hatte etwas anderes im Kopf. Er hatte dem törichten Weib, das sich so achtlos selbst in Gefahr gebracht hatte, einiges zu sagen.

Als er sie sah, wie sie mit Blut befleckt auf der Rolle Seil saß und klein und verwirrt aussah, verschwand seine ganze Selbstgerechtigkeit. Sein Herz wurde sofort weich. Er konnte niemals einem unglückseligen Obdachlosen widerstehen und Linet de Montfort war der unglückseligste Anblick, den er seit langem gesehen hatte.

Langsam ging er zu ihr hinüber. Er hockte sich neben sie, nahm ihre zitternden blutigen Hände in seine und blickte in ihr Gesicht. Sie stand unter Schock.

„Geht es Euch gut?", flüsterte er.

Ihre Stimme brach, als sie murmelte: „Ich dachte, er würde Euch töten."

Duncan versuchte vergeblich zu grinsen. „Er hat es fast geschafft."

Linet blickte auf ihre zitternden Hände und zuckte bei den dunkelroten Flecken zusammen. „So viel B-Blut", stotterte sie. „Aber immerhin bin ich nicht in Ohnmacht gefallen."

„Nay", sagte er mit einem schwachen Lächeln. „Nay, Ihr seid nicht ohnmächtig geworden."

„Gut", sagte sie zufrieden. Dann vertrete sie die Augen und brach ohnmächtig neben ihm zusammen.

KAPITEL 18

„Seid Ihr sicher, dass Duncan noch lebt?"

Garths Frage klang recht unschuldig, aber sie brachte Holden sofort dazu schon fast gewalttätig zu werden. „Natürlich lebt er noch!", beharrte er, schlug mit der Faust gegen das verschlossene Gartentor und kniff die Augen zornig in Richtung seines Bruders zusammen. „Wie könnt Ihr es wagen zu behaupten ..."

„Holden!", rief Robert. Dann senkte er seine Stimme, um sicherzustellen, dass sich keine geschwätzigen Diener in den vom Mond beleuchteten Ecken des ummauerten Gartens befanden.

Holden schwieg und fing an abwesend die Blüten von dem Jasminbusch neben ihm zu zupfen. Es war ein seltsamer Treffpunkt für die drei zu dieser späten Stunde, aber im Garten konnten sie sicher sein, dass sie allein waren.

Robert sprach tröstend zu Garth: „Duncan muss noch am Leben sein. Ich bin mir dessen ganz sicher. Aber Euer Vater ..."

„Er fängt an Fragen zu stellen, Robert", zischte Holden und zerdrückte Blüten fielen aus seiner Faust wie Schnee.

„Ihr seid nach Spanien und zurück gesegelt und Ihr habt nichts erreicht." Er spuckte auf den Boden. „Nichts außer spanischem Zuckerwerk, um Euch das Wasser im Mund zusammen laufen zu lassen und Euer Bett zu wärmen."

In Robert kochte der Zorn hoch „Ihr armseliger ..." Mit einem Brüllen stieß er Holden und drückte ihn hart gegen die Gartenmauer. „Wagt es nicht, so über meine Verlobte zu sprechen, Ihr kriechender ..."

„Eure Verlobte!", spottete Holden und knuffte ihm in die Brust. „Wirklich? Und während mein Bruder schmachtet ..."

Robert zog seine Faust mit einem Fauchen zurück.

„Hört auf!", rief Garth und versuchte die beiden Männer zu trennen. „Eure Beleidigungen helfen Duncan in keinster Weise."

Holden fluchte und schob Garth weg von sich. Dann trat er schuldbewusst gegen die Erde.

Robert senkte den Blick und schüttelte den Kopf. Er wusste nicht, was in ihn gefahren war. Als er sich beruhigt hatte, murmelte er: „Ich war mir sicher, dass Duncan bei unserer Rückkehr hier sein würde."

„Nun ist das Öl ins Feuer gegossen worden", sagte Holden und brach träge einen Zweig von einem Pfirsichbaum ab. „Der König hat mich gebeten, mit ihm nach Schottland in den Krieg zu ziehen."

„Schottland!", rief Robert und sein Zorn war in der Aufregung sofort vergessen. „Das ist ja wunderbar. Davon habt Ihr doch immer geträumt, Holden."

Holden lächelte grimmig. „Und jetzt kann ich nicht gehen."

„Was soll das heißen?"

„Ich bin der nächste in der Erbfolge, Robert." Müde

strich er sich durch sein Haar. „Da Duncan weg ist und wer weiß wo er hinter seiner neuesten Geliebten herjagt ...“

„Sie ist nicht seine neueste Geliebte.“ Garths Augen leuchteten silbrig im blassen Mondlicht. „Ich glaube, dass er vorhat sie zu heiraten“

„Was?“, fragte Holden.

„Linet de Montfort. Ich konnte es in seinen Augen sehen ... bevor er wegging. Ich wäre nicht überrascht, wenn sie heirateten.“

„Wie bitte!“, explodierte Holden. „Das ist lächerlich. Er kann nicht heiraten. Nicht ohne Erlaubnis des Königs.“ Sein Lachen war nur ein Bellen. „Und ich bezweifle, dass Edward wohlwollend reagieren würde, wenn einer seiner besten Ritter eine Tuchhändlerin heiratet.“

Robert strich sich über das Kinn. „Sie ist eine de Montfort. Es ist möglich.“

Holden streckte die Arme hoch. „Ihr könnt meinen Bruder noch nicht einmal finden und schon verheiratet Ihr ihn. In der Zwischenzeit muss ich mir eine Entschuldigung ausdenken, um das Angebot des Königs abzulehnen, ohne dass ich danach als Verräter am Galgen hänge.“

Während sich die Männer weiter zankten, seufzte Lady Alyce, die im Mondlicht Minze und Boretsch gepflanzt hatte und trat aus der Dunkelheit hervor. Sie hatte genug gehört. Es war zwar an der Zeit, dazwischen zu gehen.

„Keiner meiner Söhne wird als Verräter am Galgen hängen. Steckt das Schwert weg, Holden.“

Verlegen steckte Holden die Klinge, die er gezogen hatte, zurück in die Schwertscheide.

Lady Alyce schüttelte den Kopf und steckte ihren Pflanzstock in den Boden. Sie dachte noch, dass sie noch nie drei erwachsene Männer gesehen hatte, die so schuldbewusst aussahen. Holden trat unruhig von einem Fuß auf den anderen. Garth ließ den Kopf hängen wie ein reumütiger Priester und sie war sich sicher, dass Roberts Gesichtsfarbe der ihrer roten Rosen ähnelte.

Sie schlug sich den Dreck von den Händen. „Gibt es etwas, was Ihr mir sagen wolltet, meine Herren? Etwas außer den Nachrichten, die Ihr bereits dem ganzen Haushalt zugerufen habt?" Sie war sich nicht sicher, ob sie alles hören wollte. Was sie bislang gehört hatte, reichte, dass ihr Herz so unruhig schlug wie ein Wagen mit drei Rädern, aber offensichtlich fiel den drei Männern keine Lösung ein.

Die drei schauten einander immer wieder an. Schließlich trat Garth vor.

„Wir haben geschworen, in dieser Sache zu schweigen, verehrte Mutter", sagte er und sah dabei aus wie der Ritter Galahad, als er vom Heiligen Gral sprach.

„Ein Schweigegelübde?" Sie versuchte nicht zu lachen. Die drei hatten so laut gebrüllt, dass sie die Toten hätten erwecken können, aber sie versuchte streng zu blicken. „Wenn einer meiner Söhne in Gefahr ist..."

Robert blickte zu Garth. „Wir haben Grund zu der Annahme, dass er es vielleicht ist."

„In Ordnung", antwortete sie und versuchte das Beben in ihrer Stimme zu kontrollieren. „In Ordnung." Sie zwang sich, dass ihr Herz sich beruhigte. „Ihr sagtet, dass er verschollen sei. Wo wollte er hin?"

Robert räusperte sich. Holden presste seine Lippen fest zusammen. Garth schloss die Augen. Oh Gott, wie sie diese Ratespiele hasste, welche die unerträgliche Ritterlichkeit der de Ware Männer ihr immer wieder aufzwang.

Sie trommelte mit den Fingern gegen ihre Lippen.

„Beantwortet zumindest meine Fragen. Ist er zu dem Dorf der Tuchhändlerin gegangen, wie Ihr mich habt glauben lassen?"

„Nay", antwortete Garth schuldbewusst.

„Ist er in den Wald gegangen?"

„Nay", antwortete Garth.

„Ist er überhaupt auf de Ware Land?"

„Nay."

„Ist er..."

„Auf einem Schiff", platzte Robert heraus und erntete damit einen finsteren Blick und ein Knuffen mit dem Ellbogen von Garth.

Sie keuchte. „Auf einem Schiff?"

Garth blickte düster zu Robert.

„Um Gottes willen, Garth", murmelte Robert, „er ist der Erbe Eures Vaters."

Garth runzelte die Stirn. Für ihn war ein Eid ein Eid.

„Und dieses Schiff hat zum Ziel ...", begann sie und legte eine Hand nervös auf ihre Brust.

„Das wissen wir nicht", antwortete Holden und richtete sich zu seiner ganzen Größe auf.

Robert runzelte die Stirn. „Wir haben eine ziemlich gute Ahnung."

Wieder blickten die Brüder Robert finster an.

„Die Tuchhändlerin, Linet de Montfort", sagte Robert, „wurde entführt."

„Natürlich konnte Duncan nicht einfach untätig zusehen", sagte Lady Alyce und nickte. Sie hatte schon lange entdeckt, dass Duncans angeborene Heldentaten gar nicht in seiner Macht lagen. „Wer ist der Entführer?"

„El Gallo." Garth murmelte die Worte so leise, dass sie sie fast überhört hätte.

„El Gallo!" Sie bekreuzigte sich. Die Sache war dringlicher, als sie erwartet hatte. „Duncan hat sich also auf das Schiff eines Piraten geschmuggelt?" Sie nahm ihre schmutzige Schürze ab und dachte laut. „El Gallo. Ich wette, es geht um diese Kaperbriefe." Sie knuffte die Schürze in einen Ball mit der schmutzigen Seite nach innen. „Wir werden ihre Familie benachrichtigen müssen. Vielleicht können sie helfen."

„Familie?", sagte Holden. „Wessen Familie?"

„Linet de Montforts. Sie ist mit einer mächtigen Adelsfamilie in Flandern verwandt."

„Flandern?", fragte Holden.

„Dort kommt sie her. Von dort kommen all die besten Tuchhändler und sie ist irgendwie mit den de Montforts dort verwandt."

„Aber woher ..."

„Ich das wusste?", sagte sie und zog ihren Pflanzenstock hoch. „Ein bisschen Geschwätz. Einige Nachfragen. Wir haben nicht jeden Tag eine Frau, die königliche Kaperbriefe bei sich trägt und da habe ich mich ein wenig erkundigt. Ihre Geschichte ist recht interessant." Sie tippte sich mit ihrem Stock gegen die Stirn. „Außerdem ist eine Frau weise, wenn sie die Geschichte der Händler, mit denen sie Geschäfte macht, in Erfahrung bringt und genau zuhört, was auf ihre Domäne erzählt wird. Aye, de Montfort kann uns vielleicht helfen."

Holden fummelte an seinem Schwertgürtel herum. „Dann müssen wir uns also nach Flandern begeben. Robert, macht eine Mannschaft bereit ..."

„Wartet!", protestierte sie und legte eine Handfläche auf Holdens breite Brust „Müsst Ihr nicht einem König dienen?"

Holden blickte finster. In seinem Gesicht war tiefe Qual zu sehen. Er hatte seinem Bruder gegenüber eine moralische und emotionale Verpflichtung, aber der König bot ihm eine Gelegenheit, für die die meisten Männer töten würden – die Chance für einen zweiten Sohn sich Reichtum und Land zu verdienen.

„Ich kann Duncan nicht im Stich lassen", murmelte er schließlich.

Die Qual in seinen Augen schmerzte sie. „Macht Euch keine Sorgen. Ich bin mir sicher, dass Duncan erst einmal in Sicherheit ist. Ihr wisst doch, dass ein Pirat nichts mehr liebt als Silber. El Gallo schneidet sich ins eigene Fleisch, wenn er Duncan de Ware etwas zuleide tut."

Ihr beruhigendes Lächeln kam nicht wirklich von Herzen, aber sie konnte Holden nicht leiden sehen. Liebevoll streckte sie die Hand aus, um eine seiner Locken zurück zu streichen.

Sie war so stolz auf ihre drei Söhne, auch auf die beiden, die sie nicht geboren hatte. Holden und Duncan waren wie Abbilder ihres Vaters, aber zu einer anderen Zeit gemalt. Duncan hatte kohlrabenschwarzes Haar und Holdens sah aus wie Mahagoni, das von der Sonne geküsst worden war. Duncans Augen leuchteten immer blau und Holdens nahmen unterschiedliche Grüntöne an, aber beide hatten ein Gefühl für Ehre und Loyalität, das jede Mutter gleichzeitig stolz und ihr Angst gemacht hätte.

Holden kämpfte immer in irgendeiner Schlacht. Er schaffte es, jeden Ärger auf sich zu ziehen.

Sie wischte eine unerwartete Träne aus dem Auge, bevor diese fallen konnte. Der Gedanke, dass sie einen ihrer Söhne verlieren könnte, war unerträglich. Sie schwor, dass Duncan alles von ihr bekäme, was er wollte, wenn er nur gesund zurückkommen würde und versprach, sich aus allem Ärger herauszuhalten. Ein Dutzend neue Pferde. Eine eigene große Halle für all die Obdachlosen, die er mit nach Hause brachte. Die Braut seines Herzens ...

Ihr Verstand meldete sich sofort und war so wach und gewieft, wie wenn sie Schach spielte. Ihr übermütiger Sohn hatte sich in diese Lage gebracht wegen Linet de Montfort. Er war der Tuchhändlerin auf ein Piratenschiff gefolgt und hatte Kopf und Kragen für sie riskiert. Es war offensichtlich, dass Duncan sich in das Mädchen verliebt hatte. Vielleicht hatte Garth Recht.

Linet de Montfort hatte so einige Tugenden. Sie war außergewöhnlich hübsch, intelligent und beherzt und war das perfekte Gegenstück zu Duncans Schlagfertigkeit und Herzensgüte.

Lady Alyce spürte, wie sich ihr Mund zu einem Lächeln verzog. Wenn Guillaume de Montfort Lösegeld für das Mädchen an El Gallo zahlte, was er zweifellos tun würde, denn die Familie war berüchtigt für ihren Reichtum, würde Lady Alyce wegen einer Hochzeit zwischen Duncan und Linet anfragen. De Montfort würde sicherlich zustimmen. Durch ein Bündnis mit de Ware würde er viel politische Gunst erlangen.

Was El Gallo betraf und was ihr Mann mit ihm machen würde – ob er den Piraten an seinen Eiern aufhängen oder ihn einfach zurück nach Spanien segeln ließ – war für sie nicht von Belang. Sie wollte nur, dass Duncan zu Hause und glücklich mit einer Frau war, die sich um ihn kümmerte und ihn aus allem Ärger heraushielt.

Es war die perfekte Lösung.

Nur eine Sache verhinderte noch, dass sie das Aufgebot sofort für sie bestellt hätte – der König; und Holden konnte da etwas tun.

„Ihr habt unseren Segen zu Eurem König zu gehen, Holden. Sagt Edward, dass er Euch haben kann." Sie schürzte ihre Lippen. „Aber er wird es wiedergutmachen müssen. Ich möchte ihn um einen Gefallen bitten; es geht um ein Verlöbnis und ich will, dass es sofort arrangiert wird."

„Meins?" Holden würgte das Wort heraus.

„Nay, Duncans."

Die Erleichterung auf Holdens Gesicht amüsierte sie, aber Alyce hatte keine Zeit zu verlieren. Sie ging an den Männern vorbei, um das Gartentor aufzuschließen. Sie musste ein Bad bestellen mit einer extra Portion getrockneter Veilchen und sie würde das dünne Gewand aus roter Seide anziehen, das James ihr aus der Türkei mitgebracht hatte. Sie würde nachsehen, ob die Köchin noch von den leckeren Kirschküchlein übrig hatte. Eine Herausforderung wartete auf sie, da sie ihren Mann überzeugen musste, dass eine Verbindung zwischen de Montfort und de Ware gewinnbringend und weise wäre und sie freute sich auf jeden genüsslichen Augenblick dieser Herausforderung.

Sombra blickte auf seine Arbeit herab und fühlte nichts. Keine Befriedigung. Keine Gerechtigkeit. Nur den kalten Wind, der die Klippe hinaufblies und das blonde Haar des Mädchens zu seinen Füßen zerzauste.

Ihre Augen waren glasig und geweitet. Ihre Haut war so blass wie Alabaster. Das Blut wurde nicht mehr aus dem dünnen Schnitt an ihrem Hals gepumpt. Jetzt kam nur noch ein schwaches Tröpfeln und das wurde von ihrem billigen wollenen Unterkleid aufgesogen wie die Suppe vom Brot.

Selbst die Art und Weise, wie ihre Gliedmaßen über dem steinigen Boden ausgestreckt waren und ihre Röcke hoch über ihre Knie in einem finalen Porträt des Todes aufgebauscht wurden inspirierte ihn in keinster Weise.

Es brauchte mehr als nur den Tod einer Hure um ihn für all das, was er verloren hatte, zu entschädigen. Er nahm an, dass es gar nicht gänzlich ihre Schuld war. Obwohl er das Medaillon besaß, trotz der dramatischen Szene, in der die echte Linet de Montfort den Anspruch auf ihren Titel verlor, hatte Lord Guillaume de Montfort Sombras Geschichte nie ganz geglaubt. Melancholie war in den Augen des Mannes zu sehen von dem Augenblick an, als er zögerlich die Hand der Betrügerin in seine genommen und sie geküsst hatte und trotz der charmanten Bemühungen Sombras waren seine Töchter ebenso zögerlich gewesen.

Das Schicksal hatte ihn grausam getäuscht und ihn glauben lassen, dass alles in Reichweite war. So viel Geld, wie er gar nicht zählen konnte, würde ihm in die Hand gelegt werden und er würde mit Geschenken von unschätzbarem Wert überschüttet – Tuch, Gewürze und Edelsteine – Geschenke der Dankbarkeit, dass er die de Montfort Erbin sicher zu ihrem rechtmäßigen Zuhause gebracht hatte. Er sonnte sich in der Wärme des Sieges, träumte davon seine Ländereien in Spanien zurückzubekommen und abscheuliche Rache an jenen zu üben, die sie ihm gestohlen hatten.

Dann wurde ihm alles weggenommen. Irgendeine niedere Schneiderin aus dem Nachbardorf, welche die Gerüchte gehört hatte und sich eine ordentliche Belohnung für ihre Mühe erhoffte, war mit einem schweren Silberring, den sie von der Frau bekommen hatte, die behauptete Linet de Montfort zu sein, zum Lord gekrochen gekommen. Diese

Linet de Montfort war ganz anders als jene, die jetzt den Titel angenommen hatte. Diese Dame, sagte sie, hatte den Ring unter Tränen aufgegeben und hatte sich als so kenntnisreich über die Qualität des Gewandes, das sie gefertigt haben wollte, geäußert, dass die Schneiderin den Laden fast auf den Kopf gestellt hatte, um sie zufriedenzustellen.

Die Geschichte an sich bewies gar nichts. Der Ring mit dem Wolfskopf hätte gestohlen sein können, aber de Montfort erkannte das Siegel und stellte die Verbindung zwischen dem Ring und der Behauptung des Mönches hinsichtlich seiner Herkunft her. De Ware war eine alte und mächtige Familie. Solche Familien beleidigte man nicht. Wenn die Möglichkeit bestand, dass der Mensch wirklich mit de Ware verwandt war ...

Sombra wollte gar nicht an die Demütigung denken, die dann gefolgt war – die Rücknahme seiner Belohnungen, die Ketten, die an seinen Handgelenken rasselten, als er und seine betrügerische Hure, die modrigen stinkenden Stufen in den Kerker geleitet wurden.

Er war natürlich innerhalb einer Stunde geflohen. Die Wärter waren dafür berüchtigt, dass sie Tölpel waren und Burgen waren äußerst geschäftige Orte. Das Weib und er waren durch den Wald geflohen, hatten sich Essen und Kleidung gestohlen und nicht geruht, bis sie das Meer erreicht hatten. Natürlich konnte er das Mädchen nicht einfach gehen lassen. Sie würde ihn für die Belohnung bei den Behörden verpfeifen und daher tötete er sie.

Mit seinem Stiefel trat er gegen die Leiche, um sicherzugehen. Es gab keine Reaktion. Da er seine Kleider nicht beschmutzen wollte, rollte er sie mit dem Fuß über die Klippe, wo sie auf den weißen Felsen zerschmetterte.

Die Sonne war schon fast untergegangen, als Sombra an der Anlegestelle von Calais eintraf. Er strich seinen braunen Wollsurcot glatt, wobei er stumm fluchte. Das war das beste Kleidungsstück, das er in diesem zurückgebliebenen Land hatte stehlen können. Aber bald, sagte er sich, würde er wieder schwarzen Samt tragen – schwarzen Samt und goldene Seide aus dem Orient.

Das Glück war auf seiner Seite. El Gallo war immer noch in Flandern. Am hintersten Ende der Anlegestelle flatterte die Fahne der *Corona Negra* – ein stolzer scharlachroter Hahn mit einer schwarzen Krone auf einem goldenen Hintergrund – vom höchsten Mast im Hafen.

Während der letzten Meilen hatte Sombra eine reumütige und hinterhältige Ansprache eingeübt, mit der er El Gallo überzeugen wollte, dass er ihn zurück an Bord nahm. Wenn er das Interesse des Kapitäns auf eine neue gewinnbringende Gelegenheit lenken konnte, ob diese letztlich etwas brachte oder nicht, könnte Sombra sein altes Leben wieder aufnehmen. Er könnte seine Kabine auf der *Corona Negra* wieder in Besitz nehmen und im Schatten des großen Piraten arbeiten.

Er bewegte sich nach vorn durch die Menge. Direkt vor ihm kam El Gallos Mannschaft über den Landungssteg. Diego war klatschnass und um den Kopf trug er einen blutigen Verband, Roberto humpelte und wurde von einem blassen Diaz fast gezogen. Der bewusstlose Felipe wurde von zwei anderen getragen.

Irgendetwas stimmte nicht.

Sombra schob sich durch die Menge und ging mit großen Schritten auf das Schiff zu. Sein Herz raste. Am Ende des Landungsstegs ergriff er Diego am Arm.

„Was ist los?", fragte er. „Was ist passiert?"

„Sombra!", keuchte Diego. „Es ist der Kapitän. El Gallo.... ist tot."

Sombra stolperte rückwärts. „Nein", flüsterte er. „Nein." Er brach vor der *Corona Negra* zusammen, konnte nicht mehr sprechen und kaum noch atmen. All seine Hoffnungen und seine Pläne waren in einem einzigen letzten Schlag zunichte gemacht worden. Er hatte jetzt keinen Zweifel mehr. Das Glück war sein Feind geworden.

Auf der anderen Seite des Meeres wimmelte der Hafen von Dorwich nur so vor Händlern und Reisenden und Jungen, die erpicht darauf waren, auf die Segelboote an der Anlegestelle zu kommen. Nachdem sie zwei Tage den Gestank ihrer grauenhaften Fracht eingeatmet hatten stiegen die Passagiere aus Flandern enthusiastisch aus und wollten die Geschichte der Niederlage El Gallos unbedingt erzählen, wobei einige ihren eigenen Anteil daran massiv übertrieben. Ein paar freche Seelen kletterten sogar auf das Schiff, um einen Blick auf den berüchtigten Piraten zu erhaschen.

Trotz Duncans Bemühungen, sie zu trösten stand Linet immer noch unter Schock und nun, da sie in England angekommen waren, wollte er nicht, dass sie einer Befragung unterzogen wurde. Unter den Umständen konnte man sie wohl kaum des Mordes schuldig sprechen. El Gallo war ein berüchtigter Verbrecher gewesen und es gab genügend Zeugen, die sie entlasten konnten, aber er hatte vor, sie vor Neugierigen zu beschützen bis eine Gerichtsverhandlung stattfand, sofern sie überhaupt notwendig wurde.

„Ich muss mir die Hände waschen", sagte sie zum fünfzigsten Mal.

Duncan blickte hinab auf ihre Finger, die schon ganz roh davon waren, dass sie das imaginäre Blut abwaschen musste. Er machte sich viel größere Sorgen um den riesigen Fleck auf ihrem Surcot.

Aber bevor sie zu viel Aufmerksamkeit erregen konnte, führte er sie unter das Deck in die Kabine des Kapitäns. Aus einem Zinnkrug schüttete er Wasser in ein Waschbecken neben dem Bett des Kapitäns. „Gebt mir Eure Hände", bat er sie. Dann seifte er vorsichtig den Beweis, den nur sie sehen konnte, weg.

Das Ritual schien sie zu beruhigen. Als er ihr das Handtuch reichte, murmelte sie leise: „Könnt Ihr mir jemals verzeihen?"

„Euch verzeihen?" Für was – dass sie sein Leben gerettet hatte? Wenn sie nicht so schnell und mit ihrer de Montfort Unüberlegtheit gehandelt hätte, hätte er am liebsten hinzugefügt, würde sein Blut über das Deck laufen.

„Ich hatte ... Unrecht", sagte sie. „Ich hatte Unrecht Euch zu bewerten und Unrecht ... Euch zu verraten."

Er strich mit dem Daumen nervös über die Rückseite ihrer Hand und versuchte dem Schwinden seiner Entschlossenheit zu widerstehen. Er würde sich ihre Entschuldigung anhören, aber obwohl er sie weiterhin beschützen würde, hatte er nicht vor zuzulassen, dass sie wieder über sein Herz befehlen konnte.

Sie erschauderte und atmete tief durch und zupfte an der Wolle ihres Rockes. „Bitte hört Euch meine ganze Geschichte an", sagte sie leise. „Für das, was ich getan habe, gibt es keine Entschuldigung, aber vielleicht kann ich es erklären." Sein Blick schweifte in die Ferne und sie schluckte und versuchte die richtigen Worte zu finden „Mein Vater war ein Adliger, aber meine Mutter war eine Bäuerin. Er hat sie so sehr geliebt, dass er alles aufgab um sie zu heiraten. Er gab seinen de Montfort Titel, seinen Reichtum, sein Land und seine Familie auf."

Duncan hörte solche Geschichten nicht zum ersten Mal. „Und dann war er nicht mehr verliebt und fing an seine Entscheidung zu bereuen", erriet er.

Sie runzelte die Stirn. „Nay. Er hat nie aufgehört sie zu lieben. Sie hat aufgehört *ihn* zu lieben. Als sie entdeckte, dass er ihr die Vorteile des Adels nicht mehr bieten konnte, rannte sie weg."

„Und Ihr?"

„Bevor sie ging, schenkte sie ihm noch ihr neugeborenes Kind." Sie lächelte schwach. „Vater sagte, dass ich noch nass von der Geburt war, als sie mich schreiend an seine Tür legte."

Duncan schluckte. Er hatte einmal ein solches Kind in einem Haufen Müll gefunden. Das kleine Mädchen lebte jetzt auf der de Ware Burg.

Linet schloss die Augen. „Mein Vater hat mich gelehrt, dass alle Bauern unedel und unwürdig seien. Er hat gesagt, dass ich ihnen niemals vertrauen dürfte. Ihr müsst verstehen ..."

„Ich verstehe", sagte er barsch.

„Aber Ihr", fing sie an und wegen des Frusts über das Paradoxon runzelte sie die Stirn, „wart freundlich und mutig und ... und .... edler als jeder feine Mann, den ich jemals gekannt habe."

Duncans Hände wurden ganz ruhig. Er wollte das hier nicht hören. Er war noch nicht bereit, ihr zu verzeihen, aber als Linet ihn mit ihren großen engelhaften Augen anschaute, merkte er, wie ihn die Kontrolle verließ.

„Wenn Ihr mich noch haben wollt", murmelte sie, „möchte ich Eure Frau werden."

Duncan stockte der Atem. Plötzlich spürte er, wie sein Herz in Linets Händen über einen tiefen Abgrund gehalten wurde. Eine Vielzahl von Gefühlen schwirrte ihm durch den Kopf.

Sie hatte sein Leben gerettet. Dafür war er ihr etwas schuldig. Zuvor jedoch hatte sie ihn wie Aas für seine Feinde zurückgelassen. Sie war die schönste, klügste und fesselndste Frau, die er jemals getroffen hatte und doch hatte sie hinterhältig seinen Siegelring gestohlen. Sie hatte ihn mit einer Leidenschaft und ungezügelten Begeisterung geliebt, wie er sie noch nie erlebt hatte und doch hatte sie ihn verraten, während sein Samen noch warm in ihr war.

Er hatte ihr die Ehe einmal angeboten und sie hatte sie äußerst dramatisch abgelehnt. Er hatte keine Lust, seine Fehler zu wiederholen, aber hier war sie nun mal und blickte ihn so atemlos an, dass es peinlich wäre, wenn er seine Antwort hinauszögerte.

„Warum?", fragte er barsch.

„Weil Ihr nicht der Mann seid, der ich glaubte, dass Ihr wärt", stotterte sie. „Ihr seid ehrbar und ... und würdig ..."

„Würdig?"

Sie blinzelte verwirrt.

„Ich verstehe jetzt", sagte er verbittert. „Ihr seid nicht besser als Eure Mutter. Jetzt wisst Ihr, dass ich Duncan de Ware bin. Jetzt bin ich Eurer würdig – mit meinem Reichtum und meiner Stellung und allem, was der Adel zu bieten hat."

„Duncan de Ware", rief sie, „macht Euch nicht

lächerlich! Ihr habt vielleicht El Gallo und seine Mannschaft hinters Licht geführt, aber ich bin nicht so leichtgläubig."

Ungläubig blickte er sie an. „Ihr glaubt mir nicht?"

„Dass Ihr Sir Duncan de Ware seid? Natürlich nicht."

„Warum wollt Ihr dann meine Frau werden?", fragte er.

„Ich habe es Euch gesagt ..."

„Ich war immer ehrbar und würdig", sagte er abweisend. „Warum jetzt? Warum nicht zuvor?"

Sie zuckte unter seinem Blick zusammen. „Weil ..."

„Weil?", bohrte er bis in ihre Seele. Dann fiel sein Blick demonstrativ auf ihren Bauch. Seine Stimme war eisig „Ihr habt Angst, dass Ihr vielleicht schwanger seid", riet er, „und Ihr wollt keinen Bastard auf die Welt bringen."

„Nay!", rief sie, aber so, wie sie errötete, sah er, dass er der Wahrheit nahegekommen war. Aye, vor zwei Tagen schien eine Ehe noch eine unvernünftige Lösung zu sein, aber seither war sie durch die Hölle gegangen. Sie hatte zwei Tage Zeit gehabt über alles nachzudenken, was sie erlebt hatte; über die Anständigkeit des Bettlers und ihren Verrat und das, was wirklich von Bedeutung war. Sie hatte sich geändert.

„Ihr braucht keine Angst zu haben, Mylady", bellte er mit eiskaltem Blick. „Ich sorge für alle meine Nachkommen."

„Ihr versteht nicht. Ich ..." Linet starrte ihn ungläubig an. „Alle Eure Nachkommen? Wie viele habt Ihr denn?"

„Neunzehn." Nachdenklich runzelte er die Stirn. „Oder zwanzig."

Zuerst dachte sie, dass er scherzte, aber die Ernsthaftigkeit in seinem Gesicht war unmissverständlich. Ihr stockte der Atem. Er meinte es ernst.

„Ihr versteht also, wenn ich heirate", sagte er mit

zusammengebissenen Zähnen, „wird es aus wichtigeren Gründen sein als einem Kind, das ich gezeugt habe, einen Namen zu geben."

Linet protestierte verzweifelt. „Bitte antwortet noch nicht." Bei Gott, sie wünschte sich, dass sie nie gefragt hätte. Sie konnte der Möglichkeit noch nicht ins Auge sehen, dass ihre Liebe hoffnungslos war. „Denkt ein wenig darüber nach."

Schließlich antwortete er: „Ich werde darüber nachdenken."

Er nahm einen Umhang von dem Haken an der Kabinenwand, um ihr Blut beflecktes Kleid zu bedecken. Dann brachte er sie schnell vom Schiff und weg von der neugierigen Menge und hielt nur an, um einen Jungen mit der Nachricht ihrer sicheren Rückkehr zur de Ware Burg zu schicken.

Der klapprige Wagen und das armselige Pferd kamen am nächsten Tag nur langsam auf der Straße nach Norden voran. Für gewöhnlich schaffte Linet die Reise in wenigen Stunden. Bei dieser Geschwindigkeit würden sie den größten Teil des Nachmittags brauchen. Kapitän Campbell hatte ihnen Geld für den Transport gegeben, da die drei Reisenden – Harold, der Bettler und sie – sonst hätten zu Fuß gehen müssen, weil sie über gar kein Geld mehr verfügten.

Sie hatten eine Nacht in einem Gasthof verbracht und sie hatte eine traumlose Nacht auf einem behaglichen Strohbett geschlafen. Jemand hatte ihr sogar ein sauberes Unterkleid und ein Kleid hingelegt.

Als der Bettler mit einem Pferd und Wagen gekommen war und darauf bestand, sie nach Avedon zu begleiten, hätte sie vor Erleichterung fast geweint. Endlich kam sie nach Hause.

Und jetzt war die Reise fast vorbei. Die Bernsteinfarbene Sonne senkte sich hinter den Hügeln, unter denen Avedon lag.

Linet richtete sich stolz auf. In dem schönen grünen Tal grasten Schafe und ein silbriger Bach floss um die Mauern der kleinen Stadt. In der Ferne lagen fruchtbare Felder auf denen Weizen, Gerste, Hafer und Roggen angebaut wurden. Von der Spitze des Hügels konnte man sehen, dass die schilfgedeckten Gebäude des Dorfes zusammen standen wie schwatzende Nachbarn.

Als sie durch das Stadttor kamen und über die gepflasterten Straßen rollten, atmete Linet die vertrauten Gerüche ihrer Heimat ein – frischgeschnittenes Gras, gereiftes Bier und der beißende Gestank des Färbehauses, sowie der Duft von Eintöpfen, die über hunderten verschiedenen Feuern gewärmt wurden. Die meisten Händler hatten ihre Geschäfte geschlossen und waren in ihre Wohnhäuser gegangen. Die Dämmerung würde bald hereinbrechen und das Stadttor für die Nacht geschlossen werden.

Linets Augen wurden feucht, als sie darüber nachdachte, wie sehr sich ihr Leben verändert hatte, seit sie das letzte Mal hier gewesen war.

Duncan blickte sich mit zusammen gekniffenen Augen um, während sie an einer Kate nach der anderen vorbeikamen. Aus reiner Gewohnheit schaute er sich nach obdachlosen Kindern um, die zwischen den Gebäuden Zuflucht gesucht hatten und er wünschte sich, dass er ihnen Geld geben könnte.

Schließlich kamen sie an einer größeren reetgedeckten Kate an, die von einer Mauer umgeben war, und Harold zeigte stolz darauf, um ihm mitzuteilen, dass dies der de Montfort Besitz war.

Linet schlug sämtliche Vorsicht in den Wind und in ihrer Aufregung, dass sie nun Zuhause war, sprang sie herunter und rannte zu dem hölzernen Tor, und wollte es beiseiteschieben, so dass der Wagen in den vorderen Hof fahren könnte. Ihre Hände hatten das Tor noch nicht richtig berührt, als Duncan sie fest an den Schultern ergriff und beiseiteschob.

„Lasst mich zuerst gehen", murmelte er.

Irgendetwas an dem Haus schien ihm nicht in Ordnung zu sein. Rauch schlängelte sich durch den Schornstein, aber durch die mit Fensterläden geschlossenen Fenster war kein Feuerschein zu sehen. Der Hof war ordentlich und sauber, aber keine Diener eilten herbei, um ihre Herrin zu begrüßen. Duncan fühlte sich unbehaglich. „Wartet hier. Ich gehe nach drinnen."

„Aber Ihr werdet ...", protestierte Harold.

„Wartet. Ich will nicht, dass Ihr in eine Falle tappt."

„Ich glaube nicht, dass Ihr besser ...", fing Linet an.

Er schlich los, bevor sie fertig sprechen konnte. Er zog seinen Dolch, ging vorsichtig voran und stieß die Tür langsam auf.

Die Kate wurde von einem niedrig brennenden Feuer im Kamin beleuchtet. Die Schatten der Möbel in dem Zimmer tanzten makaber auf den verputzten Wänden, während er sich bemühte, sich alle Einzelheiten in dem Zimmer einzuprägen. Vorsichtig trat er einen Schritt vor.

Die leichte Brise hätte ihn warnen sollen, aber sie war zu kurz, als dass er rechtzeitig hätte ausweichen können. Plötzlich explodierten Sterne in der Dunkelheit, als er von einem harten Schlag gegen die Stirn von den Beinen geholt wurde.

KAPITEL 19

Duncan wankte wie ein Betrunkener nach dem Schlag und schüttelte seinen Kopf, um die Doppelbilder aus seinem Schädel zu bekommen. Irgendwo in seinem verwirrten Kopf hörte er das Geschwätz einer alten Frau. War es sein verwirrter Kopf oder stachelte irgendeine uralte Frau ihn tatsächlich an?

Draußen unterdrückte Linet ein Keuchen, als sie den lauten Knall hörte.

„Ich kümmere mich um das Pferd und den Wagen, Mylady", murmelte Harold.

Linet hob ihre Röcke und eilte zum Haus. Sie hatte versucht, den Bettler zu warnen. Jetzt konnte sie hören, dass die alte Frau ihm mit noch mehr Gewalt drohte.

„Margaret!", rief sie. „Margaret, ich bin es, Linet."

„Ach, Lady Linet, Ihr kommt früher nach Hause! Macht Euch keine Sorgen", rief die alte Frau stolz. „Ich habe den Schurken! Er wird mit Sicherheit die nächsten paar Tage nicht geradeaus sehen können."

„Margaret!", schimpfte Linet und blickte in das Zimmer. „Was habt Ihr nur getan? Wo ist er?"

Bevor Margaret antworten konnte, stolperte Linet gegen den Körper des Bettlers. Er klammerte sich an ihre Schultern zur Unterstützung und warf sie dabei fast auf den Boden.

„An mir ist er nicht vorbeigekommen", erzählte Margaret weiter. „Ich war auf den schlüpfrigen Schurken vorbereitet."

„Margaret", sagte Linet und versuchte, die alte Frau zu beruhigen. „Legt Eure Waffen ab und zündet eine Kerze an. Ich fürchte, Ihr habt einen Freund angegriffen."

„Einen Freund?", kreischte Margaret „Ist er gar kein Dieb?"

„Nay, Margaret und warum irrt Ihr im Dunkeln umher, wenn wir ausreichend Kerzen haben?"

„Kerzen nützen mir nichts bei meinen alten Augen", beschwerte sich Margaret. „Wenn er kein Dieb ist, warum ist er dann so herumgeschlichen?"

Duncan hörte ein schmerzvolles Geräusch in seinem Kopf, das nicht weggehen wollte. Erst als die Kerze schließlich angezündet war, entdeckte er den Ursprung dieses Schmerzes.

Er wünschte sich fast, dass er nichts gesehen hätte. Zu seinem Leidwesen hielt eine kleine Frau, die mindestens siebzig Jahre alt war, argwöhnisch eine riesige Pfanne in der Hand und schlug damit um sich wie mit einer Keule. Trotz Linets Versicherungen, dass er kein Feind war, schaute die Frau ihn misstrauisch an, insbesondere als sie seine zerlumpte Gestalt zur Kenntnis nahm.

„Ihr solltet Euch setzen", sagte Linet besorgt, während er sich über die Stirn rieb. Vorsichtig drückte sie ihn auf einen Stuhl. „Margaret, ich hoffe, Ihr seid jetzt zufrieden. Ihr habt ihn schwachsinnig gemacht."

Zu Duncans Entsetzen sah Margaret recht zufrieden mit ihrem Werk aus.

Sie schniefte. „Es sieht so aus, als wäre ich nicht die erste, die ihm gegen den Kopf geschlagen hätte. Wenn er kein Dieb ist, wer ist er dann?"

„Er ist ..."

„Sir Duncan de Ware", erklärte er und ignorierte Linets Tritt gegen sein Schienbein.

Margaret hob die Augenbrauen. „Sir Duncan?"

„Nay!", platzte Linet heraus.

„Aye", entgegnete er und drückte eine Handfläche gegen seine pochende Stirn.

Margaret hob eine zitternde Hand an ihre Wange. „Dann", sagte sie und räusperte sich nervös, „werde ich die Diener holen und etwas zu essen machen." Sie flüsterte Linet etwas lauter zu: „Warum habt Ihr mir nicht gesagt, Mylady, dass Ihr frühzeitig zurückkehrt und einen Gast mitbringt? Einen echten Ritter. Stellt Euch das nur vor und ich habe dem armen Jungen auch noch gegen den Kopf geschlagen." Sie wandte sich um und marschierte mitsamt ihrer gusseisernen Pfanne in die Küche.

Linet stand da mit offenem Mund. Der Schurke hatte Margaret erzählt, dass er ein Ritter wäre und schlimmer noch, die alte Frau hatte ihm geglaubt.

„Warum habt Ihr ihr das erzählt?", zischte sie.

„Was?"

„Dass Ihr Duncan de Ware seid?"

„Was hätte ich ihr denn sagen sollen?"

Linet strich sich mit den Fingern frustriert durch die Haare. Sie wusste es nicht. Sie hatte den Dienern die demütigende Wahrheit vorenthalten wollen. Schließlich konnte sie ja nicht mit einem Fremden am Arm kommen und behaupten, dass er ein Bettler sei und gleichzeitig der mögliche Vater ihres Kindes, aber sie fürchtete nun, dass sie zu tief in die Täuschung hineingezogen wurde, wenn sie sie jetzt nicht aufhielt.

Drei Paar neugierige Augen blickten von der Küche aus um die Ecke. Margaret hatte den Dienern offensichtlich die Nachrichten erzählt, dass ein echter Ritter bei ihnen zu Abend essen würde.

Linet blickte finster zu den tuschelnden Mädchen. Sie verschwanden schnell wieder in der Küche.

„Vielleicht hättet Ihr nicht so bald hierherkommen sollen", murmelte Linet. „Nach ein paar Tagen, wenn sich die Dinge beruhigt haben ..."

„Linet", flüsterte er, „Ihr habt EL Gallo getötet. Er hat überall Komplizen. Ich kann Euch nicht ohne Schutz lassen."

„Ich kann ..."

„Euch selbst verteidigen? Allein? Das glaube ich nicht." Er hob eine Augenbraue und rieb sich über die Stirn. „Obwohl die alte Frau ganz gute Arbeit mit ihrer Pfanne leistet."

Die alte Frau kam mit den Dienerinnen im Schlepptau aus der Küche. Laut rief sie: „Ich hoffe, ihr mögt Hammel, Mylord."

Musste sie ihn so nennen, überlegte Linet genervt.

„Es ist eines meiner Lieblingsgerichte", beruhigte er Margaret.

Die Mädchen strahlten.

Der freche Bettler nahm die brennende Kerze, die Margaret hereingebracht hatte und fing an all die anderen im Zimmer damit anzuzünden wie König Midas, der jeden Gegenstand, den er berührte, in Gold verwandelte.

Sie waren fast so kostbar wie Gold, dachte Linet und ärgerte sich, dass er so viele von ihnen anzündete.

Sie überlegte, wie lange er die Täuschung aufrechterhalten wollte, dass er ein Mitglied des Hochadels sei. Schon jetzt schwirrten die Dienerinnen um ihn herum, nahmen ihm seinen Umhang ab und waren ihm zu Diensten. Verflucht – direkt vor ihren Augen und in ihrem eigenen Haushalt übernahm er die Kontrolle.

Harold kam durch die Hintertür.

„Putzt Euch die Schuhe ab!", brüllte Margaret aus der Küche.

„Ich wünsche Euch auch einen guten Abend", knurrte Harold zurück. Er entschuldigte sich bei dem Bettler. „Sie ist eine nichtsnutze alte Frau, Mylord. Ich hoffe, dass sie Euch willkommen geheißen hat."

Der Bettler massierte seine Schläfe. „Aye, Harold, das hat sie. Sie hat mich bereits zum Essen eingeladen."

„Das habe ich mitbekommen. Kann ich irgendetwas für Euch tun, Mylord?"

Bevor Linet Harolds Aufmerksamkeit erhaschen konnte, stellte der Bettler seine Forderungen.

„Aye, Harold. Wenn ich Euch meinen Schutz anbiete, möchte ich die Diener kennenlernen, sodass ich ihre Gesichter und ihre Namen kenne. Würdet Ihr sie bitte alle zum Abendessen einladen?"

„Aye, Mylord", sagte Harold mit strahlenden Augen.

Linet trommelte mit den Fingern auf die Rückseite eines Stuhls, während Harold losging, um der Bitte des Bettlers nachzukommen. „Ihr könnt meine Diener nicht einfach herumkommandieren", sagte sie leise. „Ich verwalte diesen Haushalt."

„Würden Eure Diener es nicht seltsam finden, wenn Sir

Duncan de Ware die Autorität, zu der er geboren wurde, nicht ausüben würde?"

Duncan spürte Linets Ärger und lächelte sie selbstsicher an. Bei so vielen Zeugen, die rein und raus liefen, konnte sie nicht mehr tun, als ihn finster anzublicken.

Er wandte ihr den Rücken zu und nahm sich einen Augenblick Zeit, seine Umgebung zu inspizieren. Selbst nach seinen Standards war die Kate beeindruckend. Der Hauptraum war groß und auf dem Boden lagen ordentlich verlegte Steinplatten. Die Wände waren verputzt und mit heller Farbe versehen und die Paravents, welche die Küche von der Halle abtrennten, waren mit Weinreben und Blumen in Rot und Gold bemalt. In einer Ecke des Raumes führte eine Treppe in das Obergeschoss, wo sich wohl die Schlafzimmer befanden.

Das Zimmer war mit einem halben Dutzend Stühlen sowie einer großen geschnitzten Truhe mit einem passenden Schrank und einem Schreibtisch mit Pergament, einer Feder und einer Art Wirtschaftsbuch ausgestattet und neben einem Webstuhl lag ein Haufen fertiger Wollstoff. Außerdem gab es einen Esstisch. Die vielen Kerzen im Raum verliehen der Kate einen heiteren Glanz.

Er öffnete ein paar Fensterläden und schaute durch die glaslosen Fenster hinaus. Die Nacht war ruhig und die ersten Sterne funkelten.

Als Harold zurückkam, rückten die beiden den Tisch zurecht. Margaret und die Dienerinnen trugen große Platten voller Speisen und eine Flasche teuren französischen Wein herein. An Linets Miene konnte Duncan erkennen, dass sie von der Großzügigkeit der Köchin nicht angetan war.

„Ich werde die Außengebäude überprüfen", sagte sie angespannt.

„Es ist dunkel. Wartet hier", beharrte er. *Ich* werde die Außengebäude überprüfen." Er bückte sich zu dem Haufen Anmachholz am Kamin.

Margaret summte, während sie die Zinnkelche aus dem Schrank nahm und Linet zischte Duncan außerhalb ihrer Hörweite zu: „Dies ist mein Haus. Kommandiert mich bitte nicht vor den Dienern herum."

Duncan blies auf die Kohle bis das Anmachholz sich entzündete. „Unsinn, Mylady, macht Euch keine Sorgen um mich", sagte er so laut, dass Margaret ihn hören konnte, „obwohl es freundlich von Euch ist, dass Ihr besorgt seid."

Linet fluchte.

Er grinste. „Ihr achtet besser auf Eure Worte", flüsterte er und nickte in Richtung der Dienerinnen, welche die Servietten aus dem Schrank holten. „Es sind Damen im Raum."

Mit einem Zwinkern ging er an ihr und den Paravents vorbei zur Hintertür hinaus zu den Außengebäuden.

Linet hatte keine Ahnung, wie sie das Essen überstand. Der unverschämte Bettler, der die Autorität, die er sich angeeignet hatte offensichtlich genoss, spielte die Rolle des de Ware zur Perfektion und lud sogar den schmutzigen Stalljungen zum Essen ein und beeindruckte alle mit den interessanten Geschichten seiner ausgedachten Vergangenheit.

„Mein Vater war natürlich wütend, als ich mit leeren Händen nach Hause kam", erzählte er ihnen, während er in dem Hammelfleisch auf seinem Teller herumstocherte. „Ich hatte das Wildbret einem hungrigen Bauern gegeben, den ich auf dem Weg nach Hause traf."

Der Stalljunge machte große Augen vor Bewunderung. Die Dienerinnen kicherten entzückt. Linet runzelte die

Stirn. So wie der Bettler die Geschichten erzählte, glaubte auch sie sie fast.

Dann kam es ihr. Ihr wurde klar, wie er seinen Lebensunterhalt verdiente. Sie hätte es schon längst an seiner Vorliebe für Verkleidungen, seiner Geschicklichkeit mit dem Schwert und seiner Schlagfertigkeit merken müssen.

Er war ein Spieler. Der Beruf des Spielers an sich war schon eine Täuschung. Kein Wunder, dass er Margaret davon überzeugen konnte, dass er ein feiner Herr war und Sombra, dass er ein Pirat war und El Gallo, dass er ein Vetter von König Philip war. Er hatte sein ganzes Leben damit verbracht, seine schauspielerischen Fähigkeiten zu perfektionieren. Selbstsicher angesichts ihres neuen Wissens lehnte sie sich zurück.

„Bitte erzählt uns mehr, Sir", bettelte Margaret und füllte seinen Becher erneut.

„Oh nay!" Duncan wischte sich mit der Serviette über den Mund und schaute demonstrativ zu Linet. „Ich fürchte, ich beginne mein Publikum zu langweilen."

„Nay!", riefen die Diener.

„Eure Geschichten sind wunderbar", sprudelte es aus Margaret hervor. „Nicht wahr, Mylady?"

„Oh, sie sind recht fantasievoll", stimmte sie trocken zu. „Aber Gwens Kopf ist schon dreimal nach vorn gefallen und Elise kann kaum die Augen offenhalten. Wir haben in den nächsten Wochen große Bestellungen zu bearbeiten. Ich brauche Euch bei Morgengrauen mit klarem Kopf und scharfem Blick an Euren Webstühlen."

Margaret klatschte in die Hände. „Lady Linet hat Recht. Maeve und Kate dürfen zum Aufräumen bleiben. Der Rest von Euch geht jetzt!"

Die Mädchen protestierten leise, erhoben sich aber von ihren Plätzen.

„Harold", sagte Duncan, „bitte begleitet sie in ihr Quartier." Und dann fügte er leise hinzu: „Und haltet Euren Dolch heute Nacht griffbereit."

„Aye, Mylord. Wo werdet Ihr schlafen?"

Linet erstarrte. Sie überlegte, wie vermessen der Bettler wohl sein würde. Würde er es wagen, das Zimmer ihres Vaters zu fordern? Das Zimmer, das nur durch eine hauchdünne Wand von ihrem getrennt war?

„Ich schlafe hier am Feuer", beschloss er.

Sie hätte erleichtert sein sollen. Offensichtlich hatte er nicht vor, sie unter ihrem eigenen Dach zu kompromittieren. Aber aus irgendeinem seltsamen Grund spürte sie einen Stich der Enttäuschung.

„Sehr wohl, Mylord", antwortete Harold. „Ich richte Euch eine Schlafstatt."

Maeve und Kate begannen, die Reste des Abendessens abzuräumen, während Margaret sich mit dem Kessel, der über dem Feuer im Kamin hing, befasste.

„Sir Duncans Bad ist bereit, Mylady", verkündete sie genüsslich.

Entsetzen war in Linets Augen zu sehen. Duncans Lächeln wurde breiter. Es wurde natürlich als zwingende Ehre angesehen, dass die Herrin des Haushalts besuchende Adlige badete.

In ihrem Privatgemach legte Lady Alyce das aufgerollte Pergament mit großer Zufriedenheit auf den Tisch, wobei die Flamme der Kerze fröhlich auf ihrem Docht tanzte.

An diesem Nachmittag hatte ein Junge aus dem Dorf Nachricht von Duncans sicherer Rückkehr und El Gallos Tod gebracht. Weniger als eine Stunde danach war das Pergament mit König Edwards Siegel angekommen.

Der König stimmte der Verbindung zwischen Linet de Montfort und Duncan zu. Ob es an ihrer schmeichelhaften Bitte oder an ihrer Aufgabe von Holden an Edward lag, dass er zustimmte, wusste sie nicht und es war ihr auch einerlei. So wie sie Duncan kannte, waren sie inzwischen Liebende und könnten mit dem Segen des Königs heiraten.

Ihre Augen glitzerten, als sie sich vorstellte, was für ein schönes Paar sie sein würden und was für schöne Kinder, ihre Enkel, sie haben würden. Diese würden Gewänder aus den modischsten und besten Wollstoffen tragen. Oh, aye, es wäre besonders entzückend, eine Stoffhändlerin in der Familie zu haben.

Sie schob ein frisches Stück Pergament über den Tisch, tauchte ihre Feder in die Tinte und fing an, die Speisen für ein ausschweifendes Hochzeitsmahl zu bestellen.

Margaret steckte einen runzeligen Finger in den Kessel mit dampfendem Wasser über dem Feuer. „Erzählt uns doch bitte, Mylord, wie Ihr beide Euch auf dem Markt kennen gelernt habt."

Linet erstarrte, während der Bettler seinen Arm besitzergreifend über die Rückseite der Bank, die er mit Linet teilte, streckte.

„Es war Liebe auf den ersten Blick", beichtete er.

Maeve und Kate seufzten. Linet ertränkte ihren Ärger mit einem großzügigen Schluck Wein.

„Aye", er spielte mit dem Ende von Linets Zopf, der ihr bis zur Taille ging, „Sie warf einen Blick auf mich und sagte, dass sie nicht mehr ohne mich leben könnte." Er zuckte mit den Schultern. „Ich musste mich ihren Wünschen ganz einfach beugen."

Linet verschluckte sich am Wein.

„Geht es Euch gut, meine Liebe?", fragte Duncan und schlug ihr ein paar Mal auf den Rücken.

Sie hätte ihn am liebsten verprügelt.

Plötzlich klatschte Margaret in die Hände. „Sir Duncan de Ware! Ihr müsst ja mit dem Lord James de Ware persönlich verwandt sein!"

„Aye", antwortete er, ohne die Tatsache weiter auszuschmücken. „Seid Ihr sicher, dass es Euch gut geht, Linet?"

„Mir geht es gut", brachte sie heraus.

„Ja dann", sagte Margaret und zwinkerte dem Bettler tatsächlich zu, „hole ich die Handtücher. Dann, Mylady, habt Ihr die Ehre, Sir Duncan zu baden."

„Ich bin sicher, dass Sir Duncan ..."

„Natürlich die Eimer mit Spülwasser selbst hereinholt", beendete er ihren Satz und legte seine Serviette auf den Tisch.

Margaret verzog ihr weises Gesicht. „Habt Ihr gesagt, wie Ihr mit Lord James verwandt seid?"

Linet hielt die Luft an.

„Wir sind verwandt", sagte er mit einem ausweichenden Lächeln, trank seinen Becher leer und reichte ihn an Margaret. „Dieser Wein ist ausgezeichnet, Margaret. Ich möchte Euch für Eure Wahl loben. Mein eigener Verwalter hätte keinen besseren aussuchen können."

Margaret errötete vor Stolz und war nun vom Thema abgelenkt.

„Lasst mich das machen", bot er an, als Kate und Maeve

begannen den Tisch beiseite zu schieben. „Geht ins Bett. Junge Hasen brauchen Zeit zum träumen."

Die Mädchen seufzten verträumt und eilten davon.

Linet war wie vor den Kopf geschlagen. Der arrogante Kerl sollte verflucht sein! Es reichte, dass sie ihn als Bauern akzeptiert hatte, dass sie ihm trotz seiner mangelhaften Herkunft ihre Liebe geschworen hatte, aber dass er sich hier wie ein blaublütiger Adliger benahm ... mit dieser Verkleidung hatte er sich selbst ausgestochen und jetzt machte er ihre Diener zu seinen Komplizen. Es ärgerte sie über die Maßen, dass alle so einfach auf seinen Charme hereinfielen. Zweifellos genoss Duncan es, dass ihre Dienerinnen sich alle um ihn bemühten.

Lieber Gott, jetzt nannte sie ihn auch schon Duncan.

„Ich bereite Euer Zimmer vor, Mylady", sagte Margaret mit einem Knicks.

Als alle weg waren, konnte Linet schließlich wieder sprechen. Sie stand auf und drehte sich zum Bettler hin. „Ihr könnt Euch selber baden!", zischte sie.

„Ich dachte mir, dass Ihr das sagen würdet."

„Duncan de Ware! Ich weiß jetzt, was in Euch gefahren ist." Sie stieß ihm in die Brust. „Ihr seid ein Spieler, nicht wahr?"

Sein Gesicht verzog sich zu jenem entwaffnenden schiefen Grinsen, aber Linet blieb standhaft.

„Versucht gar nicht, es zu leugnen. Ich habe Euer Geheimnis entdeckt."

Er lehnte sich gegen den Schrank und verschränkte seine Arme und gab vor, ihre Schlussfolgerungen hören zu wollen.

„Ich gebe zu, dass ich eine Zeit lang im Dunkeln getappt bin angesichts Eures Mangels an Fähigkeiten und Eures vielen Geldes", sagte sie ihm offen, „aber ich habe im Wollhandel nur überlebt, weil ich einen Riecher für so etwas habe."

Er seufzte dramatisch. „Nun habt ihr es also leider herausgefunden. Wo habe ich den Fehler gemacht?"

Linet lächelte selbstsicher. „Es war Eure Auswahl an Rollen, *Mylord*. Wenn Ihr Euch als Adliger ausgeben wolltet, hättet Ihr einen Fantasietitel wählen sollen und keinen, der hier bekannt ist."

„Margaret hat mir geglaubt. Harold hat mir geglaubt." Er blinzelte. „Gwen und Elise und Maeve und Kate ..."

„Pah! Die könnten einen König nicht von einem Küchenjungen unterscheiden. Sie sind ..."

„Einfache Diener? Von geringerem Verstand?"

Linet schürzte ihre Lippen. Es hörte sich so hart an, wenn er es so formulierte. „Sie verstehen diese Dinge einfach nicht. Aber ich ..."

„Ihr erkennt den Unterschied", sagte der Bettler mit einem Nicken und verdaute diese Information.

„Natürlich."

„Nun, dann kann ich mich ja auf Eure Hilfe bei meiner Vorstellung verlassen. Ihr werdet es mir sicherlich sagen, wenn ihr schwere Fehler bemerkt."

„Dessen könnt Ihr Euch sicher sein", drohte Linet mit einem triumphierenden Lächeln. „Und jetzt gehe ich ins Bett."

Duncan schaute ihr zu, als sie die Treppe emporstieg, wobei sie ihre Hüften siegessicher schwang. „Margaret wird nicht erfreut sein", rief er ihr nach.

„Erfreut über was?"

„Dass Ihr das Privileg mich zu baden verweigert habt."

Linet verfluchte ihn mit ihrem Blick. „Der Teufel soll Margaret holen."

Duncan schmunzelte und schüttelte den Kopf, als Linet hinter ihrer Zimmertür verschwand. Er ging nach draußen, um zwei Eimer Wasser am Brunnen zu holen, wobei er leise arbeitete und immer nach Geräuschen lauschte, die ein Zeichen eines Eindringlings sein könnten. Dann trug er sie nach drinnen.

Die Wanne stand in der Ecke der Halle und war groß und mit Stoff gepolstert. Während er das schwere hölzerne Ding über dem Steinboden zog, hörte er weibliche Stimmen oben streiten. Er goss den Kessel mit kochendem Wasser in die Wanne und regelte die Temperatur mit dem kalten Wasser, wobei der Streit oben weiter anhielt.

Die zornigen Stimmen wurden von Linets Tür gedämpft. Nach einigen Minuten ernsthafter Schlacht kam die Siegerin heraus. Margaret stolzierte aus dem Zimmer und die Treppe hinab mit einer Flasche, Seife, einem Haufen Leinentücher und einem dunkelblauen Samtmantel, den sie ihm in die Hand drückte.

„Bitte sehr, Mylord", sagte sie freundlich. „Die Dame des Hauses wird gleich herunterkommen, um ihre Pflicht zu tun."

Duncan unterdrückte ein Grinsen. „Ich danke Euch, Margaret."

„Nun, wenn Ihr mich nicht mehr braucht, gehe ich jetzt auch ins Bett und räume dann morgen früh alles auf."

„Sehr gut."

„Seid Ihr sicher, dass Ihr sonst nichts mehr braucht? Ich komme nicht noch einmal zurück", sagte sie mit einem bedeutungsvollen Zwinkern. „Und ich würde noch nicht einmal bei einem Weltuntergang aufwachen."

Erstaunt von der Offenheit der alten Dienerin beobachtete er, wie sie nach oben ging und in Linets

Zimmer verschwand. Kurz darauf schoss Linet aus dem Zimmer und sah aus, als wäre sie bereit, jemanden zu vergiften. Duncan überlegte, was für eine schlimme Drohung Margaret ausgesprochen hatte, um die Kooperation ihrer Herrin sicherzustellen.

Linet biss sich auf die Zähne und schwor zum hundertsten Mal, dass sie Margaret aus dem Haus werfen würde, auch wenn die alte Frau ihrem Vater zwanzig Jahre lang gedient hatte. Sie stapfte die Treppe in ihren Samtschuhen und ihrem Leinenunterkleid hinab und warf ihr offenes Haar über die Schulter. Sie war schon halb ausgezogen gewesen, als Margaret die Schlacht gewann und sie sah keinen Grund, einen guten Surcot mit den Wasserspritzern eines achtlosen Badenden zu ruinieren. Also hatte sie sich nicht die Mühe gemacht, sich wieder vollständig anzuziehen.

Dieses Baden von Fremden war entsetzlich, dachte sie, als sie die Treppe hinunterstürmte – eine archaische, alberne Praxis, die ihr Vater niemals von ihr verlangt hatte. Und jetzt würde sie diese zweifelhafte Ehre einem Bauern zukommen lassen.

Auf der untersten Stufe erstarrte sie. Die Wanne war bereits mit dampfendem Wasser gefüllt. Ein großes Leinentuch lag über der Schulter des Bettlers und er pfiff fröhlich. Während sie zusah, machte er die Flasche mit dem süßen Waldmeister auf, roch daran und leerte den gesamten Inhalt in die Wanne.

Sie keuchte. Die Blütenblätter vom Waldmeister waren nicht günstig. Sie stürzte vor und nahm ihm die Flasche ab. Lieber Gott, dachte sie, dies würde nicht funktionieren. Sie liebte ihn noch und wollte immer noch seine Frau werden, aber seine Täuschung ihres eigenen Haushalts erwies sich als eine zu große Belastung für sie.

„Morgen", erklärte sie mit gehetzter Stimme, „müssen wir Euch eine andere Unterkunft suchen."

„So?" Er schien amüsiert.

„Ihr habt meine Diener getäuscht. Wenn Sie entdecken, dass Ihr nicht Sir Duncan de Ware ..."

„Und wie sollen sie das entdecken?"

Sie drückte ihre Finger an ihre pochenden Schläfen. „Ihr könnt nicht weiterhin vorgeben, ein Edelmann zu sein, wenn ..."

„Enthält meine Vorstellung Fehler?" Besorgt runzelte er die Stirn.

Sie stöhnte. „Eure Vorstellung ist ... ist ..."

„Nicht auf dem Standard des Adels?", fragte er niedergeschlagen.

„Nay", antwortete sie verwirrt. „Ich meine, aye, aber ..."

„Aber Eure Diener könnten Verdacht schöpfen", äußerte er sich vorsichtig.

„Nay, das ist es nicht", antworte sie und blickte finster. „Sie sind überzeugt. Sie sind sogar *gründlich* überzeugt."

„Aha. Ich glaube, ich verstehe", sagte er fröhlich. „Habt Ihr Angst, dass Ihr mich verraten könntet, da Ihr nicht die Erfahrung habt, die ich als Spieler habe?"

Linet schaut ihn an, als wäre er aus dem Himmel gefallen. Wie konnte dieser Mann sie so gründlich missverstehen?

„Macht Euch keine Sorgen. Ich werde Euch helfen", verkündete er enthusiastisch. „Ich habe schon hunderte von Bädern gesehen, die für Adlige erbracht wurden. Ich werde es Euch gerne lehren."

Linet hatte keine Ahnung, wie der Bettler sie in die Falle gelockt hatte, aber keine Viertelstunde später hing seine

Kleidung über dem Paravent und sie wrang das Leinentuch aus und seifte ihm den Rücken ein, als wäre er der König persönlich.

Als ihr keine Flüche mehr einfielen, goss sie auf seine Bitte hin Wasser über seine Schultern, biss die Zähne zusammen und zwang sich seine herrschaftliche Art und das, was unter der Oberfläche des Wassers lag, zu ignorieren.

Als er sich nach vorne beugte, sodass sie seinen Rücken waschen konnte, war es schwierig, die muskulösen Konturen seines Körpers nicht zu bemerken. Als er seine Arme anspannte, schienen sie so dick und stark die Eichenäste zu sein. Sie erinnerte sich wie seine Arme sich in ihrem Griff angefühlt hatten und wie ihre Hand seine angeschwollene Muskulatur noch nicht einmal halb umfassen konnte.

Plötzlich wurden ihre Knie weich und ihr Herz begann zu rasen. Sie atmete tief durch, um ihren Kopf freizubekommen und massierte die Seife in Duncans schwarzes Haar. Sie schrubbte kräftig, um ihre widerspenstigen Gedanken zu vertreiben und murmelte die ganze Zeit, was für ein verwöhntes Kind er doch war.

Der Bettler seufzte elegant. „Vielleicht denke ich über Euren Heiratsantrag noch einmal nach, Linet. Ich könnte mich an so ein Bad jeden Abend gewöhnen."

Ob es seine unerträgliche Arroganz war oder die Art und Weise, wie ihr Körper sie verriet, wusste Linet nicht, aber sie hatte genug. Bevor sie überhaupt darüber nachdenken konnte, nahm sie einen der Eimer mit kaltem Wasser und schüttete es über Duncans eingeseiften Kopf.

Er atmete scharf ein. Linet ließ den Eimer mit einem lauten Knall fallen und trat einen Schritt zurück, wobei sie das, was sie getan hatte, nicht glauben konnte. Der Bettler zuckte einmal und schüttelte den Kopf wie ein Wolf, der aus einem Bach kam. Dann drehte er sich und blickte sie mit Augen an, die einen wölfischen Schimmer angenommen hatten.

„Margaret", formte Linet unhörbar mit den Lippen und war dann bereit, den Namen zu schreien.

Sein Blick war unerschütterlich. „Wollt Ihr wirklich, dass Margaret weiß, was Ihr gerade Sir Duncan de Ware angetan habt?"

„Es war ein Versehen."

Er grinste sie an. „Aye, man weiß nie, was für Unfälle bei einem Bad passieren können, oder?"

Damit erhob er sich in seiner ganzen nackten Herrlichkeit aus der Wanne und einen Augenblick lang war das unheilvolle Tropfen des Wassers, das langsam von seinem Körper zurück in die Wanne fiel, das einzige Geräusch im Zimmer.

KAPITEL 20

Der Bettler stieg in einem Schritt aus der Wanne. Linet zuckte zurück, wobei sie gegen den Paravent stieß. Er überragte sie und sein Körper war stark und äußerst männlich. Er trat einen weiteren Schritt vor und ergriff sie gleichzeitig am Arm, wobei er verhinderte, dass sie den Paravent ganz umstieß.

Sie wehrte sich gegen seinen Griff, konnte aber nur ein paar Flüche ausstoßen und versuchen, seine Finger mit der anderen Hand zu lösen. Sein Kopf neigte sich zu ihrem und sie beugte sich weg von dem bösartigen Glitzern in seinen Augen. Mit seiner freien Hand griff er nach dem Tuch in der Wanne, tauchte es in den Eimer mit Kaltwasser und brachte es nahe an sie heran. Ihre Augen weiteten sich, als sie sah, was er vorhatte.

Er ließ es in ein in einem winzigen, eisigen Bach in den Ausschnitt ihres Kleides tropfen. Sie kreischte. Dann machte er eine Faust und das Wasser lief ihr über die Brüste. Sie zuckte vor Schreck wegen der Kälte und seiner Dreistigkeit.

Er klackte mit der Zunge. „Ein weiteres Versehen",

murmelte er und legte das Tuch über einen Stuhl wobei sein Blick träge auf die Vorderseite ihres Gewandes fiel.

Sie konnte kaum atmen. Ihr Unterkleid war klatschnass. Das feuchte Leinen klebte an ihren Brüsten wie eine zweite Haut. Sie spürte, wie ihre Brustwarzen als Protest gegen das kalte Wasser hart wurden. Der Mistkerl ließ dann ihren Arm los und trat zurück, um den Anblick zu bewundern.

Aber Linet gab sich noch nicht geschlagen. Sie ergriff noch einen Eimer auf dem Boden und bevor der Bettler sich ducken konnte, schüttete sie den Inhalt direkt in sein grinsendes Gesicht. Das Grinsen verschwand.

„Ihr kleine Füchsin", schnaubte er.

Linet ließ den Eimer mit einem lauten Knall fallen und legte die Hände über ihren Mund, da sie sicher war, dass Margaret jeden Augenblick hereinkommen würde. Er warf sein nasses Haar aus dem Gesicht und spritzte sie dabei nass.

„Ihr wollt also Krieg?", knurrte er.

Als Antwort ergriff sie das nasse Tuch vom Stuhl und schlug es gegen seine Brust, wo es einen Augenblick hängen blieb und dann auf den Boden fiel. Er griff nach ihr, aber sie duckte sich kichernd weg und rannte auf die andere Seite der Wanne.

Duncan schmunzelte. Er hatte nicht mehr so viel Spaß gehabt, seit er und Holden als kleine Jungen Frösche in Lady Alyces Privatgemach geworfen hatten. Er hatte seinen Spaß. In dem nassen Leinen sah Linet aus wie eine Sirene, die mit nackten Brüsten aus dem Wasser auftauchte, mit Schalkhaftigkeit im Kopf und funkelnden Augen wegen der aufregenden Jagd.

Listig trat er vor. Sie zog sich ein wenig zurück, aber ihre zusammengekniffenen Augen sagten ihm, dass sie zuversichtlich war, dass er sie wegen der Wanne zwischen ihnen nicht erreichen konnte. Er starrte sie lange Zeit an. Dann verzog sich sein Mund zu einem geheimnisvollen Lächeln.

Oh Gott, er verehrte sie. Dies war die Frau, die er zu seiner Ehefrau nehmen wollte. Bei dem Gedanken wurde ihm warm ums Herz. Er beobachtete, wie ihre Brust sich hob und senkte, während sie atmete und ihr Puls in einer Ader am Hals schnell schlug. Er hatte keinen Zweifel. Dies war die Frau, die er für den Rest seiner Tage an seiner Seite haben wollte – die Frau, die es wagte einem Piraten Beleidigungen ins Gesicht zu schleudern, die Frau, der man beibringen konnte, wie man eine Kuh melkte, die Frau, die sich an seinen Körper schmiegte wie ein Kettenhemd und die ihn über einer Badewanne herausforderte, als wäre diese ein Schlachtfeld.

Sie beobachtete ihn mit argwöhnischer Heiterkeit und war bereit wegzuspringen, sollte er um die eine oder andere Seite der Wanne rennen. Er tat nichts dergleichen. Mit einem hinterlistigen Grinsen beugte er sich nach vorn, tauchte seine Hände in das Wasser und spritzte sie nass bis sie kreischte, dass er aufhören solle.

Jetzt würde sie sicherlich kapitulieren, dachte er. Sie war von Kopf bis Fuß durchnässt. Getrocknete Blumen von dem Bad waren auf ihrem Gewand und in ihrem Haar. Sie sah so jämmerlich und hilflos aus wie ein nasses Kätzchen.

Aber die schlaue Füchsin benutzte seine falschen Annahmen zu ihrem Vorteil. Mit einem Funkeln in den Augen und einem hinterhältigen Schmunzeln ergriff sie sämtliche Tücher, die sie finden konnte und begann, diese in die Wanne zu tauchen, damit sie sie ihm mit Schnelligkeit und Geschicklichkeit entgegen schleudern könnte.

Er lachte und duckte sich ein paar Mal aus dem Weg, lenkte ein Tuch mit seinem Arm ab und bekam eines direkt ins Gesicht geschleudert.

Linet kreischte siegessicher.

Duncan knurrte wie ein junger Wolf, umrundete die Wanne und konnte seine Angreiferin schon fast erwischen, aber die Steine auf dem Boden waren von dem Wasser rutschig geworden. Er verlor den Halt und rutschte aus. Mit einem dumpfen Knall landete er hart auf seinem Hintern.

Linet jubelte, als sie beobachtete, dass ihr Gegner fiel und sie duckte sich aus seinem Weg. Unglücklicherweise war ihr Triumph nur von kurzer Dauer. Die Steine waren auf ihrer Seite ebenso nass und ihre durchnässten Schuhe waren trügerisch. Mit einer Hand griff sie nach dem Paravent als sie ausrutschte und recht schmerzhaft auf ihrem Hintern landete. Einen ewigen Augenblick lang wackelten die Abschnitte des Paravents gefährlich und fielen dann mit einem großen Knall in einer Wolke von Gips, Staub und Asche auf den Boden. Linet hustete angesichts des Staubes und rieb sich ihren Hintern.

„Jetzt seht, was Ihr getan habt!", flüsterte sie halb kichernd vor Panik, als sie den Schaden betrachtete. Nervös blickte sie zu ihrer Zimmertür. Margaret würde sicherlich jeden Augenblick herausmarschieren. Die alte Frau hatte einen so leichten Schlaf, dass sie hätte schwören können, dass Margaret hören konnte, wenn eine Spinne im nächsten Zimmer ihr Netz spann.

Er grinste. „Was ich getan habe?" Er zuckte zusammen, als er sich von dem Steinboden erhob. „Ich meine mich zu erinnern, dass *Ihr* angefangen habt."

„Wenn Ihr nicht so verdammt herablassend gewesen wärt und mich nicht herumkommandiert hättet und ..."

Er lachte. „Herablassend?" Er kam auf die Füße und wickelte sich ein großes Leinentuch um die Taille. „Erwartet Ihr das nicht von einem Adeligen? Ich fand, dass ich meine Rolle ganz gut gespielt habe."

„Ein wenig zu gut", sagte sie und versuchte die Etikette zu wahren, während sie sich wieder hoch auf die Füße kämpfte. „Glaubt nicht, dass Ihr die Privilegien des Adels genießen könnt, nur weil Ihr die Rolle wie ein Kostüm übergezogen habt."

„Warum nicht?", forderte er sie heraus. „Warum soll ich nicht den gleichen Komfort genießen wie andere?"

„Weil Ihr nicht ... Ihr seid nicht..."

„Würdig?"

Linet biss sich auf die Lippe und blickte auf den nassen Steinboden.

„Warum wollt Ihr mich dann heiraten?", flüsterte er.

„Ich habe es Euch erzählt"

Er schüttelte den Kopf. „Ihr könntet einen anderen Mann finden, einen Edelmann, der über Eure Indiskretion in der Vergangenheit hinwegsehen würde."

Linet schürzte ihre Lippen. „Vielleicht werde ich das tun."

„Nay, das werdet Ihr nicht", sagte er mit einer Stimme, die so weich wie Honigwein war.

„Woher wollt Ihr das wissen?"

„Weil es zwischen uns eine Verbindung gibt."

Linet erstarrte. Genau das hatte sie auch schon gedacht, aber sie hatte diesen Gedanken von sich weisen wollen. Sie konnte es kaum vor sich selbst zugeben und schon gar nicht vor dem Bettler. Wie könnte sie ihm erklären, dass ganz gleich, welches Geburtsrecht er hatte, ganz gleich, wie wenig Geld oder Aussichten darauf er hatte, ganz gleich, wie grob seine Manieren waren, sie in ihrem Herzen wusste, dass er ein ebenso guter Mann war, wie ihr Vater es gewesen war? Wie könnte sie sich mit der Tatsache abfinden, dass sie sich in einen Bauern verliebt hatte und wie könnte sie sich überhaupt vorstellen, das Sakrament des Beiliegens mit einem anderen zu teilen?

Selbst jetzt spürte Duncan die Verbindung zwischen ihnen, während sie zitternd vor ihm stand – so schön, verletzbar und engelhaft. Sie erinnerte ihn an eine verlorene, jämmerliche Waise, die er einst aufgenommen hatte. Er hatte das kleine Mädchen am Feuer in der großen Halle abgesetzt, sodass es sich die Füße wärmen konnte. Er hatte andere Ideen, wie er Linet wärmen könnte.

Das blasse Leinen ihres Unterkleides überließ nichts der Fantasie, von der rosigen Färbung ihrer Brustwarzen bis hin zu ihrer schmalen Taille. Der nasse Stoff klebte zwischen ihren Beinen und sein Herz schlug schneller, als er sich an die Weichheit dort erinnerte.

Linet spürte seinen Blick auf sich, als wenn er sie berühren würde. Das feuchte Tuch, das ihn bedeckte, konnte den Beweis seines steigenden Verlangens nicht verbergen. Plötzlich fühlte sie sich schutzlos. Sie legte einen Arm beschützend um ihre Taille und wandte ihren Blick zur Wanne. Das Wasser schwappte immer noch hin und her in einer einschläfernden sinnlichen Bewegung.

„Ihr wollt mich", murmelte er. „Das wissen wir beide."

Angesichts seiner Offenheit stockte ihr der Atem, aber sie konnte die Wahrheit nicht leugnen.

„Aber ich werde keine Frau heiraten", fuhr er fort, „die sich für etwas Besseres als mich hält."

„Ähm...", fing sie an und dann wurde ihr klar, dass das genau das war, was sie dachte. Sie wollte ihn heiraten, aber sie hielt ihn immer noch für unter ihrer Würde. Sie glaubte immer noch, dass sie ein Opfer brachte.

Seine Augen blickten voller Verehrung auf ihren Körper. Nervös leckte sie sich über ihre Unterlippe.

„Ihr macht es nicht einfacher", sagte sie stockend. „Kein wirklicher Herr würde eine Frau so betrachten, wie Ihr es tut."

Eine Seite seines Mundes verzog sich zu einem Lächeln. „Wie würde ein Herr denn eine Frau ansehen?"

Sie schluckte. „Mit Respekt. Mit Ehre."

„Aber Mylady, ich respektiere Euch", versicherte er ihr und neigte bescheiden seinen Kopf, „und ich beabsichtige, Eure Wünsche zu erfüllen."

Davor hatte sie Angst. Oh Gott, er sah so gefährlich und unwiderstehlich aus, wie sein nasses Haar aus der Stirn gestrichen war und seine faszinierenden blauen Augen auf sie gerichtet waren wie die eines Wolfes auf seine Beute.

Er kam näher und sie kämpfte gegen den unsinnigen Drang zu flüchten. Was war bloß los mit ihr? Sie benahm sich, als wäre er im Begriff sie zu verschlingen. Sie war in ihrem eigenen Zuhause, in dem sie keiner herumkommandierte, verflucht, obwohl sie schon mit Piraten gekämpft hatte.

„Welche Worte würde ein Herr benutzen?", fragte er leise. „Würde er Euch sagen, dass Eure Lippen so reif, süß und einladend sind wie Kirschen?"

Linet spürte, wie sie errötete.

„Würde ein Herr Euch sagen", murmelte er, „dass Eure Haut so lecker wie warme Sahne aussieht? Dass Eure Brüste ..."

„Nay!", rief Linet, um ihn aufzuhalten. „Herren sagen solche ... dreisten Dinge nicht."

Amüsiert runzelte er die Stirn. „Ihr wart noch nie bei Hofe oder, Mylady?"

Defensiv richtete sie sich auf. „Noch nicht."

„Ich schon", erzählte er ihr und kam langsam näher, „und Ihr müsst wissen, dass die Edelleute dort kein Stück besser sind als die Bauern."

Linet spürte die Wärme seiner Aura, obwohl er noch einen guten Meter entfernt war. „Ihr wart noch nie bei Hofe", warf sie ihm mit heiserer Stimme vor.

„Spielleute treten immer vor dem König auf", antwortete er ausweichend.

Er war jetzt so nahe, dass sie die Feuchtigkeit seines Körpers spüren konnte.

„Die Männer bei Hof", sagte er, „werden genauso von ihren tierischen Instinkten getrieben wie die Männer auf der *Corona Negra*. Sie sind ebenso lüstern, ebenso direkt und genauso dreist."

Er war jetzt so nahe vor ihr, dass sie die indigofarbenen Flecken in seinen Augen erkennen konnte.

„Die Frauen bei Hofe", keuchte er, „sind genauso leidenschaftlich wie die Frauen auf dem Marktplatz. Wenn sie ihre Kleider abgelegt haben, ist ihr Fleisch ziemlich gleich, willig und weich und ihre Beine zittern und ihre Brüste ..."

„Hört auf!", zischte Linet. Herrje, ihr Körper reagierte auf seine Worte, als würden sie sie streicheln. Sie sollte ihm eine solch vulgäre Sprache wirklich untersagen.

„Zieht Eure Klauen wieder ein, Kätzchen", flüsterte er, als könnte er ihre Gedanken lesen. „Ihr habt keine Angst vor mir, sondern nur vor Euch selbst."

Linet starrte auf seinen Hals und konnte ihm nicht in die Augen blicken. Das hatte er ihr nicht zum ersten Mal gesagt. Langsam öffnete sie ihre Fäuste. Stimmte es? Hatte sie wirklich Angst vor der Art und Weise, wie ihr Körper auf ihn reagierte und wie die Kontrolle sie verließ, wenn er in der Nähe war?

Er strich mit der Rückseite seiner Hand über ihre Wange. Träge schloss sie die Augen. Mit einem Finger zeichnete er ihre Lippen nach. Sie öffnete sie und atmete schnell und flach. Mit dem Daumen streichelte er ihr Ohr und die empfindsame Stelle darunter.

„Ihr wollt mich jetzt, nicht wahr?", murmelte er. „Ganz gleich, ob ich ein Edelmann oder ein Bauer bin."

Es war vergebens mit ihm zu streiten, während sie seinen Atem süß und warm auf ihrem Gesicht spürte. Sie stöhnte leise.

„Sagt mir", sagte er. „Sagt mir, dass ich so würdig wie jeder Edelmann bin. Sagt mir, dass ich Euch verdiene." Anstrengung war in seinen Augen zu lesen, als wenn alles von ihrer Antwort auf diese Frage abhing.

Sie schluckte schwer und sah ihn als das, was er war. Ein Mann. Ein Mann mit Träumen wie jeder andere Mann. Ein Mann mit einem Herzen, das vor Liebe aufgehen oder vor Verzweiflung zerbrechen könnte. Ein Mann, dessen Augen die Farbe eines Sommerhimmels hatten und voller Weisheit, Freude und all der Hingabe waren, die eine Frau sich in ihrem Leben wünschen könnte. Ein Mann, dessen Seele weder König noch Heimat gehörte, sondern nur Gott allein, der die Seelen an ihrer Güte und nicht an ihrem Geburtsrecht maß. Wer war sie also, dass sie über ihn hätte urteilen können?

Atemlos von ihrer Entdeckung blickte sie ihn direkt an; an seinen gequälten Augen vorbei und in sein Herz und sprach die Worte, nach denen er sich sehnte. „Es ist einerlei, wer Ihr seid. Ihr seid so würdig wie jeder Edelmann. Ihr verdient meine Liebe und ich gehöre Euch, wenn Ihr mich wollt." Dann erstaunte sie sie beide, indem sie ihre Arme um seinen Nacken schlang und ihn küsste.

Verlangen stieg sofort in Duncan hoch und er brach fast zusammen. Bei ihrer Beichte verspürte er eine Freude in seiner Brust und war nicht mehr in der Lage einen klaren Gedanken zu fassen. Ihre Lippen waren wie ein Feuer, das ihn brandmarkte und die Art und Weise, wie sie sich an ihn klammerte und ihren Körper erotisch an seinen schmiegte nahm ihm die Luft zum Atmen.

Seine beabsichtigte Zurückhaltung war verschwunden. Seine eiserne Kontrolle ebenso. Er wollte nur noch sie. Jetzt.

Sie hing an ihm wie ein wildes verzweifeltes Tier. Ihre Finger verhedderten sich in seinem nassen Haar und sie verschlang ihn mit ihren Lippen, ihren Zähnen und ihrer Zunge. Ihre Hände bewegten sich über seine Schultern und seine Brust und lüstern drückte sie sich mit ihren Hüften gegen ihn.

Oh Gott, er wusste noch nicht einmal, was er mit seinen Händen tat. Sie waren um ihren Rücken geschlungen und hielten sie verzweifelt fest. Er hätte über seine eigene plötzliche Ungeschicklichkeit gelacht, wenn die Tatsache nicht gewesen wäre, dass Linets Hand an seiner Taille an dem Leinentuch zog.

Er atmete knurrend aus und zog das Handtuch selbst weg, hob sie dann hoch und suchte nach einer Stelle, wo er sie ablegen könnte. Er blickte zur Treppe. Er würde es niemals die Treppe hoch schaffen. Der Esstisch? Er war bereits weggeschoben worden.

Linet winselte angesichts der Verzögerung und kratzte an seinen Schultern. Seine Augen waren feucht vor Verlangen.

„Bei den Heiligen", sagte er seufzend.

Vorsichtig legte er sie auf den Steinboden, wo er gerade stand. Im Nu hob er den Saum ihres Kleides und tauchte in sie hinein und die Perfektion ihrer Verbindung war so unausweichlich wie der Donnerschlag nach dem Blitz. Immer wieder stieß er in sie hinein und seine Arme zitterten, als er sich über ihr erhob. Sie klammerte sich an die Locken in seinem Nacken, als sie die Knie hob und ihre Waden gegen seine Hüften strichen.

Er verschob sein Gewicht ganz leicht und rieb sich erotisch an ihr und sie schrie auf vor Erstaunen. Zu seiner Faszination legte sie plötzlich einen Arm und ein Bein über ihn und rollte sich, wobei sie ihn auf seinen Rücken drehte. Erstaunt zog er sie auf sich herunter. Jetzt war sie der Angreifer und hielt ihn unten auf dem Steinboden und ritt ihn mit rücksichtsloser Hemmungslosigkeit.

Duncan wand sich in Ekstase und vergaß die Härte des Bodens. Ihre Oberschenkel waren wie Samt an seinem Bauch und das Kratzen ihrer Fingernägel über seine Brust ließ ihn erschaudern.

Ihre Leidenschaft baute sich auf, bis die Luft um sie herum damit geladen war. Die Hitze ihrer Körper verband sie miteinander – ihr Fleisch und ihren Verstand und ihre Seele – wie das Schweißen von Eisen zu Stahl in einer Schmiede. Zusammen bewegten sie sich in Richtung des heißen Höhepunktes des Verlangens und in dem Augenblick, als sie ihn erreichten – keuchend, kratzend und schreiend – wurden sie für immer miteinander verbunden.

In die Wirklichkeit zurückzukehren war eine lange Reise, aber allmählich spürte Duncan den rauen Steinboden unter ihm. Er bewegte seine Hüften über eine scharfe Ritze im Boden, aber immer noch umgab er Linet mit seinen Armen und mit einer tieferen Liebe, als er jemals zuvor geteilt hatte. Er wollte sie – nicht nur jetzt, sondern für immer – ihre Leidenschaft, ihre Tiefe, ihre eigene Sinnlichkeit und alles an ihr.

Er grinste und murmelte an ihrem Haar: „Ich denke, dass es mir doch nichts ausmacht unter Euch zu sein."

Linet lächelte. Sie nahm an, dass sie sich eigentlich gedemütigt fühlen sollte. Sie hatte die Kontrolle und sämtlichen Sinn für Schicklichkeit verloren und doch war sie noch nie so zufrieden gewesen, wie sie hier lag mit ihrem Kopf auf der Brust des Bettlers und seinem starken Herzschlag lauschte. Als er anfing ihr zärtlich über den Hinterkopf zu streicheln, schloss sie die Augen vor Glückseligkeit.

Duncan seufzte zufrieden. Als seine Atmung wieder normal geworden war, hob er den Kopf, um Linet anzuschauen. Das arme erschöpfte Mädchen war auf ihm eingeschlafen und ihr Körper war schlaff und voller Vertrauen und ihr Mund leicht geöffnet. Er schmunzelte leicht und hielt sie fest in seinen Armen, als er sich aufsetzte, wobei er sie im Schlaf störte.

„Margaret hat vielleicht geschworen, die Tür heute Nacht geschlossen zu halten", flüsterte er, „aber ich wette, dass sie vor Morgengrauen aufstehen wird. Ihr solltet ins Bett gehen. Ich räume auf."

Er zog ihr das nasse Gewand aus und wickelte sie in den blauen Samtmantel, den Margaret ihm hingelegt hatte und quetschte sich dann in seine nasse Hose und trug sie die

Treppe hoch und öffnete leise die Tür zu ihrem Zimmer. Margaret schnarchte laut in dem niedrigen Bett neben dem ihrer Herrin.

Der Luxus in dem Zimmer war erstaunlich. Frisches, süß duftendes Schilf bedeckte den Boden und die Lampen, die Margaret zuvor angezündet hatte, dufteten nach gewürztem Öl. Linets Bett war mit grüner Seide bedeckt und in den Ecken lagen Kissen bezogen mit burgunderfarbenem Samt. Eine riesige geschnitzte Truhe stand am Fuße des Bettes und auf einem Tisch an der Wand lagen Federn, Pergament, ein Kamm und ein Spiegel, ein Krug und eine Waschschüssel sowie gefaltete Tücher. Obwohl er in Ungnade gefallen war, hatte Linets Vater keine Kosten und Mühen gescheut, ihr das Leben einer adligen Frau zu ermöglichen.

Er ging auf Zehenspitzen um Margarets Bett herum, zog die Seidendecke zurück und legte Linet auf ihr Bett. „Süße Träume." Er küsste sie zärtlich auf die Stirn und verließ dann leise das Zimmer.

Linet kuschelte sich in ihr Bett, war aber noch nicht bereit zu schlafen. Sie schaute sich ihre vertrauten Habseligkeiten in ihrem Zimmer an – der knarrende Webstuhl in der Ecke, der alte Stuhl neben dem Kamin mit dem Samtkissen und den verzierten Wandteppich mit der Darstellung einer Einhornjagd, den ihr Vater ihr gekauft hatte, als sie ungefähr zwölf Jahre alt war. Plötzlich verspürte sie eine alberne Sehnsucht nach der Unschuld ihrer Jugend.

Wenn sie ihre Beichte vor der Gilde ablegte, würde sie sich von all dem endgültig verabschieden. Sie schloss ihre Augen fest und betete, dass im Gegensatz zu ihrer Mutter der Bettler sie nicht verlassen würde, wenn sie alles verlor und dass die Verbindung, von der er gesprochen hatte, mehr als nur ein schönes, in der Leidenschaft gesprochenes Wort war.

Eine dünne Wolke schwebte über den Vollmond und verdunkelte für einen Augenblick die schlafende Stadt Avedon. Es war schon spät und selbst die mitternächtlichen Zecher hatten ihr letztes Bier ausgetrunken und waren nach Hause gegangen.

Sombra hielt sich versteckt in der Dunkelheit außerhalb des de Montfort Haushaltes und wusste nichts von dem, was drinnen passiert war und es interessierte ihn auch nicht. Er wusste nur, dass Linet de Montfort drinnen war. Er wollte nur eins – die Schlampe, die El Gallo getötet und sein Leben ruiniert hatte, zu zerstören.

Er strich über den Schaft des Schwertes, das El Gallo gehört hatte. Da sein Kapitän nicht mehr da war, fühlte sich Sombra wie ein veränderter Mann, wie ein Schatten ohne Substanz. Seine billige Kleidung, die in Fetzen gerissen war, war mit Wein und Schweiß befleckt. Sein Haar war unordentlich und sein Bart ungepflegt. Schlafmangel hatte seinen Blick getrübt und machte ihn anfällig für seltsame Halluzinationen, aber der Traum von Vergeltung, die jetzt so nah war, schärfte seinen Verstand und seinen Blick zu fast unnatürlicher Deutlichkeit.

Tatsächlich brauchte er die kleine flackernde Laterne kaum, während er sich entlang der Steinmauer der Kate zu den Außengebäuden schlich. Zumindest brauchte er sie nicht als Beleuchtung.

Er beschloss, dass er mit dem Lager anfangen würde. Er wollte, dass sie den Schmerz spürte, wenn sie sah, dass ihr

Lebensunterhalt vor ihren Augen verschwand. So wie es ihm ergangen war.

Das Lager war nicht verriegelt. Sombra lächelte dünnlippig. Das Schicksal war ihm zumindest so viel schuldig. Er hob die Laterne, drückte die Tür auf und blickte in den Raum. Ein Dutzend Webstühle standen dort in ordentlichen Reihen, wobei einige mit halbfertigem Tuch bespannt und andere leer waren. Entlang der Wände lagen mehrere Ballen Stoff und der mit Stroh bedeckte Boden war voller Stofffetzen und Stückchen Schafsfell.

Der keuchende Atem des alten Mannes, der von hinter der Tür zu hören war, verriet ihn. Sombra schlug hart in Richtung des Geräusches und wurde mit einem Stöhnen und einem Knall, als der Körper auf den Boden fiel, belohnt. Er hob die Laterne. Es war Harold. Mit einem Dolch.

Sombra trat gegen Harolds jämmerlichen Körper. Nach allem, was er für den alten Mann getan hatte, dass er ihn vor El Gallo gerettet hatte und ihn aus der Gefangenschaft freigelassen hatte, hatte Harold sich gegen ihn gewendet. Er würde keinen Tag länger leben. Dafür würde Sombra sorgen. Bei so viel Wollgarn im Raum war der alte Mann im Nu an einen Stuhl mitten im Lager gefesselt. Die Natur würde den Rest besorgen.

Das Feuer war leicht anzuzünden. Die Flamme in der Laterne verschlang das Schilf auf dem Boden wie ein hungriger Hund. Sie entzündete das Stroh, um dann auf den Webstühlen zu tanzen. Sombra starrte und war fasziniert vor verrückter Freude.

Jetzt ging es los. Zuerst würde er ihren Reichtum zerstören. Danach kamen ihr Haus, ihre Diener und ihr Liebhaber dran. Danach würde er sie langsam töten,

Zentimeter um Zentimeter und sie im Namen von El Gallo foltern, bis sie um den Tod bettelte.

Er grinste vor Ekstase, verließ das Lager und trat in die Dunkelheit, um zu warten. Jetzt würde es nicht mehr lange dauern.

Linet warf sich im Schlaf unruhig hin und her. Sie öffnete die Augen, konnte in dem dunklen Raum aber nichts sehen und doch wusste sie sofort, dass irgendetwas nicht stimmte. Sie stützte sich auf den Ellbogen und blickte schlaftrunken in die sternenklare Nacht.

Sie rümpfte die Nase. Der Hauch eines vertrauten Geruchs kam durch die Ritzen der Fensterläden. Sie warf die Decke zurück, ging eilig zum Fenster und öffnete einen der Fensterläden.

Der graue Schatten einer teuflischen Wolke rollte über den vom Mond erleuchteten Rasen. Dann erkannte Linet den intensiven beißenden Gestank.

„Meine Wolle!", rief sie und weckte Margaret. „Das Lager!" Ohne Schuhe eilte Linet vom Fenster weg und öffnete ihre Tür mit der Absicht nach unten zu laufen.

Linets Schrei hatte Duncan so sehr alarmiert, dass er die Treppe ohne sein Schwert hinaufgerannt war. Er fing sie an der Tür ab. Sie kämpfte gegen seinen Griff und ihre Augen verdrehten sich panisch wie die eines Wildpferdes.

„Feuer!", kreischte sie. „Das Lager!"

„Ich gehe!", rief er. „Ihr bleibt hier."

Er wusste, dass er sie ebenso wenig davon abhalten konnte ihm zu folgen, wie er den Sonnenaufgang hätte aufhalten können, aber er könnte zumindest versuchen schneller unten zu sein als sie. Er drängelte sich an ihr vorbei, ignorierte ihre Proteste und eilte die Treppe hinunter.

Linet folgt ihm auf dem Fuße und ihr Gewand strich gegen die Stufen wie ein Flüstern, das sie zur Eile drängte, aber bis sie unten war, war der Bettler bereits an der Hintertür. Durch die offene Tür und jenseits seiner Silhouette kam ein orangefarbenes Glühen vom Lager. Dichter grauer Rauch strömte aus dem Gebäude und sie hörte, dass drinnen jemand hustete.

„Bleibt zurück!", schrie der Bettler.

„Harold!", kreischte Linet und stolperte nach vorn.

Sie sah die wilde Entschlossenheit im Gesicht des Bettlers gar nicht, als dieser sich umwandte und weitereilte – die unmissverständliche Erkenntnis, dass er versuchen musste, das Leben des Mannes, der im Feuer gefangen war, zu retten. Sie sah nur einen einzelnen, halbnackten und unbewaffneten Mann, der in einer hoffnungslosen Schlacht gegen die Höllenfeuer kämpfte. Bevor sie überhaupt schreien konnte, rannte er geradewegs in den Schlund des feurigen Ungeheuers.

Duncan hielt gar nicht inne, um nachzudenken. Ein Mann war gefangen. Er musste ihn retten. So einfach war das. Er spürte das Feuer überhaupt nicht, als es die Haare auf seinen Armen versengte.

Er stürzte sich in die höllische Feuersbrunst. Der Raum sah aus wie die Werkstatt des Teufels, wobei die Webstühle das Feuer zu einem teuflischen Teppich der Zerstörung webten. Durch den Rauch konnte Duncan Harold ausmachen, der mit Wollgarn an einen Stuhl gefesselt war. Das Gesicht des alten Mannes war rot und er hustete fürchterlich und zuckte vor den Flammen zurück, die bereits an seinen Beinen züngelten, aber wie durch ein Wunder lebte er noch.

Mit seiner ganzen Geschwindigkeit und Kraft erreichte

Duncan den Diener in zwei großen Schritten, hob ihn mitsamt dem Stuhl hoch und trug ihn aus dem teuflischen Feuer.

Es kam Linet wie eine Ewigkeit vor, die der Bettler im feurigen Bauch des Drachens verbrachte und eine weitere Ewigkeit, bevor er wieder herauskam. Tatsächlich war ihre Erleichterung so groß, als der Bettler schließlich mit Harold sicher in seinen Armen erschien, dass sie einen Augenblick lang die Klinge vergaß, die nur Augenblicke zuvor an ihren Hals gelegt worden war.

Sie wusste, dass der Bettler enttäuscht von ihr sein würde. Sie hätte auf ihn hören und in der Kate bleiben sollen. Jetzt war sie buchstäblich dem Feind wieder in die Arme gelaufen. Sombras dünner Arm umklammerte ihre Taille so fest, dass sie kaum atmen konnte. Dieses Mal, fürchtete sie, würde sie wohl nicht überleben.

Duncan warf einen prüfenden Blick über das Grundstück. Seine Augen tränten vom Rauch und die Nacht schien nach dem grellen Feuer pechrabenschwarz zu sein. Er wusste, dass die Gefahr noch lange nicht gebannt war. Das Feuer war absichtlich gelegt worden. Irgendwo innerhalb dieser Mauern versteckte sich ein Feind, der so teuflisch war, dass er einen hilflosen alten Mann folterte, indem er ihn verbrennen lassen wollte.

Er wusste, dass Linet ihm aus der Kate gefolgt war. Es war nur eine Frage der Zeit, bis der Feind sie in die Hände bekam. Er betete, dass sie noch am Leben war. Er wünschte, dass er sein Schwert mitgenommen hätte.

Er musste sich schnell etwas überlegen. Zuerst legte er Harold auf der weichen Erde im Garten ab. Dann beugte er sich vor und hustete absichtlich mehrere Male, während er den Hof überprüfte. Linets Diener kamen nun aus einem der anderen Außengebäude, stolperten auf das nasse Gras und schrien vor Entsetzen. Es war schwierig, irgendetwas in dem Chaos zu entdecken.

Duncan erkannte eine schwarze Gestalt in der Dunkelheit an der Hintertür, wobei glänzendes Haar und das Glitzern von Stahl die Dunkelheit durchbrach. Er hatte sie. Verflucht, jemand hatte Linet ergriffen.

Ohne hochzuschauen stolperte Duncan zu dem kleinen Küchenhaus und ging hinein. Er musste sich bewaffnen. Er blickte sich in der Dunkelheit um und seine Hände strichen über Eichenholzfässer, einen Käseschrank, eiserne Töpfe und Utensilien aus Stahl. Er wählte zwei lange Tranchiermesser.

Linet keuchte, als Sombras knorrige Hand ihre Taille umklammerte und er schnaufte wütend an ihrem Ohr. Er hatte scheinbar gewollt, dass der Bettler ihn sah.

Die Diener eilten jetzt umher wie Ameisen. Schon bald würden die Nachbarn kommen, um das Feuer zu löschen, aber schon jetzt versperrte der Rauch die Sicht auf den Hof und sorgte für Verwirrung.

Plötzlich wurde die Tür des Küchenhauses mit einem Knall geöffnet. Der Bettler schlich sich um die Ecke des Gebäudes, stolperte, fiel auf den Boden und blieb ruhig liegen. Unwillkürlich ballte Sombra eine Hand zur Faust und er fügte Linet mit dem Messer einen kleinen Schnitt zu.

Sie stieß einen kleinen Schrei aus und hielt dann die Luft an. Duncan konnte nicht tot sein. Er konnte es nicht sein. Verzweifelt beobachtete sie ihn und betete um ein Lebenszeichen – ein Zucken, ein Husten, irgendetwas. Die einzigen Geräusche waren das Schreien der Diener und das Rumpeln und Knistern des wilden Feuers, während es das Holz verschlang.

Schließlich schob Sombra sie vor. Der Boden war feucht und kalt unter ihren nackten Füßen, aber ihr Herz fühlte sich noch kälter an, als sie mit Entsetzen auf den stillen Körper blickte.

Zwei Meter vom Bettler entfernt zog Sombra sein Schwert und streckte es vorsichtig aus, um die leblose Gestalt anzustupsen. Er kicherte über seine unbegründete Angst, als der Körper auf seine Stupser nicht reagierte.

Duncan zuckte zusammen, als das Schwert wieder gegen seinen Rücken stieß, aber er zwang sich absolut ruhig liegen zu bleiben und zählte. Als er bei zehn war, rollte er sich herum und schoss hoch, wobei er seinen Gegner mit zwei Messern überraschte.

„Sombra", krächzte er mit heiserer Stimme. Er hätte es wissen sollen.

Sombra war nicht lange erschrocken. Er hatte immer noch den Vorteil auf seiner Seite. Er hielt Linets Leben unter seiner Klinge. „Ich hätte Euch zuerst töten wollen", höhnte der Spanier, „aber ich nehme an, dass es einerlei ist. Sie weiß, dass ich Euch als nächstes töte."

Duncan umklammerte die Messer fester. Ein winziger Tropfen von Linets Blut tropfte auf Sombras Dolch. Der Mistkerl würde es tatsächlich tun, dachte er. Er würde sie kaltblütig töten. Mit einer Ruhe, die er gar nicht spürte lachte Duncan. „Habt Ihr gar kein Rückgrat? Kein Wunder, dass Ihr immer nur im Schatten des großen El Gallo gestanden habt."

„Ihr seid ein Narr, wenn Ihr mich provoziert", warnte Sombra ihn.

„Und Ihr seid ein Feigling, dass ihr Euch hinter einer Frau versteckt." Er konnte den Dampf, der sich hinter Sombras Ohren entwickelte, schon fast sehen. „Wenn Ihr ein Mann seid, dann tretet mir wie einer entgegen."

Die Nasenlöcher des Spaniers bebten vor Zorn.

„Habt Ihr Angst, gegen mich zu kämpfen?", höhnte Duncan. „Ich bin mit Küchenmessern bewaffnet."

Dann beging Sombra den tödlichen Fehler, dass er zu hoffen wagte, dass er gegen einen de Ware gewinnen könnte. Er lockerte den Griff an Linet ganz leicht.

„Beeilt Euch, wenn Ihr keine Zeugen wollt", zischte Duncan. „Die Nachbarn in diesen Dörfern passen aufeinander auf."

Sombras Augen huschten umher. Das stimmte. Rufe waren zu hören und die Fensterläden der Häuser in der Nähe wurden geöffnet. Er stieß Linet grob beiseite.

Linet unterdrückte einen Schrei, als sie auf das Pflaster fiel.

„Mylady!", kreischte Margaret und eilte aus der Kate, um zu sehen, worum es bei der Aufregung ging.

Während Linet mit zunehmendem Entsetzen zuschaute, zog Sombra sein Schwert, um den Bettler mit ausgestreckten Armen in Schach zu halten.

Margaret keuchte. „Ich hole meine Pfanne!", beschloss sie und drehte sich um.

„Nay!", rief Linet. „Geht in das Zimmer meines Vaters und holt Sir Duncan ein ordentliches Schwert!"

Funken sprühten aus dem Lager, während die zwei Feinde einander gegenüberstanden. Sombra schwang zuerst, aber sein Schwert zischte durch die leere Luft, da der Bettler dem Schlag auswich. Dann nahm er seinen Dolch, den der Bettler mit seinem Küchenmesser weglenkte. Wieder kam Sombra mit dem Schwert und der Bettler erwischte es mit dem zweiten Messer.

Grinsend und ermutigt von dem Vorteil seiner längeren Klinge ging Sombra weiter vor und der Bettler tänzelte aus seinem Weg, aber mitten in seinem Rückzug trat der Bettler mit seinem nackten Fuß auf eine glatte, mit Moos bewachsene Stelle und rutschte nach hinten aus. Sombras Schwert funkelte in einem Halbkreis vor ihm und fügte ihm auf der nackten Brust einen nicht allzu tiefen Schnitt zu.

Linet atmete tief durch. Der Bettler kroch rückwärts, bis er wieder auf die Füße kam, aber Linet konnte ein dünnes rotes Band erkennen, das angefangen hatte über seinen Bauch zu tropfen. Sombra schlug vor wilder Freude mit den Armen um sich wie eine Fledermaus, die von dem Anblick von Blut erregt wird. Er stieß nun mit beiden Waffen vor und der Bettler blockierte sie mit seinen eigenen gekreuzten Klingen.

Hinter ihnen ächzte und rumpelte das Lager unheilvoll und die Männer fingen an nach Wasser zu rufen, um die Flammen zu löschen. Rauchwolken stiegen in den Nachthimmel. Kinder drängten sich an die Mauer des Grundstücks, um ihren Vätern zuzuschauen, wie diese gegen den brüllenden Drachen kämpften. Die Männer waren zu beschäftigt Wasser und Sand zu holen und Befehle an Ehepartner und Diener zu rufen, als dass sie das Duell bemerkt hätten, dass sich im Licht der Katastrophe entwickelte.

Linet beabsichtigte nicht, sich in den Kampf einzumischen. Sie hatte ihre Lektion gelernt. Sie sehnte sich danach, selbst einen Dolch in Sombras Herz zu stoßen, aber sie hatte Angst, dass sie den Bettler ablenken könnte oder selbst wieder als Geisel genommen würde. Stattdessen kroch sie über die feuchte Erde zu Harold und fing an, dessen Fesseln zu lösen.

Duncan streckte die Finger an seinen Waffen. Sie kribbelten, weil er den nackten Schaft der Messer, die nicht für den Kampf gedacht waren, so fest umklammert hatte. Die Klingen waren Sombras Stahl nicht gewachsen. Duncan befürchtete, dass sie nicht mehr lange halten würden.

Kaum waren ihm Zweifel gekommen, brach eines der Küchenmesser nach einem harten Schlag von Sombras Schwert entzwei. Mit einem Fluch warf Duncan es beiseite und hielt seine verbliebene Waffe in beiden Händen vor sich.

Sombra kicherte und griff an, indem er mit seinem Schwert schlug und nach vorn stieß. Duncan konnte nichts weiter machen, als ihm aus dem Weg zu gehen. Einmal schien der Spanier sein Schwert ein wenig zu weit aus zu holen und Duncan konnte nach vorn eilen und ihm den Dolch aus der Hand schlagen, aber er hatte keine Zeit, ihn für sich selbst aufzuheben.

Mit einem schrecklichen Klirren schlug Sombras Schwert auf den schwachen Stahl von Duncans zweitem Messer und zerbrach die Klinge.

Sombras Augen glitzerten triumphierend. „El Gallo ist gerächt", sagte er. Dann hob er sein Schwert hoch, um Duncans Kopf zu spalten.

KAPITEL 21

Linets schriller Schrei durchbrach die Nacht, aber der Zorn in Duncan ließ keinen Platz für Angst. Er war erzürnt über Sombras Grausamkeit, erschüttert über die Zerstörung des Feuers und wütend über die dunklen Machenschaften, die ihm die Frau, die er liebte, versagen wollten. Duncan zog Stärke aus seinem Zorn.

„Nay!", brüllte er.

Ohne das bedrohliche Schwert zu beachten griff er an. Er stieß hart mit Sombra zusammen und hielt ihn fest, als wenn er einen lieben Freund verabschieden wollte.

„Ich werde das beenden, was mein Bruder nicht geschafft hat", zischte er.

Sombras Augen weiteten sich vor Entsetzen bei der Erkenntnis.

Dann zog Duncan das stumpfe Messer zurück und stieß es mit seiner ganzen Kraft nach vorn. Der stumpfe Rest der Klinge landete zwischen Sombras Rippen.

Einen Augenblick lang stand der Spanier verwirrt da. Er schwankte mit Duncan in einer grauenhaften Umarmung. Sein schwarzer Handschuh kroch nach oben über Duncans Brust wie eine Spinne, als wollte er notfalls mit bloßer

Hand das Leben aus Duncan heraussaugen, aber dann wurden seine Augen glasig. Seine Hand schloss sich. Sein Schwert hing an seinen gefühllosen Fingern und fiel dann nutzlos auf die Pflastersteine und Sombra tat seinen letzten Atemzug.

Duncan ließ den Körper auf den Boden gleiten und bebte angesichts der Grausamkeit dessen, was er getan hatte. Allmählich wurde ihm die Aktivität um ihn herum bewusst. Frauen kämpften sich mit schweren Eimern an ihm vorbei und Männer stachen auf das brennende Lager mit langen Stöcken ein, um das Feuer einzudämmen. Über allem schwebte Asche wie schmutziger Schnee.

Mittendrin auf dem mit Ruß bedeckten Rasen kniete Linet. Sie starrte ihn fast ehrfürchtig an. Er fluchte leise und wischte sich die blutigen Hände an seiner Hose ab. Er fühlte sich unbehaglich vor ihr und ihrer Ehrfurcht unwürdig, schämte sich der grotesken Tat, die er vor ihren Augen durchgeführt hatte.

Aber dann kam sie zu ihm und ihr Mantel blähte sich in der warmen Luft auf, wobei ihre Gestalt eine krasse Silhouette gegen das orangefarbene Inferno bildete und Duncans Schuldgefühle verschwanden.

Linet blickte ihren Bettler voller Erstaunen an. Ihr Ritter – und sie glaubte jetzt, dass kein Mann den Titel mehr verdiente als er – hatte sein Leben für sie riskiert. Fürwahr, er hatte sein Leben sogar für ihren Diener riskiert.

Er hatte den Feind besiegt und den Albtraum für immer beendet.

Hemmungslos warf sie sich in seine Arme. Noch nie hatte sie sich so sicher, so warm und so willkommen gefühlt. Hier war ihr Held. Hier war ihr edler Ritter. Hier lag ihr Schicksal.

Mit dem Kopf an seiner Brust überlegte sie, wie sie das jemals hatte bezweifeln können. Sie atmete den rauchigen, verschwitzten, maskulinen Duft des Mannes ein, in dessen Arme sie gehörte.

Sie klammerte sich immer noch an ihn, als Margaret aus der Kate mit Lord Aucassins Schwert in der Hand geeilt kam. Die Dienerin erstarrte, als sie sie sah. Linet räusperte sich und schob den Bettler ein wenig von sich. Sie beschloss, dass es an der Zeit war, die Angelegenheit ein für alle Mal zu klären.

„Margaret", fing sie an.

„Löscht Ihr ein Feuer oder zündet Ihr ein neues an?", fragte Margaret.

Linet nahm eine der großen Hände des Bettlers in ihre und umklammerte sie. „Ihr haltet Euch da raus, Margaret. Dies ist der Mann, den ich liebe", verkündete sie, während das Feuer hinter ihr zischte. „Er ist edel und gut und mutig und ..." Sie hob ihr Kinn. „Und er ist ein Bauer, aber das ist mir einerlei. Es macht nichts aus, was mein Vater glaubte. Ich werde ihn heiraten, wenn er mich haben will", fügte sie eilig hinzu.

Margaret blickte von einem zum anderen. Sie blinzelte. „Ein Bauer?"

„Stimmt. Er ist ein niederer Bauer", bestätigte Linet stur. „Aber er ist würdig, Margaret, der würdigste Mann, der mir jemals begegnet ist. Er hat Harold aus dem Feuer gerettet und den Spanier getötet, der mich entführt hatte. Er ist mir auf dem Schiff nach Flandern gefolgt und hat mich vor den Piraten beschützt und ... er hat mich in das Meer geworfen, aber das war zu meinem besten und ..." Linet fühlte sich wie ein Eichhörnchen und sie konnte an dem verwirrten Stirnrunzeln auf Margarets Gesicht sehen, dass ihr Geschwätz keinen Sinn ergab. „Ihr könnt sagen, was

Ihr wollt, Margaret. Verflucht mich als ebenso töricht wie meinen Vater, aber ich werde meinem Herzen in dieser Sache folgen. Ich liebe ihn." Sie blickte in die saphirfarbenen Augen ihres Geliebten. „Ich liebe ihn."

Margaret schaute immer noch finster.

Linet seufzte. „Wir besprechen die Veränderungen im Haushalt später, Margaret. Im Augenblick müssen wir erst einmal ein Feuer löschen, aber ich warne Euch, ganz gleich, wie sehr Ihr streitet, ich werde meine Meinung nicht ändern."

Sie drückte einen schnellen Kuss auf die Wange des Bettlers.

Bevor Duncan etwas sagen konnte, war Linet schon weggelaufen, um den Kampf gegen das Feuer mitzuorganisieren.

„Hmm", meinte Margaret, als ihre Herrin weg war. „Nun, ich nehme an, dass Ihr das hier dann nicht mehr braucht?"

Sie streckte ihm das Schwert hin. Er nahm es ihr ab. Es war schwer, aber gut ausbalanciert, die Waffe eines Adligen.

„Ich war letzte Nacht oben", sagte Margaret, „und habe versucht zu schlafen bei dem Lärm, den Ihr beide gemacht habt und da wurde mir plötzlich alles klar." Sie tippte sich gegen die Schläfe. „Duncan de Ware. Ihr seid der älteste von Lord James' Brut, glaube ich."

„Aye."

„Das dachte ich mir." Freundlich rümpfte sie die Nase in seine Richtung. „Ich denke, dass wir am besten jetzt beim Feuer löschen mithelfen."

Duncan nickte und griff nach einem der Eimer, die herumlagen.

„Natürlich hätte ihr Vater nicht zugestimmt", sagte Margaret.

„Nay?"

„Er hatte sie immer bei Hofe vorstellen wollen." Margaret griff nach einem weiteren Eimer und humpelte zum Brunnen. „Er wollte, dass sie sich dort einen Mann unter den Adligen aussucht und in eine nette alte, etablierte Familie einheiratet."

„Meine Familie ist ..."

„Ich wusste, dass Linet eigensinnig ist", sagte Margaret mit einem entrüsteten Schniefen, „aber ich hätte niemals gedacht, dass sie einen Ehemann ohne meinen Segen aussucht."

Duncan hob seinen Eimer auf die Steinmauer des Brunnens. „Tatsächlich war ich derjenige ..."

„Ihr werdet sie natürlich heiraten." In der Stimme der Frau war kein Zweifel zu hören, während sie das Seil an ihrem Eimer befestigte und ihn in den Brunnen herabließ.

Duncan hob eine Augenbraue.

Margaret fuhr fort. „Sie ist eine richtige Dame, ganz gleich, was der Rest ihrer Familie sagt und ich versichere Euch, dass die Familie de Montfort mindestens so alt wie die de Ware Familie ist."

„Margaret."

„Sie hat viele Talente und einen scharfen Verstand. Sie wird Euren Haushalt in Ordnung halten."

„Margaret."

Margaret schüttelte den Kopf. „Ich hätte wissen sollen, dass sie ihr Herz ebenso wenig kontrollieren könnte wie ihr Vater es konnte, aber zumindest hatte sie die Weisheit, eine gute Wahl zu treffen. Was ihre Mitgift betrifft ..."

„Margaret."

„Was ist?" Argwöhnisch kniff sie die Augen zusammen. „Seid Ihr einer anderen versprochen?"

„Nay, Margaret. Ich liebe Linet und ich will sie heiraten"

Margaret knurrte zufrieden. „Und was ist das für ein Unsinn wegen ... eines Bauern?"

Die Antwort auf diese Frage wurde Duncan erspart. Mit einer riesengroßen Stichflamme brach das Lager plötzlich in sich zusammen. Jeder verfügbare Mann wurde gebraucht, um die Flammen zu löschen.

Als das feurige Ungeheuer endlich besiegt worden war, wurde es schon langsam wieder hell. Verrußtes Holz lag auf dem Hof wie die rauchenden Knochen eines Drachen und ihre Hitze war nur noch eine machtlose Erinnerung an das wilde Tier, das seinen zerstörerischen Kopf hochgestreckt hatte.

Duncan lehnte sich an den Brunnen. Linet ging auf ihn zu, wobei sie mit einem Arm über ihre Stirn strich und sich Ruß über das ganze Gesicht verschmierte. Sie sah erschöpft aus. Ihr Haar hing ihr in Klumpen um die Schultern, ihre Kleidung und ihre Haut stanken nach Rauch und an ihrem überlangen Samtmantel waren unten schwarze Streifen, wo sie durch die verkohlten Reste des Lagers gewatet war, aber Duncan hatte noch nie einen schöneren Anblick gesehen.

Die Art und Weise, wie sie das Löschen des Feuers organisiert hatte, sodass die Häuser ihrer Nachbarn gerettet wurden und faule Kinder eingeteilt hatte, dass diese nach Funken Ausschau hielten, die sich erneut entzünden könnten und wie sie die Ärmel hoch gekrempelt und selbst in die Trümmer gegangen war, hätte dem de Ware Haushalt alle Ehre gemacht.

„Wollt Ihr mich heiraten, Lady Linet de Montfort?", rief er.

Linet lächelte schwach und machte sich auf den Weg zu ihrem Bettler. Sie wusste, dass sie mitgenommen aussah. Ihre Augen fühlten sich wie grob zerkratzt an. Der blaue Samtmantel ihres Vaters war voller verrußter schwarzer Flecken. Nur der Herr im Himmel wusste, welche Farbe ihr Haar hatte und ausgerechnet jetzt musste er ihr einen Antrag machen.

Doch hätte es nicht passender sein können. Auch sein Gesicht war voller Ruß. Das Blut von seiner Verletzung war auf seiner Brust getrocknet und sein Haar war von der Asche glanzlos, aber sie wollte jede Nacht von seinem Gesicht träumen und jeden Morgen daneben aufwachen.

„Wenn Ihr mich wollt", murmelte sie. Sie brach an ihm zusammen und war glücklicher als jemals zuvor in ihrem Leben.

„Ihr seid völlig erschöpft, Mylady", unterbrach Margaret und rieb sich die Asche von den Händen, während sie näherkam. „Bringt Ihr sie dann ins Bett, Mylord? Ich fürchte, dass ich mit Harold genug zu tun habe. Die verrückte Gastwirtin am anderen Ende der Straße hat dem sabbernden Narren viel zu viel zu trinken gegeben – angeblich gegen die Schmerzen – aber ich bezweifle, dass er sich auf den Beinen halten kann."

„Bitte gebt Harold mein Zimmer", sagte Linet. „Bei seinen Verbrennungen braucht er ein weicheres Bett." Sie legte den Arm um die Taille ihres Zukünftigen. „Ich werde mich vor dem Feuer aufrollen. Ab jetzt werde ich in keinem besseren Zimmer schlafen als der, den ich heiraten werde."

Margaret knurrte missbilligend. „Oh nein, das werdet Ihr nicht. Ich werde nicht zulassen, dass Ihr und Euer zukünftiger Ehemann Euch auf dem Fußboden der Halle vergnügt und das ganze Haus in Aufruhr versetzt. Harold kann im Bett Eures Vaters schlafen. Ihr geht beide in Euer Zimmer ... und verriegelt die Tür."

Linet stand der Mund immer noch auf, als der Bettler sie hochhob und in ihr Zimmer trug. Hunderte Fragen gingen ihr durch den Kopf, aber sie war zu erschöpft, um sie zu stellen. Als er sie vorsichtig auf das Federbett legte, waren alle ihre Gefühle außer der Sehnsucht verschwunden.

„Ihr müsst Euch ausruhen, Linet."

„Aye." Ausruhen war das Letzte, woran sie dachte.

„Ihr hattet einen langen Tag."

„Aye."

Er ragte über ihr und sein schwarzes Haar hing ihm in schmutzigen Locken herunter, seine Stirn war voller Ruß und seine Augen waren gerötet – ein Schutzengel, der teuflisch gut aussah. „Wir werden den Schaden morgen begutachten."

„Aye."

„Ich glaube allerdings, dass Ihr ... alles verloren habt", sagte er leise.

Sie blickte ihn sinnlich an. „Nicht alles."

Duncan atmete tief durch. Seine Brust schwoll an vor stiller Freude. Linet sah wunderschön aus, wie sie da auf der seidenen Decke lag, obwohl das Haar, was über das Kissen fiel, völlig verschmutzt war, ihre Augen gerötet und ihre Wangen mit Asche verschmiert waren und wenn sie nur wüsste, was ihr Blick mit ihm machte und wie sehr er sich danach sehnte, ihre süßen Lippen zu küssen.

„Es ist schon spät", sagte er heiser. Ihre Blicke begegneten sich.

Sie starrten einander an. „Wir sollten schlafen."

Er räusperte sich. „Ihr braucht Eure Ruhe", wiederholte er mehr zu sich selbst als zu ihr.

„Aye", log sie.

Dann beugte er sich zu ihr hin und wurde von der deutlichen Botschaft in ihren Augen unwiderstehlich wie von einem Strudel in einem Fluss angezogen. Verflucht, er würde verhungern, wenn er diese Lippen nicht schmecken könnte. Er beugte den Kopf herab, bis Linets zitternder Atem sich mit seinem vermischte. Sein Mund legte sich vorsichtig über ihren und seine Zunge kam sofort hervor, um die unnachgiebigen Blütenblätter ihrer Lippen zu probieren, bevor er den Kuss beendete.

Er hatte vorgehabt, sich zurückzuziehen, ihr eine gute Nacht zu wünschen und sie schlafen zu lassen. Narr. Sie verschmolz in seiner Umarmung so weich wie eine Hand in einem gutsitzenden Handschuh. Ihre Zunge reagierte auf seine und strich verzückt über seine Unterlippe. Bevor er sich aufhalten konnte, vertiefte er den Kuss und begann den nächsten. Seine Arme legten sich jetzt ganz um sie und er zog sie an seine Brust. Ihr verklebtes Haar schien sich seidig in seinen Fingern anzufühlen und ihre schmutzige Haut fühlte sich an wie Samt. Keine Frau hatte jemals eine solch tiefe Wirkung auf ihn gehabt.

Das Stöhnen und das leise schnurrende Geräusch, das sie an seinen Lippen machte, gaben ihm den Rest. Die wenige Kontrolle, die er noch aufbrachte, war im Nu verschwunden. Er bedeckte Linets Gesicht mit eifrigen Küssen. Er zog den Samtmantel von ihren Schultern und verschlang ihr freigelegtes Fleisch. Seine Hände forschten noch weiter, zogen die Konturen ihres Halses und ihres Busens nach und suchten nach der reifen Frucht, die immer noch vor seinem Blick verborgen war.

Sie keuchte, als seine Finger eine empfindliche Brustwarze umschlossen und sie zu einem starren Gipfel härteten. Er stöhnte, während sie ihre ungeduldigen Hüften gegen seinen Oberschenkel drückte.

Er zog ihr schmutziges Gewand nach unten über ihre Taille. Danach schlängelte sie sich aus der Kleidung. Ihm stockte der Atem. Seine riesige dunkle Hand sah auf der blassen Haut ihres Bauches schon fast brutal aus.

Ihre Finger zupfen ungeduldig und vergebens an Duncans Hose und sie runzelte die Stirn, als wenn sie ihn mit Willenskraft ausziehen könnte. Duncan musste schon fast lachen. Das Mädchen hatte offensichtlich nicht viel Erfahrung darin, Männer auszuziehen, aber ihre Entschlossenheit war in der Tat eine Ermutigung. Im Nu hatte er seine Hose ausgezogen.

Ihre Umarmung raubte ihnen beiden den Atem. Überall, wo sie sich berührten, entstand ein Feuer, das reiner und mächtiger war als die Flammen, gegen die sie zuvor gekämpft hatten. Fleisch brannte an Fleisch. Seine grobe, muskulöse Struktur kratzte an ihren weichen, empfindsamen Stellen. Ihre Lippen wollten ihren Durst an seinem seidigen Hals und stoppeligen Wangen stillen. Ihre Hände streichelten und neckten und verführten ihn, bis die Wonne sie beide in ihre Arme nahm.

Er brüllte, als er sich in sie hineindrückte und sie empfing ihn mit einer lieblichen Hemmungslosigkeit, die ihm die Tränen in die Augen trieb. Ihr Höhepunkt war zärtlich, sinnlich und liebevoll. Er bewegte sich mit Vorsicht und Zärtlichkeit an ihr. Sie reagierte auf ihn mit exquisiter Langsamkeit. Sie genossen jeden Blick, jeden Kuss und jeden Augenblick.

Erst in den letzten Qualen der Leidenschaft waren sie

gezwungen, ihre maßvolle Anmut aufzugeben. Dann stießen sie gegeneinander mit der Hingabe von Novizinnen und der Rücksichtslosigkeit junger Ritter.

Linet schluchzte in Ekstase, als ihre Geduld schließlich belohnt wurde. Es fühlte sich an, als wenn ein Feuerschein sie umgab und sich in tausend Flammen entzündete, von denen jede heller als die Sonne war.

Duncans Samen pulsierte aus ihm heraus wie ein endloser Strom Honig und er erschauderte angesichts der Macht seiner Erlösung. Er küsste sie fest und dankbar auf den Mund. Da er nicht wusste, was er sagen sollte, seufzte er nur ihren Namen.

Mit letzter Kraft umarmte sie ihn. Als die Sonne aufging, schlief sie ein und träumte von ihrer langen und glücklichen gemeinsamen Zukunft.

Duncan hatte das Gefühl als wenn er erst vor wenigen Augenblicken glücklich in Linets Armen eingeschlafen wäre, aber die Sonne, die durch das Fenster im Osten hereinschien und Duncans Schlaf störte, stand bereits hoch genug am Himmel, als sie das Zimmer erhellte. Er hatte Sand in den Augen und sein Hals brannte. Er streckte sich und stöhnte angesichts des Schmerzes, der das Ergebnis von mehreren Stunden des Tragens schwerer Wassereimer war.

Jemand klopfte an die Tür. „Mylady." Es war Margaret.

Neben ihm rührte sich Linet.

„Mylady, Ihr müsst nach unten kommen."

„Es kann noch nicht Morgen sein", krächzte Linet. Sie setzte sich auf und blickte aus dem Fenster, so wie er es getan hatte, um die Uhrzeit einzuschätzen. Sie schüttelte ihren Kopf, um wach zu werden. Plötzlich weiteten sich ihre roten Augen. „Bei Gott!"

„Was ist?", fragte er erschrocken und fürchtete, dass ein weiteres Feuer ausgebrochen war.

„Was für ein Tag ist heute?", fragte sie.

Er starrte sie nur verwirrt an als sie schnell aus dem Bett aufstand. Sie fing an ziellos im Zimmer herum zu laufen und rang die Hände. Die Tatsache, dass sie völlig nackt war, half ihn zu wecken.

„Ich muss ... zuerst ... Nay! Margaret. Margaret!", rief sie und versuchte mit ihren Fingern durch ihr hoffnungslos verheddertes Haar zu streichen. „Beeilt Euch!", schrie sie ihn an. „Wir haben keine Zeit!"

Duncan strich sich mit einer schmutzigen Hand über sein unrasiertes Kinn und war immer noch verwirrt von ihrer Panik.

„Ich habe Lady Alyce ihre Stoffe für heute versprochen", erklärte Linet, während sie sich in ein Kleid kämpfte, „und der Tag ist schon halb vorbei. Sie wird glauben, dass ich sie betrogen habe."

Duncan lächelte. Sie war also um ihren Ruf besorgt. Ihre Sorge war unberechtigt. Wahrscheinlich interessierte sich ihre Mutter im Augenblick am allerwenigsten für Stoffe. Ihm ging es ebenso, als Linet mit ihren Händen über ihre Oberschenkel strich.

„Oh", jammerte sie, als sie einen großen Riss in ihrem Kleid entdeckte, „das geht nicht. Ich stinke nach Rauch, meine Kleidung ist zerrissen und ich habe keine Ware für die Auslieferung. Seht mich nur an. Margaret!"

Duncan sah sie tatsächlich nur an. Bei dem Spektakel, das seine zukünftige Braut im Zimmer ablieferte und dazu noch halbnackt war, musste er grinsen. Sie ergriff einen Mantel aus ihrer Kleidertruhe und zog ihn an, als es wieder an der Tür klopfte.

„Mylady?"

„Margaret! Kommt herein. Füllt mir eine Waschschüssel so schnell wie möglich mit Wasser. Wir brauchen etwas zu essen und das Pferd und den Wagen ..."

„Aber Mylady, die Dorfbewohner warten ..."

„Und stellt sicher, dass das alte Pferd gefüttert ist. So, wie wir es treiben müssen, könnte dies seine letzte Reise sein!"

„Reise? Aber Mylady, was soll ich denen, die unten warten, sagen?"

„Die unten ..." Linet hörte auf hin und her zu laufen. „Wer wartet unten? Ist es die Gilde?"

„Nay. Mylady. Es sind die Dorfbewohner."

„Die Dorfbewohner?" Linet runzelte die Stirn.

„Sagt Ihnen, dass sie herunterkommt, sobald sie angezogen ist", sagte Duncan.

Margaret eilte davon, um die Anweisung auszuführen.

Als die Waschschüssel gebracht wurde, schrubbten sie beide rücksichtslos an ihrer geschwärzten Haut und ihrem verhedderten Haar, bis das Wasser wie ein schlammiger Teich aussah.

Linet schlängelte sich in einen Surcot aus dunkelgrüner Wolle, aber Duncan hatte keine Kleidung zum wechseln. Er zog seine schmutzige Hose und die Jacke wieder an, die er den Tag zuvor getragen hatte. Die Jacke war noch recht sauber, aber irgendjemand hatte die ganze Nacht darauf gelegen, sodass sie an verschiedenen Stellen völlig zerknittert war. Mit Linets Silberkamm kämmte er sein verklebtes Haar so gut er konnte.

„Mylady", gurrte Margaret von hinter der Tür.

Linet war mit ihren Nerven am Ende. „Was wollt Ihr?",

zischte sie. Dann seufzte sie. Sie wollte nicht unhöflich zu der alten Frau sein, aber ihr Ruf als Stoffhändlerin hing davon ab, wie sie die unangenehme Situation heute handhabte. Jeder Augenblick war kritisch.

„Mylady, Ihr müsst nach unten kommen." Margaret schien von Linets Tonfall unbeeindruckt. Tatsächlich hörte sie sich äußerst erfreut an. „Sie warten."

„Die Dorfbewohner?" fragte Linet. „Was wollen sie?"

„Bitte beeilt Euch, Mylady."

Linet schaute den Bettler fragend an, aber dieser zuckte nur mit den Schultern. Dann warf sie ihre nassen Locken über ihre Schulter und öffnete die Zimmertür. Als sie sah, was sie in der großen Halle erwartete, wäre sie um beinahe zurückgegangen und hätte ihre Zimmertür vor dem unmöglichen Anblick wieder geschlossen.

Alle Dorfbewohner schienen ihr Lager im de Montfort Haushalt aufgeschlagen zu haben. Die Halle war voll mit ihren ungewaschenen Körpern und den verschiedenen armseligen Habseligkeiten, die sie bei sich trugen. Ein Kleinbauer mit lederner Haut grinste zahnlos zu ihr hoch und hob einen Korb voll Lauch zur Begrüßung. Eine alte Frau mit grimmigem Gesicht hielt ein Bündel Lumpen an ihre Brust gedrückt. Ein paar schmutzige Jungen trieben ein kleines Schwein mit Stöcken vor sich her. Ein vollbusiges Mädchen hielt eine gackernde Henne in ihren nackten braunen Armen und es kamen immer noch mehr durch die Haustür.

Einen kurzen Augenblick lang befürchtete Linet, dass sie ihren Haushalt übernehmen wollten. Der Gedanke machte sie schwindlig. Sie schwankte rückwärts. Der Bettler hielt sie fest.

„Was wollen sie?", flüsterte sie zitternd.

„Warum findet Ihr es nicht heraus?", sagte er. Er hörte sich so selbstsicher und so unbesorgt an.

Sie nahm ihren ganzen Mut zusammen und ging die Treppe hinunter. Schon auf halbem Weg begannen die Angebote. Ein Junge hielt zwei geschlachtete Hasen hoch. „Ich habe sie gestern selbst gefangen." Er legte die Karkassen auf den Esstisch.

„Meine Frau, Gott sei ihrer Seele gnädig, braucht diese nicht mehr", murmelte ein alter Mann, drängte sich nach vorn und legte ein Paar dicke Lederschuhe auf den Tisch.

Ein paar kichernde Mädchen sprangen aus der Menge hervor und hatten grob besticktes Leinen dabei, welches sie neben den Schuhen ablegten.

„Er leiert ein wenig!", brüllte ein dicker Mann mit schwarzem Bart und schob einen rostigen Schubkarren auf sie zu. „Aber er funktioniert noch gut genug!"

Einer nach dem anderen traten die Dorfbewohner vor und priesen die Tugenden dessen an, was sie mitgebracht hatten und legten ihre bescheidenen Geschenke auf einen wachsenden Haufen mitten in der großen Halle. Sie brachten lebendes Vieh und Leinen, Mehl für die Küche und Saatpflanzen für den Garten, einige Dinge, die sie verzweifelt brauchte und einige, die sie absolut nicht gebrauchen konnte.

Aber sie waren für sie bestimmt. Diese Bauern, die kein Geld hatten, hatten genug zusammengekratzt um einer Nachbarin zu helfen, die ihr Lager und ihre Außengebäude im Feuer verloren hatte. Sie hatten ihr von Herzen Geschenke mitgebracht.

Tränen stiegen Linet die Augen und sie musste ihre

Lippen zusammendrücken, damit diese nicht zitterten, während die Dorfbewohner eifrig ihre Pakete ablegten.

„Das ist nicht in Ordnung", flüsterte sie dem Bettler zu. „Ich kann diese Dinge nicht annehmen."

Seine Stimme hörte sich warm und freundlich an. „Ihr müsst sie annehmen. Ihr beleidigt sie, wenn Ihr es nicht macht."

Linet schniefte. Sie wollte sie ganz bestimmt nicht beleidigen. In all den Jahren, die sie in Avedon gelebt hatte, hatte sie kaum ein Wort zu irgendeinem ihrer Nachbarn gesprochen und doch waren sie hier und boten ihr Behaglichkeit und Nahrung, die sie sich kaum leisten konnten. Es berührte sie zutiefst.

Sie würde die Geschenke annehmen. Das wollten sie schließlich, aber irgendwie würde sie ihnen ihre Großzügigkeit zurückzahlen. Mit dem Handrücken wischte sie sich die Tränen aus dem Gesicht und hob ihr Kinn.

„Liebe Leute", sagte sie deutlich, „ich kann Euch für Eure Freundlichkeit gar nicht genug danken." Sie schluckte schwer und betete, dass Gott ihr irgendwie die Möglichkeit gewähren würde, ihr nächstes Versprechen zu halten. „Ich verspreche Euch allen, dass wenn mein Lager wiederaufgebaut worden ist und die de Montfort Webstühle wieder in Betrieb sind ..." Sie blickte in all die Gesichter, die zuvor nur unscharf gewesen waren und erkannte darin Anständigkeit und Zuneigung und Ermutigung. Durch die erneut aufsteigenden Tränen lächelte sie stolz. „Ich werde für jede Eurer Familien eine Länge feinstes Tuch weben, so wie es die Edelleute tragen und es wird ausreichen, um Sonntagskleidung für jeden von Euch zu fertigen."

Die Dorfbewohner waren erstaunt und lächelten

dankbar, bis jemand in Jubel ausbrach. Im Nu waren in der de Montfort Halle Lobpreisungen über sie zu hören.

Sie hatte keine Ahnung, wie sie ihr Lager wiederaufbauen wollte. Die Gilde würde sie wahrscheinlich ausschließen, weil sie einen Bauern heiratete und sie daran hindern, ihre Waren auf dem Markt zu verkaufen und Lehrlinge einzustellen. Selbst wenn sie genug Geld auftrieb um ein oder zwei Webstühle für ihr Haus zu kaufen, würde sie als einzelne Weberin Jahre brauchen, um ihr Versprechen einzulösen.

Aber irgendwie würde sie es schaffen. Irgendwie würde sie wieder auf die Füße kommen und diese Leute für all die Jahre entschädigen, in denen sie sie verschmäht hatte. Irgendwie würde sie es wiedergutmachen.

Sie ging die restlichen Treppen vorsichtig hinunter wie eine Schwimmerin, die sich einem kalten See nähert. Ein Mann mit kaputten Zähnen trat vor, ergriff ihre Hand mit seinen schmutzigen Pfoten und drückte sie grob. Zuerst keuchte sie, weil sie Angst hatte, dass er ihr etwas tun wollte, aber seine Augen funkelten voller Zuneigung. Sie lächelte, zog ihre Hand zurück und legte sie auf den Kopf eines schüchternen kleinen Mädchens. Eine alte Frau humpelte vor und umarmte Linet plötzlich wie eine Mutter. Ein kleiner Junge, der am Daumen lutschte, hing an ihren Röcken.

Es war nicht so unangenehm, wie sie erwartet hatte. Sie bewegte sich durch die Menge wie durch Wasser und berührte hier und da eine Schulter, erhielt eine Umarmung und watete immer tiefer in die Menschlichkeit hinein und doch empfand sie weder Angst noch Abscheu. Es waren nur Menschen, auch wenn sie schmutzige Schürzen, klebrige Finger, strähnige Haare und nackte Gliedmaßen zur Schau trugen. Dies waren ihre Leute.

Sie schwamm immer noch auf dem Strom guten Willens, als sie auf den Karren stieg, um sich auf die Reise zur de Ware Burg zu begeben.

Der Bettler musste das alte Pferd mit halsbrecherischer Geschwindigkeit durch die Landschaft treiben, damit sie bis zum Abend dort ankamen. Ahorne, Eichen und Birken glitten unscharf an ihnen vorbei, während sie dahineilten. Selbst das lustige Zwitschern der Spatzen konnte sie nicht einholen. Der Duft von feuchter Erde und von Apfelblüten wehte an ihnen vorbei wie flüchtige Erinnerungen. Ein paar Wolken erschienen wie weit entfernte Nomaden, die über den Himmel zogen, ein Himmel, der fast genau die gleiche Farbe hatte wie ...

Linet keuchte plötzlich. Der Bettler verlangsamte das Pferd und wandte sich besorgt zu ihr um.

„Was ist los?", fragte er.

Wie könnte sie das erklären? Es erschien so unwichtig. „Mein blaues Kammgarn..."

Plötzlich wurde ihr alles bewusst, was sie im letzten Jahr verloren hatte – ihr Vater, ihr Titel, ihr Lager, ihre Webstühle ... aber in diesem Augenblick schien ihr nichts so niederschmetternd zu sein wie der Verlust ihres wertvollen blauen Kammgarns, das mit einem seltenen italienischen Färbemittel gefärbt worden war und genau die Farbe seiner Augen hatte. Sie wusste, dass es albern und unbedeutend angesichts ihrer größeren Verluste war, aber es trieb ihr die Tränen in die Augen.

„Es ist weg", flüsterte sie und vergrub ihr Gesicht in den Händen „Mein blaues Kammgarn ist weg."

Duncan tröstete sie sofort. Er streckte die Hand über dem Sitz aus und zog sie in seine Arme. Er hatte schon so viele weinende Frauen getröstet, dass er wusste, dass ihre

Worte oft nichts mit ihren Tränen zu tun hatten. Es war einerlei, dass sie knapp dem Tod entronnen war, dass sie durch halb Flandern gejagt worden war, dass sie allein einen spanischen Verbrecher getötet hatte und dass sie ihr Geschäft im Feuer verloren hatte. Ihre größte Sorge im Augenblick war der verdammte blaue Stoff und er konnte ihn nicht zurückholen.

„Alles wird gut", sagte er und strich ihr mit den Fingern durch ihr Haar. „Ich verspreche es Euch."

Duncan lächelte zu sich selbst, als der Wagen durch die Tore von de Ware ratterte. Wenn Sir Duncan mit seinem edlen Pferd in die Burg geritten wäre, hätten seine bewundernden Lehensmänner ihn erkannt, aber auf den Wagen einer Händlerin in der Dämmerung und im Schatten eines wunderschönen Engels mit Locken aus glitzerndem Gold bemerkte ihn niemand am Tor.

Linet schien die meisten der Blicke auf sich gar nicht zu bemerken. Sie war in der letzten Stunde ungewohnt still gewesen. Wahrscheinlich war sie nervös. Sie umkreisten den Burghof und Duncan setzte sie vor der Tür zur großen Halle ab, sodass er das Pferd in den Stall bringen konnte.

„Macht Euch keine Sorgen", sagte er und drückte ihr die Hand zur Beruhigung. „Ich bin sicher, dass Lady Alyce Verständnis haben wird."

Linet hörte ihn kaum. Sie war zu sehr damit beschäftigt, die richtigen diplomatischen Worte für die vor ihr liegende Konfrontation zu finden. Sie wusste nicht, wie sie alles erklären wollte. Sie hatte keinen Stoff für die Lady und die Vorauszahlung, die sie von ihr erhalten hatte, war auch weg. Schlimmer noch, sie hatte weder ein Lager noch die Wolle, um die Bestellung zu erfüllen, aber sie hatte ihre Ehre. Sie hoffte, dass diese ihr nun dienlich sein würde.

Sie starrte auf die imposanten Türen zur großen Halle, als der Bettler weg war. Dann atmete sie tief durch und trat ein.

Die höhlenartige Halle war bis auf ein paar Diener und einen Krieger, dem sie ihre Bitte um eine Audienz bei Lady Alyce mitteilte, leer. Sie versuchte das Zittern ihrer Hände und ihres Herzens zu beruhigen. Lady Alyce war eine freundliche Frau, argumentierte sie. Sicherlich konnte sie sich auf Ihre Geduld und ihr Verständnis verlassen.

Sie wartete so lange, dass es ihr wie eine Ewigkeit vorkam und sie zählte die Schritte, die sie für die Länge des riesigen Raumes brauchte, wobei sie mit ihren Fingern gegen ihre Oberschenkel schlug und zuschaute, wie die Diener vom Lager zur Küche hin und her rannten.

Diese Halle war viel einladender als die in der Burg ihres Onkels, beschloss sie. Sie war wärmer und irgendwie heller und die Wandteppiche waren fröhlicher und das Schilf frisch und duftend. Es erschien ihr ein harmonischer Ort zu sein, wo Reichtum nicht um seiner selbst willen gezeigt werden musste.

Sie zupfte an ihrem Rock. Verflucht! Der Saum war schmutzig. Sie hoffte, dass Lady Alyce es nicht bemerken würde. Zumindest der Bettler schien zuversichtlich zu sein, dass alles in Ordnung kommen würde. Wo war er überhaupt? Er hatte jetzt genug Zeit gehabt, das alte Pferd in den Stall zu bringen. Mit ihm an der Seite würde sie sich sicherer fühlen.

Der Bettler, überlegte sie. Er hatte ihr noch immer nicht seinen wirklichen Namen genannt. Jeder in ihrem Haushalt schien zufrieden zu sein, ihn Duncan zu nennen. Sie nahm an, dass er ihr seinen Namen nennen würde, wenn er dazu bereit war.

Sie wurde von einer kleinen Aufregung im hinteren Bogen der Halle in ihren Überlegungen gestört. Ein großer Edelmann mit grauem Bart trat ein mit einem Surcot aus schwarzem Samt. Instinktiv machte sie einen Knicks.

Zuerst dachte Lord James, dass die kleine Frau in der Mitte der Halle gesponnenes Gold auf dem Kopf trug. Dann bemerkte er, dass es ihr Haar war. Erneut hob sie ihren Kopf. Ihr Gesicht war so schön wie ihr Haar mit rosigen Wangen und strahlenden Augen. Alyce hatte Recht gehabt. Duncans Verlobte sah aus wie ein Engel.

Aber plötzlich verzog sich das Gesicht des Mädchens vor Entsetzen. Er überlegte unbehaglich einen Augenblick lang, ob er vergessen hatte seine Hose anzuziehen.

„Seid Ihr verrückt geworden?", zischte sie durch die leere Halle.

KAPITEL 22

Lord James schaute sich um. Vielleicht meinte die junge Frau jemand anderen, aber außer ihnen beiden war sonst niemand da. Er betrachtete sie neugierig.

„Aye, ich spreche mit Euch", sagte sie und starrte ihn weiterhin an. „Lady Alyce wird gleich hier sein! Was macht Ihr hier?"

„Ich?", fragte er entrüstet.

„Wollt Ihr etwa ausgepeitscht werden?"

Er richtete sich zu seiner vollen Größe auf. Wie konnte das Mädchen es wagen, so mit ihrem zukünftigen Schwiegervater zu sprechen?

„Bitte geht, Duncan", flehte sie. „Ihr macht alles nur noch schlimmer."

Aha, das war also die Lösung, dachte Lord James. Die junge Frau war nicht die erste Person, welche die außerordentliche Ähnlichkeit zwischen ihm und seinem Sohn bemerkte und bei Duncans Vorliebe für Verkleidungen ...

„Ich bin nicht Duncan", verkündete er.

„Natürlich nicht", flüsterte sie sarkastisch. „Ihr seid aber auch nicht Venganza oder Gaston de Valois."

„Mein Name ist ...“

„Nay, das will ich jetzt gar nicht wissen. Ich möchte, dass Ihr sofort geht, das lächerliche Kostüm auszieht und draußen auf mich wartet.“

Lord James hob eine Augenbraue. Zweifellos hatte Duncan ihr einen seiner Streiche gespielt, von wegen lächerliches Kostüm. Er strich sich über den Bart und schaute sie unbeirrt an. Sie rührte sich nicht. Sie war offensichtlich eine beherzte Frau, genau die Art von Partnerin, die sein ältester Sohn brauchte; eine, die nicht von Duncans Reichtum und seiner Stellung eingeschüchtert sein würde und sagte, was sie bewegte. Verdammt, aber Alyce hatte wirklich gut gewählt.

„Meine Frau wird gleich hier sein“, sagte er zu ihr.

„Eure Frau? Wirklich!“, zischte sie mit den Händen in die Hüften gestemmt. „Habt Ihr die Gewänder gestohlen?“

Lord James blickte herab auf seine Kleidung. „Meint Ihr mein ... ‚lächerliches Kostüm‘? Nay, meine Frau ...“

„Duncan! Ich bin keine Närrin und außerdem ...“

„Ich bin nicht Duncan.“

„Ich werde diesen Unsinn nicht dulden, wenn wir verheiratet sind.“

„Aha“, antwortete Lord James und war recht zufrieden mit ihrer Aussage. Scheinbar würde diese Frau hervorragend zu seinem Sohn passen. Er meinte nur: „Perfekt.“

Lady Alyce unterdrückte ein Lächeln.

Ihr ältester Sohn Duncan stand vor ihr und forderte sie mit einem unnachgiebig eisernen Blick heraus. Der arme Junge hatte schon den Fehler gemacht, dass er in ihr Privatgemach, ihre persönliche Domäne, eingedrungen war um sie zu konfrontieren. Jetzt wollte er den taktischen Fehler wettmachen, indem er sich aufplusterte und sie mit einer grimmigen Miene anstarrte, die besagte, dass er keinen Widerspruch von ihr dulden würde.

Er sah hier so fehl am Platz aus, dachte sie. Seine Größe und sein wildes, dunkles Gesicht passten nicht zu den heiteren Wandteppichen, den hellen Möbeln und dem warmen Kerzenlicht, welches das Zimmer durchflutete und er fühlte sich offensichtlich unbehaglich. Er wusste nicht, was er mit seinen Armen anstellen sollte, wenn er sie aus der Verschränkung vor seiner Brust löste. Er würde wahrscheinlich stundenlang stehen, bevor er versuchte, sich auf eine der zierlichen gepolsterten Bänke zu setzen, weil er sicher war, dass sie voraussichtlich unter seinem Gewicht zusammenbrechen würde. Es war äußerst amüsant.

Bevor er das Lächeln, das sich bei ihr anbahnte, missverstand, wandte sie ihm den Rücken zu und blickte aus dem Fenster.

„Ich weiß, dass Ihr verärgert seid", warnte er, „aber ..."

„Ich bin *sehr* verärgert", sagte sie, aber irgendwie schaffte sie es nicht, dass ihre Stimme dies widerspiegelte.

„Wie dem auch sei, ich werde meine Meinung nicht ändern."

„Riecht Ihr nach Rauch?", fragte sie plötzlich, wandte sich zu ihm und schnupperte an ihm.

„Ich habe letzte Nacht geholfen, ein Feuer zu löschen. Linets Lager ist abgebrannt", murmelte er und war offensichtlich erpicht darauf, wieder zu dem anderen Thema zurückzukehren. „Ich möchte, dass Ihr wisst, dass es ganz und gar meine Idee war."

„Ein Feuer?", fragte sie mit großen Augen.

„Unsere Eheschließung."

„Ach so", seufzte sie und drückte eine Hand erleichtert an ihre Brust.

„Linet ist ohne Schuld", beharrte er.

„Na", lachte sie kurz, „das ist ja schon einmal ein Trost. Ich bin froh, dass das Mädchen zumindest so vernünftig ist, dass sie nicht versuchen wird ohne die Zustimmung des Königs zu heiraten."

Wie sehr der Erstgeborene, den sie als ihren eigenen Sohn großgezogen hatte, doch seinem Vater ähnelte, so eigensinnig und voller Prinzipien und so charmant wie er war. Er bezweifelte nicht einen Augenblick, dass er sich durchsetzen würde. Meistens hatte er damit ja auch Recht.

„Aber", fuhr sie fort, verschränkte ihre Arme und wandte sich ihm wieder zu, „das ist nicht der Grund, warum ich verärgert bin."

Er seufzte laut.

„Linet de Montfort ist schön", sagte sie, „brillant, arbeitet hart und ist höflich. Ich könnte mir keine passendere Schwiegertochter wünschen. Fürwahr, das habe ich dem König auch gesagt, als ich um ihn um seine Zustimmung bat. Jetzt braucht Ihr nur noch den Segen Eures Vaters. Er sollte jetzt bei ihr sein."

Er verdaute diese Informationen erst mit ein wenig Verzögerung. „Was?", explodierte er schließlich.

„Ich habe Euch gesagt, dass ich glaube, dass sie schön ist."

„Wie habt Ihr ...", stotterte Duncan.

„Ich habe ihr recht viel Stoff abgekauft – hochwertiges Tuch."

„Mutter", drohte er und hörte sich sehr wie sein Vater

an, „was habt Ihr gemacht?" Er trat hinter sie und drehte sie an den Schultern um.

„Nur dem Schicksal ein wenig nachgeholfen, mein Lieber", sagte sie schulterzuckend.

Duncan war am Ende mit seinem Latein. Er überlegte, wie sein Vater die unberechenbare Logik dieser Frau ausgehalten hatte. „Mutter, wie konntet Ihr wissen, was das Schicksal für mich vorgesehen hat?"

„Duncan, Duncan", rügte sie ihn und klopfte ihm leicht auf den Rücken. „Ich weiß es immer."

Er schüttelte den Kopf. Es brachte nichts, zu versuchen ihre Logik zu verstehen. Ein Teil von ihm war wütend, dass seine Stiefmutter die Hochzeitsarrangements mit dem König getroffen hatte, ohne sich mit ihm zu beraten, aber ehrlich gesagt war Duncan froh über das Ergebnis. Als er auf Lady Alyces strahlendes Gesicht herabblickte, wusste er, dass er ihr nicht lange böse sein konnte.

„Wenn Ihr die ganze Zeit schon meine Zukunft geplant hattet", sagte er und hob eine Augenbraue, „warum seid Ihr dann verärgert mit mir?"

„Ich bin verärgert, Ihr großer Bengel, weil ich mir sicher bin, dass Ihr bei ihr gelegen habt und das bedeutet, dass wir uns beeilen müssen, falls sie schwanger ist. Es bleibt kaum Zeit, die Art von Zeremonie vorzubereiten, auf die Euer Vater für seinen Erstgeborenen bestehen wird."

Er grinste und schob sie beiseite um auf und ab zu gehen.

„Wir müssen eine Jagd veranstalten", beschloss sie. „Wir brauchen zumindest Wachteln und Reiher und einen verzierten Schwan als das zentrale Stück beim Hochzeitsmahl. Wir haben noch jede Menge eingelegten Lachs aus Schottland und Aale bekommt man immer, aber ich wünschte, dass wir mehr von den Feigen und Datteln von dem türkischen Händler nach der Fastenzeit gekauft hätten ..."

Duncan hörte nichts mehr von Lady Alyces Geschwätz. Er küsste sie, erschreckte sie in ihrem Vortrag und floh dann aus dem Zimmer, das seine Männlichkeit zu verhöhnen schien.

Linet knickste, als Lady Alyce mit zwei ihrer Zofen die Halle betrat.

„Da seid Ihr ja, meine Liebe", strahlte die Dame und kam näher. „Was habt Ihr doch für schönes Haar. Es ist so golden wie die Sonne."

Unsicher berührte Linet ihre Locken und ihr war die Tatsache plötzlich bewusst, dass sie vergessen hatte eine richtige Haube und einen Schleier zu tragen. „Mylady", begann sie nervös.

„Und Euer Kleid ist in einem so schönen Grünton", fuhr die Dame fort und umkreiste sie mit ihren Zofen, bis Linet sich wie ein Kunstobjekt fühlte. „Haben Eure italienischen Färber das bearbeitet?"

„Aye, Mylady, vielen Dank."

Eine der so fünf fing an argwöhnisch zu schnuppern. Linet hätte schwören können, dass Lady Alyce dem Mädchen heimlich einen Tritt verpasste, obwohl sie die ganze Zeit weiter lächelte.

„Ich rieche Rauch", erklärte die andere Zofe.

Linet errötete.

Lady Alyce nahm Linet am Arm und ging mit ihr zum Podium am Ende der Halle. „Bereitet ein Bad vor, meine Damen", rief sie über ihre Schulter. „Eine von Euch riecht nach Rauch."

Linet biss sich auf die Lippe. „Ich fürchte, dass ich es bin", flüsterte sie.

„Jetzt", sagte Lady Alyce, „möchte ich ein neues Gewand für einen besonderen Anlass bestellen. Wie lange würdet Ihr brauchen, von der rohen Wolle über das Färben und Weben, um ausreichend Stoff für meine unmittelbare Familie herzustellen – das wäre für meinen Mann und mich, zwei meiner Söhne und die Männer werden natürlich ihre eigenen Farben tragen und dann noch für fünf meiner Damen?"

Linet war von Lady Alyces Geschwätz überwältigt. Wie konnte sie der Frau sagen, dass ihre Rohwolle und ihre Webstühle zerstört waren?

Gott musste es gut mit ihr meinen.

„Ich habe recht viel gute Rohwolle auf Lager", sagte Lady Alyce, „aber ich hätte gerne Euer Urteil und es wäre mir lieber, wenn die Arbeit hier auf meinen Webstühlen erledigt würde, abgesehen vom Färben natürlich. Das ist eine übelriechende Angelegenheit, die am besten am Ende des Dorfes erledigt wird."

Während Linet zustimmend nickte, flackerte Hoffnung in ihrer Brust auf. „Habt Ihr eine Feder, Mylady?", fragte sie. „Ich muss das alles zusammenrechnen."

„Kommt", bedeutete Lady Alyce ihr.

Sie führte Linet nach oben in ein leeres Zimmer. Linet mochte das Zimmer sofort. Trotz der dunklen Farben erschien das Zimmer warm und die Möbel sahen gebraucht, aber gepflegt aus. Münzen lagen auf dem Tisch und ein dunkelbrauner Samtmantel hing über einem Stuhl und auf dem Schreibtisch waren noch Wachstropfen auf einem halbfertigen Pergament zu sehen.

„Dies gehört meinem Sohn", offenbarte Lady Alyce. Sie schob das befleckte Pergament beiseite und gab Linet ein neues zusammen mit einer Feder.

Linet setzte sich auf einen großen Lederstuhl, schrieb die Zahlen auf und bat die Dame, ihre Erinnerung hinsichtlich der Anzahl der Gewänder aufzufrischen. Dann stand sie wieder auf. „Das Tuch kann in einer Woche oder höchstens zwei fertig sein, je nachdem wie viele Weber wir einsetzen", erklärte Linet. Danach müssen die Gewänder natürlich noch zugeschnitten und genäht werden."

„Natürlich", stimmte die Dame zu. „Also gut. Der Zeitraum sollte reichen."

„Möchtet Ihr die Kosten wissen?", fragte Linet.

Lady Alyce flatterte mit ihren Händen. „Die sind nicht von Bedeutung."

Die Frau schwatzte noch um fast eine Stunde weiter, während Linet sich hinsichtlich der Farben und gewünschten Modelle Notizen machte. Lady Alyce hatte einen ausgezeichneten Geschmack. Es war gut, dass Geld keine Rolle spielte.

Als sie mit ihren Verhandlungen fertig waren, stand Linet bescheiden vor Lady Alyce und biss sich auf die Unterlippe. Sie musste der Frau noch von dem Rest ihre Bestellung erzählen.

„Mylady, lasst mich Euch zuerst sagen, dass ich Euch bei..." Sie wollte den Namen de Montfort sagen, aber das schien ihr jetzt unpassend. „Bei meiner Ehre als Stoffhändlerin der Gilde versichere, dass ich Euch bei dieser Bestellung nicht enttäuschen werde. Es gibt jedoch noch eine andere äußerst bedauerliche Angelegenheit, die ich Euch beichten muss."

„Das Feuer?"

Linet schaute entsetzt. „Könnt Ihr es an mir riechen?"

Sie hätte sich die Zunge abschneiden können, dass ihr die Worte herausgeplatzt waren, aber Lady Alyce lächelte nur freundlich.

„Ich glaube, meine Liebe, dass Euer Bad inzwischen bereitsteht."

„Es gab ein Feuer", versuchte Linet zu erklären. „Meine ganzen Stoffe, Eure Stoffe ... ein Bad?"

„Aye", sagte Lady Alyce herzlich. „Ich weiß schon alles über das Feuer. Macht Euch keine Sorgen deswegen."

„Ihr wisst es?"

„Aye. Duncan hat mir davon erzählt."

„Duncan?"

„Mmmh", nickte Lady Alyce. „Jetzt kommt und dann suchen wir nach der Wanne."

Linet folgte ihr erstaunt. Wann hatte Duncan mit Lady Alyce gesprochen? Ungeachtet dessen hatte der Bettler ihr gesagt, dass alles gut werden würde und so schien es. Sie würde ein schönes heißes Bad nehmen und sie hatte Aussichten auf viel Geld. In zwei Wochen würde sie mit ihrem neuen Ehemann zurück nach Avedon reisen und ihr warmes, gemütliches Zuhause beziehen.

Linets Haar war nur halb trocken nach dem Bad, aber schön sauber und mit Jasminduft versehen, als sie beschloss, dass sie besser nach ihrem Verlobten suchen sollte. Sie hatte Lady Alyce noch nicht über den Verlust ihres Titels informiert. Die Dame hatte sie eingeladen, mit ihnen am Haupttisch auf dem Podium zu Abend zu essen. Die Idee gefiel Linet zwar, aber sie wollte den Bettler zuerst um Erlaubnis fragen. Sie wollte ihn nicht beschämen, indem sie die Rechte ihres inzwischen nichtigen Titels genoss, während er allein an den unteren Tischen sitzen musste.

Sie zog den Surcot aus blauem Brokat an, den Lady Alyce ihr großzügig zur Verfügung gestellt hatte und ging nach unten in die große Halle. Leute eilten zum Abendessen zu den Tischen, aber der Bettler war weit und breit nicht zu sehen.

Als nächstes ging sie in die Kapelle, aber dort war er auch nicht. Sie hoffte, dass sie ihn finden würde, bevor er Ärger machte.

Auf dem Weg nach unten begegnete ihr eine der Wachen, die ihr in Lady Alyces Privatgemach zu Hilfe geeilt war. Das schien inzwischen eine Ewigkeit her zu sein.

„Ihr", sagte sie und hielt ihn auf der Treppe an.

„Mylady?" Er verbeugte sich. „Ich hoffe, dass es Euch gut geht?"

„Ich suche Dun- ... den Bettler, der mich in Lady Alyces Privatgemach belästigt hat. Erinnert ihr Euch an mich? Die Stoffhändlerin?"

„Natürlich. Meint Ihr Duncan?"

Oh Gott, kannte hier jeder den Bettler? „Aye."

„Zuletzt habe ich ihn unten in der Rüstkammer gesehen. Dort könntet Ihr nachsehen."

Sie dankte ihm und staunte über seine amüsierte Miene.

Er war nicht in der Rüstkammer, obwohl ein halbes Dutzend anderer Männer in verschiedenen Stadien der Bewaffnung sich dort befanden und entweder mit Freude oder Feindseligkeit darauf reagierten, dass plötzlich eine Frau unter ihnen weilte. Schnell zog sie sich wieder zurück.

Wo könnte er sein? Sie schlenderte den Flur entlang. An einem Ende des Flurs führten Treppen hinunter zu einem dunklen Korridor. Das musste der Weg zum Kerker sein. Plötzlich kam ihr ein entsetzlicher Gedanke. Vielleicht war er in Schwierigkeiten geraten. Vielleicht war er erwischt worden, wie er sich wie ein Edelmann verkleidet hatte und war dann in den Kerker geworfen worden! Sie war der Meinung, dass sie besser nachsehen sollte.

Zitternd hob sie ihre Röcke über die schleimig aussehenden Stufen und ging langsam hinunter in die kalte Welt unter der Burg. Von unten war kein Geräusch zu hören und sie konnte nur feuchte Erde riechen.

Verflucht! Was, wenn er hier unten war zusammen mit einem anderen Gefangenen oder dessen Überresten? Sie erschauderte und ihre Augen vergrößerten sich, während sie ihren Abstieg in die schwarze Höhle vor ihr verlangsamte. Sie ertastete die Ränder der Stufen mit ihren Schuhen und legte eine Hand an die Mauer, um das Gleichgewicht zu halten, zuckte dann aber bei dem unheimlichen, glatten Moos, das zwischen den Steinen wuchs, zusammen.

Schließlich bekam sie Platzangst in der dunklen Luft, blieb stehen und beugte sich in die Dunkelheit vor und flüsterte.

„Duncan?"

„Er ist nicht hier." Die leise Stimme hinter ihr erschrak Linet so sehr, dass sie fast die Stufen heruntergefallen wäre. Glücklicherweise hielt die Person sie fest. Sie klammerte sich an seine Jacke, bis er sie an der Taille hochhob und sie oberhalb von sich auf der Treppe absetzte.

„Ihr habt mich erschreckt!", keuchte sie dem unsichtbaren Mann zu.

„Ich habe gesehen, wie Ihr hier heruntergegangen seid. Ich dachte mir, dass Ihr Euch verlaufen hättet", erklärte er mit einer beruhigenden Stimme. „Wusstet ihr, dass das hier der Kerker ist?"

„Was? Oh, aye. Ich dachte, dass er das wahrscheinlich sei."

„Und Ihr habt geglaubt, dass Duncan hier unten wäre?"

Linet wusste nicht, was sie ihm antworten sollte. „Ich glaube, mir ist ein wenig schwindelig von dem Mangel an frischer Luft. Ich gehe wohl besser nach oben."

„Wie Ihr wollt." Er ergriff sie fest am Ellbogen und zusammen gingen sie hoch zurück in das Licht.

„Ihr", sagte sie zu ihm, als sie sein gutaussehendes Gesicht mit den grünen Augen sah, „Ihr wart die andere Wache in Lady Alyces Privatgemach. Ich erinnere mich an Euch."

Er neigte den Kopf leicht.

„Ich bin Lady ... ich bin Linet de Montfort, die Stoffhändlerin", erklärte sie ihm.

„Ich weiß. Es freut mich, Euch wieder zu sehen, Mylady. Ich bin Sir Garth de Ware."

Sie blickte ihn an, ob sie Anzeichen erkennen könnte, dass er sie verhöhnte, aber er starrte sie unbeirrt an. Sie machte einen eiligen Knicks. „Mylord, das wusste ich nicht. Bitte verzeiht, dass ich Unannehmlichkeiten bereitet habe. Ich suche ..."

„Duncan."

„Aye."

„Er würde nicht im Kerker sein."

Was führten sie doch für eine seltsame Unterhaltung. Der junge Mann schien keinerlei Sinn für Humor zu haben.

„Nicht?" Sie lachte verlegen. „Natürlich nicht."

„Wenn er ihn nicht gerade reinigen lässt."

Ihn reinigen lassen? Einen Kerker reinigen? Einer von ihnen beiden war offensichtlich verrückt geworden.

„Ich verstehe", antwortete sie und verstand überhaupt nichts.

„Er mag es nicht, wenn jemand leidet, noch nicht einmal die Gefangenen", erklärte Sir Garth.

Das hörte sich nach Duncan an, aber woher kannte Lady Alyces Sohn den Bettler?

„Der Kerker ist sowieso meistens leer", erzählte er ihr.

„Aha." Sie lächelte. „Solltet Ihr ... Duncan sehen, sagt ihm bitte, dass ich ihn suche, Mylord."

„Selbstverständlich", sagte er mit einem Nicken. „Er wird natürlich beim Abendessen dabei sein."

„Natürlich", stimmte sie zu.

„Wir sehen uns dann dort, Mylady", murmelte er.

Er überließ sie dann wieder ihrer Suche, die sich als ergebnislos herausstellte.

Das Abendessen an sich war schon unterhaltsam für Linet, was nur von der Tatsache eingeschränkt wurde, dass der Bettler nirgendwo zu finden war. Das Feuer in der Mitte des Raumes brannte hell und in der großen Halle war Gelächter und Geschrei, Scherze und Tadel zu hören und es war so ganz anders als die würdevollen Hallen ihres flandrischen Onkels. Auf den Tischen brannten Kerzen und an jedem Platz lag eine Stoffserviette. Kinder liefen hin und her, um ihre Plätze auf den Bänken zu finden und die Hunde in der Ecke der Halle jaulten nach Nahrung.

Linet saß am Haupttisch auf einem Ehrenplatz neben Lady Alyce. Der Platz neben ihr war leer und daneben saßen Sir Garth de Ware, eine Zofe und der Wachmann, an den sie sich von zuvor erinnerte und der an einer schwarzhaarigen Frau neben ihm klebte wie Moos an einem Stein.

Sie überlegte, welche Männer die anderen beiden de

Ware Söhne waren. Sie wollte sich gerade zu Lady Alyce hinüberbeugen, um diese zu fragen, als sie deren Ehemann auf der anderen Seite neben ihr bemerkte.

Beim Anblick des vertrauten Gesichtes wurden ihre Augen immer größer.

Dann blickte sie hoch hinter Lord James und ihr Herz hörte fast auf zu schlagen.

Da stand Duncan, ein Duncan wie sie ihn noch nie gesehen hatte. Dieser hier war frisch rasiert, absolut sauber und sein Haar war gekämmt, dass es glänzte. Er trug eine elegante Jacke aus grauem Wollstoff und darüber einen Wappenrock aus dunkelblauem Samt, wobei die Farbe das Blau seiner Augen, das mit dem Blau in den Augen seines Vaters identisch war, widerspiegelte.

Duncan beugte sich herab, um seine Mutter auf die Wange zu küssen und setzte sich dann neben Linet. Er grinste. „Ihr seht schön aus", murmelte er.

Linets Hand zitterte, als sie nach dem Weinkelch griff und umständlich daraus trank. Fieberhaft versuchte sie sich an alles zu erinnern, was sie zu Duncans Vater, Lord James, gesagt hatte. Sie schluckte den Wein hinunter. Hatte sie seine Kleidung nicht als lächerlich bezeichnet?

Was hatte sie zu seiner Mutter gesagt? Seinem Bruder? Plötzlich drehte sich der ganze Raum vor ihr und sie sehnte sich verzweifelt danach, den Tisch verlassen zu können.

Duncan umklammerte ihre Hand und wandte sich besorgt zu ihr. „Was ist?"

„Ihr seid Sir Duncan de Ware", flüsterte sie vorwurfsvoll.

„Wie ich bereits sagte", antwortete er und hob die Augenbrauen, „mehrfach."

„Ihr seid kein Spieler", sagte sie leise. „Ihr seid noch nicht einmal ein Bauer."

„Das habe ich auch nie behauptet."

Trotz der leckeren Düfte der verschiedenen Braten, des Senfs und frisch gebackenen Brots war Linet übel. Sie drückte ihre Serviette gegen ihre blassen Lippen und versuchte gleichmäßig zu atmen. Aber es war vergebens. Diese Offenbarung war der Tropfen, der das Fass zum Überlaufen brachte.

Tränen der Demütigung stiegen ihr in die Augen. Ohne ein Wort stand sie auf. Dann rannte sie aus der Halle. Dankenswerterweise erlaubte das Chaos beim Abendessen ihr die Flucht ohne allzu viel Aufsehen, aber sie spürte, dass die Blicke der Familie am Haupttisch ihr den ganzen Weg folgten.

Duncan kam ihr nach, aus der großen Halle hinaus die Treppe hinauf und in die Kapelle. Sie versuchte die Tür zwischen ihnen zu schließen, aber er öffnete sie und drang in ihr Asyl ein.

„Lasst mich allein", rief sie und ging rückwärts durch den Mittelgang der Kapelle, „lasst mich allein!"

Duncan runzelte die Stirn. Was war bloß los mit ihr? Sie sollte wahnsinnig glücklich sein. In all den Liebesgeschichten, die er jemals gehört hatte, freute sich die Heldin immer, wenn ihr unglückseliger Held in Wahrheit ein Prinz war.

Leise schloss er die Tür hinter sich. Ein Dutzend Kerzen flackerten an den weißen Wänden und erleuchteten Linet, als sie rückwärts in die Mitte der Kapelle trat und versuchte zu Atem zu kommen.

„Ich dachte, ihr würdet Euch freuen", keuchte er und ging auf sie zu.

„Mich freuen? Dass man mich zum Narren hält?"

„Ich habe nie beabsichtigt ..."

„Nie beabsichtigt?" Ihr Kinn bebte. „Seit Wochen habt Ihr die Gelegenheit gehabt, es mich wissen zu lassen! Wann wolltet Ihr es mir denn sagen?"

„Ich habe es Euch gesagt, aber Ihr wolltet mir ja nicht glauben."

Darauf wusste sie keine Antwort.

Er kam näher und legte seine Hände auf ihre Schultern, aber sie tauchte unter ihm weg.

„War ich nur eine weitere Eroberung für Euch? Haben Euch die Damen bei Hofe gelangweilt? Ihr Edelmänner glaubt, Ihr könnt jede Frau aufgrund Eures Standes bekommen! Aber mich könnt Ihr nicht haben, Sir ..."

„Was?", explodierte Duncan ungläubig. Das war zu viel für ihn. Sie sah aus wie ein heißblütiger Ritter, der gegen eine Stechpuppe kämpfte. Je fester es sie am Hinterkopf erwischte, desto harter schlug sie zu. „Versteht Ihr denn nicht?", fragte er. „Das ist genau der Grund, warum ich getan habe, was ich getan habe!"

„Ihr hinterhältiger, herzloser Sohn eines ...!"

„Flucht nicht hier in der Kapelle!"

„Ich mache was ich will!"

Frustriert fuhr Duncan sich mit beiden Händen durch das Haar. Er kam nicht weiter. „Ihr habt doch eingewilligt mich zu heiraten."

Sie blickte ihn nur düster an.

„Ihr habt eingewilligt mich zu heiraten, obwohl Ihr geglaubt habt, dass ich ein Bettler sei."

Sie senkte den Blick.

„Gebt es zu. Ihr wolltet mich heiraten. Warum?"

Sie biss sich auf die Unterlippe. Das war ein gutes Zeichen. Zumindest zwang er sie zum Nachdenken.

„War es, weil Ihr wusstet, dass ich der älteste Sohn und Erbe des Lords de Ware bin?" Die Kapelle war still. „War es, weil Ihr wusstet, dass ich reich bin und Ihr es nicht abwarten konntet, an all das Geld zu kommen?"

„Ihr wisst, dass es nicht so war", murmelte sie.

Duncan seufzte und strich sich über die Brust. „Wenn eine Frau früher gesagt hat, dass sie mich liebt, wusste ich nie, ob es wegen meines Titels oder meines Reichtums oder wegen beidem war. Bis jetzt. Endlich wollte mich eine Frau heiraten ohne zu wissen, welchen Titel oder wie viel Geld ich besitze." Er legte die Hand um ihr Kinn und zwang sie zu ihm hoch zu schauen. „Könnt Ihr verstehen, was mir das bedeutet?"

Eigensinnig biss Linet die Zähne zusammen. Einen Augenblick lang schien sie bereit zu sein alles zu leugnen, aber dann wurde ihr Blick weicher und ihre Schultern senkten sich als Zeichen ihrer Kapitulation.

„Sagt mir warum, Linet. Warum wollt Ihr mich jetzt als Euren Ehemann?"

„Weil ... verdammt noch mal, weil ich Euch liebe."

Er grinste und strich mit seinem Daumen über ihre schmollende Unterlippe. Im Kerzenschein schien sie einen goldenen Heiligenschein um ihr Haar zu haben. Sie hatte noch nie heiliger ausgesehen. „Und ich liebe Euch, mein Engel."

Die Zuneigung in Linets Augen war so herzlich, dass man glauben könnte, dass er ihr gerade die ganze Welt zu Füßen gelegt hätte.

Plötzlich rüttelte es an der Tür. Verlegen traten sie auseinander.

„Herein."

Lord James trat ein und schloss die Tür hinter sich und versperrte denen, die hinter ihm standen, den Blick. Er räusperte sich. In seinem Gesicht war eine seltsame Mischung aus Beschämtheit und Stolz zu sehen. Duncan wusste sofort, dass Lady Alyce ihn geschickt hatte.

„Mylady." Lord James nickte steif. „Ich bitte aufrichtig um Verzeihung, dass ich mich bei unserem ersten Treffen nicht ordnungsgemäß vorgestellt habe, was der Tatsache geschuldet war, dass Ihr mich kaum zu Wort habt kommen lassen." Die letzten Worte sprudelten aus ihm heraus und James hob hochnäsig das Kinn, wobei er Linet herausforderte, ihm zu widersprechen.

Duncan runzelte die Stirn. Was für eine Art von Entschuldigung war das denn?

Bevor irgendjemand etwas sagen konnte, öffnete sich die Tür erneut und Lady Alyce trat ein. Als sie die Tür schloss, blickte sie argwöhnisch mit zusammen gekniffenen Augen zu ihrem Mann. „Habt Ihr um Verzeihung gebeten, Mylord oder habt Ihr nur versucht, Euer Verhalten zu entschuldigen?"

Erbittert wandte Lord James sich mit geballten Fäusten zu ihr um, aber sie zuckte noch nicht einmal. Sie war diese Ausbrüche von ihm gewohnt. Dann ging Lady Alyce zu Linet und nahm deren Hände in ihre eigenen. „Diese Männer", sagte sie schmunzelnd. „Sie glauben, dass sie das Herz einer Frau nur mit aufwändigen Intrigen gewinnen können."

„Intrigen?", donnerte Lord James. „Wart Ihr es nicht, Mylady, welche die Zustimmung des Königs für diese Ehe gesichert hat, indem Ihr sie mit dem Waffendienst unseres anderen Sohns ausgehandelt habt?"

Die Damen keuchten gleichzeitig.

Lady Alyce trat von Linet weg. „Wie habt Ihr das herausgefunden?", plapperte sie mit beschämter Miene.

„Garth", sagten Duncan und sein Vater gleichzeitig.

Wie bestellt kam Garth gerade in die Kapelle. Er wäre gern schnell wieder hinausgegangen, als er den vorwurfsvollen Blick seiner Eltern sah.

„Robert und ich ...", fing er an. Er blickte hinter sich nach seinem Kameraden, aber Robert hatte sich rechtzeitig aus dem Staub gemacht. „Ich", berichtigte er, „möchte mich aufrichtig entschuldigen."

Er wurde fast umgestoßen, als eine vertraute kleine alte Frau in die Kapelle marschiert kam.

„Margaret!", rief Linet.

„Ich habe dafür gesorgt, dass Euer Haushalt uns hierher folgt", erklärte Duncan.

„Macht Euch keine Sorgen", sagte die Dienerin beruhigend und ihre Augen funkelten stolz, als sie sich zu Lord James wandte. „Ich weiß, was Ihr denkt. Ihr denkt, dass meine Linet nicht adlig genug ist für Euren Sohn!"

„Bei Gott!", brummte Lord James.

Lady Alyce knuffte ihn. „Flucht nicht – zumindest nicht hier in der Kapelle!"

Margaret fuhr fort: „Ich möchte Euch nur wissen lassen, dass sie mit allen Rechten und Privilegien ... ausgestattet ist."

„Es ist mir einerlei, selbst wenn sie die Königin der Feen wäre!", entgegnete Lord James.

„Feen?", sagte Garth unhörbar, indem er das Wort nur mit dem Mund formte.

„Sie ist eine de Montfort!", verkündete Margaret. „Ihre Familie ..."

„Ist hunderte Jahre alt", beendete Lady Alyce den Satz. „Das wissen wir."

„Vielleicht ist Euer Sohn nicht edel genug für meine Linet", sagte Margaret hochnäsig.

„Alte Frau, wollt Ihr damit sagen ...?", fragte Lord James.

„Bei Gott!", rief Lady Alyce und hob die Hände.

„Nicht in der Kapelle", schimpften Lord James und Garth gleichzeitig.

„Ich sehe keinen Grund, warum Lady Linet mit dieser Farce einer ... fortfahren sollte."

„Wollt Ihr damit sagen, dass mein Sohn sie von Flandern umsonst hierhergebracht hat?"

„Der König persönlich hat die Verbindung gutgeheißen. Wollt Ihr dagegen ..."

Duncan bekam den Rest des Streites nicht mehr mit. Plötzlich war ihm der Rest der ganzen Welt einerlei. Er hatte nur noch Augen für den Engel vor ihm – seinem hellen, schönen und faszinierenden Engel, die bereit gewesen war, alles für ihn aufzugeben.

Linet wusste, dass sie ihn niemals leid werden würde. Manchmal küsste er sie wie ein Bettler, der Herzen brechen wollte. Manchmal küsste er sie wie ein Pilger, der seine Lippen ehrfürchtig auf eine heilige Reliquie drückte. Manchmal küsste er sie wie ein Pirat, der Reichtümer für sich in Anspruch nahm, aber er küsste sie immer wie ein Mann, der verzweifelt, leidenschaftlich und hoffnungslos in sie verliebt war.

Um sie herum tobte die Schlacht, aber sie bemerkten es gar nicht. Sie waren in ihre eigene Schlacht verwickelt und wollten sehen, wer des Küssens zuerst überdrüssig werden würde.

EPILOG

„**W**er soll es heute Abend sein? Der Spielmann? Der Bettler oder der Pirat?", murmelte Duncan.

„Hmm ...", antwortete Linet und wickelte eine seiner schwarzen Locken um ihren Finger. „Vielleicht das alte Weib, von dem Robert sagt, dass Ihr es so gut nachahmt."

„Es ist lüstern."

Das Feuer flackerte im Kamin während der Dezemberwind schwach durch das Zimmer zog, aber Linet hatte kein Verlangen, das gemütliche Bett zu verlassen, um die Fensterläden zu schließen. Draußen schneite es. Linet zitterte und vergrub sich noch tiefer unter die weiche Wolldecke und steckte ihre kalte Nase an die Schulter ihres Mannes.

„Kalt?", fragte er sie und zog sie in seine Arme.

„Mmm", gurrte sie.

„Ich weiß, wie ich Euch wärmen kann." Seine Stimme war rau und verführerisch. Sein Versprechen ließ sie erschaudern. Sie seufzte und entspannte sich an seinem warmen Körper.

Plötzlich schien die Hand an ihrer Schulter zu einer

Klaue zu vertrocknen und er gackerte ihr ins Ohr. „Aye, meine Liebe, ich habe genau die Art von Mischung, die Eure Knochen wärmt. Lasst mich überlegen. Waren es zwei Flügel einer Fledermaus und ein Auge eines Käfers oder ..."

Sie schlug ihn kichernd, bis er sie in seinen Armen festhielt und sie fest an sich zog. Haut an Haut war sein Verlangen nach ihr unmissverständlich und ihr Gelächter ließ nach, als er sie in seinem verführerischen Blick gefangen hielt. Einen herrlichen Schritt nach dem anderen zeigte er ihr dann die beste Art und Weise, wie man die Kälte verjagte.

Danach lagen sie ineinander verschlungen wie Efeu an einer Säule und sie seufzte und täuschte vor zu schmollen. „Ich werde wohl nicht viel von Euch sehen nächste Woche."

„Warum?" Zufrieden schloss er die Augen.

„Ich werde damit beschäftigt sein, die Weber zu beaufsichtigen."

Er öffnete ein Auge. „Weber?"

„Aye." Mit der Fingerspitze zog sie einen Kreis auf seiner Brust.

„Welche Weber?"

„Jemand muss all die Webstühle bedienen."

„Webstühle?"

„Die Webstühle, die Onkel Guillaume als meine Mitgift geschickt hat. Ich muss natürlich zuerst den Stoff für die Dorfbewohner von Avedon weben. Aber danach ... habt Ihr gesehen, in was für Lumpen unsere obdachlosen Kinder herumlaufen? Wirklich Duncan", schimpfte sie, „diese Nachlässigkeit überrascht mich."

Duncan überlegte, ob sie wusste, wie sehr ihre Worte ihn freuten. Sie hatte *unsere obdachlosen Kinder* gesagt. Er ergriff sie am Handgelenk und stoppte ihre kitzeligen

Muster auf seiner Brust. „Vielen Dank", murmelte er und fügt in Gedanken hinzu, *für Euer Verständnis, für Eure Großzügigkeit und für Euer Vertrauen. Ihr seid ein Engel*. Er küsste sie auf den Kopf.

Der schwere Ring mit dem Wolfskopf funkelte im Kerzenlicht und er erinnerte sich an den Augenblick während ihrer Hochzeit, als er das Gegenstück dazu über Linets Finger gestreift hatte. Er hatte den passenden Ring aus dem geschmolzenen Metall des teuren silbernen de Ware Siegelrings und des billigen bronzenen de Montfort Medaillons, das Guillaume wiedergefunden hatte, machen lassen. Die neue Legierung passte zu ihrer Rolle als edle Ritter des einfachen Mannes.

Linet lächelte leicht, während sie ihren Hochzeitsring betrachtete. Es schien Ewigkeiten her zu sein, seit sie vor der Kapelle gestanden hatte, umringt von Edelleuten und Bauern und die Versprechen aufgesagt hatte, die sie an ihren Ehemann binden würden. Sie würde den Kloß in ihrem Hals niemals vergessen, als er ihr auf den Stufen an jenem Morgen die Worte zuflüsterte und auch nicht, wie ehrlich sie sich anhörten, während sie hunderte von Gesichtern um sie herum musterten.

„Diese Unterteilung der Menschen in Adel oder Bauer lässt die Gemeinsamkeiten zwischen ihnen außer Acht", hatte er gesagt und ihre Hand ergriffen. „Alle Männer wollen Söhne. Alle Frauen sehnen sich nach Zuneigung. Alle Menschen suchen ein wenig Bedeutsamkeit und Unsterblichkeit. Ihr und ich können diese Verbindungen schmieden, wenn Ihr in dieser Sache an meiner Seite steht."

Von dem Augenblick an hatte sie in ihrem Herzen geschworen genau das zu tun und ihm treu in den vielen zukünftigen Kämpfen zur Seite zu stehen.

Sie war jetzt Teil der de Ware Familie, dachte sie, während sie zuschaute wie sich der Schnee an den Rändern der engen Fenster sammelte.

Und sie war in Sicherheit. Roberts neue Braut hatte das sichergestellt. Annabella war schwanger und ihr Vater, ein bekannter spanischer Edelmann, war so erleichtert, dass seine Tochter gut und schnell an einen englischen Adligen verheiratet wurde, dass er der de Ware Familie persönlich vollen Schutz gegen jegliche Vergeltungsmaßnahmen für El Gallos Tod zugesichert hatte.

Linet seufzte zufrieden. Morgen war Weihnachtstag und es würde ein Festmahl und Unterhaltung geben und Geschenke würden getauscht werden. Sie konnte es gar nicht abwarten Duncan sein Geschenk zu überreichen. Sie hatte eine wunderschöne grüne wollene Decke mit dem schwarzen de Ware Wappen auf dem großartigen Webstuhl gewebt, den er ihr als Hochzeitsgeschenk geben hatte.

Der einzige Wermutstropfen war, dass einer von Duncans Brüdern nicht für das Fest nach Hause kommen würde. Sie hatte Holden noch nicht kennengelernt, aber er wurde von seiner Familie so sehr geliebt, dass sie das Gefühl hatte, als würde sie ihn bereits kennen. Außerdem war sie ihm etwas schuldig. König Edwards Zustimmung zu ihrer Hochzeit war mit Holdens Waffendienst erkauft worden. Duncan hatte erzählt, dass sein Bruder im Augenblick Schottland für den König eroberte.

„Ob es wohl jämmerlich kalt an der Grenze ist", murmelte sie.

„Macht Ihr Euch Sorgen um meinen törichten Bruder?"

Sie nickte.

„Ihr kennt ihn doch gar nicht."

www.ingramcontent.com/pod-product-compliance
Lightning Source LLC
Chambersburg PA
CBHW010725100726
47899CB00009B/2928